莫言殇 著

BAI FA WANG FEI

典藏版

【下册】

青岛出版社
QINGDAO PUBLISHING HOUSE

卷三　宠冠繁华妃子远

第一章　南朝皇妃

江南的冬天虽不比北方冰冻三尺的寒冷，却有一种潮湿的阴冷感。

皇宫，议政殿，庄严肃穆，鸦雀无声。

身穿黑色龙袍气势威严的男子此刻正坐在漆黑的伏龙御案前，手里拿着一本奏章，面沉如水，一言不发。

底下跪着十几名大臣皆屏息凝神，额头渗出细密的冷汗，冷风微微吹入，他们不禁打了个寒战。

“皇上……”一名官员壮着胆子开口，但那声“皇上”还未落音，一声不吭的年轻皇帝突然将手中奏章拍在御案上，声音不大，却惊得众人身子一颤，额上的冷汗吧嗒一声掉在地上。刚想说话那人立刻噤声，惊惶地低下头去。

宗政无忧面无表情道：“听说北边的仗就要打完了，我朝和玉上国的战事也即将结束。罗将军这一年为我朝扩疆千里，增兵二十万，下月班师回朝。各位爱卿有这等闲心在此操心朕的家事，不如回去想想，这一次，朕该如何奖赏罗将军。”

他声音低沉，语气不怒自威。

一众大臣再不敢言声，心知今日奏章又白上了，不禁摇头暗暗叹气。

“皇上，”终于有人战胜内心的惶恐，视死如归道，“臣等并非有意干涉皇上家事，只是皇嗣关系到我朝根基稳固……皇上自登基以来，专宠皇妃一人，但皇妃至今未能孕育龙嗣，致使坊间流言四起，臣等实在忧心！恳请皇上为江山社稷着想，广纳妃嫔，充实后宫，以尽快绵延子嗣，安百官之心，也安万民之心啊，皇上！请皇上三思！”

“请皇上三思。”那名官员舍生取义视死如归的精神令其余官员为之心神一振，大

受鼓舞，也跟着附和请求。

宗政无忧脸色一沉，冷淡的目光在他们脸上一一扫过，众人垂头。他又瞥了一眼桌上的奏章，凤眸眯了一下，这时，门外忽然传来奴才们的叩拜之声：“拜见皇妃娘娘！”

殿内大臣闻言面色一变，原本就惶恐不安的心，此刻更是七上八下。

殿门被打开，身穿暗红色金丝凤袍的女子缓缓走了进来。女子面容清丽，一头如雪般泛着圣洁光泽的白发随意地披在脑后，衬得身上的金丝凤袍耀目尊贵，配以女子清冽沉静的气质，令她整个人看起来高贵而又出尘脱俗。

女子进殿之后，也不行礼，径直朝皇帝走了过去。

年轻的皇帝看了一眼她眉宇间拢着的清寒之气，微微皱眉道：“这大冷的天，你不在宫里待着，跑出来做什么？”

女子回身从宫婢手中接过一件绣有金龙的黑色外袍，对皇帝笑道：“外面下雪了，我给你送件衣裳来。”

没有暖炉，这议政殿里真是冷得可以。女子将厚实的外袍披到皇帝身上，皇帝眉头舒展，脸色一下子和缓了不少，朝女子伸手道：“外面冷，以后送衣服这种事，让下人做就好。过来。”

女子将手递过去，被皇帝拉着在御案前同坐，这才看了看底下跪着的大臣们，微微笑道：“众位大人也在呢，本宫来得不是时候吧？可有打扰皇上和各位大人议事？”

女子淡淡的目光仔细看过每一位大臣，那些大臣被她看得脸色极不自然，其中一人低头道：“娘娘言重了，臣等要向皇上禀报的事情都已经禀报完了，如果皇上没有其他旨意，臣等就不打扰皇上和娘娘了，臣等先行告退。”

皇帝摆手，众臣退出议政殿。

女子转头，望着皇帝依旧有些阴沉的脸色，不禁轻声笑问：“他们又做什么惹你生气了？”她一边问着一边将手伸到奏折前，却被皇帝一手按住。她略略蹙眉，就见面前的男子目光微微一凝，她的手便被握在了男子的手心里。只见男子皱眉道：“没什么。你的手总这么凉，下回出门多穿点儿衣裳。”

女子笑道：“我已经穿得够多了，再穿该成球了。无忧……”她欲言又止，看了眼被他扫到一旁的奏折，心里突然有一丝不安。而这女子不是旁人，正是南朝皇帝宗政无忧后宫里唯一的妃子——漫夭。

一年前，她抛却一切随宗政无忧来到江南，原以为陪不了他几天，却没想到，她那要命的头痛症竟仿佛突然消失了一样，这一年不吃药也没再犯过。她很是疑惑，也会不安，但无论如何，能活着陪在他身边，总是好的。这一年，因为临天国南北朝分裂，周围各国蠢蠢欲动，欲借此机会分一杯羹。北边战事不断，连原先已投降的北夷国也集结了二十余万人马想夺回政权，北皇宗政无筹亲往平叛，无暇顾及江南。南朝趁机招兵买马，发展壮大，而宗政无忧自登基以来，脾性虽未更改，但变得比从前更睿智深沉。他对臣民恩威并施，赏罚分明，所做决策无一错漏，仅用一年时间，便将南边境外蠢蠢欲动的小国收拾得七七八八。如今的南朝，不仅军事实力，就连疆土也与北朝相当。她知道，最艰难的时候已经过去了，也许后面还会有许多荆棘坎坷在等着他们，但都不会比一年前的那段日子更灰暗。从受辱、监禁、逃离京城到江南登基，这中间的曲折，外人无法想象。

“怎么了？”宗政无忧问。

漫夭摇头，笑了笑：“没事。听说最近茶馆很热闹，我想出宫走走，你要不要一起去？”

宗政无忧迟疑片刻，才点头。两人都换了衣裳，漫夭叫人拿来一顶纱帽，将白发绾起，藏在纱帽之中，这才离开皇宫。

江南的街道很干净，道路两旁古朴的建筑物赏心悦目，伸展过飞檐的光秃树枝在飞扬的雪花中别有一番景致。

他们没坐马车，慢慢走着来到街南。街南有间茶馆，依水而建，古朴生香，茶馆里面极为热闹，有个说书的唾沫横飞，说得正起劲。两人不约而同选了这家茶馆，还没进去，身后就有人叫道：“七哥等等我！”

漫夭不用回头也知道是九皇子，如今他已被封为姜王。

九皇子抱怨道：“你们出来玩怎么也不叫上我啊？”

宗政无忧瞥他一眼，淡淡道：“你很闲吗？”那表情似乎只要他敢说闲，立刻就有一堆公务等着他处理。

九皇子吓得连忙摆手道：“不闲不闲，我一点都不闲，府中公务堆积如山……”

“那你还不回府？”宗政无忧冷眼睇他。

九皇子愣住，顿时委屈道：“我才刚出来啊……璃月，哦不，七嫂！”他连忙向漫夭使眼色求救。其实一年前的那件事情发生之后，九皇子是恨她的，不过看到她的满头白发，又对她恨不起来，毕竟知道错不在她。

漫夭笑道：“既然已经来了，就一起进去吧。”她碰了碰宗政无忧的胳膊，宗政无忧没说话，算是默许了，九皇子立刻喜笑颜开。漫夭挑了个不引人注目的角落坐下，要了一壶茶，再加几个点心。

江南的民风还算淳朴，人们除了劳作之外，喜听评书作为消遣，而此时说书人讲到的是一个精通天文地理的奇人——任道天，还没讲完，底下就有人叫道：“这个已经听了很多遍了，讲下一个，下一个……白发红颜的故事，上一回你说到那绝世美人突然白了头发，后来怎么样了？”

说书人道：“后来……江山因她四分五裂，天下大乱……”

有人惊道：“啊？那她岂不是红颜祸水？”

另一人道：“哎，我朝皇妃不就是白头发？你说的……该不会是我们皇妃娘娘吧？”

漫夭闻言一怔，刚拿起茶壶的手微微一抖，茶水便溅在了身上。

又听人道：“你别胡说八道！他说的白发红颜可是个祸国妖孽！”

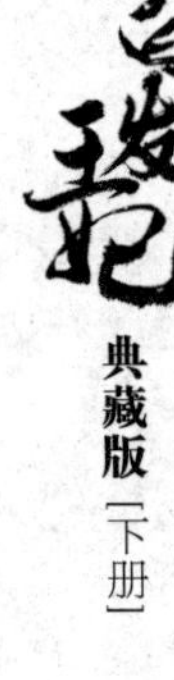

有人接道："你怎么知道皇妃不是？一个满头白发还能得到皇帝专宠的女人，不是妖孽是什么？你见过有人这么年轻就白了头发的吗？我听说很多年前，有一个国家的皇后就是白头发，没过几年，那国家就灭亡了！咱们皇上如果一直这么专宠白发皇妃，说不定咱南朝迟早也会完蛋……"

九皇子听到这里，双眉一横，噌地站起来，就要发作，却听宗政无忧沉声道："别鲁莽！你立刻回去，让无相子查清此事！"

九皇子一愣，很快便明白他的意思，应了声就走。漫夭扫了那评书人一眼，只见那人目光闪烁，底下议论她的那些人则眉带煞气，目含精光，令她不由自主地想起一年前的无名巷里议论她是红颜祸水的那些人，不禁心神一凛，还没仔细想，就被宗政无忧拉着离开了茶馆。

好不容易出来一趟，又这样匆匆回了宫。

雪还在下，将回宫的路铺满了一层湿意。漫夭和宗政无忧并肩走在深深的宫巷里，谁也没有先开口说话。路过的宫女、太监见到他们远远地便跪下，低着头，等看不见他们的身影才敢起身。

冬日的风吹拂着她的面纱，偶尔掀开一条缝隙，她转过头，看见宗政无忧脸色阴沉得吓人。她蹙眉，叹息着去牵他的手，宗政无忧忽然顿住脚步，回头对她说："阿漫，我们……生个孩子吧。"

漫夭愣住，身子蓦然僵硬。

宗政无忧目光一暗，那一次的惨痛经历终究在她心里留下了不可磨灭的阴影，不管他如何温柔，她对房事依旧心生抗拒。这一年来，他们从不曾真正同房，又怎会有子嗣？他握了握她的手，叹息道："我随口说说。你先回漫香殿，我去议政殿批阅奏章。"说完放开她，独自朝议政殿方向去了。

漫夭望着纷扬的大雪中他孤独的背影，心中一疼，忽然叫住他："无忧，我……我陪你吧。"

陪他批阅奏章是这一年里常有的事，但这一次，宗政无忧却皱眉拒绝道："不用。天冷，你回漫香殿歇着吧。我看完奏章，过去找你。"

那一晚，三更过了，宗政无忧也没来。这是来到江南后，她第一次一个人睡，竟然孤枕难眠，索性起身看雪，但窗外的雪已经停了。她愣愣地站在窗前，没有他在身边，这偌大的后宫冷清得叫人害怕，可她更害怕的是，有一天这后宫不再冷清。

脑子里不由自主地浮现出一年前那惨烈的一幕，窒息的痛和刻骨铭心的耻辱，令她身子控制不住地颤抖起来。

她慌忙关上窗子，将自己窝进檀香木制成的躺椅上，偎着被子靠着墙，拿起一旁的书，强迫自己不去想那些事，却无济于事。

宗政无忧来时已过四更，漫夭已然窝在躺椅上睡着了，眉心紧锁，面色有些苍白。她身旁的桌案上，关于行军布阵、战争谋略、帝王统治之道的书堆了满满一桌。宗政无忧看了一眼，浓眉微皱，轻轻拿过还被她握在手中的书，然后心疼地抚了下她紧锁的眉心，将她抱到床上，动作十分温柔，但漫夭还是醒了。

她一睁眼看到眼前的男子，不等他松手，就一把抱住了他，竟然有几分急切和害怕。

“无忧……”她的身子微微颤抖。宗政无忧愣了愣，很少见到她流露出这样脆弱的表情，不禁心中一紧，忙用手轻抚着她单薄的脊背，问道：“怎么了？”声音不自觉温柔如水。

她将脸使劲地埋在他的胸前，没有答话，身子却渐渐安稳了。宗政无忧在床边坐下，抚着她的脸，柔声又问：“发生了何事？”

漫夭垂眸，定定地望着垂在胸前的白发，温和的灯光下这如雪的白色仍然刺眼。她忽然有几分忧伤道：“刚刚做了一个梦，梦见这后宫里突然多了很多美丽的女子，她们年轻，朝气蓬勃，有着一头乌黑的秀发……而我……在她们面前，显得那么老……”

“胡说！”宗政无忧低声斥道，竟沉下脸来。

漫夭抬头望着他，一双怒气氤氲的眸子中带着晦暗不明的复杂情绪，令他俊美无匹的面庞更显得深邃而完美。她忍不住伸手去摸他的脸，他目光动了一动，却听她幽声道：“无忧，再给我一点儿时间。对不起，是我太自私了，这几日……我明知你为何事而苦恼，我却装作不知，我知道子嗣对于一个皇帝一个国家来说有多重要，但是我……”她难过地低下头去，“你这样突然提出来，我真的没准备……”其实她是不知，她这副残躯，即便克服了心理障碍，能否为他生孩子，也还是未知！一年前，她伤得那么重，流了那么多血……

“阿漫，”宗政无忧眼中的怒气在她无措的表情中全然散去，叹息一声，抓住她的手，皱眉道，“别胡思乱想。”

事实证明，她并非胡思乱想。第二天已成为禁军首领的萧煞面色沉重地来找她的时候，那欲言又止的神情，她只看一眼就明白了七分。

“有什么话就直说吧。那些大臣又参奏我什么了？”漫夭淡淡地问。

萧煞沉声道：“他们说后宫一人专宠是国之大忌，说主子罔顾后妃礼仪，随意出入议政殿，企图干政，扰乱朝纲……还有人说主子是北朝的细作，说您的白发……”萧煞顿住，一向沉稳的面容有着明显的怒气。后面的话他没有再说下去，漫夭却已经知道。无非就是在茶馆里听到的那样，说她是祸国妖孽！连奸细都能拿出来说事，所谓欲加之罪何患无辞。

漫夭冷笑道：“那他们想怎样？”

萧煞道：“礼部拟了名单，劝皇上选妃以充实后宫。参选女子一共一百二十人，名单已经呈给了皇上。”

漫夭面色一变，眼神陡然变得犀利，问道：“那名单里……可有皇后人选？”

萧煞道：“有，桑丞相独女桑鸯。”

桑丞相？那个个子不算高、双眼精光内敛的男人！他在江南的势力盘根错节，当初宗政无忧之所以会封他做丞相，也是为了借助他的势力先稳住一些人。看来，这个人已

经不满足于仅仅当一个丞相！

“皇上怎么说？”

“皇上……没有表态，只是按下此事不提……”

漫夭的心猛地一沉，缓缓在窗边坐下。以无忧的个性，会压下此事，说明桑丞相的势力大到连他都要顾忌，他已经不再是以前那个行事无忌的离王，如今的他是一朝皇帝，学会了顾全大局。这一次的事情，他会如何处理，她心里一点儿底都没有。平常政事，她还可以提提建议，说说心中想法，偏偏这事她不能插手。

萧煞走后，她一个人坐在窗前发呆，手中的书一个字也看不进去。

午膳时，漫夭没胃口，宫人们送来的膳食被原封不动地撤走。她起身将桌上看过的书都放回书架上，目光扫过上层曾经用来放传国玉玺的匣子，抬手将匣子往里边挪了挪，匣子下方露出一角白色，她一顿便将那白色的纸抽了出来。

拿在手里，她微微一愣，这似乎是秋猎前傅筹给她的东西，说是秋猎后才能看。那白纸叠得整整齐齐，摸着厚度似乎不止一张。而最外面的一张看起来像是用来包住里面的东西，她轻轻展开一角，发现里面的纸张不似外面的平整，像是被人狠狠揉搓过。她皱眉，指尖停留在那上方，轻轻划过，然后打开。

“休书”二字赫然映入眼帘，她微微一怔，看到包裹着休书的那张纸上，还有两行字。

“容乐，如果我输了，你把这个拿出来，没人会再为难你。这是我如今唯一能为你做的！”

漫夭呆住，拿着休书的手僵在那里。门外忽然传来急匆匆的脚步声，漫夭顿时回神，一转身，宗政无忧已经到了她面前。他一下就看到了她手中之物，原本担忧的眼神立刻沉了下去。漫夭忙将休书连同外面写了字的那张纸揉了揉扔进一个角落，对他微微笑道：“刚整理东西时不小心翻出来的。你怎么这时候过来了？”

宗政无忧没说话，牵了她的手坐下，方道：“听说你没用午膳，身子不舒服吗？”

漫夭愣道：“你急急忙忙地赶来，就为了这个？”心里一阵感动，她推他：“我没事，只是没胃口。你快去忙吧，不用管我。”她突然害怕，这一年里，已经习惯了有他的日子，习惯了他对她的关心，若是将来没有他在身边，她该怎么办？

宗政无忧被她推着起身，脸色有些不好看，但还没走到门口，她又叫他：“无忧！”

宗政无忧微微皱着眉回头，她按下心底的一切苦涩，努力扬起笑容，道：“不管你怎样决定，我都不会怪你！”

宗政无忧一怔，又走回来，在漫夭身边坐下，定定地看着她。她连忙垂下眸子，躲开他犀利的目光。

宗政无忧沉声道：“你都知道了？”漫夭没作声。

宗政无忧托起她的下巴，迫使她与他对视，他目光深邃，眼底柔情无限，她看一眼便不舍得再移开眼。

宗政无忧道："对我没信心吗？"

"不是……"她摇头，曾经以为自己和一般女子不同，现在才觉得，在爱情面前，女人都是一样的。以前可以因为他感情的不纯粹而决绝地选择离开，可如今，在经历了那些磨难才好不容易重新走到一起后，她再也没有勇气轻易和他说别离，因为太了解他的心。只是，人活在这世上，有太多责任和身不由己！他为她放弃过太多东西，也为她受过常人无法想象的耻辱，她再也没有权利要求他做任何事情。

"阿漫！"他似乎看出了她的心思，皱眉打断她的思绪，用指尖轻轻抚摸着她清丽的脸庞，神色郑重道，"相信我！"

他的声音温柔而坚定，仿佛蕴含了无穷的力量，让她的心莫名地安定下来。

"璃月，点心来了！"门外传来九皇子的叫声，宗政无忧皱眉，放开了她。九皇子一进屋见宗政无忧也在，连忙笑道："七哥也在啊！你让我买的点心买来了，七嫂你尝尝。"立刻变换了称呼，他将大包小包的点心放到漫夭面前，并打开包装。漫夭一看，欣喜道："是五味斋的点心！"

她吃过一次，很好吃，想不到宗政无忧竟然记得。她轻轻地拈起一块，心里满满的都是幸福。

九皇子理所当然地留下。直到晚膳时分，漫夭望着一桌并不算丰盛的饭菜，食欲大振。

这时，一名宫女进屋禀报道："皇上、娘娘，萧姑娘回来了！"

萧可替漫夭寻乌发奇药，出门有大半年了。漫夭乍听她回来了，心中一喜，正要问她人呢，就听外面一阵急急的脚步声传了过来，紧接着，一个粉橙色的身影飞奔而至，一边跑一边叫道："公主姐姐，我回来了！"

漫夭忙迎上去，看到萧可眉眼间褪去了青涩和单纯，多了几分狡黠，想必是在外面也经历了不少事情。她像往常一样，习惯性地挽着漫夭的手臂，笑得极甜。但一转眼见到九皇子，她瞪眼道："咦？你怎么也在？"

初到江南时，因为九皇子对漫夭不友好，萧可和他没少闹矛盾，还时不时偷偷给他下点儿药粉，害得九皇子有一段时间都不敢进宫。

九皇子一看到她，头皮发麻，反射性地跳到宗政无忧身后，瞪着眼睛，用手指着她，叫道："你你你……你别过来啊！七嫂，你快管管她，千万别让这死丫头靠近我！"

漫夭见他吓成那样，便拉住萧可，笑道："可儿，你刚回来，先坐下歇会儿。"

宗政无忧望了眼跟着萧可进来的二煞，他们垂着头，红魔面具未曾遮住的半边脸满是愧色。宗政无忧皱眉，沉声问道："东西未到手？"

二煞将头垂下，齐声道："属下惭愧！"

萧可面上的笑容瞬间褪去，也低下头，满眼愧色，不敢抬头看漫夭。

宗政无忧面色沉郁，浑身透着冷冽气息。九皇子不觉退后几步，对萧可道："你这死丫头怎么搞的？不是说已经查到血乌在北夷国原都了吗？给你派了那么多的人，为什

么还没拿到？”

萧可狠狠地扯了下自己的衣角，跺脚气恼道：“是查到了，可是……被人捷足先登了！”

九皇子奇道：“咦？是什么人竟然能赶在你们前头？”

萧可噘嘴道：“我也不知道。很奇怪，血乌对一般人没什么用处，普通人应该不会想要这东西的……”

宗政无忧目光一顿，忽然眯起凤眸，抿着薄唇，沉思起来。

漫夭微愣，淡淡笑道：“没拿到就没拿到吧，反正我也已经习惯了。你们辛苦了，都去歇着吧！”

二煞领命退下。

九皇子见屋里气氛有些沉重，忙站出来咧嘴笑道：“七嫂，你别难过，白发多好看啊，看起来像仙女！你看你看，比萧可那死丫头的黑发好看多了。”他倒也不是说谎，确实觉得漫夭白发的样子有一种说不出来的味道，那种美，既凄凉又带了些妖冶，以圣洁的姿态展现在人们的眼前。

萧可连忙附和道：“是啊是啊，公主姐姐，你的白发也是很美的。”从见面就成了冤家的两人第一次有了奇异般的默契。说完，两个人互瞪一眼。

漫夭淡淡地笑了笑，没说话，虽说是习惯了，但心里多少有些失落。听说这血乌需要用人的鲜血来喂养才能起到乌发奇效，喂养之人，还会损伤元气，也不知是何人拿走了血乌，那血乌对他又有何用处？

比起南方空气的潮湿，北方的气候格外干燥。

临天国北朝大获全胜的铁甲雄师在班师回朝的路上被大雪阻住，十数万士兵搭起的帐篷绵延数里。

帅帐之外，一身金色盔甲的男子背手伫立在雪山山头，他面容冷峻，神色苍然，望着不可触及的地方。冷风呼啸，刮在他染了沧桑的英俊脸庞上，刀割般地生疼，他却丝毫不觉。身上的盔甲在狂风中叮叮作响，身上肌肤的温度有如战场上的伏尸。

脚下，一望无际的雪色苍茫，冰冷的寒气无边蔓延，一直渗透到人的心底。而此人，便是北皇宗政无筹。无筹，无须筹谋，一切尽在手中。可他却事事筹谋，仍得不到最想要的东西。

“启禀陛下，末将已经遵照陛下的旨意，将两边的积雪各打开一个出口，仅容一人通行。”一名将士单腿跪地拱手禀报。

宗政无筹收回目光，面容镇定，淡淡道：“召各位将军回营议事。”

帅帐之中，众位将军分立两旁，面色肃穆，宗政无筹扫一眼众人，沉声道：“边关小国趁我朝大军在外，夺我城池，杀我子民，着实可恨！林将军，朕命你带领两万人马今夜走左侧雪道，秘密前往西面边境。杨将军带两万人马走右侧雪道，去东面边境。我大军被大雪阻住，他们必定疏于防范，你们白日潜伏在山上，夜里行军，十日内务必赶到目的地，夜袭，将敌军一举歼灭。”

林、杨两位将军立刻跪地道："末将领旨！"

宗政无筹道："下去准备吧。"

"遵旨。"他们退出营帐，一名将军出列，道："陛下，南朝独立已一年有余，我们是否趁大军气势正盛，挥师南下，直捣江都，不给他们休养生息的机会？"

另一名将军出列，反对道："末将以为不可，经过一年的休整，南朝势力已经稳固，我军将士征战数月，已经疲惫不堪，而南朝兵马以逸待劳，此时交战，乃下下策。"

宗政无筹默不作声，只是淡淡地扫了一眼其他人。一名谋士出列，道："末将也以为不可。听闻尘风国新孕育出一批良驹，有意在开春后寻找合盟之国。我军本就战马不足，此次出征又损伤无数，不如先回京休整，待开春后，与尘风国合作，购得战马，再行南下不迟。况且陛下出京已久，朝中事务恐早已堆积如山，等待陛下处理。"

宗政无筹目光微转，战马？尘风国！到时候去的人，不止他一个！

"今日先议到这里，都退下吧。"

众人退下，他一人独留大帐。走到帐前桌案，望着案上被一块漆黑色的布遮盖住的东西，目光渐渐荡开，眼前浮现出那刺眼的雪色。眼底蓦然一痛，他早已麻木的心仍然像是被刀割一般地疼。

他伸手掀开黑布，黑布下是一盆小小的似是花草般的东西。透明的根茎，乌黑的叶子像是喇叭合上的形状，只有很小的一片。

天将黑的时候，那叶片缓缓张开，就如同盛开的喇叭花，黝黑的叶片中央，三根纤细的如同银针般的花柱，似是在渴望鲜血的滋润。

他轻轻抬手，毫不犹豫地将食指伸了过去，那花柱像是突然有了生命，根根直刺进他指尖，在他的手上迅速伸展开放，青白的肌肤下血红色迅速扩张，极为霸道。

他面色渐渐发白，心口如虫蚁在啃噬，胸口急剧起伏，却连眉头都不肯皱一下。双眼紧紧盯着那花草透明的根茎慢慢变成妖冶的血红，乌黑的叶片也透出暗红的光泽。那在他肌肤下盛开的花柱逐渐枯萎缩回到叶片之中，他收回手，那叶片再次合上。

他望着那小小的花草，黯淡的眸色中漾出一抹奇异的温柔，低头看自己的手，毫无血色的惨白。

五日后，冰雪消融，大军拔营。

十二日后，东西两面边境传来大捷的消息。

宗政无筹带领大军还朝，北朝上下一片欢腾景象。而此时的南朝关于皇妃娘娘是祸国妖孽的流言愈演愈烈。

第二章　一夜十年

漫香殿的清风阁，在一片如海的梅林之中，林中梅香四溢，花开如雪。

漫天伏在窗前桌案上，一手按住一张宽大的白纸，一手执笔画着什么。她黛眉微蹙，表情极为认真，头垂着，纤细的颈项弯出优美的弧度。长发从耳边滑落，散在同样雪白的宣纸上。周围堆满了陈旧的书，那些书上是关于兵器与战阵的资料。

这几日，除了晚上睡觉以及和无忧一起用膳外，她将全部精力都用在了这上头。听说北朝边关大捷，南朝在玉上国的大军也在还朝的路上，这一年南北朝各自平定边关，如今两朝边关已定，估计不久就要相互开战了。南朝大军的数量虽与北朝相当，但有一半以上是新兵或降兵，如果没有优良的装备和武器，即便谋略过人，打起仗来，也十分吃亏。而这个年代的装备和兵器，无非就是盔甲、战马、矛、盾、弓、弩、剑……单独的某一样，不是攻就是防，却没有一样能将攻防结合为一体。

她兀自凝思，全然不觉外面天色已黑。直到笔下的图成形，她才终于呼出一口气。放下笔，守在门口的宫女连忙进屋道：“娘娘，晚膳已经热了四回了，您快去膳厅用膳吧。”

漫天一愣，看了眼暗黑的夜色，这才发现她不知不觉在这里坐了好几个时辰。她扭头道：“这么晚了，皇上还没过来吗？”

宫女忙道：“回娘娘的话，刚才祥公公过来传话，说皇上今晚有事，不过来了。皇上让娘娘自己用膳，不用等他。”

漫天微怔，他们说好的，无论多忙，晚膳一定要一起用。她皱了皱眉，问道：“可还说别的了？”

宫女摇头。漫天拿起桌上的绘图，走到膳厅，见饭菜又有些凉了，对宫女吩咐道：

“再热一遍，热好了送去龙霄宫。”既然他有事不能过来，那她过去好了。

宫女抬头“啊”了一声，几个宫女相互望了一眼，眼中竟有担忧和闪烁。

漫夭眉头一蹙，凝眸问道：“怎么了？”

宫女们面面相觑，都不作声。

漫夭心知有事，不禁沉声道：“你们有事瞒着本宫？”

宫女惊惶地跪下道：“奴婢不敢……”

“快说！”漫夭低眸睥睨着她们，面色一沉，语气冰冷。

宫女们见她动了怒，心里害怕，但仍旧低着头犹豫着不敢开口，一名年纪较小的宫女忍不住了才说道：“宫里来了一位桑小姐，住进了漪澜殿。听说这位桑小姐年轻貌美，唱歌唱得可好了……”

“萱儿！别胡说！”年长些跪在最前面的宫女面色一变，忙斥了一声，道，“桑小姐再美也不及咱们娘娘的万分之一，娘娘天人之姿，哪里是一般女子可比？娘娘，奴婢……奴婢听祥公公说，今天新军发生暴乱……”

宫女本是想转移她的注意力，但这消息着实令漫夭大吃一惊，连忙问道：“是因为流言吗？”竟已经激烈到这种地步了？

宫女犹豫着点了点头，小心翼翼道：“新兵不服从管制，说向统领是娘娘您的人！”

漫夭目光一凝：“那桑小姐是新兵暴乱之后被召进宫的？”

宫女再度点头，漫夭心沉如水，新军暴乱，他不去想办法平乱反而召了桑鸯进宫，是什么意思？

“桑小姐现在何处？龙霄宫吗？”她拧眉问道。

另一名宫女忧心道：“是的，娘娘，听说今晚，就是她陪皇上用的膳。娘娘……你快想想办法吧！现在宫里私下里都在传，说……说娘娘很快就要被打入冷宫，说桑小姐会当皇后……”

“快住口，别瞎说！”年长的宫女慌忙阻止了那嘴上没个遮拦的宫女，并回头狠狠瞪了一眼，忙道：“娘娘，您别听她们瞎说，皇上对娘娘的宠爱宫里上上下下谁不知道啊？就算桑小姐真的进了宫，在皇上的心里面，也还是只有娘娘您一个。娘娘，您先用膳吧，别饿坏了身子。”

漫夭攥紧了手中的东西，尖利的指甲刺透那白色的宣纸，钉在自己的肌肤上。她扫了一眼桌上的饭菜，望着他平常坐的位置，面色异常平静，平静得让人感到不安。

宫女们担忧地望着她，过了许久，漫夭才淡淡道：“都撤了吧。”

“娘娘您……”

“撤了。”她重复，声音冷冰冰的，“你们都退下。”

冬日阴冷的风拍打着雕花窗格，呼扇着凉白的窗纸，不曾合紧的窗子吱呀一声被掀开，冷风透窗直入，掀动她一头银丝如雪飞扬。

朝臣相逼，军心动荡……到底是什么人暗中做手脚，利用她的白发大做文章？目的

又是什么，仅仅是为了要把她打入冷宫吗？怕是没那么简单！无忧能召桑鸢进宫，这事肯定跟桑丞相脱不了干系，只是那桑丞相在江南的根基太深，满朝文武几乎有一半是他的门生，所谓牵一发而动全身，要想拔除，不是件容易的事，除非拿到他犯下大罪的证据！

她想了想，转身看了眼外面暗黑的天空，快步走了出去。

漫香殿离龙霄宫不远，她只用了一刻钟就到了龙霄宫门外，远远地便听到里面传来丝竹之声，伴随着女子的歌声，那歌喉仿佛百灵般婉转清灵，极为悦耳动听。她心头一沉，还没进门，就被门口的侍卫恭敬有礼地拦下，道："请娘娘稍等片刻，容卑职先向皇上禀报。"

漫夭心间一凉，望着前方灯火辉煌的宫殿，直觉地阻止道："不必了！本宫只是路过而已，过来看看，就不进去了。"

她这样说着，心中一片悲凉，从什么时候起，她来这里也需要提前通禀了？

黑夜里的灯火格外地耀眼，空中圆月皎洁，将宫殿外的树木投在地上的阴影拉得很长。这宫中已然熟悉的一切，在她心里忽然变得有些陌生。

出门之时忘了披上外袍，此刻冷风直灌，她只觉浑身发冷，连心也一起冰凉，就如同她脚下青白的地砖。她仰起头，深深吸了一口气，寒冷的空气直入肺腑。她凉凉地笑了笑，喃喃道："真冷！"没有了那一双温暖的手扶着她，这日子冷得就像是结了冰。

她又望了一眼那座宫殿，想了想，最终还是缓缓地转过身，默默地离开。从哪里来的，就回哪里去。

"为什么不进去？"刚离开龙霄宫，一直远远注视着她的萧煞出现在她面前。他以为她会进去，因为她这样骄傲的女子，一旦确定了自己想要什么，便不会容许有人破坏。

漫夭顿住脚步，进去做什么？他说让她相信他，她就该相信他！如果经历了那么多波折，他还不值得她信任，那她留在他身边又有什么意义？人生已经很可悲了，她却还想给自己一个机会。

她抬着下巴，目光望向遥远而黑暗的天际，淡淡笑道："他这么做，自有他的道理。"说罢也不理会愣怔的萧煞，径直离去，凉白的月光倾洒在她单薄的背影上，让人看了不禁心疼。

清风殿外，梅林之中，她叫人取来琴，独坐于亭台。遣退了所有人，整个漫香殿，她孤身一人，冷月相伴。

琴弦拨动，寂寥的音符如叮咚的清泉自苍白的指尖流淌而出，带着她此刻惶然不定的心情，萦绕在这寂静深宫的夜里，沾染上夜的萧瑟凄凉。对面清风殿里一抹昏黄的灯光烛影在风中摇曳，照不亮外面的漆黑。

她忽然想，当年的云贵妃看着临天皇娶了傅鸳，她的心情是何等的悲哀沉痛？在傅鸳被盛宠的那些日子里，她是如何熬过一个又一个令人绝望的漫漫长夜？若是这个世界的女子也就罢了，从小被灌输男人三妻四妾乃天经地义之事，那样至少容易接受一些。

而可悲的是，云贵妃与她一样，从那个男女平等一夫一妻制的社会而来，在她们的思想之中，爱情就应该是一心一意，容不得第三人踏足。

“无忧，但愿你不要让他们的悲剧在我们身上重演！”

一夜无眠，她静静地坐在梅林之中，望着天，思索着，没有血乌，有什么法子可以遏制住她白发妖孽的流言，尽快平息这一场有心人恶意掀起的朝堂与军队的暴乱？

东方发白，她抬手揉一揉阵阵发紧的太阳穴。

这时，从林子外走来一个人，她转眼看去，竟是萧可。不似平常那般一见她便来挽着她的手臂，而是低着头慢慢朝她走过来，面色少有地凝重，眼眶微红。

漫夭奇怪地问道：“可儿，你怎么了？”

“公主姐姐，”萧可轻轻叫了她一声，咬着嘴唇，目光有些躲闪，似在犹豫着什么，她垂下头，声音极轻道，“公主姐姐，皇上他……”

提到宗政无忧，漫夭心头一跳，皱眉道：“他怎么了？”她的声音不觉中已带了些许颤意。

萧可抬头看着她，嘴唇动了动，欲言又止。

漫夭失了镇定，急道：“到底什么事？快说呀！”

萧可道：“公主姐姐……您自己去龙霄宫看吧。”

天空灰蒙蒙的，像是被罩上了一层浓雾。宫道两旁的树木挂着清冷的露珠，在女子经过之时，那露珠恰好迎风晃了一晃，滴落下来，打在她清冷的眼角，像极了心头那无法流出的眼泪。而她对那如冰一般的温度毫无所觉，连抬手拭一下都不曾。

龙霄宫在望，走到门口，这一次竟然没人阻拦，她径直入内。看到寝宫门窗紧闭，她忽然犹豫，感觉自己的身子在轻轻颤抖，原来她还是会害怕吗？强迫自己冷静下来，顿住脚步，周围静悄悄的，除了她自己抑郁且沉重的心跳，再也听不到其他的声音。

在门口静静地站了一会儿，内心激烈斗争中，她终于鼓起勇气，推开华美厚重的雕花木门，映入眼帘的是满地的凌乱不堪，仿佛发生过一场惨烈的搏斗。

冷风呼呼灌入，床上明黄色的床幔在风中摇摆，掀起的波澜，晃得人眼睛生疼。

她紧皱眉头，望了一眼床前地上散落的那再熟悉不过的衣物，那上面竟有血迹。她目光一震，再没多想，快步来到床前，一把掀起床幔，床上竟空无一人。明黄的锦被被掀卷在床角，白色的床单不似往日的平整，皱巴巴的全是褶子，仿佛每一寸都被人用手狠狠撕扯过似的。床头枕边，竟也有大片的血迹，让人触目惊心。

“来人，来人！”她惊得转头大叫，心慌不已。

宫外的太监闻声立刻进了屋，小心地问道：“娘娘有何吩咐？”

漫夭指着那些血迹问道：“这是怎么回事？”

那太监探头看了一眼，脸色大变，忙跪下磕头道：“奴才不知，奴才该死！昨夜皇上将这宫里的奴才都遣出去了，让奴才们不得吩咐都不准进来。”

漫夭一怔，扫视整间屋子，发现地上有一个被摔成两瓣的瓷碗，碗中还有少许的褐色药汁，已然凝固。她弯腰捡了起来，眼角瞥见门外似是想进又不敢进来的萧可，沉声

叫道：“可儿，你进来！”

萧可见被她发现了，这才慢慢挪步进来，低着头，目光瑟瑟。

漫夭眼神犀利，紧紧盯着她，问道：“到底发生了什么事？这碗里装过什么东西？你若不说，以后就别再跟着我！”

萧可一惊抬头，从来没见过她这样冷厉决绝的表情，慌忙道：“我说我说，是，是……是逆雪……”

漫夭手中的半边瓷碗在听到“逆雪”二字时，咣的一声掉在地上。那带着几分尖锐的声音在这间屋子里回荡，仿佛要刺破耳膜。萧可身子一颤，立刻哭道：“公主姐姐，对不起，我，我……我不该把逆雪给皇上，可是……”

后面萧可说了什么，漫夭都听不见了。在她的耳中，只剩下“逆雪”二字。听说逆雪是一种罕见之毒，极为霸道，不会要人性命，却会让人血脉逆转倒行，有如万箭穿心、肝肠寸断……服此毒者一夜白头，减寿十年！

漫夭身子一晃，踉跄着退了几步，身后的太监手疾眼快，忙上前扶她，却被她挥手推开。她愣愣地望着地上碎裂的瓷碗，心口像是有人拿刀在狠狠剜割，喘不上气来。

“皇上……人呢？”

太监忙道：“回娘娘的话，皇上去乾和殿上早朝了。”

漫夭朝乾和殿一路小跑而去，丝毫不管路上宫女、太监们奇怪的眼神，当来到那座象征着至高无上之权力的殿堂，却发现殿内同样是空无一人。

“皇上呢？皇上去哪里了？”她抓了名守卫急急问道。

守卫回道：“军中暴乱，皇上刚刚带领众位大人去了北面军营。”他话音未落，漫夭已消失在他们眼前。

新兵军营在江都的北面，她叫人准备了马车，直奔军营而去。

“什么人？”军营门口的守卫拦住马车，厉声喝问。

车夫斥道：“大胆！车内是皇妃娘娘，还不速速退下。”

守卫们一愣，面色有些慌乱，相互望了一眼，急忙跪下行礼，其中一名守卫昂首道：“军中有规矩，女子不得擅入，娘娘请回。”

漫夭一掀车帘，哪里管他什么规矩不规矩，她现在只想立刻见到他，立刻！飞身跃上前方马背，漫夭夺过侍卫手中长枪，反手砍断黑马与马车之间连接的缰绳，猛一挥鞭子，那马朝着军营狂奔而去。守卫们不料她有此一着，竟都愣住，待反应过来，她已消失在视线之内。

新兵操练场，一望无际的广阔。十万人，鸦雀无声。

大臣们低低垂首，面上一片肃穆，身着将服的项影单膝跪在皇帝的脚下，操练场中的将士们因为皇帝的驾临在一片暴乱声中突然安静下来。

近来军中流言：皇妃娘娘红颜白发必是妖孽转世，有她在皇帝身边，国家必亡！将士们从半信半疑到深信不疑，而今，仰望着高台之上尊贵无比的帝王，那些让他们暴乱的根源却再也不能成为理由。

十万人无队形章法，凌乱地站在操练场中。他们手执长枪，震惊地仰望着气势恢宏的高台上身着黑色龙袍的皇帝，他有着俊美如仙的面孔、尊贵如神的气势、邪佞如魔的眼神，但最令人震惊的却不是这些，而是被他们视为妖孽的象征——满头白发！

十万将士皆瞪大眼睛，不敢相信他们的皇上怎么也是一头白发？他们可以怀疑皇妃是祸国妖孽，那在他们眼里可以随意废掉的一个后宫女人，但是，被他们所承认的至高无上的生命主宰者，一国的帝王，绝对不能被称为妖孽！因此，他们面面相觑，先前的激昂抗议全部如烟消散。

此刻，高位之上的帝王目光深沉锐利，睥睨众生的姿态俨然天生的王者，而他那一头变得雪白的长发衬着邪佞冷冽的气势，像是神与魔的结合，让人不自觉就匍匐在他的脚下，觉得若不臣服于他，便是天地不容！他凤眸冷冷一扫，全场将士皆是心神一凛，立即如浪潮般跪倒在他的脚下。

宗政无忧面色如常，淡淡开口，低沉的嗓音灌注了深厚的内力："朕听闻近日市井流言遍布朝野和军营，朕的家事很受臣民们关注，所以今日，朕将早朝搬来此地，与众卿同议。来人，请各营将上来。"

操练场上一下轰动起来，众所周知，帝王早朝是何等的庄严神圣，历朝历代，像他们这种普通的营将哪有资格参与？而普通的士兵平常见皇帝一面比登天还难，此刻竟然有幸参与早朝，不禁激动又害怕。十几名营将神色拘谨、小心翼翼地上了高台，与心目中有如神祇般遥不可及的皇帝相隔如此近的距离，只觉得连站着都需要很大的勇气。

"吾皇万岁万万岁！"

十万人气势高昂的参拜之声，如响雷震天，不绝于耳，令高台上分立两侧的文武百官面色一肃。

宗政无忧犀利的目光望向丞相桑丘，直入主题道："桑爱卿，身为百官之首，对此次流言，你有何看法？"

桑丞相连忙出列，目光低垂道："启禀皇上，事关皇上与娘娘，臣……不敢妄言。不过，但凡传言……都不会空穴来风，娘娘身份错综复杂，确实容易招人话柄。"

九皇子听了恼火，在心里骂道："这个老狐狸！白发妖孽之事不能说了，便又拿身份说事。"

宗政无忧眼中冷光一闪，面上却不动声色道："依爱卿看，此事应该如何处理？"

桑丞相沉吟道："这……"他朝旁边一位大人使了个眼色，那人立刻出列道："启奏皇上，臣以为只要尽快册立一位贤德的皇后，此前谣言自不攻而破。后宫之事有皇后打理，皇上也不用再受后宫琐事烦扰了！"

宗政无忧道："那爱卿以为，谁最适合做这一国之母？"

那人连忙道："回皇上，臣以为……丞相之女桑鸯幼承庭训，知书达理，是最合适的人选。"说罢拿眼偷瞧了年轻帝王，哪知正对上一道凌厉的视线，不禁心中一突，慌忙垂下头去。

有人先开了口，自然就会有人附和："臣也以为丞相之女合适。"

不出半刻，百官出列之人竟有一半之多，而另一半人，看着帝王深沉的眼色，没敢有所动作。

宗政无忧目光淡淡一扫出列之人，突然沉声道："爱卿们对丞相之女倒是了解得很。幼承庭训、知书达理……是这样吗，桑爱卿？"说到最后一句，他的目光一瞬间变得又冷又沉，不等丞相答话，他已经向身后禁军统领萧煞招手道："把人带上来！"

军政殿廊柱尽头，两名侍卫拖着一男一女扔到百官面前。那一男一女衣衫不整、头发散乱，脖颈之间被啃咬得红痕遍布，一看便知是何缘故。

众人有些摸不着头脑，不知这两人是什么人，只有丞相桑丘面色惊变，指着地上的女子，惊道："你，你……请问皇上，这……这是怎么回事？"

宗政无忧面色一沉，眯着眼睛冷冷问道："丞相是在质问朕吗？"

他阴沉的语气、冷冽的眼神令丞相心中一惊，慌忙跪下道："臣不敢！"

宗政无忧冷哼一声，斥道："谅你也不敢！发生何事，问问你的好女儿不就知道了？"说罢冷冷地扫了一眼地上的女子，目光充满不屑与厌恶。而那女子一张美丽的脸已然惨白如纸，双手紧紧抓住胸前凌乱的衣襟，在她父亲的怒目之下，身躯直颤，低着头一句话也说不出来。

九皇子笑道："丞相大人，这么明显的事情，你还看不出来吗？你女儿迫不及待想登上皇后宝座，居然用媚术诱君，结果引诱不成，耐不住寂寞，找了个侍卫私通……"他说着环视了一眼那些推荐桑鸯为后的大臣，问道："这就是你们所谓的知书达理啊？哈，本王今天可算是长了见识了！怎么说，她好歹也是相府千金吧，又不是街头娼妓！"

"姜王说话，请注意身份！"桑丞相气得胡子直抖。

九皇子昂头，斜眼看他，语气傲慢道："抱歉得很，本王说话随意惯了，丞相不爱听啊？那也怪不得本王，谁叫你女儿做出这么不要脸的事情来呢？"

"你！"丞相气得说不出话来，但对于九皇子而言，这么说还算是客气的，他早就看桑丘不顺眼，这一次更是恨得牙痒痒！于是，转身面对底下的将士们，他敛了平常的笑容，万分正经地向阶下的十万新军大声问道："我们江南的战士们，你们是国家未来的英雄，告诉我们圣明的君主，你们想要这样的女人做你们的皇后吗？"

底下士兵还未有反应，台上的营将们先举起手一脸愤慨地大声叫道："当然不想！"

"不想！"

"不想！"

"不想……"

紧随而至的是十万将士同举手中长枪，一声高过一声的回应："不想！"

十万人激昂而愤慨的高呼，那恢宏的气势震颤了整座军营，也震颤了百官之心。那些推荐桑鸯为后的大臣慌乱地跪倒，叩首请罪："臣等有罪！请皇上降罪！"

桑丞相一看势头不好，只得俯身拜道："臣教女无方，请皇上恕罪！"

宗政无忧冷冷地看着他，不说话。九皇子转身道："丞相大人别急着认罪啊，还有人没到场呢。来呀，把那说书人也带上来吧！"

一个戴着书生帽的中年男子被拖了上来，那男子早就被这阵势吓得魂不附体、面如死灰。

九皇子在文武百官面前转了几个圈，弯腰朝那人问道："是你在各大茶馆散布红颜白发是祸国妖孽的谣言吧？你知不知道，诋毁皇妃清誉，是诛九族的大罪！"

那说书人吓得直摆手，慌忙摇头道："不不不……不是我！不是我啊！"

"你敢狡辩！"九皇子飞起一脚狠狠将那说书人踢得翻了几个跟头，那人惨叫一声，顾不得疼痛慌忙爬回来连连叩首道："皇上饶命，是丞相……丞相指使小人做的！不然小人就算有天大的胆子，也不敢找人诋毁皇妃娘娘啊……求皇上饶命！"

桑丞相面色一变，大怒道："你血口喷人！皇上，老臣冤枉，老臣对南朝对皇上忠心耿耿！请皇上明察！"

"忠心？"宗政无忧挑了挑眼角，起身，缓缓走到桑丘面前，犀利的目光扫过文武百官，微微勾唇，却是拂袖冷笑道，"今日之前，朕也以为丞相对朕忠心耿耿，但丞相你实在令朕失望！老九，把这半年来丞相跟北朝私下联络的信件拿出来给各位爱卿瞧一瞧，瞧瞧我们这位丞相到底是如何对朕忠心耿耿！"

九皇子立刻拿出一摞书信，展开放到众人面前，指着那信末尾的印鉴，无比愤恨道："这是北朝皇帝的私印！桑丘暗中和北朝勾结，证据确凿，还敢喊冤？"

众臣皆惊，不敢置信地看着一向行事规矩的丞相，一片哗然。

桑丘瞪着眼睛望着那些密信，面色一片惨灰，颤声道："这……这些东西怎么会在你手里？"

九皇子蹲下身子，扬起一个大大的笑容，在他耳边低声道："不好意思，丞相大人，今天早上，你前脚出门，本王后脚便带人去抄了你的家，从你家书房地下挖出来了这个！怎么样？藏得这么隐秘也能被本王查到，没想到吧？唉，查了大半年，也算是没白费工夫！"

桑丞相一下瘫倒在地，不敢置信地望着那高高在上、面无表情的帝王，震惊得说不出话来。他们竟然查了他大半年，现在家都被抄了，他却毫不知情，还以为皇上想仰仗他来稳固自己的皇位，却不料，他其实早已是那人盘中鱼肉，还在这里做着权倾天下的春秋大梦！想他一生为人处世谨慎小心，到头来还是没抵住权力的诱惑，被野心所害，不禁悔恨难当。

宗政无忧再不看他，冷冷道："传旨！丞相桑丘勾结北朝，散布谣言诋毁皇妃清誉，扰乱朝纲，引发兵变，密谋夺权篡位，罪无可恕！现免去官职，诛九族！自今日起，谁敢再提选秀立后之事，一律按谋逆罪论处！退朝。"

一场波涛汹涌的早朝，终于在帝王的圣旨中结束。至此，权倾一朝的桑家倒台，宗政无忧在众臣及将士们敬畏的目光中，以及那一声声"皇上英明"的激昂高呼声中华丽退场。而众人皆知，桑相倒台，紧随而来的必定是一场朝堂的洗礼。帝王的雷霆手段，

他们很快便会领略到。

宗政无忧昂首步下高台，一转弯，便看到军政殿侧面的廊柱旁立着的一名女子。女子白发如雪，双目盈满泪光，正痴痴地凝望着他，眼中有怨责，有心疼，还有深沉的情意涌动。他微微一愣，快步走了过去，皱眉道："你怎么来了？"这么大的风，她连外袍都没披，也不知在这里站了多久。他不顾旁人的眼光，张开手臂一把揽过她的身子，带她走向后方的御辇。

漫夭抿着唇不说话，望着他眼中交错密布的红血丝、隐藏在眉眼之间历经一夜折磨后的浓浓疲倦，还有他同她一样的如雪白发，她的心揪成一团。她咬紧唇，不敢开口，只怕一开口，就忍不住哭出来。

当厚重的明黄色帘幔放下，将冬日的寒风阻隔在外，也隔住了所有人的目光。她才瞪着他，哽咽着骂道："你这个疯子！"骂完之后控制不住地扑到他怀里，泪水滚滚而落，打湿了他的胸膛，那滚烫的温度将一颗曾经冷硬如坚冰的心融化成一池春水。

为了遏制流言，为了不负她，他竟然服下剧毒，一夜白头！减寿十年，那是何等沉重的代价！早知如此，她宁愿他娶一堆女人回去，但她不知，其实不服逆雪，他一样可以轻而易举地平息一切。之所以服下逆雪，不过是为了她那日的一个梦。当然，还有另一个重要的原因，当很多年后，她知道了那个原因，几乎无语。

宗政无忧抱住她纤细柔软的身子，雪一样的白发垂落下来与她的纠缠在一起，分不出谁是谁的。他将下巴抵在她的额头，修长的手指抚摸着她单薄的背脊，叹息道："我说过，只要你肯回头，我这一生，宁负天下也绝不负你！"

漫夭身子一震，抬起迷蒙泪眼，颤声道："可是我……当时并没有回头！"

"后来也算。"他搂紧她的身子，看着她盈满泪光的明澈双眼，目光深邃道，"只要你在我身边，这个承诺，永远作数！"

说这句话的时候，他整个人的气息都褪去了平日的冷冽，只剩下震颤人心的温柔。泪水再度夺眶而出，她心里的感动如奔腾的江水，滔滔不绝将她淹没。她望着他，竟说不出话来。

宗政无忧捧起她的脸，轻柔地拭去她面上的泪水，低头吻上她娇嫩的唇瓣，原本只想轻轻地亲她一下，却没想到那双想念了很久的唇一经触碰便再也无法放开。明显感觉到她身子一颤，他由轻柔的试探到深入的索取，小心翼翼以珍视震颤着她的灵魂。她不由自主地抬手搂住他的脖子，泪水仍在不断地滚落，没入唇齿间，蔓延出咸涩却又幸福的味道。

她用她所有的力量去回应这个用生命珍惜她的男人，唇齿厮磨，身体的颤抖伴随着心灵的战栗，那体内突然被引爆的渴望，来得汹涌而猛烈。

这是一年多来，他们第一个忘情的亲吻，发生得那样自然。这一刻，他们都忘记了曾经的屈辱，也忘记了那刻入心骨的仇恨与疼痛。

太阳升起，暖融融的橙黄光线笼罩了整座江都，为这个寒冷的冬季带来了新的希望。

明黄的帘幔内，软椅之上，两人浑然忘我，吻得激烈而投入。女子毫无保留地回应掀起男子心头深沉的激荡，宗政无忧紧箍住怀中那令他几欲疯狂的女子，唇舌间的吻越发肆意而张狂，仿佛不将女子与他一起融化了便不罢休。

喘息急促，心跳剧烈，整个帐内的温度节节攀升，暧昧的气息充斥在这一方狭小的空间内，焚烧着他们的理智和身心。

本是大好光景，偏有不长眼的在这时候掀开了帘幔，看也不看就翻身跳了上来，叫道："七哥，我跟你们一起走。"同乘御辇之事，他又不是没干过，都随意惯了，只不过，今天却刚刚好撞上了枪口！

当九皇子上车看清帘内情景，惊诧地瞪大眼睛，心中暗叫一声"不好"，人就被一道劲力给扫飞了出去，砰的一声狠狠地摔在了地上。他"哎哟"一声大叫，痛得龇牙咧嘴，感觉屁股要开花了。

外面的禁军吓了一跳，慌忙拔剑，才看清楚摔出来的是九皇子。萧煞一愣，望了一眼已合上的帘幔，走到九皇子跟前，问道："王爷没事吧？"

九皇子嘴角一抽，只想说，你让七哥摔你一下试试看有事没事？但一看到周围的人想笑又不敢笑的模样，他连忙舒展眉头，一下子跳了起来，拍了拍身上的灰尘，昂着头哼哼了一声，潇洒地转身，朝自己的马车走去。刚上马车，他便摸着自己的屁股，苦着脸嘟囔道："七哥，就算我不小心搅了你的好事，你也不用这么狠吧？呜，好痛好痛！"

御辇内，漫夭这才回过神来，立刻收回搂住他脖子的手，清丽的脸庞羞红滚烫如火烧一般。她连忙坐正，低头嗔道："无忧，你出手太重了！"

宗政无忧怀里一空，面色顿时黑沉，不禁闷闷道："我已经手下留情了。阿漫，过来。"他拽过她的身子，还在回味她方才出人意料的热情。他们之间的关系，也许是时候该有所突破了。

漫夭一扭头撞上那双灼亮的眼，那眼中燃烧的渴望令她想起自己的忘情，连忙垂了眼，面上越发滚烫。一年了，那些令人感到伤痛和屈辱的记忆，都被埋在了他们的心底，两个人避而不提，就像一根长在肉里的刺，你不碰它便不疼，你若是因为害怕而不碰它，那它便永远长在那里随时提醒着你它的存在。也许，有些事情，与其逃避，不如勇敢面对。她抬手，轻轻触摸他的头发，那每一寸雪白的颜色，在她纤细的指尖下诉说着这个男子对她浓烈且深沉的爱意。

"无忧，谢谢你！这样爱我！"她将脸靠近他的胸膛，听着他有力的心跳，忽然觉得什么都不重要了，有他在就好。

宗政无忧目光一动，双臂猛地收紧，紧到她透不过气来。他却问道："那你呢？"

漫夭一时没反应过来，愣怔道："我怎么了？"

宗政无忧目光一闪，垂眸淡淡道："没什么。"他原想问：你爱我吗？但终究问不出口。这一年来，他始终不确定她留在他身边究竟是因为爱他还是为了补偿他？

漫夭抬眼见他神色不对，蹙了蹙眉，还来不及细想，就听宗政无忧突然转变话题：

“桑丘和北朝勾结一事，你怎么看？”

漫夭思索道：“我觉得，不是他。”这个他，自然指的是傅筹。

宗政无忧眉头一皱，问道：“为何如此肯定？”

漫夭想了想，才道：“他人在边关战场，哪里有空管我们。”

宗政无忧道：“你应该知道，北夷国之乱，并未严重到需要他御驾亲征！”

漫夭道：“是，但以他的性格，不会自揭伤疤。”白发一事，傅筹也在别人的算计之中，他不会拿她的白发说事。她纵然恨他，却也知道，有些事，他不会做。

宗政无忧目光微变，皱眉，声音竟然沉了两分，道：“你如此了解他？”

漫夭听出他语气不对，微微一怔，从他怀里抬起头来，看到他先前温柔而炽热的目光突然变得暗沉而复杂，她心间一沉，不禁蹙眉道：“无忧，你……介意吗？”

介意她曾与另一个男人同床共枕？如今介意，他又岂会为她放下尊严而甘愿受辱人前？他只是不确定，在她心里，到底谁才是最重要的那个人？

修长的手指摩挲着她仍旧泛红的眼眶，他的动作格外温柔，狭长的凤眸流转着几分不确定的神色，犹豫着开口：“我只想知道，在阿漫你的心里……”

“我的心里……由始至终，都只有你一个，从来没变过！”她握住他的手，回答得那么干脆。

宗政无忧反而愣住，呆呆地看着她，面上依旧保持着平静无波，只是那眼中骤然升起的光华，有如黑夜中突然盛放的烟火，绚烂夺目，泄露了他此刻内心的真实情绪。外面的阳光倏然炙热起来，肆无忌惮地照着明黄色的帘幔，将辇内映了一片温暖的橙黄。

“阿漫……”他缓缓叫了她的名字，痴痴的目光小心翼翼地在她面上不住地流连，似是害怕一不小心就会打碎一个美丽的幻梦。

“傻瓜！”她心头一酸，搂着他的腰，将头重新靠在他结实的胸膛上。

第三章　半边胎记

御辇停在议政殿门口，漫夭想着刚处置了桑丘，他一定有很多政务要处理，正准备自己回去，但还没起身就听他对小祥子吩咐道："将奏折搬到漫香殿。"

小祥子的速度一点儿也不含糊，御辇到达漫香殿时，如山般的奏折堆满了清风阁窗前的楠木桌案，将翔凤雕花窗棂遮挡过半。

漫夭愣住："这么多折子，得批到什么时候？"

宗政无忧拉着她坐到桌案前，心情很好地笑道："有你帮忙，三更前大概能批完。"

三更……她昨晚一夜没睡，现在已经有些困了，而他昨夜被剧痛折磨一宿未眠，此刻血丝遍布眼眶，却还要如此辛苦，她不禁有些心疼，顺从地在他身边坐了下来。宗政无忧叫人沏来一壶茶，然后遣退所有下人，整个清风阁就只剩下他们和一壶茶，还有一堆奏章。

窗外梅花开得正盛，暗香萦绕，随着清风丝丝缕缕透窗而来。屋里新泡的热茶升腾着浅白色的轻雾，如烟一般在空中缭绕散开，清香四溢，融合着梅香之气，竟醉人心脾。

漫夭低头整理着那些奏折，按照事件的大小轻重以及内容的缓急程度分开放置，依次整齐地排列在他面前。整理完，不觉已到下午，这时她才觉得头昏脑涨，腰酸背疼。想想她只是阅览一遍就已经这样累了，而他每日都要批阅这么多奏折，她不禁感慨，当皇帝真累，以前他还是离王的时候，哪有这么辛苦！她暗暗叹气，转头望着他。

专注于处理政务的宗政无忧看起来和平常有些不同，时而皱眉，时而凝目，时而挑一挑眼角，时而抿一抿唇，无论哪一个表情，配上他优雅而又不失刚毅的面部轮廓，都

透着致命的吸引力。她不禁想起第一次见他时的情形，他被人抬着上殿，呼呼大睡。那时候的他是那么嚣张跋扈，仿佛全世界没有一个人能入得了他的眼，更别说走进他的心……

宗政无忧批阅完她整理出来的紧急奏章，微微吐出一口气，一转头对上她沉浸在遥远记忆中的迷离眼神。她微张的红唇，色泽粉嫩诱人，仿佛在召唤着他的靠近，令他想到上午的那个吻，心中一荡，突然将脸凑了过来，眼中邪魅光芒大盛。

面对一张突然放大的俊脸，漫夭骤然回神，两人的眼神在空中交会，眼底流转的情意如千丝万缕的绵丝，将她紧紧缠绕。他的鼻尖几乎贴上她的，彼此呼吸清晰可闻。

漫夭也想到上午的那个吻，脸腾地一下红了起来，直觉地起身想要逃离这充满暧昧的屋子。宗政无忧一扔朱笔，反应疾速，在她的手触上门的那一刹那伸手将她捞住，从背后抱着她，低沉的嗓音在她耳边轻轻问道："你要去哪里？"

他鼻息微热，喷在她耳侧，酥酥痒痒的感觉令她身子不由自主地轻轻一颤，面上如火烧一般滚烫。她下意识地想偏头躲开，他却不准，捏住她的下巴，将她的脸转过来。他灼热的目光看得她心头怦怦直跳，忙推他的手，他却在她腰间猛地一提，将她整个身子转了过来。

她一声惊呼尚未出口，就被他推靠到墙上。

"不许走。"他霸道而又温柔地命令，嗓音微微有些暗哑。

漫夭震住，心里明白他此刻的眼神代表着什么，有些慌乱，忙挣扎道："我不走，你快做事，还有好多折子没批……"

"不批了！"

他说完迅速低头吻住她，如狂风海浪般的激吻，仿佛不满她的挣扎而给她的惩罚。她娇喘一声，本欲推开他的手却在他强有力的攻势下本能地抓住了他胸前的衣襟，情不自禁地嘤咛一声。

一年的小心翼翼不敢触碰，每一夜都在挣扎中煎熬，如今她心意已明，那心头的魔障迟早要拔除，与其等以后，不如就趁今天。生命有限，谁也不知道明天是什么样子！他心念至此，将她的腰扣得更紧，紧紧贴着他的身子。隔着衣物，他身上滚烫的温度灼得她肌肤也变得滚烫，像是要将彼此熔化。他的吻越来越狂热，撬开她的贝齿，拼命吸取着她迷人的芬芳，她被动地承受着，身子绵软，毫无招架之力。

他迫不及待地将手伸进她衣裳里，她娇躯一颤，这样熟悉的感觉，让她恍然想起第一次在温泉池边，他时而温柔似水，时而邪魅诱惑，一心哄着她放下心中防备，一步步走进他为她设定好的陷阱……如今再回想起来，真正是五味杂陈，苦涩难言。那时候，她不知道他的利用欺骗，一心沉浸在甜蜜当中，他也不知道自己的温柔是真，一心只想着计谋得逞，所以才有了后来的种种磨难。她受伤之后封锁真心，对他的事不闻不问，而他却懂得了自己的真心，从此一心为她。在他回京城的那一刻，就注定了他们之间的纠缠不清。

在清凉湖他如天神一般地降临挽救了她的性命；选妃宴上无所顾忌地为她出头；扶

柳园一局棋向她认输；猎场悬崖不顾性命地挡下毒箭为她与野狼搏斗；宣德殿外为她放弃唾手可得的江山向仇人称降，与她共承屈辱，险些丧命……对于一个骄傲无比的人，要折断他的傲骨，比要了他的命更难上百倍！

想到这些，她鼻子一酸，眼泪竟控制不住掉下来，原来不知不觉间，他为她做的已经这样多了！

宗政无忧只觉唇间咸湿，睁开眼睛一看，竟看到她泪流满面。他心头大慌，连忙停下动作，手足无措地望着她，终究是他太心急了吗？他忙放开她，皱紧眉头，万分懊恼道："对不起！阿漫……是我太心急了！你别哭了，以后……我不勉强你就是！"

漫夭愣住，心知他误会了，她低头望着他急切为她拢衣的手，忽然有些哭笑不得。

宗政无忧见她低头，心里更加确定她是因为心理阴影而害怕与他亲热，在心里叹了口气，伸手替她拭去眼泪，柔声安抚道："没事了，没事了，别怕！"

他低垂的眸子里有掩饰不住的黯然，没有逃过她的眼睛。她抓住他的手臂，紧抱住他的腰，仰着脸庞，咬了咬唇，半晌才轻声说道："无忧，我，我……"

宗政无忧眼中带着无尽怜惜，修长的手指轻轻摩挲着她面上细腻光滑的肌肤，体贴道："你不用说，我明白。"

"不是，你……"她急切地辩解，眼睛一时不知道该望向何处。

宗政无忧叹道："别担心我，我没事。"

见他一径沉浸在自己的理解当中，自己又解释不清，她心中有些急了，将眼一闭，干脆什么也不说，直接抬手用力勾住他的脖子，踮起脚尖就向他的唇吻了上去。

宗政无忧身子蓦然一僵，愣在当场。

她闭着眼睛吻住他，见他没反应，便蹙了眉偷偷睁开一条缝隙，看到他正睁大眼睛直勾勾地看着她，她顿时停住动作，脸上如烧了一把火，都红透了。这人平时聪明得紧，怎么这会儿如此迟钝！她都这样主动了，他居然一点反应也没有？她连忙放开他的唇，想要逃开。

宗政无忧立刻回神，哪里还容她逃走，一把将她抱住。他灼人的目光紧紧地盯着她的眼睛，想从那里寻找答案，但除了懊恼和羞涩，别的什么都看不出。他有些不明白了，她这样……到底是愿意还是不愿意？

"阿漫，你……"他仔细地观察她，小心地措辞。

那炽热的眼神让她心头狂跳，她知道他想问什么，她转过头去，低声说道："现在是白天……我，我还没准备好……"

宗政无忧一愣，看看她羞红的面颊，脑子里迅速地飞转，回忆着她先前的反应以及刚才她说过的所有的话。这才明白自己可能是误会了她的意思，他心头一阵雀跃，忽然笑道："你要准备什么？"

漫夭支吾道："我……"一个我字才出口，他的唇舌再度侵袭过来，带着难以言说的激动和喜悦，将她口中发出的音符，吞噬入腹。

她还来不及惊叫，已经头晕目眩，身子被转了不知多少度，在被他扳过来的时候撞

倒了桌上堆得高高的奏折，那奏折歪倒下来，有些已凌乱地散落在地。

“嗯……奏折……”她含混不清地叫道。

“不管它。”宗政无忧瞥了一眼堆满奏章的桌案，袍袖一挥，只听呼啦一阵响，一桌子的奏章全都被扫到了地上。

她一惊，哀叫一声：“啊！别！”她辛辛苦苦整理了好几个时辰，就这么被他一挥手，前功尽弃了！

宗政无忧哪里会理会她的抗议，弯腰打横抱起她放在桌上……

就在这明媚的下午，梅香四溢的清风阁，他们努力挣脱了因过往的惨痛经历而衍生于心头的噩梦，终于完成了第一次由身到心的完美结合。

早晨的阳光透过雕花窗棂照在桌面的铜镜以及厚实绵软的地毯上，打出暖色的光晕，将冬日寒冷的空气隔绝在厚实的门墙外。

柔软绚丽的锦纱垂在床的四周，铜镜反射的阳光投射在月白的锦纱上，照出梦幻的颜色，显得有些不真实。大半日的狂乱过后，敞开心扉的两人睡得格外香甜。

漫夭醒来，侧过身子，想摸摸身边男子俊美绝伦的脸，但手还没触碰到他，他却突然睁开了眼睛，邪佞的眼神在看到女子的刹那化作了温柔缠绵的情丝，令她想到先前的狂乱，面上一红，立刻翻身躺平，紧紧抓着被子。虽说已经不是第一次了，但每每面对他的温柔，她的心仍会止不住怦怦乱跳。

宗政无忧伸手揽过她的身子，闭上眼睛轻嗅女子身上散发的淡淡馨香，勾一勾唇，却并不说话。这两年来，不记得有多少个夜晚都做着同样一个梦，梦见一觉醒来她躺在他身边，他紧紧地抱着她，她在他怀里羞涩地低头，满面潮红……

曾经以为这个梦永远不会实现，却没想到还有这一天！他抱着她，无比满足。

漫夭也不说话，对她来说，能在早晨的阳光中静静地依偎在他的怀里，是一件幸福的事。她珍惜这种幸福，享受这一刻的静谧无声。而之后的一个月，是她来到这个世界最幸福快乐的日子。宗政无忧仿佛回到了离王府的那些日子，温柔邪魅，偶尔会逗弄她，惹得她娇嗔不已。

初阳如煦，岁月静好，如果时光可以停留，她希望永远停留在这一个月。她每日帮他整理奏章，进出议政殿比以往更加频繁，却无人再敢有异议。桑丘的党羽被宗政无忧以各种名义革职查办，朝中官位空缺颇多，许多之前被桑相一党打压排挤的有才有志之士得到破格提升，使得原本郁郁不得志的他们对这位年轻果敢的皇帝充满了感激，誓要尽心竭力以报帝王之恩。其他臣子经此一事，无人再敢结党营私，而是兢兢业业一心为国，至此，南朝上下一派大好景象。

这日早晨，她难得心情很好地起来为他更衣，却被他抓住不放，只好佯装恼怒道：“早朝的时间已经到了，你再不去，他们又不知要如何说我了！”

宗政无忧抓住她的手，抱过她的身子，目光深深地望着她，问道：“你怕吗？”

“怕什么？流言吗？”她笑起来，微微带着嘲弄道，“在来临天国之前，别人说我容貌奇丑，无才无德，骄纵又任性。到了临天国，被你拒婚，别人说我是弃妇没人要，那些贵族公子也避我如蛇蝎……在那场婚礼过后，别人又骂我不知廉耻不守妇道……反正早已声名狼藉，还有什么好怕的？”

宗政无忧心头一紧，叹道：“都怪我！”

漫夭却笑道：“或许是命运的安排，如果没有经历那么多的波折和考验，也许我们永远不会知道，有一个人在我们的生命里占有那么重要的位置！好了，快穿衣服。”

她拿了衣服正要替他穿上，一低头忽然看到他右侧腰间有块深褐色的印迹，两枚硬币般大小，形状有些奇怪，像是正在腾飞的翔龙，有头有尾，却都只得一半。她不禁问道：“这是胎记吗？怎么看着好像只有一半？”

宗政无忧抬起的手微微一顿，面色有些变化，但只是淡淡答道：“是只有一半。”

漫夭一边帮他整理衣裳，一边奇怪道：“另一半去哪里了？”

宗政无忧几不可闻地叹息：“不知道。找了十几年，毫无线索。”

一个胎记找了十几年？漫夭愣道：“莫非你有孪生兄弟？”

宗政无忧道：“不确定是男是女。”

漫夭诧异地顿住动作，宗政无忧面色平静道：“当年母妃产下两子后，因大出血昏迷了三日，醒来后得知其中一个是死婴。母妃悲痛欲绝，找到死婴的尸体，发现那具尸体并无她昏迷前所见到的胎记，所以她不相信那是她的孩子！但又不知那个孩子究竟去了何处。”

漫夭怔住，第一个想到的就是被调包了！但皇宫之中，谁有那么大的胆子，谁又有那样的能力？她伸手去握住他的手，蹙眉问道：“当时你父皇不在吗？”

宗政无忧目光微暗，道：“三王叛乱，当时他在城外平乱。”

漫夭微微凝思道：“那产婆……”

“死了。所有有关之人在死婴被识穿后，一夜之间都消失了。”宗政无忧目光倏然变得冷厉，“后来查出，在我母妃生产前一日夜里，产婆私下见过皇后宫中的总管太监。”

傅皇后？不，现在应该是傅太后，听说这位太后半边容颜被毁，神志疯癫，但自从被傅筹接入皇宫母子相认，她的神志便慢慢恢复过来。漫夭忽然想到她曾在无名巷里遇到的那个疯妇，也是半边容颜被烧伤，莫非……漫夭想到一种可能，心中一惊。京城虽大，但一个并没有完全被限制自由的疯子能在京城里隐匿十几年而不被发觉，偏偏在傅筹赢了那场仗之后被找到，是不是太巧了？她不禁蹙眉道：“你的意思是……这件事和傅皇后有关？她为什么要那么做？”如果是害怕云贵妃的孩子会跟她的儿子抢皇位，为什么只换走一个留下一个？

今年的冬天冷得格外地早，十一月的京城，已是一片冰天雪地。

这一日空中无云，阳光照在道路两旁的积雪上，反射出刺眼的冷色白光，铺天盖地笼罩着这座本就冰冷的皇宫。

北朝年轻的皇帝下了早朝走在寂静的宫道上，面色沉寂，一身明黄色龙袍，彰显着

至高无上的尊贵身份，额前十二道长长的冕旒遮挡了他年轻却满含沧桑的双眼，透过冕旒投射而出的目光是专属于一个帝王的犀利，而掩藏在冕旒之后，别人无法窥见的是那与年龄不符的沉沉死寂。

冬日凛冽的寒风将他衣袍吹得鼓胀，随着他沉重的步伐飘扬起伏。他独自走在前头，身旁无人比肩，身后是一众奴才低眉顺目。

他回到御书房，并不看御案上堆积如山的奏折，而是先绕过屏风进了内室。

内室里一名新来的宫女在打扫屋子的时候，见雕花大床中央摆着一盆小小的形状奇特的花草。她很好奇，这床不是陛下用来休息的地方吗？怎么在这里摆着这种奇怪的东西呢？她一时好奇，就凑过去看了看，透着暗红的乌黑色像花又像叶子的东西引起了她的兴趣，她伸出手刚想触摸一下，就听身后突然有人问道："你在干什么？"

听不出情绪的嗓音令人无端发颤，宫女身子一抖，指尖不小心带动叶子的一角，留下一道轻微的折痕。她也顾不得这些，猛地回头，便看到了她做梦都想见到的皇帝，一时愣住，忘记行礼。

年轻的皇帝目光越过她，看向床上的那盆花草，只见乌黑的叶片竟有折损的痕迹，他目光一沉，对外叫道："来人，将她拖下去。以后没有朕的吩咐，谁也不准进这间屋子！"他的面容是一贯的温和，眼神却深沉无比，侍女怔怔地看着他，直到被拖出门外也没想起求饶。

宗政无筹缓步走到床前，望着那盆形状奇特的花草出神。那是他用了几个月的时间，动用数万军队才寻找到的对他而言至为珍贵的药材——血乌。听说此物，以鲜血喂养，有乌发奇效。

"太后娘娘！"门外传来宫人的跪拜声。宗政无筹剑眉微微一皱，刚回身，一位衣着华丽满身贵气的妇人已绕过屏风朝他走了过来。来人身着彩凤华服，满头乌发绾成凌云髻，一张脸，半边惨不忍睹，半边倾国倾城。正是十五年前的皇后、如今的皇太后傅鸳。

宗政无筹低头行礼，十分恭敬地唤了声："母后！"

傅鸳面色慈和地阻止他行礼，被宗政无筹扶着坐下，才微微笑道："听闻这两日大臣们都在上折子劝你立后，可有此事？"

宗政无筹微微一愣，并未立即答话，而是低眸想了想，才道："确有此事，母后消息可真灵通！"

傅鸳拍了拍他的手，柔声道："母后是为你好！自古以来，哪一个皇帝不是三宫六院？你登基已有一年，这后宫一个嫔妃都没有，怎么行？你就算不为自己考虑，也得为江山传承打算啊！一个皇帝的子嗣，关系到国家社稷，不可不当回事。母后先前见过孙丞相的女儿，那孩子就不错……"

"母后！"宗政无筹突然皱起眉头，打断道，"朕知道，让母后操心是朕不孝，但是母后，朕什么都可以听您的，只有这件事，朕自有主张！请母后别再费神了。"他虽是恭敬有礼地说着，但那神色却是坚定无比，仿佛谁也动摇不得。

"你……唉！"太后叹气，道，"整日守着一个抛弃你的女人，靠回忆过日子算怎么回事？你知道的，她不会再回到你身边了！"

宗政无筹听到最后一句面色一变，温和平静的目光忽然碎裂开来，整个京城，无人不知，那是他的心病，也是这北朝的禁忌，谁也不准提那女子半句！他声音微微一沉，低声叫道："母后！朕……自有分寸！"

傅鸳目光一闪，似有无限心疼，语气无奈道："好好好！母后不说就是，你也别难过，你是一国皇帝，这世上好女子有千千万万个，还不是任你挑选？对了，你回来已有数日，也该去看看你父皇了。"

宗政无筹淡淡道："有母后的精心照料，朕去与不去，并无分别。"他这次回宫，听说皇太后将重病的太上皇照顾得无微不至，每日一碗汤药，陪着说话解闷，人人称赞皇太后贤惠，但只有他才知道，这世上最恨那个人的不是他，而是他的母后！这是他很小的时候就已经明白的事实。那种恨，不可能随着时间的推移而消磨。

傅鸳却道："你是皇帝，他是你的父皇，你总也不去看他，会落人话柄。走，跟母后去看看。"说完也不管他愿意不愿意，拉着他就往外走。

装饰华丽的延寿宫，仿佛被药汤浸泡过，整座宫殿都散发着浓烈的苦味。寝宫内一张宽敞的镶金木雕大床上，一名中年男子一动不动地躺着，从前英俊的面庞瘦得不成人样。若不是他睁着眼睛，还喘着一口气，别人或许会以为这不过是个死人。谁能想到，这曾经名动天下的一国帝王，此刻躺在别人为他装饰的华丽金屋里，不能动，也不能开口说话，只能如死人一般地躺着，任人宰割，毫无反抗能力，这是一种比凌迟之刑更为残酷的折磨。他瞥见刚进屋的二人，尤其是在看到宗政无筹时，他原本平静无波的面容忽然有些激动，浑浊的双眼微微亮了起来，张口想说什么，却又说不出，急得直瞪眼。

宗政无筹面无表情，就如同面对一个毫不相干的陌生人，冷漠淡定。

傅鸳向奴才们摆了摆手，那些宫女、太监连忙行礼退了出去。她不紧不慢地走到床边坐下，无比温柔地笑道："殒赫，筹儿来看你了，你高兴吗？"

宗政殒赫，这个名字，很多年没人叫过，就连他自己都快要忘记了。他看着面前的女人，面皮直抽，目露凶光，看上去有些诡异可怖。

傅鸳如烟柳眉轻蹙，疑惑道："你不喜欢吗？他是你儿子，看到他你应该高兴才是！"说到这里，她顿了顿，似是想起什么，又道："哦，我忘了，你确实不喜欢他！从他还没出生起，你就千方百计想杀死他。你借别人的手，下堕胎药，甚至不惜用毒，可惜，我和他命大，都活了下来。你派人四处追杀他，当年听到他中剑落江的消息，你一定很开心吧？"她望着床上的男人，目光依旧温柔，但那温柔背后的怨恨却是蚀骨铭心。她轻轻笑了一声，又道："你一定想不到，他再次死里逃生，最终赶走了你最疼爱的儿子，夺了你的皇位！这就叫作因果报应，你知道不知道？"

宗政殒赫目光变了几变，狠狠地盯着她，似是在说："你也会得到报应的！"

傅鸳看懂了他的意思，却毫不在意地笑起来，笑得高贵又典雅，而这笑容落在床上男人的眼中却如同恶魔的微笑，令人不寒而栗。她回头看了眼站在门口的宗政无筹，只

见他表情木然，再没有从前提及此事时的黯然、愤恨。她眉头微微一蹙，很快便又笑道："筹儿，年关就要到了，你是否该为你父皇和你弟弟准备一份大礼？给他们一个惊喜！"

宗政无筹皱了皱眉头，垂眸淡淡道："母后拿主意就好。"他只想快些离开这座宫殿，但没想到他随意的应承，竟然会铸成他一生中除红罗帐以外又一无法挽救的大错！

离开延寿宫，他并未回御书房，而是去了他命人重新修建的寝宫。那座寝宫，名为"清谧园"。

这个园子里的宫人很少，少到不像是皇帝的寝宫。

园子里有一片竹林，那片竹林里有一块空阔之地，正中央有一个汉白玉圆桌，可以用来下棋、看书，也可以用来品茶、舞剑，只可惜，那个喜欢看书、下棋的女子早已不在他身边。

他孤身走在那片竹林里，虽然还是一模一样的精致，但是少了那个人，便是天差地别。他还记得她离开前的那晚酒后舞剑的身姿，迷得人失了心魂，让人明知等在前面的是一个巨大陷阱，却又忍不住心甘情愿地跳下去。世人都说他心思缜密算无遗策，可在她面前，他其实不堪一击！

有时候他也会想，如果早知道母后还活着，他是不是可以少恨一点？如果少恨一点，也许他不会走到如今这一步！抬头望着刺眼但并不温暖的日光，宗政无筹忽然觉得自己的人生悲哀到可笑。小时候渴望父母的陪伴，希望有朝一日不用再过逃亡的生活；七岁时看着母亲被大火吞噬，企盼母亲能活下去；之后十几年拼尽一切往上爬，只为复仇，并夺回原本属于他的位置……如今，这一切都实现了，他却感受不到半点儿温暖和快乐，因为他这一生最想珍惜的那个人，再也不会回到他身边。

离开竹林，他缓缓步入寝殿，眼前的一切都是那样的熟悉。这里的每一件物品，都是从将军府里的清谧园原封不动挪过来的，连摆放位置都一模一样。他走到梳妆台前，抚摸着她曾用过的木梳，那上面似乎还残留着她的气息，淡雅的馨香，让人在不知不觉中上了瘾，再也戒不掉。

墙角的衣柜里，有她曾经穿过的衣物，多为白色，在衣柜的顶层，被叠得整整齐齐的是她出嫁那日所穿的大红嫁衣。他抬手小心翼翼地取下来，捧在手心，像是捧住了生命里最珍贵的一切。他走到床边缓缓地躺下，那件大红嫁衣躺在他身边，代替了那个人的位置。

回朝数日，他每日在乾坤殿与御书房辗转，没日没夜地处理政事，不给自己留下半点儿空闲的时间。这偌大的皇宫，成千上万的人，都在看他眼色行事。他每日坐在那象征着最高权力的冰冷的椅子上，然而至高无上的尊荣却掩盖不住他心底的落寞与孤单。

寝宫太大，龙床太宽，却只有他一个人，独自流连忘返。

"容乐，容乐……何时才能再见你一面？"

宗政无筹在清谧园一躺便是半日，他已经很多天没能好好休息了。此刻他眉头紧锁，在极度疲惫的状态下似睡非睡，眼睫轻颤着，陷入了不堪回首的往事中。

灰蒙蒙的天空，冰冷彻骨的河面上雾气迷蒙，河水湍急流动，带起阵阵鲜红翻涌不息，一个五岁的男童在水中竭力挣扎着。

他漆黑的眼眸绝望而无助地圆睁着，感受到生命在一点一滴地流逝，却无能为力，死亡的恐惧充斥着幼小的心灵。胸腔内翻滚着窒息般撕裂的闷痛，他的目光仿佛穿透了赤色河水去看那个冰冷的世界，无声地向残酷的命运质问："为什么？"

从记事起就在逃亡的生涯中领略到血脉至亲之人的残酷狠绝，他眼睁睁地看着母亲留下的那些保护他的人一个个相继离去，最后只剩他一人带着满身伤痕独自喘息。在那些冰雪肆虐的暗夜里，他拖着疲惫的身躯缓慢地前行，迈出去的脚步带出两行血印。

他不能死！一定要活下去！只有活着才能变得强大，才能救出正在为他承受着苦难的母亲，才能知道为什么他的生身父亲会对他如此心狠手辣要赶尽杀绝！他满心愤恨，从那一刻起，噬心痛楚似乎已将他肺腑寸寸蚕食，强烈的求生欲望给了他超乎常人的顽强生命力。他不知道在河中漂了多久，终于等到一双手将逐渐失去意识的他从水里捞了出来。

长达五年的追杀逃亡生涯，自此结束，但命运带给他的不幸却刚刚开始。两年后，他在天仇门门主的协助下，制订了营救母亲的计划，却在入宫之后，亲眼见到了母亲葬身火海的一幕。那一刻，仇恨就如同那场滔天的大火，在他心里肆意地燃烧，仿佛有了焚毁一切的力量。从此，支撑着他活下去的，只有仇恨。

在那些毫无人性可言的残酷训练中、惨绝人寰的黑暗斗争中，他学会笑着面对一切，习惯了戴上面具，将最真实的自己隐藏起来，练就一颗冷硬无情的心。他朝着目的地一步步艰难进发，将世间万物皆不放进眼底，没有人可以阻拦他的复仇计划！只是命里运数终是不可违逆，他遇到了她，那个淡然镇定到仿佛对世间一切都不在意的凉薄女子。

是什么时候开始爱上她的？他已经记不清了。也许是见到她之前听到别人对她的描述，也许是第一次在天水湖边的相遇，也许是在东郊客栈的竹林里，也许是在皇宫中的重逢，也许是在屋檐下的凝望……

为什么会爱上她，他也不知道，或许是因为一个通透的眼神，或许是大雨中她独自哭泣的背影，极力掩藏的脆弱、孤寂的灵魂，与曾经的他是那么相似，让他在心底忍不住疼惜。他欣赏她的坚韧和聪慧，还有那玲珑心思筹划出天衣无缝的计谋，在那朝夕相处的一年岁月中，在她淡然却隐含伤感的笑容里，他清醒地看着自己沉沦。

一个早已失去爱的资格的人，终于还是作茧自缚，将自己推入万劫不复的深渊！

青丝成雪，她有多恨，他知道。在这一年中的几百个夜晚，他只要合上眼睛，就能看到空中飞舞的满头银丝，瞬间化作利剑朝他心脏直刺而来，仿佛万箭穿心。

躺在床上的男子突然睁开眼睛，慢慢起身坐直，外面天已经黑了。他起身回了御书房，等待他的仍旧是堆积如山的政务，他却不看一眼，直入内室。床上植物的根茎颜色透明，乌黑色叶片缓缓张开，每日的这个时刻，血乌都需要新鲜血液来滋养生长。

他抬手，正欲将食指放入黝黑的花叶孔内，却突然顿住动作，眼微微一瞥。

“陛下不必再白费苦心，她用不着这个了！”伴随着叹息的柔和声音，御书房屏风后出现了一名女子。女子柳眉如画，身姿婀娜。她婷婷步入，默默地行了一个礼。

宗政无筹面无表情，转头看她。

女子上前轻叹道：“这样小的一棵血乌只够恢复一个人的黑发，但南帝为平息军队暴乱，阻止白发妖孽的流言，服用逆雪，以减寿十年为代价将头发变白。所以……她不会要这血乌，陛下也别再自伤元气了！”

宗政无筹面色骤变，呆呆地望着床上那被他视如珍宝之物，有片刻的失神。之后，他凝眸问道：“是何人散播的谣言？”

女子道：“南朝丞相桑丘，据说从他府中搜出了多封密函，上面盖着您的玺印。”

宗政无筹目光陡然一厉：“朕的玺印？”

女子很确定地点头，他缓缓转身，背手踱了几步，面色深沉。

屋里十分安静，片刻，他仰头深吸一口气又沉沉吐出，仿佛用尽全身的力气才问出一句：“她……过得可好？”

女子轻轻点头：“她很好，很幸福。”

宗政无筹默默垂眸，掩下眸底神色，又道：“那她可有说过，何时来找我……报仇？”低而沉缓的嗓音像是冰雪压倒树枝发出的声响，包含了沧桑与悲凉，无声地压抑着，在心头拢了一团坚实的冰雾。

女子摇头，似是被男子的悲凉气息所感染，目中也掠过一抹哀伤。

宗政无筹自嘲一笑，摆了摆手：“你去吧，好好替她打理茶园生意，别让她失望。”

女子嘴唇动了动，想说点什么，最终却什么也没说，只应了声，行礼告退。

宗政无筹缓缓步出屏风，走到桌案前坐下，从抽屉里取出一枚通透碧玉制成的印章，紧紧握在手心里，指节泛着青白。一个皇帝的私印，这个世上还有谁能随意使用？他的母后已经这样迫不及待了吗？

“陛下，属下有要事禀报！”门外传来侍卫李凉的声音。那是他从亲军之中亲自挑选的贴身侍卫。

宗政无筹将印章放回原处，敛了神色，道：“进来。”

年轻沉稳的侍卫进屋，跪禀：“属下查到天仇门人在西南边境出没，派人前往查探，受到一股来历不明的暗势力阻挠。”

西南边境，与启云国相邻。宗政无筹眉头一皱，却没说话。

李凉又道：“属下无能，还未查到这股暗势力来自何处。他们神出鬼没，从不与我们正面交锋，似乎对我们的行动了如指掌，每一次，都恰好避过我们的追击。”

宗政无筹目光一沉，他竟不知天仇门背后还有暗势力！他站起来，背对李凉，沉声道：“继续查，凡与天仇门有关之人，一律杀无赦。”这一年的通缉追杀，天仇门人所剩无几，而剩下的那几个，正是他最痛恨的。

“遵旨！”李凉又道，“陛下，属下还查到人称‘天命神算’的任道天回了骊山茅舍。”

宗政无筹目光凝住，透过屏风的缝隙，望向内室大床中央的血乌，目中微微燃起一丝光亮。骊山，与北朝相邻，属南朝境内。

第四章　一场豪赌

南朝，议政殿。

批了一天折子的宗政无忧靠躺在椅子上，摆放在他面前的不再只是永远也处理不完的政务，还有他心爱的女子特地让人为他调配的用于补身子的药膳。淡淡的药香伴着美味食物的浓香气萦绕着整间屋子，令这一向严肃的议政殿充满了暖意。

漫夭盛了一大碗，递到他面前，看他低头喝光，才露出满意的一笑。

九皇子坐在他们对面，用手托着下巴，难得地安分，忽然觉得，也许七哥当初的选择是对的！

漫夭见九皇子愣愣地望着他们出神，便笑道："老九，你喝不喝？我让可儿帮你也做一份送来。"

"好啊！"九皇子眼光亮亮地答应了一声，随后似想起什么，连忙又摆手道，"还是算了，那死丫头如果知道是为我做的，指不定要放什么毒进去呢！"

漫夭轻笑，说来也怪，可儿对谁都好，偏偏就爱跟老九作对，这两人，真是一对冤家！她收了碗筷，叫人进来撤了。

药膳用完，该谈正事了。

宗政无忧懒懒地靠着椅背，语声微沉："任道天回骊山的消息传得如此之快，短短数日，已是天下皆知！"

九皇子顿时严肃起来，疑惑道："也不知道是怎么回事，我们才得到消息的第二天，就传出去了，好像有人故意散播似的。"

漫夭蹙眉，叹道："我们南朝……怕是要不得安宁了！"

九皇子怀疑道："都说得此人者得天下，这任道天真有传言中那么厉害吗？"

漫夭点头，道："也许没有传说中的那么夸张，但此人精通天文地理，多年来遍走天下大小山川。他手上有一本厚厚的地图，不同于军中简单的作战图，而是描绘着每一个适合征战的地形，上面记载着详细的地势优劣，配合天文气象、兵马数量，以及最快捷的取胜之道。人们称此地图为天书，单单此物，就足以令天下各国君王忌惮！"

九皇子愣道："那么厉害啊！那我们得赶快派人去把他请下山，别被人抢了先。"说完着急得就要去派人。

宗政无忧却不紧不慢道："不急。从无隐楼调派五百人去骊山脚下，这事……让无相子去办。"说完两眼一眯，沉声又道："朕得到消息，罗家军统领罗植在班师回朝途中，醉酒大骂'国有妖孽，君不为君'！"

"啊？这还得了！"九皇子一听立刻回头道，"反了他！等他回来，直接撤了他的职，再治他一个大不敬的罪名，看他还敢瞎说！"

"万万不可！"漫夭连忙阻止道，"先不说罗植这一年立了不少战功，就说罗氏一族世代固守南边边境，功勋卓著，在江南百姓心目中有着无可替代的地位。而罗植此人骁勇善战，亦是难得的将才，只是生性狂傲不羁，且疾恶如仇。我想他应该只是一时为谣言所惑，抑或有人故意挑拨离间，才口出妄言。我们对他，只能收服，不能打压或惩治！无忧，你说呢？"

她转头去看他，他仍然坐姿慵懒，却目光深邃，牵了她的手，略有深意地温柔笑道："此事就交由你处理。"

漫夭一愣，奇怪地笑道："我？你不是想帮我培植势力吧？"

宗政无忧深深地望着她，反问道："有何不可？明日起，你与我一同上朝。"

携手并进，不只是说说而已！在他眼里，她不是那种喜欢站在男人背后等着被保护的弱女子，只是皇权的敏感和局限，令她不得不固守后宫。唯有他打破皇权限制，让她走出后宫，站到他身边，他们才能携手并进，一起面对风起云涌，她才能散发属于她的光芒。

漫夭愣住，望着他深沉却不失温柔的眼，知道他绝不是在开玩笑，不由心头一酸，嘴上却笑道："新军首领是项影，禁军统领是萧煞，现在罗家军你也交给我去收服，到时候，整个南朝大半军力都掌握在我的手里，你还让我参与朝政，就不怕哪天我反了你？"

宗政无忧闻言笑起来，捏了捏她的手，一改先前的深沉严肃，忽然笑道："我的便是你的，你想要，不过一句话，哪里用得着反？"

他笑得轻松，目光温柔而邪魅，完全不似平日里那个深沉威严的皇帝。九皇子看得呆住，眼珠子都快瞪出来，脱口道："七嫂，七哥中邪了？"他从来没想过七哥还会有这种笑容，却不知道，在旁边那女子面前，他那冷漠深沉的七哥露出这种笑容已经不那么稀奇了。

宗政无忧听了脸上一黑，笑容顿敛，一记冷眼立刻扫了过来。九皇子心神一凛，立刻回过神，慌乱地摆手道："不不不……是我中了邪！咯咯……那个，七哥，我不知道

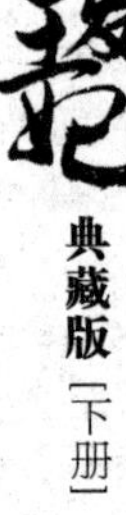

刚才自己说了什么，我我我……我走了！”最后一句还没说完就忙不迭从凳子上跳起来，要溜之大吉。

漫夭原本沉浸在宗政无忧的那句话里，感动不已，被九皇子这一搅，忍不住乐了，想到还有事情没说，立刻叫道：“老九等一下。”

已经跑到门口的九皇子苦着一张脸回头，万般委屈道：“不是吧七嫂？我只是一时灵魂出窍，才瞎说的，你饶了我吧！我保证，以后就算七哥笑得嘴咧到耳朵后头，我也决不再出声！”他很配合地举手，做指天发誓状。漫夭扑哧一声笑出来，无忧能笑到嘴咧到耳朵后头？也就老九想得出。

宗政无忧原本满脸黑线，经她这一笑，更是抽了嘴角，气也不是笑也不是，憋着难受极了。他松开她的手，猛地揽过她，惩罚般地将手放在她腰间，斜眸睇着她，目光暧昧中充满危险的警告。漫夭立刻想到惹恼他的严重后果，忙止住笑，正了正脸色，干咳两声，对九皇子道：“老九，上次让你暗中收购的三样东西，还顺利吗？”

九皇子一听是这事，才放下心来，回到之前的座位，道：“那个啊，木炭已经好多了，硫黄和硝石不多……七嫂，你要这些东西干什么用啊？”

漫夭没答，只道：“继续收购，能收多少收多少。”她也料到硫黄和硝石的数量不会太多，只能先试着做做看。

九皇子离开后，漫夭扭头望着宗政无忧波澜不惊的脸，见他对此竟无半分好奇，不禁问道：“无忧，你知道这些东西是做什么用的吗？”

宗政无忧想了想，淡淡道：“是那个世界的东西？”

漫夭点头，看来云贵妃从来没有向他们提过火药一事，如果提过，想必从前的临天皇早已征战天下了。她想，也许是云贵妃生性善良，不想因此助长人的贪念，以免天下大乱，生灵涂炭。可是现在的形势已经不同了，战乱不断，烽烟四起。他们要想过平静安宁的生活，唯有平定天下，别无他途。

她叹息着拉过他的手，望着他的眼，似是从他眼中探索着什么，表情有些凝重。

宗政无忧用手摩挲着她莹白如玉的指尖，柔声问道：“怎么了？”

漫夭微微垂目，面色有几分凄凉，道：“无忧，我不知道这样做对不对，我只想尽一份力帮帮你，想尽早结束这样不得安宁的日子，也想早些还天下一个太平。虽然我还不确定那些东西会有多大的威力，但是擅自将不属于这个世界的东西带到这个世界上来，造成生灵涂炭，我……”她竟说不下去，心里像被什么堵住了一般，难受得很。

宗政无忧目光一动，有些心疼地捧起女子的脸庞，经历了那样多的伤害，她竟然还能心存善良！他不禁叹息道：“不管是什么东西，若叫你如此不安，那便不要了。就这样，我也能打一个天下给你，让你过上平静安乐的日子。”

漫夭在他怀里摇头，战争一起，越是持久，民生越是苦不堪言。她叹气，静静地依偎在他的怀里，这一刻，南朝还算平静，但不到一日，这种平静就被彻底地粉碎了！

次日早朝，宗政无忧当着文武百官的面，正式授予漫夭参政之权，不许任何人提出异议。

三日后，南境大军凯旋还朝，南帝将庆功宴设在御花园。

这一日，天气晴好，万里无云。

御花园，一年四季风景如画。临水池西面的泗语亭，由八面长廊围绕三座主亭而建，曲折相连，错落有致。亭内宫人穿梭，精致的宫廷菜肴被一一摆上百官及军营将领们的面前，与以往不同的是，此次除了佳肴，还有美酒。忌酒的帝王突然在宴席上摆了美酒，令人费解。

百官皆已到齐，对着打了胜仗归来的罗植将军总免不了要有一番颂扬。而这罗植是罗家军的主帅，眉心带煞，双目如鹰，面庞微阔，身姿挺拔。因身在皇宫而敛了几分狂妄之气，但他望向坐在对面的新军首领项影的目光，却带着明显的不屑甚至鄙夷。在他眼里，那不过是靠女人而坐上新军统帅的位置，是后宫女人安排在军中用于稳固地位的棋子，抑或是备于日后野心篡权的筹码。

项影接收到对面投来的目光，皱了皱眉头，被罗植身后的四品将军看见，那人说道："罗将军，项将军似乎对咱们打胜仗很不以为然！"

罗植昂着头，藐视的眼神让项影看得极不舒服，但他不欲生事，便悄悄忍了。谁知罗植竟用非常不屑的口气道："一个攀附女人裙带的主帅，你何必在乎他的看法。"

那位四品将军一听，便放肆地笑了，而他们身后众将也跟着大笑起来。

项影顿时恼怒，噌地站起来，指着罗植，问道："你说什么？"

罗植若无其事道："本将军说得不对？不喜他人言，就别吃这碗饭。靠着女人当上将军，等那女人年老色衰时，你还是多想想后路吧。"

"你！"项影顿时怒了，从身后禁卫手中抽出一把剑，怒斥道，"罗植，你敢对皇妃不敬？"

罗植一见对方拔剑相指，鹰目一睁，毫不犹豫地回身夺了把剑迎上，锵的一声，两剑相击火花四溅。众人大惊，忙上前打圆场，这时，有人叫道："皇上、皇妃驾到！"

众臣忙跪迎，只有项影和罗植二人还在对峙，谁也不肯先放下手中的剑。

高层广亭后的曲廊尽头，帝妃二人在一众奴才的簇拥下，缓缓朝这边走来。

帝王一身黑色龙袍，头戴帝王金冠，满身尊贵威严之气直逼亭内。他冷冷地扫了一眼对峙中的二人，项影和罗植皆是一颤，这才放下剑，规规矩矩地跪下。

帝妃入座，众人参拜过后，宗政无忧瞥了眼被弃在地上的两柄利剑，目光深沉。

随帝妃而来的宫人默默散开，垂首静立在广亭的四周。亭内寂静，白色的日光照着亭栏外的粼粼波光，折射在宽敞的泗语亭内，冷色白光，刺眼生寒。

年轻的皇帝语气低沉道："平身。赐座。"

众臣谢恩，项影与罗植起身后，暗中以眼神较量，捡起地上的剑准备各自归位，却被人叫住："罗将军、项将军，且慢！"

是女子的声音。罗植这才抬头去看那位传言以妖媚惑主的皇妃娘娘。只见她身着暗红色凤袍，袍子上金丝绣凤栩栩如生，昭示着她虽无皇后封号，却享有一国之母的所有尊荣。满头白发高高束起，盘了凌云髻，顶上一枚色泽通透的碧玉冠高贵却不流于俗

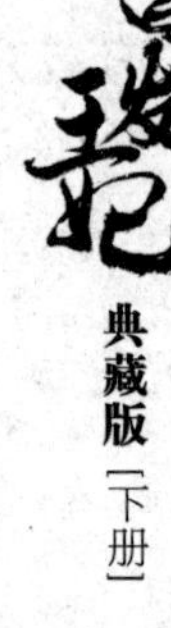

气。面部上了轻妆，额头一枚梅花钿，沾了少许金箔粉，将清丽脱俗的面庞衬得精致绝伦，而浑身散发的清冷高贵的气质令她整个人看起来有如神女下凡，尊贵神圣，不可侵犯。与他想象中的妖媚女子的形象差异颇大，不由愣了一愣。

而与此同时，漫夭也在打量罗植。眉心带煞，双目如鹰，面庞微阔，身姿挺拔，这便是罗家军的主帅！罗家军是临天国第二任皇帝留在南境的一支守军，他们值守边境，听命于罗家。罗家三代忠良，代代单传，个个名震天下。到了这一代的罗植，从小修习骑、射、兵法，武功、箭术人人称道，在这江南之地，无人能出其右，因此练就了狂妄的个性，尤其看不起女人。

漫夭步出广亭，来到罗、项二人跟前，盯着二人手中的剑，微微沉声问道："二位将军在这御宴之上，拿着剑做什么？"

项影目光一闪，尚未答话，罗植已经昂首回道："末将一时技痒，想与项将军过上几招，娘娘不必如此大惊小怪！"

大惊小怪？漫夭目光一沉，听说这罗植眼中没什么国家概念，他之所以会出兵南边边境，全因家族使命和他父亲遗愿，皇权在这个人的心里不够分量，于帝王而言，无疑是非常危险的！她转头去看宗政无忧，见他一副全权交给她处理的表情，那种完完全全的信任，让她觉得窝心。

她收敛思绪，扫一眼面前的两人，正色道："你二人手执兵器在皇上钦赐的宫廷御宴上大打出手，这是对皇上的大不敬，本宫不管你们因何事争执，都该受到惩罚。来人，带他们下去，各杖责二十。"

众臣一惊，忙抬眼看坐于上位的皇帝的反应，只见皇帝靠在龙椅上，垂着眼睑，面无表情。项影没说什么，径直下去领罚。

罗植却未动，他身后那位四品将军乃罗家军分营统领，见帝王并未开口，忙朝上位行礼道："皇上，此次攻占玉上国，罗将军英勇无匹，处处身先士卒，功不可没……"

漫夭扭头盯住说话的那人，那人被她冷厉的目光看得一愣，不觉就住了口。

漫夭沉声道："功是功，过是过。有功当赏，有过当罚。若是仗着功劳在身便可目无王法，藐视朝廷，那他就是有天大的功劳也无济于事。带下去！"

罗植微微一怔，直直地望着前方女子挺直的背影皱眉，赏罚分明，他竟无话可说。

禁卫军上前拉他，他倒没有挣扎，与项影二人在泗语亭外受了杖刑，心中很是不服。

粗实的刑杖一下一下打在他们身上，缓慢而沉闷的声音回荡在整个御花园。泗语亭内一片安静，大臣们正襟危坐，双目不敢斜视，军将们亦是各自垂了头，想到之前他们对于皇妃的议论，背后不禁冒出了冷汗。

亭外，杖刑完毕，两人都很有骨气地没吭一声。站起来，整一整衣冠，相互瞪了一眼，罗植的眼神含着嘲讽，似是在说：你也不过如此，她也没给你留半分情面！

项影横他一眼，什么也不说，便忍着痛走了回去。罗植随后跟上，两人在亭内跪下，漫夭回身望着他们，问道："你们究竟因何事争执，竟如此大动干戈？"

罗植暗哼一声，罚都罚了，还说那些作甚？

项影垂着眼，也不出声。

以漫夭对罗植和项影的了解，他们不说，她也能猜出个七八分，于是，她目光淡淡地扫过二人，沉声道："既然你们都不肯说，那此事就此揭过，以后谁也不准再提。如若让本宫知晓你们日后因记恨在心而相互算计打压，本宫……决不轻饶！都回座位吧。"

两人领命各自归位，因受了杖刑，屁股开裂，一沾上坚硬的凳子便痛得龇牙咧嘴。

漫夭向亭外叫道："来人，为两位将军各拿一个软垫子过来。"

"谢娘娘体恤！"项影恭敬地行了一礼，罗植也道了谢，却是不甘不愿。

漫夭也不介意，只是转身朝坐于上位始终不发一言的男子行了一礼，微笑询问道："皇上，臣妾……如此处理可好？"她觉得"臣妾"这称呼真是别扭！但这一问，让那些在心里觉得皇妃越权不将皇上放在眼里的众人顿时消弭了愤愤之心，竟松了一口气。

年轻的皇帝面色深沉，淡淡地"嗯"了一声，朝她伸手，懒懒地召唤道："过来。"

漫夭轻轻一笑，姿态优雅地步入广亭，乖巧地将手放到帝王宽实的掌心里，被带到帝王身边坐下。此刻她淡雅温顺，哪里还有半分方才的锋芒气势？

众人一愣，丞相见此情景，连忙带头起身拜倒："皇上英明！"

百官皆附，众将随之。

漫夭与宗政无忧对望一眼，交缠的十指紧紧相扣。

一个女人纵然有再强的气势，也不能超越她的男人，这是男权社会里女人的生存之道。

宴席正式开始，简单的开场礼仪过后，封赏了各有功将领，罗植晋升一品，赏官邸一座，金叶一千。其余将领各升一级，赏银五百两。

赏罚分明，帝妃二人配合得天衣无缝。

众人饮酒，帝妃饮茶。酒过三巡，将军罗植微醺。众臣举杯敬过帝妃之后，漫夭端了一杯茶再次步下中亭，来到罗植跟前。

罗植皱眉，抬头看她，虽然她很美，但在他眼里，她也不过是一个女人，而他最看不上的，就是以美色迷惑君王的女人！

漫夭不理会他不敬的目光，只举杯笑道："罗将军此次立下大功，本宫替皇上以茶代酒敬罗将军一杯。"

酒能壮人胆，这话不虚。本来皇妃敬酒，乃天大的荣耀，即便是毒酒，也得仰脖子一口饮下，还得做出一副受宠若惊的模样。但罗植将军显然不懂，他连站都未曾站起，鹰目带着讥讽道："茶非酒，酒非茶，本非一体，岂可混淆替代？"

漫夭淡淡地望着他，笑容依旧，声音却沉了两分道："将军的意思是……本宫没资格代皇上敬酒？莫非……将军想让皇上亲自敬你不成？"

罗植面色一凝，抬眼就看上位的皇帝，只见皇帝微闭着眼，面无表情地坐在高位龙

椅上，若不是他的手在缓缓转动着杯子，别人会以为他睡着了。罗植看了看皇帝，再看面前目光犀利的皇妃，皱着眉头，起身抱拳道："末将不敢！"

漫夭定定地望着他满含煞气的眉峰，目光突然一冷，将手中茶杯猛地掷到地上。

茶水四溅，白瓷青花碎了一地。

这动作来得突然，惊得众人身子一颤，周围的奴才们抖了一抖，慌忙跪了一地。罗植也震住，继而皱眉。

漫夭目光沉沉，不见冷厉，却让人心惊胆战，缓缓开口道："你不敢？本宫看你胆子比天还大！你自恃有功，骄纵不轨，一再藐视皇权，看来方才的二十刑杖远远不够。来人，带下去，加杖五十。"

罗植眉心煞气倏然凝重，一双手握得骨节直响，似是在极力忍耐，随时都有可能不计后果地爆发。

众臣见此情形大骇。罗家数万大军乃朝廷精锐，虽然他此刻身在皇宫，掀不起大浪，但难保他不会记恨在心。除非今日就趁机把他除去，但如此一来，罗家军怕是也会闹事。

众臣在心里一阵衡量，最后都拜倒，齐齐道："娘娘息怒！"

丞相道："罗将军酒后失言，纵然有罪，但请娘娘看在罗家三代忠良的分儿上，饶恕罗将军这一回吧！"

"请娘娘饶恕罗将军这一回！"大臣们求情。

整个御花园，跪满了人。

一片求情声过后，人们呼吸凝重。空气仿佛被冻结，时间停滞不前。

宗政无忧依旧闭着双目，面无波澜。

九皇子难得地一本正经道："七嫂，罗将军喝多了，您就放过他这一次吧！"说罢，他叫了罗植一声，示意他认错。

罗植这才敛了煞气，慢慢松开紧握的十指，抬眼看了漫夭一眼，只见她面色淡淡的，仿佛方才大发脾气的人不是她。他想了想，还是跪了下去。

跪是跪了，但心中着实不甘，他不认为自己有错。所以跪得脊梁笔直，头高高抬着。

漫夭睇了他一眼，问道："你不服？"

罗植瞥了眼，不吭声。那眼神分明在说：你不过是仗着皇上的宠爱，拿身份压我，我为什么要服？

漫夭对他的眼神只当看不见，复又沉声问道："罗将军，你何以为将？"

罗植不吭声，周围的人都捏着一把汗，暗暗在心底责怪此人不识时务，身为一介臣子，非要跟皇帝的妃子杠上。

漫夭在他面前踱了几步，转头再次问道："难道仅仅凭着你是已故的罗老将军之子？"

罗植猛然抬头，直觉反驳道："当然不是！我能当上将帅凭的是真本事！"他最反感的便是别人拿他的身份来否定他的能力。他从小在马背上长大，武艺不俗。百步穿杨，他十二岁就能做到了。而此次攻占玉上国，他隔着千军万马，一箭射穿玉上国王的心脏，岂是一般人能为？

他的反应在她意料之中，漫夭微微扬唇，不动声色道：“哦？那罗将军的真本事是什么？本宫倒想开开眼界。”

九皇子插嘴道：“罗将军骑射最厉害！”

罗植面色难看至极，难道要他在受伤的情况下在这御花园里为他们表演骑射？他的功夫不是用来观赏的！

漫夭笑道：“骑马就算了，罗将军刚受过杖刑，而且这御花园也不适合骑马。射箭倒是可以，正好本宫也曾浅习过一阵子，今日不妨就请罗将军指教一二。来人，取两套弓箭来。”

宫人送来弓箭，恭恭敬敬地递到漫夭面前。罗植怔了一怔，用怀疑的目光看着面前纤弱的女子，似是在说：“你也会射箭？”

漫夭淡淡道：“罗将军先挑吧。”

罗植满面不屑，心想他一军统帅赢了一个女人也没什么意思，便没下一步动作。

漫夭微微笑道：“倘若罗将军嫌射箭太无趣，不如我们顺便赌一场。”她指着十丈开外的箭靶子：“以靶心为准，谁的箭在靶心最中央，就算谁赢。”

罗植眉头一动，道：“如果臣赢了，请娘娘退出朝堂，永不再插手朝政！”

众臣闻言不禁吸了一口凉气，暗暗替他捏了一把冷汗，偷偷望向上位的皇帝，皇帝依然面无表情。

漫夭没有立即答话，而是缓缓拿起靠近她面前通体漆黑的沉木弯弓，挑了一支白色的箭羽，才转目望向罗植，不带任何情绪道：“你要本宫退出朝堂？那好，本宫……就赌你罗家军兵符！”

罗植爽快应道：“好。”罗家军兵符代代相传，对他有非凡的意义，但他仗着自己超强的箭术，便也不担心自己会输。

漫夭嘴角微勾，要的就是他这声“好”。她微笑道：“将军请吧。”

罗植倒也不谦让，望了一眼不远处的箭靶子，十丈开外的距离他根本不放在眼里。抬手，搭箭开弓，拉成满月状。扭头看了眼身旁高贵娴雅的女子，他自信满满，狂傲一笑，连看也不看，就松开手指，只听那箭嗖的一声，破空挟风而去，竟直指靶心。

“好！”周围大臣及将领们忍不住喝彩，连漫夭都不禁在心里暗暗叫好，能不看目标就射得如此精准，此人箭术，果然十分了得。

宗政无忧这才缓缓睁开双目，扫了眼正中靶心的黑羽箭，眉头几不可见地皱了皱。

九皇子拍完手，忽然觉得不对，连忙上前对漫夭道：“七嫂，用不用我帮你？”

漫夭没说话，大臣们看她的目光不是担忧就是同情，罗将军一箭直入靶心，半分都不偏离，纵然她箭术超群，但最中央的位置已经被占了，她要如何才能取胜？她微微凝目，听到罗植语带轻蔑道：“不自量力！”

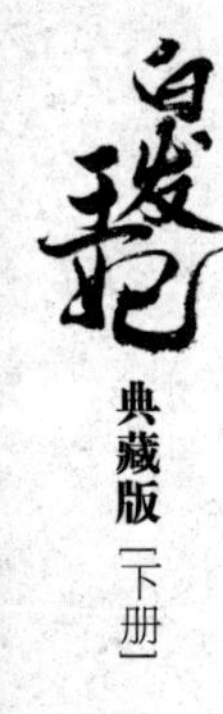

她忍不住笑道："胜负未分，将军现在下结论，似乎为时过早！"

她将白羽箭搭上漆黑的弯弓，缓缓拉弦，纤细的指尖青白而有力。冷风掀起她暗红色的凤袍衣袖，露出白皙的皓腕，本是柔若无骨的姿态却仿佛蕴含了无比强大的力量。她瞄准前方扎入红色靶心的箭矢，表情异常认真。

众人屏息凝神，心想，这真是一场稀世罕见的豪赌！一个看似纤弱传言以美色侍君的绝色皇妃与一名驰骋沙场以箭术闻名的少年将军，以箭术为赌，皇权与军权为注！似乎在一开场，就已经分出了胜负。然而，那胜负的结果与他们想象中的截然不同。

同样是嗖的一声，白羽箭以看不见的速度朝靶心中央疾速而去。不同的方位角度，同样的目标，白羽箭擦过黑羽箭锋利的箭镞，金属铁器的激烈摩擦中，火花飞溅。然后，黑羽箭掉在了地上，白羽箭取代了先前黑羽箭所在的位置！

那一刻，所有人的表情都发生了质的变化，无比惊异。

罗植瞪大眼睛，愣愣地看了一眼被白羽箭震落在地的黑羽箭，似是不能相信般望着眼前这名淡定优雅的女子。她看上去纤弱无比，没想到竟有如此箭术，远远超出他的预料！

九皇子惊讶地张大嘴巴，那双眼睛瞪得比铜铃还大，惊叫道："七嫂！你的箭术什么时候练得这么好了？"

漫夭淡淡一笑，这一年的光阴，她可一点儿也没浪费，阅览战阵兵法、研习帝王之道、练习骑马射箭，以备不时之需。而她最大的进步其实还不是这些，而是在宗政无忧的帮助下，她突飞猛进的内力，早非昔日可比。

周围众人在震惊诧异中回过神来，赞叹声一片，会射箭的女子不少见，但是震落十丈开外已入靶心的箭矢并替代其位置，而又不毁箭靶分毫，在场所有的将领，自问都没有这能耐。

漫夭凝眸望向还沉浸在打击中的罗植，问道："罗将军，你可服气？"

罗植从腰间掏出一枚刻有"罗"字的铜牌，双手奉上，却将头扭到一边，道："娘娘箭术了得，臣，甘愿认输！罗家军兵符在此，但是，我不服！"

漫夭问道："你有何不服？"

罗植道："如果是娘娘先出手，末将也可以反败为胜！"

漫夭眉心一蹙，道："是吗？那好。本宫就再给你一次机会，让你输得心服口服。"她回身又取了一支白羽箭，没有一句废话，迅疾开弓，毫不犹豫地朝着那箭靶激射而出。这一次，白羽箭不仅射中了靶心，而且，利箭所携带的强大内力直接劈开了结实的箭靶，噼啪一声，碎裂四散的木屑，如被无数马蹄溅起的烟尘，弥漫于空久久不散。

又是一阵死一般的静默无声。

如果说先前那一箭重要的是精准度，那么这一箭，让人震撼的则是深厚内力所带来的庞大气势。

罗植握着弓箭的手完全僵硬，上一次，他抢先攻占靶心，结果被她震落箭羽反败为胜。而这一次，她先出手，直接毁了箭靶，连出手的机会都不给他。他转头望向她，见她面色平静淡然，心有不甘道："娘娘触犯了规则。"

漫夭凝眸望着他，淡淡笑道："何谓规则？本宫只说，谁的箭在靶心最中央的位置便算谁赢！"有宫人将射出的白羽箭捡来，那箭头赫然扎在一块完整的红色靶心之内。

罗植一怔，顿时无话可说。

漫夭沉沉问道："罗将军，你可知你为何会输？"

罗植紧闭双唇，竟羞愧地低下头去。他太狂妄自信，以至于犯了兵家大忌——轻敌！如果第一箭多用三成力道，那么，即使她内力深厚，也只能毁去箭靶却震不落他的箭矢！如果他按捺住性子，先探测对方的实力再想对策，也许同样有机会胜出，但是他没有，所以他输了！

原来女人，也可以是这样的！罗植微微犹豫，还是开了口："如果娘娘能再给微臣一次机会……"

漫夭打断他道："如果是在战场上，敌人可会再多给你一次机会？罗将军，你是一军统帅，你应该明白，你身上担负的是什么！"

罗植怔住，竟无言以对。他沉思片刻，再次掏出兵符，递到女子面前，双手微颤，但再无迟疑。尽管以此等方式丢了兵符，他将无颜面对祖先，但输了就是输了，这一次，他心服口服。

漫夭见他眼中虽有不甘，但面色还算坦然，她没再多说什么，缓缓接过兵符，却连看也不看，仿佛那东西对她而言，只是个赌注，别无他途。

宗政无忧这才缓缓步下广亭，望了眼神情沮丧且懊悔的罗植，没有说话，只牵过漫夭的手，淡淡一扫周围，声音低沉而威严道："都散了吧。"

众臣连忙叩头，漫夭离去前，罗植忍不住问道："娘娘有此箭术和内力，为何第一回不直接劈开箭矢？那样岂不赢得更加容易？"

漫夭回眸，意味深长地望着他，淡淡笑道："一支好箭，毁之不忍！"

帝妃离去很久，罗植还跪在原地，酒意早就散了，不禁回想起今日发生的一切，不明白皇妃娘娘离开前的最后一句话是什么意思。

回府之后，罗植徘徊在庭院之中，不敢进屋。他不敢想象，母亲知道他赌输了兵符之后会做出什么事来，所以想方设法瞒着，但终是瞒不住。第二日一大早，罗母知道儿子竟然拿兵符当赌注，气得当场昏了过去，醒来后一哭二闹三上吊，谁劝也没用，整个罗府热闹极了。

直到漫夭出现。

就在这一日，漫夭终于明白了罗植为何看不上女人。

从她踏进罗府的那一刻开始，罗母冲出来行礼过后，便倚老卖老，拉着她哭得天昏地暗，骂儿子不孝。从罗植的曾祖父跟着第二代临天皇打江山开始讲起，一直讲到罗植父亲的去世，三辈人的英雄事迹，讲了整整一天。中间没停止过哭，连吃饭也没闲着，一边抹眼泪，一边喝水补充水分，补完再接着哭。

漫夭不禁暗叹，原来一个人的哭功竟可以修炼到如此境界！她简直佩服得五体投地，却没有表现出丝毫的不耐烦，只是认真地当个称职的听众，时不时安慰一两句。罗植就坐在旁边，紧皱着眉头，劝了他母亲几次，被骂了回去，还换来一阵更汹涌的哭闹。他万般无奈地仰头望天，对那位容貌美丽身份尊贵神色淡定无比的女子多了几分佩服。

天黑的时候，宗政无忧见她还未回宫，便遣了人来接。

罗母这才不好意思地放开她，哀声叹道："让娘娘见笑了！我们罗家几代忠勇，毁在了老妇这不成器的儿子手上，这叫老妇将来死了如何有脸面对他的父亲啊！娘娘你不知道，植儿的父亲生平最讨厌的就是赌，偏偏这个逆子居然拿兵符当赌注，干下这等大逆不道之事，以后还怎么继承他爹的遗志，守护边疆啊？"

罗母边说，边拿眼偷瞧漫夭。漫夭只静静地听着她说，面上不动声色。罗母见她没反应便住了口，起身相送。

到了院子里，漫夭止住脚步，掏出那块兵符，递到罗植面前。

罗植一愣，不解地望着她，没敢伸手去接。

罗母目光晶亮，忙朝儿子使了个眼色，罗植仍旧没动。

漫夭微微笑道："本宫昨日见将军醉酒，便与将军开了个玩笑。罗家军乃我朝精锐之师，而罗将军又是我朝不可或缺的忠臣良将，这兵符岂是随意用来打赌的？"

罗植眼神变了几变，自然知道那不是一场玩笑，若他赢了，他必定会当着百官之面逼她退出朝堂，从此不再参与政事。而这枚兵符在她手中，她完全可以借机掌控更多的兵权，为什么要还给他？他想着也就问了出来。

漫夭笑道："本宫不是武则天，也无意做武则天。"在她眼里，国家，天下，民生，都不如那一个人。而她，只是想帮助她的丈夫，仅此而已。

罗植奇怪道："武则天是何许人？"

漫夭忘了，这里无人知晓武则天这样一号人。她淡淡道："历史上唯一的一位女皇帝。"

罗植一怔，历史上还有女子当过皇帝吗？他竟从未听说过。他愣愣地望着面前的这个女子，她有时候语带深意旁敲侧击，用行动提点他，有时候又直接而坦率，让人惊奇。她似乎什么也不怕，什么都不在乎。她用一天的时间，让他明白了很多东西，皇权不可侵犯、对女人不可轻视、机会在于人的把握、成败本无定律……他所拥有的一切，都是帝王的恩赐，有或者无，不过一句话、一个转念之间罢了。

一个看似柔弱的皇妃尚且如此厉害，那从来都深藏不露的皇上，又是何等的可怕？

罗植深吸一口气，他知道帝妃想要的，无非就是他一颗忠心。他规规矩矩地跪下，伸手接过兵符。

漫夭深深地看他一眼，语重心长道："罗将军，希望你……不会令本宫和皇上失望！"

罗植抬头，目光中再不复先前的不屑与狂妄，用一个军人该有的姿态，万分坚定道：“末将懂了。请皇上和娘娘放心。”

漫天欣慰地点头，在罗母及罗府上下一片皇恩浩荡的感激声中，离开了罗府，并未立即回宫，而是去看了项影，她不会因为项影是自己人而认为他所受的委屈便理所当然。

第五章　故人相见

回到宫里已经很晚了，夜色深浓，寒风阵阵，她走在深宫院墙之内，整个人已经疲惫不堪。

宗政无忧已批完折子，在漫香殿等了她一个时辰，见她满面倦容，抱在怀里心疼不已，问道："怎么累成这样？"

她在他怀里蹭了蹭，不知道，最近似乎比以前更容易疲惫了。她微微抬眼，看到他温柔而心疼的眼神，忽然想使一回性子，便抬手搂住他的脖子，声音疲软道："无忧，我想沐浴，你抱我过去。"

宗政无忧愣了愣，她这模样算是撒娇吗？真是百年难得一见，他止不住在她唇上吻了一下，无比温柔地应了声："好。"随后命人备了热水，抱着她往浴房而去。

她在他怀里舒服地闭着眼睛，享受着心爱男子对她的宠溺。

进了浴房，他放下她，邪魅地笑道："要不我帮你洗？"

漫夭瞋了他一眼，推他出去。

宗政无忧见她眉眼间尽是疲惫，也不勉强她，但也没离开，就在院子里等。背手而立，他微微仰首望着暗黑天空中的一轮明月，那月光虽然清冷，却照亮了一个世界，就好比她之于他的人生。

他在外面等了小半个时辰，不见她出来，微微疑惑，靠近门口，听到里面一点儿动静都没有。他不禁皱眉，在门外叫了她两声，没反应。

他一慌，忙推门进去，看到她竟然靠在浴池边睡着了！

他的心，顿时如同被一只柔软的手猛地捏了一下，软绵绵地疼，细密地在心尖上蔓延。

屋里升腾的水雾早已散去，池边的女子面庞瘦削，肌肤微微有些苍白，眉心浅浅蹙着，带着一丝抹不去的疲态。白色的长发垂下，披泻在露出水面的光滑香肩上，一截浸在水中，轻轻漂浮着散开，像是被拨弄的情丝。她右手抓着的浴巾搭在左手手臂上，洗到一半，就那么睡着了。睡梦中，她就如同一朵盛开的雪莲，圣洁美好得让人不忍触碰。

宗政无忧缓缓走过去，脚步极轻极轻，用手试了下水，已有凉意。他皱着眉头将她轻轻抱起，用干手巾为她擦拭着身子，动作异常轻柔。最后他拿毯子小心包裹着她，抱回寝宫，放到床上，仔细地盖好被子。他静静地凝视着她的睡颜，不舍得挪开眼睛。

门外响起三声叩门声，冷炎低声叫道："皇上，楼主来消息了。"

宗政无忧眉头一皱，起身出了门，冷炎双手递上一张白色的纸条，面色不大好。

宗政无忧接过来，展开一看，面色微微一变。

任道天死了！

这个消息不仅让南朝震惊，也让整个天下震惊，因为被称之为天书的地图不知所终。

骊山脚下的渝州城知府立即调动两万人围守骊山，将各个国家秘密派来请任道天出山的使者请下山，安排在渝州城，等待宗政无忧亲临。

"来了多少人？"漫香殿寝宫门口，宗政无忧五指一并，手心的字条顷刻间化作粉屑。

冷炎回道："十四国，连使者带侍卫共一百七十三人。"

整个万和大陆除临天国以外，还有十五个国家，竟有十四国遣了人来！有野心的是为天下而来，没有野心的是为销毁自己国家的地图而来。说起来也是无可厚非。

宗政无忧复又问道："缺的是哪一国？"

冷炎道："启云国。"

宗政无忧面色骤然一沉，临天国分裂，这个大陆最具征战天下之实力的莫过于启云国，但这一年来，各小国纷纷而起，启云国却毫无动静。启云帝为何不派使者前来？难道对天下没兴趣？抑或他并不担心启云国地图落于他人之手？这个问题，不止宗政无忧一个人在琢磨。

宗政无忧沉声吩咐："看好那些人！"南朝还没到可以以一国之力挑战天下诸国的时候。

"是。"

宗政无忧与漫夭到达渝州城已是七日后。渝州知府率城内大小官员于城外十里迎接，声势浩大。为方便接见十四国的使者，他们住进了俞知府的府邸。

一个知府的府邸称不上奢华，但是干净整洁。为帝妃准备的尚栖苑，显然是新修整过的园子。

渝州城靠近北方，这里的深冬气温低下，寒风猎猎拍打着窗子，呼呼作响。

宗政无忧见各国使者时，漫夭留在了尚栖苑。渝州城靠近北方，极冷，她披了狐裘，坐在屋里蜷成一团，还是觉得冷。刚想练功驱寒，她就见一个丫鬟快步朝这里走了过来。

"启禀娘娘，有人让奴婢把这个盒子交给您。"一个娇俏的丫头恭敬地递上一个纤长而小巧的黑色木盒。

漫夭微微蹙眉，疑惑道："谁给你的？"她在这个地方并无熟人。

那丫鬟回道："回娘娘的话，奴婢不认识那个人。奴婢出府办事，刚出大门不远就被一个人拦住去路，他给了奴婢这个盒子，说他家主子是娘娘的故人。"

故人？她怎不知自己在这里还有故人？漫夭接过木盒，只见那木盒边角被打磨得光滑圆润，盒盖上一枝冬梅映雪的图案雕刻得栩栩如生，让人看着仿佛能闻到梅花的暗香。盒子开口处贴了一个白色的小封条，她撕开封条，轻轻开启盒盖，不知道的必定以为里面装着什么稀罕之物，其实只有一张折叠整齐的信纸。

漫夭稍微有些迟疑，但最终还是缓缓打开了那张白纸，只见上面写着：今日酉时，祥悦客栈天字一号房有事相谈。落款为故人。

笔走游龙般地潇洒，但并不潦草，这种字迹她分明不曾见过，却隐隐透着几分熟悉。这种似是而非的相识感，总能撩拨起埋在内心深处的好奇，让人想一探究竟。

她将那张纸收起放回木盒，合上盖子。蹙眉凝思良久，她依旧想不出这个人是谁？看了眼更漏，此时大约申时三刻，离酉时还有半个时辰，无忧会见各国使者，等晚宴结束才能回来，应该要到很晚了。她想了想，还是决定去会一会这个故作神秘的故人。

她换了一身寻常的衣衫，将白发绾起，掩在纱帽之中，白色的轻纱垂下遮住了她的面容。她拿了柄剑，大步而行，使得整个人看上去像是一个行走江湖的女侠客。出了门，她对尚栖苑的丫鬟吩咐了一声："本宫去趟祥悦客栈，倘若一个时辰后还未回来，你去前堂禀告皇上。"

祥悦客栈离俞府不算太远，乘马车稍微跑快一点儿一炷香的工夫就到了。

那是一家看似普通的客栈，全封闭式的装修奢华高档。客栈里面很安静，她走进去，竟看不到一个客人。

她停在门口，一个伙计看到她之后，将她上上下下仔细打量了一番，才迎上来问道："您可是来找人的？"

漫夭不动声色地扫了那伙计一眼，这人脚步沉稳，眼中精光内敛，不像是一个寻常的伙计。她微微点了点头。那伙计面色一正，连忙弓着身子将她引到二楼最左边的一间房门前停住，那门头上写着一个"天"字，伙计道："您要找的人就在里面。"然后就退了下去，神色间竟带了些恭敬。

长长的走廊只点了一盏烛灯，灯上没被固定死的五色流纱灯罩随着门口吹入的寒风轻轻地旋转，透过五色流纱的烛光昏暗蒙胧，不断变幻着颜色，投射在空寂的方位，透出一种隐约的诡秘气息。

漫夭抬手在门上轻叩三声，等了一会儿，里面没反应。她蹙眉，直接推开房门。

这间屋子很大，宽阔的空间被一扇木质屏风一分为二，屏风的雕花菱格透出一丝极微弱的光亮，仿佛随时都会灭掉般地若隐若现。还真是神秘，漫夭蹙眉，缓缓走进去，轻浅的脚步声在这听不见半点儿声音的屋子里显得清晰极了。她没来由地生出一丝紧张，不觉握紧了手中的剑，刚走了两步，砰的一声，房门突然在她身后关上。声音不大，但在这诡异安静的气氛中，足以惊得她身心一颤。突然有种不好的预感，这一趟，她不该来。她转身就要走。

“你害怕？”屏风后突然传来一声低低的询问。她身子蓦然僵住，立在原地动弹不得。那是一道男声，嗓音本是清雅温和，但此刻听来却是寂寥而暗沉，让人禁不住心里发凉。

这一趟，她果真是来错了！

一室静默。空气中淡淡的龙涎香气弥漫着散开，那曾经无比熟悉的声音仍充斥在她耳畔。竟然是他！这样敏感的时候，他竟亲自涉险来到江南！

故人，当真是故人呢！她嘲弄地一笑，背对着声音传来的方向，没作声。

屏风后的人转了出来，那脚步缓慢低沉，每一步都仿佛踏过了几百个日夜的思念和煎熬。宗政无筹直直地盯住前方女子的背影，那目光贪恋而不舍。

“容乐。”唤出这一声，他的嗓子竟然有些哑。一年了，他们本是夫妻，却需要用这样的方式才能见她一面。这个刻进心底的名字，他在心里、梦里唤过无数遍，却无人能给他回应，而今日，终于可以再度唤出声，但依旧无人应他。千滋百味，汇聚在心头，无以言说。

漫夭抿着唇，这声呼唤让她生出些许恍惚，那个曾陪她走过一年时光的男子，曾经是她的丈夫，带给她感动和心疼也带给她屈辱和致命伤害的男人，她曾经那样恨他，她以为她会一直恨下去，直到他死或者她死。但是，此刻，她异常平静，这才知道，原来那些恨，在这一年的甜蜜和幸福当中渐渐被溶解消弭，早已经不再如想象中的那般深刻。

她连头也不回，语气淡淡道：“如果知道是你，我不会来。”

“我知道。”他这样应了一声，苦笑道，“还好，至少……你还记得我的声音。”不枉他几日不眠苦心练出另一种字体，才将她引了来。

漫夭并不想与他多作纠缠，沉声问道：“你找我何事？”

“没事就不能来看看你吗？”他微垂眼帘，掩下目中的灰暗苍凉，有谁会像他这样，看望自己的妻子，还需要一个合理的借口？

漫夭转身，对面的男子依旧英气逼人，只是较从前多了几分专属于帝王的锐气，眉宇之间却又有着藏不住的落寞与凄惶。

宗政无筹缓缓靠近她，目光似是要穿透薄纱，将那日思夜想的女子看个清楚。

漫夭直觉往后退，眼中带着浓浓的警惕，冷冷道：“站住。”

宗政无筹当真停住了，离她不过五步远。他轻轻叹道：“容乐，我们很久不见了，你能否取下面纱，让我看看你？”他目光灼灼，眸底隐现不为人知的复杂，是怀念是悲

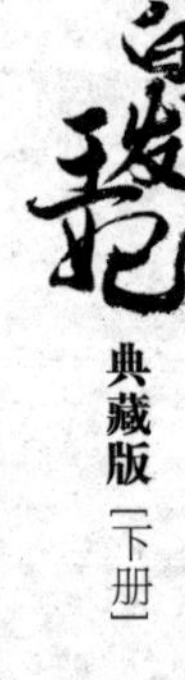

痛是愧疚是悔恨……都化作浓浓爱恋，展现在她的眼前。这令她想起那封休书，她闭唇不语，他复又叹道："我来此只为见你一面，你不用这么紧张。"

"这个地方，不是你该来的。"她微微转过头，不想看他。

他低眸问道："为何我不该来？"

"因为来了，未必就回得去。"她口气极为平淡，听不出丝毫情绪。

宗政无筹急切道："你担心我的安危？"登上皇位和打下北夷国，他都不曾有这万分之一的兴奋。然而，不该有的希冀只会换来更深的绝望。

漫夭冷笑道："你多心了。你是北朝皇帝，我是南朝皇妃，与其说我是担心你，不如说是警告！你好自为之！"她说着转身就走，看在那封休书的分上，她再放过他一次。但宗政无筹却不答应，他不远千里只身而来，好不容易见到她，怎会让她就这样离开。他疾掠上前，不由分说地从身后抱住她。

漫夭面色一变就欲挣脱，却听他满含痛楚地低低叫道："谁说你是南朝皇妃？你是朕的皇后！是我明媒正娶的妻子！你忘了吗，容乐？你是我的妻子……"他还想说——"你穿着大红嫁衣与我拜堂成亲，我们一年朝夕相处，每晚相拥而眠……"他想细数他们曾经共同拥有的一切，想唤起过去那些温馨的记忆。

漫夭却沉了眼，冷冷打断道："你忘了吗？是你亲手把我送给了别人！"

"我不是故意的！容乐……我不知道……不知道是你！"他那般急切地辩解，慌乱而无措，一直压在他心里想要跟她解释却无从出口的那些话全部堵上心口，让他窒息。他不断地收拢着手臂，生怕她离开般地紧窒，平日引以为傲的镇定和理智，早已不复存在。他无比悲哀道："那一晚，我……喝多了，错把痕香当成你！才会昏头，中了他们的奸计，想出让她代替你完成这个本已放弃了的计划。但是万万没有料到，常坚竟然会背叛我！更想不到，启云帝会和他们狼狈为奸！世人皆知，他对你疼爱有加，为何他竟也如此害你？"

漫夭身子一僵，为什么？她也不知道，不知道该去问谁要这个答案。

彻骨的悲哀笼罩在这间空阔的屋子里，他们相处的岁月留下的那些记忆如潮水般袭来，他的包容，他的宠溺，他的爱护，他的挣扎……虽然有利用，但他从未真正想过要伤害她，她都知道，所以，在那之前的种种利用和伤害，她都可以原谅，甚至可以理解。但是最后一次不一样，她给了他信任，无论出于何种原因，辜负了就是辜负了，造成的伤害谁也无法挽回，尽管不是他的本意，但也无法原谅。

"放开我。"她深吸一口气，语气冷漠至极，"你不是已写下休书？我早已经不是你的妻子！" 宗政无筹身子猛然一震，休书？休书……她已经看过了？那封他一个人躲在书房里写了整整十四遍才写完整的休书，是他有生以来写过的最为艰难的书信。"容乐……"他低下头，满含痛楚的声音竟带了两分嘶哑，"既然……你已看过那封休书，你就该知道，我为你，曾经做好输的准备……" "你不必跟我说这些！"漫夭猛地打断他的话，用力闭了下眼睛，将内心涌现的所有不该有的情绪都极力平复下去，神色淡漠道，"都过去了！我还是那句话，我应该感谢你，如果没有你，我也许永远不会有勇气回到他身边，也永远不会知道，原来我……竟然也可以活得如此幸福！” 拥住她的那双健臂顿时如铁一般僵硬，男子面如死灰，目光丝丝剥裂开来，痛楚的表情在烛光明灭不定的屋子里，被黑暗悄悄吞噬。一颗被弃之如敝屣的心早已伤痕累累，却在窒息的麻木中，又多了两个血窟窿。

幸福？原来他的万劫不复成就的是她和另一个人的幸福！而他一个人承受着寂寞孤独，在悔痛中苦苦挣扎，艰难度日。他猛地抬头，一把将她的身子转了过来，那力道大得惊人。掀翻了她的纱帽，一头白发倾泻而下，她清丽绝美的面庞就在他的面前。

朝思暮想的面容，一如过去那般清丽脱俗。那双徘徊在他梦里的眼睛，比从前更加清冷，多了一分决绝。而她眼中倒映出他的身影，模糊得像是被人刻意涂抹的记忆。那双唇也曾是属于他的领地，但如今……

他突然低下头，以迅雷不及掩耳之势狠狠吻了上去，比以往的任何一次都要汹涌狂烈，似乎想把那唇上别人留下的痕迹全部清除掉。

漫夭被他突如其来的孟浪惊住，唇上一痛，似是被咬破。她蓦然惊醒，用尽全身力气猛地挣开紧箍住她肩膀的男人，抬手就是一巴掌。

她怒瞪着眼前的男人：“你当我是什么？”他以为她还是以前那个任他想抱就抱想亲便亲的容乐长公主？现在的她是宗政无忧的妻子，不容任何人侵犯。

男子的脸颊上留下五指青印，踉跄着后退了几步，剧烈地咳嗽了几声，一丝鲜血顺着嘴角漫溢而出。

漫夭不看他，转身，想尽快离开此地。这个男人带给她的压力是那样的沉重，沉重到令人窒息，甚至想要疯狂。

宗政无筹静静地看着她，看着她急急地打开房门，逃离一般的速度。他没有出声，也没有阻拦。

门打开了，她一只脚还未跨出，人已经定住。

四名高大的侍卫如泰山一般，横剑挡在门口，将唯一的出路堵得密不透风。

她回头，看着男子沉寂的双眼，不禁冷笑道：“你这是何意？你以为这样就能拦得住我？”她说话时，执剑的手猛地一抖，宝剑出鞘，冰蓝的剑刃闪烁着流萤一般的幽寒光芒，映着她眼中骤然冷厉的寒光，叫人心颤。

宗政无筹没有答话，面色却恢复了平静，就如同以前相处的日子里，那种万年不变的温和。

漫夭紧了紧手中的剑，飞快地计算着她离开此地的出路。门口四人一看便知个个武功不凡，以她一人之力就算能闯出去，楼下还不知有多少人在等着她。

静谧的屋子里呼吸声清晰可闻，幽暗的烛光一闪一闪，像是暗夜中的鬼火，召唤着灵魂的前往。寒风透窗而入，夹杂着冰雪的凛冽气息，扑打在她苍白的面孔上，掀起她满头银发，合着她由内而外散发出的杀气，张扬着飞舞。

她看了眼木质屏风后被关得严严实实的窗子，那是这间屋子乃至整家客栈唯一的一扇窗。她心中一动，宗政无筹纵然武功高强，但他手中并无兵器，只要她以最快的速度

刺他一剑，在他躲闪的同时，她就可以借机越过他，然后夺窗而出。

主意已定，她凝聚七成内力，照着自己的想法那么实施了。身形快如鬼魅，剑法如电，只见一道冰蓝色的光影陡然一闪，森冷的长剑带着凌厉决然的杀气破空直刺——

然而，总有一些事情，不会依照人们想象中那样发展。

宗政无筹看着她出剑，没有躲闪，而是直挺挺地站在那里，硬生生地受了那一剑！

不是他躲不开，而是他根本就没打算躲。

锋利的长剑长驱直入，狠狠刺入男子的胸膛。他因剧痛而收缩的瞳孔，没有害怕，没有惊诧，整个人平静异常，仿佛她这个动作本就在他预料之中，甚至期盼已久。

他的目光紧紧地盯着她执剑的手，那纤细秀美的五指因过度用力而泛白，一如他此刻毫无血色的面容。在短暂的平静过后，他的眼神变幻不定，复杂难明。视线缓缓上移，望着她满是惊愕的眼，他突然一笑，满目悲凉，轻咳一声，大口鲜血顺着嘴角急淌而下。

她莫名一慌，直觉地将剑拔了出来，鲜血瞬间喷溅而出。她愣住了，长剑当啷一声落地，声音尖锐刺人耳膜。

宗政无筹闷哼一声，大步急退。

“陛下！”侍卫们这才反应过来，慌乱大叫，楼下之人听到动静飞速上楼，鱼贯而入，将刺伤帝王的凶手密密实实地围在中央。

帝王的贴身侍卫李凉忙上前扶住微微摇晃的宗政无筹，目中盈满怒火，一声怒喝：“拿下她！”

杀气陡然大盛，挟带着呼呼的冷风，空气顿时化作无数冰刃，从四面八方涌来。十数人同时拔刀，寒光乍现，晃得人眼生疼。而她丢了剑，此时两手空无一物。

十数名顶尖高手围攻，十数把明晃晃的大刀当头罩下，气势无与伦比，似要将她劈斩成肉酱。

她心中大骇，只顾着震惊，竟忘了自己的处境。利器当头，她现在拾剑已经来不及了。就在这千钧一发之际，只听一人急急喝道：“住手！”

众侍卫皆愣，动作立时顿住，像是被人点了穴道般地齐整。

宗政无筹因这急怒中动用内力的举措而震动伤口，本就苍白如纸的面庞映着口角的鲜红，当真刺目惊心。他缓缓抬手，抚住胸口的位置，猩红的血浸透他的掌心，从手指间肆意漫出。他闭着眼急喘了两声，再睁开眼看她，目光坚定道：“谁也不准动她！”

“陛下……”李凉才开口，宗政无筹沉沉的目光扫了过来，他连忙打住，“属下这就让人去请大夫。”

宗政无筹制止，用不容置疑的口气道：“不必。你们都退下。”

李凉很不放心地看了一眼漫夭，见帝王目光坚定，便招呼所有侍卫一同退了出去，关上门。

漫夭在这变幻急转的形势中愣怔住，看他缓慢转身，艰难地往屏风后面一步一步挪了过去。颀长的身躯因为伤势而微微弓着，明明已经站不稳了，却坚持着走过去。

她皱了皱眉，竟然上前扶住他。

宗政无筹身子微微一僵，转过头来看她，她垂着眼，不说话，扶着他往床边走去。

安置好受伤的男子，她叫人打来一盆水，他褪下上衣，她帮他清洗伤口，上药包扎。这情景，竟与一年前他受穿骨之痛回到将军府的那一晚有几分相似。那时候，她也是这般小心翼翼地帮他处理伤口，像一个真正的妻子一样打理着一切……他出神地望着她，过往的一幕一幕，都仿佛发生在昨天，他还未从那里走出来，她就已经翩然远去，离开了他的生命。

“容乐。”他忍不住轻唤，像是把积聚在心头无法言说的感情全部都唤出来。

她手上动作顿了一顿，垂着眼睫，轻轻地“嗯”了一声。

他愣了愣，似是没想到她会应。眼中光华闪现，他笑道：“有人答应的感觉……真好。”

她抬头看他一眼，见他苍白染血的唇扬起一道轻微的弧度，那是一个说不出感觉的奇怪的笑容，隐含了苦涩的满足。

他轻轻笑着，以身中一剑换来重温旧梦，他有什么不满足的？虽然这仅仅是个梦，而且还是一个极其短暂的梦！但对他来说，已经弥足珍贵。

看着鲜血淋漓的伤口，她双手微微颤抖，若不是她未存杀他之心，抑或这一剑再偏出一分深入一寸，也许，他就死在了她手里。

思绪如潮涌，百味在心间。

“为什么……不躲？”她淡漠的声音打断了他沉浸在回忆中的思绪。

他回神，自嘲一笑，语气淡淡道：“我身上的伤口，不在乎……多这一个。”无论是身上还是心里，那些伤口狰狞满布，有亲人给予的，有仇人留下的，如今再加上爱人所赐，齐了！

她怔了怔，想起他后背那十三个倒钩穿骨留下的创伤，不知道该说什么。她从来都没有真正想过要杀他，即便是在最痛恨他的时候，否则，离开将军府的那一日，她就可以办到。

不再开口，两个人都沉默着。

昏暗的烛火时明时暗，笼罩在这间空阔的房间。健硕的身躯被缠上了白色的绷带，伤口终于处理妥当，她重重地吐出一口气，站直了身子。以他们两个人的身份，这样的相处真的很诡异，但也很自然。

宗政无筹披上衣物靠在床头，气息微弱，目光却盯着她，一瞬不瞬，似是生怕现在不多看几眼，以后就看不着了。

“容乐，你……还是不够狠！你若是再狠一些，你就可以……为他除去我这心腹大患，也可以为那一次的屈辱报仇。”

漫夭紧抿着唇，别过眼。他说得对，她确实不够狠。可是，对于一个深爱自己的人，谁又能真的狠得下心去？而她，从来都不是铁石心肠，尤其在看过那封休书之后。这个男人，曾经为她，做好输的准备，甚至替她想好了后路。

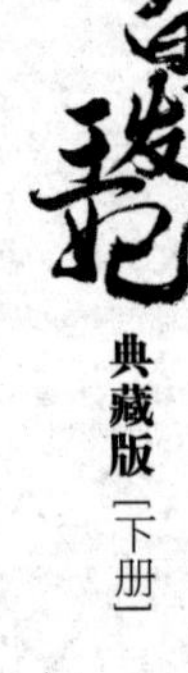

"你走吧。再不走……来不及了。"她言语平淡，听不出喜怒。

宗政无筹苦笑，想说："你就这么急着赶我走吗？连多说几句话的工夫都不给我？"可话还没出口，门外已传来一阵急切的脚步声，李凉等不及请示，就冲进屋里，急急道："陛下，探子来报，有大批人马朝这边来了！领头的人，似是南帝！"

漫夭一愣，她让那丫头一个时辰以后才禀报，现在也不过大半个时辰，怎么来得这样快？

宗政无筹目光一凛，面色仍然镇定非常，深深地看一眼漫夭，明白了她为何让他快走，原来她出门之前已经留了后路。

侍卫再次涌入，不等吩咐便戒备地包围了屋里的女子。李凉目光一转，迅速衡量了局势，看了眼漫夭，继而朝宗政无筹伏地拜道："陛下，要离开此地，只有一个办法了。请陛下定夺！"他知道提这个主意，陛下一定不会同意，也许还会迁怒于他，但责任在身，这主意非提不可。

宗政无筹面色一变，下意识地朝满头白发的女子看去。

漫夭目光骤冷，不自觉地后退一步，自然知道李凉所说的办法是什么，挟持她当人质，逼无忧放人！这也意味着她会被带出江南，跟随他们去往京城，那么，以后的日子，她与无忧天各一方，再次回到从前的身不由己。受人摆弄的人生，她不想要。她看着宗政无筹眼中细碎的光芒亮起又熄灭，目光不断变化着，似是正在权衡利弊，做着激烈的思想斗争。

她扫一眼周围的众人，最后看着宗政无筹，微微牵动唇角，冷然一笑，那的确是个好办法，但是，她不会再给他机会利用她来伤害无忧。除非……她死了！心念一起，她什么也不说，傲然抬手，凝聚内力，欲与他们拼死一搏。

宗政无筹望着她倔强的双眼，黯然垂了双目，如一片死灰般的空寂表情。他下了床，对着侍卫们淡淡吐出一个字，沉缓而坚定："走！"

李凉一惊，慌忙拦在他面前，急切地恳求道："陛下，不可！您是一国之君，身系江山社稷，万民福祉，请您以大局为重！南帝带来的不下几百人，属下等人即便是拼尽性命也难保陛下平安离开江南领地。何况陛下此刻又身受重伤，若是真有不测，属下万箭穿心也难赎罪呀！请陛下三思！"

"请陛下三思！"众侍卫跪地相求。

宗政无筹剑眉紧皱，李凉又道："只要抓住南帝心爱的女人，以性命相逼，不怕他不放人……"

"住口！"宗政无筹突然厉声喝止，那不只是宗政无忧心爱的女人！用伤害她的方式，去逼迫另一个男人就范，这种足以让他悔恨终生的错误，他永远也不会再犯第二次，即便代价是死！他双目怒睁，面目扭曲狰狞，像是一只发了狂的狮子，惊得李凉张口结舌，不敢再言语。宗政无筹看了眼漫夭，眼底痛怒不息："谁再敢多说一句，朕先杀了他！走。"一脚踹开挡在面前的李凉，用手紧紧按住胸口，微微摇晃着身子毫不犹豫地离开。

"为什么？"漫夭忽然转身，站在木质屏风旁边，问了这么一句。她宁愿拼死相搏，也不愿被他这样放过。

他顿住步子，没有回头。背对着她，宗政无筹声音苍凉道："你是我的妻子，不是我用来逃生的武器！在这个世上，没有了我，还有别人会给你幸福，但在我心里……却只有你一个。容乐，你或许不知，我其实一直都很羡慕他！我也想同他那样毫无顾忌地去爱一个人，不计较生死，不衡量得失……只是，我自小就背负着仇恨的使命……身不由己！我渴望拥有纯粹的感情，也想过要给你那样的感情，可命运……不给我那样的机会。"

二十年，七千多个日子，那一点一滴汇聚而成的坚定的信念，即便是遇到了心爱之人，也不是一朝一夕可以改变的。所以他，从一开始就注定了得不到她的感情。

罢了，放不过自己，就放过她吧。原本走这一趟，也只是想见她一面，把血乌交给她，问问她过得好不好，问问她还恨不恨他？可是谁知，一见到她，那日夜堆砌的思念如潮水般汹涌而来，一下就摧毁了他的理智，看着她就在眼前，他控制不住想要将她带回来的强烈渴望，险些让他再犯下大错。他一直想问，曾经她说过差一点爱上他的那句话，到底是不是真的？现在看来，已经无须再问。

一切都是命中注定！

离开之前，他又说了一句："桌子上的东西，是给你的。也许你已经用不上了，但我……还是想把它送给你。"

目送着他离去，踉跄的背影，在她眼中渐渐变得模糊。到底他们之间的纠缠，是缘还是孽，谁又能说得清楚！也许，从一开始，全部都是错误。

她缓缓回身，看到不被人注意的长桌一角，摆放着一盆小小的花叶。鲜红的根茎像是刚饮过血，透着嗜血诡异的颜色，乌黑的叶片收拢在一起，泛着暗红的光泽……

她身躯一震，惊住，这是……血乌？！

需以人血喂养的奇怪的植物——血乌！那出动无隐楼的人都没能拿到的东西，竟然在他手上！莫非……这才是他亲征北夷国的真正原因？为了得到这个东西，他放弃了攻打江南的最好时机，孤身犯险来到敌人的领土，只为将此物亲手交给她。

无法言说的滋味在心头涌动，傅筹，真不知他现在还做这些事情，有何意义？

她走近桌旁，看着那盆植物，思绪一片混乱。很快，外面有纷沓的脚步声传来。她打开窗子，发现天空不知何时竟飘起了鹅毛大雪，寒风直灌而入，吹灭了屋子里的最后一丝光亮。

楼下忽然多出的无数火把吱吱燃烧，将黑夜点亮。数百人手执长剑，迅速将整间客栈包围。她想了想，拿起血乌和宝剑，准备出去，却听砰的一声，被风吹得关上的门，被人一脚踹开。十数人闯入，分列两旁，执剑戒备地打量着整间屋子。

紧跟着，一名身披黑色鹤氅的男子疾步踏入，白发飞空，挟带一股强势劲风，冷冽而杀气腾腾，一进屋袍袖一挥，便掀翻了挡在屋子中央的屏风。沉木四散，萎靡一地。

漫夭愣愣地站在原地，被他这不同寻常的气势震住。抬眼与男子对上，见宗政无忧眼中的紧张焦躁还有愤怒之态溢于言表。她觉得这情形不对，他向来沉稳镇定，喜怒不形于色，今日为何这般不同？竟不像是只为担忧她的安危而来。她蹙眉迎了上去。

宗政无忧扫了眼整间屋子，蔓延在心间的担忧和恐惧渐渐平息，面色却是一分一分冷凝了下来。他低眸看着面前的女子，狭长的眸子蒸腾着如地狱幽潭般的寒气，看得她禁不住打了个寒噤。她皱眉，强烈的不安在心中扩散，嘴上却笑道："我不过是出门一趟，你哪里用得着这样大的阵仗？"

宗政无忧面色稍缓，眉梢一挑，沉声问道："他人呢？"

漫夭一怔，他已经知道是谁了？难怪带了这样多的人来。怕他误会，她放柔了声音，想跟他解释："无忧……"

"我问你他人呢？"

他前倾的身子，带来浓浓的压迫感令她面色蓦然苍白，这样危险的气息，给她的感觉，熟悉而陌生，像极了第一次见面时的质问。

她的心一分一分往下沉沉坠去，抿着唇，努力让自己平静，淡淡道："走了。"

宗政无忧面色一沉，凤眸缓缓眯起，对身后的人抬手命令道："追。"说着他转身欲走，好像屋里的女子与他毫无关系。

漫夭惊慌地拉住他的手，叫道："无忧等等！"他准备就这样走了？怎么会这样，他不是一直宠溺她毫无条件地信任她吗？难道仅仅是因为……她出门见别人没有跟他打招呼，而这个人恰好是她的前夫，所以他便这般忽视她，当她不存在？

心如刀割，她仰起瘦削而苍白的脸庞，他侧头看她，双眉拢了起来，看得她心头惶然不安。他眼中掠过一丝心疼，很快便被多种复杂的情绪淹没，面无表情，声音不自觉软了几分："你先回去。"说完举步就走。

她却不肯松手，紧紧拽着他，试探着说："无忧，这一次，能不能……先放过他？"她知道这时候求情无疑是火上浇油，但她却不得不如此。只因为她相信他们之间的感情！她觉得以这一年的相处，无忧应该是信任她的。傅筹可以死，但她不想傅筹是为来给她送血乌而死，那会让她觉得，她欠下一个人的情，还欠下一条命。

宗政无忧身躯一震，这样的求情令他陡然想起那年秋猎时在山上的情景，她也曾为那个男人求过他，那时候，她还是那个人的妻子。而如今，她是他宗政无忧的妻子、南朝的皇妃，那个曾经一手缔造他们屈辱和痛苦的男人，她竟然还会为他求情？他无法理解！她不知道吗？那是他恨不得千刀万剐的人！

他忽然开始怀疑，她说她心里只有他，果真如此吗？

爱情这个东西，总是这样，再自信的人，一旦遭遇了它，便会患得患失。

他缓缓眯起凤眸，目光阴鸷，复杂变幻之间，一如窗外的飞雪毫无温度，看得她心惊不已。

"你竟然为他求情！"他胸口起伏不定，每一个字都似是从牙缝里蹦出来。

她被他浑身散发的冷冽气息冻得僵住，而他满是怀疑的眼神更让她心寒如冰。这样的他，如此陌生！

“我……”她张口却说不下去。

他转眸看到了被她放到一边的小小花叶，那样的颜色和形状，他一眼就认出了那是什么。原来这便是那人来此的目的！难怪她会求情。

他的目光越过女子看窗外飞雪飘扬，冷风掀起他的长发，雪一般的颜色飘浮在他眼前，他突然笑得讽刺：“一夜折磨，十年寿命……抵不过他千里送血乌，果真一片深情！”

“不是，不是……”她慌乱地摇头，死死拽住他，他怎么能这样想！经过这么多的波折和磨难，他们之间连这点儿信任都没有吗？他竟然还会怀疑她对他的感情！她不想放弃，仍然想解释：“无忧，我……”

他蓦地收敛了一切情绪，冷冷打断她道：“有话回去再说。朕现在没工夫！”说完不看她，用力甩开她的手，连楼梯也不走，直接飞掠而下。出门翻身上马，他猛地一挥鞭子，带着几百人朝着通往北朝的唯一一条出路狂奔而去。

她木然地站在门口，望着他决然的背影，整个心，都空了。

片刻的愣怔之后，她也找了一匹马，跟了上去。即使不能阻拦，总要看个究竟。

第六章　挫骨扬灰

回瞳关，屹立在南北朝之间，将临天国一分为二。

通往回瞳关的路上，两边是高山，中间一条宽阔的官道，由三匹骏马拉着的一辆马车在飞雪中疾驰。马车厚重的车帘被迎面吹来的寒风掀起，车内男子双眉紧锁，目光寒凉，一张英气逼人的俊脸此刻血色全无。他一手紧紧按住胸口，一手扣住车板上的扶手，不让自己在剧烈的颠簸中倒下去，尽管他因身上的伤口早已经浑身无力。

马车之后跟着十数骑，他们不断挥舞着手中的鞭子，抽打身下之马，以求速度能再快一些。侍卫李凉疾挥一鞭子，上前与马车并行，透过被风掀起的车窗帘幔，见车内之人的身子控制不住地摇晃，他十分担忧，对着马车内大声叫道："陛下，你再坚持一会儿，很快就要到回瞳关了。"只要入了回瞳关，那便是北朝的地界，不怕他们追来。

车内宗政无筹双唇紧闭，淡淡地看了李凉一眼，表示他没事。他活了二十多年，大大小小的追杀经历了无数次，早已经习以为常。想一想，以前年纪小手无缚鸡之力被人追杀需要逃亡，如今贵为一国皇帝，身负绝世神功依旧需要逃命，似乎有些讽刺。

过了一炷香的工夫，巍峨高耸的城墙在雪雾中若隐若现，李凉心下一喜，再次叫道："陛下，回瞳关就在前面！我们就要到了！"

宗政无筹面上毫无喜色，只怕那人也要到了。

冬季的夜晚风寒彻骨，大地一片雪色苍茫。

在马车刚刚经过之处，数百骑狂奔而至，飞扬的马蹄踏雪成泥，四下飞溅，雪雾如烟。领头的男子眼光阴鸷嗜血，是极致的愤怒和悲伤在心头交杂而成。寒风夹带着冰雪拍打在他冷酷的面容上，肌肤的温度越发冰冷。

宗政无忧目光死死盯住前方，当疾驰的马车出现在视线之内，他双眉一拧，猛挥鞭子，身下宝马如飞一般疾驰而去，身后几百人马紧紧跟随。一追上便迅速包抄了前面的十数人及一辆马车。

那十数人立刻勒紧缰绳，全副戒备，拔刀分散在马车四周。他们面色凝重，将车内之人护在中央。

宗政无忧锐利愤恨的目光直盯着马车，那目光似是要将马车劈开来，把车内之人碎尸万段。他低沉着嗓音，冷冷道：“傅筹，今日你插翅难飞！”他依旧叫他傅筹，在他心里，这个人只是傅鸳的儿子。

马车内的宗政无筹面色镇定一如往常，他看了眼放在一旁的剑，没给予回应。倒是车外的李涼，拔剑一横，一副誓死护主的模样，昂首道：“只要有我李涼在，你们休想伤到陛下一根汗毛。”说罢对其他侍卫命令道：“保护好陛下！”

“是！”众护卫齐应，一脸视死如归的表情。

宗政无忧不屑地冷笑道：“就凭你们？不自量力。”说罢凤眸微微眯起，抬手：“杀！”

宝马嘶鸣，杀气荡空。

漫天飞雪的寒冬夜里，血雾喷溅，人命如草芥一般。

宗政无忧骑在马上，未来得及凝固的血泊倒映出他的面孔，染上一片嗜血的红。他看也不看拼杀的众人，眼中只有那辆马车。就在大半个时辰之前，他还在接见各国使者，冷炎突然现身，一脸凝重的表情，说有要事禀告。

他离开大堂，刚进了尚栖苑的大门，冷炎在他身后扑通一声跪下。

能让冷炎如此沉不住气的事情必是大事，他转身，皱眉问道：“何事？”

冷炎低着头，语气异常沉重道：“北朝传来消息，说……”说到这里，一下顿住了。

他等待冷炎停顿过后继续说下去，但是过了半晌，冷炎仍旧停在那个说字上，没有下文，这种情形对于一个长年没有情绪波动的人而言，非同寻常。他越发皱紧眉头，已有不耐，沉声道：“到底何事？说！”

“京城皇陵发生雪崩，贵妃娘娘的陵墓……塌了！”冷炎绝对是第一次如此艰难地禀报一件事，只因跟了宗政无忧多年，他太了解自己的主子心里面最在意的是什么。

宗政无忧果然面色大变，急忙问道：“谁传给你的消息？是只有母妃的陵墓塌了，还是整个皇陵都塌了？”

冷炎沉重道：“只有……贵妃娘娘的……”

“不可能！就算整个皇陵都塌了，母妃的陵墓也绝不可能塌！”宗政无忧沉喝一声，脸色已冷冽至极。母妃的陵墓才建了十几年，建造时所选用的全都是最好的材料，其坚硬程度远远超越了其他陵墓。不可能在其他陵墓都完好的情况下，只有母妃的陵墓被毁，除非……除非有人刻意而为！他蓦地攥紧双拳，强忍心头翻滚的悲愤情绪，咬牙问道：“是他们母子干的？”

冷炎微微抬头，一向如木头般的表情也动了动，道：“傅太后与北皇说年关将至，

要送您和太上皇一份大礼……”

不等冷炎说完，一向镇定的宗政无忧控制不住一拳砸在身旁粗实的廊柱上，廊柱沉木凹陷开裂，震下无数青瓦，落地粉碎。而他的手皮开肉绽染满鲜血。他们竟然敢动他母妃的陵墓！他这一生，最爱的两个女人，被他们一再伤害，他岂能容忍？

冷炎神色微变，望着一向冷静自持的皇上，皱眉劝道：“请皇上保重龙体！”只是这一件事已足够让皇上震怒，而另一件事，他已经不知道该如何禀报。

宗政无忧极力稳定自己的情绪，每每遇到母妃和阿漫的事，总能轻易击溃他引以为傲的镇定。过了半晌，他捏紧拳头，深吸一口气，缓缓道：“母妃的遗体……”他只说了这几个字，直望着冷炎。

冷炎回道：“陵墓坍塌时，贵妃娘娘的遗体……被秘密运走了。”

宗政无忧一愣，目光瞬时凌厉如冰刃，沉声问道：“被运往何处？如今……是否完好？”他不会愚蠢地以为有人大发慈悲，毁了陵墓还会放过他母妃的遗体。

冷炎目光闪烁，被他凌厉的眼神逼得无处可躲。他不知道，这个消息，该如何禀告给皇上，而皇上知道后，又会做出什么样的事情来？当年贵妃之死已经折磨了皇上这么多年，如今更加残酷的事实，皇上又该如何面对？

宗政无忧的心狠狠沉了下去，意识到不会是一个好结果，但究竟要坏到何种程度，才会令木头一般的冷炎如此难以启齿？

“他们究竟把母妃的遗体怎么处置了？”他脑海中闪现无数种可能，声音不觉带了些微的颤抖。

“娘娘的遗体……被焚烧后，挫骨成灰……”纵然艰难，冷炎也说完了。他低着头，等待着一场暴风雨的来临。然而，等了许久，没有反应。冷炎疑惑地抬头，只见宗政无忧双目通红嗜血，无法接受地瞪着眼睛。

挫骨成灰，那是对十恶不赦之人的严厉惩罚！而他的母妃，是那样善良美好的女子。活着的时候，每天忍受着锥心刺骨的煎熬，死得又是那么不堪而惨烈。而死后还要被人拖出陵墓，毁尸挫骨！

宗政无忧踉跄后退，巨大的悲痛侵袭而来，他竟一时难以承受。

冷炎担忧叫道：“皇上……请节哀！”

宗政无忧扶着廊柱，立稳身子：“节哀？”他要的不是节哀，而是立刻杀入京城，将傅鸳那对母子千刀万剐以泄心头之愤。悲恸已经令他丧失了理智，他通红的双眼迸射出仇恨的烈焰，望向京城方向，咬牙一字一顿道：“让老九准备粮草，整军十万前来会合。”说完转身朝内院大步走去。此刻，他满心愤怒、悲痛，再无心应付他国使者，只想见到那名女子，只有在她面前，他才可以做真实的自己。进了内院，屋里无人，他皱眉问道：“皇妃娘娘呢？”

一个丫鬟连忙上前行礼：“启禀皇上，娘娘收到一个故人的来信，说是要出门会会故人。”

宗政无忧浓眉紧皱：“哪个故人？去何处会见？”阿漫在这渝州城并无熟人，又何来的故人？

那丫鬟目光一闪："回皇上的话，奴婢不知。"

宗政无忧不耐地挥手，示意她退下。他走到桌边坐了，倒了杯凉茶水，一口饮尽，而后将杯子重重地摔了出去，瓷杯掷地，一声脆响。门外的下人们吓了一大跳，战战兢兢伏地拜倒。

"皇上，属下有事禀报。"门外一个侍卫跪报。

宗政无忧平了平喘息，沉声道："进来。何事？"今日的事情似乎格外多。

"启禀皇上，属下刚刚接到密报，北皇来了渝州城，就住在祥悦客栈。"

宗政无忧目光顿时一厉，握紧的拳头青筋暴起，勾唇狞笑，很好，自己正要找他，他却自己送上门了！

"速点两百人马，随朕去祥悦客栈。"

出门之时，他隐隐觉察到这件事似乎很蹊跷。阿漫今日出门会见故人，而恰好傅筹就到了渝州城。

到了祥悦客栈，那里已人去楼空，在天字一号房，他没有见到他恨之入骨的仇人，却见到了他心爱的妻子。故人，这便是她的故人！那一刻，伤心、失望、悲痛、愤怒、怀疑、恐惧……这种种情绪蜂拥而来，他已经无法顾及别人的感受，也无法用正常的思维去理解，所以，他就那样丢下了一向放在心尖上疼爱呵护的女子，自顾自地追他的仇人而去。

战场厮杀仍在继续，有人不支倒地，有人挥刀扑上来。

利剑穿肠，滚烫的鲜血混合着内脏流淌了一地，蜿蜒着溶解了落地的飞雪。浓烈的血腥气飘扬在寒冷的空气当中，无尽地蔓延开来。

黑夜，无星无月，泼墨般的颜色，压抑极了。

不到一刻钟，马车周围的侍卫全部倒下，再无一人站立。唯一还喘着一口气的李凉，倒在血泊之中，双眼瞪得很大，盛满绝望和不甘。他望了望不远处的回瞳关，明明就在眼前，为何就是过不去？回瞳关守关的兵将都是废物，离得这样近，他们看不到这边的打斗吗？他又朝马车的方向看了一眼，无法瞑目地喃喃自语："陛下……为什么……"为什么您就是不肯听从属下的劝谏，用那个女人当人质？可惜，终究是说不完便咽下了最后一口气。

宗政无忧带来的人迅速解决完那些侍卫，便朝着马车靠近，同时举剑横劈，马车一下子被砍了个稀巴烂。

车内之人仍坐得稳稳当当，面色镇定非常，他对于周围的一切似乎并不在意，只望着躺在地上死不瞑目的李凉，心里一阵悲哀。他这一生，走到如今，真心待他的究竟有几人？这前前后后换过无数贴身侍卫，这是唯一一个到死还在担忧他生命安危的人。

"李凉，朕记住你了！倘若今日能活着离开，朕，定会善待你的家人。"宗政无筹在心里这么说了一句，然后，握紧手中的剑柄，撑着身子站了起来。纵然前方只有死路一条，他也得搏上一搏。

宗政无筹缓缓踏下车板，那等着将他万箭穿心的男子骑在马背上，居高临下地望着他，眼里仇恨的怒焰似是要将他烧得尸骨全无。他面色坦然镇定，无畏无惧。也罢，皇位已夺，仇也报了，就算他今日为心爱之人而死，也没什么不好。毕竟母亲还活着，剩下的，就让母亲自己去完成吧。

宗政无筹站定，望着稳坐马背的宗政无忧，昂首，语气平静道："我的命，就在这里，你来拿。"

百人齐动，正欲狙杀此人。

宗政无忧突然抬手制止，命其退后。他翻身跃下马背，手中执剑划地前行，力透剑身，在地上划出一道长长的口子，像是要将大地劈成两半。

寒风猎猎，吹在耳边呜呜作响。天空中乌云聚散无定，大雪纷飞，茫茫无际，看不到尽头。

人间惨剧，莫过于手足相残。

漫夭远远看着，没有上前。一路纵马狂奔，心思百转。宗政无忧浑身散发的如地狱阎罗般的强烈煞气，仿佛要毁天灭地，那是她从来都没有见过的一面。她忽然觉得，也许他今日的反常另有因由，以她对他的了解，若仅只是误会，应该不至于此。而他们两人之间的仇恨太深，已经深到任何人都无力阻拦，包括老天。

一丈的距离，兄弟二人执剑互指，杀气大增。宗政无忧剑上凝聚内力，挥舞间，一道刺眼的寒光凌空一现，已然直指宗政无筹的胸前，那气势迅猛绝伦。

宗政无筹忙挥剑一挡，剑刺耳鸣，声势浩大。强劲的剑气和内力震得百步开外人仰马翻。他用了十成的力道全力相挡，也仅仅只是一招，便分出了胜负。他伤势本就严重，又失血过多，此时动用内力已是大忌，而宗政无忧这一剑至少用了五成力道，于是，宗政无筹的身子如断线的风筝般疾飞出去，撞在一侧的山腰上，重重地弹回在地。他不可自抑地闷哼出声，口吐鲜血，伤口迸裂，五脏六腑仿佛都移了位。

这一情形出乎宗政无忧的意料，微微一愣，凤眸半眯，冷嘲笑道："你怎会变得如此不济？"莫非他又在使什么阴谋诡计？

宗政无筹对他的轻蔑只回以自嘲一笑，抬手抹了一把嘴角，却止不住不断涌出的鲜血。生命的流逝，没有带给他绝望和悲伤，他捡起落在身边的剑，强自撑着，以剑支地，艰难站起。在敌人的面前，就算是死，也要站着死！他目光幽幽穿过无数人马，落在不远处骑在马背上的白发女子身上，凄凉一笑道："容乐，我死后，你……能记住我多久？"

一天？一年？还是一辈子？这个问题，他真的很想知道。

宗政无忧身躯一震，执剑的手微微颤了颤，忽然也想知道这个答案。如果，这个人为了她就这么死在了他手里，那么，这个人是否将永远活在她的心里？这种可能，让他的脚步如被铁钉子钉在了地上，无法前行。他顿住身子，转头去望，风雪中，女子白发飞散，身躯单薄，风鼓起她的狐裘大衣，像是随时都要将她卷走。

漫夭目光沉寂，紧抿着唇，没有作声。寒冷的风雪卷着天地的冷冽气息掠过他们的身子，寒气一点点透过肌肤，停驻在三人的心里。

“为什么不回答？”问出这句话的，是宗政无忧，他望着她抱在怀里的小小植物，目光冰冷复杂。

漫夭跳下马，缓缓走到他们跟前，直直地望着宗政无忧的眼睛，她面色平静，轻叹着问道：“你想听我说什么？”

宗政无忧移开目光不看她，声音冰冷带着少许的惶然不安：“不是我想，而是你想。”

漫夭扬唇，笑得苦涩至极，道：“我想？我想什么你不知道吗？在这个世上，我不过是一缕孤魂……如果不是你，我这缕孤魂也早已魂飞魄散，而这个世界，除你之外，没有任何值得我留恋的。我所想……不过是，你活着，我就活着；你死了，我便死了。仅此而已！”她轻轻地笑，笑容忧伤而坚定。不知道这样够不够？她的命是他的，她的身是他的，她的心也是他的，他到底还有什么不放心？

宗政无忧与宗政无筹心底同时一震，她如此坦白而直接。宗政无忧似是一下子不能回神，怔怔地转眼望着面前的女子，眼神却始终不曾变暖。

宗政无筹忽然笑了起来，笑得凄凉惨淡，道：“容乐，我多希望客栈里的那一剑，你没有刺偏。”这样，他便听不见她对宗政无忧生死相许的诺言，那么，就算是死，也不会死得这么痛吧？如果死在她的手里，兴许，他还能在她心里……多活上几天。

漫夭抿紧了唇，提着剑，转身朝宗政无筹走了过去。宗政无忧看着她，没有阻拦。

漫夭脚步沉缓，每一步都在将自己的心变成铁石。如果他们两个注定只能活一个，那她根本不用选择。虽然不想让傅筹因她而死，但如果今日他非死不可，那与其让无忧动手，不如她来。她只是一个嫔妃，一个世人眼中的红颜祸水，再心狠手辣也无关大局。无忧却不同，这个天下，总讲究些仁义道德，那些表面的东西，别人可以不在乎，但是一个皇帝，却不可给人六亲不认、残暴不仁的口实，否则民心皆背。而杀了傅筹，广揽皇权的傅太后又岂是那么容易对付的？

她望着宗政无筹那艰难支撑着站立的姿势，用笑容掩藏痛苦故作无事的表情，像是曾经受过穿骨之痛后若无其事陪伴她的模样。她心间一涩，不禁想，她前世今生活了那么多年，有几人对她付出过这样的真心？除了无忧，怕也只有傅筹了。

她扭过头，望着茫茫黑夜，压下心头所有情绪，声音清冷而平静，道：“我可以满足你的愿望，这一次绝不会再有偏差。你也别指望，我会因此而愧疚一生！”说完将手中血乌往他面前 放，“谢谢你的好意，不过这东西，我已经用不着了。”

宗政无筹看着她扭到一边的侧脸，那微垂的眼睫掩盖下的眸子是冷漠而疏离的，而那表情的背后，总有一丝悲凉得让人无法触碰的东西。他低眸扫了眼递到他跟前的小小植物，就是为寻这东西，他放下还不够安定的朝堂，亲赴边关，三个月便可以平定的战乱，他却用了大半年的时间，出动所有人马，不惜一切代价。寻获此物，三个多月来，不知道吸了他多少鲜血，伤了多少元气。身体伤了只需要时间便可康复，元气伤了，却是难以补回，若是放在从前，即便受此一剑，他也不会如此不堪一击。但是这些，有什么用？

“既然无用，那便扔了吧。”宗政无筹接过血乌，将那曾经珍视如生命的东西随手扔了出去。精致的陶瓷花盆一瞬碎裂，植物的根茎折断，有殷红的血流淌出来，似是为它不幸夭折的命运而抒发着浓烈的伤感。

漫夭只看了一眼，便抬高下巴，不愿再看。

宗政无筹微微笑道：“容乐，动手吧。能死在你手里，这一趟，我也没白跑。”说罢缓缓闭上眼睛，他这一生，无时无刻不在筹谋算计，唯独这一次，放弃算计，不再筹谋，只求走出十八层地狱，寻一个解脱。

漫夭睁大眼睛望着天，微微吸气，雪花落进她眼里，冰冷的感觉从头一直蔓延到脚底。她闭了下眼，握住剑的手缓缓抬起，竟沉重无比。突然，抬起的手被一只大手握住，那只手很冷，不复从前的温暖。

宗政无忧不知何时已经来到她身边，通过他们的谈话，他已经明白了在这之前她刺过傅筹一剑，难怪傅筹如此不济！倘若傅筹母子不曾毁他母妃遗体，也许他会考虑放过傅筹这一回，等来日再光明正大地较量，但是，他们母子手段如此卑劣令人不齿，他又何必管傅筹受伤与否？

“他的命，是我的！”宗政无忧的目光始终盯着对面的男人。他绝对不会让这个男人死在她手里，即便死人一个，也不能跟他抢她心里的位置。

漫夭转头看他，皱眉道：“他不能死在你手上，即使你再怎么恨他！”

宗政无忧却面无表情道：“你放心，我不会这么轻易就让他死。你让开。”他可没有忘记当初这个人是如何对待自己的，刻骨的屈辱、肆意践踏他的尊严、逼他当众称降让他放弃江山以及十数日暗殿里的非人折磨，每一笔，他都铭记在心。

漫夭被推到一边，看他神色如此坚定，深知劝也无用，只能在心底无奈叹气。罢了，他从来不在乎这些，争夺天下也不过是为了复仇而已。

宗政无筹睁开眼睛，嘲讽地一笑，看来他最后的心愿终是无法达成。

宗政无忧死死地盯着他，缓缓举剑，横空一扫，凛冽的剑光将对面男人用以支撑整个身躯的长剑断为两截。

宗政无筹失力，身子顿时倾倒，摔在冰冷坚硬的地面，五脏六腑都在叫嚣着疼痛。因剧痛的隐忍，他眉心拧成一个死结，却仍然咬紧牙，反手撑在地面，支起半个身子，神色平静地望着指到胸前的寒剑。那森冷的剑气直透肺腑，带着一股欲将他剥皮食肉的痛恨，想来宗政无忧也不会让他死得有尊严，就像他曾经将其尊严踩在脚底一般。他无所谓地笑了笑，神色镇定，淡淡道：“自古成王败寇，落在你手里，要杀要剐，随便。”

这样淡定无所谓的表情令宗政无忧非常不爽，他微微眯起凤眸，剑尖缓缓下移，来到他撑着身子的手肘关节处。锋利的剑刃划破肌肤，刺进血肉，慢慢顶上骨节之中最脆弱的相连之处。

额头青筋暴动，在这寒冬雪夜，冷汗悄悄爬上男子的肌肤，顺着脸庞大颗大颗滚落下来。牙根被咬得出血，宗政无筹没吭一声。只是手肘剧痛，再无力支撑，身子重又砸回冰冷的地面，后脑砰的一声先着地，眼前金星闪耀。他闭上眼睛，大口喘气，胸腔剧烈震动起伏。

漫夭微微转过脸去，周围的人尽皆屏息。长夜寂静，只有剧痛的喘息起伏不定。

宗政无忧吐字如冰："说，你们究竟把我母妃的骨灰如何处置了？"

宗政无筹眼睫轻轻颤动，似是花了好大力气，才又睁开双眼。他看着宗政无忧，剑眉微扬，眼中神色不解，似是不明白他何以突然问起这种莫名其妙的问题。

宗政无忧恨恨地瞪着他，咬牙切齿道："你们母子如此狠毒，竟连一个死人都不肯放过！毁陵墓，将她遗体挫骨成灰……"说到此处，他两眼通红，迸发嗜血寒光，一剑直指地上男子的眼睛，语气阴狠道："你说……倘若我挖你一双眼珠，送去给傅鸳当除夕贺礼，她会作何感想？"

一句挫骨成灰，令漫夭倒吸一口凉气，彻底震住，原来这才是他反常的原因！

宗政无筹愣道："你母妃陵墓好好的，我即便再恨，也不至……"他想说也不至会去动一个死人，但话未说完，已然顿住，蓦地想起母后那句大礼，心中不禁一惊，目光变了几变，看着眼前的利剑，面容不再平静。若母后真毁了云贵妃的遗体，他完全相信宗政无忧真会挖了他的眼睛送去京城。他死了不要紧，但母后看到他的眼珠，会有怎样的反应？

"慢着。"宗政无筹看着即将落下的剑，叫道。

宗政无忧极尽轻蔑道："你也会害怕？"

宗政无筹不在乎他的嘲弄，面色十分严肃，带着警告道："你别忘了，还有一个人在我北朝皇宫里！我母后虽未动杀他的心思，但我不保证她看到我的眼珠子还能保持清醒和理智。"一直都很恨的一个人，为何想到他会死，心中竟是这般滋味？宗政无筹慢慢垂下眼睑，浓密的眼睫掩去了目中神色。

宗政无忧微微一怔，继而冷声嗤笑道："你用他的死活威胁我？哼！他的死活，我……并不关心！"薄唇紧抿，宗政无忧将目光投向远处，被漆黑的夜吞噬。

漫夭立在一旁，愣愣地看着两个针锋相对的男人，她已经无法插手他们之间的恩怨。难以相信，傅鸳竟狠毒至此，不知到底是什么样的恨，竟能让一个人疯狂到要将一个死了十五年的人挖出来毁尸挫骨！

远处有激越而急促的马蹄声传来，回瞳关大门突然被打开，雪色尘烟之中，上千铁骑踏雪疾驰而来。

宗政无忧目光锐利，面色却丝毫不改。冷炎沉了双目抬手做了个手势，二百玄衣人挥动鞭子，挡在前方拔剑横指，准备迎敌。剑气狂啸，在夜空中翻滚，那气势丝毫不输于铁甲千骑。

三丈开外，黑衣铁骑首领勒紧缰绳停住，望着对面凌厉剑气组成的阵势即将扑面而来，立刻举剑叫道："且慢！末将乃回瞳关守将李石，奉我朝皇太后懿旨，有两样东西要呈交南朝皇帝。"说着从左后方接过一件叠好的白色衣衫，高高举起。

天空浓郁的乌云似是被冲天的剑气劈开一道缝隙，冷白的月光投照在这片充满血腥杀气的大地上。地上鲜血已然凝结，血色的红冰混合着断臂残肢的尸体，逐渐被白茫茫的冰雪覆盖住。

狂风呼啸，李石扬手一掷，白色衣衫被风卷开，在空中飘扬翻飞，如同阴曹地府中招展的惨白旗帜。

宗政无忧面色遽变，冷炎亦认出此物，连忙一拍马背纵身飞跃而起，将那衣衫接在手中。他脸色凝重，缓步来到宗政无忧面前，跪下，低头，恭敬地捧起衣物，举过头顶。

宗政无忧望着冷炎手中的白色衣衫，眉心抽动，手中的剑掉到地上，他抓起那白衣攥紧，心头悲痛难抑，却又极力隐忍着。

漫夭也认出了那件衣服正是云贵妃躺在寒玉棺中所穿的衣物，白色织锦，金丝线绣制而成仿佛盛开到极致却永不会凋零的莲花图案。看到无忧强忍悲痛的表情，她心疼极了，大步上前，担忧地叫了他一声。宗政无忧没反应，只缓缓转头去看地上的男子，那目光阴鸷狠绝，似化作万千利剑，欲将地上之人碾成粉末。

漫夭皱眉，傅太后这么做是什么意思？在这个时候让人送来云贵妃的衣物，总不会是为了火上添油，置自己儿子于死地吧？她心念一转，掉头向李石问道："另一件是何物？"

李石朝右后方伸手，一名铁甲骑兵将手中托着的一个半尺见方的黑木盒子移到李石的手上，李石举到胸前，扬声道："这是皇太后赠予南朝皇帝的新春贺礼。具体为何物，想必南朝皇帝已经知晓。如果不想末将打开盒盖，让这骨灰留在这片土地任人畜践踏，就请允许末将迎接我朝陛下入回瞳关。"

漫夭心底一震，骨灰？是云贵妃的骨灰！傅鸳当真狠毒，挫骨还不够，还要扬灰！

宗政无忧眼中杀气狰狞毕现，捏紧拳头，脚尖一挑，地上的剑又被他握在手中，剑尖直抵宗政无筹心口，丝毫不理会李石，只对宗政无筹冷声喝道："叫他们把东西送过来。否则，我立刻剖了你的心。"

宗政无筹垂眸看剑，再掀开眼皮，极度镇定道："放我走，他们自然会交出东西。"

宗政无忧面色冷厉道："你妄想！"说罢，剑尖一挑，宗政无筹胸口的衣衫及包扎伤口的白色布帛皆被挑开，露出被撕裂的狰狞伤口。

宗政无筹看也不看一眼，淡淡道："那你就等着你母妃被扬灰吧！"

挫骨扬灰，在这个世界代表着罪大恶极，死后灵魂无所依从，永世不得超生，乃重惩之重。若是放在从前，漫夭也许不会相信人还有灵魂这回事，但自她穿越之后，却不得不信，人，确实有灵魂。

宗政无忧利剑往前一送，顺着原有的伤口缓缓刺入，殷红的血映着森冷的剑，死亡，就在转瞬之间。

宗政无筹面色一阵惨白，喉咙口发出大力的吞咽之声，却仍阻止不了血腥气在口中的蔓延。

“让他们把木盒送过来。”宗政无忧重复，声音比这腊月间的冰雪更寒上百倍。他目光冷厉，手上青筋根根暴起，手中的剑顺势在他血肉中横着一搅，以示警告。

宗政无筹身子一个抽搐，大口鲜血喷出，溅了满地残红。

李石惊道：“陛下！南帝快快住手，否则，末将要掀盖子了！”说着话，手已搭上盒盖，作势欲掀。

宗政无忧冷哼一声，手上之剑不曾收回，冷冷道：“朕倒要看看，你们皇太后是毁一个死人重要，还是她儿子的性命更重要？”他的剑就停在宗政无筹的心脏旁边，只要再挪动哪怕一分，剑下男子便会一命呜呼。他就不信，一个母亲能罔顾儿子的性命！

宗政无筹张口，已经喘不上气来，但他目光平静，没有丝毫要妥协的意思。痛痛快快死掉，总比落在宗政无忧手上慢慢受折磨要来得好。

李石眼中闪过一丝慌乱，但他仍强作镇定，谨记皇太后的嘱咐。手指扣紧了木盒盖子，他当真掀开了一条缝隙，狂风刮过，卷动灰烟缥缈而出，像是灵魂即将湮灭的表情。宗政无忧目光立变，漫夭忙叫道：“等等！”

李石停住动作，缓缓合上木盒，大声问道：“怎样？同意了吗？”

漫夭上前两步，面色威严肃穆，昂首沉声道：“李将军，你可知道你这么做是在将你们北朝的皇帝赶上死路？难道……你要做北朝的千古罪人吗？你若还当自己是北朝的臣子，就应该立刻将你手上的木盒送过来，以保你们陛下不死。”她不知道如果李石送上木盒，无忧会不会放过傅筹，但是她知道，如果云贵妃的骨灰真保不住，无忧必定会痛苦悔恨终生。

李石面色一动，心底挣扎，一个国家的千古罪人，谁愿意背负这样的罪名？可他却没有选择。皇太后说只有按照她的意思去做才能救得回陛下，否则，陛下必死无疑。他对空叹了一口气，似是无奈却又坚定，道：“你们说什么都无用。不瞒你们，末将此行签了军令状，末将一家老小都在皇太后的手里，若是交出木盒救不回陛下，末将一家将会被满门抄斩，横竖都是个死，你们……就看着办吧！”他说的确是实话。

“她对你也不过如此！”宗政无忧冷冷讥讽。

宗政无筹双眉一皱，垂下眼睫，只当没听见。

漫夭见李石再次掀动盒盖，且这一次的动作不似是试探，她连忙阻止：“慢！你怎么让我们相信你？”

李石道：“末将虽身份低微，但这点信誉还是有的。当然，你们也可以不信我。”他垂下目光看自己手中的盒子，那意思很明显，他们没有选择。

漫夭回头，微微犹豫后放柔了声音，劝道：“无忧，你想杀他，以后还有很多机会。可是母妃……我们赌不起。”

宗政无忧死死地盯着宗政无筹，缓缓抽回剑，垂眸咬牙道：“下一次，我不会再这么轻易地放过你！”

宗政无筹嘴角轻扬起一个嘲弄而惨淡的笑容，母后果然很了解宗政无忧！他想自己

典藏版［下册］

撑着起来，却完全没有了力气，李石立刻派人前来搀扶他，将他安置上了马车。马车启动时，他靠在车厢里，艰难地抬手撩开窗帘，最后望了一眼这里唯一的一名女子，而女子眼中满满的都是对宗政无忧的心疼与担忧。马车离去，她也不曾转头看上一眼。

待马车入了回瞳关内，李石驱马退后，于十丈开外才翻身下马，慢慢将手上托着的木盒平移到地上，然后嘴角几不可见地抿了一个浅浅的弧度，一副“祝你好运”的表情，继而翻身上马，一挥手带着人扬长而去。

宗政无忧怔怔地望着远处的那个木盒，仿佛失去了动作能力。冷炎对人示意，一名玄衣人快步朝木盒走去。

漫夭黛眉紧蹙，总觉得有哪里不对劲，却又说不上来。傅鸳这样心狠手辣的女人，能用那样的方式害死云贵妃，又将其毁尸挫骨，真的会这样轻易就将骨灰交还给无忧吗？她脑海中不断回想李石离去时的表情，还有他接过木盒以及将木盒移到地上的动作。

宗政无忧亦在思索，感觉这骨灰得到得太容易。放傅筹走是迫不得已，阿漫说得对，傅筹走了将来还有机会杀他，但母妃的骨灰绝对不能毁。他以为他们会不守信用，即便他们带走骨灰，他以后也有机会重新夺回来，但李石却如此轻易地留下了木盒，反而让人不得不疑心。傅鸳既然想让他痛苦，没有道理将母妃的骨灰送还于他。

风越发狂猛，飞雪横空乱舞。玄衣侍卫已经靠近了木盒，蹲下身子，双手捧起。

漫夭和宗政无忧陷入沉思，有什么在脑海中呼之欲出，她蓦地身躯一震，慌乱叫道：“别动！”

与此同时，宗政无忧亦是急急脱口：“住手！”

可终归还是太晚了！

第七章　雪地埋骨

宗政无忧和漫夭惊恐地瞪大眼睛，无措地张望着被一阵狂猛的旋风猛然掀起的漫天烟尘，大片的灰色烟雾盘旋于空，迷蒙了他们的眼睛。玄衣侍卫望着手中已经镂空的木盒子呆住，而盒子的底部中央一块木板还在原地。

飞灰散尽，与冰冷的雪一同挥洒在这片宽阔的马路上。而他们身上的所有温度，瞬间冷却，整个人如同冰雕一般，僵硬而冰冷。

这个冬日的夜晚，夺走了他们生命里剩下的阳光和温暖。

挫骨扬灰，那个如白莲般纯净而美好的女子，最终还是没能逃掉这样一个结局。

厚重的乌云再次聚拢，将那一缕浅白的月光隔绝在这个充满悲哀的世界之外，天空漆黑一片。

空气中死寂无声，仿佛所有人的呼吸都停止了一般。

漫夭只觉浑身的力气似乎都被抽尽，缓缓跪下，对着那三丈之外骨灰扬撒之处恭恭敬敬地拜了下去。掌心撑地，额头抵在手背之上，地面的寒气直沁肌肤，让体内的血液降至冰点。冷炎与所有的玄衣侍卫也都随之而跪，唯有宗政无忧仍然一动不动，仿佛呆了一般。

凛冽的狂风在他耳边呼啸着刮过，挟带着呜咽之声，似是女子发出的低泣，凄惨而哀绝。他面容僵硬，瞳孔一片晦暗的血色，没有表情，谁也看不出来他此刻心里到底是哀是痛？其实，什么都没有，他脑子里一片空茫，在时间一点一滴的流逝之中，那些空茫之地，逐渐被愤怒和仇恨所充斥，满心满脑子都只有两个字：傅鸳！

那个狠毒的女人，他要让她付出代价。

双拳紧握，他一回身飞速跃上马背，猛地挥鞭，宝马嘶鸣，扬蹄冲天而起，竟独自

飞奔离去。冷炎连忙跟上，众玄衣侍卫亦如潮水般退去。回瞳关外数十丈内，只剩下一堆残败的死尸和一匹黑瘦的马陪伴着跪在地上的那名白发女子。

隆冬深夜，鹅毛大雪翻飞不止，她依旧伏拜在地，满头白发凌乱地散开铺在地面，连着她的一双手，一同被冰雪掩埋。

四肢麻木，她缓缓抬头，撑着地面站起身子，眉心眼睫上的雪花跌落，在唇角掠过一抹苦寒滋味。

这个时候，她能做的，只有一件事。

三丈之外，她捡起地上的木板，走到前方马路一侧空阔之地，挨着山石边，蹲跪下身子，扒开雪，用剑去挖那被冰雪冻住后像石头一般坚硬的土地。这条路是他日征战北朝必经之途，她不想让母妃的骨灰留在马路上被千万人践踏，这是她此刻唯一要做的。

回瞳关内，将营大帐。

李石神色恭敬地跪在床前，宗政无筹的伤口被处理妥当后，浑身无力地靠躺在床上，连眼皮子都抬不起来。他听完李石禀报那木盒玄机，面无表情地问道："是母后让你做的？"

"回陛下，是。"

宗政无筹微微皱了皱眉，一名士兵进来禀报道："启禀陛下，南帝带来的人马都撤走了，只有南朝皇妃还在。"

蓦地睁开眼睛，宗政无筹突然间从床上坐了起来，伤口被震得发麻，却仿若不觉，只急急问道："她一个人？在做什么？"

"回陛下，是一个人。她在雪地里跪了小半个时辰，后来拿着剑不知道在挖什么。"

宗政无筹一把掀开被子，李石惊道："陛下，您身上有伤，应好生休养。"

"给朕备辇。立刻！"他推开李石，语气坚定，不容置疑。

李石无奈，只好命人抬了一顶软轿来，铺了软软的棉被，尽量让他靠躺得舒服一点儿。

出了回瞳关，不过数十丈的距离，很快便到。掀起轿帘，他望着女子单薄瘦削的脊背，在狂风雪中因她手下的动作起伏而震颤，他扶着轿身艰难站起，想走到她身边去。

"别过来。"漫夭冷漠地开口，低沉嘶哑的嗓音不像是她的。

宗政无筹动作一滞，目光黯淡，挥手让所有人都退下。身上的大衣被裹得很紧，但寒风依旧呼呼地往里灌，冻得人忍不住发抖。他撑着身子站了很久，一直怔怔地望着她，看她拼命用剑将冰土刨松，然后用手捧了土远远甩出去。动作很快，像是跟谁抢时间。

他心头酸涩，万分疼惜地叫道："容乐。"

她没有回应，很认真地继续挖坑刨土，片刻也不停顿，似乎除了那一件事，其他的都与她无关。

雪，落了她满身，被扔出去的土又让风卷了回来，打在她头上脸上，她固执地重复着自己的动作，一下又一下……

他终于忍不住，不顾自己身上的伤，朝她冲了过去，也不知道是从哪里来的力气。抓住她的手，他心痛地低低叫道：“够了，别挖了！”

她的手真凉啊！就像冰冻三尺下的海水的温度。他用力夺她手中的剑，那剑却被握得死紧，仿佛与她的手冻在了一起。他又抬手想拂去粘在她苍白面庞上的浮土，却被她偏头躲过。

他僵在半空的手，无力地垂下，轻声问道：“你想埋什么？这么大的风，那些骨灰早不知被吹到哪里去了！”

埋什么？她双目无神，空旷苍茫，如同漫无边际的黑夜。寒风猛烈，骨灰无存，她到底要埋什么？

“埋我的幸福……可以吗？”她轻缓的声音，悲哀缥缈。似是在问别人，又似是在问她自己。

他呼吸有片刻的凝滞，眼神落寞中带着对女子深深的疼惜，叹道：“你的幸福，不是在他身上吗？他还活着、还爱着你，你何须如此？”

她缓缓地转过头，眸底一片苍凉，嘴角噙着一丝凉薄的讥讽，质问道：“你以为……事到如今，我和他还有幸福？走到这一步，你……可满意了？”

从那一盒骨灰被扬起的一刹那，她清晰地听见了，幸福被折断的声音。原本这一切都可以不用发生，是无忧为了救她，在那个十万人的宣德殿外，放弃了江山，放弃了一切，将他母妃的遗体留给了他的仇人，导致了如今母妃被挫骨扬灰的结局！无忧是那样爱他的母妃，他如何才能接受这样残酷的事实？也许他不会后悔救她，但他必定会为此而背负上对母妃的愧疚，终其一生，都无法原谅他自己。而她，也无法原谅自己。

这一生，幸福于她，似乎总是烟花一瞬，灿烂过后，留下的是恒久的哀伤。看不到希望的人生，她已经不知道该如何走下去！

宗政无筹的喉咙像是被卡住了一样，张嘴吐不出声音。这一趟渝州之行，他也许不该来！他一向理智谨慎，懂得什么事该做什么事不该做，可是这一次，他所有的理智都敌不过对她的思念，不顾一切地来见她，难道竟错了吗？他想过，就那样死在她手里，也很好。可是，任他心思缜密运筹帷幄，但他的命运，似乎总在最关键的时候掌控在别人的手中！

“容乐……”他想说对不起，却被她厉声打断：“你知不知道，我现在最不想看见的人……就是你！请你走开，不要让你们肮脏的双脚踩到了母妃的骨灰！”

她跪在自己挖的那个土坑前，双腿已经麻木，没有半点儿知觉。漫夭面无表情地说道：“这个时候，我真的不想杀人，你快走吧！”说完自顾自地继续挖着，不再理会身旁满目悲伤的男人。

宗政无筹没有走，反而对远处的侍卫大声吩咐道：“还不去找工具来帮忙。”

“不必。我不想假手于人。”她冷漠地拒绝，不留余地。

宗政无筹皱眉，忍不住将她扯起来，低声叫道：“你别总是这么固执！像你现在这

样挖下去，三天三夜后，这雪都化了，你什么也埋不了！”

漫夭却冷冷道：“这是我的事，不需要你操心！”

宗政无筹无奈起身，身子晃了一晃，立刻有侍卫上前搀扶。他回到软轿之中，再次吩咐：“通知李石，关闭回瞳关，派大军去前面守着，三日内，这条路不准任何人通行，违者格杀勿论。”

“遵旨！”

三日三夜，不停不歇，一个小而浅的土坑终于变成了一人之深，有两具棺木大小。女子脱下身上的狐裘，一袭单衣跪地，用狐裘扫雪，将十丈之地未曾化去的冰雪埋在土坑之中，用土壤盖住，在那坑前立了根木桩，被削平的木桩之上，什么字都没写。

宗政无筹坐在轿中一直默默地看着她，再没开口说一句话。天气越发寒冷，他伤口恶化，任李石如何请求，他都置若罔闻，静静地凝视着那个浑身散发着悲伤和绝望气息的女子，他早就绝望的心更加死寂。

他一直在不停地问自己：如果他不来渝州城，他是否会阻止母后将云贵妃的尸体挫骨扬灰？如果他答应宗政无忧，强制命令李石先送回骨灰木盒，是否她就不用这般绝望地掘土埋雪？似乎无论他做什么，到最后带给她的都只会是伤害！可他最不想伤害的人，就是她。

坚持了三个日夜，在身心的双重折磨下，他终于没能支撑下去，昏倒在轿子里。李石连忙让人将他抬回去，找大夫救治。

又一个黑夜的来临，她做完所有的一切，四肢乃至整个身体都好像不是自己的，完全不听使唤，就连想抬一下眼睫都是那样的困难。鼻息微弱却灼烫似火，双手指甲断裂，指尖血肉模糊，泥土渗进皮肉，与鲜血一起凝结成块。她呆呆地跪在木桩前，眼泪尚未流出就已经结成了冰，喃喃念道：“母妃，你若在天有灵，请保佑他！”

以剑支地，她想撑起身子，却无从站立，努力尝试了几次，每一次都是还未站起就已经摔了下去。她躺在地上，悲哀地望着天，缓缓合上双目，干裂的唇在风中微微颤抖。

醒来的时候，已是半夜，她躺在尚栖苑的寝阁大床上，双腿依旧麻木。迷迷糊糊中，听人说：“娘娘寒气已经入骨，这双腿怕是……”

“怕是怎样？”

“怕是……不容易复原。”

“竟如此严重！肖大夫，你赶紧想办法救治，如果娘娘的腿真有个好歹，你我一家老小，恐怕一个也逃不了！”

“是是是……俞大人，小的这就想办法。可是……娘娘金玉凤体，小的想为娘娘施针也……”

“这都什么时候了，还管这些！你快去。”

“是。”

膝盖处密密麻麻的麻痛感传来，她额头渗出细密的汗珠。手轻轻动了动，睁开眼睛的时候，那个大夫施针已经完毕，她的腿总算有了点儿知觉。见她醒来，那大夫吓得慌忙跪下连连请罪。

她有气无力，微微张口，嗓子火烧一样痛，哑声道：“起来吧。俞大人，皇上现在何处？”

帘帐外，俞大人忙回道：“回禀娘娘，皇上三日前不知何故，连夜离开了渝州城，听说是回了江都。”

她黛眉微蹙，垂下眼睫，尽量平缓语气，问道：“可曾留下什么话？”

俞大人回道：“禀娘娘，皇上交代，等娘娘想回江都之时，让微臣准备一辆舒适些的马车护送娘娘回去。”

想回江都之时？他不在，她留在渝州城做什么？她缓缓闭上眼睛，浓密的眼睫颤了几下，握紧被角，十根手指都被厚厚的布帛包扎起来，粗肿而笨重。过了半晌，她又问道：“那十四国的使者……”

“这个请娘娘放心，微臣奉皇上旨意好好招待十四国的使臣，昨日派人分别护送他们离开，应该……不会有差错。”

“应该？”漫夭睁眼，目光陡然凌厉，“不能是应该，必须是肯定。你派了多少人护送？”

俞大人微愣，连忙回道：“每个国家使臣，明处安排了百名护卫，暗处还有……”不等他说话，漫夭双眉一皱：“你这是在扩大敌人的目标！”

俞大人虽然才学有限，但也是一个颇为自负的人，此刻见她这般反应，只当她是因为皇上提前离开而心里不痛快，不禁有些不以为然，道：“微臣派去的都是从军队中挑选出来的精英，娘娘不必担心。”

漫夭撑着身子坐起来，面色肃穆，语气严厉道：“不用担心？只怕出了事你一颗脑袋担不住！你速速派人伪装成各国使臣的模样，抄小道走，尽量在一天内赶上他们，扰乱敌人的视线。现在就去办。”

俞大人觉得自己的办事能力被怀疑了，不觉有些不痛快，暗暗想着，她一个后宫嫔妃多管闲事！但碍于身份，他即便不愿，也不得不听命行事，连忙领命退下了。

漫夭叫来府中的管家，吩咐道：“立刻准备马车，本宫要回江都。”

肖大夫惊道：“娘娘，您的身子……”

她面无表情道：“不碍事，你去帮本宫开几服药备上。”

战事要提前了，很多事情还没办妥，她得赶紧回去。俞知府的管家办事效率很高，一炷香的工夫，马车和路上所需之物皆准备齐全。

两名丫鬟扶她上了马车，她闭着眼睛躺在厚厚的锦被之中。

一路颠簸，她浑浑噩噩，日夜不知。

江南皇宫，议政殿。

“她可回了？”埋头在政务之中的皇帝无意识地又问了一句，这是他今日第四十九次问到这个问题。

“回皇上话，娘娘还未回来。”祥公公恭敬小心地重复着答案。总觉得皇上这一次回来，有什么变了。他很奇怪，皇上和娘娘那么恩爱，形影不离，走的时候是一起走的，为何回来却只有皇上一人？

宗政无忧习惯性地顿了顿手上的动作，转头看一眼放在旁边的母妃的遗物，那件绣有莲花的衣袍。他眼底阴郁，神色哀伤。那一夜，他心情悲恸，纵马狂奔，只用了两日便赶回江都。处理政务，校验军队，筹集粮草，不让自己有片刻的分神。他已经不知道该如何面对她，也不知该如何面对自己？为阿漫所放弃的一切，他从来不曾后悔，也不曾有半分犹豫，可如今，他却忽然不知道自己到底是做对了还是做错了。

一向狂傲自负，自以为天底下没有任何他办不到的事，然而，这一次，他竟如此无力，害得母妃尸骨无存，他连骨灰都保不住，他枉为人子！若不能早日攻入京城，将傅鸳那个狠毒的妇人千刀万剐，他又有何资格拥有幸福？

“皇上，俞知府传来消息，皇妃在回江都的路上。”冷炎突然现身。

宗政无忧微愣，眼底闪过一丝期盼，吐出一口气，问道：“她……可还好？”

冷炎道：“信上未提及，想必无事。”

宗政无忧点头，没事就好。

“无隐楼的人马聚齐了？”

冷炎应道：“是。连同在江湖中招揽的武林人士，共八千七百人。”

宗政无忧道：“武林人士单独编成一支军队，以备后用。”

冷炎领命，望着他日渐消瘦的身影，欲言又止。

这时，一名军中将领求见，禀报道：“启禀皇上，粮草已备齐。”

宗政无忧头也不抬：“吩咐下去，大军三日后出发。”

“遵旨。”

五更过后，天才蒙蒙亮。

漫夭乘坐的马车到达江都，直奔皇宫。

走在宫里，马车速度减缓，漫夭撑着身子坐了起来，用腕骨按揉太阳穴。迷迷糊糊睡了几个日夜，头昏昏沉沉，难受极了。

漫香殿的一众宫女、太监听闻娘娘回宫，连忙放下手中的活，出门跪迎。

“公主姐姐，您终于回来了！”萧可高兴地跑出来，像往常一样挽住她的手臂。透过厚厚的衣物，都能感觉到她身子的滚烫，萧可一愣，拉过她的手，指尖飞快地按上她脉搏，不消片刻，便惊叫道：“公主姐姐，您……”

漫夭立刻截口道：“进屋再说。”她不愿自己染病的消息传出去，这个时候，不想让无忧再为她担忧。

萧可扶着她进了寝殿，屏退了其他人，急急叫道：“公主姐姐体内的寒气怎么这么重？您快坐下，我再给您瞧瞧。”

漫夭依言坐了，萧可搭上她的脉，一双柳眉皱了又皱，紧得像是解不开的疙瘩。

“怎么？”漫夭蹙眉，语气听上去似是很平静，心却悬起，“是寒气入骨不能根治，还是我的腿……废了？”

萧可慢慢松开她的手，摇头道：“都不是。寒气入骨可以慢慢驱除，您的腿施几次针好好休养应该也没什么大碍……”

漫夭皱眉：“难道还有别的问题？”

萧可歪着头，神色间十分疑惑，似是有什么事想不通，缓缓道：“我也说不清楚。姐姐的心脉好奇怪，跳得比一般人慢了很多，明明有问题，可是……又看不出问题出在哪里？好像一切都很正常，但其实又不正常……我从来没遇到过这种情况，如果师父还活着就好了，她老人家一定知道是什么原因！”

漫夭听说双腿无事，心安了下来，宁愿死也不愿做一个残废。放松了身子，她无力道：“想不明白就别想了。去煎药吧，我先睡一会儿。”

“哦。”萧可应着离去，半个时辰后回来伺候她服药，然后准备为她的腿施针，但一看那血肉模糊的伤口，控制不住地惊叫道：“姐姐，您的腿……这是……”

漫夭面色淡淡道：“没什么，你施针吧。我先睡了。”

不知道又睡了多久，她迷迷糊糊听见门外有人嚷嚷：“七嫂，七嫂……”

九皇子一下朝听说漫夭回宫了，便急急忙忙赶了过来。喊了两声，人已经到了寝殿门口，宫人们还来不及阻拦，他就已经大步跨了进来，叫道：“七嫂，你总算回来了！快去劝劝七哥吧，他不要命了！”

漫夭在迷糊之中，听到最后一句话，立刻清醒过来。此时身上热度已退，她慌忙支起身子，紧张地问道：“他怎么了？”

九皇子面色焦急道：“自从渝州城回来以后，七哥就没有好好吃过一顿饭，也没好好睡过一觉，这样下去身子怎么受得了？而且，明天就要出兵攻打北朝，他还要御驾亲征，只怕这仗还没开始打，他就先倒下了。”

“他现在何处？”漫夭一听有些急了，料得到他必然要提前出兵，却没想到这样快，并且还要亲自出征。

九皇子道：“刚散早朝，他回了议政殿。”

漫夭立刻掀开被子，想披衣下床，哪知一时太过心急，头重脚轻身子没力气，一头便朝床下栽了下去。

九皇子一愣，离得远，来不及扶她，只能看着她结结实实地摔在地上，才跑过去，问道：“七嫂，你这是怎么了？虽然着急，也用不着这么急呀。”

地砖冷硬，她头先着地，眼前一阵昏黑。额角大块青紫瘀痕几乎见血，她用手揉了一把，痛得钻心，连忙停住。轻轻叹息一声，真是越急越乱。见九皇子担心地看着自己，她摇了摇头，扶着床站起来，正好面对着梳妆台的镜子，只见镜子里的人面色苍白，像是一个久病之人憔悴不堪。她愣了一愣，渐渐冷静下来，在床边坐下，对九皇子道：“你先去，我一会儿就到。”

九皇子见她神色有异，有些不放心，问道：“你……真的没事吗？”

漫夭垂手，摸了摸痛得麻木的双腿，喘了两口气，才随口道：“没事。”

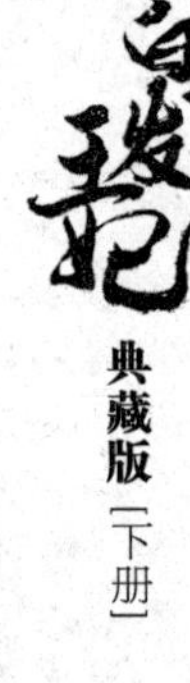

九皇子心里有些疑惑，但他一心担忧他的七哥，也没再多想，答应一声就先走了。

漫夭这才仰起头，深吸一口气又重重吐出，随手抓了一件外衣套上，走到梳妆台前坐下，命人吩咐御膳房准备膳食。

梳洗过后，她往脸上涂了些胭脂水粉，尽量掩盖住病容和额头的青紫瘀痕，想让自己看起来精神一点儿。膳食备好，她带着宫人往议政殿而去。

九皇子在殿外焦急地来回踱步，见漫夭到了立刻迎上来，道："七哥在里面。"

漫夭点头，步上台阶，却被门口从未见过的几名侍卫拦住。

"皇上有旨，任何人不得入内。"

她皱眉，还没开口，九皇子先斥道："大胆！你们看清楚了，这是皇妃娘娘，有参政之权。这皇宫里面，皇上能去的地方，没有皇妃不能去的。"

侍卫面色微变，跪在地上道："这是皇上的旨意，请娘娘和姜王别让奴才们为难。"

"你们！"九皇子就要发作，只见漫夭沉下脸，对那侍卫冷冷命令道："让开！"

侍卫们被那一声冷斥吓得身子一抖，低下头去，不敢动。

漫夭伸手拔了一名侍卫身上的佩剑，指着他们，厉声道："皇上几日不曾进膳，本宫是为送膳食而来，你们胆敢阻拦，倘若因此令皇上龙体有恙，你们该当何罪？"

侍卫们惊住，漫夭又道："闪开，若皇上怪罪，一切后果，本宫承担。"

九皇子厉声喝道："还不快滚开！"

侍卫们这才让开一丝缝隙，漫夭进殿，殿内窗子紧闭，依旧冷得惊心。

伏案办公的皇帝早已听见外面的喧闹之声，他手握朱笔，微微一颤，一滴墨便溅上桌案，缓缓晕开。他皱眉不语，眼睛一直盯着紧闭的殿门。从下了早朝，有人向他禀报她回宫的那一刻起，他一直在挣扎，怕见她，却又如此渴望见到她。他不禁会想，她回宫之后第一件事会做什么？她会不会来看他？会不会怪他将她一个人扔下？她能不能理解他此刻心底的挣扎和愧疚，以及无法面对的苦楚？

这样的折磨，他觉得自己快要疯了！

当厚重的殿门被推开，那个纤细的身影出现在他的视线之内，他赶忙垂下眼，去看手中的奏章，却一个字也看不进去。从来不知，原来自己竟有如此怯懦的时候。他听着她熟悉的脚步声，似乎有些虚浮不稳，而她命奴才们放下膳食的声音，带着微微的沙哑，让人听了就忍不住心疼。

漫夭等那些宫人都退下后，才慢慢走到御案前，仿佛什么事都没发生，温柔地笑着叫他："无忧，过来吃饭。"

他面容疲倦，双眼由于得不到休息而微微凹陷，听到她的话，他心底一颤，似是等一句话等了很久终于等到般的心情。他突然明白，为什么这几日他都不想用膳，原来不过是在等这样一个人说出这样一句话。

站起身，他不看她，径直走到饭桌前坐下，热腾腾的饭菜散发着诱人的香味，肚子咕噜一声。

漫夭微微一笑，在他对面坐了，想帮他盛饭，刚抬手觉察到手指的笨重，又放了下来。看着他自己盛饭，夹菜，大口扒饭，不再如从前的优雅。她静静地坐着，静静地望着，始终没动筷子，只想这样看着他，一直看着，若能就这么看到天长地久，即便不说话，也是好的。可是，明日一别，不知何时才能再相见？

天下之争将要开启，战事从来输赢无定，她现在这样的身体，跟着他只会是个拖累。

抿了抿唇，口中残留的苦涩药味，仿佛一点儿一点儿渗透到了她心底深处，她微微转过头，鼻子微酸。

风卷残云般的速度，用完膳，他放下碗筷，平缓着语气，问道："你为何不用？"

"我吃过了。"她深吸一口气，微笑着回应，"听说你要御驾出征，明天出发？"

他点头，轻轻"嗯"了一声，不再言语。过了一会儿，他起身回到御案前，漫夭咬了咬唇，转头望着他，鼓起勇气道："出发前的最后一天时间，能不能留给我？"

他抬头看着她，似是诧异。她的脸庞似乎瘦了一圈，嘴角含着淡淡的笑，却掩饰不住眼底透出的忧伤和彷徨。他直觉地想要答应，却在话语出口时变了："我还有事。这些政务必须在明日出征前处理完。"

她目光黯然，道："明天我帮你处理，也不行吗？"

他闭着唇，不说话。

桌上的饭菜渐渐凉了，屋子里仅有的热气也都消弭殆尽，她缓缓起身，用力地微笑，道："那你忙吧，我先走了。晚上记着要休息，如果你倒下，就没有人能为母妃报仇了！"说完，转身，撑着疲惫无力的身子，慢慢朝门口走去。

纤瘦的背影，如此单薄，看上去孤寂而凄冷。

"阿漫！"他终是不由自主地唤了一声。

才几日不见，他们之间，已经隔了那么远。一个尸体乃至灵魂的毁灭，造就了两个人的满心愧疚，那是永远也不能跨越的距离。

"对不起！"他喃喃出声。将她一个人扔在渝州城，对不起！不能像从前一样对她呵护宠溺，对不起！他甚至觉得，这次将她抛下，如果她选择傅筹，也许会比回到他身边更幸福。

眼泪突然涌上眼眶模糊了她的视线，她仰起头，吞咽着喉头的苦涩，声音空茫而缥缈："你没有对不起我，是我……对不起你，害了母妃！"

听着她无比悲哀的声音，他心底一震，竟忽略了，在他愧疚的同时，她也会心存亏欠。他大步追上去，在她出门前拉住她，低声道："不是你的错，你无须自责。"

那是谁的错？她在心里这样问自己。不是她的错，也不是他的错，可是他们却要承担最残酷的结果。

扳过她的身子，迎着光线，她额头大块肿起的青紫瘀痕竟那样明显，他心头一惊："你受伤了？"

她忙侧过头，淡淡道："没事，不小心摔了一跤。"

他皱眉："好好的怎会摔跤？"又不是第一天认识她，她这样沉稳的女子，不小心摔跤的事不会发生在她身上。

"真的没事。"她努力微笑。

他叹口气，去握她的手，她一惊，忙将手背到身后，目光躲开他，有一丝慌乱道："你快处理政务吧，我累了，想回去休息。"说着不等他开口就要急急离开。

他目光一沉，一把抓住她，不由分说地拽过她的手。她本就浑身无力难以支撑，此时被他这么一拽，她连站也站不稳，就倒了下去。他脸色一变，伸手去捞，她的双膝已经着地，尖锐的疼痛传来，她止不住闷哼出声。

宗政无忧立刻将她抱起，安置在软椅上，先拆开她手指上缠绕的布帛，她想拦也拦不住。

入目之中，不是往日那莹白如玉的肌肤，而是红肿不堪、被洗去泥沙后鲜血淋漓的伤口，在凛冽寒冷的天气中冻伤恶化，一片血肉模糊，让人看着都会觉得很痛。

宗政无忧心底一颤，脸色大变，目光阴沉难测，声音中已经夹杂了怒气，沉声问道："怎么回事？"

她目光微微一闪，挣扎着收回手，将那丑陋到极致的伤口掩在袖中，垂下眸子，语气听起来轻松淡然，道："不小心磨的，你不用这么紧张，不过是一点儿小伤而已，已经……不疼了。"

不疼？这样的伤，怎么可能不疼！他心里一阵难言的酸涩痛恼，忙又去检查她的腿，她慌乱地阻止，丝毫不顾忌手上的伤。

"别看了！"她带着乞求的语气，嗓音嘶哑。屈起双腿，双臂死死抱住膝盖，仰起头，她一脸倔强道："无忧，求求你，别看了！"那个比手指更丑陋连她自己都不忍去看的伤口，不要让他看到。

他望着她倔强背后深藏的脆弱无力，似是有人在他撕裂的心口上狠狠撒了一把盐，灼痛到窒息。他在她面前缓缓蹲下，膝盖着地，双手用力抓住她的手臂，声音微颤道："为何不让我看？很严重是不是？"

"不是！"她依旧努力地微笑，轻轻摇头，"是因为……很丑，不想让你看到。你别担心，有可儿在，很快就会好。"

真是因为丑？她几时也会在乎这些了？他不信！但她那般倔强，再勉强只会伤到她。

"因何受伤？告诉我！"他眉心紧拧，深邃的目光中盛满浓烈的心疼。见她低头不说，他十指紧扣，仿佛要捏碎她的手臂，盯住她的眼睛，咬着牙一字一字重复："告诉我！"那力道，仿佛不知道答案誓不罢休。

面对他不容拒绝的口吻和眼神，她才幽声叹道："我只是不想让母妃留在马路中央，被人践踏。"

他双手一颤，他们亲眼看着母妃的骨灰被风吹散，融在了雪中，如何才能不让母妃留在马路中央？

“你……做了什么？”

“我……我没做什么，只是把那些雪埋了。”

三个日夜的艰辛苦楚，被她寥寥几字说得那样轻描淡写，他听后却是震惊无比，颤声问道：“你……埋了三日三夜，所以直到今天才回来？”

她没有点头，也没有摇头，只是眼中泪光盈动，声音哽咽道：“我知道这样做不能弥补什么，但是，这是我……唯一能做的！无忧，对不起！如果没有我，这一切，都不会发生！”

泪水涌出眼眶，一串一串滚落下来。他抬手捧住她瘦削的脸庞，滚烫的泪水擦过他手上的肌肤，灼伤了他冰凉的心。

“阿漫……”他所有的心疼和感激还有愧疚，都在这一声轻唤里。想说谢谢，却始终没有说出来。他感激她在他失去理智的时候，包容他理解他，还替他做了本该由他来做的事情，落下这一身的伤，毫无怨言。

“无忧，别这样看着我！我是你的妻子，做这些事，本就是应该。你不必感激，也不必对我心存愧疚……你我夫妻一体，生命里所有的幸或不幸，我们……一起承担。”她用受伤的手轻抚着他的眉眼，语声真挚而温柔。

一起愧疚，一起悲伤，一起承担不幸的命运，他和她都不是一个人。

无法用言语来形容他此刻心中的感动。这一生，遇上她，爱上她，是他之幸。目光交缠，有些话，都不用再说出口。他所想，她懂得就足够。

“我送你回漫香殿。”

那一日，他留在漫香殿陪她，两个人并肩躺在床上，谁也不说话。屋子里很安静，不久，他因多日不曾休息，很快沉沉睡去。她听着他沉稳的呼吸声，微微侧头看他睡梦中仍然疲惫的容颜，泪水顺着她的眼角滑落下来，打湿了枕头。

第二日，她醒来，他已经离开。不仅离开了漫香殿，也离开了江都。她起身，看到床边的桌子上放着玉玺和圣旨，还有一张字条，圣旨是给大臣们看的，内容大意是皇帝不在期间，由皇妃主持朝政，而字条上只有两个字：等我。

她扬唇而笑，虽然苦涩，但也欣慰，好歹还留了这么两个字。她轻轻拈起那张字条，看了很久之后才小心翼翼地将其放到枕头底下。

第八章　皇妃被逐

万和大陆苍显一七六年，十二月，南朝正式向北朝发起战争，南帝御驾亲征，领十五万大军及无隐楼七千人破回瞳关，不费吹灰之力连夺四城，损兵八百伏降兵三万，其势锐不可当。

万和大陆苍显一七七年，一月，北朝皇帝伤愈，率二十万铁骑南下迎战紫翔关，会合紫翔关守军三万，与南朝大军形成对峙。双方都是用兵高手，兵力也相当，一时难决胜负。

南朝自漫夭坐镇朝堂，一部分顽固老臣颇有微词，但在六部尚书之首明清正与另一部分得皇帝破格提升的大臣的支持下，她的位置坐得还算稳固。

就在宗政无忧出发后的第四日，漫夭突然收到消息，十四国使臣，有六国使臣在南朝边关遇难，五死一伤，其中包括尘风国的使臣。她命人修国书致歉，并承诺尽快查清何人所为，但谁都知道，这些过场不走不行，走了也无济于事。各国都在观望，等待时机分一杯羹。而她查到当日俞知府并未全照她的吩咐行事，而是擅作主张只派了九队人马，致使六国使臣遇难，给别人以把柄。她得知消息后，命人将俞知府押解入朝，三司会审后，斩首示众，以儆效尤。

巍峨肃穆的乾和殿内，高高在上的龙椅背后，一袭金色珠帘垂挂，女子头戴凤冠，一身金丝凤袍贵气而庄严。她端坐在帘后，正在听朝臣们奏议大小事务。

突然，一名满身血污的士兵横冲直撞，冲向大殿，守卫皇宫的禁卫军正欲阻拦，却见他高举奏章，急急叫道：“六百里加急！”

漫夭立刻道：“传！”

那名士兵快步冲了进来，跪地双手呈上加急奏折：“启奏娘娘，土鲜、易石、域水三国集结十二万大军攻打我朝西面边境。沙城告急，请娘娘速派人手增援！”

大臣皆惊，漫夭也止不住变了脸色，三国联合，比她想象中来得还要快。十二万大军，西面边境沙城守军不过四万，如何抵挡得住？她皱眉问道：“伤亡如何？”

士兵回道：“我军死守城门，伤亡已经过半，最多只能支撑五天。”

五天！还有可能到不了五天！漫夭心头一沉，朝大臣们问道：“各位爱卿有何良策？”

丞相出列道：“启奏娘娘，土鲜、易石、域水三国都是小国，他们之所以敢如此猖狂，挑衅我朝，皆因我朝主要兵力皆在紫翔关与北朝对峙，暂时难以分出兵力对付其他入侵。紫翔关城墙坚固，高逾十丈，易守难攻。这一战已持续月余，我朝与北朝相持不下。这一月内正面交锋三次，双方皆损失惨重，倘若继续打下去，只会两败俱伤，如果此时再有人从东面进犯，我国将危矣！为江山社稷着想，臣恳请娘娘劝皇上暂时退兵回朝，来日再图北上大业。只要我朝大军返回，那些小国必定知难而退。”

漫夭皱眉，她自然知道现在不是北上的最佳时机，但经历回瞳关一事，没人能阻挡无忧北上的脚步。她正了正面色，声音平缓深沉，道：“北上之战，是攻是退，皇上自有主张。本宫现在问的是，以朝中剩余兵力，应该如何应对西面三国？罗将军，朝中还剩下多少兵马？”

罗植出列，恭敬回道：“启奏娘娘，皇上带走十五万大军，东面边境守军五万，南面玉上国留守两万，西面边境四万，各重要关卡守军合计十八万，目前朝中除禁军以外，可用兵力只有罗家军七万。”

漫夭凝思道：“七万罗家军加沙城剩余两万也不过九万……罗将军，你有几成把握？”

罗植没有立刻回答，自从上次御花园之后，他在她面前敛了狂傲，变得沉稳许多，想了想，才道：“七成。”他不确定，到沙城的时候，沙城是否还有兵可用？

漫夭沉默，一名顽固老臣出列道：“启奏娘娘，按照规矩，朝廷出兵须有圣谕方可。娘娘奏请皇上是否援军沙城，正可征询皇上圣意！”

漫夭目光一凛，又是规矩！她看了那老臣一眼，有时候这些人顽固得可恨。她不禁沉声道：“裴大人的意思是，先奏请皇上，拿到圣谕才能发兵？难道裴大人不知道从江都到紫翔关一来一回最快也要六日吗？六日之后，沙城已破，敌人长驱直入，夺我江都，这亡国的罪名，是你裴大人能担得起还是本宫能担得起？”她的声音一句比一句严厉，说到最后，裴大人脸色灰白。

漫夭腾地站起：“散朝。罗将军，你跟本宫来！”

议政殿，漫夭遣退下人，罗植神色恭谨问道：“娘娘，粮草……”

漫夭接道：“粮草已备好，将军只管放心。方才将军说此次出征仅有七成把握，本宫再送你两成。”

罗植微微疑惑，没有多余兵力派给他，何来多出两成胜算？

漫夭知他疑惑，问道：“将军觉得这场仗应该如何打？”

罗植思索道："我军兵力有限，不应正面强击，当以守城为主，伺机伐谋，出奇制胜。"

漫夭点头："那本宫就送你四个字：攻心为上！易石国在半年前曾与域水国发生过摩擦，如今冰释前嫌，无非是为了攻占我南朝的领土。三国合谋，在这谋事期间，自有高低较量。"

罗植目光一亮："娘娘的意思是……离间三国？末将明白了！"三个国家合成的一支军队，表面看起来很强大，其实军心不见得齐。

漫夭回身从御案上拿起一个薄薄的小册子，也就几页，递给罗植："这个给你。所谓知己知彼百战不殆，你好好利用它。"

罗植接过来一看，怔了怔，那上面记载的，正是三国将领的嗜好及性情缺陷，还有他们之间曾经有过的矛盾牵连。有了这个，离间三国，也只是时间问题。他不禁有些兴奋，这么多年，从来看不起女人，但眼前女子，他却不得不佩服。

"原来娘娘早有准备！"

漫夭微笑，向门外招手，立刻有人送上酒水。漫夭亲手为他斟上一杯，递过去，罗植受宠若惊，正准备跪接却被她阻止："边关战事紧急，来不及为将军设宴饯行，本宫就在这里，敬罗将军一杯，祝罗将军早日击溃敌军，凯旋！"

"多谢娘娘！"罗植双手举杯，仰脖一口饮尽，与上一次泗语亭饮酒的心情、态度截然不同。

罗植退下后，漫夭缓缓走到御案前，修书将今日之事原原本本告诉无忧。之后，传了萧煞。

萧煞目带担忧道："主子，您把那粮草给了罗将军，皇上怎么办？"

宗政无忧临时决定出征，几日时间，粮草准备得并不充足。漫夭叹道："前几日下了一场雪，通往紫翔关的路上，有个幽谷路口被大雪阻住，马车无法通行，粮草根本运不过去。就算留着这些粮草也无用，还不如先给沙城应急。"

"那皇上……"

漫夭道："你给昭云传信，让她取银二十万两，从京城秘密筹集粮草，务必在一个月内将粮草送到紫翔关外。"

萧煞不赞同地看着她："您要把皇上和几十万将士的性命交到她手里？"他对昭云的办事能力很是怀疑。

漫夭放下朱笔，叹息道："已经没有选择了！我相信，为了无忧，昭云就算豁出性命，也一定会办妥。"

那个女子，对无忧的爱丝毫不比她少半分。这一年的书信来往，她从字里行间感觉到昭云的成长，很替她高兴。漫夭又道："你只要把情况写清楚，嘱咐她小心行事。记住，告诉她，这件事，一定不能让别人知道，包括沉鱼在内。"事关无忧，她不得不小心，除了昭云，她谁也信不过。

萧煞点头："主子让制造的青铜战车已经有二百辆，上面的机关都已安置好，只差装火药。”

漫夭应了声好，又道：“火药的制作方法，切忌不可传扬出去。”

萧煞道：“主子放心，这件事一直都是属下亲自在做。”

“那就好。辛苦你了！”她感激地一笑，幸好身边还有几个值得信任的人。

萧煞告退后，她埋头处理政务直到三更。

回了漫香殿，她浑身乏力，感觉很疲惫。漫夭去浴房泡澡，泡着泡着就又靠在池边盹着了。最近似乎越来越容易疲乏，而且经常做梦，迷迷糊糊，总也睡不安稳。

梦里，有一只手紧紧掐住她的脖子，她用力呼吸，怎么都透不过气来。她拼命喊人，没有一个人来救她，她想掰开那个人的手，但任凭她如何努力都撼动不了分毫。那个梦，每次醒来，冷汗遍布全身，恍惚中，她好像看到掐着她脖子的那个男人泪流满面，可是，她怎么也看不清他的脸。这样的梦，从开始一闪而逝到后来的一个片段，越来越清晰，清晰得仿佛是她亲身经历过似的，那样真实。

江南二月的天气，已经有少许的回暖，但夜里还是很凉。冷风从窗子闭合的缝隙中掠了进来，吹在她裸露在外的肌肤上，激起一阵寒栗。她顿时醒来，水已经凉了，连忙起身，披上衣服，回寝殿。

没有点灯，她直接走到床前，掀开被子，钻进被窝，习惯性地往里躺，将外面的位置留出来。

突然，她的手在冰冷的床上触到一片温热甚至可以称为滚烫的东西，似是人的肌肤！

她心中大骇，惊得弹身而起，一把掀开锦被，就着月光一看，顿时呆住。

竟然……是一个男人！

夜半三更，无忧远在紫翔关，她的寝殿，不，确切地说，她的床上，怎么会有一个光着半个身子的男人？而且这个男人此刻呼吸均匀睡梦正酣，就仿佛睡在自己家一样。这情形，委实太过诡异，以至于她惊呼出声，觉时已晚。

蒙眬的睡意在这一刻尽皆散去，她立刻跳下床，毫不犹豫地拿起床边的玄魄宝剑，直指床上男子。而与此同时，外面有人大声叫道：“有刺客！”声音尖锐，似是极为惊恐，立时传遍了整个漫香殿。

巡夜的禁军闻声而至，不等通报，便急急闯了进来。

“刺客何在？”为首之人是禁军副统领耿翼，此人出了名地性情耿直，且疾恶如仇。还没进屋他便叫道：“保护娘娘！”

漫香殿的宫女、太监们也都聚了过来。清冷的月光透过菱形的窗格洒落在漆黑幽暗的屋子，宽敞的寝殿由于突然涌入太多的人而显得有些拥挤。

漫夭一愣，第一反应便是床上有男人的事，不能让人知道。她连忙放下床幔，将手中的剑背在身后，正想说没事，雕花大床上就传来一道妩媚而迷离的男声：“娘娘，您为何还不就寝啊？”

漫夭心底猛地一沉，这个人醒得还真是时候！她不禁冷笑，这下，她就是跳进黄河

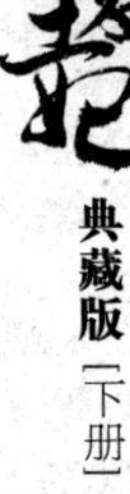

也洗不清了！她皱眉看了眼震惊地张大嘴巴的侍卫和宫人们，他们的表情就仿佛被雷劈到。

屋子里诡异地安静。

床幔被掀开，一名长相妖媚的男子光着上身，睡眼惺忪地伸出一只手，似是想拉拽站在床边的女子入内，并说道："娘娘，这么晚了，快歇息吧。"习惯般的用语和口气，以及这种暧昧的动作，更让人浮想联翩。说完似是才发现屋里还有外人，他猛地睁大眼睛，惊叫一声，从里侧拽过一件衣裳胡乱地套在身上，声音颤抖道："娘娘，屋里……怎么这么多人？啊！难道……"他似乎突然想到了什么，一副惊恐万状的表情，神色慌乱地滚下床来，一把抱住她的腿，连连求道，"娘娘饶命！是不是我哪里做得不够好？娘娘你告诉我啊，我会改的，我不要像他们那样死掉……我不想死，娘娘饶命啊！"

这话摆明是说他已经不是第一个跟她私通的男人！那语气凄哀惶恐，演技当真一流。漫夭目光一冷，一脚踢开他，对还在愣怔中的耿翼冷冷斥道："还愣着干什么，还不拿下他！"

那男人一听，立刻爬起来朝门外蹿去，被闻讯赶来的萧煞截住，跟着萧煞来的，还有萧可。众侍卫立刻围将上去，竟费了一番工夫才抓到此人。

漫夭命人将那人带到主厅审问，但无论他们如何逼问，那人油盐不进，只一口咬定，他是皇妃的男宠，伺候皇妃已有好几日。

漫夭坐在椅子上，面色平静而镇定，丝毫没有因为他的满口胡言而恼怒愤恨，她很清楚，这个人不过是别人手中的棋子，连个角都算不上，到底是谁布的局，她还不确定。

"带下去。没有本宫的吩咐，任何人不准接近他！"漫夭端着白底青花瓷的杯子，杯沿在灯光下闪耀着冷白的光泽，映在她脸上，令整张面孔看起来有几分深沉。

萧煞望着退出门外的耿翼以及宫人、侍卫们，皱眉道："主子，这些人，不能留。"

漫夭摇头，面色深沉，目光凝重道："这件事没那么简单，不是杀了他们灭口就能摆平的！有人布了这个局，就不会让它风平浪静地过去。你刚才也看到了，那个人武功不俗，几乎不在你之下，就算这些人都死了，明日一早，流言还是会被散播出去。而他们突然消失，只会印证流言的真实性。"还有一点，她不想因为别人的阴谋，而屠杀自己人，事情，总还有另外的解决方法。

萧可着急道："那我们怎么办啊？如果传出去，会坏了公主姐姐的名声，还有啊，万一皇上信以为真，怎么办？"

漫夭沉吟，败坏名声算什么？用不了几日，朝堂一定会十分热闹。至于无忧……他会相信吗？

萧可愁眉苦脸，真正是为她担心不已，想了想，双眼倏然一亮，抬手一拍脑袋，没意识到这一动作竟然跟某个人如出一辙，叫道："啊！我想到办法了！公主姐姐，我可以用药让他们忘记刚才发生的事，这样，即使有人故意将流言传出去，但并没有人能证明亲眼看到，不就没事了？”

萧煞点头，赞同道：“可儿这主意不错，要动手，就得趁早。”

这的确是个办法，不过……漫夭想到一件事，眉心一动，凝思道：“这么做，也许可以解决一些问题，但是……萧煞，我们的战马还有多少？”

忽然转变话题，萧煞不明所以，摇头道：“没什么了。这次罗家军所用战马已经是挑了又挑，剩下的也就数十匹，若是用来拉青铜战车，怕是不行。皇上那里，听说紫翔关天气寒冷，那场大雪，我们的战马不适应，冻死不少。皇上有意遣使臣去尘风国，购买战马，可眼下，尘风国使臣在我国边境遇难，尘风国上下都为此愤怒不已，只怕，我们的使臣根本进不了尘风国领土。”

漫夭黛眉微蹙，这件事也正是她目前最为发愁的。他们骑兵居多，而且江南本地培植出来的战马适应了温润的气候，一入北方，难以适应。如果能从尘风国购置战马，那是再好不过。她想起那个豪爽大气的男子，记得临别前，他曾经说过，如果有需要他帮忙的地方，尽管找他。不知道这句话，还算不算数？那时候，他还是一个王子，如今，他已经继承王位，人称沧中王。他也是肩负一国重担，是否还会因她而有所不同？恐怕，就算他想，他的臣子们也不会答应吧？

沉思片刻，她在屋里踱了几圈，找了纸笔，犹豫片刻，似是下定决心般，写了一封信。

萧煞就站在她身边，看着她写下的内容，眉头越皱越紧，不赞同地叫道：“主子！”

萧可好奇，跑过来看，她却已经收笔。面无波澜，她将那封信递给萧煞，不容置疑道：“连夜送去。”

不出所料，第二日，皇妃私养男宠被耿副统领等人发现的传言在宫里宫外流传开来，那流言的传播速度堪称一流。以讹传讹，有人叫她妖妃，有人称她淫妇，更有大胆的年轻男子竟想方设法混进宫来，冒死拦驾，说要做她的男宠！

到第三日，那些传言已经由道德的谴责延伸至野心的批判。她没有采取任何措施，冷眼看流言扩散。

这一日，乾和殿，早朝时间。

她身着凤袍，独自坐在帘后，静静地望着这座空旷而庄严的殿堂。殿堂之中，除了她与小祥子，再无旁人。那些大臣说她私养男宠道德败坏，广揽朝政野心勃勃，一直不和的两方势力这次倒是很齐心，一起罢朝，跪守宫外，等待帝王的归来，那决心前所未有，大有帝王不将她这个“妖妃”处置了便不罢休的劲头。

宗政无忧回来得比她想象的还要快。大军未撤，由九皇子和无相子二人统领，他是一人独自返朝，快马加鞭，两日三夜，马不停蹄，不休不寐。

当他一脸怒容出现在早朝大殿上，那被关押的口口声声自称她男宠的人被疾恶如仇的耿副统领押上殿来。

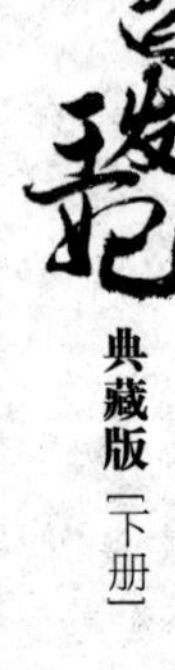

本是皇室丑闻，不宜宣扬，但此事已闹得尽人皆知，没有个说法，怎么也过不去。

跟随帝王进殿的大臣们目光一致望向那仍旧安稳坐在帘后的女子，一名老臣指着她怒声斥道："皇上在此，你怎么还有脸坐在那个位置？还不快下来领罪！"直接称呼"你"，连"娘娘"二字都省了。

她缓缓站起身，拨开金色的珠帘，所有人在她眼中都飘远淡去，唯剩多日不见、越发憔悴消瘦的男子。

空旷寂静的大殿，因他的到来而涌入了万千情绪。从战场赶回的年轻帝王金盔战甲，立在大殿中央，早晨的阳光从两面的窗子中透照进来，在他身上的铠甲上折射出金色的光芒。大臣们在他身后不由自主地弓着身子，仿佛被那一身王者气势压得无法站直。而宗政无忧自踏进这大殿后，目光便直直劈开那相隔的空间，稳稳地落在帘后女子的身上。望向她掀开珠帘后的平静面容，以及那眼底的坚定神色，随着她缓步而出的身影挪动，他的目光半刻都不曾游离。

数十米的距离，她在丹陛之上，他在丹陛之下，一条红毯相连，两头凝望。

她望着他染尽风霜的疲惫容颜，望进他的眼，清晰地感受到他由心间而起涌入眼底的深沉情感，那是一种透骨的悲伤、心痛还有愤怒的挣扎。

她在他这样的眼神中，所有的镇定和平静从最深处被渐渐剥裂开。她笼在袖中的双手交握，紧紧抓住，仿佛就攥紧了自己的心，宁可痛，也不可因颤抖而动摇半分。步下丹陛，她的脚步沉缓而坚定，在他前方十步停下。

一人喝道："皇妃，事到如今，你见了皇上，还敢不跪吗？"

宗政无忧双眉微微一皱，垂下眸子，掩去目中情绪。漫夭没说话，看了眼宗政无忧，竟缓缓跪了下去。

这是第一次，她向他下跪！

宗政无忧身躯一震，脚步几乎踉跄不稳。他定定地看着她双手撑地，无言在他面前拜倒。他瞳孔微缩，喉头瑟瑟滚动，心头苦涩难忍。

大臣们也愣了一愣，不想她竟然真的跪了！有人心道：她必然是知道自己犯下滔天大错，难以逆转，才这般乖顺。

宗政无忧望着她伏地的身子，只觉自己的双腿有千斤重，每迈出一步都沉痛难言。他慢慢走过她身边，迈向那高高在上的冰冷的龙椅，而她在他身后抬头直起身，依旧跪着，只那挺直的背脊线条书画着她异于常人的倔强和坚持。宗政无忧转身后，久久凝视着她的背影，目光沉痛，一句话也不说。

大臣们见他落座，开始行早朝跪拜之礼。他仿若不见不闻，没有让他们起身。众臣跪着不敢动，似乎都能感受到帝王心底散发出的沉沉悲痛，是那样的压抑而沉重，以至于那种悲伤的气息充斥着整个大殿，让所有人都喘不上气来。

那些先前准备好的言辞在这一刻都被哽在喉间，一时说不出口。那些老臣心中的愤怒和埋怨却步步攀升，整个南朝上下，无人不为帝王对皇妃的纵容宠爱而感叹，感叹一个帝王如此情深千古难寻，但皇妃却不识好歹，如此放荡行径，伤害皇上，真是不可饶恕！

一名老臣面色激愤，出列谏言："皇上，皇妃趁皇上出征在外，不顾道德礼义廉耻，竟于宫中私养男宠，做出这等丧德败行之事，实在是可恨至极！幸得耿副统领等人撞破，才不致继续将皇上及天下臣民蒙在鼓里，如今，证据确凿，请皇上定夺！"

另一名自命正直的老臣立刻附言："皇妃道德败坏，令皇上乃至整个国家蒙羞，实在罪无可恕！臣恳请皇上将这对奸夫淫妇处以极刑，以洗刷我南朝之耻辱，平万民之怒！"

宗政无忧面色勃然大变，冷厉的目光直射那说话之人。

丞相道："启奏皇上，边关战事吃紧，此时若不妥善处理此事，只怕会影响军心，导致战事失利，后果……将不堪设想！请皇上……三思！"

"请皇上三思！"

这日早朝持续了两个时辰，为南帝登基以来，时间最长的一次朝议。

刑部出面，简单审问那名被带上大殿自称皇妃男宠之人，那人仍旧一口咬定他是继两名男子之后迫于皇妃淫威不得已才成为皇妃的第三名男宠，而禁卫军副统领耿翼为证人，以性命发誓他所言句句属实，更从当日与他一起进入皇妃寝殿的众侍卫及漫香殿的宫女、太监们那里得到证实。

有声名耿直的耿副统领以性命担保做证，这些自命正直的迂腐老臣对于皇妃私养男宠之事深信不疑。他们一向自命清高不凡，如何肯向这样一个道德败坏的女子俯首称臣？于是，群臣激愤，言辞语气更是激烈无比，所有用来指责谩骂女子的词汇几乎都被用尽，她就这样在那些正义凛然的大臣口中变成了人尽可夫的女人。唯有尚书令明清正始终一言不发，面色沉重。而那些老臣因为帝王自始至终的沉默，终于住了口，开始用行动来表达他们心中对于皇妃之行为的愤怒和不满。

一名老臣摘下官帽，放在身侧，头重重地磕在金砖地面上。众臣随之效仿，一时间，磕头之声此起彼伏，不绝于耳。

庄严肃穆的乾和殿内，金砖之上，有鲜血溅开，洒下点点斑驳。数人额头皮开肉绽，仍不止息，大有以死相谏之势。

自古帝王，不可失民心、臣心、军心，而此刻的南朝，战事纷乱，流言四起，民心皆愤，军心不稳，百官死谏……如此形势，若帝王不能做出一个完善的处置，南朝江山将岌岌可危！

这便是布局之人的目的！漫夭一直在静静地跪着，面对大殿门口，姿势从没变过。听着大臣们慷慨激烈的言辞，她面色异常淡漠，就好像这一切都与她无关。突然，身后遥遥高台，龙椅之上传来砰的一声巨响，随后，帝王在极致的忍耐过后，龙颜震怒，一声怒喝："够了！"

整座大殿都被震得晃了一晃，漫夭身躯一僵，双唇微微张了张，眼中神色无奈而悲凉。

大臣们磕头的动作顿时凝滞，他们望着丹陛之上化作灰飞四散的御案，惊得张大嘴

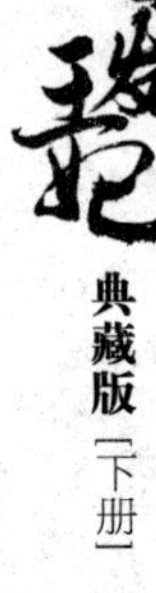

巴。而帝王此刻的双眼竟然赤红，他的眼神如同火山爆发前喷溅而出的岩浆，眼底酝酿的狂怒的风暴，仿佛随时都有可能毁灭这世间的一切。

那些大臣面上正义凛然的姿态一点点褪去，取而代之的是惊惶忐忑的表情。

宗政无忧冷哼一声，迈下台阶，走过的红地毯上蜿蜒着一道细细的长线，是他掌间滴落的鲜红，仿佛心头泣血。

他一步一步，错过女子，来到跪在大殿中央的耿副统领面前，他的神色是极端愤怒和心痛过后的平静，那种平静让人心里产生强烈的不安。耿翼有些紧张，道："皇，皇上……"

宗政无忧仿佛没听见，缓缓蹲下身子，望了眼被耿翼放在地上的剑，伸手去握住剑柄，动作异常缓慢。

苍白修长的手指紧握住剑柄，长剑被一寸寸拔出，森冷的剑气顿时破鞘而出，萦满整座大殿，众臣噤声，呼吸凝滞。

漫夭也绷紧了心神，盯着他的动作。宗政无忧缓缓站起身，剑尖划在坚硬的地砖上，声音尖锐刺耳，似是要刺穿耳膜，洞穿心脏。

"皇上饶命啊！小人也是被逼无奈，是娘娘……娘娘逼我的！娘娘说，如果小人不答应，就要杀了小人……还有他们，他们都死了，小人不想死啊……求皇上饶……"那自称是她男宠之人用手指着她，但他话还没说完，长剑噗的一声，穿心而过，那人连惨叫声都来不及发出便瞪了眼珠子，猝然倒地，气绝身亡。

众臣虽然极力要求将此人处死，但怎么也没料到帝王会当场亲手杀掉这个人。一时间，所有人都被帝王那股狠绝的杀气震住了，一声也不敢吭。

宗政无忧面无表情地扔了剑，冷冷道："拖下去！"

尸体很快被拖走，地上的鲜血被迅速清理干净，唯剩下浓烈刺鼻的血腥气在空气中萦绕不散。

漫夭也被他这样的举措惊得愣住，望着他这种近乎失去理智般的行为，微微皱起眉头，凝视着他的背影，那浑身散发的凛冽气息令她蓦然间感觉到惶然无措。

宗政无忧转过身来，那看似平静的目光背后波涛汹涌，复杂难定。他缓缓地朝她挪步过去，脚步踉跄虚浮，似是过度的疲惫令他已经无力支撑那颀长的身躯。他凝视着那日夜想念的女子，伪装的平静被撕碎，目光悲愤而绝望。

"为什么？"他的声音喑哑低沉，他想问她，"你可考虑过，这么做……我是否能接受？"

他的眼中除了痛楚，还有怨责，漫夭每与他多对视片刻，心中便会紧一分，身子微微颤了颤，张口欲言，喉咙似被卡住："无忧……"

即使不能接受，可事到如今，已经没有回旋的余地！宗政无忧神色突然变得坚决，像是做了某种决定般，打断她的话："来人，准备马车，送皇妃……离开。""离开"二字出口，他闭上眼，仿佛被抽干了全身的力气。

她鼻子陡然一酸，眼泪瞬间涌了出来。她猛地抬起头，张着双唇，不可置信地问道：“无忧，你……你不信我？别人不信，你也不信？”

“事实摆在眼前，你叫我如何信？是朕，太纵容你了吗？”他胸口一阵剧烈起伏，似乎说出这每一个字都艰难无比。

“原来……我在你心里，就是这样的人！”她闭上眼睛，任两行泪自眼角不断溢出，滑过苍白的面庞，滴在金砖上，溅开，碎裂。

宗政无忧双手一颤，眉头紧紧锁住，似在极力隐忍着什么。

大臣们怔了怔，皇上这是要饶过皇妃一命，将她遣送出宫？

“皇上，皇妃淫乱后宫罪恶滔天，怎么能这么轻易就放了她？”

“是啊，皇上，如此妖妃不除，恐有损我朝声誉，更有损皇上英明！”

“请皇上三思！”

“住口！”宗政无忧缓缓眯起凤眸，目光凌厉如刀，“你们个个都如此有主见，朕这个皇帝，不如让给你们当？”

众人皆惊，吓得慌忙叩拜道：“皇上息怒！臣等罪该万死！”

宗政无忧冷哼一声，不再看他们，只对女子冷冷道：“你走吧。看在启云帝的面子上，朕，放过你。”

她扬唇，轻轻地笑了，笑得肝肠寸断，目光空茫，毫无焦距地投向殿外茫茫苍穹，幽幽说道：“那我……替皇兄，谢谢南朝皇帝！谢谢……你肯留我一条贱命！”

启云帝？皇兄？众臣一惊，关于皇妃身份的传言竟然是真的！她……果真是启云帝最疼爱的妹妹，曾和亲于北皇的容乐长公主？初春二月，他们因为这一消息而惊出一身冷汗，南朝如今西北两面战事纷起，如果真杀了启云帝最疼爱的妹妹，启云国必定大举来犯，他们再无大军可挡，岂不是只能等待灭亡？这一意识，令众臣立刻默契地闭嘴。既然不能杀，与其劝皇上将她幽禁在冷宫，不如让她返回启云国，也算是卖给启云帝天大的人情，此乃一举两得，皇上果然英明！

女子的眼泪映入宗政无忧的眼中，如冰刺锥心，宗政无忧扭过头大口吸气，竟不能再看。而她却突然睁开眼睛，眼神凉薄苍冷，抬手，抓住他握剑的手，感觉到他手指冰凉且微微颤抖。她仰起头，看他转过去的侧脸，凄然一笑，面色决绝，手指缓缓滑下，蓦地握住剑身抬起便朝自己腹部刺了下去……

锋利的剑刃破肤入腹，鲜血淋漓溅出，女子面上血色瞬间褪尽，双唇惨白如纸。

“主子！”守在门口的萧煞大惊，什么也顾不得了，慌忙冲进大殿。

宗政无忧惊恐地回头，不敢置信地望着她，手中长剑落地，声脆响震颤心魂。望着她身上涌出的鲜血逐渐浸染了金丝凤袍，那样鲜艳的颜色，令他惊慌失措，慌忙朝她扑了过来：“阿漫！你这是做什么？！”语气中掩饰不住的狂怒，席卷了她，似要吞噬所有。他心头大痛，忙用手捂住她的伤口，黏湿的热血浸透了他的手掌，漫溢而出，流淌在如血一般的地毯上。

大臣们惊住，不禁面面相觑：“这……”

一名老臣率先反应过来，生怕帝王因此心软，饶恕了她，便冷嘲道：“皇妃以为

自残便能抵消你所犯下的大罪吗？还是你想借此重获圣宠？皇上，您千万不要被她蒙蔽……”

“滚！全都给朕滚出去！滚——”狂狮般的怒喝声响彻整座皇宫，这个年轻深沉的皇帝第一次惊慌失措，第一次如此失控。他赤红的眼神冷光如剑，直扫说话之人，那浓烈狰狞的警告分明是说：“你若敢再多说一个字，朕定将你千刀万剐！”

丞相见势不好，连忙行礼退出，大臣们这才跟着退了出去。他们并没有离开，而是跪在了大殿门口，目光紧望着殿内的二人。

宗政无忧早已方寸大乱，大声叫道：“御医，快传御医！”

“不用了。”她满是鲜血的手抓住他的手臂，想借力站起来，宗政无忧怒极，两眼狠狠瞪着她：“你还要干什么？”

她微微一笑，尽显凄凉道：“你，不是……让人备了马车吗？我，这就走。”

“你！”宗政无忧胸口急剧起伏，又痛又怒，却无法出口，她定定地看了他几眼，挣开他的手，面色坚决道：“你……保重！”

撑着身子站起来，步伐蹒跚，她拒绝萧煞的搀扶，缓缓朝殿外行去，在众人的眼中留下一道长长的血迹，仿佛在诉说着女子心中的悲伤和绝望。

传言：这一日，众臣满意而归，帝王却在乾和殿跌坐了整整一日，目光呆滞，神情木然，仿佛一个失去魂魄的雕像。

又传言：南朝皇妃趁南帝出征在外，独揽大权淫乱后宫，触怒满朝文武及江南百姓，百官于早朝大殿以死相谏，帝王震怒，亲手斩杀奸夫，而皇妃亦身中一剑险些命丧当场，随后被帝王逐出南朝，生死未知。

再传言：原来南朝白发皇妃是启云国的容乐长公主，北朝皇帝曾经的妻子！此次南帝与北朝大兴兵戈，不欲再与启云国发生战事，才放了容乐长公主离开。

第九章　三皇齐聚

南朝皇妃被逐，天下哗然。

紫翔关内，帅营大帐。

正与营中众将商议下一步战事策略的北朝皇帝，突然收到这一消息，他深沉的面容陡然一变，目光锐利，直盯住地上所跪之人："消息属实？"

侍卫回道："回禀陛下，千真万确！"

一名长满络腮胡的将军听后无限鄙夷道："宗政无忧当初为了个女人连江山都不要，想不到他才离开江都不到两个月，那女人就耐不住寂寞，给他扣了这么大的一顶绿帽子。哈哈，他一定气疯了吧！"

宗政无筹双眉紧皱，深沉难测的目光扫了过来，眼神阴鸷。旁边一名副将连忙用手肘碰了碰那名幸灾乐祸的将军，那人一愣，反应过来，连忙住口，低下头去。

另一人道："陛下，上一战我们胜在南帝回朝南军军心不稳，如今，他们退守拂云关，南帝不在关内，我们不如趁我军士气高昂，一鼓作气打到南朝去！"

有人摇头道："不妥，九皇子与南军临时统帅无相子也不可小觑！无隐楼的人太过厉害，他们虽只有几千人，但可抵十万大军，每次交手，我军都损伤惨重，这样打下去，即便赢了，也是元气大伤。若彼时，他国强敌来犯，我国岂不危矣？陛下，臣以为，强攻，非上策。"

有人问道："依你所言，何为上策？"

那人道："云关往南二十多里地的一个山谷，是南军运送粮草必经之路，两面巨石高山，底下路窄且陡，不见阳光。正好这半月连着下了几场雪，那里必定无法通行车辆。我们不如等他们粮草耗尽，将其困于城中，不费一兵一卒，不战而胜，方为上

策。”那人说着看向主位的皇帝，欲征求皇帝意见，却见皇帝沉目拢眉，目光不知望向何处。他不禁唤道：“陛下！”

宗政无筹回神，沉目淡淡道：“你们都退下，此事稍后再议。”

众将相互看了一眼，领命退出，而前来禀告消息的侍卫却被留了下来。

二月的紫翔关刚下过一场大雪，天气还很冷，宗政无筹披着大氅，望着窗外的茫茫大雪，心思翻转。

淫乱后宫，别人也许会信这种荒唐的谣言，他却想都不用想！究竟是谁如此害她？目的是什么？连他都不信的事，宗政无忧又岂会相信？种种疑团，在他心里纠结。他回头让侍卫把整件事的来龙去脉都跟他说清楚。

侍卫从禁军发现皇妃床上有男人开始，一直说到皇妃受伤独自离宫，不可谓不详尽。

宗政无筹静静听完，面色深沉，眉头越皱越紧。看来布局之人对宗政无忧和容乐必定十分了解，他们的目的不是陷害容乐，也不是离间南朝帝妃的关系，他们很肯定宗政无忧不会相信她的背叛，以为他必然会出面保她，那样一来，南帝便会失军心、臣心以及民心，届时，挑动兵变，掀起叛乱，易如反掌。但是万万想不到，宗政无忧会用如此直接的方式破了他们的局，让那些人的后招毫无用武之地。这次的计谋，比上次散布白发妖孽的流言煽动兵变更为卑劣，而手段，何其相似！使用这个计谋的人，他已经无须猜测。

宗政无筹面色越发难看，心想：宗政无忧曾经为她放弃江山、放弃尊严甚至放弃性命，如今竟又为江山而放弃她，难道经历了回疃关一事，在宗政无忧的心里，她已经不是最重要的了吗？仇恨的力量，果然无比强大。

“她伤得可重？”他沉声问道。

侍卫回道：“刺中的是腹部，流了很多血。大概……伤得不轻！”

宗政无筹眸子阴郁，在宽敞的大帐之中，来回踱步，沉闷的脚步声泄露了他此刻内心的焦急。一双手，握紧又松开，松开又握紧。一闭眼，就仿佛看到她伤心欲绝的眼神以及满身是血、孤独离开的单薄背影……离开了南朝，她会去哪里？她是那么厌恶他，又痛恨着启云帝，如今被她倾心所爱之人逐出南朝，她，还能去哪里？

宗政无筹剑眉深锁，强压住心头的窒痛和躁乱，转身沉声道：“速去查她落脚之地！”

侍卫忙遵命退出，到了门口，宗政无筹似是想到什么，又叫道：“慢着。南朝与尘风国相邻之地多派些人。”

“遵旨。”

尘风国的二月，天气已经回暖。皇家马场，宽广辽阔。一望无际的干枯草地上，冒出了新鲜的绿芽。晴朗的天空，一碧如洗，成群的马匹在马场内肆意奔跑，身形健壮，四蹄有力。

走在马场边的沧中王宁千易身穿一件虎皮大裘，英姿勃发，昂首直立，豪气俊朗的面容较从前多了几分庄重和沉稳。他身后跟着几位大臣，一起看着马场内，心情都极好。曾与宁千易同去临天国的中年男子历武哈哈大笑道：“王上，这一批马，比以前的都要好。今年的选马大会要热闹了！”

一人笑道：“是啊，除了南朝以外，其他十四国均发来国书。这次来的，怕不是以前的使臣，而是各国的皇帝。”

提到南朝，一位武臣立刻变了脸，愤愤道：“南朝皇帝若是敢派人来，我就叫他有来无回！”

其他几位大臣也纷纷表示，绝不与南朝合作。

宁千易浓眉微动，却并未表态。他只是往前走了几步，背着双手，目光眺望南方，眼底闪现一抹失落和遗憾，但很快便被收起，一身豪气地拍了拍那名武臣，朗笑道：“走，回王宫设宴。”

尘风国王宫，外观雄伟壮阔，里面装饰得富丽堂皇。

宁千易与几位大臣分席而坐，命人备了歌舞及美酒佳肴。在尘风国，君臣同宴是常事。

宫殿之中，一块大大的丝绒地毯上，十数名美人赤足折腰，在古琴丝竹之乐的欢快节奏下，翩翩起舞。

众臣看得欢喜，跟着摇头晃脑，乐呵呵地随着歌女们的歌声哼着大家都熟悉的调子。气氛很是欢畅融洽。

宁千易却不如他们那么投入，反而眼神缥缈，神色恍惚，想起临天国云莲山别宫之中的那半曲《高山流水》，不禁心生惆怅。自清凉湖之后，那名白衣女子的倩影，从此在他心里挥之不去。

一年前，刚回国，便听闻她白发之事，他集结军队准备去救她，但还未出发，便听说她失踪了。他派人四处打探，才得知她成了南朝皇妃。他早看出她与傅筹貌合神离，其实心系当时的离王，如今，她能与所爱之人相守，他便在心里默默祝福，为她高兴，可还是不由自主地感到遗憾和失落。这一年来，关于她的种种，他仍然无时无刻不在关注。

自从登上王位，国事顺畅，他后宫佳丽三千，没有一个女子能代替她在他心里的位置。那个女子，就这么成了他二十多年来的人生中，仅有的遗憾！

天下未定，战乱纷起，他们尘风国虽然不大，但因战马闻名，成为众国争相笼络的对象。他无心争夺天下，只要从这些国家之中，找到一个最有实力的合作伙伴，保证天下大定之后他的国家安定平顺，那就足够了。而当今世上，有实力统一天下的，只有南、北朝和启云国。听说南朝现在是她在主理朝政，如果与她合作，这辈子，也许还能多见上几面！他正想着，忽然有人来报：“王上，南朝信使有消息传来。”

宁千易目光一亮，道：“快说。”

侍卫连忙将潜伏在南朝的信使传递来的消息一五一十地禀报……

“胡说八道！”

宁千易还没听完就已经拍案而起，激动且愤怒道："淫乱后宫？不可能！璃月绝不是那种女人！南帝好糊涂，竟然听信谣言，将她赶出南朝！岂有此理！"

大臣们因他这激烈的反应一时愣住，当初信使死在南朝，也没见王上发这么大的脾气！不由有些奇怪，这其中因由只有历武知道。

历武想了想，忽然面带喜色，道："王上先别动怒，这样一来，对王上可是好事一桩啊！"

宁千易一愣，很快便明白了他的意思，浓眉舒展，立刻道："不管你调动多少人马，立刻去查访容乐长公主的下落！"

"是！"

雁城，尘风国与南朝相邻之地，属尘风国境内。林西客栈在雁城之西很偏僻的一处，靠着一座神秘丛林而建，客栈分上下两层，布局较为简单。二层靠密林方向的一间房，虽称之为上房，但房间却只可用"简陋"二字来形容。

夜里，客栈周围静悄悄的，能听到密林中风吹过的声音。

漫夭和衣躺在床上，睁着眼睛看简陋的房顶黑黝黝的一片。床板很硬，硌得人身上疼。她独自一人在这里已经停留了十多日，腹部的伤口不算太深，她自己在路上就已经包扎好，休养些日子应该就会痊愈。可不知为何，最近疲惫感越来越重，明明很困乏，却怎么也睡不着。如果一两日还好，可这样的情况已持续有一个多月了，她应该在离宫之前，让萧可帮她看看。上次萧可帮她把脉，还是她从渝州城回宫之时。

咚咚咚……屋子隔音效果很不好，门外就是楼梯口，但凡有人上下楼，声音听得清楚极了。

心里没来由地烦躁不安，她蹙眉，缓缓坐起身来，斜靠在床头，懒懒地垂着手，这种慵懒倦怠的姿势像极了另一个人靠躺在床上看她睡觉时的模样。她心头突然涌起一阵酸涩，回想起他的心痛、愤怒、挣扎、无奈，还有他故作冷漠和决绝……那一日，他每一个动作、每一个眼神、每一句话，都深深地刻在了她的心里。她抓着身上薄薄的棉被，闭上眼睛，觉得喘不上气来。

这时，突然有人敲门。

不轻不重的三下，在静谧的夜晚被拉长，显得格外清晰。

她立刻睁开双眼，目光警惕地望向门口，这么晚了，会是谁？漫夭疑惑地起身，不慌不忙地穿好衣裳，整理妥当，才朝门口走去。

这期间，门外之人既没再敲门，也没开口说话，除了最先那三声叩门声，再无其他动作，似是静静地等在门口。

她越发疑惑，不自觉就握紧了手中的剑。这间客栈别的不好说，唯有这两扇门，闭合得绝对严实，一点儿缝隙都没有留下。

她竖起耳朵倾听外面的动静，除了轻浅而匀称的呼吸，别无其他。她凝眉，站直身子，感觉到那人离门的距离非常非常近。而那人散发出来的气息，有一种说不出的熟悉感。

她微微犹豫，最后还是开了门。当看清门外之人时，她瞳孔一缩，面色陡然一变，脱口道："怎么是你？"

来人身披一件暗红色大氅，里面是灰白色绣有龙纹的袍子，永远一副清隽儒雅的模样，面色温润，声音清和，一双眼睛灼灼地望着门内女子的脸庞，目中光华隐现，带着复杂的思念和纠缠。当他的目光触及女子满头白发之时，那眼底的光华骤然黯淡，一抹几不可见的痛楚掠过他清隽的面庞，瞬间便消失无踪。他微微笑道："皇妹，不欢迎皇兄吗？"

漫夭五指紧扣住门框，指尖泛着青白，怎么是他？她身在尘风国境内，启云国皇帝竟然比沧中王宁千易更早一步找到她！她防备而警惕地盯着眼前的男子，那种从骨子里渗出的紧张和恐惧深深将她笼罩，她直觉地关门，却被他拦住。

启云帝叫道："皇妹！"声音竟有几分伤感，"一年不见，朕很挂念你！"

眼神真挚，语气恳切，他将"挂念"一词说得那样自然，漫夭听了不禁冷笑，经过了一年前的那件事，这个男人居然还能如此平静坦然地说挂念她！一股怒火突然蹿了上来，她想问他，究竟是人还是魔鬼？为什么竟然能对自己的亲人甚至是心爱之人做出那样残忍的事？

但终究还是忍住了！时机不对，她此次来尘风国有任务在身，不想节外生枝，不然，她一定会让他替泠儿偿命。看了眼守在楼梯口的小荀子，她压下心底一切情绪，淡漠道："启云帝认错人了！"说罢就欲关门，启云帝却不让，看着她冷漠至极的眼神，眼中闪过一抹痛楚和愧疚，很快便被隐没："朕知道，皇妹心中怪朕！那件事，的确是朕对不起皇妹，你生朕的气，也是理所应当。"

仅仅是责怪吗？他真是太不敢说了！她面带嘲弄，心中冷笑，那不是责怪，也不是生气，而是恨，真真切切的恨！

而这种恨已经清清楚楚地写在了她的眼睛里，启云帝只看了一眼便慌忙移开目光，语气伤感道："朕……是来接你回宫的，听闻皇妹你受了伤……可要紧？我特地带了御医来为你医治……"

"不必！"她冷冷拒绝，跟他走，除非她疯了！她的伤，也不需要他过问。看着他一脸担忧的表情，她一点儿都不觉得温暖，反而觉得这里四处都是阴风阵阵。

启云帝眉头微皱，道："皇妹别任性！听说你伤得很重，还是让御医瞧瞧朕才放心。你看，你比一年前又消瘦了许多。"他满眼疼惜，说着就去摸她的脸庞，那神情万分温柔。

漫夭立刻偏头躲过他的手，表情嫌恶，启云帝目光一闪，手突然改变方向，直接朝她手上握去，她连忙收回手背到身后，而他的动作又变成了推门，然后堂而皇之地进了屋。

看着他动作自然地解下披风，就仿佛这里是他的寝宫一般随意。漫夭心头微沉，为什么她突然觉得，启云帝容齐对她非常了解，了解到似乎她的每一个反应都在他意料之中！这种意识令她感到恐惧。

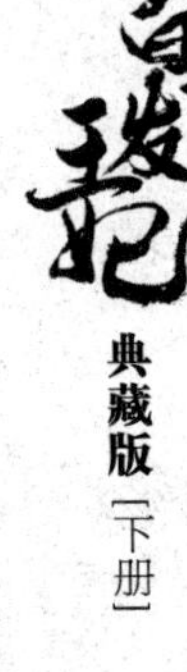

典藏版

[下册]

屋内，启云帝往床边一坐，瞧了瞧这间屋子，皱了皱眉，叹息道："这里如此简陋，委屈皇妹了！明日一早，我们就起程回国。今晚先凑合一晚，皇妹，你过来躺着，让御医帮你瞧瞧，小旬子——"

小旬子连忙应了声，去楼下叫了御医上来。

漫夭仍然站在门口，一动不动。

启云帝叹道："小旬子，皇妹身子不适，你扶她过来。"

"是，皇上。公主！"小旬子过来扶她，漫夭闪身避过，冷冷道："我的伤势已经无碍，不劳启云帝操心！既然启云帝如此喜欢这间屋子，那就让给你好了。"

如果问她这个世界上，她最讨厌的人，那一定非启云帝莫属！这个可怕的男人的身边，她一刻也不想多待。

见她提剑转身就走，小旬子跪在门口挡住她的去路，恳求道："公主请留步！皇上思念公主时常夜不能寐，一听说公主出事，皇上立刻放下国事，不远千里亲自来迎接公主，请公主莫与皇上斗气！"

夜不能寐？她忽然笑道："他是应该夜不能寐！为了皇权、江山，也不知害死了多少亲人，现在连我也不放过！我已经是这个样子，人不人鬼不鬼，你还想怎样？"她揪着自己的满头白发，转头质问。

启云帝面色突变，捂着嘴，重重咳嗽起来，脸色因那剧咳而涨红，衬得他那只手越发白得像鬼一样。每当这个时候，她都会产生一种错觉，好像这人活不长，可偏偏他一直活得好好的。

她再不会像从前那样，看他咳嗽便担心询问。

"让开。"她对小旬子冷冷吩咐。小旬子低头不动，她目中一沉，毫不客气地一脚踹开他。小旬子没料到她有此一着，竟被踢飞了出去，抚着胸口，惊愕地看着她。而她眼中的冰冷和狠绝，令启云帝愣了愣，眼中掠过一丝诧异，还有恍惚，似是突然陷入回忆。

漫夭冷笑，今时今日，他们以为她还会对他们心存仁慈？冷哼一声，头也不回地下楼。她找到客栈掌柜，道："麻烦再给我一间房。"

那掌柜看了一眼旁边的冷面侍卫，僵笑道："不好意思，这位姑娘，我们这里没有空房了。"

漫夭目光一凛，扫过二楼右侧的几间房，沉声道："如果我没记错的话，那几间房似乎都是空的！"

掌柜面色越发僵硬，结巴道："那几间房……已经被这几位客官以每间二百两银子给包了。您如果一定要住，那就……就五百两银子给你腾出一间……"

漫夭面色微变，心知这人看她连个包袱都没有，故意拿银子说事让她知难而退。她不等他说完，拿起手中的剑啪的一声，砸在柜台上，带着警告，沉声问道："你看这把剑，可值五百两？"

掌柜的被她这气势吓得愣住，忙往后退了几步，面色惶恐，语气哀切道："客……

客官，您是个有身份的人！我这是做生意，靠这几间房养活一家子人，这好不容易遇到个财神爷，我也没有把钱往外推的道理是不是？您就体谅体谅我们这些小老百姓求生活的苦处吧！我在这里替我八十岁的老娘和一岁半的小孙子谢谢您了！”说着就弯腰作揖。

漫夭握紧手中的剑，心里郁闷至极却无处发作，她恨的人是启云帝，总不能因为那个可恨的男人而去为难一个小小的客栈老板吧？可是，这家客栈地处偏僻，方圆五里不见人烟，这深更半夜的，她要去何处落脚？更何况，换了地方，她还得想办法不着痕迹地泄露行踪，只怕一着不慎，就可能满盘皆输。

她正犹豫着，启云帝披了暗红大氅不疾不徐走下楼来。望着她，他无事般温和地笑着，那笑容让她讨厌极了。她立刻作出决定，宁可乘坐马车露宿荒野，也不想跟这个魔鬼共处一室。不待启云帝靠近，她转身就去后院，找了一圈也没找到她来时的那辆简陋的马车。

启云帝站在后院门口，静静地望着她，看到她带着隐忍怒气的目光如冰刃直刺向他的时候，他竟清和地一笑，用宠溺和包容的口气，道：“既然皇妹不喜欢这里，那我们连夜回宫。朕的马车就在外面，我们现在就走。”说着就要来牵她的手。

漫夭躲开，气得叫道：“你以为，到如今，我还会听从你的安排？”

启云帝双眉微皱，嘴角还含着笑，望着她的目光渐渐复杂深沉起来。她紧紧地盯着他的眼睛，却看不透他的心思。真的不明白，为什么一个人可以如此不动声色地将自己喜欢的人逼到走投无路？

气氛变得凝重起来，有一股被刻意隐藏的煞气自后院院墙外压了过来，她心头一凛，正欲拔剑，突然，客栈大堂内一道浑厚低沉的嗓音传了过来：“启云帝不愧是传闻中最疼爱容乐的好兄长，来的速度也比别人快！”

听到声音，她身躯一震，握剑的手不自觉就松了许多。

随着声音落下，后院门口出现数人，为首的一名男子身着深青色及地锦袍，袍子上暗绣青龙，五爪张开，气势威武。他英俊的面庞带着连日奔波的辛劳疲倦，深深地看了一眼院中的女子，疲倦一下便多了一些欣慰。继而，他看向启云帝，目光深沉凌厉。此人正是得到消息，连夜从紫翔关赶来的北皇宗政无筹。

而院墙外的煞气，在这一瞬间消弭。

漫夭拔出三寸的剑又重新合上，垂手，面无表情，心里却并不平静。她等了十多日，没等到她要等的人，却等来了这两个她最不想见到的皇帝。难道是她估算错误不成？

启云帝倒也没显出多少诧异，只是心底微微沉了沉。面上表情丝毫不变，对于宗政无筹话中隐隐的嘲讽只当不觉，他回头，笑容中暗藏锋利，语气清和道：“朕就只有这一个妹妹，当然紧张得很。北皇速度也不差，只不过，朕来此处……是为迎皇妹回国，北皇来此又是为何？”

宗政无筹眉梢一挑，走进院中，面色温和却不失威严气势，道：“看来启云帝的记

性不大好，容乐是朕明媒正娶的妻子，朕来此，自然是接她回去，举行封后大典。”

启云帝转身，面向那同样有着帝王身份和气势的男子，笑道：“朕也记得，一年前北皇弃妻为棋子，皇妹已是南朝皇妃，虽然被南帝逐出南朝，但南帝似乎并未夺去她皇妃的封号，又何以成为北朝皇后？”

似有两柄欲出鞘的利剑从宗政无筹眼底激射而出，在冷月光华下，闪烁着森冷的光芒。一年前，没能杀掉启云帝，是他的遗憾！宗政无筹声如沉钟，咬字极重，但嘴角仍然噙着一丝笑，温和客气之中透着蚀骨的冰冷，咬牙道：“这一切，还不是拜启云帝所赐！”

周围的气息一分一分地冷凝下去，清冷的月光，照着后院矮小的茅棚，棚下拴着的一匹跛脚的黑马似被这紧张的气势所惊动，躁动不安地摇摆着尾巴，仿佛欲逃离这是非之地。

漫夭不想再听这两人说话，只想离开，还没走两步，就被宗政无筹拉住手臂。他速度飞快，她连闪都闪不开。漫夭不悦地蹙眉，一抬眼便望见了那眼中的担忧，她转开头，淡淡道：“放手。”

启云帝面色几不可见地沉了沉，目光一转的工夫，又恢复如初。

宗政无筹问道：“容乐，你的伤……可好些了？”气势散尽，唯剩心疼与担忧。

漫夭挣开他的手，又瞥了他一眼，这一眼，冷漠而疏离，将两人的距离，拉开了一个世界那么远。她没有应声，径直昂首离去。如果可以，这两个人，她一个也不想见！

来到大堂，看到启云帝与宗政无筹带来的人分列两边，各自警惕地盯着对方的一举一动，哪怕是喘个气也得小心谨慎。漫夭丝毫不怀疑，如果此时有人忍不住打个喷嚏，都会引发战争。

客栈的掌柜窝在柜台后的一个小角落里，惶惶不安地望望这边又看看那边。

漫夭想了想，还是决定上楼，回到房间，锁好门，才呼出一口气。经过这一番折腾，感觉更是疲惫极了。

傅筹的到来虽然不是她所期望的，但至少解了她的围。她不必独自面对那个可怕的男人，心里安定了不少。她缓缓走到床前，感觉这屋子里残留的那个男人的气息怎么也散不去。她皱眉，去打开窗子，窗外是深密丛林，幽暗漆黑，空气清新无比。

她闭上眼，深呼吸。忽然，一阵风吹过，一股异常熟悉的清爽气息扑面而来，她心口一窒，猛地睁开眼睛，朝密林望去，一片漆黑，什么也看不见。

她正要关窗子，忽见两个玄色身影如鬼魅一般从头顶掠过，由屋檐上方飞入密林，悄无声息，速度极快，只让人以为看花了眼。

漫夭怔住，就在那一刹那，心底涌现无数情绪，她呆呆地站在窗前，看着黑暗中的某一处，目光忧伤。

天空乌云聚散，月不明。突然一道闪电，直劈而下，似要将天劈成两半。黑夜，瞬间被点亮，她看到数丈外的密林之中，一个黑色的身影在古树林里显得是那样的萧瑟孤单。她心头一震，眼眶瞬间发红，眼泪来不及落下，门外又有人敲门。

这一次的敲门声，又急又重。

她猛然回神，听见门外脚步纷乱，顿时心生警惕，回头盯着门的方向，既不应声，也不开门。无论是启云帝，还是傅筹，她都不打算让他们进屋。

过了一会儿，门外之人见里面没动静，似是有些焦急，出声叫道："璃月，你睡了吗？"

这声音……是宁千易！他终于来了！

她扭头，再看一眼密林方向，发觉那种熟悉的感觉似乎已经消失。她连忙关上窗子，点了灯，才去开门。

门口的男子仍是爽朗大气的笑容，灼亮的眼中透出异常期盼的神色。一见到她，宁千易便紧紧地握住她的双肩，激动道："璃月，好久不见了！你还好吗？"

漫夭目光淡淡扫过他身后已经一团和气的两个男人，对他点头微笑道："我很好，谢谢千易的关心！"这个男子，热情爽朗仍似昨日一般。

她一如一年前那样熟络地叫他的名字，并无丝毫疏离的神色，宁千易听得目光灿亮，心中雀跃无比。那个一见倾心从此魂牵梦萦的女子，他终于……又见到她了！虽然满头白发，却比从前更让人着迷。

这一夜，三国皇帝，一国皇妃，在这样简陋的客栈里，坐了一夜。就数宁千易心情好，话也多，漫夭借口说累，自己跑去休息。其实她的心，早在看到窗外那个熟悉的身影时，不知飘去了何处……

第二日一早，天初亮。漫夭应宁千易的邀请去尘风国王城。选马大会将至，启云帝与宗政无筹也在邀请之列，她纵然不喜与这二人同行，却也无奈。这次选马大会，怕还不止他们，想必各国皇帝都会到场。而她，必须在选马大会之前，找到与宁千易单独相处的机会。

宁千易为她准备的马车宽敞而舒适，一路上都很顺利。到了尘风国王宫，刚下马车，小腹突然一阵绞痛，她面色一白，站立不稳。

"你怎么了？"三个男人同时紧张地问道，她却已经痛得说不出话来，浑身无力，朝地上倒去。启云帝面色一变，慌忙将她接住。

"快传御医！"

午时的天空浮云聚散，光线时而明灿，时而阴霾。

尘风国王宫，倾月殿，浮帘摇动，黄幔相隔，她皱眉躺在里面，只有一只手露在帘外。

宗政无筹、宁千易、启云帝三人目光紧紧地盯着她的手，只见那只手纤细而苍白，手心泛着盈盈水光，似是被冷汗沁透。

御医把过脉，眉头紧拧，神色疑惑不解。

宁千易焦急地问道："御医，璃月所患何症？要不要紧？"

御医从沉思中回神，忙起身禀报道："启禀王上，公主脉象甚是奇特，臣行医数十

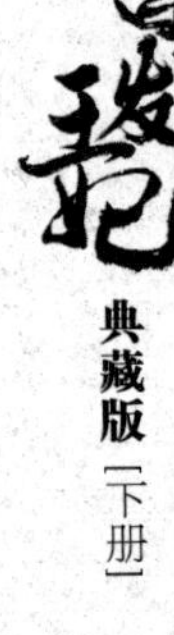

载从未遇到过心脉跳动如此缓慢之人，不过，依目前看来，这方面似是暂无大碍……”

宁千易心中着急，不想听他长篇大论，便打断道：“你就告诉朕，她现在身体难受，到底是何原因？”

御医道：“王上莫急，公主……只是有喜了！”

“有……有喜？”

宁千易和宗政无筹面色皆变，目光阴晴不定。启云帝目光也变了一变，却看不出是喜是怒。

漫夭也愣住，她怀孕了？她激动地坐起来，不顾腹中疼痛，掀开帘帐，急急问道：“御医，你确定吗？”

御医点头道：“是喜脉没错！而且已经有三个月了！”

三个月！她下意识摸了摸自己的腹部，这里面竟然有了他的骨肉！她真的有了他的骨肉！她心里竟然说不清是高兴还是难过，这孩子来得这么不是时候！难怪这些日子她总觉得疲惫，也怪这些日子遇到的事情太多，以至于大意到连信期推迟两月都没觉察。

御医见她眼中有将为人母的光华闪耀，不禁叹息一声，又道：“原本该恭喜公主，可是……”

漫夭心头一沉，一种不祥之感瞬间笼上心头，连忙问道：“可是什么？”

御医叹道：“可是，公主的身子本就不大好，而腹部所中一剑，虽未伤及腹中胎儿，但已动了胎气。再加上公主郁结在心，又长途跋涉，未能得到很好的调养，这胎儿……怕是凶多吉少！”

她的脸色随着御医说出的每一句话而变得更加惨白，直至血色全无。那句凶多吉少更令她如遭雷击，瞬间全身僵硬。她颤抖着唇，喃喃道：“你是说……我的孩子……保不住？”她一句话没说完，心头大痛，眼眶控制不住地泛红。如果知道自己已怀有身孕，她绝对不会自刺一剑，绝对不会！

御医叹息着，没有答话。

她目光黯淡，手抚着腹部，强忍住心底蜂拥而出几欲将她淹没的苦楚和酸涩，微微仰起头，一字一字，缓缓问道：“有没有可能……保住他？”

尽管强忍悲痛，但那眼中的恳求，是那般的明显。

这个孩子，她不能失去！一年前的那场屈辱，虽没要了她的命，但子宫出血，身子已经大伤，她曾经一度怀疑这辈子是否还有成为母亲的资格。如今，终于有了孩子，却又因为她的疏忽而导致这个孩子无法来到这个世上，这对于她来说，真的很残忍！

面对她的祈求，御医低下头去，这个问题，以他的能力，他没敢回答。

漫夭又问：“如果，如果这个孩子保不住，我……我是不是……从此就失去了做母亲的权利？”她很努力地想控制住自己的情绪，却控制不住声音的颤抖。

御医惊诧地抬头，他本不忍说，却没料到她自己就这么说出来了。见她目光倔强，似是一定要一个答案，他只得应道：“公主的身子曾经受过很大的创伤，倘若这次小产再伤了身子，以后，怕是……”

“不用说！”她突然急切地阻止道，“不用再说了！我，我知道。你出去吧。”

御医行礼退出房间，叹息着摇头，对于一个女人而言，被剥夺了做母亲的权利，那是何等的残忍！

屋里的三个男人从各自的沉思中醒过神来，全都愣怔在原地。

宗政无筹因为御医的最后一句话，整个人变得僵硬，蓦地想起那最不堪回首的一幕，一年前的那个傍晚，她满头白发从红帐内走出来，刺目的鲜血从她光洁的脚踝一直蜿蜒到地上，赤足留下的一个个血色的脚印，一直留在他心里。而这些，便是御医所说的，她曾经的创伤。原来他带给她的伤害，不仅仅是那一刻的耻辱！他竟然还在这里期盼着她能再给他一次机会！

他看着女子眼中最后的希冀被打破后的碎裂目光，不管她如何掩藏，那绝望还是一分一分地从她眼中透了出来，悲哀的气息瞬间弥漫了整个房间。

“容乐……”

“皇妹……”

宗政无筹和启云帝同时叫她，漫夭猛地抬头，那么强烈的恨意令他们倏然住口，她冷冷地盯着他们，缓缓吐出两个字：“出去！”声音冷得像是掘地三尺的冰。

“璃月，你……没事吧？”宁千易从没见过这样的她，在他的眼中，她无论何时何地，永远都是平静而淡然的，可是此时此刻，她是那样的绝望而悲伤。

“千易你也出去！我想……一个人……静一静。”她艰难地抑制住声音的颤抖，尽量将这一句话说得完整。

宁千易见她面色坚定，虽然不放心，但还是跟另外的两人一起退出屋子，默默替她关上门。

漫夭垂手，黄幔落下。

寂静的屋子里，只剩下她一个人。眼泪再也忍不住，如潮水般涌了出来，顺着苍白的面庞滚滚而落，溅湿了胸口的衣裳。她屈起双腿，弯着身子，用双手紧紧捂住嘴，将那欲脱口而出的哽咽声掩在喉咙。脸埋入膝间，身子因无言的哭泣而剧烈颤抖着。

不知从哪里灌进来一屋子的风，掀起帘幔翻飞，飘摇着隐隐露出女子无助而哀伤的身影。

半敞的窗子外面，立着的三个男人面色各异，皆是沉痛而担忧。宁千易转身叫来侍卫，吩咐道：“即刻于各城张贴皇榜，传朕令：谁能保住容乐长公主腹中胎儿，朕，赐他侯爵之位，永世荣华。”

第十章　千里追寻

皇榜一发，揭榜入宫的大夫不计其数，可看过脉象之后，都没有十足的把握，因此不敢擅自下药，怕一个不慎，招致杀身之祸。漫夭喝着御医调配的药，暂时维持着这种情形。胎象不稳，她尽力让自己心平气顺，不出门，留在这倾月殿休养。

白日里，宁千易、宗政无筹、启云帝三人，但凡有一人来看望她，其他二人必到。她虽不喜，却又不能赶他们走，只好忍着。

头两个晚上，她常常做梦，睡不安稳，御医开了安神的方子，才有所缓解。可是，虽然不做梦了，她迷迷糊糊总觉得有一个人在身后抱着她，那个人的气息是那样的熟悉，她总想睁开眼睛看看到底是谁，可总也睁不开眼睛。每每第二日醒来，身边空无一人。她心中渐渐感到不安，那个人，到底是幻觉，还是真的存在？如果是真的，这深宫内院，守卫众多，究竟是谁有这么大的能耐，神不知鬼不觉，在她住的寝宫里来去自如？

这一日，她醒来得早，天还没亮，屋里漆黑一片。她睁开眼睛，第一反应便是伸手摸一摸身后，空无一人！她不禁疑惑，难道是她太担心孩子，所以产生了幻觉？还是仍旧做了梦，只是她不记得了？

她蹙眉，翻了个身，将手平放下去，心中蓦然一惊，腾地坐了起来，这块她没有躺过的位置，竟然是温的！

不是幻觉，真的有人来过！这一清楚的意识，令她的心不可抑制地怦怦狂跳，是谁？到底是谁？

她掀开床幔，抬目四顾，四下里一片漆黑。她抚摸着那片仍有着淡淡温热的床单，对外叫道：“来人，来人——”

“公主有何吩咐？”有宫女推门进来。

漫夭问道：“这几日晚上，你们可曾听到有何动静？”

宫女摇头道：“没有。公主，发生什么事了？”

漫夭一愣，挤出一丝微笑道：“哦，我刚才……做了一个梦。没事了，你退下吧，我再睡一会儿。”

宫女出去后，漫夭眉头紧紧皱了起来，第二天晚上，她偷偷将药换了，然后把剑放到枕头底下，闭上眼睛，屏息凝神，静静等待着那个人的到来。

初春的夜风，很是清凉，吹动窗外的枝影瑟瑟摇曳，透窗倾洒在地，留下点点斑驳。

漫夭安静地躺在床上，一直提着心，等待那个神秘人的现身，可等了许久，那人始终没有出现。她不禁疑惑，这么晚都没来，很早又离开，那他夜里如何休息？她白天特意观察了启云帝、宗政无筹、宁千易三人，他们看起来虽不是精神饱满，但也不似多日未眠，难道不是他们其中一个？若不是，那又会是谁？越想她心里越乱，也越不安。又是半个时辰过去了，那人依然没来，渐渐地，身躯的疲惫以及枯燥的等待令她开始感到困倦。

四更过后，她实在抵不住困意的侵袭，昏昏欲睡，然而，就在此时，窗子被人悄悄打开了，没有发出半点儿声音，但她明显感觉到有一股风从窗口吹入。她睁开眼，映在床里侧的黄幔影子轻轻摇动，有衣袂声轻响，几不可闻。

她心中一震，所有的困意立刻消失殆尽。

终于来了吗？

她连忙暗自凝聚内力，手握住枕头下的剑，五指收紧，只待来人入帐。

那人轻轻合上窗子，走路如鬼魅般无声无息。她屏住呼吸，紧紧地盯着床里侧的墙上，那里除了黄幔的影子，还出现了一个高大的黑影。朦蒙胧胧，看不真切轮廓。只能看出那人一步步向床边走来，速度甚是缓慢。

四周静谧，连呼吸都清晰可闻，她忽然有些紧张，心跳加速，指尖微微颤抖。

映在墙上的黑影越来越清晰，也越来越高大，她睁大眼睛死死地盯着，一眨也不眨。但那人来到黄幔前，忽然不动了。她屏住气，手心微湿。随着时间的流逝，对于敌人的一无所知令她越发感到紧张不安，她不知道黄幔前的那个人心里到底在想些什么？更不知道他想干什么？

她想叫门外的侍卫，但又担心此人迅速夺窗而出，认不出他是谁。强压住心底的惶惑，她耐心等待时机。

那人终于有了进一步的动作，抬手掀开黄幔，动作却是如此的轻柔而缓慢。她感觉他坐到了床边，似是要解衣躺下。

她心中一慌，几乎反射性地想拔剑出鞘，但就在她手指凝力之时，突然，一股异常熟悉的清爽气息，充盈了整个帐内。她心底一震，动作顿时凝滞，然后睁开眼睛翻身坐起来，惊问道：“你怎么来了？”

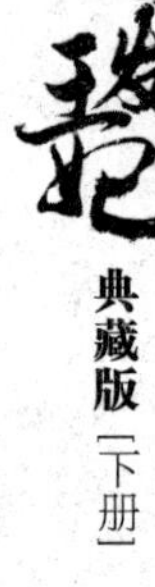

激烈的情绪波动，令她胸膛起伏不定，坐在床边的男子动作微微一顿，转头看了她一眼，没说话，脱下外衣，在她身边躺下。

月光透过床幔，照出浅淡的白光，将整张床笼了一层朦蒙胧胧的光亮。

她睁大眼睛，愣愣地望着那个在她身边躺下的男子，只见他白发铺满了枕头，一张俊美绝伦的面庞带着浓浓的疲倦，一双凤眸黝黑如潭，平静之中氤氲着不可预测的风暴。

她皱起眉头，想问他是不是疯了。

那日雁城他都不该去，现在竟然跟着她到了尘风国王城，还每晚潜入王宫！以他们两个人目前的身份，一个是指点江山的皇帝，一个是被逐的妃子，这样夜半三更相会，万一被人发现，岂不前功尽弃？他还可能会有性命之忧，尽管他武功高强非一般人可比，但这里毕竟是别人的地盘。

她还陷在震惊之中，外面突然有人问道：“公主，有何吩咐？”

漫夭一惊，还没来得及反应，床上的男人目光一沉，伸出长臂往她身上一揽，她便躺进了他的怀里，等她回神时，锦被已经盖住了两人。她连忙敛了神色，对外说道：“没事，我睡不着，跟我腹中的孩子说说话。”

外面的人说了句：“打扰公主了！”然后回到原位。

漫夭松了一口气，床上的男子听到“孩子”二字，脸色一变，目光更沉了两分，眼底怒气狂炽，抬手一把扳过女子的脸，一个带着滔天怒气的吻，以惩罚的力道狠狠吻了上她娇嫩的唇瓣，似是在发泄抑郁在心头已有二十多日难以疏解的怨气。

双唇辗转，久违了近三个月的美好令人思念到几欲疯狂，他近乎霸道地撬开她的贝齿，长舌带着男子急切而灼热的气息以迫不及待的姿态长驱直入，狠命地纠缠吮吻，仿佛要吞没她的一切。

她被他突如其来的狂情之吻，吻得透不过气，头脑一阵空白，身子无力地瘫软在他怀里。男子喘息渐渐粗重，她觉察到男人身体的变化，蓦然清醒过来，连忙推他，被压低的模模糊糊的声音从两人交缠的唇齿间细碎溢出：“别……孩……孩子……”

男人伸向她衣内的手顿时停住，皱眉，懊恼地低咒一声，放开了她，轻轻将她的身子翻过去，让她躺平，然后撑着身子，居高临下地死死盯着她，该是算账的时候了！

漫夭垂下眼睫，依然能感觉到撑在她头顶上方的男人眼底喷薄而出的盛怒，她微微低着头，紧闭着唇，不说话。

“你没话说？”男人见她久久不开口，心中郁闷至极。二十多天，他无时无刻不想着等抓住机会一定要狠狠教训她，这个女人竟敢擅作主张，不与他商量便定下如此计谋，逼得他不得不与她配合！

那一晚，收到她的飞鸽传书，她简单说了寝宫发生的事以及她的计划，他当时就不赞同，连夜快马加鞭从紫翔关赶回来，阻止她的行动。却不想，人还未到江都，已是流言遍布，百官齐谏。

入了大殿，他用他的眼神告诉她，他不同意她的计划。而她却用她的行动告诉他，她的坚持。

她可知，当他坐在高位龙椅之上，听着那些大臣对她的谩骂和侮辱之词，他心里有多难受？他需要多强的自制力才能控制住自己不将那些人全部推出去斩首示众！这还不算，她竟然为求逼真不惜用他手中的剑自残身体，以达到顺利离开南朝的目的！

他是很想报仇，但绝不要以伤害她为代价！

这还只是一方面，而另一方面更不让他放心。宁千易对她存着什么心，他早在一年前的那场选妃宴上就看出来了，而这次选马之期，傅筹与启云帝必到，这两人，对她而言，都是极端危险的人物，可她偏偏要往他们堆里扎。他怎么可能放心得下？万一她有何不测，那他即便是为母妃报了仇，也会痛苦一辈子。

男子的气息冷冽，目光阴郁沉怒，漫夭不安地张了张嘴，抬眸看到他眼中神色变幻不断，那些一闪而过的担忧、心疼、恼怒，还有恐惧和挣扎纠结在一起，明白无误地将他心底对她的在意和紧张全部传递到她的心间。

她眼眶微微发涩，抬手轻轻抚上他俊美的脸庞，疼惜而依恋的目光在他疲倦的容颜上辗转流连，用她如水的温柔去化解男子心中的郁怒。她轻声道："对不起，无忧！你的心，我懂。可是，我的心，我相信，你也懂。"

她希望，做一个真正与他比肩而立的女人。无论事业还是生活，不论身体或是心灵，她对他而言，都应该是一个有用的女人。而不是永远站在原地，等待男人回头，给予她，他的疼爱与呵护。

宗政无忧望着她倔强而坚定的目光，以及她那目光中希冀得到理解的期盼，他的心一寸寸变得绵软。这个女子，当真是他天生的克星，让他又爱又恨。他无奈地吐出一口郁郁心头多日的浊气，心底缓缓升起一股温暖的感动。这个女子为他，敢于豁出一切！

漫夭见他怒意渐消，眼底流露出温柔的神色，她笑了起来，仿佛打了一场胜仗。

宗政无忧立刻板了脸，拉下她的右手紧紧握住，压低嗓音道："你倒是很有做戏的天分！"那一日，她所表现出来的情绪看起来是那样真实，即便他知道那只是一场戏，却仍然止不住为她的眼泪以及她流露出来的悲伤感到心痛。

漫夭微微一愣，继而缓缓垂眸，言语中，就多了一丝淡淡的哀伤，道："那不全是做戏。"她是真的感到绝望和悲伤，"我不知道，我们未来的路，还要经历多少挫折？要到何时，才能过上平静安乐的日子？"

她总觉得在他们身后，有一只看不见的手在暗中操纵着他们的命运，不断制造坎坷和波折，将他们一步一步引向宿命的深渊，让人逃脱不得。尤其是经历了母妃被挫骨扬灰之事，这横亘在他们之间、仿佛永远也无法跨越的阻隔，让她觉得未来的生活，总也看不到希望。

宗政无忧目光柔和下来，抬手轻抚着她雪白的发丝，坚定道："不会太久了，相信我！"

他坚定的语气仿佛有着渗透人心的力量，她就这样相信了，会有那么一天，他们可以过上真正平静的、幸福的日子。

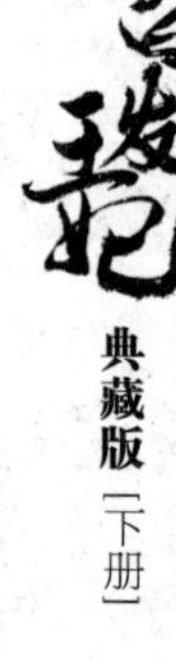

心有期盼的感觉，总是很美的。

“嗯。”她眼中绽放出希望的光芒，宗政无忧却忽然沉了声音，带着严肃的警告：“但是，你必须答应我，这次的事……仅此一次，下不为例！”

她轻轻点头，想了想，微微笑道：“以后，我会先跟你商量……”

“不必商量！”他断然拒绝道：“我不答应！”凡是会伤害或者有可能伤害到她的计划，他不答应。

漫夭蹙眉，想说：“你别这么绝对。”但她终究没说出口，他给她的压迫感太强，就暂时妥协一次，也无妨。

见她点头，宗政无忧才露出满意的神色，一低眸，望着近在咫尺的红唇，忍不住心中的悸动，又想吻上去。近三个月没碰她，真的很想。

漫夭敏锐地觉察到他眼中神色的变化，心中一惊，连忙抬手捂上他就要吻上的唇，认真道：“不行。”她微微低头，指了指自己的腹部：“孩子！”

宗政无忧明显有些失落，一直想要个孩子，如今真有了孩子，又如此碍事。

漫夭见他面色黑沉，目光郁闷地盯着她的肚子，伸手在他胸前捶了一下，瞋他一眼。宗政无忧轻轻叹一口气，在她身边躺下，将她抱进怀里。

漫夭枕着他的手臂，手放在小腹上，那里微微隆起，不注意还感觉不出来。她轻轻抚着，就好像感受到了一个新的生命在她腹中成长，令她内心深处充满了无尽的喜悦，然而，在喜悦过后，那深深的恐惧又无时无刻不在折磨着她。

“无忧，你说，这个孩子，会是男孩还是女孩？如果……他能平安来到这个世上，他长得像谁呢？”她的声音悠远而缥缈，既期盼也担忧，“如果……他不能来到这世上，那我……我该怎么办？我们，又该怎么办？”

她只是一个女人，没有孩子，不过是自己痛苦，少了一份成为母亲的快乐。可他却不一样，一个皇帝，不能没有子嗣。

宗政无忧见她如此惶然不安，微微扳过她的脸贴在他胸口，柔声安慰道：“别担心，孩子，不会有事。”

“可是，万一……”

“没有万一。”

“无忧，我……”

“别怕，有我。”

静谧安详的时光，在两人哝哝细语中缓缓流逝，五更将至，她在他宽阔而温暖的怀抱中安心睡去。

就这样过了三日，白日里没什么变化，只是夜晚，她不再需要御医的安神药，每晚躺在心爱男人的怀里睡得无比香甜。而宗政无忧来得一天比一天早，走得一天比一天晚。

这天早上，天都快亮了，她怕被人发现，催着他才离开。

一个时辰后，她起床梳洗，用完早膳。心里琢磨着，选马大会还有不到十天，各国的国王差不多就要到了，可她到现在为止，都找不到单独见宁千易的机会。每次只要她出门，必然有人跟着，她还不方便甩掉那些人，而一旦见了宁千易，另外两人必到。再这样下去，等到了选马大会，恐怕就晚了。看来她必须得好好想想办法，不能再等了。

她在园中亭廊缓缓踱步，正思索间，忽有一名宫女快步走来，行礼后，禀报道："公主，又有一名大夫揭榜，要进宫为您看诊了。听说这人可厉害了，刚到王城就治好了一个别人都治不好的病人，很多人都叫他神医呢！您快进屋躺着吧。"说着就高兴地过来扶她。

漫夭听了之后，面色淡淡的，不再如头几日那般满怀希望。这些天每天都有无数大夫来为她诊脉，每一个人都说得像是华佗再世，可是没一个人敢保证能保得住她的孩子。她都已经习惯了，希望再失望，到最后，索性对他们不抱希望。

来来回回地折腾，躺了起，起了再躺，她都嫌麻烦，干脆不躺了，进了屋，就坐在椅子上，淡淡吩咐："带他进来。"

宫女忙出去领了一人进屋。

漫夭端着一杯茶，浅浅啜了一口，淡淡扫了那人一眼。只见来人做江湖郎中打扮，身材瘦小，却背着一个大大的药箱，那药箱压弯了他瘦弱的身子，使得他走路的动作看上去似乎有些吃力，让人不自觉就想帮他一把。

漫夭示意宫女帮忙卸下药箱，但那人却摆手，示意不用，而他摆手的时候，没有抬头，应该说他自进屋之后，一直都没抬过头。漫夭觉得这人有些奇怪，不禁多打量了两眼。他不像之前那些大夫，一进屋就赶紧放下药箱为她把脉，以查看自己是否有封侯的希望。而这人只是站在原地，拿眼角瞟了一眼旁边的宫女，然后抬头迅速朝她眨了一下眼睛。

漫夭怔了怔，目光陡然亮了起来，面上却不动声色地对宫女道："这茶有些浓了，你去重沏一壶过来。记得用八成开的水冲泡。"

宫女连忙应了，撤了茶，恭敬地退出去。

"公主姐姐……"

"嘘！"

来人果然是萧可！

漫夭忙低声道："小声点儿。在这个地方，四处都是看不见的眼睛和耳朵，不管你周围有没有人，说话、做事都得小心。"

萧可被她严肃的表情吓得连忙噤声，只睁着大眼睛，连连点头。

漫夭瞥了眼门外，将手放到桌上。

萧可见状，放下药箱，在漫夭对面坐下，手轻轻搭上她的脉。

漫夭这才往前倾了身子，低声笑道："怎么来得这样快？比我预计的早到了三天！"从南朝江都到尘风国王城，即便是日行六百里的宝马良驹，像萧可这样没有武功的女子，少说也得十日。可今日离诊出她怀有身孕的日子，才过了八天。

萧可垮着脸，小声抱怨道："都是因为冷炎啦！路上跑了七天，就让我睡了几个时

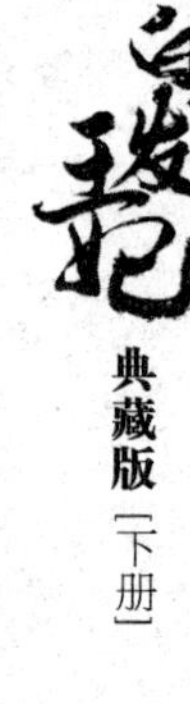

辰的觉，还是在马背上睡的。哎哟……”萧可伸手去揉腰，疼得龇牙咧嘴，她没怎么骑过马，这次被人带着不分日夜地纵马狂奔，颠得骨头架子都要散了。她皱着眉头噘着嘴，委屈地低声叫道：“好痛哦！”

这表情，让漫夭想起了老九，他们两个倒是越吵越像了。漫夭不禁笑道：“辛苦你了！”

萧可立刻扬唇笑道：“没关系啦。为了公主姐姐嘛，我心甘情愿的！要是换了别人，我才不听那个冷木头的话呢！”她说的是实话，以她如今神不知鬼不觉的下毒手段，如果她不愿意，自然有办法让冷炎停下来休息。

漫夭感激地笑笑，不再言语，看萧可专心为她号脉，眉头微皱着，时紧时松。她不由吊着一颗心，这些天来，她将所有的希望都放在萧可身上，倘若连萧可都没办法，那这个孩子是真的保不住了。

“可儿……怎么样？”她问得小心翼翼。

萧可看出她的担忧，放开她的手，轻轻拍了拍被搁在一旁的沉沉药箱，自信又骄傲道：“姐姐放心，有我在嘛，姐姐的孩子不会有事的！我出门的时候，准备了很多可能需要用到的珍贵药材，您瞧！”

萧可平日里就喜欢收集一些稀有药材，有许多是可遇而不可求、有钱都难以买到的珍品。她揭开箱盖，里面的药材被塞得满满当当，漫夭伸手掂了掂箱子，还真沉！怪不得她连腰都直不起来，心里很感动，歉意道：“难为你了。”

萧可笑着摇头，低头开方子。漫夭见她如此有把握的模样，心中的石头算是落了地。能保住孩子，她再没什么好担心的。不过……漫夭想了想，又道：“可儿，你刚才……为何皱眉？”

萧可抬头，眼中的自信和笃定渐渐淡去，眼底浮现出些许疑惑和不安，道：“我是在想啊，姐姐的脉象为什么这么奇怪？自从上回帮姐姐把脉之后，我一直在想这件事，可是怎么想都想不明白。我到处翻查医书，都没有看到关于这方面的记载。所以，我想等姐姐的孩子平安出世以后，回一趟雪玉山，看看能不能从师父留下的手札之中找到答案。”作为一个医者，不能确定别人身体到底是否存有隐患，这种感觉实在不好，尤其那人还是她所关心的人，这令她感到很不安。

原来是这件事！这王宫中的御医上次也提到过她的脉象，说暂时对她的身体还没有太大影响，不知以后，会如何？

宫女沏了新茶来，她们两人连忙坐好，故作不熟。

萧可开好药方，递给宫女，让她去御药房取些药来。漫夭又吩咐人撤了皇榜，宁千易很快赶了过来。

“璃月！”宁千易人还未进屋，远远地便叫着她的名字，他笑容爽朗，一如外面灿烂的阳光。听闻终于寻到了一位神医能保住璃月的孩子，他是真心为她高兴。这些天，看她眉梢眼角刻意隐藏的忧伤，他很心疼，他总觉得，像她这样美好的女子，天生就应该获得快乐和幸福，可这个女子却被人伤害到只能强装快乐。

漫夭起身相迎，萧可连忙退到一边，以前在卫国将军府的时候，宁千易是见过萧可的，为了安全起见，萧可做出一副诚惶诚恐的模样，低着头。

宁千易大步进屋，旁若无人般直冲漫夭而来，一把拉过漫夭的手握住，喜形于色道："太好了！璃月，我真为你高兴。"

漫夭笑道："谢谢！多亏这位柯神医，千易，就让'他'住在倾月殿吧，有什么事也好及时叫'他'。"

"当然好。"宁千易难得看她真心笑一回，忙不迭高兴应下。

漫夭吩咐宫女："带柯神医去休息。等药煎好了，你们送过来就是。"

萧可随宫女离开，宁千易小心翼翼地扶着她坐下，动作极为仔细，像是对待易碎的瓷器。

漫夭看了一眼门外，问道："今日怎就你一人？"他们一向是一人来此，三人必到，今日倒是奇怪了。

宁千易微微一愣，继而笑道："莫非璃月想见他们？"他是个聪明人，尽管漫夭表面故作无事，但他能看出，她不喜欢见到那两个人，而且是非常不喜欢。自一年前的那场刺杀过后，他就已经知道，启云帝也许并非如传言中那般对她疼护有加。

漫夭淡淡笑了笑，宁千易又道："他们一早就去马场了。"

漫夭一惊："已经开始选了？不是还有几日吗？"

宁千易道："日子虽未到，但各国国王均已到齐，他们先去看一看。"他顿了一顿，笑着又问："璃月也关心此事？"

漫夭一怔，并未否认，只是问道："作为主人，你为何不去？"

宁千易在她对面坐了，目光灼灼，总在她面上打转。听她问了这个问题，他略带神秘笑道："时机未到。"

时机未到？漫夭在心里细细咀嚼这句话，选马之期将至，他还在等待什么？

"璃月。"她正思索间，宁千易已挥手让宫人都退下，然后握住她搁在桌上的手。这个动作很突然，漫夭愣了下，连忙想收回，宁千易却紧抓着不放。

外面的阳光煦暖而明亮，照在他们脚下的地毯上，男子的五官大气而阳刚，如星火般灼亮的眼似是能给人无限希望，他定定地望着对面女子那慧光流盼的双眸，面容坚定，甚至还带了些微的紧张，仿佛在下定某种决心。

这样郑重的表情，令漫夭心中打了个突。这屋里此时只有他们二人，周围出奇地安静。她 直想找机会单独和他谈谈，却没想到刚有机会就会是如此情形。她皱眉，心里微微不安，一抬眼，便撞上他那炙热似火的目光。

"千易，你……"她想开口打破沉寂。

"我有话要跟你说。"宁千易第一次打断她的话，目光严肃且认真。有些话，他已经想了很多天，一直没有找到机会说。此刻好不容易有了单独相处的时机，怎能再错过？他一双手紧握住她的，鼓起勇气道："璃月，我想让你做我的王后，以后让我来照顾你！你放心，你的孩子，我会视如己出。请你相信我！"

他是如此真挚而诚恳地向她请求，声音带着被压制的急切，眼中有着深切的期盼，还有对于未来的关于两人的美好的畅想。这是一个很真的男人，他所有的想法从不会隐藏，或者说他不愿隐藏。

漫夭震住，无比惊诧地望着他，一时竟愣住。众所周知，她不止嫁过一次，声名狼藉，如今，还有了别人的孩子，他竟还是如此执着！

漫夭毫不犹豫地挣开他的手，看着他的眼睛，不闪不避，坚定地吐出三个字：“对不起！”根本就是不可能的事，她断然不会给他留下希望。即便她现在需要他帮忙，那也是建立在公平合作的基础上，她绝不会为达到某种目的而去欺骗他人感情。

宁千易身躯一震，目中光华倏然黯淡，似是没想到她会如此干脆地拒绝，只是愣愣地看着她。好半晌，他才低头去看已然空了的手心，修长的手指微微动了动，仿佛还想抓住些什么，然而，指间流淌的却只有虚无的空气。他心口蓦地一疼，从未有过的空落感瞬间填满了他的心房。

漫夭收回手，坐好。看他眼中神色变化不定，从希望到失落到悲伤再到怀疑自己，她连忙阻止他胡思乱想：“千易，你很优秀，这点你不用怀疑！”

宁千易闻言慢慢抬头，失落道：“那是为什么？”

他为了留她在身边，为了以后更好地保护她，给她平静安稳的生活，这几日，他考虑了很多。考虑到大臣们的反对，考虑到后宫众嫔妃的不满，考虑到启云帝想要什么，亦考虑到南、北朝日后可能的敌对……这一切，他都一一想遍了，并极力寻找对策，终于在今日下定决心，却没料到，她竟然会拒绝！即便是被她心爱的男子伤到如此地步，她却依然不肯给他半点儿机会。为什么？他真就那么差，比不上宗政无忧吗？还是因为他后宫嫔妃众多？

“如果我，愿意为你……散尽后宫呢？”在这一刹那，他冒出了这样一个念头，一个他从前根本不会考虑的可能性，然而此刻，他竟脱口而出。他从来都不是一个心血来潮的人，虽然豪爽，但他绝对理智。所以，这句话出口，他自己也愣住了。

漫夭更是震惊不已，尘风国不比南北朝，宗政无忧和傅筹从登上皇位就不曾纳妃嫔，那些大臣尽管有意见，却也没办法。可宁千易却不然，他后宫已成，嫔妃多为大臣之女，如此贸然说出散尽后宫之言，倘若传出去，恐怕她和他都会有很多麻烦。

她连忙摇头道：“千易，我很感谢你对我的情意！但是，这种话，以后千万不要再说。我和你，这一生，只会是朋友。”她顿了顿，想就这个机会跟宁千易谈谈那件事，虽然这时候宁千易的心情并不合适洽谈政事，但她不能再等了。于是，她微微压低声音，沉了沉，道：“实话告诉你，我这次来，其实是想……”

“拜见启云帝！拜见北皇！”窗外突然传来这样一道声音，把漫夭惊出了一身冷汗。

这二人何时到的？

沉浸在失落中的宁千易也愣了愣，启云帝和宗政无筹应声而入，今日的他们都穿得很正式，龙袍在身，发冠高束，身姿挺拔，气势威严，个个都是人中龙凤，单挑出哪一个似乎都是无人能比，可就是入不了她的眼。

启云帝与宗政无筹看着屋内二人，神色各异。宁千易被漫夭拒绝，本就心情低落，如今还被他们二人撞见，更是心头郁郁，面色不禁有些尴尬，不自然地笑着向两人打了个招呼，然后称有事，走了。

漫夭有些担忧，却也不好再说什么，只希望他能尽快想开。

启云帝看了看宁千易的背影，再看向漫夭的眼神带着审视般的深思，继而，别有深意道："沧中王竟然肯为皇妹散尽后宫，当真痴心一片，连朕都被感动了，皇妹难道是铁石心肠不成？"他的声音不大不小，恰好让门外的侍卫和宫女、太监们听到，尤其"散尽后宫"四字，更是说得无比清晰。

漫夭目光一利，在外面那些人投来的震惊眼神中慢慢褪去了锋利，变得温和淡定，声音却是低沉而冰冷："论铁石心肠，我哪里比得上皇兄！"屋里除了她和启云帝，只有宗政无筹，她也懒得做戏。

启云帝目光微变，眼底闪过难言的复杂情绪，缓缓皱起眉头，紧望着她的眼睛，仿佛想从那里探寻什么。

漫夭不想再理会他，谁知他却说："这种话，不该皇妹你说。倘若有选择，谁愿意做一个铁石心肠的人！"

漫夭微愣，这种听起来毫无波澜的声音偏偏给人一种透骨的无奈和悲哀，这可不像是他的作风。她斜目看他，只见他清隽的面庞依旧带着儒雅的淡笑。

她忽然想问他："我为什么不能说你是铁石心肠？天底下，还有没有比你更残忍的哥哥？"

她还想问他："你所说的没有选择，是因为江山、权力？抑或天下？所以六亲不认，断情绝义！"

终究什么也没问，因为觉得没有意义。三年兄长般的疼爱呵护所产生的感情，早已随着那场阴谋化为灰烬。

宗政无筹从进屋就没有开过口，此时启云帝的一句：如果有选择，谁愿意做一个铁石心肠的人？令他皱起了眉头，陷入了沉思。这是第一次，他认同了这个男人说的话。

"公主，药煎好了。"一名宫女端了药进来，放到桌上，人退了出去。

漫夭冷冷扫了两人一眼，淡声道："你们都走吧，我累了。"

启云帝没再说什么，转身出去。宗政无筹看了眼她面前的汤药，也没说话。

等二人都走了之后，躲在外面的萧可才进屋。

漫夭奇怪问道："可儿，你怎么没休息？"

萧可没回答，先端起她面前的药碗放在鼻尖闻了闻，再就着碗口抿了一点儿，直到确定没有问题之后，才递给她，低声在她耳边说道："我在进来之前，皇上再三交代，这里的任何人都不能信，所以，我要等姐姐喝完药才能睡觉。"

漫夭心中漫过一阵温暖，不由自主地扬唇，喝着苦涩的药汁，嘴角却挂着幸福的笑意。而这一幕正落在去而复返的男人眼中。

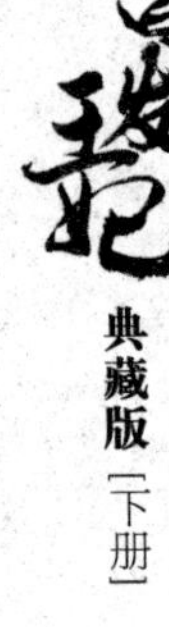

漫夭喝完药，放下碗："你可以去睡了？"

"嗯。"萧可这才放心地走了。

漫夭起身，准备进里屋小憩片刻，刚转身，发现窗外有人。

"谁？"她问。

门口转出一个人来，竟是刚刚离去的宗政无筹。她蹙眉，见他望过来的目光竟有些奇怪，她心道不好，他刚才没发现什么吧？

"你怎么还在这里？"她淡淡问道。

宗政无筹没说话，走到她面前站定，东面的窗子有阳光透照进来，将他的影子投下，罩住了她。她皱眉，见他面目冷峻，一直盯着她看，像是要在她脸上找一个答案，却始终没开口，似乎在沉思着什么，又似乎在努力说服自己去接受一个不愿接受的事实。

漫夭在他复杂的注视下心中生出一丝不安和躁乱，宗政无筹突然伸手去抓她的手臂，她似乎早有预料般地侧身避了过去，并退出好几步，冷眼看着他。

宗政无筹抓了个空，五指在半空中微微僵硬，他望着冷然的眼，自嘲地笑了笑，手指缓缓握成了拳头，看上去竟是用了极大的力气，仿佛在压制着什么。

漫夭皱眉，准备不予理会，转身就要回寝殿休息。而此时，身后的男人蓦然开口："想不到你为他，竟能做到如此地步！不在乎名誉，甚至……自残身体！"

宗政无筹望着她的背影，声音沉痛无比，目光如同被重锤狠狠敲碎的玻璃，在阳光下折射出万千道碎裂的痕迹。

漫夭心下一震，他果然看出来了，但她不会承认。她语气淡漠道："我不懂你在说什么。"

宗政无筹道："我一直在想，你明知宁千易对你的心思，随他来王宫无疑是将自己置于风口浪尖上，成为众矢之的，可你为何还会同意来尘风国王宫？你不愿跟我回去，也不会跟启云帝走，今日你又拒绝了宁千易，那你到这王宫……究竟做什么来了？"在这个时候，这个地方，她来得这般巧，所为何事，似乎已不言而喻。而萧可来得如此之快，更印证了他的猜测。她方才喝药时嘴角甜蜜而幸福的笑意，那是他曾经渴望见到却始终不曾见过的。

漫夭心头一凛，沉声道："我做什么，与你何干？"

宗政无筹瞳孔一缩，棱角分明的唇紧紧抿成一条直线。是啊，她做什么，与他何干？他为何要扔下几十万大军放弃最佳征战时机，从紫翔关一路快马加鞭不分日夜地赶来见她？他完全可以利用选马大会前的半个多月做很多事情。可他为何要不顾一切地跑来？

不过是怕她名誉受损遭人冷眼！不过是怕她伤势过重无人可以依靠！不过是怕她心中太苦太冷找不到温暖！不过是怕她被爱人所伤对这个世界绝望……所以，他来了，可她却不稀罕！而且，这一切都是她为那人所营造的假象。这便是爱与不爱的区别，总是相差如此之大。

他望着女子满头白发披泻的背影，越看越觉得命运对他如此不公。他抬头深呼吸，将心头漫开的苦涩强自压制，袍袖一甩就转过身去。

离开之前，他说："在这里，你该防备的人，不是我。宁千易欲为你散尽后宫之言很快会传遍整个王城，你若想单独见到宁千易，恐怕不容易。即便启云帝不再从中阻挠，那些后宫里的女人又岂会随你心愿？你……好自为之吧！"

宗政无筹走了，漫夭还立在原处，背对着门口，静静站了好久。明明是敌对立场，明知她所做之事对他不利，他为何还要处处为她着想？

她扭头看向外面，原本碧蓝的天空被一片浮云笼罩，已看不出本来颜色。

第十一章　情到深处

沧中王为容乐长公主欲遣散后宫嫔妃的消息仿佛长了翅膀，一日间传遍了整个王城，几乎家喻户晓。

众臣震惊，连夜入宫觐见，却被宁千易拒之门外。

第二日，沧中王下旨，罢朝三日。百官奏折如雪花般送入王宫，堆满了御书房。而后宫嫔妃则轮流去沧中王寝宫外跪泣叩头，甚至有人当场以死明志，称“生是王的人死是王的鬼”“绝不离宫”等等。

整整三日，整个王城犹如烧开的水，沸腾不已。

宁千易焦头烂额，将自己关在寝宫内，三日不曾出门一步。而倾月殿外亦热闹得很，指责谩骂由暗至明，若不是守卫众多，恐怕早有人冲进去将她大卸八块。后宫女人的疯狂，由此可见一斑。漫夭不再出门，面对那些声音她只当听不见，只是对日常生活更加仔细，以防有人对她和腹中的孩子不利。

这日夜里，星疏月冷，风清云暗。

倾月殿，寝宫。

“不行！”雕花大床上，男人面色黑如包公，凤眸含着冷冷的警告，盯着半趴伏在他身上的女子，坚定地否决她的馊主意。

漫夭微微支起身子，用手去摸他的脸，想着怎样说服他。

男人一把将她的手扯下来，丢给她一个冷酷的白眼，似是在说：“用美人计也不行！”

漫夭也不恼，被拉下来的手顺势就搂住了男人精瘦的腰，娇艳的红唇朝着男人的薄唇亲了下去。男人身躯一僵，她笑着抬头，却见男人面色丝毫不变，没有半分动摇。她抬起双手捧着男人的脸，用最温柔的语气道："千易是正人君子，你放心，我一定不会有事。"

"不行。"男人依旧冷冷地拒绝，眼中渐渐有了怒火。

漫夭蹙眉，这男人怎么软硬不吃？倘若有别的办法，她也不会想用那种方式去见宁千易。

"无忧……"她还想劝。

男人果断道："不用再说。这件事你别管，我自有办法。"

漫夭问道："什么办法？"

男人薄唇紧抿，不语。

漫夭皱眉道："你说查到尘风国秘密训练了一批精锐良驹，比皇家马场所训练出来的战马更健猛十倍不止，莫不是你想偷偷将那批良驹运走？"

"有何不可？"男人挑眉，漫夭忙道："当然不可以。八千匹良驹，哪是那么容易弄走的？这太危险了！现在与我们结仇的国家已经太多，我们兵力有限，应对北朝铁骑和西南边境的三国联军已经很吃力，如果再因此与尘风国开战，我们从何处调兵马？"

宗政无忧面色不变，似乎丝毫不担心，漫夭心里却有些急了，仍耐住性子，柔声道："这个时候，我们应该争取与尘风国修好，虽然他不会明着帮我们对付那些国家，但只要与他达成协议，他可以暗中提供给我们精良的战马，在将来粮草不济时，也能起到关键性的作用，这对于我们以后打天下有百利而无一害。"无忧一向精明睿智，但每每遇到跟她有关之事，他总是如此不管不顾。原本她是该高兴的，可这一次，她却高兴不起来。

宗政无忧挑眉看她："你怎知他一定会同意与我们合作？"

"千易他……"她才出口，男人凤眼一眯，目光遽沉，她一愣，连忙改口："宁千易是个顾大局的人，只要我们给足他好处，满足他想要的，他会知道该怎么做。"

宗政无忧冷哼一声，道："为一个不喜欢他的女人遣散后宫，三日不朝，也叫顾大局？他想要什么，你比我清楚。"他以为天底下就他一个疯子，想不到宁千易这种人也会犯这种糊涂。但是，宁千易想跟他争女人，想都别想。

宁千易说出为她散尽后宫之言，确实是一种不理智的行为，漫夭想，他也许就是一时冲动，过了这几日，在大臣们和后宫嫔妃的压力之下，他定然会明白，那只是一个不切实际的梦，到时，他必定会采取措施，将此事引起的风波压下去。漫夭道："他只是暂时不想面对大臣和嫔妃，三日时间差不多了，我想，明天定会有旨意传出。"

宗政无忧见她这般笃定，双眼越发眯了起来，声音带着微微的酸意，道："你似乎对他们都很了解？那你可知我此刻在想什么？"

漫夭一怔，随口笑道："你在吃醋？"

宗政无忧神色一僵，掰下她的手，头扭到一边去，嘴角微微抽了一抽。

这表情……真的是吃醋？漫夭嘴角轻轻扬了起来，无比沉重的心情忽然变得愉快，低下头去，伏在他颈窝，闷笑着，身子轻颤。温热馨香的气息喷洒在男人的肌肤上，宗

政无忧原本郁怒的目光立刻变得幽深起来，这个女人竟敢取笑他！他伸手一把搂了她的腰猛地一个翻转，两人顿时掉了个个儿。

漫夭一惊，见身上的男人目光幽深，气息灼热，眯起的凤眸散发出危险的信号，她暗叫不好，连忙敛去笑意，一手挡住他将要俯下的身子，一手护着自己的肚子，警戒地望着身上的男人，她脸上明明白白地写着两个字："不行！"

宗政无忧泄气地翻躺到一边，郁闷地闭上眼睛，不说话。没有她在身边的日子总想着她，觉得漫漫长夜难熬至极，如今有她在身边，拥她在怀，反而更加难熬。十月怀胎，这才三个月，他郁闷地计算着，还有七个月，二百多天！

漫夭侧身面对他，拉过他的手，他的手掌宽实温暖，手指洁白修长而有力，她用自己纤细的手指伸入他的指缝，与他十指相扣，就仿佛扣住了天长地久。

宗政无忧沉郁的面色逐渐变得柔和，伸出手臂搂住身旁的女子。

漫夭微微抬头，看着他依然紧闭的眼，低低唤了声："无忧。"

他双眉轻轻一扬，似是知道她想说什么，他没应声。

漫夭稍作犹豫，转回了最初的话题，正正经经地说道："离选马大会就剩下几天时间，我们必须抓住这次机会，不能再等了。其实你心里很明白这次与尘风国合作的重要性，你只是担心我的安危，但我既然能想出这个办法，自然有十足的把握，你要相信我！如果实在不放心……就让二煞跟着我吧。"

宗政无忧仍旧闭着眼睛，除了眉头皱了皱，没有其他反应。

这样还不行？漫夭无奈地叹了一口气，这个男人怎么这样难搞定？她翻过身子躺平，将手从他指间抽离，宗政无忧皱眉，一把又抓了回来。

漫夭睁着眼睛，望着头顶的黄幔，柔软的声音忽然带了些许哀伤："无忧，你也不想让我的声誉白白被糟蹋吧？还有那一剑……差点害了我们的孩子，我不能白挨，你明白吗？"

宗政无忧的手颤了一下，一颗心随着那道声音慢慢变得柔软，缓缓睁开眼睛，眼底是深深的疼惜。宗政无忧转过头，望着女子眼中的倔强和坚持。他终是一声叹息，拉着她的手，轻轻将她带到怀里。

夜色深浓，如墨染一般的天空，悬挂着稀疏的星子。有两颗较大较亮的星子相对，在广阔的天空一眼便能望见，懂星相之人称这种星子为帝王星，而这两颗之间的一颗不算起眼的星子忽然光芒大盛，将两颗帝王星以外的星子照得黯然失色。

漫夭躺在男子的臂弯里，微笑着闭上眼睛，过了许久，在她即将入睡之时，听到男子在她耳边深情地说道："你要记住，在我心里，什么都及不上你。"

她手臂紧紧地搂住男子的腰，在他怀里用力地点头，然后，带着甜蜜的笑意进入了梦乡。

第二日晚上，沸腾的王宫突然静下来，只因沧中王传出一道旨意，命芩妃侍寝。这道旨意就像是一颗定心丸，宫内宫外，瞬间安静了。

漫夭打听到尘风国君王召嫔妃侍寝有个规矩，君王从不去嫔妃寝宫，凡被选定侍寝之嫔妃必须在戌时到玉泉宫沐浴，沐浴过后，不得着衣，不准绾发，全身上下无有外物，只用毛毯卷了，由太监将其抬到王的寝宫。这规矩竟跟清朝奇异地相似！

在这个大陆，这种侍寝规矩也仅仅是尘风国才有，漫夭起初感到好奇，自她来到尘风国，感觉尘风国君臣相处不似别国那么严谨，为何独独后妃侍寝会是这般规矩严明？原来，尘风国开国之初也没有这种规矩，后因开国君王遭到前朝余孽的报复，两次被侍寝嫔妃所伤。第一次是妃子在袖中暗藏尖刀，被君王察觉，受了轻伤，而第二次却没那么幸运，一名妃子在与君王行鱼水之欢于君王最无防备之时，将尖利的发钗刺进王的心脏。

一代开国之君，穷尽半生打江山，还没来得及好好享受，便死在了女人的床榻上。王的子孙悲痛之余，为记住这个教训，便定下了这个规矩。

玉泉宫，甘泉池。后宫女人最喜欢的地方之一。

一名女子泡在温暖的池水中，一扫三日来的郁闷之气，心情飞扬雀跃。女子长着一双桃花目，微微一笑，很是勾人。此人便是稍后要去侍寝的芩妃。

池边跪着一名伺候她沐浴的宫女，那宫女长相普通，普通到即便是见她十次也不容易记住她那张脸。

宫女很仔细地帮芩妃擦洗后背，一边擦着一边讨好道："在这后宫之中，王上最喜欢的，还是娘娘您呢！这不，过了这些天没召人侍寝，今天第一个点的就是娘娘！依奴婢看哪，如果没有倾月殿的那位，王后的位子，迟早会是您的。"这宫女长相一般，声音却如天籁，好听得紧。

芩妃桃花目一弯，笑得春风得意，仿佛那王后之位已是她囊中之物。但一想到倾月殿，她面色一变，不由冷哼道："那个女人，竟然想让王上为她散尽后宫，真是痴心妄想！本宫真是想不明白，王上为什么会对一个残花败柳如此上心？"

宫女道："听说王上一年前在临天国的一个湖边遇到她，惊为天人，其实那时候，她已经嫁人了，但还是做未出阁的姑娘打扮，王上才对她一见钟情。"

那句一见钟情令芩妃划着水的手一下顿住，面露憎恶，鄙夷又愤恨道："她可真是个红颜祸水，祸害完临天国，又来祸害我们尘风国！"

宫女目中精光一闪，劝道："所以娘娘，您可要早做打算啊！"

芩妃道："怕什么，这女人嫁过两次，虽有启云帝为她撑腰，但已臭名昭著，又怀了别人的孩子，王上要想封她为后，大臣们肯定不会答应。"

宫女道："这个……奴婢不敢说。奴婢只是觉得，如果她入了后宫，就算不是王后，凭王上对她的喜欢，以后宠幸肯定是少不了的，万一将来她为王上诞下王子，以后王位……"

"她休想！"芩妃愤愤然打断宫女的话，目中闪烁着阴毒的算计光芒，面色狠厉道，"本宫绝对不会允许这种事情发生！不是说她只要掉了这个孩子以后就不能再怀孕了吗？哼！既然她非要跟本宫作对，那就别怪本宫心狠。"

女子姣好的面容闪过恶毒的神色，在后宫里，女人滑胎，平常得就如同吃饭睡觉。

“娘娘，您……想怎么做？”宫女手上的动作略微一顿，目中隐隐划过一丝异样的神色，转瞬即逝。“听说所有送到倾月殿的饮食和用品，全部要经过柯神医的仔细检查，一般的方法怕是行不通。”

苓妃转过身去，背靠着池边，用手顺过一缕黑发，放到眼前轻轻捋着，过了一会儿，她才阴阴地笑道：“本宫自有不一般的法子。”

“哦？不知娘娘有何妙计，说来听听。”身后，一道如天籁般却略带清冷的嗓音传来。

苓妃得意地笑道：“倾月殿寝宫后方有个林子，常有宫女偷偷在那里熏香，为了让身上沾染香气，引起王上的注意，本宫以前对她们这种行为厌恶至极，如今看来倒是件好事。明天，你多备几份本宫特制的香料给她们送去，就说是本宫初入宫时常用的。”

“果然是好计策，如果在那些香料之中添加一些麝香，让身上沾染麝香之气的宫女在倾月殿来回走动，怕是不出三日，本就未坐稳的胎必定是保不住了。”

身后的声音慢慢变冷，苓妃这才觉得不对劲，猛地回头，看到宫女昏倒在地上，之前同她说话的女子站在甘泉池边，白衣如雪，面容清丽脱俗，不正是她要算计的人吗？可她的头发怎么变成了黑色？而且，她怎会出现在这里？一点儿声音都没有！

苓妃忙将身子往下沉了沉，池边一身冷冽气息的女子，面无表情地盯着她，不知怎么，她心里忽然就有些害怕。

“你，你是如何进来的？为何没人禀报？”这个地方是侍寝嫔妃专用的沐浴之处，外面有人把守，一般人不可能进得来。苓妃感觉事情不妙，正想张口喊人，池边女子忽然出手，以迅雷不及掩耳之势点住了她的穴道。

苓妃花容失色，眼中现出惧意，似是在问：“你，你想做什么？”

白衣女子表情淡漠道：“你放心，虽然你有心害我，但看在沧中王的面子上，我不会杀你。不过，我也不会给你机会害我腹中的孩子。”说着纤手一扬，无色无味的迷香从苓妃鼻尖划过，处在惊恐之中的苓妃很快便失去了意识。而这白衣女子自然是本该身在倾月殿的漫夭。她的头发用萧可专为她调制的特效乌发之药变成了黑色，这种药偶尔用一次没什么，但不能常用，而药效，一次只能维持六个时辰。

她蹲下身子，将池中的苓妃拖出来，念在苓妃是宁千易的女人的分儿上，漫夭帮她套上一件外衣，才对身后吩咐道：“先送她去冷宫待一晚。”

两名戴着半边红魔面具的男子突然出现。男子一现身，浓重的煞气瞬间充斥了整间浴室，躺在地上的宫女面色似是突然白了一分。一名面具男子应声拎起苓妃，立刻消失。

漫夭这才缓缓回身，望着躺在地上一动不动的宫女，嘴角勾起，含着一抹冷笑，慢慢蹲下身子，看着宫女普通得不能再普通的脸，沉声笑道：“想不到今日来此，竟还有意外收获。香夫人，我们很久不见了！”

地上明明中了迷香的宫女闻言面色一变，蓦地睁开眼睛坐了起来。此人正是消失了一年多的痕香。她警惕地看着漫夭及她身后的面具男子，平息着被识破身份后的惊慌，抬手揭去面上精细的人皮面具，露出一张精致的脸庞。她望着漫夭，神色镇定地笑道：“没想到这么容易就被你认出来！”早知如此，她应该服一粒变声丸。

漫夭站起身，居高临下地盯着她的眼，冷冷道：“我究竟与你有何深仇大恨？值得你冒险混入王宫，借后妃之手，加害我的孩子？”

听到“孩子”二字，痕香目光微微一变，垂下眼帘，似乎不准备回答。她们之间没什么深仇大恨，无非就是她爱的男人喜欢的是这个女子而不是她，但仅仅是这个原因，她还不至于千方百计地去害别人的孩子。

漫夭见她拿眼角偷偷扫了眼四周，知道她在寻找脱身之法。漫夭不动声色地打量着这个与她有着相同声音、相似身形的女子，想着曾经所受过的苦痛和羞辱，她平静的目光渐生波澜，眼底的冷厉一分分透了出来。

痕香看准了西侧帘帐后的窗子，突然抬头，伸手朝漫夭的脖子抓了过来，那一抓又快又狠又准，几乎是拼了全力的一搏。

漫夭目光不变，似早有所料，很轻易地闪身避开，但并未还手。而痕香趁她闪避之机，纵身一跃，就朝西侧窗子掠去。漫夭在她身后噙着一抹冷笑静静地看着，痕香越过一丈宽的浴池，足未落地，便被一道高大的玄色身影挡住去路。

痕香惊骇于此人的速度，至少是她两倍有余。站在浴池边，身后退无可退，她只好硬着头皮出手朝男子的一只眼睛袭去。

男子面色不变，大手一抓，只听咔嚓几声，指骨断裂，痕香痛呼出声，脸色立时惨白一片。她抬起另一只手，在空中一挥，一枚闪烁着寒光的暗器从袖中飞出打向男子胸口。

男子两指一伸，毫不费力地将精细的银针夹在指间，反手扣住她的手腕，将手臂往身后猛地一折，又是一声骨头被折断的声响。痕香痛得张大嘴巴，欲呼出声，男子迅速封了她各大要穴，然后拎着她的后颈，纵身跃过浴池，像是丢抹布般地将她丢在漫夭脚下。

漫夭垂眸看着地上的女子，只见她面色惨白，额头因疼痛而密布了冷汗，却凄凉地笑道：“修罗七煞，果然……名不虚传！”她在江湖中也算得上数一数二的高手，但在这人面前，却连三招都走不过。

面具男子露在外面的半张脸孔从始至终没有发生任何情绪变化，他看痕香像是看着空气般面无表情。

漫夭缓缓蹲下身子，扣住她的下巴，沉声道：“如果想活着离开，就先回答我几个问题。”

痕香用怀疑的目光看着她，似是在说：“你……会放我活着离开？”

漫夭道：“只要你的答案，足够让我满意。虽然我有理由杀你，但我想，你也是听命于人，身不由己。”

痕香目光微微一变，抿了抿唇，似有无尽辛酸从瞳孔透出。若是在以前，是生是死，她可以完全不在意，但是如今……她不能死，一定不能死！

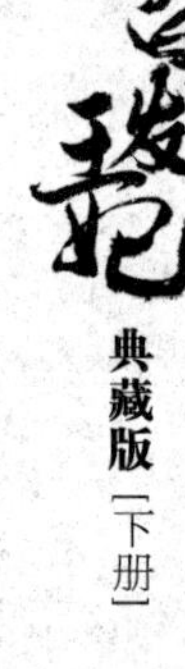

漫夭伸手解开她的哑穴，痕香问道：“你想知道什么？”明知这名女子要问的问题，是她不能说的，但她还是抱了一线希望。

漫夭看着她眼中强烈的求生欲望，嘴角微勾，放开她的下巴，盯着她的眼睛，问道：“此次任务，除了加害我的孩子，还有什么？”她可不信他们未卜先知，知道她身怀有孕。

痕香一愣，第一个问题便如此关键而直接，她皱眉，张了张口，半晌才低声道：“这个……我不能说。你换一个。”

漫夭看着她，并未因这样的答案而生气，这甚至是在她意料之中，如果痕香如此轻易地回答了她的问题，她反而觉得那答案难以信服。于是，她道：“好，那我再问你：天仇门门主究竟还有何身份？他现在何处？他谋划这一切，最终目的又是什么？”

“门主就是门主，还有什么身份？”痕香茫然反问。见漫夭面色一沉，她连忙又道：“我只知道他是门主，有没有其他身份，我不清楚。自从少主剿灭天仇门，门主便来去无踪，没人知道他身在何处，也没人知道他都做了些什么，他只在需要我们的时候出现在我们面前。至于目的，我真的不知道。以前，我以为他是要帮少主复仇，可是现在……”

痕香迷茫地摇头，在说到门主的时候，眼底竟有着切齿的恨意，以及不自觉流露出来的惧怕和无可奈何。

漫夭盯着她看一会儿，又问：“那你知道些什么？知道的不能说，能说的不知道……你让我怎么放你离开？”

“你可以问些别的，”痕香想了想，那些已发生过了说出来没有太大关系的事，“比如，发生在南朝的关于你的流言，还有渝州城里的事……”

漫夭面色一怔，目光顿时变得犀利：“渝州城？任道天还有各国使节是你们杀的？一个已经覆灭的天仇门，何来如此大的势力？”她以为是启云帝所为，因为只有启云国未曾派使者前来。但如果不是他，那是不是意味着启云帝早就知道天仇门门主的计划？他和天仇门门主究竟有着什么样的关系？一个已经覆灭的天仇门，为何还要费尽心机做这样多的事？是否在他背后，还隐藏着更深不可测的人物？

漫夭拧眉，脑海中有什么一闪而逝，抓也抓不住，总觉得有很多东西似乎暗中都是息息相关，但一时又说不上来，顿时有些混乱。

痕香道：“哪里来的势力我不清楚，我只知道我的任务，是杀了他们。”

漫夭问道：“为何要杀他们？”

痕香摇头：“我只奉命行事。门主从不告诉我们原因。”

漫夭凝眸细思，从一年前的那些阴谋开始，似乎所有的一切都是针对无忧，莫非天仇门门主与无忧有什么深仇大恨？或者说，他与临天皇族有仇？

漫夭又问：“你方才说……散播白发妖孽的流言，也是你们所为？”

痕香点头，漫夭皱眉，这就奇怪了！白发妖孽事件，查出是前丞相与北朝有勾结才故意散播出来的，怎会是天仇门所为？傅筹对天仇门恨之入骨，断不会再与他们合作，而前丞相府中的信件，除了傅太后，她也想不出还有谁能随意用傅筹的印章，那么，天仇门门主和北朝太后又有什么关联？

漫夭又想起一年前在四处都是武功高手的无名巷里的疯妇，如果那疯妇真的是傅太后，那她的疯癫定是假的！她为什么要这么做，那么多年，她明知道傅筹是自己的儿子，却不去找他，而让他一直活在仇恨之中，每年承受穿骨之痛……

漫夭正沉浸在自己的思绪当中，外面忽然有脚步声传来，她一惊，忙低声道："先带她下去。"

面具男子难得皱眉："娘娘您的安危……"

"放心，我自有分寸。"漫夭听外面脚步声越来越近，用不容置疑的口气吩咐道，"你快带她走！"说完拿出事先准备好的人皮面具戴上，扮作芩妃的模样，被人抬进了沧中王的寝宫。

宁千易不在，她被放到紫檀木制成的龙床上，侧头打量着这间宽敞但不空旷的屋子，陈设简洁，线条流畅，给人的感觉，一如这间屋子的主人，爽朗而大气。

躺了一个多时辰，宁千易还未到，她不免有些心焦。

又过了一刻钟，门外才传来脚步声。

宁千易一进屋，阔步走到床前，看着床上被毛毯紧紧裹住的女子，眼中没有了往日的柔情和渴望，取而代之的是被刻意压制的郁怒和狂躁。

女子微微一愣，看出今日的宁千易情绪不对，又见他眼底仿佛有一簇火苗狂窜而上。她暗叫不好，想让他遣退宫女，但还来不及开口，男子已经躁乱地扑了上来，大手一扬，就要去掀她身上的毛毯，她心中大惊，慌忙抬手死死拽住。

"等一等。"她慌忙中急急叫道。

宁千易微微一顿，望着女子眼中一闪而过的惊慌，皱眉道："爱妃不是一直嫌朕不够热情吗？今日就满足你一回，你应该高兴才对，怎么反倒怕了？"

漫夭双眉一皱，极力让自己镇定，这时有宫女斜目偷望过来，漫夭忙展露出一个属于芩妃的妩媚笑容，尽量学着芩妃的声音和语调，略带撒娇的口气："王上，臣妾不想让她们留在这里，您让她们都退下吧。"她用期盼的眼神望着宁千易。

宁千易却笑道："朕今晚偏要她们留下。"他此刻的笑容不是她曾见过的爽朗明快，而是带着一种说不出的郁闷和悲哀。宁千易说着就解了自己的腰带，随手一扔，衣衫很快被褪下，露出结实的上半身。

雄浑的体魄，紧实的蜜色肌肤，完美的腰部线条，在橙红色的灯光下带着惑乱人心的引诱。这种情景，几名宫女虽然早已司空见惯，但仍止不住脸红心跳，她们忙低下头，止不住幻想着有朝一日她们也能成为这龙床上的主子。

漫夭见他动作如此之快，心中慌乱不已，不及阻止，宁千易一挥大手，两边床幔落下，他已踏上龙床。

漫夭惊得坐起，往床里面退去，双手紧紧拢了毛毯将身子遮得严严实实。

宁千易身着白色单裤，居高临下地望着她，总觉得这个女人今天很奇怪，像是换了

一个人，心想她莫不是在玩欲拒还迎的把戏？他缓缓蹲下身子，看着她眼中的戒备，忽然来了一丝兴趣，伸手抓住她纤细的双肩，低头就往她唇上吻去。

漫夭立刻偏头躲过，快速地在他耳边低声说道："千易，是我！"

宁千易身子一震，愣住。这天底下会叫他"千易"的女子只有一个！他震惊地转头去看她，有些不敢置信。

漫夭望了一眼床幔外隐约可见的宫女，低声道："你先放开我，让她们退下。"

宁千易无意识地松手，目光始终盯着她的眼睛，刚才还不觉得，此刻再看，那双眼清澈明慧，确实不是苓妃所能有的。他连忙屏退宫女，大门合上，宁千易再转头看她时，她已抬手揭去脸上的人皮面具，露出一张清丽脱俗的脸庞。

"璃月，真的是你！"他眼中光芒骤然大盛，三日来的郁怒之气因眼前女子而消失殆尽，整颗心都被一股狂喜所占据。

心花怒放，大抵就是如此！

他目光灼热如火在烧，在她身上反复流连，生怕自己看错。

女子身上裹着紫红色的毯子，乌发柔顺地披泻在身后，有几缕散在微露的香肩，衬得那如玉的肌肤越发莹白剔透。他轻轻吸一吸气，便闻到了一股诱人的馨香，呼吸不禁急促起来。

漫夭忙将身上的毯子拢得更紧，却不知，这种无心的动作在一个已然生出欲望的男人面前，更为他增添了几分想立刻揭掉她身上所有遮挡物的冲动。

"璃月……"他的声音已经带了情欲的暗哑，眼中燃炽的渴望那样清晰。

漫夭心头一慌，忙挪开身子，与他尽量拉开一些距离，尽量用很平静的声音同他说道："千易，你出去一下，让我先穿上衣裳。一会儿，我有事情跟你谈。"

她清冷的声音令他几欲被焚烧的理智逐渐恢复，目光微转，浓眉轻皱，并没有听她的话立刻下床，而是蹲坐在那里，若有所思地看着她的眼睛，一个又一个的问题就这样在他脑海中跳了出来：是什么事情让她这样一个冷静而理智的女子在这深夜出现在他的寝宫，而且是以他妃子侍寝的方式？

他大脑逐渐变得清明，那些初时的狂喜渐渐褪去，取而代之的是疑惑。

从他得知她受伤被逐出南朝，他找到她，她毫不抗拒地随他来到王宫，然后是发现她身怀有孕，她那么害怕会失去她和南帝的孩子……还有她几次欲单独与他说话，被启云帝所破坏。而后，他认为她已无处可去，想腾出一个后宫给她，她却断然拒绝。现在，她扮作他的妃子，待在他的床上……

这每一件事，单独看来，都很平常，但结合起来……究竟说明了一个什么样的问题？

这一刻，再没了初见她时的心潮澎湃，他满身的热血在沸腾到最高点时，突然回落至冰点。于是，宁千易僵直地坐在那里，依旧定定地望着她的眼睛，而他身下的单子不知何时被他抓住，皱得像是一腔纠结的情绪。他的目光一直在变化，幽暗漆黑的眸色由深变浅再由浅入深，似是在内心做着激烈的挣扎。

她有些不安，想重复刚才的话："千易……"她话才出口，宁千易突然伸出长臂，猛地将她抱住。

这样突然的动作，一时让她愣住，身子被毛毯裹住，竟动弹不了。她清楚地感觉到他胸口剧烈地起伏，以及他在她耳边喷出的灼热的气息，她连忙道："千易，我这次来此是为了……"

"我知道。"她一句话没说完，宁千易便接口。不似以往的爽朗之声，而是带了些低哑的暗沉，没有欲望，只有深深的落寞。

他的手揉着她背后如锦缎般柔顺的长发，下巴抵在她额角处，蹭了下她光滑细腻的肌肤。这是唯一让他倾心爱着的女子，曾经难以触及的梦，此刻就在他怀中，他却仍然握不住。

一条毛毯阻隔在两人中间，他明显感觉到她身躯的僵硬。但他没说什么，只是抱着她，并无其他动作。

"你……知道？"漫夭微微讶异，他这么快便想明白了？也是，他是如此聪明的男子！

"嗯。"宁千易应了一声，之后却久久不开口。

漫夭很安静地待在他怀里，心中虽有不安，却不做挣扎，也没有贸然开口。

她在等他平静，她始终相信，他是一个谦谦君子，有着超然的理智，会顾全大局，无论遇到什么事，他都能很快想明白。只是，这之间的挣扎有多辛苦，她看不见。

宽敞的大床，被帘幔隔开的静谧空间，他们以暧昧相拥的姿势静静地待着，都不动，也不说话。

宁千易从震惊到欣喜，再从欣喜到惶然失落，最后从失落到悲哀绝望，这样极端的情绪转变。其实早该想到，养男宠的流言是假；绝望之下自残身体是假；被南帝逐出南朝是假；无处可去落脚雁城还是假……

望着映在墙上看不出眼睛、鼻子、嘴的一团模糊的黑影，他慢慢平静下来。无数情绪沉淀后的心情，是失落，也是苦涩。但他没责怪她，更不怨天尤人，最后，反倒是满心的庆幸和感激。对她而言，他至少还有一点儿价值，总比从此无交集要来得好。

足足过了一炷香的工夫，宁千易才叹道："我知道你不是来投怀送抱。但是，我想抱抱你……想了很久了。谢谢你给我这个机会，让我的人生……再无遗憾。"

他的声音绵延着浓浓的苦涩，缠绕着淡淡的甜蜜和满足，让人听了心头酸楚。

他拿下巴蹭着她的额角，原来，抱着她的感觉……竟是这样的让人欣喜，让人无法自抑地感到幸福和甜蜜。虽然他知道，她心里没他。他的梦，尽管此刻在他怀里，但那依然只是一个梦。

漫夭心头一酸，眼眶有些泛红。她忽然觉得，她是不是太自私了？从设定这个计谋开始，她就只想着无忧，却从未考虑过宁千易的感受。她以这样的方式突然来到他的地界，无形中给了他希望，然后再将那希望狠狠踩碎，不留余地。

她是不是做错了？可是，她只是想得到一个单独与他相处可以用作谈判的机会，谈

一场对双方都有利的合作。

“对不起，千易，我……”她试图解释，但宁千易却微笑着打断道：“璃月，不必道歉。你想要的，只要说一声就好。我……都会答应你！”这是他曾经对她做出的承诺，不管现在、将来，这个承诺永远有效。

本以为不能为她散尽后宫三千，使得他失去了有可能拥有她的机会，从而成为他心底永远的不甘和遗憾。但此时，他反倒释然。因为终于明白，就算是他为她亡了国，也还是得不到她的心，那么，他是否可以从此死心，安安稳稳地做他的一国明君？与其冒着覆国的危险孤注一掷，不如竭尽所能帮助她，为她达成所愿，这种尊重成全爱的方式，也许更适合他。而今生，能得此一个拥抱，了无遗憾。

他慢慢放开她，贪恋地望着她的容颜，似是想要将她此刻的模样刻入他的记忆，永生不忘。

“谢谢你。”她是那样真诚地感激着他。宁千易，是她两世为人所遭遇的最纯澈无私的感情。

宁千易微微一笑，又恢复了一贯的爽朗和潇洒，仿佛所有的事只要挥一挥衣袖，便能抛却烦恼留存美好。他转身，跳下床，将矮桌上的衣物递给她，帮她拉好床幔，之后背对着她，自顾自地穿衣。

漫夭拿起衣服，迅速穿好。

她这次来见他，虽然知道他不会伤害她，但没想到，他会这样轻易地答应与南朝合作。而她之前所准备的一腔用来说服他的语言，全都无用武之地，还有那些准备用来和他谈判的条件都派不上用场。他就这样轻易地答应了。

宁千易答应将那秘密训练的精锐战马全部给他们，另外还答应以后在他们有需要时，提供后方支持，而她代表南朝承诺将来天下大定，必保尘风国完整无恙。

一切谈妥，已是四更天。

宁千易调开守卫，让她悄悄离开了他的寝宫。在这寂静的深夜，与心爱女子共处一室，他需要有多强的自制力，才能说服自己放开她？

望着她离开的背影，他对自己说，就这样吧，就这样放在心里面默默地想着，也是一种幸福！

第十二章　皇妃还朝

漫夭出了宁千易的寝宫，避过四处巡逻的守卫，一路飞奔前往倾月殿。

经过一夜的折腾，情绪起伏不定，如今事情已经办成，她心头微松。只是，她这一去就是两个多时辰，二煞又被分派走了，无忧一定很担心她，不知道待会儿会不会闹别扭？她兀自想着，很快便到了倾月殿寝宫后方的林子。

那片林子不算太大，但是够黑，林中树木繁密茂盛，月光一点儿都照不进来。漫夭刚刚进入林间小道，只觉冷风飕飕扑面而来，周遭有一股隐约的杀气弥漫。她心头微惊，在这个王宫里，大半夜还有谁在这里等着要她的性命？

她奔跑的速度微微慢下来，竖起耳朵，暗自凝神戒备。

忽然，一道凌厉无比的劲气从她身后直扫她腰间，仿佛要将她断成两截。她心头一骇，四面竟都闪避不开，所有的退路似乎都被封住，她眉头一皱，连忙纵身飞跃而起，脚踏树干，翻身倒跃丈余。凝目一扫，她竟发现身后空无一人。

她大惊，刚才究竟是谁偷袭她？为何这林子里半个身影也无？即便是速度再快，也不可能连个影子都见不着。

她眉头紧锁，用手摸了摸小腹，心中有些惶然不安。原地转了一圈，她确实看不见人，连先前那股杀气也不见了。她提着心，慢慢再往前走了走，发现林子的南方有浅浅的青烟弥漫，一股淡淡的几不可闻的奇异香味飘了过来，乍闻之下，令人精神振奋。漫夭心知那香气必然不是好东西，连忙屏住呼吸，却已经来不及。

一年多不曾犯过的头痛症，忽然发作，且来势汹汹，那痛仿佛要将她的头劈开，她顿时浑身无力。“啊”的一声叫了出来，双手抱着头，身子竟然无力支撑，眼看就要倒下去。

耳边传来一道撕裂般的嗓音："忘了你在梦里所看到的，也忘了你所听到的……"

她在梦里看到的？她看到什么了？她好像看到了一个破落的院子，院中有块小小的青石碑，上面刻着三个字，是哪三个字？她不记得了……她还看到了一个男人用手掐住她的脖子，那个男人眼中流了泪，满目的绝望和哀伤，可是她看不清他是谁……

她听到过什么？好像有人反复叫她的名字，可他到底叫她什么，她听不清……

还有很多模糊的景象，模糊的人影，以及模糊的听不太清的言语。前面的人到底是谁？他们在说些什么？

她精神一阵恍惚，目光茫然，脑海中那些本就模糊不清的景象变得更加模糊，在逐渐淡去，就差一点儿，便完全消失。然而，就在这时，一只有力的手臂突然在她即将倒在地上的时候及时揽上了她的腰，将她带起，抱在怀里。

"容儿，容儿……"

恍恍惚惚中，一声声透着焦急和紧张的呼唤穿破那些模糊的景象和声音，清晰地传递到她耳中，十分真切。但是，这个名字，是在叫谁？从来没有人这样叫过她。还有那道声音，听上去是那样熟悉，而那紧张的语气似乎不应该为那道声音所有。

她皱眉，抱着头的双手软软垂下，身上一丝力气都提不起来，连眼睛也无法睁开。感觉很累，很想睡觉，可是心不能安，便强撑着一丝清明。

"你太多事了！"她听到抱着她的男子不知道对谁说了这么一句话，而那一向儒雅平和的声音竟似是动了怒。而后，另一道声音响起，她听得有些模糊："……她肚子里的孩子不能留……记忆更不能被唤醒，否则……前功尽弃。"

她心中大惊，他们要害她的孩子！头依旧痛得像是要裂开，但脑子里却恢复了些许清明。

"你说不能便不能？你当朕是宗政无筹？朕想怎么做，还轮不到你插手！"

是皇兄的声音！她惊得身子一颤，仿佛大梦初醒般，睁开眼睛看到那张清隽儒雅的面庞，退去了温和，眼中弥漫着阴霾和愤怒。这种表情，她明明从未在他脸上见过，可为何觉得那样熟悉？有一个名字忽然蹦出脑海，她不自觉地脱口而出："齐哥哥……"

她的声音缥缈而微弱，连她自己都听不真切，但启云帝却是身躯一震，低头惊讶地看着她，那眼神震颤中带着莫大的惊喜，问道："你……叫我什么？"

漫天的思绪有片刻的混乱，是啊，她叫他什么？齐哥哥？她一向叫他皇兄，为何会无意识地蹦出这样一个称呼？她忽然觉得浑身发冷，有一股寒气从心底冒出来，让她有些无所适从。回想这几个月来，她常常做梦，梦中的景物总有一种似曾相识之感，而梦中的情景总在重复扩张。现在想想，那不像是梦，更像是……一个人的记忆，难道……这具身体的记忆在复苏？

启云帝见她目光迷茫，他眼光复杂，像是期盼，又像是担忧。

这时，林子里的另一人开口道："你不该唤醒她的记忆，对她对你都没好处……"

听到声音，她转过头，看到说话的是一个全身被黑色包裹住只露出一双眼睛的人，天仇门门主！他怎么在这里？这一次，他依旧像是被撕裂般的嗓音，但她清清楚楚地听出了他是个男人。他说皇兄唤醒她的记忆是什么意思？她从未告诉过皇兄，她失去记忆，他又如何唤醒？

启云帝突然打断天仇门门主的话："够了！你还不赶紧滚，这里不是你的久留之地。"

不知怎么，他竟然动了怒，打破了他一贯的儒雅形象。

天仇门门主似是并无惧意，只叹了口气，有些无奈道："既如此，那我便走了。皇上好自为之！"

"想走？没那么容易！"一道沉声冷喝，一白二玄，共三道身影陡然出现在林子里。

为首之人白衣白发，凤眸薄唇，他话音刚落，眯着眼睛看对面男人抱着女子的手臂，忽然身形一动，一袭白影如鬼魅般急速朝他们卷了过去。启云帝一怔，欲收紧手臂，但低眸瞧见女子眼中忽然亮起的灿然光华，他冰灰色的眸子顿时暗下，就那么放开了手。任她被另一名男子揽在怀中，抱着退出丈远。

"阿漫，你怎么样？"宗政无忧看着怀中面色苍白的女子，声音和眼神无不透着紧张的情绪。

漫夭看着他的眼睛，终于放下心来，弯了弯唇，声音虚弱无力道："我没事，只是，头……有些痛。"心神一松，她坚持说完这句话，便觉眼前一黑，带着无数的疑惑，就这么陷入沉沉黑暗，失去了知觉。

"阿漫，阿漫……"

"你不用叫了，她听不见。"

……

漫夭醒来，已是十几日之后。那时候，他们早已在宁千易亲率五千精兵的护送下离开了尘风国。

听闻，她昏迷的那天夜里，尘风国皇家马场为诸国准备的十数万战马一夜间全部离奇死亡。当晚马场内出现一名神秘高手，帮助守护马场的侍卫抓到一个黑衣人，但那人咬舌自尽，没留下任何口供。据某国侍卫所说，那人的装扮和武功与当初他们国家的使者在南朝边境所遇到的刺客极为相似，经北朝皇帝确认，那黑衣人属天仇门人。众所周知，天仇门与南朝是敌非友，于是，众国使者在南朝边境遇难一事在沧中王的力保之下，皆相信是有心人刻意挑唆南朝与各国之间的关系，此事至此平息。

南帝以上宾之名被沧中王请出，两国误会尽除。有人提到尘风国秘密训练的八千匹精锐战马，诸国欲以高价竞得，但沧中王表示，南朝皇妃以南朝密使的身份已于头一日与他谈妥那八千匹战马所归。诸国国君恍然大悟，捶胸顿足，防得了诸国皇帝，哪知防不住一个被逐的妃子！诸国虽有不满，但考虑到往后的合作，无人敢有异议，只得遗憾告辞。

这一趟选马之行，十四国齐聚尘风国，十三国国君空手而归，唯有先前最无合作之可能的南朝购得八千精锐战马，奠定了南朝逐鹿天下的基础。从此，南朝皇妃，这样一

个声名狼藉的祸国妖妃成为许多人口中争相传颂的大义巾帼。

南朝皇宫，乾和殿。

这是南朝百官一个月来，第一次齐聚在此。

召集群臣进殿的是尚书令明清正，此时，他还未到，众臣便三三两两聚首，各自议论纷纷。只有丞相一人，单独立在最前头，目光望向丹陛之上那象征着至高无上之权势的龙椅，似有所思。

一名官员上前，拱手问道："丞相大人，皇上龙体欠佳，免了早朝已有一月，所有政事都由丞相大人与明大人代为处理，今日明大人突然召集下官等人来此，不知所为何事？"

丞相双眉微微一拢，转身道："不瞒李大人，本相也不知所为何事。"他看了眼外面渐渐升起的太阳，又道："卯时已过，明大人很快就到，我们就安心等吧。"需要召集群臣，必定不是小事，明清正深得帝王信任，虽是监理，但实际权力比他这个丞相还要大。

"明大人到！"外面太监高唱一声，众臣纷纷回头拥上，跟大步而入的明清正打招呼。

明清正正色入殿，行走间官服猎猎有声，他不看百官，径直走过红地毯，在丹陛下停住，转身，面色十分严肃，望着众臣，举起手中明黄色圣谕，道："皇上手谕！"

百官面色一正，连忙归位，跪接。

明清正展开圣谕，念道："皇上有旨，命满朝文武于三日后清晨，去城门口跪迎皇妃回朝，不得有误。钦此！"

这一道手谕念毕，大殿之中伏跪的众臣顿时像是炸开了锅。

这是什么规矩？被逐的废妃回朝，百官出城跪迎？他们几乎以为自己听错了。

"这不可能！"裴大人第一个站起来，面色愤愤道，"明大人，假传圣旨，可是要抄家灭族的！"

明清正合上圣谕，斜眸睇过去一眼，没答话。继而冷眼看着众臣激动愤然的神色，他也没出声，只平静地等待他们把该说的不该说的都说完。

"是啊，明大人，皇妃罪恶滔天，是皇上亲自下旨将其逐出南朝，这是我们大家亲眼所见。这才一个月，皇上怎么可能下这样的手谕？"

"这手谕，是从哪里来的？我们要见皇上！"

"即使皇上思念成疾，犯了糊涂，也不可能让我们去跪迎吧？明大人，你是不是搞错了？"

"李大人！"明清正沉声道，"你敢骂皇上糊涂？按照规矩，对皇上不敬，首先要杖责四十。"

那人一惊，忙干笑道："下官一时失言，无心冒犯皇上……我说明大人，下官没得罪过您吧？这里这么多位大人都在说这事，明大人何必非挑下官的不是呢？"

明清正道："你没有得罪过本官，本官也并非挑你不是，但你出言不逊，冒犯皇上，本官身为朝政监理使，只能按规矩办事，来人，带李大人下去。"

"等等。"裴大人站出来，义正词严道，"李大人的确是言语无状，冒犯了皇上，但他纵然有罪，也应该由丞相大人处置，明大人你……是不是逾矩了？"

明清正微微转眼，看了眼不动声色的丞相，朝他走过去，问道："丞相大人，您以为……李大人是否该罚？"

丞相微微皱眉，道："冒犯皇上乃是大罪，自然该罚。"说罢回身，面对众臣，十分严肃道："虽然本相深受皇恩，得皇上器重，暂时代理国事，但无论是本相还是明大人，抑或是各位大人，我们都是皇上的臣子，谁敢对皇上不敬，就应该受到惩罚！按照明大人说的办，带李大人下去。"

"丞相大人，丞相大人！"李大人不甘地叫了两声。已有侍卫上前，架了他出去。

其他大臣连忙跪得端端正正，低下头去。

丞相转身道："明大人，皇上的手谕，可否给本相看看。"

"当然。"明大人将明黄色的帝王手谕递给丞相。丞相展开一看，神色一震，继而恍然大悟道："原来如此，原来如此！我南朝……有希望了！"

一位大臣疑惑道："丞相大人此话何意？皇上说什么了？"

丞相合起手谕，递还与明清正："此事，还是由明大人说吧。"

明清正上前几步，扫了众人一眼，方不紧不慢道："想必众位大人也知道，我国战马紧缺，本想趁此次尘风国选马大会选购一批精良战马，以供战事之需。但是，三个月前，尘风国使者在我朝边境遇难，使得尘风国与我朝结怨。眼看战事紧迫，我朝购马无望，那些日子，本官与丞相大人为此事一筹莫展，皇上在紫翔关亦为此事分心。而就在这个时候，皇妃娘娘主动向皇上献计，愿被冠以私养男宠之名，被皇上逐出南朝，作为密使前往尘风国，与沧中王洽谈选购战马一事。而本官当日之所以磕头死谏，也是受皇妃之托，为了让所有人相信娘娘确实是被逐出南朝，而非有目的地前往，才可畅通无阻顺利进入尘风国……"

百官震惊，似乎对这样的事实难以置信。

"怎么会是这样？这么说，那男宠是假的？那日在朝堂上，皇上和皇妃只是演了一出戏？"

"明大人，你说的是真的吗？"

明清正道："此事，皇上都写在圣谕之中，祥公公，将皇上圣谕递与众位大人瞧瞧。"

祥公公双手恭敬地接过圣谕，展开给百官看。

百官轰动，面面相觑。

一名当日大骂皇妃是淫妇的官员瘫坐在地上，头冒冷汗，声音颤抖道："那我们……岂不是冤枉了皇妃娘娘？完了，完了！"

另几名官员亦是瘫软在地，只差叹一声："命不久矣！"

“明大人，那皇上的病……”

明清正道：“皇上龙体安泰。”

“哦，那就好，那就好啊！难怪明大人不让我等觐见皇上！不知皇妃秘密出使尘风国，事情可谈成了？”

明清正昂首道：“此事，本官正要告诉各位大人，尘风国传来消息，此次选马盛会，各国君主皆无功而返，唯有皇妃满载而归。八千匹精锐战马，是沧中王亲自从二十万精良战马之中挑选而出秘密训练，每一匹都是宝马良驹，各国梦寐以求。”

众人听后，也是喜不自胜。

裴大人似是不愿相信自己冤枉了别人，皱眉问道：“既然可以秘密谈判，为何要用这种方法？选一位大臣，捏造一个罪状，假装逐出去，不也是一样？为何一定得是她，难道因为她的美貌更容易达成协议？”

明清正脸色一沉，目光锐利，道：“别人？裴大人说的是你吗？让你去，你有把握不误国？以你之能耐，没有了南朝官员的头衔，你确定你能入得了尘风国王宫，见得着沧中王？你与沧中王过去有几分交情？”他言辞犀利，毫不留情。

裴大人被他这一连串的质问说得老脸通红，胡子直抖，恼羞成怒道：“我没有把握，她一介女子，为何就有把握了？”

另一名大臣接道：“裴大人你忘了？娘娘除了是我朝皇妃，还是启云国公主，启云帝疼爱容乐长公主天下皆知，如今战争四起，尘风国大臣就算介意皇妃曾是我朝之人，但他们也得给启云帝留着几分面子。而且，下官曾听过，皇妃还是卫国将军夫人的时候，曾在京城东郊救过沧中王一命，为此，皇妃险些丢了性命，世人皆说，沧中王重情重义，单单为此，他就必然会对皇妃另眼相待。”

裴大人再无话可说，只好窘迫地退后，低头不语。

明清正目光越过众臣，望向大殿之外的西北方向，一撩衣摆，跪下，冲着那个方向叩了一个头，面色无比崇敬，由衷地感慨道：“皇妃娘娘为了国家，不惜以名誉为代价，自残凤体，甘愿承担万千骂名，冒性命之危，助皇上成就万里江山。如此有胆有识之大义女子，实令我等男儿汗颜！她值得我们从心底里尊敬！她是这世上唯一一位能站在这朝堂之上与皇上比肩之人。我为我们南朝有这样一位皇妃而感到骄傲！”

大殿之中突然安静了，许多大臣都惭愧地低下头去，他们也曾怀疑那件事情的真实性，但有许多人当场做证，他们万万想不到，那竟然是皇妃一手安排。想想当日他们口不择言的骂词，心中更是感到愧疚不安。

此时的南朝境内，一辆华丽的马车行驶在通往江都的官道上，马车后跟随寥寥几骑，阵势不大，但明眼人一看便知都不是普通人。

漫夭睁开眼睛的时候，映入眼帘的是宗政无忧那张俊美绝伦的面容，但此刻已憔悴至极，凤眸凹陷，瞳孔血丝遍布，黯淡无光，唇色苍白，下巴长了青色胡楂，似是十几日忧心不眠的结果。她惊道：“无忧，你怎么弄成这样了？”

宗政无忧见她醒来，黯淡的目光才猛然亮了起来，微微笑了笑，柔声说道：“你醒了。”

她点头，撑着身子想坐起来，刚起身，只觉头一阵眩晕，就要摔下去。

“先别动。”宗政无忧急忙扶住她，然后坐到她身后，对外命令道：“停车。叫萧可进来。”

马车立刻停了，漫夭看了看周围宽阔的空间，这马车之大，堪比一间屋子，疑惑道：“我们在马车上？要回去了吗？”

“嗯。”宗政无忧轻轻应了声，将她抱在怀里。

萧可很快便进来了，笑着叫她一声“公主姐姐”，之后查看了她的脉象，对宗政无忧说了声“没事了”便下了马车。这中间，萧可一直垂着头，没有一句多余的话，与从前那个活泼可爱的萧可相比像是换了一个人。

漫夭虽觉奇怪，但也没多想。靠在无忧怀里，动了动身子，感觉身子骨酸痛得像是散了架，她皱眉，抬手去揉腰。真痛！

宗政无忧看着她紧皱的眉头，柔声道：“再过半个时辰就到江都了，你再忍忍。”

漫夭愣住，江都？她的记忆里，在昏睡之前还在尘风国王宫，相隔千里不止，怎么转眼就到了江都？她惊讶地张大嘴巴：“我睡了多久？”

“十五日。”宗政无忧伸手帮她揉腰，力道轻重适中，很舒服。

这一觉，竟然睡了十五天！前所未有地长。以前头痛，喝完药，沉睡一晚就好，怎么隔了一年，再度复发，竟然一觉要睡上十五天？她这头痛症，也太奇怪了！她摇了摇头，只觉得脑袋跟灌了铅似的，胸口有些闷。她喘了口气，转头去看他消瘦了一圈的脸，只见他眉间、眼底有股化不开的浓愁悲绪。她蹙眉，抬手想替他抚平。

“无忧，我们离开……千易知道吗？你的踪迹有没有被别人发现，战马……”

“别担心，这次的事情办得很圆满。”

“哦，这我就放心了。”她笑了笑，忽然又想起什么，问道，“那一晚，你跟二煞突然出现，天仇门门主可抓到了？”

“让他跑了。总有一天，我还会再抓住他！”说到天仇门门主，他凤眸眯起，眼神突然变得凶狠锐利，似是恨极。

漫夭微愣，再抓住？这么说已经抓住了，但是又让他给跑了？能从他手里跑掉，倒是难得。

宗政无忧道：“好了，你刚醒，别太费神。”

“嗯。”漫夭靠着他的肩，仰着脸看他，抬手蹭了蹭他下巴上生出的青色胡楂，硬硬的，有些扎手。这样的他，容颜看上去少了几分仙气，多了几分成熟的男子韵味，倒是更迷人了。她忽然笑道：“你这样憔悴，看起来很多天没休息了，该不会以为我死了吧？”

“胡说！”宗政无忧身躯一震，皱眉怒斥，声音竟带了些颤抖。

漫夭一怔，见他面色难看，忙笑道：“我只是随口说说，瞧你这么认真！”

宗政无忧浓眉紧皱，面色微沉，低声道：“随口说说也不行！”

他真动了气，漫夭微微惊讶，睁大眼睛疑惑地看着他。

宗政无忧转过头，再转过来时，面色已经柔和下来，但他垂了眼，她只看得到他黑而浓密的眼睫，看不见眼中的神色，只听他霸道地说："以后不准提那个字，你的命是我的，谁也夺不走！"

漫夭挑眉笑道："谁说我的命是你的？为什么不说你的命是我的？"

宗政无忧想了想，很认真地点头："嗯，我的命也是你的。"

"这样还算公平。"看着他一本正经的模样，她忍不住笑出声来，笑得满眼幸福。

他眉心动了动，问道："腰还酸吗？"

她点头道："好些了。"

"阿漫。"

"嗯？"

"你说过要一直陪着我，还记得吗？"

"嗯。"她在他怀里点头，感觉他今日似乎有些奇怪，他很少有如此感性的时候。漫夭不由轻声问道："怎么突然提起这个？"

宗政无忧搂紧她，下巴搁在她头顶上，垂眸，望着她如扇般的眼睫，小巧挺翘的鼻梁，吹弹可破的肌肤……他凤眸之中忽然流泻出一丝哀伤，嗓音微带沙哑，却是满含深情道："等我为母妃报了仇，送你一个太平天下。我们坐拥万里江山，一起看着我们的孩子长大成人……把江山交给他，我们就可以去过自由自在的生活。到那时……不管你去哪里，我都陪着。所以阿漫……你一定要等着我。"

他的声音，温柔至极，但她却听出一丝苍凉的味道。她想说，她当然会等着他，但不知为什么，她忽然说不出口了，嗓子像是被什么卡住了一般地疼。

她皱眉，心口没来由地堵得慌，低下头，将脸埋在他胸口，心里酸涩难忍。自由自在的生活，那一直是她所向往的！没有仇恨，没有战争，没有利用，没有伤害，没有尔虞我诈，没有阴谋诡计……只剩下甜蜜和幸福，那该是多么美好的生活！可是，他们真的可以过上那样的生活吗？如果可以，那还需要多久？当那种生活来临，他们还有没有机会享受？

他眼睫悄悄抬起，目光透过车窗帘幔望向广阔无边的寂寂苍穹，那里白云飘散，如梦如幻，就像是人生无定，许多事不由人掌控。

有一种略带伤感的气息蔓延在他们之间，让人心头生出些许不安。

漫夭伸手搂上他的腰，在他怀里蹭了蹭，微微笑着，轻声说道："我哪里也不去，就陪着你和孩子。"

宗政无忧闻言身躯一颤，手臂蓦地紧了，他只觉喉头一哽，连忙抬头闭上眼睛，将她抱在怀里，圈得严严实实。

马车前行，她再没躺下，就靠在他怀里，两个人静静依偎，听着外面的车辕声，都没再开口。直到马车行至江都皇城。

"恭迎皇妃娘娘回朝！娘娘千岁千岁千千岁！"

"娘娘千岁千岁千千岁！"

气势恢宏的江都城门前，高耸而坚固的城墙之下，丞相与明清正带领满朝文武百官跪列两侧，萧煞率禁卫军出城跪迎，城内百姓聚集，随之而跪。

队伍绵长无尽，御辇尊贵而奢华，一袭大红地毯，从皇宫一直铺到城门口，鲜艳夺目。

数万人齐跪，冲天高呼，震颤了整座都城！这便是用来迎接皇妃归来的气势，空前盛大。

有人掀开车帘，漫夭望着那伏跪在地上黑压压的人群，一望无尽。一时间，她不禁心潮起伏。记得走的时候，她身负剑伤，背负着万千骂名，人人唾弃。那时，只有一辆破旧马车，一名年迈车夫。时隔一月，再归来，帝王在侧，万人朝拜。尽管是她自己的计谋，但这两种截然不同处境下的心情比照却是那样的真实。

东方太阳冉冉升起，大地笼罩在一片蒙胧的光芒之中。

身边突然迸发出一股冷冽的寒气，漫夭微愣，转头便看到宗政无忧脸色沉郁，目光阴鸷，知他定是想起那日大殿上他们口不择言的骂词而生气。她握了握他揽在她腰间的手，看似不在意地朝他微微笑了笑，纵然他们骂得过分，但法不责众，更何况这次出使顺利，也有赖于他们的"倾力配合"。

漫夭轻轻拉开他的手，坐正身子，面色淡然平静一如往常，对着外面道："都起来吧。"

俯首的大臣稍稍一愣，他们跪在下方，听到车帘被掀开的声音，分明感觉到一股强大的冷冽气息铺天盖地倾压过来，压得他们几乎喘不过气来。他们想，皇妃此行归来，有功劳在身，定不会轻饶了他们，虽不致命，但总会有所责罚吧？至少也会刁难一下，一雪当日被恶骂之辱。但没有想到，她就这般轻易地让他们起来，难道是他们以小人之心度君子之腹了？可是，那气息和皇妃的语气，感觉为何相差如此之大？

"谢娘娘！"群臣谢恩后，忐忑起身，还未敢贸然抬头，却发现跪在前面的明清正和丞相一动不动，依旧是伏地跪拜之姿，不禁感到疑惑。

裴大人惊奇之下，抬起眼角偷瞄一眼，这一看，脸色大变，脱口叫道："皇上！"

其他大臣还未站稳，听得这一声惊呼，抬头看到端坐在马车内的帝王黑沉阴霾的脸色，吓得腿一软，忙又跪了下去。

"叩见皇上！皇上万岁万岁万万岁！"皇上怎么会和皇妃一起坐在马车里？

宗政无忧冷冷地看着他们，一个月前，这些大臣是一个比一个厉害，他恨不能将他们全部拉下去砍了，尤其是那个固执得像头驴一样的裴大人。

裴大人只觉得有道目光如利刃一般向他头顶直劈而来，不禁打了个哆嗦，一个响头叩下，声音颤抖道："臣……有罪！"

"臣等有罪！"群臣齐拜。

宗政无忧冷冷一笑，语调沉沉道："你们，的确有罪！"

众臣忙道："臣等知罪，甘愿领罚。"

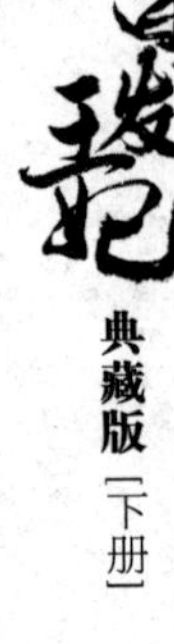

漫夭蹙眉，见宗政无忧似是真要为此惩治大臣，便轻轻摇头，道：“这件事本就是一场计谋，就算了吧。”

宗政无忧皱着眉头，不说话。

丞相忽然抬头，满面愧色道：“娘娘宽厚仁慈，令臣等汗颜！臣等身为朝廷重臣，妄信流言，不辨是非，冤枉了娘娘，实在……愧为人臣，请皇上、娘娘下旨责罚！”

不得不说，丞相确实很会察言观色、揣摩人心，在这些大臣里面，除明清正以外，丞相可以说是最清醒的一个。那一日大殿之上，他虽有力谏，但句句皆是从国家大局着想，未有一句骂词，倒让人无从罚起。漫夭笑道：“丞相鞠躬尽瘁，一心为国，纵然有些不足，以后改了就是。本宫受些委屈不要紧，只希望通过此次事件，让各位大人将来在对待国家政事之时，莫要只用眼睛和耳朵，凡事多用些心才是。”

丞相恭敬道：“娘娘说得极是，臣等谨遵娘娘教诲！”

“谨遵娘娘教诲！”群臣再拜。

漫夭点头，微微笑道：“好了，这件事过去了。都起来吧。”让满朝文武一直跪下去也不好看。

众臣抬眼看了看面色温和娴雅的皇妃，再看向依旧面色不善的皇上，犹豫着又垂下头。没有帝王发话，无人敢起。

漫夭碰了碰宗政无忧的手臂，向他使了个眼色，差不多就行了！

宗政无忧看她一眼，想了想，起身，也不让人扶，径直跳下马车，然后朝她伸出手。

漫夭笑着将手递给他，正准备下马车，却被他直接抱了起来。她心中一惊，他这是干什么？这可不是在皇宫，这里也不只有百官和宫廷禁卫，还有黎民百姓，这怎么使得？她微微挣扎，在他耳边小声道：“无忧，这里这么多人，快放我下来。御辇就在前头，没几步道，我自己走。”

宗政无忧仿若不闻，也不看她，只收紧双臂，不让她挣扎。

踏上红地毯，他走到百官面前，顿步，淡淡地扫了众人一眼，方道：“皇妃身怀有孕，不可操劳。朕不在朝中的这段时间，朝廷政务，仍由明爱卿协同丞相共同处理，非是难以决断之事，不准打扰皇妃养胎。”

明清正闻言面色大喜，无比真挚道：“臣领旨！皇妃此行出使尘风国顺利归来，本是一喜，现又身怀龙种，这是双喜临门啊！臣，恭喜皇上，恭喜娘娘！”

其他大臣也都反应过来，喜悦之色跃上人们的眉梢，群臣连忙恭贺。

对于一直担忧帝王子嗣的大臣们来讲，这的确是一件天大的喜事。而对于另一些人来说，安然度过此劫，更值得他们庆幸。

阴鹜顿时散尽，恭贺声此起彼伏。整个江都城门口，漫延着一片喜气。

漫夭面上洋溢起即将身为母亲的喜悦，差点忘记，肚子里怀着的可是他们皇帝的孩子，也许那就是未来的储君。在这个年代，怀孕的妃子往往能享受一般人所享受不到的待遇，那她是不是可以因此安然享受帝王的宠溺，不用担心他人再论是非？

似是被喜悦的气氛所感染，她心中有些酸涩。自从怀孕后，她虽有喜悦，但更多的却是担忧，先是不确定孩子是否能保住，后又为事情尚未办成而费尽心思，如今一切顺利，她是否可以安心养胎，等待她的孩子平安降临?

幸福的喜悦令她面色染上一丝红晕，如同隐现在天边最美的一抹红霞，那颜色，美得炫目。

宗政无忧低眸看着她的脸，那一抹幸福的神色，令他心头一动，目光便有些痴了。他温柔地抱着她，在万人注目之下，缓缓入城。

走到御辇跟前，她以为他会将她放到御辇之上，可是，没有。宗政无忧在御辇前并未作任何停留，而是径直走过御辇，漫步在红地毯之上，朝着皇宫方向，每一步都踏得稳健。

她愣了愣，仰起脸庞，心中不解，嘴上却是玩笑道："为什么不上御辇？你不会是准备就这样抱着我走回皇宫吧？"

"有何不可？"他的声音带着淡而柔软的笑意，语气却不似玩笑。

漫夭怔住，他是认真的！从这里到皇宫，以这样的速度，起码也要走上一个半时辰，相当于三个小时，那得多累！她忙阻止道："别，我们还是坐御辇吧，太远了。"

如果换作是一般女子，被一个帝王如此毫无顾忌地宠着，定会欣喜若狂，巴不得全世界的人都知道。可是，对她来说，别人是否知道、是否羡慕一点儿都不重要，重要的是——她心疼他！尽管被宠着的感觉很幸福，可她不想用他的辛劳疲惫来交换。

宗政无忧道："阿漫别动！我想抱着你回去。只有抱着你，你才不会累，才能陪我走得更远！"

漫夭一愣，抬眸深深地看着他，清晨的阳光照在他如仙般俊美绝伦的面庞上，眼中那如魔一般冰冷邪佞之气微敛，透出隐约却深沉的温柔缱绻，还有一抹淡不可见的忧伤。自从醒来后，她总觉得他好像有些奇怪，可是又说不上来是哪里奇怪，不由笑道："你这样宠着我，不怕我翻天？"

宗政无忧笑道："我倒真想把你宠翻天，可你总是太理智。"

她笑道："理智些不好吗？"

"好，你怎样都好。"甜蜜和苦涩融合，弥漫在二人心间。他们旁若无人般说笑，仿佛这个世界，只有他们二人。

这一日的清晨，一个帝王对待妃子的温柔宠溺就这样毫无顾忌地展露在万千人的眼前，与他们平常耳中所听到的冷酷高傲行事狠绝的皇帝形象大相径庭，看痴了路边的男女老少。

鲜亮的红地毯一直蔓延着，看不到尽头。道路两侧，伏跪的百姓无数。有看热闹的，有崇敬膜拜的，也有挤破头只为一睹帝妃尊容的。

而皇帝身后，是空着的华丽御辇，文武百官，禁卫军两万。

他就那样抱着她，面色温柔，眼眸情深，在万人瞩目下无所顾忌地前行。他就是要告诉这南朝的官员百姓，告诉天下人，也告诉那些总在背后设计阴谋破坏他们幸福的

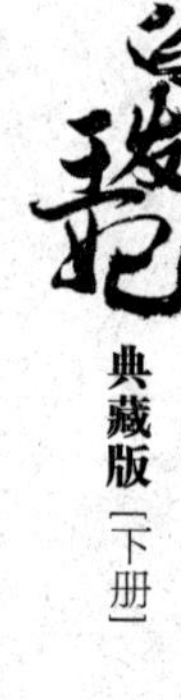

人，即便他们费尽心机，不论世人怎样评价，这一生，他予以她万千宠爱，无人可以改变。

他轻垂眼睫，向她叹道：“阿漫，我欠你一场婚礼。等天下大定，我再补上。”

她轻轻笑道：“好好的，提这个做什么？你不说我都快要忘了。”

登基之初，他册封她为妃，对她说：“我欠你一场婚礼。”

耻辱未雪，无以成婚，如今，她已身怀有孕，他还欠着那场婚礼，便觉得对不住她。可母仇未报，父皇还在仇人的手中，江山分裂，他们无法行那欢欢喜喜的大婚之礼。

漫夭搂着他的脖子，额头贴着他侧面脸庞，望着这绵延的红地毯，心中只觉得幸福。其实，这样的情景本身就像是一场隆重的婚礼，虽无仪式，但有他用行动所表达的誓言。那是一种心灵的默契，她懂得就好。于是，她笑着说：“没关系，我不在意那些虚无的形式。你也不用在意。”

她只想一直这样过下去，幸福，从来都不在于形式。

宗政无忧微微叹息：“我知道你不在意，可我不想委屈了你。”

“不委屈，我一点儿也不觉得委屈。”她摇头，在他怀里幸福地笑，可笑着笑着，就有眼泪浮出眼眶。这一生，她来此一趟，认识他，爱上他，能得他如此倾心相待，她何来委屈？

萧煞跟在他们身后，垂着眼睛，看不出他眼中情绪。萧可从后面跟上来，扯了扯他的手臂，跟他打招呼：“哥哥。”

萧煞应了一声，转头见她脸色不大好，皱眉问道：“怎么了？路上累了吗？”

萧可目光一闪，轻轻摇头，欲言又止。

冷炎朝他们这边看了一眼，目光淡漠，萧可抬头道：“没事。”

萧煞点头“嗯”了一声，继续垂目前行。

偶尔抬眸，看到皇妃抬头时幸福的笑脸，还有这平常不苟言笑的帝王柔和的侧容，冷炎常年冷漠的面容也跟着柔和了许多，不禁回想，是从什么时候开始，他的主子也如一个普通人那样会笑了？是从皇妃出现以后吧？他忽然黯然了双眸，垂首，几不可闻地叹息。

浩荡绵长的队伍不知走了多久，终于到了皇宫门口。

宗政无忧的步子依旧稳健沉缓。

漫夭又觉困顿，闭上眼睛，靠在他怀里就想睡觉。奇怪，她已经睡了十五日，为何还会困？难道是怀孕的缘故？也不应该啊！

这时，一只白鸽从北方展翅飞来，在他们头顶盘旋，冷炎抬手，那只白鸽便落在他手臂上。他伸手取下白鸽脚上用红线绑住的信条，边走边展开，看完面色一变。他下意识抬头，看向前面的二位主子，微微皱眉，似有犹豫，片刻，他将手中的信条收起。

“有事吗？”宗政无忧头也不回地问道。

冷炎上前，压低声音禀报道：“皇上，是紫翔关传来的消息。昭云郡主……出事了。”

漫天一听，睡意顿时惊散。她脸色大变，急忙睁开眼睛，问道：“昭云出了什么事？”

第十三章　沉痛代价

拂云关，南军军营。

一座灰色营帐内传出女子惊恐慌乱的叫声："滚开，滚开啊！别碰我……"伴随着女子的叫声，还有杯盘摔在地上的声音。

这座营帐内没有摆放任何坚硬的物件，连张桌子都没有，有的只是毛毯被褥。

被九皇子派来伺候昭云的下人，愁眉苦脸地蹲在地上收拾被打翻的饭菜和摔碎的杯碗。床上，女子蜷缩在一角，双臂抱膝，十指紧紧地揪住被子不放。她竖着耳朵，神情紧绷，一副防备的姿态。长发凌乱地散落下来，往日发丝的乌泽尽失，如同失去生命的枯槁。女子面上毫无血色，嘴角有大片的瘀青，嘴唇干裂，双眼黯淡无神，映不出一物。

"昭云……"漫夭一看她这模样，心顿时沉到谷底，急急跑过去，想看看昭云。但她的手刚碰到昭云，昭云突然大叫一声，像是受惊的小兽，猛地弹跳而起，用力推开她，慌乱而惊恐地叫道："别碰我！滚开……禽兽，禽兽……啊——"

漫夭没有防备，被这么一推，就往一边倒去，宗政无忧眉头一皱，一个箭步上前，揽着她往后退了几步，离开昭云所能触到的范围。

漫夭直愣愣地望着昭云，望着曾经那么美好的女子，如今像是一个疯子，她明明是警戒地朝周围看着，可那双美丽的瞳眸里却什么也映不出来。漫夭张着唇，颤抖着说不出一句话，心里像是被压了一块千斤大石，喘不上气来。她推开宗政无忧的手，慢慢地靠近昭云，缓缓抬手，在昭云眼前晃了晃，没有反应。漫夭心底狠狠一沉，不敢置信地回头问道："老九，昭云的眼睛……"

九皇子手握成拳，又恨又怒道："前天夜里，三煞潜进北朝军营，找到她的时候，她被施了鞭刑，还被一个浑蛋给糟蹋了！救回来以后，昏迷了一天两夜，醒来……眼睛就看不见了。军医说，她是受了刺激，才导致失明。”

尽管心中已经意识到了，但此刻听九皇子这样说出来，漫夭还是难以接受。面色骤然惨白，她踉跄着退后一步，被宗政无忧扶住。

“是我……害了昭云！”她闭上眼睛，眼泪不受控制地涌上眼眶，内心悔恨莫及。

宗政无忧拧眉问道：“什么人干的？还活着吗？”

九皇子道：“当晚，三煞旨在救人，没有惊动敌军，但是已经查出来了，那个畜生姓吕，是个校尉。我真想现在就冲进紫翔关，把他抓过来剁成肉酱喂狗！七哥……昭云是为了将粮草安全送到拂云关，才只身引开敌人，致使被俘。我们要替她报仇，趁傅筹现在不在紫翔关，我们攻城吧！我就不信，紫翔关是攻不破的铜墙铁壁！”

宗政无忧目光阴鸷沉郁，望着蜷缩在被子里的昭云，忽然记起小时候那个粉嫩模样的小昭云。那时候，她才三四岁，整日跟在他身后，一天要叫无数遍“无忧哥哥”，与他一起陪伴重病的母妃，端茶递水，伺候母妃喝药，逗母妃开心。她走路常摔跤，摔痛了会哭，但只要他答应背着她走，无论多痛，她都破涕为笑。

那么遥远的记忆，十几年来第一次想起。他双眉紧皱，沉吟片刻，命令道：“传令下去，明日攻城！活捉吕校尉！”这个紫翔关，停留得太久了。

九皇子神色振奋，连忙道：“是，我这就去传令。”说完转身就走，撞见从练兵场上赶过来的无相子，立刻兴奋道：“无相子，你来得正好，七哥说了，明天攻城。”

无相子微微一愣，忙进帐参拜，然后面带忧色道：“皇上想明日攻城？属下以为，这是两败俱伤的打法，如果敌军出来迎战还好，我们可以事先设下埋伏，倘若他们死守，即使我们攻进去了，也会损失惨重。皇上，可否从长计议？”

宗政无忧双拳紧握，转头看了眼眼中含泪的漫夭，目光暗垂，已是坚定道：“朕没时间等了！明日攻城，不管付出多大代价，只许胜，不许败。”

无相子一怔，还想再说什么，但看了看皇帝坚定的神色，便住了口，忧心忡忡地应了声：“遵旨。”就欲退下，漫夭却突然叫道：“等等。”

无相子愣道：“娘娘有何吩咐？”

漫夭擦掉眼泪，眼中骤然涌现出坚决，面对宗政无忧，沉缓地开口：“给我五天时间，我要督战，要亲眼看着紫翔关化为一堆废墟，我要让他们为昭云所承受的痛苦付出惨痛的代价！”

“胡闹！”宗政无忧怒道，“你回营帐休息。萧可，陪她下去。”

漫夭道：“我并非意气用事！无忧，给我五天时间，等萧煞到。你应该了解我，我即使不在乎自己的命，也绝不会拿腹中的孩子开玩笑。你要相信我！”她紧紧抓住他的手，神色倔强而坚持。

宗政无忧面色缓和少许，对无相子点头道：“下去吧。”

无相子退下，九皇子缓缓靠近萧可，叫了声：“臭丫头。”

萧可白了他一眼，转过头去不理他。

九皇子目光一转，偏着头斜着眼睛看她，语带轻蔑道：“你不是号称神医吗？如果你能治好昭云的眼睛，我就承认你是神医了；如果治不好，那你以后别再打着神医的幌子四处招摇撞骗。”说完等着萧可跳脚，以为她定会像从前一样反应激烈，跟他辩驳，谁知，萧可却目光一暗，垂着头低声喃喃道：“以后，我再也不会说自己是神医了。”

九皇子一愣，有些不适应她的变化，看着她俏丽的脸庞上恼恨中略带悲伤的表情，心中忽然涌起一阵酸酸的感觉。他探过头去，轻声询问：“臭丫头，你怎么啦？”

萧可扭过头，看了看漫夭，眼眶微红。

漫夭转身向身后的丫头问道：“郡主一直没吃过东西吗？”

丫头道：“回娘娘的话，是的。”

漫夭看了眼神色不明的宗政无忧，又对那丫头道：“再去准备一份端来。”

丫头连忙应了。宗政无忧缓步走近床前，那裹着被子的昭云一直在颤抖，有细微而零碎的声音透过被子传出来：“不要，不要，不要……”

他伸手轻轻掀开被子，躲在被子里的昭云双手抱着头，蜷着身子，一感觉到有人碰触，立刻又变得疯狂起来，张牙舞爪，四处抓挠。

宗政无忧皱着眉，眼底情绪复杂，轻唤了一声很久没唤过的名字：“昭云。”

昭云突然不动了，原本脸上慌乱恐惧的表情因着这一声轻唤全然褪尽，化作点点期盼，仿佛害怕听错般地确认：“无忧哥哥……是你吗？无忧哥哥？”

她双手试探地往前摸，转头看来看去，想看到藏在心里的那个男子，却怎么看都是漆黑一片。

宗政无忧站在床前不动，轻轻应了声：“是。”

“无忧哥哥！啊！无忧哥哥……”昭云摸到他的衣袖，扑上来一把抱住他，放声大哭。哭声凄哀无助，仿佛要撕裂人的心肝，漫夭扭过头去，已经止住的眼泪又流了出来，她要怎么做，才能弥补昭云所受到的伤害？这个世界，为什么总有那么多的残酷和不堪？

宗政无忧没有推开昭云，他的手沉重得抬不起来。是什么让一个没有武功的女子敢于孤身诱敌，不顾自己的死活？他比谁都明白。可越是明白，心里越是沉重无比。这个单纯善良的女子，他曾经将她当作妹妹对待，可她从年少时就已经滋生的情愫，令他不得不将她推开。既然没那意思，就不想给她希望。

“无忧哥哥，真的是你吗？你来救我了吗？”伴随着浓浓的鼻音，昭云哭得声音嘶哑。她紧紧抱住一生中唯一爱过的男子，只觉得能这样抱着他，就像是做梦一样。不记得有多少年了，她都只能远远地看着他，连他衣衫一角都碰不到。

宗政无忧不说话，静静地站在那里，任她抱着。

“无忧哥哥，我以后再也看不见你了，我成了瞎子……”

“无忧哥哥，我是不是很没用？”

“无忧哥哥……”

昭云一直在喃喃自语，也不在意有没有人回应，只是想说话，想抓住一根救命稻草般地惶然无措。

漫夭听着昭云一句又一句的“无忧哥哥”，心头酸涩难言，看着一脸凄楚的昭云，感受着昭云对无忧浓烈深重的情意，如巨石盖顶般的压抑感，令她喘不过气来。面对这样的昭云，这样一个因他们而被鞭打、凌辱导致双目失明的昭云，她该怎么办？他们又该怎么办？

为什么，幸福于她，总是咫尺天涯？！

漫夭闭了闭眼睛，缓缓转身，默默地往外走去，脚步异常沉重。

宗政无忧眉头一皱，连忙推开昭云，回头叫道：“阿漫！”

漫夭微微顿住脚步，双眼干涩，再流不出泪来，想说话，喉头却被哽住。她抬头，看着外面灰蒙蒙的天空，好不容易才喘出一口气，轻声说道：“好好照顾昭云。”

拂云关的日子，一过便是五天。这五天内，昭云一直处在半疯半醒的状态，除了宗政无忧的声音，她谁也不认。他不在，她便不吃饭，谁劝也没用。她把自己龟缩在一个小小的壳子里，每日里所有的期盼，就是到了吃饭时间，等待那道熟悉的声音点亮她满是黑暗的世界。

原来一个黑暗的世界也可以充满希望和阳光！她开始期盼这样的日子能够长一些，再长一些，哪怕就这样一直瞎着，只要有无忧哥哥的陪伴，她就仿佛看见了全世界的光彩。

三月，山谷里的积雪已经化了，可这里的天气还未暖起来。

拂云关外，土地空旷，杂草枯干。初春傍晚的阳光洒下，在一片荒凉萧索的景象映衬下显得略微苍白，毫无一丝暖意。

漫夭孤身立在城墙上，冷风掠过高耸巍峨的城墙，掀起她衣袂翻飞，如雪银丝在空中乱舞。她遥望紫翔关，眼神绝然而坚定。

“主子。”身后有人叫她。

漫夭没有回头，随口问道：“何时到的？”

萧煞回道：“小半个时辰前。”

她点头，又问：“都准备好了吗？”

萧煞道：“准备好了。”

“那就好。”她表情淡淡，声音听不出喜怒。

萧煞微微皱眉，宽慰道：“主子，郡主的事情……您不必自责，那不是您的错。”

漫夭闻言，缓缓回头望他，她的眼神不是往日的通透灵慧，而是一种从心底里透出来的茫然无助。萧煞还从未见过她这种表情，不禁怔了一怔，只听她轻缓开口，问道：“那是谁的错？”

萧煞一愣，是谁的错？自然是那禽兽的错！可他知道，她问的不是这个。眉头微拢，他转开目光，道：“您身怀有孕，不宜太过伤神。既然事已至此，您再如何自责也无济于事，不如……多给郡主一些补偿。”

“补偿？怎么补偿？你知道对于昭云来说，什么才是最好的补偿？也许，能让她走出阴霾、重获快乐的方法只有一个……可是，我却无法成全。”她凄凉一笑，又转回头去，看城墙外荒芜的土地，沙尘弥漫，“萧煞，我……是不是很自私？我只想到，以昭云对无忧的感情，必定拼尽性命也会办好这件事，可却没想过，昭云真的会为此付出比性命更惨重的代价。而我，却没有能力去承担这个代价所带来的后果。”

她的声音空寂而苍凉，尾音悠长，浅浅回荡在身后男子的心头。

黄昏已过，天色渐渐暗下，萧煞默默地陪她看日落西山，天空中的灰色一分一分黯淡深沉，天地终成漆黑，唯有她的长发在夜里初起的灯火照耀下，依旧如雪。

“主子，天黑了，回去吧。”

漫夭一愣，天已经黑了吗？她竟然不曾觉察，点了点头，转身，两人一起步下城墙。

军营入口拐角处，到了换班时间，一名士兵吃饱饭，打了个饱嗝，对另一士兵摆手道：“轮到我了，你走吧。”

“哦，好。哎对了，听说明天要攻城了？”

“是啊，皇上下令，要活捉欺负昭云郡主的畜生。”

“唉，昭云郡主真可怜！为了给我们送粮草，才被那些浑蛋抓去。听说皇上这几天对她可好了，你说她会不会成为我们南朝的第二个娘娘？”

“你可别瞎说，皇上对皇妃的感情可不同于一般人，这事，除非皇妃点头。”

“那你说皇妃会点头吗？”

“这个……不好说！皇妃大义，明事理，按情理来讲，皇妃应该主动劝皇上纳昭云郡主为妃。这次昭云郡主送粮草的任务听说还是皇妃派的……啊，皇妃娘娘！”那人话音未落，便看到从拐角转出的漫夭，心中一惊，慌忙住口，伏跪下去。

另一人亦是惊慌失措，吓得两腿直抖。

两人齐道：“小人多嘴，请娘娘恕罪！”

漫夭看也没看他们一眼，面无表情，径直离去。萧煞冷冷地扫了他们一眼，随后跟上道：“主子不必在意别人说些什么。”

漫夭淡笑，心中却不觉生了些许烦躁，语声微凉：“在不在意，又能改变得了什么？”控制得了他们的言行，也改变不了他人的思想。在世人眼里，男人三妻四妾本是常理，更何况是帝王。而她，明事理如何，不明事理又如何？倘若她故作大方，真让无忧纳了昭云，昭云就能幸福了吗？恐怕未必！

“娘娘，娘娘……您终于回来了！皇上正派人四处找您呢！”一个丫头见了她，急急禀报。

漫夭问道：“找我何事？”

那丫头恭敬回道：“皇上在等您用膳，饭菜都要凉了。”

漫夭微愣，这几日的这个时候，他不是都在陪昭云吃饭吗？今天怎会在大帐等她？

回了大帐，刚掀开帘幕，便见到宗政无忧正来回踱步，他看上去有些烦躁不安，见她回来，便皱眉迎上，拉住她冰凉的手，面色一沉："你去哪里了？这会儿才回来。"

漫夭淡淡道："去外面走了走。"

宗政无忧牵着她在桌边坐下，她微微扯出一个笑容，问道："这个时辰，你怎么在这里？"

宗政无忧动作一滞，转过头来看她，面沉如水，眉头紧皱，问道："我不该在这里？那我应该在哪里？"她竟然把他去昭云那里当成了习惯！

漫夭转开头，轻声问道："昭云还没吃饭吧？"

宗政无忧没回答，端起一碗盛好的汤递给她，淡淡道："她饿了自然会吃。"

漫夭没接他手中的碗，蹙了眉头，道："如果她不吃呢？"

宗政无忧似是心情不好，有些不耐："不吃就饿着，总有一天会吃。"

这叫什么话？那是昭云，是一个为他可以付出性命的女子，他居然如此淡漠，仿佛与己无关。她怔怔地望着他，未曾多想，就脱口而出："你怎么这样冷酷无情？她是因为我们才变成这副模样！"

一句"冷酷无情"，令宗政无忧面色陡然一变，砰的一声，他突然重重地放下碗，碗里的汤经受不住剧烈的震荡，几乎洒出一半，溅得满桌子都是。他看也不看，只紧锁着眉心，薄唇抿成一条直线，目光定定地望着她，那眼神似是要看进她心底里去。他的手在不知不觉间握紧，手上的青筋一根一根缓缓呈现，像在极力隐忍着什么。

漫夭一颗心猛地揪了起来，懊恼地皱眉，她到底在说些什么？！

看着他眼底埋藏的悲伤和痛楚，那样深切而沉重，她只觉心口窒痛，张着唇，颤抖着说不出话来。

两相静默，过了半晌，宗政无忧都没有接口。他只是定定地望着她的脸、她的眼，一句话也不说。

漫夭忽然有些害怕他沉默得像是不存在般的表情，缓缓伸手去握他的手，只觉得他的手冰凉而僵硬。她的心一颤，那些烦乱的躁意退去，她清楚地意识到，在这个世界，能这般轻易伤到他的，除了她再无旁人。而这个世上，谁都可以说他冷酷无情，唯独她没有这个资格！

鼻子骤然一酸，她突然扑到他怀里，双手紧紧搂住他的腰，连连道："对不起！对不起……"

宗政无忧看着她无助的模样，心头一软，缓缓垂眸，抬手抚上她单薄的脊背，声音低沉道："阿漫！昭云出事，我们是有责任，但你想让我怎么做？一直这样陪着她、哄着她、给她希望？那不是帮她，那是害她！你明白吗？"这几日，已经够了！如果她因昭云所受到的伤害，想用他来补偿，那他在她眼里成了什么？

漫夭在他怀里用力点头，她懂，她都懂。微仰起脸庞，她轻声道："可是，我们总不能就这样不管她啊！"

宗政无忧脸色稍微缓和，抬手用指尖轻轻拭去她眼角垂悬的泪，她白得几近透明的脸庞仿佛一触即碎。他既心疼又无奈地叹道："阿漫，我希望你自私些！"人生太短

暂，趁他们还在一起，就该好好珍惜相守的日子。他不允许任何人，破坏他最后的幸福。他说过，这一生，宁负天下也绝不负她！

“昭云的事你别管，交给我。”

她点头，伏在他怀里，心间发涩。

暴风雨来临的前夜，总是十分安静。而这一夜的拂云关和紫翔关，没有军队的操练声。

万和大陆苍显一七七年三月二十五日，对于紫翔关、对于南北朝而言，这是一个特殊的日子，一个令天地变色神鬼共泣的日子，它将被后世之人所记住。而那一日，成为紫翔关内数十万人永远挥之不去的梦魇，它改变了持续多日的势均力敌的形势对局。

这日早晨，已过辰时，天色有些晦暗不明，天空中乌云聚拢不散，仿佛要盖顶而来，大地承载着一片压抑之气。

南朝在拂云关的二十余万大军倾巢而出，帝王亲临，皇妃在侧。

万马奔腾，尘烟四起，浩荡磅礴的气势震响了两座城池。

天空的乌云似乎也被这气势所震散，露出碧蓝如洗的天空，阳光洒下，照耀着年轻帝王身上的金黄铠甲，反射出刺目的耀眼光辉，合着他身上与生俱来的王者之气，让人不敢仰视。而帝王身旁的女子一身白衣飘扬，银发飞舞，在飞奔的骏马之上，玉容一片肃穆，使人不自觉从心底升起一种油然的敬畏。

在他们前方，是七千玄衣铁骑，领头的修罗七煞面上的红魔面具在阳光下散发着嗜血一般的颜色，映着两旁特制的青铜战车，红光如血，青光如刃。

紫翔关。

城墙高逾十丈，坚固如铁桶。城墙上，北军主帅闻讯率领麾下大将登城远眺。

只见城门数十丈开外，漫天的沙尘弥漫下，一眼望不到头的铁甲雄师，气势恢宏无比。那金黄色绣有“南”字的飞扬旗帜下，一眼便能看到那众人围绕中的一男一女，皆是白发，他们高坐马背，身躯笔直，明明所处地势比这城墙低矮许多，可他们投来的目光却并非仰视，而是仿佛立在他人无法企及的高处，低眸俯瞰大地苍生。

阳光透过尘烟，在他们身上笼了一层金色光辉，男子盔甲光芒耀眼，浑身散发着浑然天成的王者气势，女子白衣如雪银芒刺眼，神圣不可侵犯，给人一种天神降临讨伐凡间的错觉。他们目光凌厉，越过数十万人透空直射而来，让人忍不住战栗。

一名将军道：“果然是南帝亲临，且拂云关南军倾巢而出，看来南帝此次是铁了心要拿下紫翔关！李将军，陛下不在，这可如何是好？”

李将军面色凝重道：“传本将军令，死守城池。任何人不得擅自出城迎战，违令者，军法处置！”

“是。”有人领命退下。

“李将军，你看，那是什么？像是马车，南帝打仗还带着这么多马车干什么？”一名将军指着南朝大军两侧闪耀着青光的马车问道。

那马车以青铜打造，周正四方，光秃无装饰点缀，看上去有些怪异，不像战车，也不像拉人的马车。李将军看后，疑惑地皱起眉头。

这时，那些散发着青光的马车忽然动了，从大军两侧如青龙一般直奔大军最前方并拢，在大军之前连成一排。马车前方有一块挡板，一人之高，青铜实顶，刀枪不入。前方正中有一个极小的圆孔，而后方车门上则有一个小窗子，从外面看过去，里面黑漆漆一片，谁也不知道车内究竟是人是物。

一名将军疑惑道："我打了这么多年的仗，还从没见过有顶棚的战车！"

一名谋士捻着胡子，思索道："这战车是有些奇怪，整体用青铜打造，看起来是好看，也坚固结实，可是车身太沉，四匹马拉着也跑不快。他们，为什么要制造这种战车呢？"

又一人道："什么战车啊？连个站人的地方都没有！我看哪，这就是他们准备打不过时逃跑用的，叫逃命车还差不多。"

另一人摆手道："管它什么战车不战车呢，只要我们不出城迎战，他们什么车也没用……"

南军阵营之中，宗政无忧稳坐马背，面色深沉，目光冷漠邪佞。而漫夭神情淡漠，只眼眸冷凝坚定，望着对面城池，有着志在必得的决心。见城墙上敌营将帅现身，他们二人对望一眼，无须言语的默契在二人之间流转。

临行前，他们约定好，她负责破城，他负责破敌。

宗政无忧望向前方排列整齐的战车，目光幽深，似有所期待。

九皇子一身银色盔甲，手里拿着剑，面色十分正经，看上去倒有几分将帅模样。他抬头看了眼那高耸坚固的城墙，微微凑过来，有些怀疑地小声问道："七嫂，你确定我们不需要梯子就能攻进城去吗？你看这城墙少说也有十丈高吧，这可是有名的难以攻破的城关啊！"

漫夭转头看他，微微挑眉道："这么高的城墙，你觉得梯子能够得着？"

九皇子道："那也比没有强啊！无相子，你说是不是？"

无相子亦是一身银色盔甲，俊秀面容之上那道直抵鼻梁的疤痕在大军冲天的杀气下为他增添了几分凛冽的气势。他闻言，转过头来，微微笑道："娘娘说用不着梯子，那就必然用不着。"

宗政无忧侧目，扫了九皇子一眼，九皇子嘿嘿干笑了一声，忙道："七嫂，我不是不信你，我只是好奇，你的秘密武器到底是什么啊？是那些马车吗？可是……我怎么看不出这马车有什么用呢？它又不能打仗，这人要是坐进去，连敌人都看不见，还怎么打呀？"想不明白，他怎么看也还是觉得奇怪。偏偏七哥对此深信不疑，连问也不问一声。

漫夭微微一笑，眼中光华潋滟，略带神秘地笑道："一会儿你就会知道，它到底有用没用！"她说着转过头去看宗政无忧，宗政无忧朝她伸出手，目光深邃，隐含期待道："我等着你给我惊喜。"

她将手放进他掌中，感受着他毫无条件的信任，微笑道：“我定不会让你失望。”

九皇子目光晶亮，越发好奇，便迫切道：“七哥，那我们快攻城吧。”

宗政无忧朝无相子看了一眼，无相子会意，对身旁一名副将点头，那名副将立刻驱马向前，横举手中长枪，高声叫道：“北军听好了！我皇圣谕：南、北朝本是一体，因逆贼犯上作乱，令国家分裂，尔等不分青红皂白，助纣为虐，本是死有余辜，但念在尔等从前皆立有战功，我皇惜才，不忍尔等丧命于此，现予尔等一线生机。只要尔等交出姓吕之校尉，再开城投降，我皇胸怀宽广，定不计前嫌，日后当委以重任，望尔等好自为之。现以一炷香为时限，倘若一炷香之后，尔等依旧冥顽不灵，我军即刻攻城，到时必生灵涂炭，天地同哀。”

这名副将声音铿锵有力，言辞慷慨激昂，透着帝王的恩威并施。

紫翔关守城士兵闻言之后，皆转头望向军中主帅，李将军皱眉看一眼左右，面有不屑，朝着京城方向一拱手，扬声道：“要打便打，你们少在此危言耸听！我等只认我朝陛下圣谕，其他一概不听。”

副将退回，帝妃面色如常。李将军的拒绝本就在他们意料之中，他们如此做也不过是走个过场，让紫翔关的士兵和百姓们知道，他们并非残暴嗜杀。

漫夭一手握紧缰绳，望着那在人们眼中如铜墙铁壁般巍峨高耸的城墙，以及城墙上的数万张似陌生又似熟悉的面孔。这些人，都曾在那个充满血腥的冰冷皇宫里冷眼见证过她曾求生不得求死不能的屈辱，像是看戏一般的姿态。当她徘徊在死亡边缘的时候，曾在心里说，如果能活下去，就一定会让所有人付出代价。时隔一年，那些仇恨本已在幸福中渐渐淡去，是昭云的痛楚唤醒了她埋藏在心底的恨意。

一将功成万骨枯，自古皇位之争，本就残酷血腥，更何况天下之争？她既站在他身旁，就当摒弃妇人之仁，狠下心肠，助他复仇，成就帝王霸业。敛下心绪，她冷眼看着对面城墙上李将军招呼左右将军往后退，对城墙上的士兵们抬手下令：“放箭！”

一声令下，万箭齐发。

尖利的箭矢如雨点一般，密密麻麻，朝着南军劈头盖脸激射而来，每一支皆来势凶猛，带着催命的死亡之符。

她望着那夺命的箭雨，勾唇冷笑，额间一朵红莲花钿映衬着满头飞扬的白发，散发着圣洁的妖冶光芒。

南军打头的玄衣铁骑正待举剑相挡，而此时，青铜战车阵之后的萧煞对着战车车门扬手喝道：“起！”

百辆战车齐整成排的挡板应声疾升而起，由一人高的距离一蹿而至数丈之高，正好挡住密集而来的箭雨。一阵阵铁器与铜器相撞击的尖锐之声不绝于耳。转眼间，战车挡板成了竖盾，北军数万箭矢落地，南军无一伤亡。

城墙上的李将军等人愣了一愣，原来那战车竟是机关巧制。他抬手，叫了声：“停。”如此下去，只是浪费箭矢。

一名将军面带鄙夷，高声笑道：“原来这车不是战车，是用来做盾使的！我还以为你们是来攻城的，原来竟是为了来告诉我们，你们很会做缩头乌龟呀！哈哈哈……有本事你们一直躲在那后面别出来，我倒要看看你们缩在那后头怎么攻城？”

“哈哈哈……”城墙上的其他人也跟着大笑起来，满脸的不屑和鄙视。李将军却是一脸严肃，只是一张挡板便有如此机巧的机关，那庞大的战车里装的是什么，无人得知。他忽然有些担心，这在他眼里固若金汤的城池，今日是否还能保得住？

南朝士兵听此言论，心中愤愤，热血不禁上涌，他们握紧手中的长枪，抓紧缰绳，等待上头一声令下，便如离弦之箭，朝敌人冲杀过去。

宗政无忧面色平静，仿佛不曾听见，只转头看了漫夭一眼，漫夭微微扬唇，冷笑，看萧煞向马车扬手，沉声喝令：“攻城！”

第十四章　破紫翔关

命令下达，青铜战车挡板疾收，原本平滑的顶盖往后掀开，数百个漆黑浑圆的物体，在事先量度好的距离与角度的机关作用下，准确地朝着坚固的城墙激射而出，势不可当。

城墙上的李将军面色微变，有人问道："那黑漆漆的扔过来的是什么东西？"

一人笑道："用那么大点儿的黑石头就想砸毁城墙，真是可笑之至……"这人口气极为不屑，另几人亦是如此神情。紫翔关的城墙在他们眼里，那是坚不可摧的铜墙铁壁，然而，他那"可笑"二字才刚刚出口——

轰隆——

震耳欲聋的震天巨响，如雷击苍穹，声震百里。

坚固如铁桶般的城墙应声轰然坍塌，碎石飞扬，烟尘骤起，火焰冲天，浓烟如朵朵乌云疾散，四处弥漫。

猝不及防的巨震和毁灭，带来的是惊恐慌乱的惨叫声，尖锐刺耳，那些靠近城墙边的士兵们被炸飞了出去。或粉身碎骨，或埋尸城墙碎砖之底，或跌落火海，或在剧痛之中，惊恐地瞪大眼睛，看血箭如雨，看自己的断臂残肢……

如此惊人的杀伤力，在这个还不属于它的年代震惊了所有的人，也包括宗政无忧。他惊诧地转眸看她，那目光带着不可思议的光芒，一寸一寸流转到她淡然从容的绝美面庞上。这便是另一个世界的武器？他开始好奇，那究竟是怎样的一个世界？他不知道，这些东西，在那个世界根本不值一提。

九皇子张着嘴巴，惊得说不出话来。无相子亦如是，而他们周围数十万将士更是目瞪口呆，似是不能相信那数战之中牺牲无数将士性命仍然不能攻破的令人头痛的高耸城墙，就这样轻易地被摧毁。他们望着前头那一排皇妃命人打造的看似怪异的青铜战车，先前不理解的情绪变成了震撼和惊战。

这一刻，他们终于相信，这个女子确实够资格站在被他们奉为神祇般的帝王身边，骄傲地宣称要助帝王治理江山，征战天下。再没有人，能质疑她的能力！其实，从她带回战马的那一刻起，在他们心里，她已经具备了这个能力。

数十万道目光，聚集在女子的身上，阳光下，她那流光的慧眼格外明亮，似能照亮整个世界的黑暗。那五官及面庞优美的轮廓，以及她妖冶却又圣洁的白发，还有她一转眸对着帝王微微欣然淡笑的唇角，都被镀上一层柔和的灿烂光华，仿佛被上天赐予了她神圣的使命，让人肃然起敬。她就在帝王的身旁，与帝王并肩骑在马上，他们看着帝妃二人，就好像看见了未来的太平天下。

有谁想过，这样一个柔弱的女子，竟然可以轻而易举地摧毁一座坚固的城池！

"哈哈，有了这武器，就没有攻不破的城池了！太好了！真是太好了！"九皇子震惊过后，神色振奋无比，高兴地拍手，看着漫夭的目光近乎崇拜，"七嫂，这……这真的是你让我买的那几样东西炼制出来的吗？"

漫夭微微摇头道："不只是那些东西，可惜材料有限，所炼制出来的数量有限，威力也有限。"

九皇子瞪着眼睛，万分惊讶道："啊？这威力还有限呀？难道还有更厉害的不成吗？"

有，当然有！只是，她没学过武器制造，那些高科技的东西，即便将材料放到她面前，她也造不出来。

"七嫂，这场仗打完了，你教教我吧。以后，我没事的时候，也炼几个来玩玩。"

漫夭无语，这东西是用来玩的吗？宗政无忧皱眉，淡淡瞥了眼九皇子，九皇子连忙讨好地笑道："回头我叫人大量收购这些东西，多多炼制，以后这天下就是七哥你的了！"

漫夭看着他，无奈地摇头，压低声音道："如果真那么容易收购，你又怎会在半年的时间里才收购了那么一点儿？老九，你可要谨记，这个，绝对不能泄露出去，否则，天下怕是难有宁日。"

九皇子笑容一顿："七嫂说得是！"说罢，他们再次看向对面已经坍塌损毁的城墙。

原先城墙上的几位将军，在前方城墙倒塌之时，惊得迅速往后跃去，侥幸逃过埋尸墙底的命运。他们从地上爬起来，面如土色，不敢置信地望着他们眼中的铜墙铁壁，在刚刚还被他们嘲笑的"黑石头"的攻击下沦为一片废墟！

一名将军抬手抹了把脸上的土灰，摇了摇脑袋，一开口，竟有些结巴："李，李将军，这，这……"

"李将军，我们现在怎么办？照此下去，他们大军很快就可以进城了！"

李将军面色沉重，果决下令："传本将令，大军出城迎战！"

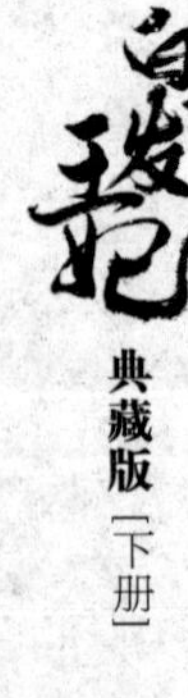

"将军，不可！您看，他们武器这般厉害，我们大军出城也是送死，不如……我们退吧……"

"住口！"李将军一声厉喝，怒目而视，若身为将军都心存畏惧，那些士兵还怎么打仗？军心士气为重，他敛了敛神色，沉声道："紫翔关乃边城要塞，是北朝万千子民心中御敌的屏障，岂容有失？谁再敢轻易言退，军法处置！"他拔出长剑，那名心生退意的将军连忙称"是"，不敢再言声。

李将军又道："你们以为那些战车里能装多少'黑石头'？！别长他人志气灭自己威风，快去传令！"

"是。"

不消片刻，已整装好的二十多万铁甲军在李将军的率领下，气势如虹，踩踏着焦黑的废墟以及城墙守卫的血肉残躯直奔城外，朝南朝大军迎去。

南军被神秘武器震得热血沸腾，他们个个士气高昂，面无惧意，握紧手中的长枪，只等主帅一声令下，搏命杀敌，以战死沙场为毕生荣耀。

九皇子笑道："他们终于出来了！"

无相子正待下令迎战，漫夭阻道："等一等。"

九皇子奇怪道："七嫂，还等什么呀？他们已经杀过来了！"

宗政无忧斜目横他一眼，道："让你等，你就等，哪里来的那些废话。"

九皇子立刻噤声，半个字也不敢多说。

漫夭松开宗政无忧的手，冷冷望着声势浩大、来势汹汹的敌军，举剑叫道："摆阵！"蕴含内力的声音，气势十足，带着无人能比的从容自信，远远传了开去。

萧煞应声做了个手势，百辆青铜战车突然向两侧散开，如同两条在大地上肆意游弋的青龙，朝着疾奔而来的敌军包抄过去。马蹄溅响，车辕声声，声势恢宏，竟不属于数十万大军。

李将军暗叫不好，战车虽只有百辆，不足以围困二十多万大军，但这武器火力猛烈，乃他亲眼所见，若被包围在中央哪还有活路？他连忙下令，分四路从两侧进军，包围敌人，只要敌我交战难以区分，那他们的武器便无用武之地。

辽阔的战场，升腾的杀气，北军四路大军分为两侧，欲躲过战车的包围，然而，就在这时，那两条游弋的青龙忽然又从两侧向中间并拢，迅速地合二为一，朝着敌军中央扎了进去，如同腾龙入海，势不可当。

李将军愣了愣，正想下令截住它，然为时已晚。

百辆战车一入敌军之腹，战车两侧忽有机关开启，上千支装有火药的箭矢从车内劲弩中齐齐朝两侧疾射而去。

利箭破空之声不绝于耳。火药炸开，一箭中敌，数人皆伤。

周围惨叫声一片，刺耳的尖锐划破苍穹，连太阳也变得黯淡无光。

"中计了！"李将军一拍大腿，恼恨不已。望着那不断倒下的将士，再看向那十分坚固、刀枪不入的青铜战车，急忙下令："避开它，冲！"

北军踩踏着自己人的尸体，一路冲来，宗政无忧这才抬手，冷冷吐出一个字——“杀！”

战马应声扬蹄嘶鸣，南朝将士兵分数路，从四面八方朝敌军包围过去。

修罗七煞目中泛着嗜血的光芒，带领七千玄衣铁骑挥剑直迎而上。他们手中的剑透着噬骨的寒气，一剑数敌，精准无比。

头颅滚地，血箭冲天。

残酷的战争，嗜血的杀戮，这才是真正的修罗战场！比她想象中的画面，更血腥，也更残忍。所有的人都在杀敌，只有她和宗政无忧还在原地，静静地观望着。看着这惨绝人寰的人间一幕，宗政无忧面无表情，眉头都不皱一下，他是一个天生的王者，有着帝王该有的冷酷和狠绝。

残尸堆积，地面如血染一般，那殷红的血泊反照着日光，映出红光漫天。

空气中弥漫着浓烈的血腥味道，死亡的气息笼罩在这一片大地，战场之中，人命如草芥蝼蚁，不值一提。

她手心发冷，面色泛白，胸口似是被堵住，心脏无法跳动。

这一战，赢得毫无悬念。北军在李将军誓要战到一兵一卒也绝不投降的坚持下，除了躲在尚未全部毁去的城墙一角的吕校尉之外，其他无一生还。

二十万大军齐举长枪，振臂高呼：“皇上万岁！娘娘千岁！”

漫天这时身子一晃，跌下了马背。

天色阴沉，乌云密布，天地间的气息压抑而沉重。

她感觉自己突然跌入了一片熙攘的人群中，看到被人群层层包围的中央，有一个很大的台子，台上二十多个被绑住的男女跪在那里，他们头发凌乱，面上有许多伤痕，嘴里被一块布堵住，像是即将被斩的囚犯。

她被挤在围观的人群中，莫名地恐惧不安，急忙往前面挤去。费了好大的劲，终于挤到前排，跪在前面的一男一女抬头似乎看到了她，原本平静的面容忽然涌现出激烈的情绪，似是想向她传递着什么，拼命地朝她使眼色，那眼中有担忧害怕，有期盼和哀伤，那神色让她觉得好难过。

视线忽然模糊，面上湿润一片，她居然哭了，好奇怪！这个世界的人生死再平常不过，她为何要为一些不相干的人流泪？抹了把眼泪，可是怎么也止不住，心好痛，有一种浓重的悲哀在心底盘旋着壮大，她控制不了。

想上去问问他想说什么？可是熙熙攘攘的人群之中，似乎有一只手将她扯住，她怎么抬脚也走不出去。她望着周围冷漠的人群，感觉自己好渺小，仿佛比所有的人都矮了一截，像是一个小孩子般需要仰望着一切。

刽子手挥动手中的大刀，她心里顿时涌现出一股极端害怕的情绪，她想叫他们住手，一只黑色的大手突然捂住她的嘴，她叫不出声，只能在那人的手掌中挣扎，竟如此无力。

锋利的大刀将人头与身子一分为二，鲜血如箭喷溅而起，她只觉胸口被堵住，闷痛

窒息。她在那只黑手桎梏下，惊恐地瞪大了眼睛，视线染上剧烈的猩红，看着那血淋淋的人头从刑台滚滚而下，一直滚到她的脚边，断颈处鲜血不断涌出，在她的脚底蔓开。她仿佛能感觉到湿漉黏腻的热度，在阴霾森冷的风中逐渐侵蚀着她的肌肤，她想逃开，却一动也不能动。

那被砍断的人头，面朝她的方向，双目圆瞪，死死盯住了她，向她诉说着他们的不甘和愤恨，他说：他死不瞑目；她说："那些害死他的刽子手不得好死，不得好死，不得好死……"

明明没有声音，可她就是听见了，仿佛灵魂的哭泣，那般凄厉，蚀人心魄。

她的身子开始颤抖，心也在颤抖，眼泪像是决堤的洪水，急涌而出，她心中害怕极了。张目四望，周围的人群忽然都不见了，整个大地都是一片血色，只剩下她，一个人站在血泊中央，无头的尸体朝着她的方向倒下，鲜红的血液一寸寸没过她的脚踝，似是要将她淹没……

"不，不……"她慌乱地挣扎，清醒地意识到这是一场噩梦，想要立刻醒来，可为什么就是睁不开眼睛？

"阿漫，阿漫，你怎么了？快醒醒。"耳边有人呼唤，那道声音带着主人的焦急与担忧，还有浓浓的深情。她的手抬起急急地朝着那声音来源处抓去，像是害怕那声音消失一般地急切，叫道："救我，救我……无忧，你在哪里？快来救救我……"

昏睡中的漫夭拼命挣扎在噩梦的边缘，冷汗浸湿了她的衣裳。她面色苍白，黛眉深锁，一只手胡乱地摸索着，看上去无助而惊惶。

宗政无忧眉心紧拧，将她抱进怀里，柔声唤道："阿漫，我在这里！就在你身边，你睁开眼睛便能看到，快醒醒，醒醒！"

她的手被一只大手握住，那只手温暖而有力，奇异地让人安心。她听到有一道温柔的声音在呼唤着她，那道声音仿佛劈开了天空厚重的乌云，天色蓦然明亮开朗，阳光倾泻而下，她便睁开了眼睛。

终于醒来，眼中映出他那熟悉的俊美容颜，眼眸中盛满浓浓的担忧与心疼，还有被隐藏的似是害怕她会离他而去的深深恐惧，就如同她在那梦里找不到他时的惶恐和无助，她心头一紧，抬手便抱住他的腰。

"无忧，无忧！"她急切地唤着他的名字，确定他的存在。从不曾这样害怕过失去，这个梦太奇怪，奇怪得让人觉得不安，梦里的感觉真实得好像发生过一样。

她靠在他的臂弯，双手紧紧搂住他的腰，紧一分，再紧一分，紧到任谁也夺不走才好。她微微仰起头，眸中透着彷徨无措，喃喃道："无忧，幸好你在！别离开我，永远都别离开我。"

宗政无忧极少见到她这般脆弱无助的模样，连忙也抱紧了她柔软纤细的身躯，下巴轻轻蹭着她光洁的额头，听着她轻声的呢喃，心一寸寸收紧，眼底的悲伤在她看不见的地方倾泻而出，弥漫了视线。他喉头微哽，薄唇张了张，万分温柔道："我不离开你。只要……只要你不离开，我永远在你身边。所以，你不能离开。"

“嗯，我不离开。”她点头，在他的温柔中，逐渐平静下来。

宗政无忧轻吻她额头，端过一碗药，递到她唇边，温柔道：“来，喝药。”

她就着碗，一口气喝完，苦涩的药味令她蹙起了双眉：“这是什么药？怎么这样苦？”比她以前喝过的所有的药都还要苦上许多倍。

宗政无忧移开目光，随口道：“安胎药。良药苦口。”

她转眸，看了一眼帐内昏黄的灯光，似是想起了什么，问道：“这一次，我睡了多久？不会又是半个月吧？我们现在是在哪里？”

宗政无忧放下碗，用手指拭去她嘴角溢出的一滴褐色药汁：“还在拂云关，你睡了三个时辰。”

才三个时辰吗？她怎么觉得头那么沉？像是睡了很久很久，睡醒了，比没睡之前的感觉还要疲惫。

她疑惑地皱眉，明明在战场上好好的，怎会突然昏倒？这几个月，她的身子总也不正常，原以为嗜睡和容易疲惫是因为怀孕，可现在想来，好像没有那么简单。记得可儿和几位替她把过脉的大夫都说过她的脉象很奇怪，还有她的头痛症，以及那些莫名其妙的梦……尘风国王宫里的那一夜，她听到的声音，看到的模糊景象，那一声脱口而出的“齐哥哥”……回来的路上，她一睡便是十几日，无忧不经意流露的哀伤，可儿的沉默……这一切，似乎都意味着不寻常。

“无忧，我的身体……是不是有问题？孩子……没事吧？”她语气忐忑，问完感觉到宗政无忧身躯震了一震，他低眸轻斥道：“别胡思乱想！孩子没事。”

真的只是胡思乱想吗？她心中越来越不安，但见他面色不悦，眉心纠结，她便掩下那些情绪，淡淡笑道：“孩子没事就好。你别一直守着我了，刚攻下紫翔关，一定有很多事情需要处理。你去忙吧，我再睡一会儿。”

宗政无忧点头，让她躺回床上，嘱咐她好好休息之后，才离去。

估摸着他走远了，她才掀开被子，穿衣起床。

外面天色很黑，她转出大帐，想先去看看昭云。

灰色的营帐里，昭云坐在床上，睁着暗淡无神的双眼，竖起耳朵听外面的声音。自从眼睛看不到，听觉就变得十分灵敏，哪怕是一点儿风吹草动，她都听得十分清晰。清浅的脚步声从帐外传来，她轻声问道：“是谁来了？”

漫夭走到床边坐下，轻声道：“昭云，是我。”

“哦，是姐姐啊。”昭云声音平静，微微一笑，不似前几日的疯癫狂躁。

漫夭欣喜地握住她的手，高兴道：“昭云，你能听出我的声音了？”

昭云点头，回握住她的手，语带歉意道：“对不起，姐姐，让你担心了！”

漫夭愧疚道：“你别这么说，是我不好，害了你。”

昭云黯然摇头，竟然宽慰道：“姐姐说的是哪里的话，这怎么能怪姐姐呢！是我自己不小心，才会被发现，姐姐不必自责。”

漫夭心头一酸，昭云越是这样，她越觉得亏欠她。还想再说话，这时帐帘被人掀

开，萧煞拎着一个人大步走进来，将那人毫不客气地往地上一扔，还踹了一脚，厉声道："跪下！"

那人双手被反绑住，嘴里塞了布条，被狠狠踢了一脚，痛得叫不出声，只是发出一声闷哼。他听话地跪好，抬头看到坐在床上的昭云，面色惊变，恐惧又慌张地猛地摇头。

昭云听到声音，叫了声："萧煞？"

萧煞见漫夭也在，稍微愣了愣，然后跟她打了个招呼，才对昭云道："郡主，昨日萧煞对郡主承诺，一定会将这禽兽带回来交给郡主处置。现在，他就跪在您的脚下，您想怎么处置他都可以。"他说着扯掉那人嘴里的布条，那人立刻叩头求饶道："求郡主饶小的一命，我不是人，不该对郡主起色心……"

"啊！啊——"昭云一听这人声音，面色立刻变得惨白，忽然发起狂来，双手抱头，惊惶大叫。

漫夭惊道："快让他住口。"

萧煞立刻点了那人穴道，帐内顿时安静下来，昭云蜷缩成一团，纤瘦的身子不住地颤抖。漫夭心疼不已，看着她，却不知道该说些什么。

萧煞缓缓走到床边，语气温和道："郡主，您不必害怕，有萧煞在，不会再让别人伤害您。这个人，您想让他生，还是让他死，或者……生不如死，我都能替您办到。"

昭云慢慢抬起头，忽然朝他的方向扑了过去，萧煞接住她，她便扑到了他的怀里。

漫夭一愣，萧煞何时和昭云走得这么近了？他刻意的示好让她感到奇怪，而昭云扑到他怀里的动作更让她惊奇，她皱着眉头，看着这奇怪的两人，只见昭云在萧煞怀里，依赖般地说道："萧煞，我好怕！我不要见到这个畜生，你快让他滚出去。"

萧煞安抚道："好，我叫人带他出去，您放心，您受过的苦，我一定让他百倍偿还。"

昭云连连点头："嗯。"

吕校尉被带走后，漫夭还在愣神，昭云情绪已经稳定下来，才坐好，转头对着漫夭的方向，略带尴尬，不自然地笑道："让姐姐见笑了！"漫夭还没出声，昭云仿佛做了一个重大的决定，面色正经严肃道："萧煞，你敢不敢把你昨天对我说过的话，当着姐姐的面再说一遍？"

萧煞一怔，浓眉几不可见地皱了起来，对上漫夭投过来的疑惑目光，他缓缓垂下眼睫，很快再扬起，眼中平静如常，语气郑重道："好。那就请主子做个见证，萧煞想照顾郡主一世，出自真心。"

漫夭霍然抬头，心中惊诧自不用说，几乎以为自己听错了。

昭云等了片刻，没听见漫夭说话，才笑道："姐姐，你说好不好？"

漫夭望着他们，怔怔发愣，半晌没作声，过了好一会儿，才道："萧煞，你先出去。"

萧煞默默退到帐外。

漫夭看着昭云仿佛含羞带怯般的表情，只觉得心头窒闷："昭云，你……"

她才开口，昭云笑着打断道："姐姐，你不替我高兴吗？你看，像我这样的人竟然还会有人喜欢，多不容易！萧煞啊，他说要做我的眼睛，昨天他背着我从这里走出去，跟我讲他看到的一切，我觉得我好像也看到了，真的！原来姐姐身边，还有这么好的一个男子，我以前怎么没发现呢？"她看起来笑得真切而喜悦。

漫夭却移开目光，不敢去看她的脸，仰起头，轻声问道："这是你的心里话吗？"昭云，若放不开，也不要为了别人而随意处置自己的人生。

昭云道："是啊，我就知道姐姐不会信。不错，我是喜欢无忧哥哥，可是无忧哥哥不喜欢我，他总是凶我。从云姨娘过世以后，他对我就没有过好脸色，我总是千方百计地接近他，做我所能做的一切去讨好他，可是，他连看也不看我一眼。无论我为他付出多少，在他心里，我都及不上姐姐半分。我觉得……这样喜欢一个人真的好累啊！所以，我不想再喜欢无忧哥哥了，我想有一个对我好的人陪着我，过完这一生。"

漫夭沉默了，这么说也没什么不对。也许这对昭云来说，未尝不是一件好事，但她总觉得是不是转变得太快了？快到有些不正常，可又说不出什么来。她站起身，叹息道："昭云，你休息吧，我明天再来看你。"

"好。"昭云笑着答应，听着她的脚步声远去，帐帘放下，一串晶莹的泪珠从她精致的面庞滑落。

漫夭出了昭云的营帐，萧煞远远立在前面，清冷的月光映着他坚毅的背影，说不出地落寞。

她缓缓走上前去，萧煞回过头来，似是在等着她开口询问。

漫夭突然不知道该问什么，五年的相处，萧煞的性格，她不敢说全懂，但至少了解一些。他不是一个会随便对别人付出感情的人，这短短两日，就要定下终生，未免也太快了。

"萧煞，你告诉我，你是真的喜欢昭云吗？"她看着萧煞的眼睛，目光犀利，像是一眼便要看进他的心底。

萧煞眼光微动，但并未躲闪，只微微犹豫后，口气坚定道："是。"

漫夭皱眉，他回答得如此肯定，有些话她反而没法说了。她叹气，道："萧煞，昭云受过的苦太多了，我不希望她再受到任何伤害，我更不希望……你不幸福，你明白吗？"

萧煞心中一震，为何她总能将一切看得那样清楚透彻，仿佛什么事都瞒不过她的眼睛。他垂眸，想了想，慎重点头道："主子放心，我会尽我所能，对郡主好。"

漫夭望着他坚定的表情，无奈道："好吧。既然如此，那我就祝福你们。"还能说什么呢？希望他们幸福吧，即便现在不能幸福，以后，在朝夕相伴的岁月里，相互扶持所产生的感情，能让他们幸福也好。毕竟，两个人的相互依靠总好过一个人的孤独终老。

"多谢主子成全！"萧煞拱手，目送她离去。

爱有许多种，而有一种爱，是走在爱人前面，竭尽所能，帮她扫除阻挠她幸福的屏障。这条路，会很辛苦，但是，能偶尔回头看一眼爱的人幸福的脸庞，也可以很幸福。

漫夭感受着身后投来的视线，脚步沉重无比，仰起头，看着暗黑天空的星子，闪烁不定。她在心里问自己："这一生欠下的，她要几辈子才能还得清？"

前方的营帐，透出淡淡的昏黄，她拐了几个弯，来到萧可的帐外。还没走到入口处，便听见里面隐隐约约传出一道男声："臭丫头，你说的那些，到底在哪里啊？怎么找了两个时辰还找不到？这么多张纸，这字又这么小，我眼睛都看花了。你到底知不知道这里面有没有解毒的办法？你不知道，我怎么找啊？"

漫夭脚步顿了一顿，是老九！老九的声音满是抱怨，跟小孩子耍脾气似的。

然后就听萧可叫道："不找完，我怎么知道有没有？"

"哎，你不知道，就让我找，如果没有，那我不是瞎忙活了？"一听这语气，准是老九又跳脚了。

萧可道："我不管，今天找不到，你别想回去睡觉！"

"不回去就不回去，在你这里睡也一样……啊！你敢打我！你这臭丫头……"耍无赖不成被打，这两人到一块儿永远都是这样。漫夭忍不住笑着摇头。又听帐内萧可警告道："你再敢乱叫，我用毒粉了！"

"你！算你狠！哼！"九皇子气哼哼的语气，让漫夭听得心头豁然开朗。她会心一笑，看了眼透出灯光的帐幕，想着今天就先别打扰他们了，明天再找可儿问问便是。正欲转身，里面又传来九皇子刻意压低的声音："哎，臭丫头，璃月身上的毒……真那么难解吗？就连你也没办法？"

漫夭蓦地顿住身子。

帐内，盘腿坐在毯子上的萧可连忙抬手捂住九皇子的嘴，警告道："你小点儿声！万一被公主姐姐听到你就惨了，皇上一定会把你发配到边疆去，你信不信？"

九皇子瞪大眼睛，眨了一下，点头，信，他绝对信！拉下萧可的手，他一脸凝重地小声问道："哎，臭丫头，你说……如果璃月的毒解不了，她，她若真死了，我七哥会不会跟去啊？"

"呸呸呸……你个乌鸦嘴！你敢咒我公主姐姐死？"萧可怒了，眼睛瞪得圆圆的，似是要把他生吞活剥了。

九皇子忙摇手道："不，不是，我是说……如果，如果……"

"如果也不许说！告诉你啊，如果真是那样，你就准备好两口棺材吧！"萧可瞪着眼睛，九皇子也瞪眼，两个人都抬着下巴，死死瞪着对方，谁也不服输。直到眼睛瞪酸了，九皇子才伸手夺过萧可手中的散乱书页，拍到自己面前，咬牙切齿道："今天，我不走了！我就不信，找不到'天命'这两个字。哼！"说完，也不知是跟谁赌气，气哼哼地转头，埋首书页。

萧可斜眼看他，就知道是这样，只要事关他七哥的性命，他就会拼命。她看了看他难得认真的表情，心中微微一动，便低头拿过另一本小册子，这些都是师父留下的手札，有一部分，她一直没看完。

“天命是什么？”

身后突然有人开口，惊得两人一下从地上跳了起来，动作出奇一致。

“璃月！”

“公主……姐姐……”

漫夭望着他们二人惊慌失措的表情，她面容看上去很平静，袖中的手却已然握紧，尽量平静地问道：“是不是一种毒的名字？我身上所中的，是这种毒吗？”

萧可面色一慌，目光闪烁，想说不是，可被漫夭这么望着，她竟说不出口。

九皇子眼珠一转，叫道：“当然不是，我说的天命……是指七嫂你的神秘武器一出，以后没人能打得过我们了，七哥统一天下指日可待，这就是天命了！”

“是这样吗？”漫夭目光转向萧可，“可儿，你从不撒谎，你告诉我！”

“我……”萧可连忙垂眼，不敢看她，绞着手指，嗫嚅道：“公主姐姐，我，我……”

漫夭沉声道：“实话实说！既然这事我已经知道了，即便今天你们不说，我也有办法查到。可儿，你是想由你来告诉我，还是让我自己去查？”

萧可顿时垮了脸，知道无论如何也瞒不住了，心里一阵难过，竟然跑过去抱着她大哭起来：“公主姐姐……”

漫夭心猛地一沉，什么都不用说了，她已经得到了答案。若不是无解之毒，萧可不会哭得这么伤心。

她不知道自己是怎么离开的，只记得离开前嘱咐他们别告诉无忧她已经知道这件事。

从萧可断断续续的哭泣中，她知道了天命到底是什么！

那是一种连七绝草也解不了的毒，不但能封存人的记忆，还能改变人的心脉，可以在人的身体里潜伏很久，只要不唤醒它，每个月以特定的药物控制，就会没事。可一旦唤醒，被封存的记忆将逐渐复苏，等全部恢复后，就离死期不远了。而她体内的天命，已经被唤醒，所以她才会做一些奇奇怪怪的梦，那些梦，究竟是谁的记忆？

萧可说，雪孤圣女曾说女子中了天命，其实有一种方法可以解，但那种方法没有哪个女人会同意，就算有同意的，她也不会帮人解毒。而究竟是什么方法，萧可还在找。

外面夜很黑，稀疏的星子光芒黯淡。她漫无目的缓缓走在寂静的黑夜当中，云层遮蔽的冷月透出浅淡而蒙眬的薄光，笼罩着她瘦削单薄的身躯，在地上投下一道长长的黑色的影子，轮廓有些模糊不清。

天命，天命……果然命中注定，她不能长寿吗？她闭上眼，悲从中来。

第十五章　天命无解

南朝大军攻下紫翔关之后，一鼓作气，又连攻三城，南军士气高昂，无与伦比。

分岭郡之郡守府。

漫夭坐在院子里的葡萄架下晒太阳，周围所有人之中，就数她最闲。宗政无忧什么都不让她做，城里或者军中大小事务，一概不让她过问，只让她安心养胎。这段时间，她将自己掩饰得很好，一点儿悲伤情绪都不曾外露，仿佛真的什么都不知道。偶尔还会做梦，梦见的不是鲜血就是尸体，每一次醒来都是大汗淋漓。每每此时，宗政无忧总会放下手头的一切事务来陪着她，而她每次睁眼都能看到他眼中来不及收起的浓烈哀伤和恐慌，他是那么的害怕她会离开他，尽管萧可说她剩余的时间应该足够生下这个孩子。

她抬头望着头顶的葡萄架，葡萄藤冒出了新鲜的嫩芽，清新的生命，让人看了欢喜又惆怅。她摸了摸渐渐凸显的腹部，感受着孩子一天天的成长，心中既喜且忧。

这是她和无忧的孩子，想来定然聪明又漂亮。

"想什么如此入神？"她正沉浸在对于他们孩子的无穷想象中，忽然一双修长有力的手臂从身后环过来，宗政无忧突然出声，吓了她一跳。

她转头嗔道："别吓着孩子。"

宗政无忧低头在她娇艳的唇上啄了一口，挑眉道："连这点儿胆量都没有，他就不配做我宗政无忧的儿子！"

漫夭斜眼瞅他，好笑道："你怎知是儿子，也许是女儿呢？"一说到孩子，她总是满心柔软，兴致极高。漫夭在他怀里仰着脸庞，问道："无忧，你想要儿子还是女儿？"

宗政无忧毫不犹豫道："儿子要，女儿也要。"

"你真贪心。如果只能有一个，你希望是儿子，还是女儿？"以他帝王的身份，这个孩子最好是个男孩，虽然她更喜欢女孩。

宗政无忧笑道："儿子女儿都好，只要是你生的。最好是多生几个，有伴，他们就不会孤单。"

漫夭嘴角的笑意微微凝滞，目光一暗，但仅仅是一刹那，便又扬起更加灿烂的笑容，道："多几个孩子，让他们每天围着你转，吵得你头昏眼花，烦不胜烦。只怕到时候，你会毫不客气地拎着他们的脖子给扔出门外去。"

她面上洋溢着专属于母亲的幸福笑容，美得炫目，宗政无忧目光一闪，忽然抱紧她，深深地望着她的眼睛，无比温柔又带着伤感道："只要有你陪着，我不嫌他们烦。"

漫夭鼻子一酸，眼泪差点忍不住流出来。他无时无刻不在想方设法告诉她，只要有她在，什么都好。可有些事情，由不得她选择！她连忙扭过头去，强烈控制住内心突然涌现的悲痛，然后，努力笑着对他说："没有我陪着的时候，你也不能嫌他烦。无忧，我们的孩子……你一定要多一些耐心，好好疼他、爱他，给他一个和我们不一样的幸福童年……好不好？"

她拉着他的手，令人心酸的笑容中满是祈求。

宗政无忧心头大恸，一把将她搂紧，没作声。

漫夭听不到他的回答，心里有些急了，便推开他，认真道："无忧，你答应我！"

宗政无忧眉心微锁，眼底神色坚决，道："只要你疼他们，我自然会疼他们。"

漫夭怔了怔，目光黯淡。她自是会爱他们的孩子，可是，有没有疼爱和照顾孩子的机会，不由她说了算！

"七哥，七哥！"

院子里气氛正伤感，院子门口突然传来九皇子的兴奋喊叫声，宗政无忧和漫夭一起回头，看到九皇子扬着手中的半张纸，朝这边快步跑了过来，他面色兴奋，似是找到宝一样。萧可跟在他后头，脸色明显不太好。九皇子还没到他们跟前，就大声叫道："找到了！我终于找到了！"

漫夭和宗政无忧目光皆是一亮，九皇子过来之后，见漫夭也在，愣了一愣，宗政无忧向他使了个眼色，才道："阿漫，你出来时间也不短了，我送你回房休息。"

漫夭心中明白，温柔笑道："不用，让可儿陪我回去就好。"

宗政无忧淡淡地看了一眼萧可，点头道："也好。"

漫夭被萧可扶着离开，宗政无忧才语带急切道："找到解毒方法了？"一向深沉不露情绪的凤眸，此刻有着掩饰不住的期盼和喜悦。

九皇子对上他这样的表情，想着那样的解毒方法，他脸上的兴奋神色忽然僵住，望了眼手中那半张微微发黄的旧纸，结巴道："找……是找到了，只不过……"

宗政无忧皱眉："只不过什么？"

九皇子有些犹豫道："我，我不敢说，七哥你自己看吧。"

宗政无忧本就着急，见他说话吞吞吐吐，已是不耐，不待他说完，便一把夺过那半

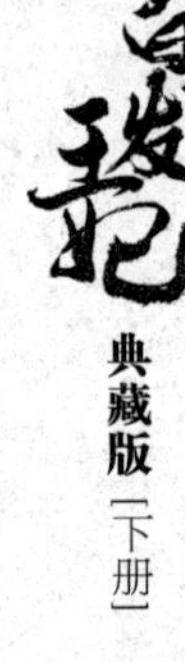

典藏版［下册］

张发黄的旧纸。

九皇子朝着一个地方指了一下，他顺着那个位置看过去，顿时心头一凛，满满的希望在那一刹那全部破碎。

宗政无忧沉声怒道："这是什么？！这也能叫作解毒之法？再找！"

"没有了，七哥。"九皇子也很郁闷，找了那么多天，没想到居然是这样的办法！不管这办法好还是不好，也总算是找到了，只要他们肯用，它就是个办法。

宗政无忧捏着那半张纸，手上青筋直跳，浑身散发的怒气渐渐被一股蚀心透骨的悲哀所代替，他望着那纸上凌乱而潦草的字迹，怔怔不语。

所谓解毒之法，只针对身怀有孕之女子，在女子即将临盆之际，以一种独特的金针过穴之法将母体内的毒素汇聚到婴儿体内，随着孩子的出生而解。但这个孩子，却需要以药养命，寿不过二十四岁。

这是何等残酷的解毒之法！一个充满希望的生命，在还未出生之时，便已注定了一生痛苦，寿终有时。试问天下父母，谁能如此狠心？

九皇子见他如此表情，心中难过，劝慰道："七哥，七嫂能活着才是最重要的，只要解了毒，你们以后还可以有很多孩子。"

宗政无忧指尖握紧，那半张发黄的旧纸在他手中被捏碎，那细微的碎裂声，从心底传来，遥远而沉痛。他站在葡萄架下，看见天空一片灰蒙蒙的。

他站了得有小半个时辰，才重重地吐出一口气。

回房之时，漫夭背对着门口，很安静地坐在那里，雪白的长发披泻在她的肩背，在透窗的白色日光下流转着似圣洁却又似哀绝的淡淡光华，她脊背单薄，看上去有些僵硬。

萧可垂首站在她身边，见宗政无忧进屋便默默退出门外，与九皇子二人偷偷躲在门口听着里面的动静。

宗政无忧望着她的背影，心里咯噔一下，朝她走过去。漫夭听着他沉缓的脚步声，缓缓回头，拉过他的手放在她的小腹上，面带惊喜和兴奋，眼底却是漫漫无边的哀伤和绝望。

她笑着说："无忧，他动了，你摸摸，我们的孩子会动了。他还不到四个月就会动，他一定是一个聪明又可爱的孩子……"

腹中的孩子真的动了一下，又动了一下。宗政无忧的身躯陡然僵硬，原来触摸一个新生命是这样微妙的感觉，细细的、软软的欣喜和酸楚交融，他心中一疼，连忙垂下眼睑，刻意地选择将那些突然涌出的奇异感觉忽略不计。

目光微垂，他望着她微微隆起的腹部，看她苍白如雪的指尖，听着她喜悦的声音夹杂着透骨的哀伤……怔怔不语。

漫夭向他幸福地笑道："如果他是男孩，将来必定像你一样，睥睨天下，运筹帷幄。如果是个女孩，我希望她远离皇权的桎梏，在她最好的年华遇到一个她爱的又深爱她的男子，过着永远幸福的生活……"

她仰起面庞，看着他皱着的眉头，轻垂的偶尔会颤动的眼睫，看不见他眼中的神色，只看得见他薄唇如一条直线，没有弧度地僵硬着。她的心一分一分变得沉重，在他僵硬的表情里，她对于他即将作出的决定的猜测得到了证实。

心里矛盾而挣扎，她绝美的眸子随着她说出口的希望和憧憬迷蒙了水雾，模糊了视线。心头一阵阵揪紧，她红唇微颤，声音幽远："但不管他是男孩抑或是女孩，我都希望……希望他们远离伤害和病痛，无忧无虑、快快乐乐地过一辈子……无忧，你……能明白我的意思吗？"

宗政无忧心中一震，抬眼，对上她泪光后的祈求神色，哑声问道："你都知道了？"

"嗯，我都知道。"她站起来，抱住他僵立的身躯，双手紧紧抓住他后背的衣裳，似是想要将自己嵌入到他的身体里，从此合二为一，永不分离。

"对不起，无忧，请原谅我……我不能答应用那个办法，不能……绝对不能！那是我们的孩子，我们不能对他那样残忍！"即便她再怎么舍不得离开他，但若要以孩子的一生来交换，她无论如何，也做不到。

宗政无忧双眉紧锁，僵硬地让她抱着，他的手垂在两侧，手心冰凉，像浸了冰一样。他的目光越过她的白发，投在冰冷坚硬的地面，砰的一下碎裂。

"那我呢？"他沉声问她，声音沙哑，很轻的三个字，落在她心头却是那样的沉重，沉重到令她窒息。她的脸靠在他的肩膀上，唇张了张，却不知道该怎么回答，她害怕看到他的绝望。

宗政无忧收回目光，那眼中的悲痛和空寂逐渐化作强烈的不甘，他陡然握住她的肩膀，毫无预兆地将她推开，死死地盯住她的眼睛，目光像是要剜进她的心底。他声音低沉带痛："对他的不残忍，便是对我的残忍！你到底知不知道你在我心里的位置？难道，在你心里，我还比不上一个未出生的孩子？"

他突如其来的激动，令她慌乱，颤抖着声音对他说道："他是你的孩子！"

"那又如何？"宗政无忧目现狠戾，"倘若你不忍心看他活着受苦，那我可以在他出生之后立刻结束他的性命。"

漫夭身躯狠狠一颤，瞪大眼睛，不敢置信地看着他，这是一个父亲应该说的话吗？她用力推开紧箍住她肩膀的手，踉跄着往后退，再往后退……看着他的目光变得陌生，仿佛从来不曾认识这个人。她可以接受他对任何人的冷酷无情，却不能接受他因为想留住她的性命而杀害亲子。

那个孩子，不是别人，而是他们的孩子！千辛万苦，才保住的一个孩子！那一日，她一剑入腹，险些亲手杀了他，在尘风国的日子，她是那样的后悔、自责、担忧、害怕，而这个孩子总算是死里逃生，如今却要面临更悲惨的命运，这叫她如何能够接受？

可他的眼神，那么坚决，似是已下定决心谁也改变不了。她的身后，脚下地毯的边缘微微卷起，她虚浮不稳的脚步仍往后挪，被绊了一下，人便摔倒在地。

宗政无忧听见自己的心咚的一声沉下去，极力控制住想去扶她的欲望。扭过头，他

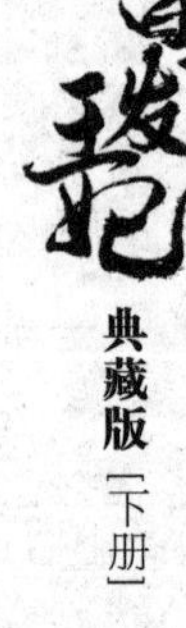

不看她震惊而失望的眼神，不看她苍白如纸的脸庞，也不看她跌坐在地泪如泉涌。

门外，萧可想进来扶她，却被九皇子拽住。萧可回头瞪他，正待发作，九皇子低声道：“别进去，你想让璃月死啊？”

萧可一愣，看了看屋里，犹豫着又退回去。

漫夭瘫软在地，哭泣无声。过了许久，她才撑着地面站起来，此时，泪水已歇，眼中悲伤尽褪，只剩下为人母亲的坚决。她也不看宗政无忧，转头对外叫道：“可儿，去叫萧煞准备马车，我要回宫。”

“啊？现在吗？”萧可惊道，漫夭坚定地点头：“对，现在。”

萧可“哦”了一声，看了九皇子一眼，才离开。九皇子连忙进屋，小心翼翼地戳了戳如木雕般动也不动的宗政无忧，对着漫夭尴尬地嘿嘿笑道：“七嫂，你这就要回去啦？你不是说一直陪我们打到京城吗？”

漫夭转过头，不作声。宗政无忧薄唇紧抿，也不吭声。九皇子看两人的脸扭到两个方向，皆是一脸不妥协的神色，急得跺脚：“七嫂，七哥只是随口说说，一时气话你也信啊？你想想，那是你的孩子，七哥捧在手心里宝贝还来不及呢，哪里舍得下杀手？七哥，你说是不是啊？哎呀，七哥，你倒是说句话呀！”

宗政无忧微微转头，却不是看她，而是向外面叫了一声：“来人。”

一个丫头应声而入，宗政无忧吩咐道：“替皇妃收拾东西。”

九皇子愣住，奇怪地叫道：“七哥？！”

宗政无忧看也不看他，转眼望漫夭，眼神早已敛去了一切情绪，看上去平静无波，道：“你回宫也好，回去好好养胎。等战事结束，我回宫之时，希望你还在。倘若不在也无妨，要么我下去陪你，要么……就让这整个天下为你殉葬！包括这个孩子！”他说完拂袖离去，竟不再多看她一眼。

漫夭震住，愣愣地望着已走出门外的男子，外面的日光白得刺眼，笼罩着他孤寂而萧瑟的背影，书画着他决绝的表情。

他的意思很明确，她活着，他便活着，一切都好。她若死了，他即便活着也如同死亡，什么都对他没有意义，包括孩子，包括江山。他就是用这样霸道的方式，让她明白，她就是他的一切。留或者走，她自己看着办。

爱到极致，可以是成全，也可以是毁灭。

她再次瘫软在地，没了力气，心中的酸软和苦涩交汇出难以言说的复杂情绪，她抬手抹了把发涩的眼角，却再无一滴眼泪。

回到江都皇宫，已是四月十二。连绵的大雨开始不停地落，整整下了一个月，还未有停的趋势。南朝大军并未因这天气而耽搁行军，南帝宗政无忧像是疯了般地与时间竞逐，疯狂攻占北朝领地，一日不歇。北朝从边关急调兵马，终是远水难解近渴。只一月时间，南军长驱直入，攻占北朝十数座城池，来到京城外的最后一个重要关卡。

大军兵临城下。而这时，万和大陆遭遇了有史以来最为严重的洪灾。堤坝尽毁，洪水如猛兽直冲而下，吞没了一座又一座的村庄或城池。

来不及逃离的人们在惊恐之中丧生，连尸体都不知被冲向了何处。

这战争纷扰的年代，又遇洪灾水患，百姓流离失所，苦不堪言，四处都是哀嚎一片，整个天下陷入慌乱之境。

南朝较其他国家，水灾更为严重。各地官员纷纷递上折子，请求上面拿主意。有些地方几乎淹了整座城，阻隔了通信，明清正与丞相再三商议，决定进宫面见皇妃。

已有五个月身孕的南朝皇妃再度临朝。

乾和殿，庄严肃穆。

龙椅之后，珠帘垂挂，漫夭端坐凤位，面色凝重道："全国各地水患成灾，房屋被冲毁，短短数日，无数百姓家毁人亡。今日本宫召各位大人上殿，是想听听你们有何治水良策？"

一位大臣出列："启禀娘娘，以臣愚见，应尽快增派人手，抢修堤坝，阻拦洪水扩展之势。"

丞相道："臣以为此法不妥，以现下洪水之猛，修建堤坝恐已无济于事，不仅浪费人力物力，还会耽误抢救灾情。请娘娘斟酌！"

另一位大臣出列："启禀娘娘，古有大禹治水，开辟河道，将洪水引入大海，为后世人所称道。这个办法我们倒是可以借鉴，只不过……大禹当年用了十三年的时间，而我们即使多派几倍的人去，最快也得几年……"

裴大人嗤道："狄大人这话说了和没说有何区别？几年的时间，这水也不用治了，恐怕那时候，百姓早死光了。"

狄大人脸色难看道："裴大人嫌这个不好，那你倒是说一个好办法给我们大家听听！"

裴大人哼了一声，明清正道："都什么时候了，你们还吵！娘娘，微臣认为，狄大人所说借鉴大禹治水的方法也不是不行。"

漫夭凝眸，听他说下去。

明清正继续道："微臣听闻，娘娘命人制造了一种武器，威力极大，可炸毁城墙。"

漫夭眉心一动，问道："明大人的意思是，用炸药开山辟石，尽快达到疏通洪水的目的？"

明清正道："正是。娘娘明鉴。"

其他大臣一听，目光皆是一亮，也纷纷点头称好。

漫夭沉默，她记得曾在电视里见过这种方法，可以是可以，不过……她叹道："此时正值征战期间，国家兵力空虚，若将这些炸药都用于治水，倘若再有敌军进犯，恐难以应对。而当初收集材料有限，制作的火药并不多，其中多半运往战场，库中已所剩无几。"

明清正一听，微微有些泄气，两条溢满正气的浓眉渐渐拢了起来，愁不得解。

大殿之中一时安静下来，漫夭不作声，大臣们没有更好的主意，也都不敢再开口。

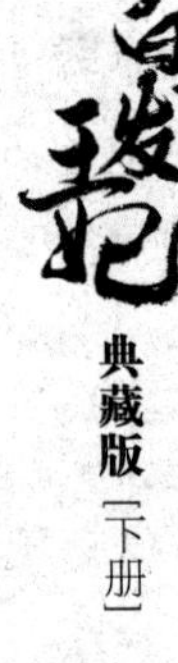

想到正面临水患的百姓，那些官员所上报的悲惨万状的情形，他们个个都很伤感，不禁唉声叹气。

这时，一名禁卫军来报："启禀娘娘，项将军在殿外候见！"

漫夭微愣："宣。"

项影进殿，行礼后禀报道："启奏娘娘，半月前，皇上见大雨一下多日不停，料定此次必有洪灾水患，特命臣火速带回战车火药，交与娘娘，以备治水之需。"

漫夭怔住，明清正大喜过望，双手紧紧握住，激动道："太好了，真是太好了！皇上有先见之明，娘娘，如此一来，灾区百姓有救了！"

"吾皇英明！吾皇英明啊！"众臣纷纷拜倒，无不欣喜赞叹，帝王果真是料事如神。

漫夭立刻下令："萧煞、项影，本宫命你们二人各带一万人去灾区开山治水，即刻出发。"

二人领命。

漫夭又道："明大人，皇上出征在外，本宫又身怀有孕，不便出行，现任命你为钦差大臣，代表本宫和皇上去灾区探视灾情，安抚民心。"

明清正正有此意，忙欣然领命："微臣领旨，绝不负皇上和娘娘所托。"

十个月后，各地官员陆续上奏，在萧统领和项将军的带领下，禁军与当地官府的人日夜不停地开辟河道，几座水灾严重的城池灾情终于得到缓解和控制。漫夭又挑了几个清廉正直的大臣带去物资，帮助灾民重建屋舍，发放救灾物品，尽快让他们的生活安定下来。各地灾区人民对此感恩戴德，南朝百姓亦是通过此事看到了未来的希望，对帝妃赞声一片。

这次洪水之患，南朝本是十四国中最为严重的，却也是整个大陆最早解决水患安定臣民的一国。此事传出，其他国家仍在水患中苦苦挣扎的灾民无不羡慕，只恨自己不是南朝百姓。

水患已解，漫夭终于松了一口气。然而，就在这时，她收到八百里加急战报：启云国军队大举进犯，十三日连破八城，三十万大军以无与伦比的气势和速度直逼乌城。乌城告急！

水患阻滞，本应八日前就该到的战报一直到今日才递到她手中。

漫夭一手紧握住那份战报，怔怔地坐在那里，久久没有出声。该来的，总会来。

乌城，离江都不过数百里，是南朝皇都最重要的一个军事之城。那里现只有守军五万，何以抵挡三十万大军？

若乌城破，则江都危，南朝亡！

皇兄终于出手了！在这个时候，她没有大军可派，没有大将可用，亦无火药炸弹，有的，只是她一介女子想力挽狂澜保家护国相助夫君的一颗心。

究竟是什么原因，令启云国军队如此轻易攻城略地，几乎是畅通无阻到达乌城？仿佛南朝所有地形局势都在他的掌控之中。这样的行军速度，委实可怖至极。

漫夭派出八百里加急将战报送出，可一来一回，援军最快也得半个月以后才能赶到，以启云国的进军速度，只怕到时候，什么都晚了。眼看乌城之危迫在眉睫，没有太多时间思考，她当机立断，力排众议，决定亲自走一趟。

一日一夜，快马加鞭。赶到乌城时，乌城正遇夜袭。

漫夭与萧可一入城，火速赶往军营。

议事大厅。

漫夭坐于首位，看着门外疾步走上台阶的三人，面色肃穆沉静。

乌城守将正是从前京城皇宫禁卫军统领向戊，他带领两名副将快速入内，行礼参拜后，面带忧色道："娘娘何以孤身来此？敌军现下正夜袭攻城，乌城怕是保不了多久了！娘娘金玉凤体，又身怀龙子，不宜在此逗留。姚副将，你速速领二十精兵护送娘娘回宫，路上切不可出任何纰漏。"

"是，将军。娘娘，快请吧。"

漫夭稳坐不动，朝他们三人逐个看过去，目光锐利，逼视着向戊的双眼，沉声道："你身为一城守将，这场仗才刚刚开始，你便如此没有信心，还如何领军作战？"

向戊一怔，忙回道："臣并非不自信，只是敌我兵力悬殊实在太大，臣可以与乌城共存亡，但是娘娘……"

漫夭道："本宫的安危你大可不必顾虑。倘若有五万守军的乌城都保不住，那么，只剩几千禁军的江都皇宫又能保得了几天？本宫既然来了，自然要助将军一臂之力，保乌城之安。"

向戊觉得她说得也有道理，乌城完了，江都必定保不住，只是，她一个女子如何保一城之安？心中疑惑，但见她面容镇定，眸子里慧光流转，语声之中颇有自信，向戊不禁问道："莫非，娘娘带来了援军？"

漫夭蹙眉，反问道："皇宫禁卫军都派往灾区，何来援军可带？"

向戊一愣："那娘娘是带了战车和秘密武器来？"

漫夭道："火药都用作开山辟石疏导洪流，并无存余。"

两名副将一听，眼中不自觉地露出失望，向戊亦是如此，只不过掩饰得较好。他微微皱眉，想了想，又问："那此次来的只有娘娘和萧姑娘二人？"

萧可不高兴了，瞪眼道："就我们两个，怎么啦？难道你们看不起我和公主姐姐？"

向戊忙道："臣不敢。"

两名副将嘴上跟着附和，但从他们的眼睛里透出的信息，让人清楚地看到他们在心里仍然极度怀疑。虽然皇妃先前用计去尘风国选购战马一事令他们心生敬佩，而后紫翔关的秘密武器也着实令人震惊，但这一次可不同，三十万大军，他们不信在没有援军和秘密武器的情况下，她一个女子能有办法退敌！

漫夭也不在意他们如何去想，事实上，她也并无把握，只不过先安定下他们的心再图谋后计。一支军队，无论兵力如何，倘若连主将都抱着必输之心，那还有何胜算可

言？她能做的，只是竭尽全力，能保住多久就保多久。

“乌城是我朝最后一道关口，无论形势如何，此关，绝不容有失！虽然本宫也无全然把握，但俗话说得好，知己知彼百战不殆，本宫对启云帝的了解，总比你们要多一些。你们都坐吧，说说战况。”

三人稍稍犹豫后在下首坐了。两名副将心中不禁疑惑，启云帝不是最疼爱娘娘的吗？一年前也是为了娘娘才与临天国为敌的啊！可为何，此次竟然会趁皇上出征在外发兵攻打南朝？而娘娘看上去好像一点儿也不难过，莫非传言有假？令人费解。

向戊道：“回娘娘，此次敌军夜袭攻城大概出动了十万人，领兵的敌将姓左。说来也奇怪，他们攻城似是打轮战，一千人一拨，每次都是很快便退回去换下一拨。轮流几次之后，我们的弓箭和石头用了不少，他们的人却死伤不多。”

“照这么说，他们的目的不在攻城？”漫夭蹙眉，皇兄为人，她自是了解，没有把握或者没有目的的事情，他绝不会做。她又问道：“向将军认为，敌军目的为何？”

向戊摇头：“臣一直在琢磨，但是百思不得其解。我们派出的探子也是毫无消息。”

漫夭问道：“这城里除了四大城门以外，可还有其他入口？”

向戊道：“没有。”

乌城是水中之城，与其他城池建造不同，它的城墙是建在护城河里，城墙两边离地面都有约一丈宽的距离，除城门口外，其他地方想搭梯翻墙都没有可能。

漫夭听他说完，凝思少顷，起身道：“带我去看看。”越是没有可能，她越觉得不安。如果说皇兄此次攻城的目的，只是想浪费他们的弓箭和石头，她是无论如何都不会相信的。

五人一同来到城墙边的护城河，城墙屹立在河水中央，高耸坚固，无从攀爬。河水清碧泛着幽蓝之光，倒映出城墙上燃着的火把，清风一拂，波光粼粼，将橙红的火焰层层荡开。倘若没有烽烟战火，这里倒是一个不错的清幽宁静之地。

漫夭轻轻一叹，忽然皱眉，扭头问道：“这河水为何这般清澈？难道不是死水吗？”

向戊被问得一愣，他被派到这里也才一年工夫，对这些从来没有注意过。倒是姚副将在此地待了几年，略微听人提过一句半句，便回道：“回禀娘娘，末将听城里年长的老人说过，这河水三尺往下，有一个泉眼。”

漫夭一怔：“泉眼位置在何处？”

“这……末将不知。”

“快去问。问清楚泉眼的位置和大小，外面连接之处，一共有几个？速去速回。”她语气低沉，向戊微微愣怔过后，感觉到事情的严重性，脸色凝重起来，姚副将忙领命离去。

向戊问道：“娘娘怀疑敌军会从水下偷偷潜入城内？”

“只是猜测，多防着点儿总归是好事。”据她所知，启云国有一支水师，水性极好。

另一副将疑惑道："可是，这泉眼连我们都不知道，启云国的人怎么可能知道呢？"

漫夭垂眸沉思，这也是她在思考的问题。启云国行军速度太快，即便不需攻城，从启云国边关到乌城的距离，也得行个十余天才对。如此速度，只有两个可能，其一，有奸细的配合。如果只是一座城，这个可能倒是有，但每座城池都恰好有奸细，而且奸细对当地地势了如指掌，恐怕一般人在短时间内无法办到。除非，第二种可能……

她正思索间，姚副将已经回来了。

"启禀娘娘，已经打听到了。城里的老人说，这地下河水相通，泉眼处大概有一尺见方，在西城墙根底下，连通城外的半里河。"

向戊惊道："半里河？那不正是敌军扎营的地方吗？娘娘，臣立刻调兵去西城墙守着。"

"且慢。"她立刻阻止，"这时候调兵，很容易被敌军发觉。放心，他们来的人不会多，走，去西城墙。"

一块刻有篆体的灰色碑碣后面，他们五人探头，透过延伸过来的老树枝丫，紧盯住不远处城墙下的河水。

没过多久，河中波澜荡起，一颗脑袋冒出水面，抹了把脸上的水，四下张望，确定周围无人后，方才游着上岸，紧接着又出来三个人。四人上岸后，聚在一起商量了几句，漫夭凝神细听，却听不见半点儿声音。她眉头紧皱，见他们似乎已商量完毕，准备朝四个方向分开。漫夭立刻抬手，纤细的指间夹着四枚闪烁着冰蓝色的银针，一扬手，银针破空直刺，却无声无息，速度快得惊人。

等四人有所发觉后，已来不及做出反应便中针昏倒。

漫夭沉声吩咐道："带回去，详细盘查。"

"是。"

回到军营，漫夭和萧可草草用了晚饭，在议事厅等消息。

萧可凑过来，语带担忧，低声问道："公主姐姐，他们有三十万人，我们……真的能赢吗？"

漫夭啜了口茶，转头看她，笑了笑："可儿害怕了？"

"没有，公主姐姐小看我。"萧可嘟起粉唇，不依地摇了摇她的手臂，继而摆出若有所思的模样，偏着头问道："公主姐姐，这一仗……如果输了，我们会怎样？"

漫夭微微想了想，认真地望着她的眼睛，正色道："你怕不怕死？"

萧可愣了愣，没立即回答，脑海中忽然蹦出一个人来，那个总是对她大呼小叫和她作对的可恶男子，如果她死了，以后再也没人陪他吵架了！

"舍不得老九了？"漫夭是过来人，一眼便看出她的心思。可儿还是太单纯了，从来不会掩饰自己，也许正是如此，老九才会喜欢她。

"不，不是。"被说中心事，萧可的面庞腾地红了起来，忙不迭地否认，"我才不

会舍不得他呢，我巴不得以后再也见不到他才好。”

漫夭望着她那带着少女心事的绯红面颊，摇头笑道：“虽然老九看上去有些不正经，但我相信他只是有些事还没定下来，只要他认定了，以后，他一定会对你很好。万一，万一这里保不住，我会……”

“娘娘，”她话还没说完，向戊疾步走来，眉头紧皱道，“不管我们怎样威逼利诱，那几个硬骨头宁死也不肯开口，连大刑都用上了，还是无用。更奇怪的是，从他们身上没搜到任何东西，没有武器，也没有毒粉暗器。”

漫夭蹙眉，怎会什么都搜不到？他们只有四个人，要完成任务至少也会有些辅助物品。她问道：“可是分开关押审问的？”

向戊点头：“是的。”

漫夭微微沉吟，起身道：“那本宫亲自走一趟，去找身夜行衣来。”

军营里，刑房，一个被绑住手脚的男子身上已是鞭痕累累。

无论姚副将如何逼问，被抓来的那个人始终像个哑巴似的不开口，吭也不吭一声。姚副将急了，拿起一旁烧红的烙铁，对着那人，威胁道：“你再不说，别怪我不客气了。”

那人目光一闪，仍然不张口，一副视死如归的模样。

漫夭悄悄躲在门外，看着那烧红的烙铁，有些心惊。但她并未进去阻止，只见姚副将拿着烙铁逼近那人，狠狠一下按在了那人的胸口上。那人身子猛地一颤，青烟直冒，人肉被烧焦的煳味儿飘散开来，令人忍不住作呕。

漫夭双眉紧紧锁住，见那人剧痛之下忍不住张了口，却依旧没有一丝声音发出，只是一张脸痛到抽搐扭曲，表情狰狞恐怖。她忽然想起曾经承受剧痛却叫不出声的心情，顿时一愣，莫非他们是哑巴？可是，他们上岸之后，四个人有开口说话，虽没听到声音，但明明看到他们唇动，难道……她目光一转，将面上的黑布戴好，一闪身进了刑房，一记手刀劈向姚副将的后颈。

还没来得及吭一声，姚副将的身子便委顿在地，失去意识。

被绑住的那人愣了愣，抬头看她，那眼光似是在询问：“你是谁？”

漫夭扯下蒙面黑布和头巾，露出满头白发，并未问他的伤势，更没有帮他解开绳索，而是沉着脸，用唇语无声向他斥道：“你们是怎么办的事？这么轻易就被抓住，坏皇兄大事。”

那人一怔，看了看她的头发，又见她用的是唇语，还有她所说的“皇兄”。男子目光一亮，立刻问道：“您是公主？”

漫夭面色不变，心中却道，皇兄行事果然够谨慎，用哑巴混进城里，即便被抓住也不怕泄露消息。

那人又道：“请公主帮小人解开绳索，时辰不多了。”

漫夭皱眉道：“这周围守卫森严，放了你你也出不去。即便你能侥幸逃出，一旦他们发现人不见了，定会派人大肆搜城，严加戒备，你们想完成任务，根本毫无可能。”

那人顿时急了，拧眉道："那……小人应该怎么做？请公主示下。"

"交给本公主。"漫夭直望着那人眼睛，不闪不避。

那人不开口了，望着她的目光渐渐露出怀疑和防备，漫夭目光一沉，面容肃穆威严："你信不过本公主？你以为本公主身为南朝皇妃，为何此刻不在江都皇宫，反而跑到这即将不保的乌城来？"

那人眼睛微微一动，想了想，还是有些犹豫。这时候，外面有动静传来，漫夭立刻拖着地上的姚副将往旁边一闪，躲进黑暗之中。门外两人从窗洞里探头看了看，一人说道："咦？姚副将啥时候走的？我咋不知道呢。"

另一人嗤道："你以为你是谁呀？人家堂堂一副将大人离开刑房还要通知你不成？"

"那倒也是。我们可要守好了，向将军吩咐，千万不能让皇妃的人混进来，不然，出了事，我们可担待不起……"

两名守卫的声音渐行渐远，漫夭这才从黑暗中走出来，这时被绑着的男子眼中怀疑尽去，换上一副恭敬之色，冲漫夭点了点头，口中舌尖一挑，吐出一个漆黑色的方块。

漫夭眼中闪过一丝惊异，蹙眉，伸手接住。难怪什么都搜不到，原来藏在了口中。

那人道："小人也是奉命行事，不得不谨慎些，冒犯公主之处，还请公主恕罪。"

漫夭将那小小方块外包着的一层密不透风的黑色金属薄壳打开，露出一块又小又薄的褐色物品，看了看，淡淡道："本公主明白。该怎么做，说吧。"

那人道："南军兵力被引到南城墙，只要将这块香料在南城门附近点上，不出半刻，百丈之内的人畜闻到香气都会陷入昏迷，到时候打开城门便可。左将军闻到离魂香的香气，再看到敌人昏倒，会率兵进城。"

就这么简单？漫夭垂眸看着手上的香料，面上不动声色，继而若有所思道："左将军他们都服过解药了？"

"是的。"

"那……城门大开，皇兄可会进城？"

"这……小人不知，公主如果想见皇上，可以直接去半里河旁的扎营之地。"

言下之意，皇兄是不会进城了？漫夭又问："你们怎知那城墙底下有泉眼？"

"是皇上说的……"

出了刑房，向戊和萧可等在外面。

漫夭将那块香料交给萧可："你看看，可认识这个？"

萧可接过来，看了看："这个是离魂香，中了它的毒，十二个时辰之内不服解药，就会永远醒不过来。"

漫夭点头："不错，是离魂香。他们想在城门附近燃上此香，不费吹灰之力进入乌城。可儿，你可有办法解此毒性？"

萧可从怀里拿出一个小包裹，打开，取出一支白色的形状像蜡烛却比蜡烛细小的东西，笑道："用它就可以了。"

向戊问：“这是什么？”

萧可道：“这个啊，我就叫它白烛。无色无味，只要把它和离魂香放到一起，它的毒性就会消除离魂香的毒气。”

漫夭目光一亮：“那服过离魂香解药的人闻到会如何？”

萧可想了想，才道：“离魂香解药里的其中一味药与白烛的毒气相克，服了离魂香解药，再中白烛之毒，轻则全身麻痹，重则会死掉。”

十万人！漫夭心情陡然沉重，抬头，深呼吸，没有选择了。她闭了一下眼睛，睁开后满是坚定和决绝，将那一抹挣扎无奈掩了去，方命令道：“向将军，你命人先将离魂香点上，等我们的人昏迷以后，再燃上白烛。让人换上那四人的衣裳，打开城门。”

向戊领命离去。

漫夭站在原地，抬头仰望着漆黑的苍穹，想她一个深受现代教育的人，来到古代，虽为形势所迫，但这般杀人如麻，心中自有些不安。

这是她与启云帝第一次真正意义上的交锋，那个深不可测的男人，无须出面，也总能给她一股无形却又十分强大的压力，让她喘不过气来。

第十六章　千古一战

半里河，启云大军扎营之地。中心大帐内，一名清隽儒雅的男子以极不适合他气质的姿势坐在矮榻前的地毯上。男子双腿修长，微微屈起，手肘抵在膝盖上，手撑着头，冰灰色的眸子敛去了深沉，有些空洞和忧伤。他定定地望着身前矮榻上铺着的一条珍贵无比的白狐毛毯。

那是用数十只幼嫩的白狐皮毛织成的毯子，毛色如雪，从数百只里挑出来的，颜色完全一致，分毫不差。皮毛柔软光滑有如新生婴儿的肌肤和毛发，令人一触难忘。毛毯上面绣有莲花图案，以同样的白色，圣洁而妖娆的姿态于这张毯子上盛大铺开，却隐而不现。毯子一角从矮榻上轻轻垂下，延伸到大红色的地毯之上，洁白的颜色在名贵的夜明珠的照耀下散发着柔和却惨白如纸的光芒，让人望着，便不由自主地想起一个人来，无法自控。

他伸手，去触碰那条毯子，很小心的姿态。修长的手指缓缓摩挲着净白的狐毛，一股柔软得仿佛要溢出水来的感觉在心底滋生，以不可阻挡之势急速地蔓延开来。而那埋藏在心底的美好记忆，一如昨日般清晰。

“容儿，你冷吗？这毯子是昨日父皇赏的，送给容儿你吧。”僻静的亭子里，他捧着一条天青色的薄毯，递到身躯单薄的少女面前。

少女眼睛微微一亮，抬手抚摸着那质地柔软的毯子，神色一阵恍惚，眸底荡过一丝复杂的情绪，喃喃道：“好漂亮。”

他含笑，将毯子往她面前又递了几分，少女却突然缩回手，扭过头去，垂眸低声道：“谢谢你，但是，我不需要。”

他诧异：“为何？容儿不喜欢？”

少女回眸微笑道："喜欢，但它不属于我。"

"既然送给你，那它就属于你了。"他拉过她被冻红的小手，将毯子放到她手上。

"哟！这不是六皇弟吗？！父皇好不容易赏你一回，虽然是我们几个挑剩下的，但好歹也是父皇的赏赐，你就这么把它送给一个小宫女，若是被父皇知道了，以后，怕是想捡别人挑剩的也捡不着了。哈哈哈。"被一群奴才拥着的一名身穿华服的男子朝这边走来，一边走着一边趾高气扬地对他大加嘲弄。

少女微微一愣，继而低着头下跪行礼，故意变粗嗓音道："奴婢见过二皇子。"

他回头，朝男子微行一礼，温和笑道："让二皇兄见笑了，容齐自是不及几位皇兄得父皇宠爱，而我也无意与皇兄们一争长短，相信二皇兄不会拿这等无聊小事去惹父皇厌烦吧。"

二皇子昂着头，一脸倨傲，不屑道："你就是想争也得有资格才行，要怪就怪你那吃斋念佛不中用的母妃太不争气。"二皇子迈着八字步上前，拿起少女手中的毯子，掂了掂，抖散了，往身后一扔："这个拿去给白狸当垫子正合适，六皇弟你不会介意吧？"

少女倏然抬头，似是想抢回那条毯子，他连忙挡在少女前面，不让少女的容颜被他那嚣张的皇兄看到。他望着二皇子身后的奴才将他的毯子拿去包一只小狐狸，那狐狸毛色纯白，极美，他却心生厌恶。他笑道："二皇兄觉得合适，那便是合适。哦，对了，我刚才过来的时候，似乎听到大皇兄宫里的人说，父皇召了大皇兄一起用晚膳，说是晚膳过后，大皇兄还要陪父皇下棋。"

"什么？"二皇子一听，刚才的嚣张气焰顿时不见，"谁都知道我的棋艺比他强了许多，父皇为何召他不召我？"

"这个，二皇兄得问父皇才知道。"

"走。"

二皇子心情烦躁，领着一干奴才疾步离去，临走前将那条毯子从白狐身上一掀，随手丢到亭下一个不大的湖里，扬长而去。

他看着湖中的毯子，目光沉下，没作声。

少女却二话不说，转身就奔下亭子，纵身跳进湖里。他一惊，想阻止已经来不及。

冬日的湖水，冰冷刺骨，他看着女子在湖水中费力地朝那毯子游去，心中涌上一股说不清楚的陌生情绪。平生第一次，他知道了原来他的东西也可以被人如此重视。走下亭台，对游向岸边的少女伸出手，握住她纤细而冰冷的手指，望着她上岸后在冷风中瑟瑟发抖的身躯，他忽然想，这一生，他想好好保护她。

拉着她到一个能避风的地方，他叹道："不过是一条毯子，不值得你下湖捡它。更何况，它已经被畜生碰过了，不要也罢。"他说完就想拿过来，再扔掉。

少女却不答应，两手紧紧抓住，低头道："不行，你说了，这个送给我了，它是属于我的。"

他说："我以后送你一条更好的。"

“不。我就要这个。”少女垂下眼，目中浮现出浅浅的悲伤，“我已经不记得有多少年没人送过我礼物了，好像是八年，又好像是十年。谢谢你，六皇子。”

他还从未见过她这样的表情，她每次见他都会笑，不管是真的开心还是假的开心，她从来都只会笑。就像他一样，清和的笑容不离嘴角，心中的苦涩却无人知道。他看着她低垂的眼睫，那美丽的瞳眸里浮现着一层浅浅的薄雾，心间一疼，不自觉就揽过她被湖水浸透的身子，那样娇小，那样单薄。

“不要叫我什么皇子，就叫我的名字。以后，我一定会送你一条天下间独一无二的毯子，到那时，没人再敢从你手中夺走！”

那时候，他以为，她真的只是一个普通而又特别的宫女。

已经是很遥远的记忆了，但不管过去了多久，依然无法从他心头淡去，可她却早已忘得一干二净。他们之间的一切，在她面前，仿如过眼云烟，没有留下丝毫痕迹。如今，这条从数百只白狐中挑出的毛色一致的狐皮织成的独一无二的毯子，再放到她面前，她可会多看上一眼？

“皇上，该服药了。”贴身太监小旬子端着一碗药进了大帐，双手捧着恭敬地递到启云帝面前。

启云帝缓缓回身，眼角扫过那精致瓷碗里黑乎乎的药汁，清隽的眉微微蹙起，眸底闪过一抹深恶痛绝。

小旬子暗暗叹一口气，又往他面前递了递，笑着道：“皇上，您又在想念公主了？左将军出兵已有两个时辰，这会儿该进城了。皇上您很快就能见到公主了。”

启云帝端过药碗，像往常一样，习惯在喝到一半的时候顿上一顿，感受着涩涩的苦味流转在唇齿之间，逐渐地漫入心肺。他眉头轻拧，将剩下的半碗饮尽，漱了口，抬头，神色晦暗不明。

是的，很快便能见到。

“皇上，皇上！”一名侍卫慌慌张张就要冲进大帐，小旬子连忙上前拦住，训斥道，“何事如此慌张？”

那人止住脚步，扑通一声跪在大帐门口，面色颓丧。

启云帝头也不抬，淡淡道：“何事？”

那人一头磕到底，悲声道：“启禀皇上，我们的计划败露，左将军带去的十万大军，全……全军覆没。”

启云帝抚摸着毯子的手蓦地一僵，低垂的眸子变得深沉，却不曾回头。只有小旬子大为吃惊，睁大眼睛问道：“怎么会败露？是谁走漏了消息？”

那侍卫颤声回道：“小人……不知。”

小旬子心下一沉，转头去望仍坐在红色地毯上的帝王，只见他眉头微微蹙起，略显苍白的唇带着一种病态的优雅，轻轻抿着，半晌都没出声。

门外的侍卫头也不敢抬，小旬子亦是沉默着不语。过了半刻钟，启云帝面色无波，似叹息般轻声问道：“皇妹进城了？”

侍卫惊诧地抬头，他还没敢说呢，皇上怎么就知道了？愣愣地点了点头，将探子从乌城探来的消息一一禀报。

启云帝静静听着，不发一言。

以其人之道还治其人之身，不费一兵一卒，如此轻易地灭了他十万人马！

“皇上……”小旬子见他面色如此平静，不由担忧地唤了一声。那是十万人啊！就这样没了，皇上怎会无动于衷呢？

启云帝微微扬了扬唇，露出一丝优雅的笑容，道：“这只是开始！”

向门口摆了摆手，小旬子忙让那侍卫退下，方才上前又唤了一声，却被启云帝制止。

启云帝面容如常，深沉之中看不出半点儿情绪波动，只眸底神色偶尔划过一丝几不可见的悲哀和无奈。他目光轻垂，手下的毛毯，白色在眼中扩散，看着看着，就仿佛看到了那女子的满头白发。

他忽然问道：“小旬子，你说，皇妹见到这条毯子，会喜欢吗？”

小旬子忙扯出一个笑脸，回道：“皇上亲自狩猎，用了好几年的时间才得了这么一条毯子，珍贵自不用说，单是这份心思啊，公主就一定会喜欢！”他说完心里在想，即使没有这么多的心思，单就这样一条美丽又珍贵的毯子，若是送给后宫里的哪位娘娘，那娘娘非得高兴得几宿睡不着觉不可。

启云帝微微笑了，那笑容停在唇角，无法融入冰灰色的眼眸。他自嘲道：“你说的是从前的她，如今的皇妹，只怕是……朕将整个天下捧到她面前，也不及南帝回头看她一眼。”

小旬子忙道：“公主只是暂时忘记了您和她的过去，等她想起来了，皇上在公主心中的位置，仍然没人可以代替。”

是吗？启云帝在心里这样问自己。曾经他也以为是，但如今，他却再也无法确定。他撑着身子站起来，转身望着大帐之外那随风而起的黄土沙尘，命令道：“传令下去，明日一早，全军出发。”

翌日，早晨。

春末夏初的晨光才刚刚露头，透过灰色的云层倾洒在这片充满血腥的大地上。

启云大军再次兵临城下，二十万兵马，分攻东、南、西三大城门。东、西二门各三万人，其余十四万大军聚集在南城门下，整齐列阵，预备攻城。而南门守城的四万多人均被分派于东、西二门，此时的南门城墙之上，没有一兵一卒，只有一名绝色女子。

罗纱广袖，飘然若仙，银发如雪，飞舞轻扬。额间一朵红莲花钿，金粉描边，在晨光照耀下折射出圣洁而妖冶的光芒，衬着她那清丽脱俗的面容，如仙飘逸的身姿，让人一眼望去，便如失了心魂般移不开眼。

城下将士抬头仰望，愣怔和疑惑的目光中更透出心底的惊艳。

漫天孤身一人，站在城墙的边缘，目光往城下一扫，仿若睥睨世间的姿态，淡漠而清冷。

十四万大军，黑压压的一片，阵势恢宏无比。她皱了皱眉，竟不见启云帝的影子。微微抬眸四顾，她瞥见百丈开外有一天然石台，浑然大气，宽阔结实。上面不知何时停了一座孤辇，红木架，镶金顶，一帘黄幔斜斜掀起，搭在左侧架子上。轿辇周围无人，里面光线晦暗，距离又远，她看不出轿中究竟有人没人？

“荣韬奉皇上之命，迎接公主回国省亲，还请公主打开城门。”敌军为首的是一名年轻的将军，对她说话时拱一拱手，却并未下马。他见城墙上虽只有漫夭一人，但也不敢轻举妄动，以免像左将军一样，中了她的计。

漫夭冷眼望着城下十数万兵马，面色镇定一如平常。她微微勾唇，望着远处的轿辇，淡淡嘲弄道：“如此大的阵仗，原来是为接我！皇兄这般厚爱，叫容乐心中好生惭愧。本应随你们回去，怎奈容乐有孕在身，不宜长途跋涉，还请将军代为回禀，请皇兄谅解。”

荣韬面色有些难看，回道：“此话公主还是当面向皇上禀报的好。倘若公主不愿走城门，那……臣只好让他们上城墙接您下来。”说罢就要扬手发动进攻。

漫夭笑道：“荣将军急什么？”

荣韬道：“臣有皇命在身，迎接公主回朝，势在必行，还望公主体谅！”

“哦？”她凝眸一笑，继而低沉而冰冷道，“那不知……皇兄要你迎接的，是活人呢还是死人？”

荣韬一怔，皱眉回道：“皇上……未曾交代。不过，以公主之尊，除非万不得已，否则，臣绝不想伤到公主玉体。”他说话时，多半看着自己的手或者地面，偶尔抬头，也是避过那张绝美到令人窒息的容颜，尤其是那双眼，明澈清透，慧光深藏，一旦对上，他仿佛觉得自己的灵魂都能被那双眼睛看穿。

漫夭偏偏就盯着他的眼睛看，一眨都不眨，语带无奈道：“既如此，那好吧。我可以跟你们走，但我有一个请求。”

“公主请讲。”

漫夭道：“我跟你们走，你们不准再攻城。”

“这……”荣韬稍稍犹豫，皇上没有说，如果公主同意，他应该怎么做，是继续攻城还是撤军回营？他微微思量后，说道：“公主先下来再说。”

面对他这明显敷衍的回答，漫夭也不恼，面上依旧带着微笑。

荣韬不知不觉抬起了头，对着她淡淡的柔和的笑容，微微一愣，虎目之中燃起一丝怀疑，这样一个看起来像仙子般的女子，手无寸铁，柔弱纤细，她真的可以不费吹灰之力便灭掉他们的十万大军吗？她这样的女子，怎么看也不像是双手沾满血腥的人啊！

漫夭在他的注视下，逐渐敛了笑，黛眉染上轻愁，唇角含着哀伤，叹息一声，道：“也罢。只是……容乐怎么说也是南朝的皇妃，总不能连招呼都不打一声，就这样擅自离开。”

荣韬想想，觉得也没什么不对，便问道：“公主是想给南帝留下书信？”

“信就不必了。”她转身遥望北方，目中含着数不尽的思念，神情凄楚哀伤，让人

看着便心生不忍。她幽幽说道：“自从他登基为帝，国事繁忙，我嫁给他这一年多，还从不曾为他弹奏过一曲。今日，就以一曲遥寄相思，希望他远在千里之外，也能够感受到我的情意。”

以情动之，从来无人可以拒绝。即便是铁血汉子，也会有心软的一刻。荣韬目光几转，思虑过后，驾马退后几步，点头道：“好吧。那就请公主在此弹奏，让我等也一饱耳福。”

“多谢荣将军成全。”她转头向城墙下叫道：“来人，取琴来。”

一架古琴送上城墙，琴案上，一曲乐谱铺开，上头写着三个字：摄魂曲。如果荣韬看到这三个字，绝对不会给她机会让她弹出来。

漫夭一拂衣袖，纤纤十指放置在琴弦之上。

抬眸带笑，她一扫城下大军，手指拨动，一串美妙的音符自指尖流淌而出，空婉清灵，有如天籁之音，动人心弦，直拨人心底最柔软的一处。仅仅是个开头，城下那些不懂音律的将士便听得入了迷，仿佛被那琴音带入了美妙的幻境。

荣韬听得心中一动，眼前不自觉地浮现出一幅奇幻的美景。

幽静的林溪山涧，黄沙远去，金戈铁马不再，只有蓊郁草木，泉水叮咚如轻铃般作响。水色幽碧而清澈，捧一捧清泉，入口甜如甘露，让人喜不自禁，畅想着有朝一日的清平盛世。正想再来一捧仔细品尝，忽然耳边琴音一转，眼前的山林化作大片的花海，美轮美奂的蝴蝶在百花中翩翩起舞，仿若一个个身披薄纱的妙龄女子，曼妙的身躯若隐若现，惑乱人的心神……

漫夭红唇微勾，看也不看那些手持饮血兵刃、面上却已然如痴如醉的沙场将士，她指尖力度渐重，琴音由清越变得深沉而大气。

荣韬似是又置身于波澜壮阔的大海和峰峦之间，看云烟缥缈，如梦如幻……正陶醉间，突然，耳边猛兽狂啸，山中野狼猛虎从四面八方蜂拥而来，嗜血的眼神、尖利的牙齿、想将他撕碎了吞食入腹……碧蓝的海水顷刻间变成浓稠的鲜血，腥臭的味道充斥着鼻尖，刺激着他体内埋藏在最深处的暴戾的因子。

他举起手中的剑，对着冲过来的野狼和猛兽狠狠劈下去，鲜血飞溅而起，他感觉到脸上一股湿热的黏度，鼻尖那种血腥气越发浓重，让人几欲作呕，他闻着却兴奋了起来。

荣韬的剑一经举起，就再也停不下。青铜色的铠甲，流淌着血色的鲜红，他像入了魔般地双目嗜血，面容狰狞，机械地重复着杀戮的动作，见人就砍，疯了一般。

不只是他，此时的城墙下，所有的人皆是如此。

他们似乎不知道自己是谁，也不知道对方是谁，他们的眼里、心里，都只有一个字：杀！

隐在城墙楼梯口的向戊和两名副将以及萧可被这样残酷的场面震住了。向戊和两名副将震惊地看着那些人，不，那些已经不能称之为人，而是失去心智的疯狂的屠夫。

原来一曲美妙的琴音，真的可以化作催命之符，如此可怕！

萧可木木地走出来，站到漫夭身边，看着漫夭飞舞着纤细而灵动的手指，再看看旁边的曲谱，她面色渐渐发白。这首《摄魂曲》是她师父雪孤圣女所创，曾经想传与她，奈何她天生不喜欢练武。而这首曲子，必须有内力的配合，才能发挥它的作用。内力越强，杀伤力越大。

萧可只知道这曲子很厉害，能杀人，却不知，它还可以将人变成魔鬼。从来没见过这样盛大的屠杀场面，看着混乱的战场上翻滚的头颅，被劈成两半的身体里流出的五脏六腑，鲜血蜿蜒成河。她心里一时难以接受，胃里剧烈翻涌，她急忙跑到一边，弯腰呕吐不止。

漫夭听着下面传来的厮杀声，目光只望着曲谱，什么都不敢想，什么也不愿想。若不是逼不得已，她绝不愿用这样的方式，去残杀她这具身躯的同胞子民。她缓缓闭上眼睛，空气中的血腥气慢慢浸入她的肺腑，耳边回荡着那些人死亡前所发出的惨烈无比的哀嚎。

心一下下颤抖着，窒息得难受。她多想停止这一场残酷的杀戮，如果她可以的话。

就在这时，一支利箭破空而出，从远处石台上的轿辇之中，朝她疾射而来。

迅猛的速度，决然的姿态，无人能挡的气势。

向戊惊叫道："娘娘，小心！"

她睁开眼睛，便看到了那支迎面而来的箭矢，在阳光下闪烁着刺眼的白芒。她没有反应，因为这首曲子，一旦开始，便由不得她中途停止。

她以为她就要这么死了！然而，那支箭对准的，却不是她，而是她面前的琴。

铮！

弦断，琴毁，音绝。

她惊愕地抬头，那百丈之外的石台上，轿辇之中步出一名男子，那人头戴金冠，身着明黄色龙袍，远远朝她望过来。她看不清那人的表情，甚至连他的脸也看不清。

轿中有人不在她意料之外，让她意外的是，这样远的距离，他竟还能如此精准地射毁她面前的琴，而不是她这个人。

望着那被箭力劈开的琴与琴案，她才知道，原来他的箭术，也这么好！

城下的敌军猛然清醒过来，满身是血的荣韬不敢置信地看着死在自己剑下的战友，望着周围满地残缺不全的尸体，一股滔天的愤怒陡然而起。剩余的几万人齐齐瞪目望向城墙上的白衣女子，刚才还觉得她像仙一样美，此刻再看，只觉得这女子如魔一般可怕。

荣韬怒道："将士们，这个女人竟然用诡计让我们变成了残害自己同胞的凶手，我们不用再对她客气。这样的人，不配再做我们的公主。兄弟们，冲上去，杀了她！"

"杀了她！杀了她！"仇恨的力量，果然是无穷大。冲天的杀声，几乎要将这座城震塌。

漫夭被琴弦割破的手指缓缓握紧，望着那些被仇恨的怒火淹没的将士，她心头窒闷，头也不回，对身后的人吩咐道："姚副将，立刻送萧可离开。"

向戊扑通一声跪在地上：“娘娘，您也走吧。这里交给臣，臣会竭尽全力，即使拼尽最后一口气，也会力战到底，誓保乌城。”

姚副将与另一名副将也跪地拜道：“是啊，娘娘，您快走吧！”

漫夭望了眼仍在呕吐不止的萧可，看姚副将的目光沉下，冷声道：“这是本宫的命令。你敢违抗？”

姚副将还想再劝，而向戊见她一副坚决的模样，只好叹一口气，示意姚副将照吩咐做。

萧可微微停了停，回头抗议道：“我不走，我要陪着公主姐姐……”

漫夭眉头一皱，上前就点了她穴道，吩咐姚副将：“快走。”说罢向城下挥手，几十人应她手势，拎着油桶上了城墙。这时，敌军梯子已经搭上来了，漫夭命那些士兵向城下蜂拥过来的敌军泼油，点上火把扔过去，冲天大火一下燃了起来。

那些身上着了火的士兵在大火中痛得滚地尖叫，撕心裂肺的声音一浪高过一浪，震刺着人们的耳膜。

大火并未完全阻隔住那些愤怒到疯狂的战士，有些人踩着大火中的尸体往前冲，不顾一切地想爬上城墙杀了她。

向戊和那名副将挥剑砍杀爬上城墙的敌人，但奈何他们人太少，上到城墙的敌人却越来越多，都冲着漫夭而去。

漫夭提了剑，摸了摸自己的肚子，毫不留情地将剑刺入敌人的身体。

她的双手已经沾满了鲜血，也不在乎再多杀一些。

不知道过了多久，她觉得她的手就要失去知觉，眼前到处都是猩红一片，身上像是被人兜头泼了一盆血，一身白衣早已看不出原来的颜色。身边的人一个个倒下了，她和向戊还在拼杀。向戊和她一样，成了一个血人，已经分不清哪些是敌人的血，哪些是自己的血。

向戊眼看城墙上的敌人越来越多，焦急叫道：“娘娘，您走吧！乌城可以失，但您和您腹中尚未出世的小皇子却是万万不能有事。求求您，快走吧！”

漫夭苦笑道：“走不了了。”也许这城里的任何人都有机会离开，唯独她，走不了。也不知道东、西二门战况如何？

她正想着，城内有人来报：“启禀娘娘，西城门敌军已退，我军两万多将士死伤过半，剩余将士们正往这边赶，请娘娘一定要坚持住啊！”

漫夭还来不及生出一丝欣慰，又有人来报：“启禀娘娘，东城门……东城门快保不住了！”

她一怔，忙道：“让那些将士立刻去东城门救援。”

“可是娘娘您……”

“快去！”她厉声大喝，那人连忙领命离开。

城下的大火渐熄，他们临时准备的油已经用完了，而敌人，还有很多。她几乎绝望了，这一仗，本就没有赢的可能。她想保住他的江山，但是，她已经尽力了！

“娘娘，我们来帮忙了！”

纷沓的脚步声从身后传来，她回头，看到许多百姓冲上城墙，有男有女，有老有少，他们一部分人手中提着油桶，其余人拿着临时从别处弄来的刀剑赶过来帮忙，尽管他们没有武功。

那一刻，她被感动了！望着那已经熄灭的火再次燃起来，就好像是在她心里面燃起了希望，原本无力的手臂再次充满了力量。她眼角湿润，从来没有这一刻这般感觉，百姓是这样的可爱，令人尊敬。但是，不会武功的他们，来这里只会是送死。她忙道：“留下几个人泼油，其他人赶紧离开。你们不会武功，来这里也是白白送死。”

“我们不怕死！他奶奶的，能杀一个敌人也不算白来。”

“娘娘你是启云国的公主，又怀胎五月，都能为保乌城而不顾性命，我们作为南朝子民，如果袖手旁观，那还是人吗？”

“我们都是自愿来的，和娘娘您一起抗敌，杀一个是一个……”后面二字还未说完，便被冲上城墙的敌人一刀劈中，那句话，永远也说不完了。她看着那才十四五岁的孩子在她面前倒下，眼中还带着对她的崇敬神色。她“啊”的一声大叫，挥剑便将那敌人削成两段。

她将手中的剑递给身边的人，夺过别人手中的弓箭，从两人的头颈间交错的缝隙瞄准远处立在石台上的男人。

十成内力，半分不留，一箭发出，挟带劲风呼啸而去，势不可当。

一箭穿心，精准无比！

一身龙袍的男子跌落石台，摔在地上激起一片尘烟，她在男子坠下的刹那，身子猛地僵了一下，有一瞬间的恍惚，脑海中忽然闪过在启云国皇宫的三年时间，那人对她的呵护宠溺，还有和亲临天国，送别时的那句话：“朕此生最大的心愿，是皇妹你能好好地活着，幸福地活着……”

忽然泪流满面，不知道是高兴，还是难过。她没有想到，竟如此轻易地就射中了他。而他，没有闪避，没有格挡，没有做出任何抵抗，就那样被她一箭穿心！

敌军中有人大叫一声：“皇上！”

“不好了，皇上中箭了！”

敌军顿时混乱起来，荣韬大惊，再也顾不得指挥人来杀她，忙叫着退兵，朝跌落石台的男子疾奔而去。

“皇上，皇上——”尖锐刺耳的悲痛尖叫从石台下传过来，她手中的弓弩掉在地上，视线已然一片模糊。

敌军退尽，百姓在城墙上欢呼。

漫夭望着堆积如山的尸体，鲜血汇聚成河，她只觉心口发紧，莫名地有些疼痛。众人簇拥着她回营，向戊遣散百姓，让人去请大夫，被她拒绝。

漫夭独自一人回房，一进屋，关上门，她靠着墙，疲惫的身子无力地滑了下去，跌坐在地上。双目透出浓浓的疲倦，感觉真的好累，好累，累到她连呼吸都觉得很痛。

缓缓合上双眼，耳边的厮杀声挥之不去，脑子里不断闪现着鲜血和尸体的画面，闪过那三年宫中的岁月，男子倾心的呵护和后来所给她的伤害。

她拳起双腿，紧紧抱住，头脸埋在双膝之间，衣衫上湿漉漉的血液浸染着她的肌肤，风从窗口吹进来，掠过她的身躯，带起一阵阵无声的战栗。

她想就这么待一会儿，不想动了，一点儿都不想动。

突然，有一只手，覆上她的手，淡淡的微热包裹着她的冰凉。那是一种有点儿熟悉却又变得陌生的温度，惊得她猛然抬头，便看到了一张清隽儒雅的苍白面容。她身躯猛然一震，张口就要叫却已然叫不出声，身子也动弹不得。

就在她抬头的刹那，被点中了穴道。

卷四　黄粱一梦断魂局

第十七章 隐姓埋名

初夏的太阳还不够毒辣，但这片大地已然透出夏日的浮躁。

一辆看似普通的马车内，漫天突然觉得鼻子发酸，心头微窒。

“容儿，怎么了？身体不舒服吗？”身边的人见她黛眉轻皱突然抬手按住胸口，忙询问。他的声音无比温柔，且略带紧张。手伸过来，一触碰到她，她便如避毒蛇猛兽般地躲开，冷声道：“和你没关系。你到底要带我去哪里？”

这已是她被带离乌城的第六天，身边的男人自然是她以为已经被她一箭射死的启云帝。想不到他如此狡诈，找了个替身卸下她的防备，而他早已趁乱混入城内，躲进她的房间，只等她心力交瘁后的“胜利”归来。

内力被封，双眼被一块细长的黑布蒙住，什么都看不见，她也懒得揭开，因为她此刻不想看到身边的这个男人。

启云帝目光一暗，手垂了下来，没有回答她的问题，只怅然轻叹：“容儿，你就这样讨厌我吗？”

“是，很讨厌。”她十分肯定地给他答案，面容冷漠，神色与语气中的厌恶异常明显。

启云帝面色蓦地一白，冰灰色的眸子里透出一片死寂，猛地咳嗽起来，一阵比一阵急剧，带着沉重的喘息，听在她耳中，仿佛一个将死之人要将心肺都一并咳出来的感觉。是这几日来，她听得最多的声音。

马车停了，小旬子掀起车帘，递给启云帝一颗黑漆漆的药丸：“皇上，您快含着这个。”说罢转眼看向漫天，目光复杂，语气似是恳求又似埋怨：“公主，奴才求您别再气皇上了，您这么做，迟早会后悔的。皇上不像您想象的那样，他从来没有对不起您，

如果没有皇上，您以为您能活到今天吗？”

“住口！咯、咯、咯……谁准你多嘴了，出去。”启云帝沉声喝道。

小旬子不甘地叫了声：“皇上……”

“朕叫你出去！咯咯……”

见皇帝动怒，又是一阵咳嗽，小旬子忙住了口，叹着气退出去。

漫夭转过头，看不见启云帝，只能听到他如同撕裂心肺般的咳嗽和喘息，她微微皱眉，不知怎么了，心中不自觉多了一丝隐隐的不安。小荀子说的话究竟是什么意思？为什么她会后悔？他说没有启云帝，她活不到今天，可是，若不是启云帝，她又怎会受那样多的罪？即便从前启云帝对真正的容乐公主有大恩，那与她又有何干系？她不是容乐，她只是漫夭。她这样想着，心中便安定了。

咳嗽渐停，身边的男子没再开口，只是靠在车厢上，目光温柔而又复杂，一直看着她的脸。她感觉到他的视线，转过头去，有些不自在。这样的相处，诡异得让人心里发颤。

马车走的是偏僻的小道，可能是考虑到她身怀有孕，马车行驶速度不快，且每过一座城，都会在客栈住上一晚，让人为她煎上一碗安胎药。

她有些弄不明白，他到底是什么样的人？为什么即便是他对待同一个人，也可以在狠心的时候冷酷残忍，体贴之时又细心周到？他的心思，像一潭深水，让人琢磨不透。她不知道他何时又会给她狠狠的一击，是害她的孩子还是利用她做筹码要挟她心爱的男人？无论是哪一种，对她来说，都是她所不能容忍的，所以，即便他对她再好，她也不会感激他。

边城之夜，一家普通客栈的上房，她终于抵不住多日来的疲乏困意，沉沉睡去。

推门而入的男子缓缓靠近，在床边轻轻坐了，小心翼翼地揭下她眼前的黑布。望着那张每日出现在睡梦里的容颜，他面上一贯的温和儒雅褪去，目光痴然如醉，眼中一片哀伤。只有等她睡熟了，他才敢取下这块黑布。他害怕她清醒时看他的眼神，那么浓烈的憎恨和厌恶，像是一把钢刀，穿肠剖腹，直扎心底深处，更胜过那一日城墙之上，他亲眼目睹她朝穿着他衣裳的替身毫不留情地射出利箭的那一刻。本是他意料之中，然而，他的心，仍在当时随着那支箭，支离破碎。

容儿，你为他，付出一切在所不惜，却独独对我，这般残忍。

他在心里无声地轻叹。

“皇上。”一身夜行衣的小旬子轻步而入，小声唤道。

启云帝头也不抬，随口问了句：“情况如何？”

小旬子压低声音回道：“皇上所料一点儿不差，幸好我们去得及时，早他们一步，现在太后娘娘正四处派人寻您呢。南、北朝也派出很多人查探消息，各处关口都有人盘查，如果您不想让太后娘娘找到我们，那我们的令牌就不能用了。”

启云帝点点头，这些都在意料之中，淡淡吩咐道：“照原定计划，去准备几套粗布衣裳，乔装上路。”

小旬子应了，又犹豫道："可是皇上，您的药……不多了。"

启云帝问："还剩多少？"

小旬子忧心忡忡道："正常服用，怕是撑不过两个月。"

启云帝眉微蹙，沉吟片刻后方道："以后每次用量减半，再由三日一次改为五日一次。"

小旬子惊道："这如何使得？您的龙体……唉！皇上，您这样做……真的值得吗？"

启云帝冰灰色的眸子里一片死灰般的寂然，凝望着静静躺在床上睡梦安详的女子，苦笑道："已是半个入土的人了，还计较这些做什么？你去安排吧。"

小旬子无奈地退出去，为他关好门。

启云帝坐回床边，想握握她的手，却又怕吵醒她，最后还是放弃了。他看着那双手，几乎和他的一样苍白，突然不知道，当初救她，到底是对还是错，如果他们就在那个时候一起死了，是否就能避免这后来所发生的不幸？

第二日一早，漫夭醒来时，天光大亮。

她睁开眼，看到床前站着一个女子，只扫了一眼，也没细看，便皱眉问道："你是何人？"

那女子温柔一笑，将一套粗布衣裳随手放到她面前，说道："容儿，起来换衣服，我们该走了。"

漫夭一愣，诧异地转头，瞪着他看，这"女子"竟然是启云帝！她怔了怔，想不到他堂堂一个皇帝，扮起女人来，竟似模似样。

"你……你怎么打扮成这样？"她困惑的眼神中掠过一丝嘲弄。

启云帝仿若不见，只温雅笑道："权宜之计。"

漫夭脑海中突然蹦出一句话："原来齐哥哥是个大美人！"

她皱眉，这句话有些莫名其妙，难道又是容乐的记忆？她再凝眸望他，虽是一身粗衣布衫，但身材高挑，面容秀雅透着一股子英帅之气。忽有一种模糊的熟悉感从心底掠过，仿佛这样的他，她曾经真的在哪里见过。

"你以前是不是这样穿过？"不知怎么就问出了这句话，不在她意识之内。

启云帝微微一震，目光忽然亮了起来，急急上前抓住她的肩膀："你记起什么了？"

漫夭猛地回神，对于自己奇怪的心情和言语有些懊恼，她这是怎么了？他以前的事和她有什么关系？忙低下头，她神情冷淡道："没有。你出去，我换衣服。"

启云帝止住动作，神色因那冷漠的口气而黯然，收回手，直起身子后退两步，缓缓转过身去，胸膛微微起伏，眼睛盯着地面，轻声说道："我，不看你。"

漫夭抓起衣裳的手又放下，他的意思是不出去？她郁闷地扭过头去，朝相反的方向，不看他，也没有任何动作，无声地表示抗议。

启云帝似是料到她会这般，敛去方才的失落，回头温和地笑了笑，面带宠溺道：

“如果容儿没力气换衣裳，那我来帮你。”说着人已经过来了，漫夭气极，拿衣裳拍开他的手，用目光狠狠地剜着他，闷声道：“转过去！”

启云帝住了手，笑起来，听话地转身。漫夭迅速地换好衣裳，那衣裳的尺寸竟刚刚好，像是照着她的比例量身定做的一般合身。

穿好衣裳，启云帝将她按到椅子上坐了，她不知道他想做什么，便挣扎反抗。

启云帝大手捏住她的肩膀，语气依旧柔和，却带着隐隐的警告：“容儿乖乖坐着别动，我不想伤着你和孩子。”

漫夭立刻停止挣扎，她相信，这个人绝对能说到做到。愤怒地看了一眼铜镜里那一脸温和仿佛无害的男子，她气恼地转过头去。

启云帝不在意地笑了笑，嘴角噙着一抹苦涩，用双手拢了她的头发，银白的发丝泛着柔软的光泽在他指间流淌，像极了他们那曾经一去不复返的时光。他用修长的手指轻轻梳理着发丝，然后将其绾起，虽然动作有些笨拙，但认真而仔细。绾好头发，他拿起一块蓝色的布，将其整个给包住，在侧面系上一个结，结带垂下，别有一番风韵。

他又拿过一个小盒子，盒子里分很多个小格，里面盛满不同颜色的凝膏和脂粉，他用指尖沾了些在她脸上涂涂抹抹。

他弯着腰，脸离她很近，两人的鼻息清晰可闻。

漫夭身躯微微僵硬，总想躲开迎面扑来的灼热气息，但下巴被他紧紧扣住，动弹不得，只得任他动作。不能挣扎，她又不愿看他，索性闭上眼睛。

足足半刻钟他才停下动作，满意地看了一眼他的杰作。

漫夭睁开眼睛，看着镜子里完全陌生的脸孔愣住，那是一张完全没有任何美感可言的脸，却也不丑，只是平凡，平凡得让人看十次也记不住。原来没有人皮面具的易容术，也可以这样完美。她抬手在脸上尝试着擦了一把，竟什么也擦不掉。

启云帝笑着将东西收起，拉着她走出去，小旬子已经等在外面。

这一次路过繁华街市，他没再点她穴道，也许是因为易了容，不担心别人认出她，抑或是有警告在先，了解她有多在意她腹中的孩子。

街上行人很多，马车走得慢，漫夭听到外面有人议论，说宗政无忧重金悬赏，寻找她的下落，并疯狂般地带人四处找她，她心中顿起波澜，想着无忧正为她寝食不安，便心急如焚。可她现在这个模样，就算说她是南朝皇妃，怕也没人信。她尝试着用各种方法递出消息，结果，不论她递出去的是什么，最终都被启云帝亲手送回到她手上，而被她选择的递信之人，无一例外地让他灭了口。

她就这样被他死死地困在身边，像如来佛祖手中的孙悟空，怎样翻也翻不出他的五指山。她不禁丧气极了，本就是有身子的人，如此折腾，越发疲惫不堪，走几步路都想睡过去。

“容齐，你究竟想怎样？”马车里，她极度疲倦地靠在车厢板上，愤怒而绝望地瞪着他，第一次直呼其名，质问道。

启云帝以相同的姿势靠着，眼中有着同样的倦怠，定定地望着她，没作声，只偶尔发出一阵咳嗽。

停停走走，二十多天，他们还在路上，不知道在小心地避着谁？她真的是太累了，这样日夜不安地猜疑防备，永无止境地斗心斗智，她累，他也疲惫。

不如，摊牌。

她说："皇兄，我现在还叫你一声皇兄，我想问问你，我的利用价值真有那么高吗？高到让你不惜用三十万大军作诱饵？你抓住我，到底想做什么，不妨直说吧，不要再浪费时间。你我到底是兄妹，如果是我能做到的，看在你这些天尽心尽力照顾我和肚子里的孩子的分儿上，我考虑考虑。如果触犯了我的底线，是我所办不到的，那你即便是杀了我，我也不会成全你。"

启云帝看着她倔强的双眼，眼睫垂了一下又扬起，冰灰色的眸子动了动，柔声问道："那容儿告诉我，你的底线在哪里？"

她气恨道："你知道。"

启云帝皱了一下眉又挑起："宗政无忧？你害怕我利用你威胁他？"

"是。"她无比坚定地回答。

他瞳孔一缩，双唇微颤，只觉气血上涌。总是这样，明知不可能，却总想听到否认的答案。他转过头，手握成拳抵着苍白的唇，咳了几声，再开口，声音如同寒风掠过破陋的埙，垂下的眸子晦暗难明："他在你心里，竟已经如此重要了吗？你宁愿自己死也不愿他受到伤害？为什么？"

那句为什么，问得很是艰难。

漫夭道："因为他是我的丈夫，是我腹中孩子的父亲，也是我这一生中唯一爱的男人。我可以为他生，亦可为他死。"

唯一爱？

她说：唯一爱！

他心中骤然一痛，眼底涌现出深浓的悲哀，那是一种从灵魂深处透出来的仿佛被全世界抛弃和背叛后的悲哀。可他依旧微笑着，似是三月春水，温柔在表，冰凉彻骨。他垂着头，张了张口，许久都发不出声音。最后，在咳嗽声中，模糊地吐出一句："你……确定吗？"

"是。"又是一个肯定的答案，毫不犹豫。

而那个"是"字的尾音淹没在他一阵陡然激烈的咳嗽声中。他低头从怀中掏出一个帕子捂着嘴唇，似是想极力抑制住咳音，却无济于事。

他的头发垂下，遮住一侧脸庞。瘦削的肩膀因隐忍的咳而不停地颤抖，那后背明显的骨架轮廓清晰异常，一滴艳红的血滴在车板上，在他脚边溅开。漫夭一愣，疑惑地蹙眉，她似乎并没有说什么过分刺激他的话，他至于如此激动到吐血？抿了抿嘴唇，对于这个男人，她真的不想心软，甚至恶毒地想，如果他就这么死了，她是否就自由了，是否就可以立刻和无忧团聚？

心中如此想着，但不知为何，她嘴上却说道："我去叫小旬子。"说完，她叹气，

人还没动，手已经被他一把拽住。他的力气依旧很大，手指苍白，映着她同样苍白的肌肤。她怔住，自己的手是从何时开始，竟也同他的一样，苍白似鬼。

愣怔之际，他微微抬头，眼里忽然有了一丝亮光：“容儿，原来你还会担心我。”

漫夭一听，立刻甩开他的手，想说：“谁会担心你。”但话还未出口，一抬眼，便对上他眼角殷红的印迹，她身躯一震，吓得一屁股跌坐在铺有席子的软榻上。那血……竟然不是从他口中流出，而是……而是从他眼睛里流出来的！

好诡异！她怔怔地望着那张消瘦的脸颊，苍白的面部肌肤，衬着眼角垂下的两道血痕，他冰灰色的眸子也笼上一层淡淡的血雾，让人看了心惊胆战。

她见过的血腥场面已经太多了，但这种眼睛里流下血泪的情景却是第一次见，顿时面色一白，心中盈满了恐惧，分不清究竟是在害怕什么？

启云帝见她用如此神色看着他的脸，不禁用手摸了把眼角，对着手上的残红，目光变了几变，却对她笑了笑，仿若无事般地说道：“吓到你了。”

漫夭双唇紧抿，没有吱声。

启云帝平稳了喘息，重又坐直，目光投在地板上的殷红血迹，没有焦距。过了半晌，他突然问道：“容儿，你确定……他真是你这一生想要的幸福？”

漫夭用眼神告诉他，确定。

启云帝靠回身后的车厢板，缓缓地闭上眼睛，手垂在身边，一点儿一点儿地捏紧。

漫夭看着他疲惫到极致的容颜，不再说话。他也会累吗？她觉得好像不管她什么时候睁开眼，他都是醒着的，她几乎怀疑这么多天他到底有没有睡过觉？还是他警觉性太强，哪怕是她睁开眼睛也能吵醒他？

见他闭着眼睛许久不动，她以为他要睡着了，以为这次的谈话就这样无疾而终。正当她也准备合眼休息之时，启云帝再次没有预兆地开口：“好，我成全你。但我有一个请求，你助我达成一个心愿，我此生唯一的一个只属于我自己的心愿，然后，我便放你离开。”

漫夭问道：“什么心愿？”

启云帝睁开眼，眼中一片蒙胧而隐晦的光，看不出神色：“陪我去一个地方，隐姓埋名，过一段普通人的生活。你放心，我不会逼你做你不愿做的事。”

她眉头微蹙，稍稍犹豫，她可以不答应吗？她似乎没有选择吧！

“什么地方？需要多久？”

“你去了自会知道。至于时间，也许四五个月，也许半年。”

“不行。半年太久了，我没那么多时间。”

她的身体也不知还能支撑多久，半年一过，她是否能见无忧最后一面都不确定。而她的孩子，她要亲手交给他，嘱咐他一定要很疼很疼他们的孩子。

启云帝似是看穿她的心思：“你害怕见不到宗政无忧？不用担心，你的时间，我会还你。”

“还？怎么还？”

没听说过时间也可以借可以还，除非，他能解她身上的毒。这天命之毒，或许是他下的也说不定。她心里燃起一丝希望，定定地望着他清隽温和的面庞。

启云帝却不再开口，重又闭上眼睛。

“你……”漫夭想问，但她一个字还没说完，启云帝温柔地打断她的话：“容儿，我累了，想睡一会儿，别吵。”

他的声音似是从肺腑里艰难地漫出，虚弱无力，却堵得她不得不住了口。

马车入了启云国边界，漫夭掀开车帘，看见边城里家家户户门前都挂着一条白帆，以示国哀。

如今的启云国，四处都在讨论一件事：皇帝大薨，一直虔心礼佛从未踏出慈悉宫半步的太后娘娘突然站出来，持国玺，以皇帝没留下子嗣为名独揽朝政。而更令人奇怪的是，朝中几名举足轻重的大臣竟站出来表示支持。太后掌权，发出的第一道旨意，以藩王之位为悬赏，活捉皇室不孝子孙——容乐，为皇帝报仇。

因此，漫夭再不敢轻举妄动。而她的肚子，也一天天的更沉了。

马车又走了十日，这天傍晚，停在了一个小村子里。

那是一个美丽的村庄，紧邻启云国皇城汇都的边缘，村子不大，约有十几户人家。村里有一条大河，河上修建了错综复杂的长木桥，桥边锁链上挂着各种颜色的莲花灯，一到晚上，整个桥上莲灯亮起，五颜六色，斑斓多彩。

这里的村民朴实憨厚，靠打鱼为生。白天坐在桥上垂钓，晚上乘船游湖，生活过得有滋有味，令人羡慕不已。

漫夭被扶着下了马车，站在河岸上，望着周围的景致，忽然觉得有些熟悉，仿佛曾经来过这里。

启云帝已换回男装，虽不再是锦衣华服，但那一身儒雅高贵的气质是那身粗布棉衣所遮掩不住的。他自己也易了容，奇怪的是，就连他易容后的模样她似乎也见过，好像这一次与他出来之后，他的行为举止，她都不自觉地有一种隐约的熟悉感。

她穿了一件白底蓝花的布裙，头发用深蓝色的布包裹着，配着这张普通的面容，虽有不凡的气质，但一般人见了不会多想。

“公子回来啦？”

远远地，一个四十多岁的大婶见到他们，高兴地迎上来，笑容真切道：“房子一直收拾着，等着你们回来呢。这下好了，夫人，这次回来不走了吧？”

夫人？漫夭皱眉，疑惑地看向身边的男子。

启云帝温和有礼地笑道：“多谢余嫂。我们这次回来，大概会住上一阵子。旬子。”他向小旬子使了个眼色，小旬子掏出一锭金子递给余嫂，客气道：“辛苦余嫂了，这是我们……公子的谢礼。”

“哎呀，这可使不得，快收回去。”余嫂连忙推拒，“这几年也就是去扫扫尘，擦擦土，不费啥力气，哪用得着这么重的礼啊！公子每年派人送来的银子我们都使不完呢，这回说啥也不能收。你们刚回来，天也黑了，今晚就别起火了，到我家将就着吃一

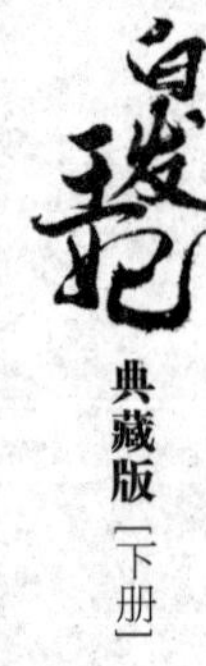

典藏版［下册］

口吧，也没啥好菜，别嫌弃就成。”

这余嫂倒是个实诚人。启云帝礼貌地笑道：“不麻烦余嫂了，我让旬子去村口酒肆买些饭菜回去就好。容儿身子重，得早些回去歇着。”说着他有意看了一眼漫夭隆起的小腹，面上似是将为人父的喜悦和幸福。

漫夭皱眉，不得不赞叹这人的伪装功夫不是一般的高。而此刻的启云帝敛去一身威仪，面对寻常百姓，完全没有一个皇帝的姿态，他就像是一个儒雅的隐士，谦和易处。

余嫂顺着目光去看，喜道：“哟！原来夫人有了身孕啊，那我得恭喜公子和夫人了！想想啊，你们成亲也有好几年了，这是第几个孩子？”

成亲好几年？容乐和启云帝？虽是六月天，漫夭却感觉心底骤然升起一股子凉气，将她整个冻结。她糊涂了，这容乐和她的哥哥到底是什么样的关系啊？怎么让人越来越迷惑？

启云帝揽着她的肩，对余嫂笑道：“就这一个。”说着，拿了小旬子手中的金锭放到余嫂手中，“这个还请你收着，我想请你帮个忙。”

余嫂不好意思地笑了笑，说道：“需要我做啥，公子只管说。”

启云帝道：“是这样，容儿自从有了身子以后，脾气不大好，我这次带她出来散心，家中老人不知。倘若有人问起，麻烦您就跟他们说我们是您的远房亲戚，过来投奔您的。”

余嫂了然一笑，以为定是婆媳之间闹了矛盾，这小夫妻瞒着老人出来散心。果然是大户人家是非多啊！她爽快地一拍胸脯，笑道：“这个容易，包在我身上。别说是旁人打听了，就算是衙门里的人来查，我也能应付。”

启云帝道了谢，牵着漫夭的手，俨然一个体贴的丈夫模样，温柔地说道：“容儿，走，我们回家了。”

漫夭抗拒地想挣脱他，那余嫂一副过来人的口吻劝道：“公子真是天底下少有的体贴人啊！希望夫人惜福才好。夫妻俩要同心协力，才能过好日子。快回去吧，怀着孩子别累着，有啥需要帮忙的，让旬子过来打个招呼就得。”

漫夭皱眉：“我……”

“容儿，有什么事回家再说，听话。”启云帝不给她开口的机会，拉着她就走。

余嫂在他们身后看着漫夭的背影，直摇头叹息：“唉，这夫人也真是，有这么个体贴的丈夫还不知足，非得闹别扭。也不知道六年前她为什么突然离开，害公子一个人伤心……”

漫夭走得慢，将余嫂的话都听在耳中，惊在心里。她眉头紧皱，心中的疑团越来越多，也越发不安，容乐和启云帝的关系，似乎比她想象的还要复杂。他们不是兄妹吗？

纷乱的愁绪如一团麻，越理越乱，想得头都痛了。

启云帝带着她走进村子东头竹林前的一栋简单而又别致的小院，院中花草茂盛，院墙四周种满了银杏树，枝叶繁茂散开，将整个小院笼在中央。而院中半人高的白色重瓣蜀葵大片大片地盛开着，走在其间的石板路上，一股沁人心脾的花香随风迎面袭来，吹却一腔愁绪。

“一别六年，这银杏树一点儿没变，只是这些花儿，已经长得这样高了。”启云帝四处打量着，带着怀念，语气中透着淡淡的几不可闻的哀伤，最后目光落在她身上，只剩下温柔又宠溺的笑意：“容儿，你喜欢吗？”

漫夭身子忽然一僵，脑海中有一幅模糊的画面一闪而逝，似乎听到有人在说：“齐哥哥，我喜欢这些银杏树，我们的房子就盖在这里吧。到了秋天，风一吹，满院子都是金黄的银杏叶，那一定很美。”

“好。再围个院子，院里多种些花草。容儿喜欢什么花？牡丹好不好？”

“不，我喜欢蜀葵，白色的蜀葵，一到夏天，开满整个院子……齐哥哥……”

头又痛起来，像要炸开般的感觉，她用手抱着头，蹲下身去，突然不想听到那些话。为什么记忆越多，她心中的不安越是强烈？

“容儿，怎么了？头又痛了吗？旬子，快去煎药。”启云帝急忙将她抱起，走进屋里，将她放到床上。

她用手揪着头发，怎么都止不住那猛烈袭来的痛感，脑袋沉重到无力支撑，亦无法思考。她无措地抓住他的手臂，指甲用力掐进去。

手臂上的疼痛没有令启云帝皱一下眉头，他看着她的目光满是疼惜，由着她在他身上留下一个又一个的血色指印，一声不吭。

不知过了多久，她累了，累得连掐他的力气都没了，瘫倒在床上，喘口气亦觉得艰难。

启云帝转身出去了，回来时，手中端着一个药碗。他吹了吹，扶她起来，将药递到她唇边。苦涩的药味合着一股子刺鼻的腥气直扑而来，她皱着眉偏过头去，直觉地想拒绝。

“喝了它，头就不疼了。容儿乖。”他像是哄孩子般地哄着她。

漫夭盯着他端着药碗的手，有些发愣，这是第三个喂她喝药的男子，第一个是傅筹，第二个是无忧，第三个是他。她来到这个世界六年，与这三个男人纠缠不断，他们都曾伤过她，却又都是真心爱着她，而她，从来不贪心，只想要一份爱就足够。

她端过药碗，屏息饮下，当真是苦涩至极。递回药碗，她瞥见他抬手时衣袖滑下，苍白的手腕间一道被利刃割破的未来得及处理的伤口还在流血。从她眼前划下，一道凄艳的直线，而她分明闻到了那股带着腥气的苦涩药味。

她心中一惊，震颤地抬头望他：“这药里……是不是有你的血？”

启云帝怔了怔，目光一闪，没有回答。

漫夭身子僵住，她竟然喝了他的血？！她顿觉胃里一阵翻涌，那股血腥气在鼻尖久久不散，俯身连连干呕，痛苦地憋红了脸。好端端的为什么要把他的血放进药里？难道他的血能解她身上的天命之毒？

启云帝顺了顺她后背，等她平复了，才递给她一杯清水，待她喝完，温柔地笑道：“服了药就睡吧。”说罢扶她躺下，替她盖了薄被。虽说已是六月天，但这里的天气并

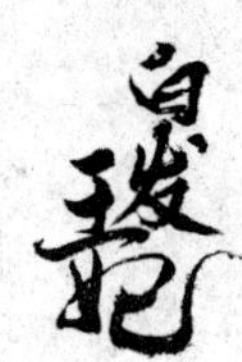

不算太热。

他做完这一切，端着碗出去了。

漫天歪过头，看着他清瘦的背影，心里说不出是什么滋味。

该如何看待这个人？她已经不知道了。

她望着天花板，心中喃喃道："皇兄，你到底是怎样的一个人？为什么一边置我于死地，一边又用自己的性命来救我？"

那么多的阴谋诡计，他想要什么，她不懂。如果说他有争霸天下的野心，那么，一个眼中只有江山权势的野心家，怎么会跟一个女子到这样一个乡村来盖房子、种花、植树？如果他没有野心，那他又为何处处利用她，欲侵占临天国，将她推入死路？假如，他知道她已经不再是那个真正的容乐，他又会如何？还会以血相救吗？或者干脆掐死她。

带着无数的疑问，在药物的作用下，她沉沉睡去。

这个村子，他们一住便是四个月，这四个月里，启云帝对她好极了，除了不放她离开以外，她想做什么他都会依着她，对她呵护备至。而他的咳嗽日益严重，不只眼角流血，鼻血也常见了，而她嗜睡的毛病反倒有所减轻。

第十八章　启云皇宫

几个月的朝夕相处，他的关怀细心，令她不再如初时那般对他冷言冷语，至少可以心平气和地谈话，无关原谅，只是无奈下的暂时妥协，为了自己，也为了肚子里的孩子。

这一年的秋天，满院子都是金黄色的银杏叶，在秋日的晨光中形成一道亮丽的风景。

十月怀胎，一朝分娩。她在忐忑和欣喜中迎来了孩子的降生。

撕心裂肺的痛楚撕裂她的身体，筋疲力尽的折磨，她连叫也叫不出声了，几度想放弃，想就那么睡过去。而那个令她讨厌且憎恨的男人怎么赶也赶不走，就坐在她身边，紧紧地握着她的手，两个人的手心都被冷汗浸透。

她疲惫而无力地渐渐闭上双目，产婆急忙叫道："别睡，千万别让她睡，这一睡就醒不过来了。再用把力，头就快出来了。"

可是她好累啊，没力气了。

启云帝慌乱地扳过她的头："容儿，醒醒，不要睡。"

"我好困。"她微弱的声音像是缥缈的尘烟，一入空中，迅速散尽。

启云帝急道："再困也不能睡。你不是想见他吗？我已经让人去通知他了，你想见他，就得坚持住。还有孩子……你这几个月的忍耐，不就是为了这个孩子吗？"

"孩子？对，我的孩子……"她疲惫地睁开眼睛，黯淡的目光燃起光亮，她伸手去抓他："你刚才说谁？他？是……无忧吗？"

启云帝点头道："是。"

漫夭面色一喜："真的？你……你没骗我？"

“不骗你。”启云帝无限怜惜而又悲哀的眼神令她开始相信他的话，眼角清泪缓缓垂下，天知道她这些日子有多想念无忧，一直想，一直想，从来没停止过。每一次孩子踢她的时候，她都想让无忧与她一起分享孕育生命的喜悦，她希望孩子出生的时候，陪在她身边给她力量的人是无忧。

启云帝轻拭着她眼角的泪，心中无比苦涩。

漫夭的意识恢复，撕裂般的阵痛再次侵袭而来，咬紧牙关，死命地抓紧他的手，指甲狠狠掐进去，拼尽全身的力气，叫了出来。

紧接着，一阵嘹亮的婴儿啼哭声响起，她从鬼门关走了一趟，无力地瘫在床上。汗水浸透了头发和衣裳，像是刚从水里捞出来似的。

“是个男孩。”她听见产婆高兴地对启云帝说。

她欣慰地笑，不管是男孩还是女孩，能平安活着就好。

启云帝拿布巾轻柔地擦拭着她脸上的汗珠，看着她苍白而疲惫的容颜，紧张地询问：“容儿，还好吗？”

她看了眼他目中真切的担忧，微微点了一下头，费力地抬手，虚弱地对产婆说道：“孩子……抱过来，给我看看。”

启云帝接过孩子，放到她身边。她看着那个孩子，刚出生的婴儿眼睛还睁不开，整张脸也是皱巴巴的，看不出像谁。她伸手摸了摸孩子的脸，那孩子“哇”的一声哭得更起劲了。她初为人母，面对孩子的哭声，有些手足无措。

进来帮忙的余嫂笑道：“孩子刚出生就是要哭的。哭声越响亮，以后越有出息。听这孩子的哭声，往后啊，肯定是了不得的。”

漫夭看着孩子可爱的脸蛋，摸着他软软的小手，初为母亲的喜悦和幸福盈满心扉。孩子，这是她和无忧的孩子！她面上露出许久不曾有过的真心的笑容。不知无忧看到这孩子会是什么表情？想到他翻天覆地地到处找她，她便觉得好心疼。

余嫂问道：“这孩子叫什么名儿啊？”

漫夭随口道：“还没取呢，等他父亲取。”

余嫂笑道：“那公子快给取一个吧。”

启云帝身子微微一僵，望着那个孩子，心情复杂。如果这是他的孩子，那该有多好！可惜，他命中注定，永远也不会有属于自己的孩子。听着那孩子的哭声，他清眉微蹙，对那产婆道：“把孩子抱到那边屋里去吧，容儿累了，让她先好好睡一觉。”

“别，我想再多看看他。”漫夭不舍地摸着孩子的手，生怕一松手以后便看不见了似的。

启云帝道：“你先休息，等你养好了身子，有的是时间抱他。”说着不顾她的阻拦，抱起孩子递给余嫂。

余嫂笑道：“公子真是体贴，夫人好福气。”说完和产婆一起出了这间屋子，轻轻把门带上，留下空间给他们两人。

漫夭无力地躺着，浑身瘫软，却一点儿也不想睡了。之前因为担心无忧会为了留住她的性命而选择牺牲孩子，现在孩子出生了，她迫不及待地想见他。

“你……真的派人通知他了吗？那他什么时候到？”她试探地问着，依然有些难以置信，皇兄费尽心机带她来到这里隐姓埋名，他真的会让无忧找到她？还是他又设了什么阴谋诡计？

启云帝见她神色期盼而焦急，心头刺痛，垂目望向自己的手，那苍白的肌肤上不多不少，五个鲜红的血印，淋漓在目。他往日里深沉得看不出情绪的双眼渐渐染满悲伤，却故作轻松地问道：“容儿就这样迫不及待？这段日子，过得不好吗？”

漫夭瞥见他手上的伤，微微有些歉意，但她没有对他说抱歉。

她淡淡道：“不是日子不好，而是身边的人不对。平静安详的生活一直是我所期盼和向往的，但前提是我心甘情愿，而不是被人禁锢和胁迫。”

启云帝唇边的笑容凝住，她想了想，又道：“我，不是你心里的那个人。”

启云帝却目光灼灼地说：“你怎知你不是？”

漫夭无法回答，她不能告诉他，她不是这个世界的人，那样，也许她会被当作妖怪被一把火给烧掉。

启云帝看着她垂下的眼睑，定定出神，过了好一会儿，他才黯然起身道：“你好好歇着吧。”

“皇兄。”漫夭叫住他。

他顿住，回头。

漫夭望着他的眼睛，问道：“我体内的天命之毒，是不是你下的？”

“你可以……当作是。”启云帝双眼之中的冰灰色，从眸子中央的一点逐渐扩散开去，如今已经占据了他整个瞳孔，看上去毫无生气。

果然是他吗？不知道这个男人为什么要对自己心爱的女子下这种要命的毒？既然要封存她的记忆，如今却为何又要让她记起来？他似乎是一个矛盾的人，他的行为和他的感情总在相互冲突，她想不明白。漫夭又问：“真的能解吗？”

启云帝微微沉吟，想了想，才道：“也许能，也许……不能。”

这是什么回答？“那到底是能还是不能？”

他说：“我不知道。”

“你！”漫夭无语，不知道？那他说会还她时间？

她气恼，他这是在戏弄她，给她希望，又让她失望。她不想再说什么，翻了个身，背对着他，不再答理这个男人。

启云帝无声地叹息，准备转身出门。

“啊！你是谁？你，你，你……”另一间屋子里突然传来余嫂惊恐的叫声，一句话没说完，便听到咚的一声响，紧接着外面传来一阵喧嚣的脚步声。

漫夭一震，噌地坐了起来，顾不得身子的不适，掀开被子就要下床，而启云帝微愣过后先她一步掠了出去。

门外大批御林军守卫，踏着齐整的步子跑到门口分两列站好。为首的御林军统领见

皇帝出来，忙领着众人下跪参拜。

启云帝面色一变，到底是在她眼皮子底下，尽管隐蔽，但终究还是被找到了！

漫夭披了衣裳，踏出房门，隔壁屋子里的孩子已经不见了，余嫂和产婆跌坐在地上，被外面的阵势吓得愣住。漫夭扫了一圈，没见有人抱着孩子，便急急问道："孩子呢？我的孩子呢？"

余嫂心有余悸地颤声道："被一个……黑衣蒙面人抱走了。"

黑衣蒙面？漫夭扶着门框，脑子里已经无力思考，转过头去，狠狠地盯着启云帝，那目光又急又恨："这就是你的目的吗？用五个月的时间和三十万大军的性命，换一个孩子做筹码，牵制我，牵制宗政无忧，来达成你争霸天下的野心？说什么通知了无忧来找我，说什么我身上的毒也许能解……全都是假的，你骗我！你还我的孩子，还我的孩子！"

她冲上去死死地揪着他的衣襟，似是想将他掐死般地疯狂。

怎么办？怎么办？她不停地在心里问自己，保不住自己的命，又弄丢了孩子，她有何面目去见无忧？

启云帝定定地站在那里，任她发泄着心底的怒火。望着她几近疯狂的怒容，因焦虑、愤恨而生的怨恨眼神，他张了张口，终是什么也没说。看着这样陌生的她，目光像是被凌迟了一般，寸寸裂开。曾经他就想，像她这样时时保持着冷静和理智的女子，要怎样在意的人才能让她变得疯狂？他一度希望，有一天她的疯狂失态，是因为他，哪怕是恨，也好。

御林军统领道："公主不必惊慌，您的孩子已经由太后派来的人先一步接回了宫里，等您进了宫，自然会见到。皇上、公主，请！"

漫夭一怔，太后？那个不需任何人请安，整日在慈悉宫里吃斋念佛的太后？她在启云国皇宫三年，从未曾见过。

太后命人抱走她的孩子要做什么？还有，太后怎知他们在这里？她不是以为皇兄死了吗？还正式发了国丧，下懿旨，用王位做悬赏，活捉她为皇兄报仇。若只是查她，应该在临天国境内查探才是，又怎会查到这个地方来？

她双眉紧拧，思绪有些纷乱，强迫自己镇定下来。想一想，只有两个可能，其一，太后知道皇兄没死，假借发丧和下令抓她之名，站出来主持国政；其二，这一切都是启云帝所设的计谋。

"上车吧。"启云帝语气淡然中带有一丝轻颤，说完，他自己先上了马车。

该来的终究会来，挡也挡不住。

御林军统领见她站着不动，又说了一遍："公主，请。"

漫夭没有选择地跟着上车，浩荡的队伍起行，在余嫂及村民们震惊和诧异的目光中渐渐远去。

就在他们离开的一个时辰之后，马蹄声溅响在这个宁静的村庄，十数骑黑色骏马飞驰而来，停在那铺满金黄色的银杏叶的小院门口。领头的男子身着墨色锦衣，一张面容俊美绝伦，却有着一身如魔般邪佞冷冽的气息，令人一见便颤到心底里去。他率先跳下马，脚未沾地便直奔屋里。

屋子里凌乱不堪，床上的被褥掀翻在地，房中空无一人。

宗政无忧望着屋子里的两大盆血水，还有一些染血的布帛，心中猛地一阵战栗，僵立在那里，动弹不得。

冷炎巡视一圈，过来禀报道："爷，屋里没人。好像是刚走，炉子还是热的。"

经过了四个多月，无隐楼才查到了消息，而那个时候，他又收到一封匿名信。他紧赶慢赶，没想到还是迟了一步。

她去了哪里？这些血，又是谁的？

"速去找周围村民问问这里发生过何事？"他话还未落音，外面有人问道："你们找谁啊？"

余嫂在院门口探头，看这些人似乎来头不小，便问得小心翼翼。

冷炎忙出门问道："这位大嫂，请问你可知这屋里的人去了哪里？"

余嫂道："他们被宫里来的人接走了。那些人管公子叫皇上呢，我早就看出他们不是一般人，但怎么也没想到他居然是皇上。哎，你们是什么人啊？找皇上做什么？"

冷炎少有地耐心道："我们是来接人的。你可知这里发生了什么事？为何会有如此多的血？"

余嫂笑道："哦，那个啊，夫人刚生完孩子，那些血水我还没来得及倒掉呢。说来也奇怪，按道理说，夫人应该是娘娘才对啊，怎么那些人管夫人叫公主呢？"

宗政无忧身躯一震，生了？他转身，快步走出，深沉的眼眸有着掩饰不住的紧张，问道："大人可平安？"

余嫂一见他的脸愣住，乖乖，这世上竟然有这么好看的人，还是个男人！不过……他的那双眼睛，像是两把锋利的刀子，真吓人。

余嫂不自觉地退后几步，心头生出莫名的惧意，冷炎见她被吓得说不出话来，便皱眉，耐着性子道："大嫂，你不用怕，我们是公主的亲人。你知道什么，就告诉我们。"

余嫂微微犹豫，用眼角余光偷偷打量着宗政无忧，见他气势虽凛冽，但明显更多的是担忧和紧张，不像坏人，这才小心应道："哦，平安，大小都平安。是个男孩，哭声可响亮了。"

平安就好！宗政无忧松了一口气，说不上是喜是忧，孩子没事，可是她体内的毒……

他又问："那她人去了何处？"

"被接回宫里了。"

宗政无忧浓眉一皱，目光顿时变得阴鸷。余嫂看得一愣，这人脸色怎么说变就变？

宗政无忧折身回头，去屋里亲手收起了她的衣物，那上面似乎还残留着她的余温。他双手抓着那件宽松的白色布衣，环视这间屋子，在怀孕最辛苦的最后几个月，他没能

在身边照顾她，就连她生孩子这种紧要关头，他也没能陪在她身边。望着面前的两大盆血水，他的心一阵阵收紧窒痛。

冷炎道："爷，这里不宜久留，我们快走吧。"

宗政无忧收敛心绪："去搜一搜，看看他们可留下什么？"

搜了一圈，一名侍卫在另一间屋子里发现一本厚厚的册子："爷，只找到了这个。"

冷炎接过来，看了一眼，惊道："是天书！"

宗政无忧一愣，拿过来翻了几页，一张张详细的地形图，简明扼要的标注，优胜劣势一览无余，且旁边还注有针对每一个地势所采用的计策。果然是任道天留下的天书！原来这天书在启云帝手上，难怪他行军速度如此之快，仿若入无人之境。他合上书册，凤眸微眯，启云帝为何将这等重要之物留在这个地方？

他带着疑惑出门，翻身上马。

"走。"

骏马扬蹄嘶鸣，飞奔而去，如来时一般的速度，只留下大片尘土。

启云国皇宫，慈悉宫正殿。一尊高大的漆金佛像挂着慈悲的笑容，普度众生般的表情笑看天下苍生。

佛像前，一个松软的蒲团上盘腿坐着一名美妇，四十左右的年纪，身着素白衣袍，面容极美，乌发蓬松。岁月没有在她脸上留下过多的痕迹，只眼角处有几道浅浅的纹路，划下几不可见的沧桑。此人便是启云帝的生母，如今执掌朝政、大权在握的太后娘娘。

她手握佛珠，静坐蒲团，双眼微合，面容看上去慈和平静。

"太后，皇上来看您了。"贴身宫婢进来禀报。

太后神色不动，眼都不睁一下，淡淡道："让他进来吧。你们都退下。"

"是。"

启云帝进殿，在她身后七步处停住，未曾施礼。

太后依旧是那坐姿，表情不变，只缓缓睁开双眼，眼中神色，与她面上的慈和表情完全不同，有着常人所不能及的果敢和锐利。她说："跪下。"

启云帝眉头一皱，一撩衣摆，听话地跪了。

太后头也不回地问道："知道你错在哪里吗？"

启云帝不复平常的温润儒雅，面无表情道："儿臣不知。"

"你不知？这几年，你是怎么了？不但不想着报仇，还处处跟哀家作对。倘若哀家今日没有找到你，你是否决定永远也不回这个皇宫，就留给哀家一具尸体？"太后霍然起身，转过身去看他，面色陡然严厉，眼神愠怒。

启云帝的目光越过她，望着前头的那尊佛像，目光一动不动，面上看不出丝毫情绪波动，道："母后无须动怒，其实母后在意的，并非是儿臣回宫与否。儿臣也不想与母后作对，只是，母后让我来到这世上，赐予我仇恨的使命，然而，那些仇恨报与不报，对我而言，并不具有实际意义。因为它改变不了我的命运。而我的命运，在我还未来到这个世界之前，母后就已经为我定下了。”

太后目光微变，拨弄着佛珠的手颤了一颤，手指紧紧按住的珠子散发出寂远黝黑的光亮，仿佛冥冥之中的命运的眼睛，肆意将天下苍生囊括在目。她缓缓朝他走过来，沉声问道：“报仇没意义，那什么才有意义？他们令你承受了这么多年病痛的折磨，无法施展你一统天下的宏伟志愿，你不恨吗？”

启云帝目光慢慢垂下，望着膝下冷硬的地砖，映在眼中土灰般的颜色。如果仇恨能改变命运，那他为了心中所愿可以努力地去恨。但，人生一世最可悲的，莫过于不知自己来这人世走一遭意义究竟何在？难道仅仅是为了等待死亡的降临吗？他曾经胸有宏志，坐拥江山平天下，与爱人共享，只可惜，命不由人万事休。

他抬眼，太后严厉的目光直射向他的眼睛，他并不躲避，忽然站了起来。

太后面色一沉，斥道：“哀家没让你起来。”

启云帝淡淡地看了她一眼，对她的斥责充耳不闻，只若无其事道：“儿臣累了，想回宫休息，不打扰母后修身养性。”说完转身，太后冷冷地盯着他的背影，启云帝突然又转过身来，对上她的眼，恢复了平日的温雅，笑道：“依儿臣看，母后这佛……不念也罢，要想求得安心，佛，帮不了您。还有，母后最好尽快把孩子送到朕的寝宫，否则……”

太后冷冷挑眉：“否则如何？”

启云帝道：“否则，休怪朕不念亲情。”

太后笑起来，嘴角的笑意远远遮盖不住眼中的怒气和恨意，抬高下巴：“你要如何不念亲情？哀家倒想听一听。”

启云帝目光深沉道：“母后似是忘了，朕，才是这个国家的皇帝。”

“皇帝？”太后好笑道，“皇帝不是已经死在乌城那场战争里了吗？哀家与满朝文武一起为皇帝发的丧。”

启云帝笑容微冷：“那又如何？朕现在站出去，还能有人不认朕这个皇帝不成？即使有些大臣不认，但朕不信，所有的大臣都能昧着良心否认朕，朕是这个皇族在这世上仅存的血脉，有朕在，他们不会甘愿屈服于一个女人之下。”

“你！”太后横眉，明显动了怒却又极力忍住，恨铁不成钢地道，“齐儿，你就这点儿出息？为了一个女人不顾孝道，屡次拂逆哀家，你可记得，母后是怎样辛苦才扶你坐上这个位置的？你就这样报答哀家？”

启云帝眉头微微一动，道：“母后扶朕坐上这皇位，到底是为朕，还是为母后你自己，我想母后心里最清楚。儿臣以为，这二十多年，我为母后做的已经够多了。”

“你，”太后两眼一眯，“哀家把你生到这世上……”

“朕宁愿母后从来没有把我生到这世上！”他突然沉目，陡然截口，声音要多冷就有多冷，灰色的眼眸沉中带痛，悲哀无比。

太后愣了一愣，拧眉望着他。启云帝深吸一口气，努力平复着胸腔内潮涌的波动，

语气冷淡道：“母后歇着吧，儿臣告退。”说罢转身就走，再没看太后一眼。

太后望着他那离去的背影在这个秋末黯淡的阳光中投下寂寥的影子，目中涌现出一阵复杂的情绪。

这个世界，什么都缺，唯独不缺恨。

她收起手中的佛珠，转身走进里屋去。

那是一间看不出何处是墙何处是窗的屋子，屋内一盏烛灯被厚厚的灯罩罩住，微薄的烛光只能隐隐照出椅子和地面的区别。

屋内里侧墙边，有一张桌子，桌上摆着一盘残棋，盘中黑白子交错成复杂的局面。

太后走到椅子旁边坐下，目光望着那盘棋，神色不明。

黑暗的拐角处走出一个人来，那人全身上下被一件宽大的黑衣笼住，面容看不大清楚，声音嘶哑道：“主子，南军已兵临边城，宗政无忧很快会得到公主回宫的消息，定会趁我们刚损失三十万大军士气正低落的空当打进来。主子请尽快做好防范。”

太后拈起一颗白子放在手心里把玩，在平静的表面下隐藏着波涛汹涌的情绪。她听到黑衣人的禀报，不忧反笑道：“好啊，打进来才好。哀家就在这皇宫里面等他。你去散布消息，说启云帝诈死，趁人不备抓了南朝皇妃，就连北朝四个月前突然失踪的太上皇和皇太后也被软禁在启云国皇宫，启云帝想用他们牵制南、北朝，以达到吞并临天国的野心。呵，就让他们两兄弟，一起来吧。”

一副闲聊般的姿态，说完之后，她才抬头，望向前方黑暗中的一处，唇边笑容渐渐荡开，灿烂极了，似是那黑暗的墙角正上演着一出愉悦人心的大戏。而她，正是这场大戏里面所有人物命运的主宰者。

黑衣人犹豫道：“少主……会信吗？”

太后笑道：“信不信，他也会来。只要让他知道那丫头在齐儿手里，他一定会来，我们就当是办件好事，帮他多找个借口。”

黑衣人点头：“属下明白了。只是……这样一来，您，是否会有危险？”

“危险？”太后笑得越发灿烂，那笑容有几分期盼、几分悲怆，“我要的是什么，你还不知道吗？”

“属下知道，可这次的计划被皇上破坏，若是仓促间将他们都引过来，属下担心，倘若再出岔子，恐怕将来……再无机会了。”

太后双目微凝，回头扫一眼盘中的残局，声音冷沉道：“所以这一次，绝不容许再出任何差错。你让人把那孩子给哀家看好了，别弄丢了，更不能让他死了。我已经等了太多年，没耐心再继续等下去。而且，那丫头的身体，怕也撑不了多久，你只管照我的意思去办。”

“是。”

“还有，痕香那丫头……能留就先留着吧。虽说襄伊当年的背叛不可饶恕，但秦永……对哀家也算有情有义，他秦氏一门因哀家而死，只要痕香那丫头老老实实听话，就为他留条血脉吧。好了，你去吧。”她摆了摆手，黑衣人闪身便不见了。

十月底的长乐宫，许是太久没住过人的缘故，格外地清冷寂寥。寝宫内门窗有些开裂，到了夜晚，冷风透入，只有一床薄被盖在漫夭身上，她忍不住瑟瑟发抖。才生完孩子，体质虚弱，心中焦虑，如此一来，没几日就病了，她又是咳嗽又是头痛，身子忽冷忽热，走起路来，头重脚轻。她没见到她的孩子，也不曾见到太后，守在长乐宫门口的宫女、太监全是新换的，她一个都不认识。

“我要见太后。”她扶着门，对门口拦住她的侍卫说道。

侍卫道：“太后有令，让公主留在长乐宫好好休息，过些日子，等公主身子养好了，太后自会召见公主。”

漫夭不知太后究竟打的什么主意，这时，长乐宫外有两名宫婢经过，其中一个她认识，是启云帝身边的丫头。她清了清嗓子，扬声道：“那你们去禀报皇兄，就说我这两日感染风寒，身子不适，请皇兄派个御医来为我诊脉。”她想见见启云帝，问问孩子的情况，自从进了这座宫殿，她谁也见不到，心里便乱了方寸。

门外的宫女听到声音朝这边看了一眼，脚步未停。门口的侍卫见她面色确实不好，不像是说谎，不禁有些犹豫，道：“皇上政务繁忙，卑职这就去禀报太后。公主既然身子不适，还请回屋吧。”这时的他们，对她还有几分客气。

漫夭回屋后，从早上等到晚上，还是没有一个人来看她。她笼着被子坐在床上，两眼盯着门口，看着外面明亮的天空一点点被黑暗吞噬。没有人进屋里来为她点灯，她好像被这个世界给遗忘了。靠在墙上，浑身发冷，她一动也不想动。

这一年的冬天，似乎来得比往常更早了一些，她安静地窝在那里，好想孩子。不知道他过得好不好？她才看了他一眼，还没来得及好好抱抱他。他会不会被扔进一个冰冷无人的地方没人管？他饿不饿？冷不冷？有没有人虐待他？越想，她心里揪得越紧，几乎透不过来气。

“公主，吃饭了。”一名宫女将饭菜放到桌上，态度冷淡地叫她吃饭，连看都没看她一眼。不只这宫里面，现在整个启云国的人都知道，她是这个国家的罪人。

她低着头，没说话，那宫女放下饭菜，径直转身出去了。

她披着被子下床，在透窗而入的微薄的月光中，端起冰凉的饭菜，胡乱扒拉了一口。生硬的米饭，就着没有油水的剩菜，强自咽下。不管多难吃，她都得吃下去，要留着体力，等无忧来救她和孩子。

这个太后，究竟是怎样的一个人？她到底想做什么？以前一直以为太后清心寡欲，一心向佛，原来那些都不过是表象，是做给别人看的。一个女人能在一夕之间掌握朝政，想必过去那些年没少费心思。皇兄最近的行为也很怪异，那一次三十万大军，其实完全有机会攻破乌城。如果皇兄要的是江山，那百丈之外的一箭，与其射中琴，不如直接射中她的心脏，岂不是来得更痛快？又何必等她生完孩子，再用她和孩子换南朝江山，这岂不是多此一举？

吃过饭，她继续窝回床上，没有了内力，她什么也做不了，像个废人。

卷着薄薄的被子，在冷风中蜷成一团，身上毫无温度。脑子里混乱如麻，昏昏沉沉的。过了三更，胃开始痛起来，痛得大汗淋漓，无法入睡。她在床上来回翻滚，滚到了地上。

“容儿。”一声惊慌失措的低唤，启云帝从窗口跳进来，漫夭勉强睁开眼睛，看到他穿了一身夜行衣，显然是偷偷来的。在这个皇宫里面，一个皇帝来见她竟要爬窗子，说出去大概没人信。

启云帝动作极快地掠到她跟前，将她迅速抱起，紧张地问道：“容儿，你怎么了？听说你病了？你的身子怎么这么凉？”

漫夭被他抱着，感觉他的怀抱很温暖，她提起力气，抓住他的手臂，急急问道：“皇兄，我的孩子呢？孩子好不好？他好不好？”

她几乎要哭出来，自从生了孩子，她就不如以前镇定，总是控制不住情绪。

启云帝将她放在床上，却没有松开她，仍然紧紧地抱住，轻声道：“我没见到孩子，不过你放心，我保证，孩子暂时不会有事。”

漫夭很失望，连他都见不到孩子吗？她按住肠胃的位置，疼得直吸气。稍微缓一缓，漫夭便推开了他，又问道：“你们到底想用我和孩子做什么？”

启云帝没说话，微微扭过头，看到桌上残余的饭菜，皱眉道：“她们就给你吃这个？”他拿起筷子，挑了点儿尝了，刚嚼一口，就全吐了出来。神色既恨且怒，回头看她，目光心疼并带着自责。回身，蹲在床前，他抬手拨开散在她面前的白发，望着她强忍痛楚的容颜，愧疚道：“对不起，容乐！也许你是对的，选择跟着他，总比跟着我要好。走，我带你去个地方。”

漫夭推开他的手：“如果你真觉得抱歉，先解了我内力的封印，至少让我可以用自己的内力御寒，不用在晚上的时候冻得睡不着觉。”

启云帝愣了一愣：“你让自己生病，就是为了这个吗？容儿，我不解开你内力封印，是为你好。”

漫夭目光一沉，转过头去，微仰着下巴，不屑地冷哼一声。

启云帝看着她倔强的神情，叹息一声：“罢了。”说着点上她的穴道，抬起她的手，两指凝聚内力按上她的皓腕，顺着脉络往上，内力透入体内，打通封印。

她顿时觉得有了力气，心中一阵欢喜。这样一来，她就可以趁着晚上的时间，出去找她的孩子。

启云帝似是看穿了她的心思，忙嘱咐道：“容儿，这个皇宫，不像表面看起来那么平静，你不可轻举妄动。否则，不只你会有危险，你的孩子也会有危险。”

他语含警告，神色间十分严肃，说完拉起她就走。

漫夭问道：“你要带我去哪里？”

启云帝道：“带你去见一个人。”

第十九章　往事再现

躲过周围明卫暗哨，悄悄出了长乐宫，他们来到一个偏僻的地方。那里比长乐宫更冷，远远地便能感觉到一股透骨的阴寒之气。如果她没猜错，这座破落阴森的宫殿应该就是后宫女人的噩梦之地——冷宫。她确定自己没来过这个地方，但是看了一圈周围光秃的树枝、萧瑟的景致，她觉得很熟悉。

启云帝带着她从一侧稍矮的院墙跃进去，在空寂而寒冷的院落和大殿中穿梭。院中干枯的落叶堆积了厚厚的一层，无人打扫。她一脚踩上去，脚下便发出细微的声响。冷风掠过，将枯叶卷起，在他们周围纷纷扬扬。偶尔有一片划过她的脸颊，微微地疼。

她皱眉，抬手拨了一下，目光不经意扫过院内一侧，看见一块不大的青石残碑，似乎曾在她梦里出现过。她愣了愣，目光微抬，忽然瞥见那碑石上有一只脚，纤细的脚踝慢慢腾空。她顺着往上看，只见石碑后那棵高大的梧桐树下一个娇小瘦弱的身体在空中飘飘荡荡。那是一个小女孩，七八岁的模样，女孩吐着长舌，圆瞪着眼睛死死地看着她，凉白的月光照着女孩狰狞恐怖的表情，让人禁不住身子一颤。

她不由自主地停住脚步。

启云帝见她不走了，眼睛盯着一个地方看，便顺着她的目光望了一眼，疑惑道："容儿，怎么了？有何不妥吗？"

漫夭回神，闭了下眼睛再睁开，那里又什么都没有了。

是她眼花了？可是刚才那一幕那么清晰地出现在她眼前，好像真实存在过。

"这里看起来好熟悉。"她喃喃道。

启云帝神色微怔，继而笑道："你忘了？你在这里住了十几年，自然会觉得熟悉。"

漫夭一愣，她是真的忘了。怪不得会有那么奇怪的感觉，原来又是容乐的记忆。她皱眉道：“你带我来这里见什么人？”

启云帝道：“故人。”

漫夭目光一顿，故人？他不会是起了疑心想试探她吧？也不知道她这具身体究竟何时中的天命？倘若中得晚，那她不认识容乐的故人还情有可原，倘若中得早呢？她蹙眉想了想，正想找个借口拒绝。

启云帝仿佛看穿了她的心思，不容拒绝地拉住她的手，朝着对面的院子努努嘴：“就在那里面，你放心，她肯定是你想见的人。快走吧。”

看来是没办法拒绝了，见了再说吧。

西苑内，最旁边那间空旷而简陋的屋子。他们推开那扇破败的房门，再轻轻掩上。

屋子窄而深，里面空空荡荡，连张床都没有，只有几条白绫从房梁上垂下来，在四处漏风的房间里飘摇摆动，宛如幽灵的舞蹈。

她穿行其间，冰凉的白绫偶然划过她的颈项，带着一丝死亡的气息，令人寒毛直竖。

启云帝感觉到她的身子抖了一下，转头问道：“容儿，你害怕？”

漫夭深吸一口气，让自己镇定下来，皱眉问道：“你说的人呢？”

启云帝望了望前面的墙角：“就在那里。”

漫夭随着他的目光从两条翻飞的白绫中间看过去，前方尽头，墙皮脱落，一片灰色的斑驳。拐角处，一个瘦弱的女子抱着膝盖坐在一块木板上，似是睡着了。那女子头发散乱，身体单薄，她看不见女子的脸庞，但那身衣裳，她依稀认得。

皇兄说是故人，难道是……她蓦地一怔，当日在乌城城墙上，可儿穿的似乎就是这件衣裳！

“可儿？”她惊得叫出了声，启云帝忙捂住她的嘴，示意她小声点儿。

漫夭推开他，快步跑过去，抓着女子的肩膀，低声叫道：“可儿，是你吗？可儿？”

女子迷迷糊糊地抬头，月光透过破陋的窗子，照在她脸庞上，漫夭只看了一眼，整个人便愣在那里。

女子睡眼惺忪，看了看她，迷茫呓语：“我又梦到公主姐姐了。”她的声音有些缥缈，透着想念，透着失落。说完闭上眼睛，重又垂下头。

那声音，分明就是萧可。然而，那张曾经干净得一尘不染如同洋娃娃般精致可爱的脸庞，如今却是脏兮兮的，像是流浪街头的乞丐，从前圆润的下巴变得尖细，一双纯净的大眼睛嵌在消瘦了的脸庞上越发显得黑白分明。

漫夭只觉鼻子一酸，可儿怎么会弄成这个样子？她连忙蹲下，捧住萧可的脸，抬起来：“可儿，醒醒，你不是做梦，真的是我。你快醒醒……你怎么会在这里？你在这里待了多久了？”

萧可再次睁开眼，稍微有了一丝清明，眨巴着大眼睛，望着近在咫尺的熟悉脸庞，看了一眼……

“咦？公主姐姐怎么还在？”萧可抬手在自己脏兮兮的脸上使劲拧了一把：“哎哟！疼！”

下手太重，她疼得一下子跳了起来，捂着被自己揪过的地方来回直蹦。

漫夭看着她几近滑稽的模样，却丝毫也笑不出来，只是心疼。她站起身，拽过萧可的手，又唤了一声：“可儿。”

萧可愣住，她刚才感觉到疼了！不是做梦！定住身子，睁大眼睛看眼前之人。从上到下地打量，似是生怕认错般地仔细。

“公主姐姐？公主姐姐……”萧可一确定是她，立刻朝她扑了过来，像一个彷徨无依的孩子终于见到了自己的亲人，满腹的委屈用眼泪宣泄出来。

漫夭轻轻拍着她的背，心疼道：“是我。”

萧可的眼泪流得更凶了，双手紧抓住漫夭的衣裳，仿佛害怕一松手，她便会像梦里的那般突然消失掉。

漫夭轻柔地安抚着她：“可儿，别怕。”

萧可哭了一会儿，才渐渐止住，抬头望着四处飘摇的白绫，声音颤抖道：“公主姐姐，你不知道这里有多可怕！我在这里待了五个月了，还是不习惯。这个地方什么都没有，只有这些白绫和来这里上吊的死人。我好想离开……可我身上的毒粉早就用完了，怎么都出不去……我觉得这里好恐怖，有好多鬼……她们每天晚上都对着我唱歌……”

萧可是一个没吃过多少苦的人，心理世界一向比较明亮单纯，如今与死人为伍，被关在这种阴森的地方长达几个月之久，几乎要崩溃。

每每深夜，她总会想起那天城墙下的那些血肉模糊的尸体，血流成河的情景。她总觉得自己的身边到处都是鬼魂，她们对她张牙舞爪，似是想将她剥皮拆骨，用来泄愤。她害怕，可是不管她怎么叫也没人理她，外面的那些人，把她当成了疯子对待。

漫夭为她拭去脸上的泪痕，心疼道：“我不是让姚副将送你回宫了吗？你怎么会来这里？”

萧可气呼呼地说：“那天我跟姚副将在回宫的路上被一群黑衣人拦住，他们的武功好厉害，姚副将被他们杀死了。我身上带的毒粉不多，所以，很容易就被他们抓住了，然后被带来了这里。”

漫夭蹙眉，扭头看了眼启云帝，问萧可：“是谁抓的你？抓你来为的又是什么？”

萧可想了想，说道：“我不知道他们是谁，我听他们说本来是要抓公主姐姐你的，但是没见到你，就把我给抓来了，关进了这个鬼地方。哦，对了，我听见一个女的提到天命，说我是雪孤圣女的徒弟，也许有办法延续谁的性命？师父都说天命无解，如果我有办法，我第一个会先救姐姐，可是……”她说着低下头去，心中难过极了。

启云帝面上微微一动，冰灰色的眸底闪过一丝异样的情绪，瞬间被掩去。

漫夭眉头皱起来，莫非这宫里还有人和她一样，也中了天命之毒？而将萧可抓过来，想必是太后的人，难道太后在五个月前就想抓她了？那么，皇兄在那个时候设下局，攻打

乌城，将她引过去，并悄悄带走她的目的，到底是什么？是为了禁锢她还是为了救她？如果说，他用三十万人的性命，只为阻止她落到他母亲的手里，这……可能吗？

站在暗处的男子，身影清寂而瘦削，漫夭凝思片刻，没有答案，便又问萧可："你来了以后，见过什么人没有？"

萧可道："见过一个黑衣人，好像是那些人的头领，全身都蒙着黑布，只露出一双眼睛……"

"天仇门门主？"

"哦对，他们叫他门主。"

这个天仇门门主不是与傅鸳有关系吗？怎么又为启云国太后办事？他们之间到底是一种什么样的关系？

她正想着，启云帝说道："时间不早了，萧可，你给她看看，她的身体怎么了？"

萧可似是这才注意到他，吓了一跳，她记得启云帝死了。

"你，你，你……"

漫夭连忙道："放心，他是人，不是鬼。被我一箭射死的，是他找的替身。"

萧可这才放下心来，见她小腹平平，这才想起问孩子的事情。漫夭将这几个月发生的事简单说了一遍，之后，萧可替她把脉，眉头不展。漫夭知道天命之毒已深，也没多问，只让她开了治风寒和胃病的方子。启云帝收了，带漫夭离开，而萧可，只能继续忍耐，为了不让太后起疑心，得再留在冷宫里一段时间。

启云国边关。

宗政无忧和宗政无筹以前做梦都不会想到，有朝一日，他们二人会联手攻打启云国，尽管没有明确的结盟，但目的却是相同的。

上一回在御门关，宗政无筹下令放行，出乎宗政无忧意料之外。这一次，临天国两朝联手，虽心有芥蒂，彼此之间无话，但打起仗来，却配合得十分默契。宗政无忧又有天书在手，两军攻城略地，势如破竹。

南、北朝大军打到汇都的消息传入皇宫时，漫夭进宫已近一月，她仍然没见到太后，而皇兄似乎很忙，那晚从冷宫回来，他悄悄给她送过几次药，之后她就再没见过他。

每晚等三更过后，她都出去查探，可至今也没有孩子的消息。她越来越焦急，没有了皇兄的药，感觉自己的身体每况愈下，越发容易疲惫，呼吸不畅。每每一口气提不上来，她便会想，她会不会就那么死掉，再也见不到无忧，见不到她的孩子。

月光清冷，寒风萧萧。

这日四更过后，她再次来到慈悉宫屋顶，避着巡夜的守卫，小心翼翼地揭开瓦片一间一间地查看。周围安静极了，她转了一圈，以为又要无功而返，恰在这时，一阵孩子的啼哭声隐隐约约从不远处的院落传过来，她心中大喜，忙循着哭声而去。

那是一座荒废的院落，偏僻而冷清。

在一个全封闭的狭小空间里，点着一盏黄灯。屋里仅有的物品是一张硬板床，床四周有挡板，里面躺着一个孩子。她灵巧地闪身进去，急切地走近床前，一看之下，大失所望。那是一个一岁左右的小女孩，长得很好看，小脸粉嘟嘟的，极为可爱，可那不是她的孩子！

失望过后，她不禁疑惑，皇兄虽有许多嫔妃，但这几年来，却没有任何一个嫔妃诞下一男半女，也不知这是谁的孩子？她还这样小，怎会被扔在这里没人照看呢？

说来也奇怪，那小女孩本是哇哇大哭，一见她，不但停止了哭泣，还睁着大眼睛望着她，忽然咯咯笑了起来。

漫夭微愣，那孩子娇憨的小模样真招人疼，肉乎乎的小手朝她伸过来，似是想让她抱。漫夭心头一软，毕竟是做了母亲的人，看见别人的孩子便会想起自己的孩子，她不自觉地就将孩子抱了起来。然而，她的手刚越过面前的挡板想抱起孩子时，只听咔嚓一声，似是触动机关的声音，外面立刻有人叫道："什么人？"

漫夭一怔，连忙又放开孩子，想离开已来不及。这间屋子无窗，只有一个门，而那扇门外，瞬间出现了许多侍卫。为首的那人，正是当日"请"她入宫的御林军统领。

他抄着手，立在门外，似已等候多时，道："公主的内力果然已经恢复了。太后有令，既然公主嫌长乐宫闷得慌，那就请挪挪地儿吧。公主，请。"

他做了个请的手势，漫夭站在门口没动，似笑非笑地冷眼望着他。

御林军统领笑道："属下知公主武功高强，凭一曲《摄魂曲》就夺去十数万人的性命，又岂会将我们区区数十人放在眼里，可是，公主，请您……往那边看。"他的手，指向左边院墙拐角处。

漫夭顺着方向一看，一名宫婢抱着一个孩子从拐角处走了出来，旁边提了一盏宫灯，那灯光正照在熟睡的孩子脸庞上。

"我的孩子！"漫夭激动地叫了一声，就要冲过去，那统领把剑一横，挡住她的去路，语带警告道："公主少安毋躁，您先想清楚，您这一冲过去，这孩子还有没有命让您抱就说不准了！"

欣喜激动的情绪被一盆冷水当头浇灭，她看到抱着孩子的宫婢手上，举着一把细长小巧却又锋利无比的刀子。她大惊失色，不敢再轻举妄动，压下心中的慌乱，转过头，强自镇定道："你们到底想怎样？"

"我们不想怎样，只是恳请公主您安分点儿。这个孩子是生是死是残，全在您一念之间。"他冷酷地说着，向那名宫婢使了个眼色，宫婢手中的尖刀就往孩子幼嫩的肌肤上轻轻一划，一道鲜红的血印赫然在目，孩子感觉到痛，哇哇大哭。

漫夭大骇，慌道："别！别伤害他！我跟你们走，我什么都听你们的。别伤害他！"她颤着声音制止，整个身子都在发抖。听着孩子尖锐到嘶哑的哭声，撕心裂肺的疼痛盈满了她的心房，强忍住欲夺眶而出的眼泪，她说："你要带我去哪里？走吧。"

那是一个比冷宫更让人绝望的所在，上头是破落的宫苑，底下是冰冷的囚牢。石壁铁栏，坚固无比。她绝望地坐在潮湿的地面上，满脑子都是孩子的哭声，忍不住用双手捂着脸，埋入膝间，眼泪直往外涌。

她与太后无冤无仇，为何太后要这样对她？她记得在尘风国的最后一晚，昏迷之

前，有人在她耳边说："都忘了吧。"那人应该是天仇门门主，他们让她忘记什么？会不会是容乐的记忆里有什么秘密是她所不能知道的？所以，他们才一再加害于她，想置她于死地。

究竟会是什么秘密呢？

这一夜，冷极了，她口渴想喝口水，叫哑了嗓子也无人理会，大概是这囚室太隐蔽，铁栏太结实，地牢之中根本无人看守。不知过了多久，她闭上眼睛，靠着石壁，脑子昏昏沉沉，人仿佛进入了一个模糊的幻境。

一片荒山野岭，迷雾重重，一个七岁的女孩站在高高的山头上，望着底下幽深的山谷，扔得横七竖八的尸体被成群饥饿的野狼撕裂成碎肉，吞食入腹，留下一堆白骨。

女孩的面容是极度惊恐和悲痛过后的平静，平静得不像是这个年纪该有的表情。

瞳孔哀寂，唇色苍白，那女孩对着谷中的森森白骨轻声却异常坚定地说道："爹，娘，我一定会找到陷害你们的罪魁祸首，为你们报仇！"

迷迷糊糊中，漫夭觉得心口好疼，好像那女孩隐藏在心底的悲哀全部传进了她的身体里，堵得她喘不上气来。身子渐渐倾斜，滑到地上，她抱着双臂，微微颤抖。眼前又出现了另一幅画面。

深夜，破败的宫墙，脱落的墙皮，垂悬的白绫，阴森而诡异的气息……这里她认识，是冷宫。

一个全身被黑衣罩住的分不清男女的人，指着梧桐树下吊着的与小女孩年纪相仿的孩子说道："以后，你就是她——启云国容乐公主。现在临天国到处都在通缉你，你想活着报仇，就得听我的。明白吗？"

女孩想也不想就点头，黑衣人满意道："去吧。"

女孩眼中闪过一丝惊惧，但很快便被压下去，她缓缓走到梧桐树下，踩着青石碑，将吊死的孩子解下，然后蹲下身子，颤着手扒下已咽气的孩子身上的衣服给自己换上。

黑衣人又给了她几样东西，嘱咐她几句后离去。她在石碑下挖了个坑，将那孩子埋了，拜了三拜，起身后将头发打散遮住面容，走进四处漏风的屋里。

窗边有一架旧琴，她取出乐谱，只看一遍便收了起来。

指间拨动，生疏的技艺弹奏出来的曲调满含了悲、怨、恨、怒，她一遍又一遍地重复，最终在练习中渐渐隐藏了锋芒和情绪。这是她要学的其中一样。

漫夭在琴声中一阵恍惚，那女孩心中的悲痛，她仿佛正在亲身体验，她甚至还知道那女孩心里在想些什么。

转眼间，女孩已经长成亭亭玉立的少女，出落得风华绝代。

这日暮色初降，少女换上一套素色宫女服，轻巧地越过院墙，去了离冷宫不远处的一座僻静的亭子。那亭子周围树木高大，小径曲折，亭子里坐着一个和她差不多年纪的少年。少年面容清俊，神态温和，一身儒雅高贵的气质从骨子里透出来，令女子看了禁不住怦然心动。

少女走过去，在他身后微微一顿，少年回身，望着女子的目光倏然亮起，嘴角噙着温润的笑意，唤道：“容儿，你来了。”

少女目光清澈，笑容明灿，将埋在心里的阴暗掩藏得滴水不漏。她像是一个朋友般祝贺道：“齐哥哥，我听他们说，你很快要当皇帝了，恭喜你。”

少年温和的表情变得深沉了几分，眼中却并无喜悦。他点了点头，望着她，目光灼灼：“等我登基以后，封你做我的妃子。”

少女一愣，眼神倏然黯下，轻轻摇了摇头。

少年眉头微皱：“你不愿意？”

少女低下头，抿着唇，不作声。

少年唇边一贯的清和笑意骤然消失，似是没料到她会不肯。他皱眉道：“你真的不愿？为何？你不喜欢我？那这些日子……你来见我，是为了什么？”男子语气一顿，目光一转，似是忽然想到什么，陡然抓紧了她的手，盯着她的眼睛，目光锐利地问道：“难道你是为了学习皇家剑术，才故意接近我？”

少女身躯一震，猛地抬头，似乎想甩开少年的手，但是又忍住。她清丽绝美的双眸浮上一层浅浅的薄雾，红唇微颤，想说：“不是我不愿，是我们的身份不允许。”但终是没说，只吐出一个字：“是。”

少年面色一变：“我不信！”说完皱眉思索，在找她不肯的原因。

“我知道了，容儿定是担心我日后会有三宫六院。你放心，我绝不会像父皇那样，即便我想，我这副身子怕是也不允许。”少年笑着说。

少女摇头，之后干脆转过身，逃离般地快步离去。

“容儿……”少年在她身后唤了两声，眉头又皱了起来。

少年回到冷宫，抬眼望着四周墙皮剥落的庭院，她的栖身之所，神情凄楚哀伤，默然不语。她无法选择的命运，早在家逢巨变时就已经注定，她的未来，由不得她做主。几年的冷宫生活，她早已看透人间冷暖，学会凉薄。可唯独那同样孤寂却带给她温暖的少年总让她无法拒绝，忍不住想要靠近。如今，那层窗纸被捅破了，她再也不能若无其事，装作只是朋友。

窝在这凄冷之地，一连数日不再出去。冷宫外面，初登基的少年皇帝未册封皇后，更无一个妃子，而是将整个皇宫翻遍，为寻找一名叫作容儿的宫女。

当搜到冷宫时，少女被侍卫带着从门口走出去，那是她十年来第一次在阳光下走出这扇大门。

门外的少年，已不再是往日那个隐藏锋芒连宫女、太监都不将其放在眼里的不受宠的皇子。他踩着亲人的鲜血和尸体，成为那万万人之上的一国之君。

御辇之上，龙袍加身的少年，眉似青锋，眼若星子，唇含丹朱，面如冠玉，一张容颜比往日更俊美十分，仿佛那天上的太阳都只属于他一人，耀眼，尊贵，不可逼视。而那嘴角，一贯儒雅清和的笑意也掩不住那专属于帝王的威严气势。

看到少女的身影，少年目中顿现欣喜，但他没动，只望着她一步一步缓缓朝他走来，灿烂的光华从他温和却又深不见底的眸子里点点溢出。他站起身，朝少女伸出手。

少女却目光低垂，盈盈拜倒。

“臣妹容乐……拜见皇兄！”

少年顿时僵住，如遭雷击般，身躯僵硬，面容煞白。

“你……你叫我什么？”他问，声音颤抖。

少女抬头，目光哀伤却又坚定地道：“皇兄。”

从来都是一身儒雅从容、无论遇到何事都能镇定无比的少年，此时身子却狠狠一颤，大受打击般地跌回到龙座之中。刚刚还粲然夺目的星芒骤然从他眼中消失，任何一种言语都无法形容他那一刻眼中的悲哀和绝望。

爱人，突然变成了亲妹妹，还有什么能比这更让人绝望？

“你们都退下。”过了许久，少年开口，屏退下人，目光却死死地盯住少女的眼睛，问她：“为什么……不早点告诉我？”

少女躲开他的目光，没有回答。她不知该如何回答。从一开始，她偷溜出去，无意中在偏僻无人的亭子里遇见他，她还不知他的身份，更不敢轻易将自己的身份说出来。试想，一个本应待在冷宫里的人却出现在冷宫之外，而看守冷宫的侍卫却全然不知，这消息要是传出去，她必死无疑。而当她可以信任他的时候，她却已然说不出口。

少女跪在地上，一动也不动，眼角的余光瞥见得不到答案的少年苍白着脸缓缓步下御辇，在隐忍的轻微咳嗽声中慢慢远去。她抬头望着他那虚浮的脚步，孤独的背影，泪水夺眶而出……

躺在地上的漫夭黛眉紧皱，梦里的少女对于少年纠结的情绪，抓紧了她的心，让她几乎不能呼吸。她知道这是梦，可是这个梦好长好真实，任她怎么努力都醒不过来，而那个梦，还在继续……

又是一个冷月下的不眠之夜，被接出冷宫的少女住进了新修过的宫殿——长乐宫，这里的院落没有枯枝杂草，屋里没有白绫破窗，有的只是精致的亭台楼阁，如画般的风景。屋里有软软的床榻，上好的丝质锦被，她再也不用窝在墙角睡觉，担心冬天的夜里会被冻醒，再也不用看宫女、太监们的脸色，吃奴才们都不吃的冷硬剩饭……可是，她仍然不开心，即便是伪装的笑容也无法再像从前那般自然灿烂。

少年的脸色越来越苍白，温和的目光也一日比一日深沉难测。他首次踏入长乐宫来看她，以一个哥哥的身份，坐在少女对面，捧着她亲手为他沏的茶，指尖发白，目光垂下，望着浮在杯中的两片碧绿的新茶交错荡开，一片沉下杯底，另一片还在漫无目的地漂浮着。

少女安静地坐着，也望着面前的杯子，不说话。

过了一会儿，少年才抬眼看她，眼神复杂难辨，缓缓开口道：“近来边关局势不稳，今日早朝，大臣们提议，让你去临天国和亲。”

少女捧着杯子的手轻轻一颤，微微抬眼，对上少年眼中掩藏不住的悲伤痛楚，她慌忙移开眼，盯着侧面白墙，脑子里浮现出十年前那永不褪色的一幕，人头翻滚的刑台，血肉撕裂的山谷……还有父母给过她的七年呵护与疼爱。一思及此，便心潮翻滚，少女咬了唇，坚定道："好。我去。"

少年听了双眼一睁，手中滚烫的茶水洒了出来，溅在他的手背上。

少女目光一痛，却又装作什么都没看见，狠了狠心，又道："我有条件。我要嫁给临天皇最宠爱的皇子，宗政无忧！"

少年目光一变再变，定定地望了她半晌，杯中袅袅升起的雾气模糊了两人的视线。

那杯残茶，握在他手心里，始终未曾饮下一口。不知过了多久，他才转过头去，闭了闭眼睛，然后拂袖而去。

似乎是第二天，又似乎过了好些天，少女起床时，宫里一个下人都见不着，她正疑惑，便见一个身材高挑作宫女打扮的陌生女子大步进屋，扔给她一套同样的宫女服，说："换上。"

少女一听声音，愣住，再仔细一看，这眉眼五官不是那个少年又是谁？

"皇兄？！你怎么穿成这样？"她诧异地问。

少年蹙眉，催促道："快换衣裳，带你出宫玩。"

少女一怔，出宫？她被困在这深宫里已经十年，外面的天空，她早就忘记了模样。如今乍然听说少年要带她出宫玩，眼底控制不住地涌现出泪光，她忙低下头去，在少年的催促下换了衣裳，拿着少年事先准备好的令牌出了宫。

一路顺畅。

宫外天空广阔，街道繁华。

少女仿佛飞出笼子的鸟儿，连日的阴霾一扫而空，心情飞扬起来，说不出地畅快。她扭头看着一身女装走路都不自然的少年，这哪里还像是一国皇帝？她不禁玩心大起，笑道："原来齐哥哥竟是个美人！"

少年俊脸明显一僵，嘴角也抽了抽，却未恼，只看着少女笑意灿烂的脸庞、清丽灵动的双眼，有片刻的恍惚，似是想起以前两人在一起的快乐时光，心情也变得好起来，说道："在我心里，天下间的美人，都不及容儿半分。更何况，我是男子，往后不准再用美人二字形容我。不然，我可要生气了。"

少女笑问："齐哥哥生气了会怎样？"

少年沉默了一下，顿住，回眸，目光忽然深不见底，却又荡起灼灼光华。他说："不顾一切，娶你做我的妻子。"

少女心头一跳，与他四目相对，慌忙转开。

两人找了间铺子换了衣裳，租了辆马车，随意选了个方向，便来到了一个临河的小村庄……

漫夭认识这里，那是她和启云帝住了四个月的地方。然而，此时此地，那片银杏树下还是空阔一片，没有房子，没有小院，没有蜀葵，也没有石板铺成的小道。

梦中的少女似乎很喜欢银杏树，她绕着那些树转了一圈，面色欣喜。

少年一直站在原处看她，突然说道："容儿，我们……不回宫了好不好？就在这里盖两间房子住下，谁也不认识我们。"

少女目光一动，随口应道：“好啊。”她以为，他不过说句玩笑。他是皇帝，怎么可能离开皇宫，抛下家国？然而，少年并不像是玩笑，猛地抓住她的手，十分认真地确认道：“你真的愿意？”

少女一愣，慌忙挣脱。

少年却不放手，并扳过她的身子，看着她的眼睛，用郑重的语气对她说：“等房子盖好，我们就在这里成亲。”

少女震住，直觉道：“你在说胡话吗？我们怎么能成亲，你忘了，我们是……是兄妹。”她垂下眼，想掩住目中的闪烁。

原以为这句话能令少年恢复理智，放过她，却不料少年眸子一沉，再无当初得知她身份后的哀绝，反而收敛了一贯的清和表情，眼底酝酿着一场巨大的风暴。

他突然将她推靠到树上，力道之大，令她的背脊生疼。

她意识到，他生气了！但不知他为何生气，变得如此反常。

少年的手紧紧地扣住她的双肩，目光暗了暗，整个人便欺压过来。

“你，你……”少女大惊，有些慌乱，一句话没说出来，已被炙热无比的双唇含在了嘴里，仿佛要将她溶化般地急切。

她愣住，失了反应，脑子开始混乱。一股陌生的悸动令她的心怦怦直跳。

一阵宣泄心中愤怒的狂吻过后，他开始变得温柔。稍稍离开她的唇，用舌尖挑弄着她的嘴角，她如被电流击中，身子轻轻一颤。睁着眼睛，她望着近在咫尺的俊美脸庞上专注而陶醉的神情，忽然想就这样忘记一切，与他相守，也没什么不好。

少年终于放开她的唇，将她搂进怀里，说：“我不在乎！不管你是谁，我都要与你在一起，谁也拦不住。等这里的房子建成之日，就是我们成亲之时。”

也许是他的话太动听，也许是他的声音太温柔，少女不由自主地回抱住他，小声问：“那……你的江山呢？”

少年说：“江山，从来都不是我的。”

少女奇怪地问：“不是你的，那是谁的？”

少年放开她的身子，牵了她的手，似是不想继续那个话题。望着眼前的银杏树，他问道：“容儿，你觉得我们的房子建在哪里好？”

少女想了想，道：“齐哥哥，我喜欢这些银杏树，我们的房子就盖在这里吧。到了秋天，风一吹，满院子都是金黄的银杏叶，那一定很美。”

少年道：“好。再围个院子，院里多种些花草。容儿喜欢什么花？牡丹好不好？”

女子摇头道：“不，我喜欢蜀葵，白色的蜀葵，一到夏天，开满整个院子……”

少女闭上眼睛，沉浸在美好的想象里，一脸幸福的表情。少年开心并宠溺地笑道：“好，那就种蜀葵。”

那是一幅极为美好的画面，连沉睡的漫夭都不禁跟着微笑。然而，美好的东西，总是不长，轻易地就会被摧毁。

一群黑衣人的到来，悄悄带走了少女，没有留下只言片语。

第二十章　血色惊魂

还是那座宫殿，因为太后的命令，少女被禁锢其中，直到少年回宫，才解除了禁令。回宫后的少年越来越沉默寡言，他没有来质问她为何弃他而去。后来，少年开始广纳妃嫔，听从大臣们的劝谏。

宫里变得热闹起来，少女整日闷在长乐宫里，再不愿出门。多舌的宫女总聚在一起议论各个宫里的娘娘，谁美若天仙，谁最得圣宠，谁又晋了位分，诸如此类。少女总是远远地听着，眉眼低垂，不发一语。

宫里的嫔妃越来越多，而少女等待的和亲之事，仿若石沉大海，杳无音信。直到有一晚，少女忽然很想去看看那个少年，鼓起勇气，想着看一眼也好，看看他是否真如别人说的那样憔悴，问他既然纳了妃子，为何却又不让她去和亲？

她去了，他不在寝宫，听说是去了慈悉宫见太后。

鬼使神差，少女决定去慈悉宫看看，她在这宫里住了十年，一直没见过太后。

她飞身上了屋顶，身轻如燕。

一间供奉着佛像的寂静殿堂，大门紧闭，周围无人。她轻轻揭开瓦片一角，看见少年立在堂前，望着佛像前站立的妇人。那妇人虽然穿着素色衣服，看起来却雍容华贵，想必就是那个在盛宠之中突然退居佛堂的太后。

太后的面容她看不大清楚，只听到声音非常严厉。

“哀家费尽心思为你找了那么多美人，你还不满意？”

“母后有心了。儿臣说过，即使她们长得和容儿一模一样，儿臣也不会喜欢。”少年的语气执着而坚定。

太后怒斥：“荒唐！她是你妹妹，你身为一国之君，怎能做出有违伦理道德之事？

传出去，岂不让天下人笑话！”

“妹妹？母后还想骗朕到何时？她根本就不是容乐，容乐早在十年前就被你们杀了！她是秦家后人秦漫，与我没有丝毫血缘关系。”

少女心中一惊，原来他已经知道了她的身份，难怪那天他会生气。

太后也吃了一惊，沉声道：“你听谁说的？”

少年道：“自然是母后说的。”

“胡说，哀家几时说过这种话？”

“一个月前，母后和门主在暗室里说的，朕都听见了。”

“你！你竟然偷听哀家讲话？”太后声音骤然一冷，“你堂堂一国之君……”

“朕不只是一国之君，朕还是您的儿子！”少年猛地打断太后的话，一向清和的声音忽然拔高了音调，再开口时，多了几分悲凉的味道。他说：“母后，在您心里，除了仇恨，其他一切真的全不重要吗？我知道您恨父皇，可父皇已经死了，不只是父皇死了，就连这个皇室里所有皇家血脉几乎都被赶尽杀绝……您，还不能解恨吗？是不是因为我也是他的血脉，所以您才要剥夺我幸福的权利？”

“齐儿！你放肆了！你怎么能这样跟哀家讲话！”太后严词呵斥，“以后别让哀家听到这种胡话。至于那丫头，你就死了心吧。哀家断然不会同意。”

“如果朕一定要坚持呢？”

“那从今儿个起，你也别再吃药了。你娶了她，就准备让她下半辈子守寡吧！”

“母后……”少年瞳孔一缩，似乎难以置信，痛苦地叫了一声。

太后却扭过头去，仿佛不曾听见，又道：“任何人都不得违背哀家的旨意，否则，只有死！就算你是哀家的儿子，也不能例外。”

少年悲凉地笑道：“我，真的是您的儿子吗？在您眼中，只怕……我和他们一样，也只是您手中的一颗棋子。而我，比他们更可悲。不是因为我的身体需要靠您的药来维持，而是因为……您是我的母后，我没有您那么狠心绝情，也做不到您那样六亲不认……所以，我注定逃不出您的手掌心。”

太后脸色微微一变，皱了皱眉头，语声却不自觉柔和了一分。她说：“你当然是哀家的儿子。只要你听话，哀家会给你一个天下。”

少年悲绝道：“一个孤家寡人的天下，我不要。我只要容儿。”

“不行。她是襄伊的女儿，你不能娶她。当年，若不是襄伊的背叛，我们傅家，就不会被抄家灭族，我也不会遭受那等非人的屈辱！你是我的儿子，我绝不会容许你和她的女儿在一起！”不可忤逆的态度，太后神情有些激动，声音也带了些颤意。

少年皱眉道：“您已经设计灭了秦氏一门，还不够吗？我听说，秦将军曾救过您的性命，对您情深义重，可您连秦将军都没放过，您就不能看在秦将军的分儿上，放过容儿吗？”

“不能！哀家曾发誓……谁？！”太后语调突转，朝屋顶上望去，目光凌厉瘆人。

躲在屋顶的少女还来不及做出反应，已被人拎着脖子扔进了佛堂。她这才知道，练了十年的武功，自以为小有所成，却原来，在仇人面前，如此不堪一击，而那些她以为能帮助她报灭族之仇的贵人竟然就是设计害她父母的仇人！

佛堂大门紧闭，少女趴在地上，被仇恨填满心扉。少年忙去扶她，惊问道：“容儿，你来这里做什么？”

少女用力甩开他的手，退开几步，与他拉开距离，目光变得陌生，悲伤道：“如果我不来，我永远也不会知道你们才是杀我全家的真正凶手！太后？或者我应该叫您傅皇后。”

太后目光一利，语气阴冷道：“既然你都知道了，那哀家就不能再留你。来人！”

“是。”慈悉宫总管带着阴冷的杀意，朝少女走去。

“住手！”少年大骇，沉喝一声，迅速无比地拽着少女的手，将她护到身后，向太后哀求道：“别伤害她！母后，放过容儿。儿臣以后什么都听您的！做您的儿子也好，做您手中的棋子也罢，儿臣没有怨言。”

太后眉头动了一下，却断然道：“不行。她知道了不该知道的秘密，已不能再为我所用，留她不得。你让开。”

少年不动，与太后直直对视，皆不让步。片刻后，少年突然出手，朝慈悉宫总管胸口猛地拍出一掌，同时又拉着少女的手将她朝门口方向甩了过去。

“容儿，走。”他坚定地说。

少女摔在大殿门口，爬起来怔了一怔。

少年急切地催促：“快走，不要回头。走了以后……永远也别再回来了。”他坚定中隐含着悲痛的声音令她心里一阵阵发紧，但她没有犹豫，真的转身就走。因为已经知道，现在的她，根本不是太后的对手。可当她快速掠到门口将门打开的时候，却听见后方传来一声细响，伴随着极力隐忍却仍然逸出喉咙的痛苦呻吟。

少女忍不住回了头，一回头，她的脚步就被钉在了地上，任她如何努力也踏不出去。

因为，身后，少年的脖子被太后紧紧捏在手中。而他往日清隽的冰灰色眼眸之中，此刻流泻出死灰一般的绝望和伤痛，仿佛太后的那只手掐住的不是他的脖子，而是捏碎了他的心。

少女无法相信，天底下，竟然会有那样的母亲！

“你敢踏出这大殿一步，哀家就立刻杀了他。”太后冷冷地望着门口的少女，掐住少年喉管的手是那么的决然。

望着少年已涨红发紫、因窒息的痛楚而扭曲的面孔，少女颓然放手，身子无力往后一靠，刚打开一条缝隙的门重又关上。她不敢置信道：“他是你的儿子！你竟然下得了手！”

太后却面不改色，冷酷无情道：“他是哀家的儿子，但他为了你，背叛了哀家。如此不孝之子，留他何用？你死，或者他死，你选择。”

少女看到慈悉宫总管掏出一颗黑乎乎的药丸，无奈地笑了。从她回头的那一刻开

始，她就已经没了选择。

少年痛苦地闭上眼睛，绝望道：“叫你不要回头，你为何不听？”

少女将头扭向一边，两行泪沿着清丽的面颊滚滚落下，连忙抬手拭去，微微赌气道：“我也不想回头……让仇人亲手杀掉自己的亲生儿子，那也是复仇的一种方法。”只可惜，她不是太后，做不到那么绝情。深吸一口气，她没犹豫，拿过慈悉宫总管手中的药丸吞下。

太后这才松了手。

少女倒下，被飞奔而来的少年接在怀里，紧紧抱住。少年擦拭着她嘴角不断溢出的黑色血液，绝望地喊着她的名字。

“容儿，容儿，容儿……”

少女艰难地睁着眼睛，想再对他笑一笑，却无力。而少年望着她渐渐涣散的眼神，忽然安静下来。他回头盯着太后的眼睛，竟没有恨，也没有怨，甚至没有任何情绪，只剩下空洞洞的一片。他说：“母后，请您行行好，也杀了我吧。”

太后在他绝望的乞求下，面色终于变了变，斥道：“哀家以为你多有志气，原来你的志气，就只为一个女人！”

少年道：“母后说得是。求母后成全。”

太后眉头紧紧皱起来，那无情且狠绝的神色有一丝细微的波动。她立刻转过头去，背对着少年，过了好一会儿，才道：“你想救她，也不是不行。”

少年暗灰色的眸子里划过一丝光亮，但他没作声。

太后又道：“她可以活着，但必须忘记以前所有的事情，包括你。”

少年双手一颤，无意识地将怀中的身躯抱紧，低头，从她即将合上的双眼之中看到了她对生存的渴望，一瞬间，他连犹豫都不曾，就艰难地吐出一个字：“好。”

太后这才满意道：“那以后，你们一切都得听从哀家的安排。她必须嫁到临天国，成为宗政无忧的牵绊。”

“不可能。”少年立刻反驳，“女人是宗政无忧的禁忌，他不会喜欢容儿。”

太后却道：“他会！宗政无忧也许讨厌天底下所有的女人，但不会讨厌她。这不仅因为她玲珑通透、姿色过人，还有一个你们都不会知道的原因，只要我们从旁推动，那兄弟二人，都逃不出这张情网。你们，有没有听说过绝代双骄的故事……”

梦，到此戛然而止。

漫夭在迷迷糊糊中，仿佛走过了那少女十七年岁月，她随着梦里的少女体验着喜怒哀乐，那被她认定的不属于她的记忆，如此完整地展现在她面前。少女对于灭门仇恨寻找仇人的执着，对于少年容齐的爱恋和不舍，对于爱情破碎后的心碎和悲伤，以及那些日夜的挣扎……清晰而深刻得仿如她亲身经历。原来，她以前梦到的被掐住脖子的人，其实不是她，而是容齐。

当她睁开眼睛的时候，她迷茫了。

这些记忆都是以前的容乐，不，其实那个女子也不是真正的容乐，而是被偷偷送进冷宫以容乐公主的名义活下去的秦家后人秦漫。不知为什么，她醒来之后，心里还是觉得好疼，疼到不由她自己控制。

奇怪，这具身体的原主人明明没有死，她的灵魂又是怎么附身到这具身体上的？那个被启云帝深爱着的女子，又去了哪里？

头又开始痛起来，脑子里一团乱。

漫夭忽然想，她到底是谁？秦漫？容乐？还是漫夭……她已经分不清楚。

如果这梦都是真的，那容齐所做的一切，都不过是为了容乐，而启云国太后竟是傅鸳！那北朝太后又是谁？傅鸳只有一个孩子，假如她的儿子是容齐，那傅筹呢？还有，傅鸳口中的兄弟二人，除了无忧，还有谁？

漫夭突然心底一震，有什么从脑海中迅速划过，她连忙再闭上眼睛，生怕错过什么，费力地搜寻着那些信息。

傅鸳、太后、容齐、容乐、秦家、仇恨、云贵妃、绝代双骄……

绝代双骄！

漫夭猛然睁眼，那个人，是傅筹！傅鸳以前和云贵妃关系要好，一定是闲来无事时云贵妃给她讲过那些故事。傅鸳布局二十几年，为的竟是让他们兄弟相残，而这二十几年来她所做的一切，比起移花宫主，更残酷十倍不止。

漫夭不知从哪里来的力气，猛地从地上爬了起来。

不行，她要出去，必须出去。

冲到铁栏边，漫夭试图劈开粗而坚实的铁链，但任她劈到双手溅满了鲜血，那铁链仍完好如初。

焦急且懊恼的情绪充满了她的心扉，正沮丧之时，脚下地面忽然一阵颤动，有细微的声响传了过来。她一愣，立刻趴下，准备倾听下面的动静，这时，地牢一角的地面陡然被掀开，土灰飞扬四散。

她连忙起身后退，瞪大眼睛看着，从地底下走出来的两人。

"皇兄！"见到是启云帝，她一阵欣喜，忙迎了过去，眼中再无戒备，"你是来救我的？"

启云帝一眼看到她满是鲜血的手，紧紧皱起眉头，撩起衣摆，从里衫撕了块柔软的布料小心翼翼将她的手包好，才叹了口气道："容儿，委屈你了。"

漫夭摇头，面对他心疼而又灼热的目光，她不自然地转过头去，收回自己的手。她想起那个长长的梦，梦里他对容乐生死不弃的深情，心中感动。可她不是容乐，她承受不起他那样浓烈的感情。

"我们快走吧。"她淡淡说了句。

底下又走出两人来，他们还拖着一个女子，而那女子看上去不仅面容与她极像，连头发也是白的。

漫夭顿时明白了，有个替身在这里，万一有人进来也不会发觉。

"还是皇兄想得周到。只是，这女子……"

“她是母后安插在我身边的人，不用替她难过。走吧。”启云帝说着带她走下地道。

那地道显然是新挖的，空间极窄，高度也不够，启云帝必须弯着腰才能通行。

道路凹凸不平，不易行走。他扶着她的手臂，生怕她摔倒。漫夭心里生出一丝异样的感觉，她有些害怕他对她这样好，让她无端地多了些罪恶感。她不禁想，他那么爱容乐，要怎样才舍得伤害她？又是怎么才能做到眼睁睁地看着她一步一步走向另一个男子的怀抱？不仅不能阻止，还得推波助澜。那种挣扎在爱情和理智之间的痛苦与煎熬，恐怕她这一辈子也不会明白。

“皇兄。”她忽然停下，唤了一声。

启云帝回头，问道：“容儿怎么了？”

漫夭又不知道该说什么了，那些话，现在说似乎不是时机。她忙又摇头，道：“没事。”然后，随口问道：“这地道是什么时候挖的？”

启云帝道：“我们回宫以后，有一个月了吧。”

漫夭惊讶，随后笑道：“你神机妙算吗？知道今天能用得上。”

启云帝望着她带着浅浅笑意的脸，神情一阵恍惚，带着怀念，抬手，似是想触摸她唇边那一抹久违的笑意，将其握在手中，刻进心里。他眼神哀伤，仿佛即将与爱人诀别，令漫夭心间如遭芒刺，细微的疼缓缓散开。她皱眉，有些不理解自己的心，难道一个冗长的梦，竟让她拥有了容乐的感觉不成？被他的手触摸着，她身子有些僵硬，忙偏头躲开。

启云帝的手就顿在了那里，目光黯然就同他们身后那火光照不见的黑色通道一般，半丝光亮也无。

他垂手，抬头深吸一口气，好像在拼命抑制着什么，叹道：“因为我了解母后，也了解你。走吧。”

两人继续往前走，都不再说话。地道的尽头，是启云帝寝宫内的密室。

一出地道，一股浓浓的药味扑鼻而来，这味道她闻着有些熟悉。而这里也不同于地道的阴冷，似有热气在蒸腾。

“公主姐姐。”等在密室里的萧可迎了上来，萧可已沐浴更衣，整理了头发，恢复了白白净净的俏丽模样，只是比过去瘦了许多。漫夭拉着她的手，还没来得及说句话就听启云帝问道：“都准备好了吗？”

“准备好了。”萧可和小旬子异口同声地回答，但语气却大相径庭，萧可欢欢喜喜，小旬子却神色悲伤，欲言又止。

漫夭奇怪地问道：“准备什么？”

启云帝温柔道：“为你解毒。”他指着前面一扇木质屏风，那屏风背后的地方不大，空气中升腾着缭绕的雾气：“去吧。”

漫夭疑惑地走过去，那屏风后面放着一个用来沐浴的木桶，桶内盛满了药材和热水。他这是让她泡药浴吗？被称之为无解的天命之毒，这样就能解了？

萧可跟过来，欲帮她宽衣，她低声问道："可儿，我这毒真的能解？要怎么解？"她直觉这次解毒没那么简单。

萧可目光躲闪，道："先泡药浴，皇上会用内力护住姐姐心脉，我再替姐姐施针，让药性渗透你的经脉和血液……哎呀，姐姐你就别管那么多了，快脱了衣裳进去吧。再晚了，这水凉了，效果就不好了。这里面有些稀有珍贵的药材，是我找了好几年都找不着的。"

漫夭还想问什么，萧可又道："我听说皇上和北皇就要打进皇宫里来了，我们得抓紧时间，姐姐不想早一点儿出去见皇上吗？皇上呀，一定想姐姐想到快发疯了！"

"你这丫头！"见萧可打趣，漫夭沉重的心微微轻松了些许。点了下萧可的额头，一想到很快就能见到无忧，她心里所有的疑问都被压了下去，甚至也没想，皇城将破，启云帝为何不在外面主持大局而是在这里？也不知道傅鸳把无忧和傅筹都引过来准备做什么？她忽然觉得，无忧和傅筹是孪生兄弟这个事实，对傅筹来说实在太残忍。不敢想象，如果傅筹知道折磨他这么多年的仇恨全都是假的，那他该如何承受？他为傅鸳所受的十三次穿骨之痛、他从小便深种心底的复仇信念、那许多日子里在仇恨和爱情中苦苦地挣扎，这一切的一切……叫他情何以堪？

她叹息着脱下衣裳，将自己泡入药汤。积聚了多日的疲乏在泡进药汤中全部释放出来，她昏昏欲睡。

启云帝这才走进来，催眠一般的声音在她耳边轻声道："容儿累了就睡吧，睡醒了，就什么事都没有了。"

她不由自主地闭上眼睛，感觉到启云帝的手贴在她后背，有一股强大的力量源源不断地注入她体内，而她在那带有药性的热雾之中，就那么睡着了。

这一觉，没有容乐，没有容齐，没有任何人，她睡得前所未有地香甜。她不知道睡着以后即将发生的事情，也不知道在她的身后，她曾经十分在意的男子的生命此刻正在逐渐消逝。如果她都能知道，她宁愿放弃自己。只可惜，事隔三年之后，她依旧没有未卜先知的本事。所以，命运，就按照它既定的轨道，一路走下去。

醒来的时候，疲惫尽去，漫夭感觉自己浑身充满了力量，极为舒畅。而此时的密室，漆黑一片，什么都看不到。她还坐在木桶里，水温热地包裹着她的身子。

周围很安静，空气中飘荡着浓浓的药味，而那药味里还掺杂着一股子浓烈的血腥气，叫人莫名不安。

"可儿。"漫夭凝眉叫了一声。

萧可垂着头坐在木桶边的地上，手托着脑袋，不知道在想些什么，有些迷茫，还有一点儿羡慕和向往。听到漫夭的声音，她连忙起身道："公主姐姐你醒啦？"

漫夭问道："我睡了多久？"

"没多久，也就一炷香的工夫。"

还好，时间不长。她抬目，张望着漆黑的四周，又问道："灯怎么灭了？"

萧可道："哦，刚才风大，吹灭了。"

"风？这密封的屋子，哪里来的风？可儿，你撒谎骗我。"漫夭黛眉微蹙，轻声斥责，心中的不安渐渐扩散，如被笼上了一层浓厚的乌云。

萧可愣了一愣，支吾道："我……不，不是……公主姐姐，我说错了，是蜡烛燃尽了。"

"那就再点一支，如果这屋里没有，就去外面找一支过来。"眉心紧拧，她越想越觉得有问题。

萧可低着头，双手无意识地抓紧了自己的衣摆："我不知道哪里有。公主姐姐，你快穿好衣服，我们出去再说吧。听说皇上已经来了，就在大殿外面。"

提到无忧，她确实很想立刻去见他，可心中疑团也不能不解。

"皇兄呢？"

"启云帝……哦，太后派人来把他接走了。"

漫夭双眉一皱，声音陡然沉了："你应该说他去大殿了。对他来说，敌人都打进了皇宫，他作为一个皇帝，应该自己出现在大殿里，而不是被太后派人接走，这样才更有说服力。可儿，你不适合说谎，还不快跟我说实话！"她语气严厉起来，惊得萧可一怔。

萧可沉默了半晌，叹气道："我点上灯，公主姐姐自己看吧。"说着起身，摸索着走到十步远的桌子旁。

橙黄的火光在这黑暗的密室里亮了起来，最先照着的是桌子一角已然凝固的烛泪，那鲜红的颜色，像极了当日男子眼角的血痕。

漫夭贴在木桶边上，凝目四顾，将木桶以外的所有地方都看了一遍，并无特别。地面干净，房间整洁，木桶旁的凳子上一套白色的衣裳，纤尘不染。她皱着眉，见没什么异常，心中更是感到奇怪，如果什么事都没有，可儿不会说谎骗她。她疑惑地垂下眼，目光一触及木桶中的药汤，浑身一震，噌地站起来，光着身子就跳出了木桶。

"这，这……这是怎么回事？"她颤着手，指着那木桶里不知何时变成血一般的药汤，惊得话也说不流畅。

"为什么……水会变成这种颜色？"

萧可垂头不语，漫夭想起她以前喝的药里都有启云帝的血，忽然明白了什么。

身子猛然失力，一个站立不稳，忙用手去撑那木桶，却不料，她急乱之下竟使了力，手刚触及木桶边缘，那木桶像是被千斤重斧劈了一般爆裂开来，桶内的血水哗的一下奔涌而出，冲刷着她纤细的小腿，漫过灰色的地砖，在她心里拂起层层战栗。

她僵硬地站在那里，心中一片混乱，低头看着自己的手，她何时有了这般强劲的内力？难道……

她倏地转身，盯住萧可的眼睛，强迫自己镇定下来，可那颤抖的声音怎么也控制不住。

"可儿，他……他把内力……都传给我了，是不是？"

萧可点头。

漫夭跌坐在地上，像他那样全靠内力支撑才能活着的人，如果把内力都传给了别人，那意味着什么？眼泪骤然浮出眼眶，她木然地望着脚底下被血水浸泡着的地面，声音沙哑道："他把他的血……也都给了我，是不是？"

不知道需要多少血，才能将一整盆泛着褐色的药汤染成这般刺眼的红色？

萧可不忍看她的表情，垂下眼睫，再次点头。漫夭不用看她，也知道答案。她心头大痛，泪水滚滚而落，没入唇齿，苦涩得就如同那些难以下咽的药汁。

她又开口，声音哽咽无力："他还把他的命……也给了我，是不是？"

地上的水不再温热，而地面的寒气，更是直透人心。

无可抑制的悲痛从心底涌了出来，她有些承受不住，脑子里一阵眩晕，忽然有无数画面在脑海中闪现，像是要劈开她的头到眼前来。

过往的记忆，如潮水一般汹涌来袭，灭顶般地将她淹没。记忆中的一切，就仿佛挂满倒刺的时光碎片，将她扎了个体无完肤。

那一刻，脑子里一片空白，呼吸都好像要停止了。

不再是她偶然梦见的片段，不再是那个与之无关的少女和少年，那是一个女子活了十七年的完完整整的记忆。那个记忆里，有一个叫作秦漫的女子，在七岁时历经了家族的覆灭，父母的冤死，在无可奈何的命运安排下走进了仇人的棋局，成为一个可悲的棋子，在爱情和仇恨之中苦苦挣扎。当撞破仇人的阴谋之局，她险些丧命，最终以失忆为代价，在心爱男子的成全下，用另一种方式活了下来。

这便是假容乐真秦漫短暂的一生，却又是她漫夭生命中的一部分。

"怎么会这样？"

"怎么会是这样？"

她光着身子，瘫坐在地上，神色复杂中透出难以置信的悲哀和绝望，喃喃自语："不可能，不可能的！"

萧可吓坏了，忙拿了衣服扶她起来，她却一动也不动，完全失去了反应能力。

"公主姐姐，你怎么了？你别吓我啊！姐姐……快起来，地上凉。"

漫夭被萧可硬扯着站起来，萧可帮她擦干身子披上衣裳，她木然地转头，看着萧可，漆黑的眼瞳空空洞洞，像是被挖空了心。

"可儿，你能不能告诉我，一个人到底可以活几次？"

萧可被她这模样吓住："姐姐……"

漫夭又转过头，神情有几分呆滞，口中不住地呢喃："我不是秦漫，不是容乐，我只是漫夭，不是她们任何一个人……"她突然失控地拍自己的脑袋，好像要把什么赶走，那样急切。

"姐姐，你别这样，你刚刚解了毒，不能太激动啊！到底发生了什么事呀？你是容乐公主啊，是我的公主姐姐。"

"不是，我不是她……"

她终于承受不住突如其来的打击，心口窒闷，竟昏了过去。

恢复理智时，萧可已经帮她穿好了衣裳。她靠着墙，坐在凳子上，身上如雪般的白衣，衬得地上的血水越发鲜红刺眼。她怔怔地坐在那里，呆若木鸡。

在那恍如隔世的久远的记忆里，那个带着淡淡笑意的俊美儒雅的少年曾经问她：“你叫什么名字？”

她坐在湖边的青石板上，用手划着碧绿的湖水，沁凉的温度浸润着她娇嫩的掌心。她头也不回，随口应道：“我叫……你叫我容儿吧。”

“容儿，这个名字不好，和皇家姓氏冲突了。以后在别人面前，你不能这么说。”少年柔声叮嘱，面色清和，“这里很偏僻，你为何总喜欢在晚上来此，呆呆地站在这亭边出神？听说这湖里淹死过好几个人，时常有鬼魂作祟，你不害怕吗？”

她扭头看了他一眼，神色平静道：“你不是也喜欢来这里吗？偏僻有什么关系，我喜欢这里的清净，无人打扰。”说罢她眼珠一转，笑道：“我就是鬼魂，你怕吗？”

“鬼魂？你？”少年低低笑起来，走到她身旁，姿态优雅地挨着她坐下，“我以为你是一个不会说笑的人。”

她垂目，淡淡道：“你就当我说笑好了。做人不能总那么沉闷。”

少年点头表示认可：“你刚才在想什么？看你似乎心情不好，想家了吗？如果想家了，以后我送你回去。你家在何处？”

她抬头，望着漆黑的天空挂着的那一轮明月，目光幽远，声音缥缈：“我家……在很远的地方，那是无法跨越的距离，我永远也回不去。”

少年轻挑眉梢，微带好奇：“哦？这天下间，还有跨越不了的距离？说给我听听。”

她说：“有，那是几千年的距离，你能过得去吗？”

那一日，月光下的少年，像是从绝世画卷里走出来的一般，是她在冷宫与死人为伍的漫长十年里，第一次和黑衣人以外的另一个人有了交集。从此，那颗孤寂而冰冷的灵魂被镀上了一层温暖。

原来，在这六年之前，还有被封存的漫长的十七个春秋。

而她来到这个世界，竟已经这样久了！

第二十一章　夫妻相见

启云国皇宫，三座高台之上的轩辕正殿，巍然壮观，气势宏伟。殿前，高台之上，仪仗华丽铺开。

一架四面垂悬着金黄色纱质帷幕的凤辇，启云太后端坐其中，一副端庄娴雅的姿态，时不时望一眼身旁靠躺在椅背上的男人。那男人四十多岁的样子，极瘦，只剩皮包骨，原本英俊的五官轮廓现在看起来有些狰狞恐怖。他瞪着眼睛，眼中挟带着深深的恨意，还有浓浓的担忧。凤辇旁边，站着慈悉宫太监总管。

在他们前面，明黄色华盖之下，启云帝身着龙袍，头戴帝王发冠，冠前异于平常的十二道冕旒密且长，遮住了他整张面容。他坐在漆金龙椅之上，双手放置于两侧雕有龙头的扶手上，一动不动。身边站着他的贴身太监小旬子。

周围没有文武大臣，亦无保家卫国的百万大军，只有寥寥数十名宫女、太监，以及黑衣侍卫三千人，分立两侧。

十一月的天空云深雾重，寒流直蹿向人们的脖颈，但他们都不觉得冷，因为高台之下，有一个奇大无比的火盆，两丈见方，高约二尺。盆中火红的木炭烈烈燃烧，在风中不断蹿升的红色火苗之中，一尺高的铁钉子共九百九十颗，被烧得通红。

站在高台上的宫女、人监们，总是有意无意地往后退，心道：谁若是不小心跌进了那个火盆，不被火烧死也会被铁钉子钉死，怕是连个尸体都捞不着。

高台下宽阔的广场分为两层，稍高一层的阶梯边缘，骑在骏马之上的两名男子，他们分别着了玄色披风和深青色披风，在呼啸而来的寒风中猎猎飞舞，里面皆是专属帝王的金银铠甲，随风拍打着，铮铮作响。此二人便是率领大军攻入皇城的南帝宗政无忧与北皇宗政无筹。昔日仇深似海的二人，此刻并肩骑在马上，虽然中间有距离，但看上去

竟奇异地和谐。

他们二人扫一眼周围，没有轻举妄动。按说这启云国至少也应该还有十万兵马，可为何，他们都打进皇宫里来了，这里却只有区区三千守卫？

启云太后看着宗政无忧他们身后，五十万人的军队，绵延数里，望不到尽头。

那些将士随帝王破关斩将，浴血而来。五十万人煞气冲天，似要将这整座皇宫淹没。

九皇子一身银色盔甲骑在马上，身后两万弓箭手，已做好准备，张弓拉弦，对准高台上的人，只等一声令下，便欲将启云帝等人万箭穿心。而这广场之中，南、北朝的精锐将士皆已到齐。

启云太后面对如此阵势，面色十分镇定，端庄笑道："难得南帝、北皇一同光临我朝，哀家与皇上在此恭候多时。不知这一路上，我们启云国的风光是否让二位满意？"

宗政无忧抬手，凤眸邪肆而冰冷，微眯着双眼，懒得与他们客套，只冷冷道："朕，只对你们项上人头有兴趣。朕数三下，再不交出朕的妻子，朕立刻下令放箭！一、二……"

启云太后面色不改，嘴角微微勾着，斜眸望向一侧屋檐。宗政无忧刚数到二，那轩辕殿卷翘的屋檐处忽然掉下两个人来。那两人嘴里塞着布条，双手双脚都被绑住，倒挂在屋檐下。其中一人身着彩凤华服，微微有些发旧，头发散乱，半边脸上有烧伤的疤痕。而另一名女子身穿白衣，发丝如雪，面容清丽绝美。她们的下方，正是那巨大的火盆，盆中火舌狂窜，似是要吞噬一切般地猛烈。

一名黑衣人立在屋脊上，手中抓着吊着女子的两根绳子。

宗政无忧与宗政无筹目光皆是一变，不自觉地互望一眼。

启云太后笑道："南帝你舍得让她死，就尽管放箭。"

宗政无忧望着那倒挂着的白发女子，心中狠狠一颤，他克制住慌乱与冲动，面上看似平静冷漠，可那抓紧缰绳却不住颤抖的手泄露了他此刻内心的恐慌。他看了一眼那金色的帘幕，隐隐感觉到那帘幕背后的犀利目光，再看向启云帝，沉声道："你就这样对待自己的妹妹？"

高台之上，被指责的启云帝没有反应，依旧坐得端正，没开口，连手指也不曾动一下。

启云太后嘴角噙着一抹冷笑，扫一眼身前的龙椅，瞧见启云帝脸色灰白，双眼睁着，不眨一下。她又透过帘幕，笑看宗政无忧眼底一闪而逝的心痛和慌乱。

宗政无筹神色异常镇定，看了眼宗政无忧死拽住缰绳的手，刻意忽视自己内心的紧张，声音听起来似是很淡定："虽是白发，也不代表一定就是她，你用不着这么紧张。"

宗政无忧冷冷地瞥他一眼，这个时候，他居然还有心情奚落他！宗政无忧薄唇紧抿，冷哼一声，没说话。他当然知道那不一定是她，但哪怕有一点点可能，他也不能忍受。因为他赌不起！其实，他们都知道，这不是一场简单的要挟。

数月前，就在宗政无忧退兵当晚，北朝太上皇和皇太后离奇失踪，下落不明。直到一月前，同样失踪的南朝皇妃有了消息之后，立刻便传出北朝太上皇和皇太后二人也在启云帝的手上，这一切，是不是太巧了？明摆着是引他们过来，至于有什么阴谋，现在宗政无筹不敢确定。但若不是为她，他又何必做这等没有把握的事？反正宗政无忧必定会打过来，他只需做那渔翁岂不更好？可他终究舍不得她，想为她尽一份力，尽管她也许并不需要。转过头，他向屋脊上的黑衣人冷冷问道："常坚，你可想好怎么死了？"

黑衣蒙面人正是他以前的贴身侍卫，也曾跟随他出生入死，他曾十分信任的人，只是没想到，这样的人，竟也会背叛他。

常坚目光一闪，不敢直视宗政无筹的眼睛，垂目道："属下背叛陛下，自知罪该万死。今日过后，倘若属下还活着，任凭陛下处置便是。"

宗政无筹沉声道："枉朕从前对你信任有加，你却背叛朕，你确实罪该万死！"

常坚垂下头，手中绳子抓得死紧。宗政无筹又道："但念在你曾与朕出生入死的分儿上，朕再给你一次机会。告诉朕，朕的母后与容乐现在何处？只要你肯说实话，朕不但既往不咎，而且还会如从前那般视你为心腹，封你做禁卫军统领。"

常坚抬头，目光微微一动，眉头紧拧，似在挣扎。启云太后身边的胡总管见状，眉头一皱，咳了两声。常坚神色一震，恢复如常，望着底下吊着的二人，说道："他们就在我手上。"

宗政无筹与宗政无忧不自觉地互望了一眼，常坚这一顿，就说明有问题。

启云太后再次开口，声音低沉却愉悦："哀家听闻南帝与北皇二人皆武功盖世，哀家很好奇，你们二人……到底谁更胜一筹？不如，打一场吧。以生死定胜负，赢的那个，可以选择救下一个人。如何？"

宗政无筹眼神微微一震，定定地望着启云太后面前的那道帘幕，眼底在瞬间闪过无数表情。

启云太后转过头，对着身边的男人嫣然一笑，灿烂风华流转在那未曾老去的容颜上，在他耳边低声笑道："怎样？这个游戏不错吧？殒赫，你说呢？他们两个……谁会赢？谁又会输？不论谁赢谁输，这场戏，都很精彩，你说是吗？"

不错，她身边的这个男人，便是北朝太上皇宗政殒赫。听她这么一说，宗政殒赫瞳孔一张，目中的恨意越发浓烈，似是想一把掐死这个心肠歹毒的妇人。

启云太后看着他的眼睛，就是那双眼睛，曾经充满了深情蜜意，欺骗了她的感情，只用了三个月的时间便毁了她的一生。她唇边的笑容依旧灿烂，目光却是寒冷如冰："你不用这么瞪着我，我不怕你恨，我只怕你不恨。"

宗政殒赫恨极，却又开不了口，恼怒地转过头去，不愿再看她。他望着广场上的兄弟二人，心中百感交集。

宗政无忧眉头一拧，凤眸深沉，宗政无筹淡淡看过来，两人都没说话，也没动。

启云太后扬眉，冷笑道："怎么？你们怀疑她们二人是哀家让人假冒的？常坚，放绳。哀家倒要看看，她们被火烧死，心痛的人到底是谁？"

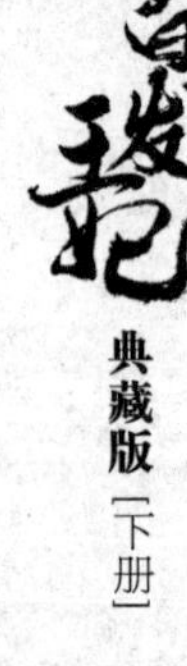

常坚面色一凝，将左手中的绳子放下一截，那倒挂着的北朝太后的头发呲的一声，被火苗燎到，散发出一股焦味。而那烈烈的焦灼气烘烤着她的脸，瞬间便已通红，灼痛感令她开始剧烈地挣扎，像是煎在热锅里的活鱼。她望着宗政无筹，十分哀怨。

宗政无筹有瞬间的愣怔，不自觉上前一步，又顿住，目望高台。

常坚右手未松，皱着眉头看宗政无筹，有些焦急和挣扎，迟迟没有放绳。

胡总管见只放下一个，回头一看，用警告的语气叫道："常坚！"

常坚无声叹息，就欲松手，宗政无忧目光一沉，抬手阻止道："慢着！"常坚的神色，令他心中产生怀疑。莫非傅鸳是假，阿漫是真？

启云太后道："南帝想好了？"

宗政无忧道："朕要确认，究竟是不是她？"

启云太后道："你想如何确认？"

宗政无忧道："朕要她开口讲话。"

"不行。"启云太后一口拒绝，毫无商量的余地。"她体内的毒发作，哀家命人给她服了药，她现在开不了口。倘若你一定要坚持，那还是等着看她被火中的铁钉穿心来得痛快些。反正哀家手上……有的是筹码。"

宗政无忧浓眉紧皱，两道凌厉的目光直透纱幕，声音冷冽无比："她若死了，你们这里所有人，一个也别想活。"

启云太后哈哈笑道："她不死，你就能放过哀家？哀家既然等在这里，也就不在乎生死了。可她呢，南、北朝两位皇帝的心上人，有她陪着哀家一起死，哀家觉得值。怎么样？想好了吗？哀家可没有那么多耐心等着你们慢慢考虑。"说罢向胡总管使了个眼色，胡总管挥手就要让常坚放绳子。

宗政无忧心下一惊，虽然相隔二十余丈的距离，又隔着帘幕，但那帘幕背后透过来的目光，让人直觉那是一双极为锐利的眼睛。她虽是带笑说话，可那语气中的认真和冷绝令人无法忽视。不待胡总管挥手，他与宗政无筹互望一眼，继而手上的剑往起一提，面无表情道："好。既然启云太后有如此雅兴，想看朕与北皇一战，那朕便成全太后又如何！"

说罢，他掉转马头，对着宗政无筹，邪眸冷肆阴沉，一身凛冽寒气荡开。宗政无忧举起宝剑，内力一震，长剑铮鸣一声，破空而出，一道冲天煞气凛然刺骨，掀起他白发根根飞舞，身下骏马扬蹄嘶鸣。

"傅筹，拔剑！"

广场上的两朝将士大惊，他们并肩打入皇城，敌人未灭，怎么两位皇帝要先打起来了？

有人上前欲劝，启云太后不耐道："让他们全都退出去，哀家看着碍眼。"

宗政无忧挥手喝退，无相子叹了一口气，只要遇上皇妃的事，皇上总是这样，为保皇妃，无论曾付出多少努力都可以轻而易举地放弃。他无奈摇头，领着大军退后，出了轩辕殿广场。九皇子却在原处不动。

宗政无筹微微皱眉，沉声道：“也罢，这一战本是在所难免，提前一些也无妨。”他望着高台方向，目光深深，复杂难明，同时也挥退了北朝将士。

不出片刻，广场上数十万人退尽，只剩下三人。

宗政无筹这才举起剑，直指巍巍苍穹，望了一眼火盆上方被高高吊起的女子，目光复杂难辨。手臂聚力一震，金属材质的剑鞘突然爆裂开来，化作万千碎片，带着千钧之力，毫无预兆地朝四面八方激射而出。

高台上的宫女、太监们不料有此一着，被碎片击中的人，惨叫一声，倒地气绝。

周围的侍卫忙挥剑去挡，却不料手中长剑被那急急飞来的碎片震开，虎口迸裂，血染掌心。

启云太后目光一利，站起身，长袖一挥，那些碎片就如击在铜墙铁壁上反弹回来。而就在那一瞬，宗政无忧以迅猛的姿态从马上一跃而起，直飞高台，快得让人连影子都看不清。

一剑断绳，另一只手抓住绳子往起一提。等太后击落碎片，定下身子时，那两个倒挂在熊熊烈火上的女子就已经在他手中了。

宗政无忧提着北朝太后的衣领像扔垃圾般往宗政无筹马上扔过去。他没有立刻杀掉那个北朝太后，是因为他还不确定那人是不是真的傅鸳，而且，这次的配合，也算是两人意见达成一致，先救人，再灭启云国，最后解决他们之间的恩怨。回到马背，人还未坐稳，便去查探怀中女子的真伪。

启云太后面色狠狠一变，这世上，竟然还有人能明目张胆从她眼皮子底下将人抢走！她看着已经返回的宗政无忧，再看看稳坐不动的宗政无筹，有些难以置信，这样有着不共戴天之仇的两个人，竟然能配合得这般默契。那她二十多年来在傅筹心底种下的仇恨算什么？她眼中顿时盈满怒火，回头看身边的男人。

宗政殒赫目露欣赏，心中亦是万分欣慰。启云太后面色却是越发难看，猛一甩袖，怒极反笑道：“你也别高兴得太早，好戏不过才开场。”说罢看一眼身前龙椅上始终没反应的启云帝，皱眉道：“齐儿，你今日怎么了？一句话也不说。”

小旬子回身行礼，面上忧心忡忡，语气恭敬道：“启禀太后娘娘，皇上今天早起嗓子就不大舒服，一整日都没开过口了。”

启云太后凤目微垂，扫一眼龙椅扶手上搭着的一只手，大拇指上戴着一枚象征身份从不离身的扳指，扳指上刻有龙纹，金色灿亮，越发将那只手衬得苍白似鬼。她目光闪了闪，没再说什么，以为他是因为那个女子而与她置气。

宗政无筹看一眼那被反绑着的所谓的北朝太后，相同的五官及面容，很精湛的易容术，但他一眼便能看出来不是。不禁皱眉，他甩手将那人远远扔了出去，那人在地上弹了两下，吐了口血，咽下最后一口气。他再转头看宗政无忧，只见宗政无忧紧皱着眉头看怀中不省人事的女子，神情疑惑，似是不能确定。

“怎么，她闭着眼睛，你就认不出她了？”宗政无筹嘲弄道。

宗政无忧没理他，手在女子耳后摸索着，找不到半点贴合的痕迹，而她的皮肤光滑

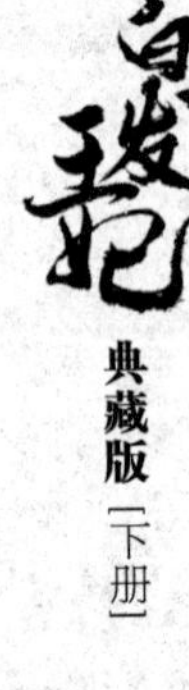

细腻，完全不似是易过容的样子。可是，一样的面孔，总感觉有哪里不对。

他正思忖间，启云太后道：“你们二人竟敢愚弄哀家，哼！那就休怪哀家心狠手辣。痕香，把孩子抱出来。”启云太后的语气分明是恼羞成怒，难道，这女子真的是他的阿漫？

宗政无忧用手量着她的腰，稍微胖了一点儿，她刚生完孩子不久，身形有变化也属正常。忽然，手上摸到一块微微凸出的骨骼，他动作一顿，凤眸眯了起来。抬眼看高台上从始至终未曾开口说话也不曾有过任何动作的启云帝，他按捺住心头疑惑，不动声色地将女子安置在身前，再没碰一下。

宗政无筹将他的动作看在眼里，心下了然。

高台上，痕香应声从后面大殿走出来，手中抱着一个婴儿，走到启云太后身旁。

有人撩开纱幕，启云太后望了一眼那个孩子，啧啧叹了声，惋惜道：“这孩子长得真好看，可惜了！”

宗政殒赫看出她的意图，顿时双眼一睁，气血上涌，怒瞪着她。

启云太后笑了起来，以欣赏般的姿态看他愤怒且焦急的表情，这是她现在活着的唯一乐趣。她从胡总管手中接过一个瓷瓶，举起来晃了晃，扬声道：“听闻几个月前，容乐就是用这个，灭了我国十几万大军。哀家也想看看，把油泼在人身上，烧起来是否比一般的火苗更好看？”

她拿着瓶子，在宗政殒赫惊恐怨愤的目光中愉快地将那一瓶油全部浇在孩子的身上。那孩子似是意识到了危险，“哇”的一声大哭起来。

宗政无忧心中一紧，那就是他和阿漫的儿子吗？那是阿漫宁愿自己死也不愿伤害的孩子。

“你究竟想要什么？”他沉声喝问，却没敢再轻举妄动。这个女人手里有太多的筹码。

启云太后不理他，只对痕香吩咐道：“去吧。”

痕香抱着孩子缓缓走到火盆之上的高台边缘，低头望着怀中的孩子，那平日里冷漠的眼中忽然划过一丝几不可见的怜惜。

宗政无忧双眉紧锁，紧盯着痕香抱着孩子的手，压抑住心里的紧张，镇定道：“你们究竟想怎样？启云太后，说吧，你的目的到底为何？”

启云太后笑道：“哀家记得，哀家刚才已经说过了。”

宗政无忧拧眉，回想这几年里所发生过的一切。每一件事，无不与三个人息息相关，天仇门门主、启云帝、傅鸳，如今又多了一个启云太后，谁才是最终的阴谋主导者？他看着安坐不动的启云帝，眯起凤眸。之前，启云帝率大军在乌城，怎么可能同时抓走他的父皇和傅筹的母亲？这不是逼他们联手对付他吗？如果是特地引他们来此，那启云帝为何一句话也不说，所有的主导都归了太后？

“太后费尽心机，只为朕与傅筹决战？不知太后……是与朕有仇，还是与傅筹有恨？竟不惜以一国为代价，引我二人至此，只为观赏朕与傅筹决一生死？这倒是奇怪了！”他说着这话，突然有什么闪过脑海，快得抓也抓不住。似乎在很小很小的时候，母妃曾经给他讲过一个故事，一个关于背叛和复仇的兄弟相残的故事。他眯起的凤眸骤然一睁，有无这个可能，得看这高台之上的女人，究竟是何人？

宗政无筹忽然驱马向前，才走了几步，胡总管立刻沉声警告道：“站住。”

宗政无筹停住，向那含怨带痴望着他的痕香伸出手：“孩子给朕。”

痕香手一颤，却是抱紧了孩子。看着眼前她爱了十年的英俊男子，她笑道：“你不是恨宗政无忧吗？你难道不想看他的孩子被火烧死，看他痛苦吗？”

宗政无筹眉梢微挑，没有回答她的问题，只加重语气重复道：“孩子，给朕！”

“为什么要给你？”痕香往后退了半步，因为这是那个女人的儿子吗？“如果这是我和你的孩子，你还会不会这样紧张？”

宗政无筹皱眉不语，只想着怎么才能拿到那个孩子。

痕香微微转头，看着凤辇另一侧，一个宫女打扮的人抱着一岁多的小女孩走出来，和她一样的姿势，只是位置不同，在火盆的两端。只要她稍微有点儿动作，那宫女手中的孩子就必死无疑。而那个孩子，是她的女儿，她和宗政无筹的女儿。

痕香心痛如绞，眼眶中流转着泪，对宗政无筹道：“你看到了吗？那边那个孩子，她是你的女儿……已经一岁了。”

宗政无筹目光一怔，斜目扫了一眼，只见那小女孩肉乎乎的小脸蛋粉白稚嫩，眼睛又大又圆，漆黑的眼珠带着一股子灵动劲，一颗小脑袋来回扭动着，看看这边，又看看那边，仿佛对这个世界充满了好奇。

宗政无筹变了脸色，随口道：“谁知道那是谁的孽种！”

痕香心头一痛，她每次与宗政筱仁在一起都会服药，而那药就是他给她的，为了防止她怀上宗政筱仁的孩子而有所牵绊。如今，他怎么能说这样的话？

宗政无筹沉下眸子，声音冷凝如冰：“即便是又如何？朕不亲手掐死她，已经算是仁慈了。快把你手上的孩子给朕，否则，朕真的会亲手结束她的性命。”

那一次，将痕香错当成她，是他此生至恨，亦是此生之悔。

“又一个狠心绝情的男人！宗政殒赫，他不愧是你的儿子！”启云太后在身边的男人耳旁低声说着，声音讥讽带恨。

宗政殒赫目中神色复杂变幻，转过头去。

痕香听了，身子直发抖，早就料到他不会认那个孩子，却也没想到他会这么狠。在他心里，那个女子生的孩子，即便是他仇人之子，他也会为她而力保孩子周全。这便是爱与不爱的区别！可她又能怪谁，是她自己心甘情愿。

“我知道你恨我，可她毕竟是你的骨肉！你这样做，跟你的父皇当年又有什么区别？”

宗政无筹面色一变，恨道：“若不是你假扮成容乐，朕，绝不会碰你一根手指头！”

痕香眼中的泪簌簌落下，落到台下的火盆之中，一下被火苗吞噬。她看着下方炭火

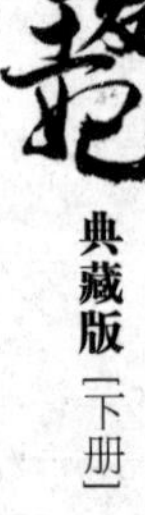

之中被烧得通红的铁钉，目光也映上猩红的颜色，眼神忽然变得决绝："好，既然如此，那让她活在这世上也没意义，就让他们两个……一起去阴曹地府做个伴吧，也好过一个人孤独上路。"

说罢，她闭上眼睛，举起手就要将孩子扔下去。那是一个浑身被泼了油的孩子，一旦沾染了一点儿火星子，立刻就会爆燃，扑都扑不灭。

宗政无忧目光一变，上前对宗政无筹怒道："你到底是想救他还是想害死他？"

宗政无筹瞥他一眼："如果他只是你一个人的儿子，朕会上去帮忙推一把。"

宗政无忧握紧拳头，冷哼一声。

九皇子策马跟上他们，指着宗政无筹对痕香扬声道："你喜欢他？那好办，咱们商量商量，本王将他打包送给你，换本王的侄儿，怎么样？"

宗政无筹脸一沉，痕香却笑了，笑得凄凉而讽刺："我已经不需要了。我想那个孩子……她也不需要。"说完，再不犹豫，她抬手就要将孩子扔下去，就在这时，轩辕殿侧面传来一声慌乱的惊呼："痕儿，不要！"

痕香心底一震，手僵在半空，这个世上，会叫她"痕儿"的人只有三个，父亲、母亲，还有姐姐。她木然转头望去，只见轩辕殿侧面的高台下冲出两名女子，前面的那个，白衣胜雪，银发飞扬，清丽绝美的面庞除了紧张慌乱外，看着她的目光极其复杂。

"阿漫！"

"容乐！"

宗政无忧与宗政无筹同时惊喜地唤道，眼中光芒亮起，溢满思念的眸子，情深无比。

这才是他的阿漫！宗政无忧大手一挥，马上的女子震落在地。刚才之所以不扔她，是因为他发觉太后似是并不知道那女子是假的，所以才佯装不识。

启云太后脸色大变。看了眼被宗政无忧扔下马的女子，没想到，那个真的是假的！转头，看胡总管，见他亦是神色疑惑。知道那地牢的人很少，会打开机关的人更少。她布了大量的人手每日十二个时辰轮流看守在封闭的石门外，有人出入，他们不可能不知道。

启云太后锐利的目光直盯向端坐不动的启云帝，沉声问道："齐儿，你是怎么神不知鬼不觉地把人给换了？"

启云帝没有回答，依旧静静地坐在那里，仿佛没听见似的，安静得如同一个没有生命的雕塑。

启云太后见他还不答话，顿时心中恼怒。她倏地站起身，隔着纱帐，一把拍上身前的龙椅。

漆金龙椅承受不住强大的劲力，倏然坍塌，化作一堆散木萎靡在地，木屑四起。周围的人皆吓了一跳，小旬子更是心中一惊，而启云帝并没有如启云太后想象的那般及时避开，而是随着那龙椅的坍塌砰然倒在了地上。他仍旧是坐着的姿势，双腿弯曲，两手架着，头上的帝王冠被摔落，一张清隽儒雅的面容此刻是一片死白的颜色，面部僵硬，神情却是平静而安详。他睁着两眼，眼中暗如无底黑洞，没有一丝神光。

“皇上！”小旬子慌忙扑过去扶他。可他身躯已然僵硬，很沉，小旬子怎么扶也扶不住，悲从心起，一直强忍在心头的悲痛瞬间宣泄而出，放声大哭：“皇上，皇上——”

两边的宫女、太监看着启云帝这模样，吓得尖叫，纷纷跪倒。

台下的漫夭听到小旬子这般哭声，心头大恸，什么也顾不得，就朝高台上跑了过去。

启云太后目光一怔，望着倒在纱幕旁的男子，脑子里“嗡”的一声，缓缓地蹲下身子，用手指在他鼻尖一探，气息全无。她身躯一震，手腕翻转去摸他的身子，早已是僵硬而冰冷，完完全全的一具死尸。她踉跄后退，跌在凤辇的脚踏上，胡总管忙过来扶她。

“怎么会这样？”启云太后手脚突然变得冰凉，声音中竟带了二十多年来从未有过的颤抖，她自己并不曾发觉。

小旬子只顾着哭，不说话。

宗政无忧看着急切跑上高台的漫夭，拧着眉，叫道：“阿漫，你要做什么？别过去。”

漫夭脚步微微一顿，扭头看了他一眼，那一眼复杂得像是包含了这世间的一切情绪。思念、爱恋、无奈、痛苦、挣扎、愧疚……

她望着半年来无时无刻不在思念的男子，心头思绪狂涌，想不顾一切地朝他飞奔过去，投入他温暖宽实的怀抱，享受他的温柔呵护，可是，她的脚步却不由自主地继续踏上往高台之上延伸的台阶。

那高台之上，有一个男子，爱她爱到连性命都没了，甚至为了她，他连自己的尸体都要算计利用。

“无忧，对不起！”除了对不起，她不知道还能说什么。命运就是这样，总在给人希望的同时，再给予重重的一击，让人绝望到窒息。她回过头，脚步变得缓慢而沉重。每走一步，都艰难到难以想象。萧可还站在远处，担忧地望着她。

九皇子看到萧可，目光骤然一亮，但见她愣愣地站在那里，连忙跳下马，飞快地从侧面掠了过去，拉过愣怔的萧可，一把揽着她的腰，骂道：“你这个笨丫头，没有武功，还站在这里不走，等死啊？”

萧可起初惊得差点叫出声，但一看是他，心里立刻安定下来，心湖之中泛起丝丝甜蜜。他的脸依旧俊美，还多了几分成熟。手很有力，稳稳地搂住她的腰，让人觉得安心。萧可垂下眼，脸上莫名染上一丝红晕，嘴上却死硬地回道：“你管我！我找死跟你有什么关系？”

回到原地，九皇子气哼哼地放下她，打量了一圈，几个月不见，这丫头居然瘦了这么多！眉头一皱，九皇子眼中闪过心疼，嘴上却嫌恶道：“瞧你瘦得一副皮包骨的样子，丑死了！看你以后怎么嫁得出去。”

萧可大眼一瞪，正想反驳，就听宗政无忧沉声问道："发生了什么事？"

启云太后突然拍毁龙椅，启云帝跌倒在地，高台上奴才们惊恐尖叫，令人疑惑。

萧可叹了一声，回道："皇上，启云帝死了。"

宗政无忧一愣，九皇子先一步道："胡说，刚刚还好好地坐在那儿呢，怎么会死？难道是被启云太后刚才那一掌拍死的？"

萧可摇头："不是。他是为了解公主姐姐的天命之毒才死的！他把内力都给了公主姐姐，还放干了身体里所有的血，配做药汤。以前我以为他是坏人，可他对公主姐姐那么好！"

九皇子愣道："七嫂身上的毒解了？哎？你不是说天命无药可解吗？难道放了人血就能解毒？还有，他都被放干了血，怎么还会出现在那个地方？"

萧可道："他的血，跟别人的不一样。"

"有什么不一样？"

"他的身体里也有天命，但是他跟公主姐姐不一样，他的天命是从娘胎里带出来的。他娘应该是怀着他的时候就中了天命，是用我们上次说的那种方法把毒都逼到了他身上。他从小就服用很多珍贵的药材，服了二十多年，所以他的血，比这天底下任何一种药都要珍贵。其实，六年前我就见过他了，他去雪玉山找我师父求解药，可师父也解不了那种毒……他出现在这里，是因为你们打来了，如果他不出现，太后会怀疑，万一知道地牢里的公主姐姐是假的，肯定会去他寝宫里搜，这样会影响公主姐姐驱毒。所以他临死前让小旬子把他抬过来，为公主姐姐多争取一些时间……"

宗政无忧心底一震，萧可后来还说了什么他已经听不见了。难怪从开始到现在，启云帝一直都没开过口！他皱紧眉头，望着已步上高台的纤细背影，心里强烈的不安迅速扩散，感觉有什么在变了。他忽觉心头一慌，莫名地感到害怕。他想也不想，飞一般地掠了过去。

第二十二章　晴天霹雳

“阿漫？”

漫夭手被抓住，身躯微颤。她缓缓回头，对上那双深情又带着一丝恐慌的眼眸，那往日令她倍觉幸福的温柔如今却令她觉得自己十恶不赦。她一直追求一心一意的感情，却怎么都没想到，她自己竟然违背了这条规则，亏欠了两个男人。

“对不起，无忧。对不起！”水雾迷蒙的眼满是愧疚和哀伤，她垂下头轻声呢喃。

宗政无忧心头一跳，浓眉紧蹙：“为什么说对不起？”

漫夭轻轻摇头，不敢看他的眼睛。她强忍住眼中的泪水，深吸一口气，那呼吸便如刀子一般割着她的心。她慢慢挣脱他的手，掉头向启云帝走去。

小旬子已经命人从大殿内搬出一张椅子，将帝王安置。他是那么安静地坐在那里，清俊儒雅的面容一片祥和，嘴角挂着一丝隐隐的笑意，似是满足，又似是不甘。他的目光看着前方，正是漫夭的方向，仿佛在对她说：“容儿，你没事就好。”

漫夭看着他，咬紧唇，泪水蓄满眼眶，拼命睁大眼睛，抬高下巴才没让它落下来。走近他身边，在他身侧缓缓蹲下，她的手颤抖着轻轻碰触他曾经温润的脸颊，触手冰凉。

他真的……死了！

那个有着清俊儒雅气质的男子、月光下一身光华的少年、阳光中尊贵无比的帝王……他就这样永远离开了她！至死也没有说过一句他爱她。他甚至在临死的那一刻，清楚地知道她心里对他还有着怨恨……可是，他从没有为自己澄清过什么，他只是默默地用他的鲜血和生命，无声地证明着他那比大海更深比天空更广阔的爱情。

这个男子，为了她，连自己的尸体也没有放过！

他的面容那样平静，仿佛这样的死亡本就是他最好的归宿。他的眼睛里看不出丝毫的痛苦，可漫夭却清晰地感受到了他那些日夜的挣扎，那些埋藏在心底里无法说出口的爱恋和苦楚。

一股窒息的悲恸从她心底疾蹿而出，瞬间淹没了她所有的理智，她不可自制地伏了身子，在他手上泪如泉涌，抽泣无声。

"齐哥哥……对不起！是我对不起你！"她一遍又一遍地重复着这句话。

一直以来，她以为她只是漫夭，以为容乐的一切与她毫无干系。这几个月，她漠视他的感情，可以做到毫不在意他的付出，刻意地不去管他的生死，她以为那是他欠她的。却不知，原来，亏欠的那个人，一直是她自己。

当一切揭开，当记忆恢复，真相竟如斯残忍！

这个男子，也曾经是她心之所爱，只是，她忘记了。

一颗天命之毒的药丸，封存了她十七年的岁月，封存了她对他的感情，却没能封掉她前世的记忆。而她，竟带着那些记忆……又爱上了另一名男子。

"齐哥哥……我该怎么办？我该怎么办？"她无法像三年前的他那样在她生命垂危时，可以毫不留恋地决定随之而去，她在这世上还有无法舍弃的人，她的丈夫，她的孩子。她该怎么办？这一生注定欠下他的，永远无法偿还。

宗政无忧望着她伤心欲绝的表情，整个人僵在原地，不能动弹。他意识到，问题远比他想象的更严重。容齐于她，也许不只是欠下一条命那么简单。他皱着眉，双手紧握，在高台的边缘，在冷冽呼啸的狂风中，一动不动地看着。

她凄哀而绝望的声音传到高台下，宗政无筹也拧了眉，朝着高台飞掠而来，站在宗政无忧的身边，望着心爱的女子像是迷途的孩子一般无助地哭泣呢喃，他既心疼，又为自己难过。他不禁在想，如果他死了，她是否也会如此伤心？

启云太后面容僵硬而麻木，怔怔地望着被小旬子扶着的已经没有了呼吸的容齐，那是她此生唯一的一个孩子，是她在这世上的最后一个亲人，而他，已经死了！她脑子里有那么一段时间的空白，甚至连宗政无忧和宗政无筹上了高台都不曾发觉。她以为她不爱这个孩子，甚至一直恨着，将她对那个男人的憎恶和仇恨全部加诸在这个孩子身上，尽管知道他很无辜。她把他当成一颗棋子来培养，从他出生的那一刻起，她就知道这个孩子活不过二十四岁，原以为就算他死了，她也不会眨一下眼睛。可是，此刻，她心如被钝刀狠狠割锯，力气被抽离了身体。

胡总管扶着她的手，担心地望着她，悲声劝道："太后娘娘，请节哀。"

节哀？这个词她听到得太多了，二十多年前，她就是在节哀的劝声中走入了她人生中的悲哀之路。她慢慢回神，扶着椅子站起身，看着跪坐在容齐身边的女子，冷冷道："你不下去陪他，还等什么？"

漫夭握住容齐的手紧了紧，低下头，泪水滴在他苍白的肌肤上，溅开，如同被残酷的命运狠狠碾碎的一颗心，残碎过后再无法拼凑完整。

启云太后见她不说话，残忍地勾起唇角，冷笑道："原来你竟然是个贪生怕死的人，你不值得齐儿为你做那么多事！三年前你们原本都该死的，如果不是齐儿瞒着哀家，偷偷给你用了护心丹，你以为你那中了天命的身体能抵得住销魂散的烈性？哼！销魂散，其实根本就解不了，中之必死。如果齐儿不救你，你就那么死了，你觉得，他们会怎么样？”是化悲愤为力量，决一死战？还是万念俱灰，痛至心死？无论哪一种，都是她所期盼的。

漫夭震愕，难怪小荀子说，容齐从来都没有对不起她，原来如此。销魂散是她叔叔“千毒圣手”秦申所制，为她父亲秦永所不齿，她对此知之甚少。而她的叔叔，她只见过一面，在父母出事的前一个晚上，她听到父亲和叔叔在书房起了争执。

宗政无忧与宗政无筹也同样惊愕。

启云太后道：“为了那次过错，你可知他承受了怎样的惩罚？”

漫夭十指皆颤，哭道：“你把他怎么了？”

启云太后道：“哀家停了他六个月的药！你知道停了药，他会怎样吗？七窍流血，如蚁噬心，生不如死……他为你足足承受了一月之久，食不知味，夜不能寐，却仍不妥协。你……应该以死相报！”

漫夭睁大眼睛，不敢置信地看着帘幕后的那个模糊的脸孔。这个人，真的是一个母亲吗？她怎么能残忍到用那么惨烈的手段去惩罚自己的儿子？漫夭瘫在地上，胸腔内急剧震动，她用手紧紧抓住胸口，脸色惨白，双唇颤抖，上不来气，心头窒痛得像是要死掉。

宗政无忧一见她这似是要背过气的模样，大步上前，拉过她，手掌贴住她背心，用内力护住她心脉，让她不至于昏厥。他皱眉道：“不是解了毒了吗？怎么还这样？”

漫夭大口喘气，好不容易才缓了过来，心口还是痛。她咬着牙，看魔鬼般的眼神看向启云太后：“你真的不配做一个母亲！你简直是在玷污母亲这个伟大的称呼！”

启云太后眸中划过一丝沉痛，嘴上却笑道：“这些算什么？对齐儿来说，身上再痛，怎么比得过他听说你爱上宗政无忧那一刻的心情！他一向最恨别人背叛，可是为了能让你活着，他亲手把你送入别人的怀抱，还得承受你对他的恨。你说……这世上，哪里还有他这么傻的人？”

启云太后的每一句话，每一个字，都像是重锤狠狠地击在漫夭早已破碎的心上。她呆坐在地上，连眼泪也流不出来了。

十一月的寒风凛冽刺骨，刮过她苍白的面颊，寸寸凌迟着她单薄的身躯。宗政无忧眉头紧锁，望着她失神的样子，抿着唇，一句话也不说。

启云太后欣赏着她痛苦至极的表情，自己就是要让她愧疚，愧疚到永远都忘不了容齐，永远也不能再感受幸福。复仇对她而言，结果已经不重要了，重要的只是这个复仇的过程。看着他们痛苦，见证他们的生不如死，这就是她的目的。既然那些人毁了她的人生，让她活得痛苦，那她便要让那些人最在乎的人陪着她一起痛苦。

若身在地狱，也不能只有她一个人！

“还不止如此。他为了阻止哀家的人去江都皇宫抓你，竟不顾一国之君的责任，枉

送三十万人性命，只为救你一人……”

“你说够没有？”宗政无忧突然站起身，厉声打断她的话，这些事情每一件都足够令他心惊，每多知道一点儿，他的心便沉下几分。从她们之间的对话，从漫夭的神情，他已经明白了大概是怎么一回事。望着那悲伤到绝望的女子，他仿佛看到自己的世界只剩下一片茫茫冰雪覆盖了的天地，冰冻了一切。有些事实，他不愿相信，却又不得不相信。他心爱的女子，心里曾经爱着另一个男人！或者，现在还爱着，中间只是忘记了。

启云太后笑道：“宗政无忧也会有害怕的时候？你还不知道她的真实身份吧？她就是你这些年来费尽心机要找的秦家后人，秦永和襄伊的大女儿秦漫。”

宗政无忧目光一变，微微震颤，继而薄唇紧抿：“那又如何？”

启云太后和宗政无筹都愣了一愣，这口气竟是不在乎吗？

寻找多年的仇人之女，百转千回，原来那人竟是他心头至爱。没有震惊之后的确认，亦无爱情与仇恨的取舍挣扎，只有微微一愣后异常平静的一句：那又如何？

沧桑历尽，转瞬成空。对他而言，她的身份，早已经不重要了，只要她是她，就好。

漫夭缓缓抬头望他，目光迷茫，她和他之间，为什么总有那么多的阻隔？即便是千山万水，只要不放弃，不停留，也终有一日可以到达对方的身边。可是，横在他们之间的，一次比一次更遥远，远到比那千山万水更难以跨越。

她仰头望天，前路是什么？她看不清楚，眼前只有一片模糊的晦暗。放下容齐的手，她缓缓站了起来。看着宗政无忧的眼睛，那双二十多岁便染满沧桑的眼，此刻眼底隐藏着深沉的悲哀，沉得让人看着就喘不过气来。如果可以，她宁愿她的毒没有解，宁愿就那样死去，也不会比现在更痛苦。

闭上眼，胸腔内又是一阵绞痛，令她有些站不住。宗政无忧明明没看她，可她身子稍微一晃，他便能在第一时间稳稳地扶住她。他的声音不似往日那般温柔，微微冷硬：“此时不是伤心的时候。”

漫夭心头一震，猛然警醒，抬眼，看他薄唇抿出一丝坚毅，那种深度的镇定和隐忍，是她远远不及的。

深呼吸，她转头看向启云太后，红唇紧抿，冷冷开口：“我是秦漫又怎样？我爹为人正直，我娘温婉善良，他们根本就没有害过人！当年的事，都是你一手策划，才害得我们秦氏满门被抄斩，还不放过我和痕儿。”

她父亲秦永本是三品将军，偶然得到了傅鸳的父亲弄权的罪证，因他心系傅鸳而不忍向皇帝告发，但又不愿与之同流合污便辞官归隐，用早年得到的酿酒秘方酿出了绝世佳酿“十里香”，被傅家寻到，担心他有朝一日会交出傅鸳的父亲的罪证，便欲除之而后快。她母亲襄伊是傅府的养女，因受不了那种提心吊胆的日子便私自混进宫里，向皇帝交出罪证。当时的临天皇登基不久，势力薄弱，在政事上处处受傅家掣肘，帝王之位始终不稳。他本就有心拔除傅家势力，当拿到罪证后喜出望外，但傅家势力遍布朝野，为了一次扳倒傅家，便利用那罪证大做文章，设局引傅家走上叛乱的道路，最终一举擒获，灭了九族。而傅鸳在灭族之后的第七年，设下毒计，利用十里香一箭双雕，害死了云贵妃，灭了秦家满门。

想起父母的无辜惨死，那山谷中被野狼分食的血肉残躯，漫夭心头的悲愤又涌了上来。她在前世没有享受过父母亲人的温暖，来到这个世界，秦永和襄伊对她疼爱有加，她与妹妹痕儿亦是姐妹情深，她特别珍惜这份重生后的亲情，可是，不过短短七年，父母便被害死。那七年的亲情有多浓，父母的惨死对她的打击便有多深。

愣怔良久的痕香终于回神，愣愣地看着漫夭，似是不能接受这个事实，那个人居然是她的姐姐！一直被她视为敌人，她三番五次想要加害的人，竟是她这么多年来一直想念的亲人。而她一直效命之人，却是她不共戴天的仇人！

痕香摇头，不敢置信地喃喃自语："不可能！你怎么可能会是她？我不信，我不信！"她抱着孩子的手在颤抖，睁大的眼睛瞬间盈满了泪光。

"痕儿。"漫夭温柔地叫她的名字，就像小时候叫她一样。而她的眼神，是沉浸在回忆中的幽远哀伤，她看着痕香的眼睛，用轻缓的语调轻轻说道："你还记不记得当初爹娘送我们离家之时对我们说的话？爹说：'漫漫你比痕儿大，以后要好好照顾她，别让她被坏人欺负了……'"

痕香心底一颤，许多年前的往事浮上心头，哭着接道："她看起来总是老气横秋的，其实只比我大一点点，谁照顾谁还不一定呢！爹娘如果不信，等我们回来，你们问她就是了……"以前那么轻松调皮的话，如今在这样的情景下被她们姐妹说出来，全是心酸。泪珠从痕香的面颊上一串串滚落。那时候，她们都不知道，这一走，竟是与父母阴阳两隔，姐妹天各一方。

"对不起！"痕香哭着说。她们曾经是这世上最要好的姐妹，那美好的童年一直是她心里的温暖。一别十三年，再相见，一个失去了记忆，一个认不出对方。她曾恨漫夭占据了她所爱之人的心，并接受命令三番五次加害于漫夭，却不知，那是她此生唯一的至亲。

"不怪你。我们都不过是别人手中的棋子。"漫夭眼带恨意，盯着帘幕之中冷眼看戏的女人。就是那个人，肆意摆弄着他们这些人的命运，一手制造了一个又一个的悲剧。

"痕儿，把孩子给我。"漫夭生怕她一不留神松了手，她的孩子就会葬身火海。

痕香低头看着怀中的孩子，小小的，可爱极了，她的孩子一个月大时也是这样。她就要朝漫夭走过去，启云太后却突然警告道："你可要想好了！"

痕香脸色一白，陡然停住。火盆那头，宫女手中抱着的女孩已经被递了出去，只差松手。痕香心中一骇，直觉地又退了回来。

漫夭一愣，见她神色间是难以取舍的挣扎，问道："痕儿，怎么了？"

启云太后笑道："因为她的孩子也在哀家手上，她若是把孩子给了你，她的孩子就得死。你说，她会如何选择呢？"

漫夭心头大惊，顺着痕香的目光看去，上次在慈悉宫里见到的那孩子竟然是痕儿的

孩子？她心中一沉，顿时手脚冰冷。

宗政无忧握了握漫夭纤细而冰凉的手，对痕香道：“朕的孩子若是没了，你以为她会放过你的孩子？”

痕香一震，是啊，他们怎么会放过她的孩子呢？他们拿她的孩子要挟她继续为他们办事，一旦事情结束了，她没有了利用价值，她和她的孩子就只有死路一条。左右都不过是个死！她望着她的女儿，心在滴血，也许她把这个孩子带到这世上根本就是个错误。

她最后又看了一眼她曾用生命爱着的男子，心想，她这一生似乎一直都在犯错。留在天仇门是错，爱上这个男人是错，听门主的话假扮姐姐与他缠绵一夜也是错，而生下这个孩子更是错上加错……她惨然一笑，罢了，就让她对一回吧。

抬头深吸一口气，把心一横，痕香不再看自己的孩子，便朝漫夭走去。然而，第一步还未迈出，死亡已悄然降临。

从大殿一侧闪身而来的黑衣蒙面人，身形奇快无比，手中利剑从她身后对准她心口的位置直刺而出。

“痕儿小心！”漫夭惊惶地大叫，但为时已晚。

黑衣人手中长剑贯穿了痕香的身体，那剑尖从前胸透出，对准的是她怀中的婴儿，显然是想一箭双雕。但就在那长剑入体之时，痕香似是早有所料般将手中婴儿朝漫夭抛了过去。与此同时，她凄凉地笑看火盆那一头的宫女抱着女孩的手松开。

漫夭大骇，她没有去接自己的孩子，而是飞速掠下高台。她知道，她的孩子有无忧在定不会有事，而痕儿的孩子，傅筹却不一定会管。

飞身而起，手臂上挽着的白色柔缎仿佛被赋予了神秘的力量，朝那女孩落下的方向疾射而去，在女孩就要被火舌吞噬之时及时卷住了孩子往起一带，眼看就能幸免于难。这时，那持剑黑衣人纵身一跃，遥遥对准白色的柔光缎子狠狠劈出一剑，那冲天的剑气遇到被灌注了内力的缎子，猛地一震，柔缎虽未断裂，但那头被卷住的孩子却被震飞了出去。

漫夭大惊，想救却来不及了。她伸长了手，无力地看着孩子朝着台下广场内的石柱子撞了过去。

痕香绝望地看着她的孩子，眼底剧痛难忍，手捂着被穿透的胸口倒了下去。尽管做了决定，但亲眼见到孩子因她而死，她如何能够安心地闭上眼睛？

“我的……念儿……”她口中喷出一大口血，摔落高台，坠在火盆之中。火星飞扬，她仰躺着，圆睁的双眼盯着苍茫的天空，仿佛含着无尽的怨恨和不甘，无法瞑目。

“痕儿，痕儿！”漫夭遏制不住悲痛，朝她冲过去，接住孩子的宗政无忧手疾眼快，连忙上前捞住她的手臂。

“她已经死了。”

“不！痕香！”这时，有人大叫一声，从房顶飞扑而下，手中拿了剑，直指着杀了痕香的黑衣人。

“门主，你说过不会伤害她的！你竟然杀了她！”常坚目光沉痛，望着火盆里被烈焰吞噬的女子，提起剑疯了一般地朝黑衣人刺了过去。那一剑他使了全力，如果是对付一般的高手，他绝对可以一击必中，可惜，他的对手是武功神秘莫测的天仇门门主。他仅仅在对方手中走了不到十招，便中剑摔落高台，淹没在烈火之中。就在痕香身边的位置，同样被火红的铁钉刺穿了身体。

这一切，都只发生在一瞬间。

漫夭坐在地上，泪水未干。她怔怔地望着那被无数根火红的铁钉子穿透的年轻身躯，在大火中渐渐化为灰烬。她只觉得无力，她救不了痕儿，连她的尸身都留不住。还有痕儿的孩子……这一日，发生的事情太多了，多到她已经无力承受。心如刀绞，六腑翻动，她缓缓抬眼，朝那孩子飞撞而去的石柱子看过去，本以为看到的会是惨烈的一幕，但那里什么都没有。她微微一愣，忽然有人在她身后道：“孩子在这里。”

漫夭立刻转头，不知何时，宗政无筹站到了她身后，他的怀里抱着那个原以为必死无疑的孩子。她顿时大喜，扶着宗政无忧的手站了起来。

孩子没事！她连忙抱了过来，看了一眼宗政无筹复杂的神色，轻轻道：“谢谢！”她知道，对他而言，要救这个孩子，其实并不容易。尽管，这是他的孩子。

宗政无忧招手叫来九皇子，让他将两个孩子都抱走，退出轩辕殿广场。九皇子稍微有些犹豫，不大放心他，但为了不让他有后顾之忧，便与萧可一人抱着一个，去与无相子和大军会合。令他们奇怪的是，启云太后并没有阻拦的意思，她好像已经不在意这两个孩子到底死了没死。此刻，她安静地坐在凤辇之中，看着外面的几个人，神色冷漠，偶尔嘴角勾一勾，笑容也到不了眼底。

这场戏，接近尾声了！

宗政无筹低垂着眼睫，又抬起来，目光锐利地盯住那垂悬着金黄色帘幔的凤辇，双唇紧紧抿住，眉峰似箭。启云帝死了，容乐出现了，孩子安全了，痕香死了，常坚也死了，天仇门门主露了面……还剩下谁？

宗政无忧隐约能看出那层层帘幕背后除了那个女人之外，还有一个人，至于那个人是谁，他们心中都已经有数。

宗政无忧眯着眼睛，斜睨着宗政无筹：“你不想知道那里面的女人究竟是何方神圣吗？”

宗政无筹眉间聚满了挣扎，目光直直地盯着那一个方向，平静得让人害怕。突然，他抬手，带有千钧力道的长剑横空一扫，那凤辇两边的宫女、太监及侍卫还不知怎么回事，便被他发泄般的尖锐剑气拦腰斩断，惨叫声迭起，鲜血狂喷。

寒风骤然猛烈，呼呼地刮着，掀起大片的沙尘。尊贵华丽的凤辇顶盖砰的一声爆裂开来，漆金木横飞四射，华贵的金色帘幕被撕裂，一部分在狂风中片片飞扬，一部分失了支撑委顿在地，被地上蜿蜒流淌的鲜血染成妖冶的金红。

坐在凤辇之中的二人，顿时呈现在所有人的眼前。

宗政殒赫靠倚着椅背，脸颊瘦削，双眼凹陷，头发和衣裳却是整整齐齐的。只脖颈

旁，在凤辇顶盖被毁之时，被天仇门门主架上一把寒光闪烁的利剑。他似是并不在意那把随时都能要了他性命的剑，只望着宗政无忧和宗政无筹，目光少了几分往日的犀利，多了几分父亲的慈和与欣慰。他的身旁，启云太后头戴金凤发钗，身着金丝绣凤袍，端庄威仪。而她那张美丽不减当年的脸庞，没有了烧伤的疤痕。

宗政无筹只需一眼便能认出来。那启云国的太后，不是他的母亲傅鸳又是谁？！

果真是她？果真是她！

不一样的声音，却是同一个人。有些事情，他早就应该料到了！从知道她是天仇门的人以后，他便开始暗中调查，查到帮助天仇门的暗势力与启云国有关。之后，宗政无忧打到京城，她亲自上城楼，听说宗政无忧撤兵时的意外表情，又对启云帝带兵攻打南朝一刹那的失态，紧接着便离奇失踪。尔后，传出被启云帝抓来的消息，这些似乎都太凑巧了！最重要的是，启云帝根本没有理由，除非启云帝盼着亡国！记得小的时候，他曾问她，父皇为什么要杀他？她说因为父皇想让那个女人的儿子当太子，所以污蔑她的清白，不承认他的皇室血统。而有一次，他无意间听到她和天仇门门主说她一生所恨，除了宗政殒赫之外，就是启云国先帝容毅。

这些对他来说都没什么，她可以混入启云国不告诉他她还活着，也可以去刻意浇灌埋在他心中的仇恨的种子，她还可以因为恨宗政殒赫而蓄意分裂临天国疆土，让临天国因他和宗政无忧的战争而逐步走向衰落，她甚至可以以自身设局，引他和宗政无忧来灭掉启云国……可是，这一切的一切，必须建立在那些仇恨是真实的基础上。从前他一直深信不疑，但今日，她竟然让他和宗政无忧对决，以生死定胜负，那一刻，他怀疑是自己太多心，他觉得这个人不会是他的母后。

所以，此刻，他如遭雷击，浑身僵硬，似有一盆冰水当头泼下，在冷风中迅速将他冻结，几乎连血液也停止了流动。这个他叫了二十多年的母后，他儿时唯一的温暖，也许从来没有在意过他的生死！否则，那十三年的穿骨之痛，她为什么会无动于衷？

他怔怔地望着她，眼中无数的情绪一一闪现，复杂至极。

事情走到这一步，其实再没什么可隐瞒的，傅鸳也没想再隐瞒。启云国太后，也就是傅鸳，恢复了平常的声音，嘴角含着雍容端庄的笑意，像是在北朝皇宫时的口气，若无其事地唤了一声："筹儿。"

宗政无筹目光微微一颤，死死地盯着傅鸳的双眼，指着地上的容齐，声音像是从喉咙深处硬挤出来的一般，问道："他是你儿子，那我又是谁？"

傅鸳目光微微动了动，浅笑着扭头看向宗政殒赫，语气十分温柔道："殒赫，筹儿问我他是谁？你说，我要不要告诉他呢？"

宗政殒赫一对上她的笑容，像是见了魔鬼一般，瞳孔变色，脸色铁青。望着宗政无筹想知道答案又害怕知道答案的表情，他心中十分愧疚。这么多年，自己一直在找他，却没想到，他其实早就在身边。他第一次见到傅筹就怀疑过傅筹的身份，派人调查，却一无所获。他便赐浴，命伺候傅筹的人留意傅筹身上可有云儿所说的胎记，可结果什么都没有。失望之余，他不自觉就对傅筹多了几分亲近和信任，而傅筹各方面的出色，更让他大为欣赏，将至为重要的兵权交到傅筹手上，却不料，傅鸳竟然没死，而这些都是那个女人的计谋。当他察觉有异，开始有所怀疑时，一切都来不及了。

这个女人真是可怕，为了报复他，无所不用其极。

傅鸳见宗政殒赫恨恨地瞪着她，她看似心情很好地扬眉笑道："筹儿，你父皇不肯说，你可以问她。"傅鸳指了指他身后的漫夭。

这样残忍的答案，她要让他最心爱的女子来告诉他。

漫夭一震，见宗政无筹朝她望过来，他的眼中希冀、害怕、悲哀等种种情绪交杂在一起。漫夭叹息，其实，他心里恐怕早已经有底了！只是他不敢相信，也不愿意承认罢了。他一定是希望如果他不是傅鸳的儿子，那他宁愿做一个无名氏，也不能是云贵妃的儿子。他害怕了吧？害怕他这二十多年来坚持的信念不仅仅是一个笑话，还是被仇人利用来伤害他至亲之人的棋子。然而，结果就是那样残酷，漫夭不知道他是否能够承受得了？

漫夭张了张口，目光垂下，什么也说不出来。她已经体验过真相被揭开的残忍，那种痛彻心扉的绝望，足以让人崩溃。而她，至少还有无忧，还有孩子。可傅筹有什么？如果一定要说他还拥有什么，那大概就只剩下那冰冷的半壁江山。

上一辈人的仇恨纠葛，却要让下一代人来承受结果。她和痕儿如此，无忧、傅筹如此，容齐亦如此，他们本是无辜之人，可命运却在冥冥之中早已注定，让人不得安生。

她在心里叹息，而宗政无忧浓眉皱了皱，凤眸阴鸷邪肆，声音冰冷："你是谁，我来告诉你。"

漫夭微愣，望向宗政无忧冷酷的面容，看来他已经知道了，可是他好像并没有因此而放下对傅筹的仇恨。傅鸳真是残忍，在他们兄弟之间制造了那样多无法调解的恩怨，毁母之仇，夺妻之恨，傅鸳是要让他们兄弟二人即便有一天知道真相，也不能相认。

宗政无筹身躯微颤，没有转目看宗政无忧，只紧紧抿着唇，英俊的面庞渐渐开始发白。

宗政无忧道："你，就是被她挫骨扬灰的那个人的儿子！她精心培养出来用来报复我们皇家的棋子。"

"不可能！"

沉声否决，这是宗政无筹的第一反应。"我不可能是她的儿子！你要找的人身上有龙形胎记，而我身上，并无任何胎记。"他说得如此肯定。

"你身上当然没有，"傅鸳接口，唇边笑容越发灿烂，"因为当初抱走你之后，为了不被认出来，我让人将你身上的胎记除了，否则为何你腰侧从小便有一个长不平的疤？"

宗政无筹身躯巨震，面上血色褪尽："朕，不信！"

他急急否认，戎马半生，在刀尖上行走，也从未有过这般惶恐。

"你可以不信。哀家不逼你。"傅鸳笑得淡定，一副无所谓的模样。

宗政无筹手心冰冷，身子僵硬，目光转向其他人，宗政无忧面容冷峻，目光复

杂，宗政殒赫目带愧疚和担忧，而他爱的那个女子垂着眼，神色间依稀能看出怜悯和不忍……

他脑子里一声巨响，再也动弹不得。

五年的逃亡，在鲜血和尸体中挣扎，在黑夜的雪地里艰难得像狗一样地爬行，在冰冷的湖水中与死亡做抗争，一心念着他的母亲还在受苦，他要活下去，活下去才能营救母亲……那时，他五岁！

多少年沙场厮杀，冲锋陷阵，伤痕累累，费尽心机拼命地往上爬……

十三年，为记住母亲曾受过的痛苦，他任人将尖利的带着倒刺的钩子，狠狠地穿透他的脊梁骨，再狠狠拔出来，白骨森森，血肉飞溅……

这一切的一切，他心甘情愿地承受着，为的是他的母亲！

可原来，一生的信仰，坚持的信念，舍弃了自己的最爱……到最后，只是一场空，为了他人作嫁衣裳。

身份是假的，仇恨是假的，亲情是假的……他为了这虚假的仇恨，不惜一切代价所报复的，全都是他至亲之人。篡权夺位、毒害父亲、利用妻子、羞辱兄长……还有，还有他的默认，促成了他的亲生母亲被挫骨扬灰的结局！

宗政无筹手中的剑当啷一声掉在地上，尖锐的声音仿佛刺穿了他的灵魂，将他剖解得支离破碎。

他站在冷风里，很久很久都没有反应，像是一座雕像。

第二十三章　情事如烟

十一月的天气，忽然下起了鹅毛大雪，在凛冽寒风中飞扬乱舞，铺天盖地地席卷了整个世界。

宗政无筹突然捡起剑，面无表情地朝傅鸳走去。

“你，竟欺骗了我二十多年！”他咬牙切齿，眼中邪光大盛，闪烁着凶狠残暴的嗜血光芒。手中青锋长剑，直指傅鸳咽喉。

傅鸳目光微微一顿，眼底掠过一丝几不可见的复杂，面对这来势凛冽凶猛的剑气，她面上神情依旧不变。她站在原处，望着这个叫了她二十多年母妃的儿子，一动不动。

“慢着！你们不想要他的命了？”天仇门门主突然厉喝一声，手中长剑贴紧宗政殒赫的脖子，一道血痕立现。

宗政无筹的剑尖抵在傅鸳咽喉上骤然停住，嗜血的目光中划过一丝异色：“为什么不拔剑？你就那么笃定我会在乎他的性命？”

傅鸳道：“哀家了解你。”

宗政无筹眸色一深，剑尖往前递出几分，刺破肌肤，流下一串血珠。

天仇门门主目光顿变，就要有动作，傅鸳却笑着回头对宗政殒赫说：“你看，连筹儿也恨我了。你高兴吗？”说完她望向坐在椅子上的容齐，那不染笑意的美丽双眼掠过一道浓重的哀伤。

宗政殒赫斜目怒视，面部抽搐。

傅鸳又道：“你怎么不说话？哦，我忘了，你开不了口。”她似乎真的是忘记了，抬手一点，隔空替他解了哑穴，似笑非笑道：“刚认了儿子，总得说几句话才好。”

大概是太久没有说话的缘故，宗政殒赫的声音嘶哑得不成声，浓眉紧拧，恨道：

"朕真后悔，当初没杀了你这个狠心的女人！"

傅鸳却笑道："你后悔的事情多着呢，不止这一件。论狠心绝情，我远不如你！若不是我有先见之明，趁你不在皇宫，偷偷抱走了这个孩子，恐怕你回宫的第一件事，就是要了我的命。我们俩，谁比谁狠心绝情，没人比你更清楚。"

宗政殒赫目光一闪，道："你错了，朕并未想过要杀你，只要你安安分分地待着。"

"安安分分？"傅鸳忽然大笑，"如何才算安安分分？守着凄清的冷宫任你宰割吗？"

旧事重提，傅鸳隐藏在心底的刺痛浮上心头，嘴角噙着一抹愤怒，道："我为什么要安安分分？你为了权力，用虚情假意欺骗我的感情，获得我父亲的倾力相助，才登上皇位。我以为你真的会像你所说的那样，后宫三千独宠我一人，谁知，你一登上皇位就处心积虑地想处置我父亲，最后将我傅氏一族斩尽杀绝……你如此忘恩负义，却叫我在抄家灭族之后安安分分？"

她的声音听起来很平静，是经历了二十多年的刻骨仇恨沉淀下来的平静。她的笑容十分温柔，却毫无感情，温柔得能看出一抹残忍。

宗政殒赫沉声道："是你父亲拥兵自重，企图将朕当成傀儡，朕身为一国之君，捍卫皇权，岂能容他？至于你，朕曾觉得对你有所亏欠，本想好好待你，但你的所作所为，让朕心里对你仅有的亏欠也消磨殆尽。你可以恨朕，但你不该伤害云儿和朕的儿子。"

傅鸳冷笑道："我不稀罕你那点可怜的愧疚，我只想要你跟我一样痛苦，甚至比我更痛苦。你生在帝王之家，兄弟、父子相残的惨剧每日都在上演，你一定不会了解，一般人失去骨肉至亲的滋味。所以，我想让你尝尝，失去至爱的滋味。让你也明白，何为骨，何为肉？"

宗政殒赫目光沉痛，失去至爱的滋味他已经尝过了，锥心刺骨的痛，万念俱灰。他看着身边的女人，恨道："你怎么对云儿下得了手？她那么善良，一直视你为姐妹。"

傅鸳激动道："就是她的善良，还有你的绝情，把我送进了地狱！明明是她招惹了容毅，凭什么让我来承受结果？当你为了保她，设下圈套，将我当作她送给别的男人，令我遭受非人的凌辱……你就该想到这种后果！"她眼中的平静被撕裂，痛楚倾泻而出，面色陡然苍白，声音也颤了起来。

不堪回首的记忆重重掠过脑海，傅鸳闭上眼睛，平息着剧烈起伏的胸口，半晌又道："三日三夜……我喊哑了嗓子，也没人来救我。枉我贵为一国之后，却被你送给别人当作玩物……可笑的是，我还被蒙在鼓里，回到宫中，躲在寝宫不敢出门一步。我觉得自己肮脏不堪，愧对于你，几次欲寻短见……若不是秦申阻拦，我连死了也不知道这一切都是你的设计！"说到此处，她猛地睁开眼，目光死死地盯着宗政殒赫，咬着牙一字一顿地颤声问道："我有多恨……你知道吗？"

当往事被揭开，尽管已相隔二十多年，她依旧如万箭穿心，痛不堪忍。傅鸳仰起头，就差那么一点，眼泪便要流下来，她硬是给吞了回去。那一年，她发过誓，此生绝不再为他流一滴眼泪，绝不！

天仇门门主瞳孔一缩，手中的剑又逼近几分，他真想立刻切下宗政殒赫的人头，来祭奠傅鸳的悲痛。

漫夭听着心中惊战，原来傅鸳竟还有这样的经历！

宗政无筹握剑的手微微颤了一颤，不动。

宗政殒赫目光略变，没有说话。那件事，他确实愧对于她，但他当时也是出于无奈。如果说有错，错就错在他身为一个帝王不该有爱情，尤其是在那个内忧外患、动荡不稳的时期，想守住一份完整的爱情，更是难上加难。捍卫爱情，就必须掌控皇权，必然要有牺牲。

傅鸳深呼吸，又道："我原本没想留下那个孩子，我恨透了容毅，怎会想为他生孩子？是你，害怕我生下男孩，你不得不兑现当初的承诺，便三番五次地下毒，才让我下定决心留下那个孩子，定下了这复仇的计划。那时候我没想到她怀着的竟然是双生子，这样更好，更方便我的计划。宗政殒赫，即便是现在，你欠我的……仍然太多！你企图用天命让我忘记你对我所做过的一切，利用我控制我父亲留下的残余势力，真是痴心妄想！我岂会让你如愿！"她目光依旧愤怒交加，语声变缓，却字字锥心。

宗政殒赫道："朕是想给你一条活路，你自己不知好歹。你已经做了这么多事，还想怎样？"

傅鸳道："我只想让你明白，今日的一切，都是你一手造成。我的儿子已经死了，但你的两个儿子却还活着，所以，他们的痛苦远未结束。你就等着仔细瞧吧。"她眼角余光斜斜扫过漫夭与宗政无忧二人。

宗政无忧面色阴鸷，凤眸冷光直射："哼！在此之前，朕会先让你偿还你的罪孽！"

傅鸳忽然笑道："也罢，既然欠下了，总是要还的。你们两个一起上？"

"朕一人足矣！"

宗政无忧与宗政无筹异口同声。

傅鸳无所谓道："那就一起上吧。若能在一炷香的时间内打败哀家，就算你们赢，哀家就留宗政殒赫一条命。如若不然，他就只有死。"说完，她亲自点上一炷香，而后拿了一把剑。

望着手中的剑，她感觉有些陌生。她有多久没拿过剑了？思绪倏然飘远，眼前浮现出那个曾不甘于命运安排而离家出走的女子。那时候，她是那么的年轻，拥有一颗自由而潇洒的灵魂。只身入江湖，仗着身负绝学，而无所畏惧。只是，从何时起，她开始变得面目全非？为情所困，被仇恨禁锢了灵魂。

深吸一口气，她收敛思绪，提着剑，一跃而至高台上两丈之高的石柱上。她单脚立于石柱之顶，衣袂飘飘，广袖飞扬，金钗步摇坠子被风吹得偏离了原先的轨道。她面色平淡，没有如临大敌该有的郑重和紧张。手中长剑斜指着深宫方向，剑气荡空，寒光森

森，在穿透漫天飞雪的白光下，刺人眼目欲瞎。

宗政殒赫目光一怔，眼神微微透着缥缈，忽然想起多年前的那一幕。

紫竹台，飞瀑岩下，女子一身浅蓝衣袍，足点清溪，一剑挑起千层浪，在水花四溅之中，剑舞如繁花盛放，美得像是身置万丈光芒中的绝世仙子，于岩石之上刻下一行字：愿得一心人，白首不相离。然后，她回眸望着他，郑重问道："我一生只此一愿，你能做到吗？你若能，我便放弃自由跟你走。"

也许，真的是他错了！宗政殒赫缓缓垂头，闭上眼睛。

这一战，毫无悬念，不管傅鸳武功多么高强，都不可能敌得过他们兄弟二人联手。

不过半炷香的时间，她便败下阵来。漫夭利用傅鸳摔到地上的那个瞬间，趁天仇门门主分心，飞身夺了架在临天国太上皇脖子上的长剑。在这争夺的过程中，漫夭无意间扯下了这名神秘门主一直蒙在脸上的黑布，露出一张常年不见光的脸。

那是一张被大火严重烧伤的面孔，尽管从灼伤的疤痕来看，应该已过多年，但仍然惨不忍睹。而脖颈处，一块乌紫色的椭圆形疤痕极为引人注目。

漫夭只看了一眼，便睁大眼睛脱口而出道："你是……叔叔？！"

怪不得当年的酒里会有销魂散，原来她的叔叔秦申同她的父亲一样心系傅鸳。

天仇门门主秦申面色一变，目光闪烁，冲到口吐鲜血的傅鸳身边，紧张地问道："你怎么样？伤得重不重？"

傅鸳轻轻摇头，她是被宗政无筹一掌拍下来的，望着面前直指着她的两柄锐利的长剑，笑道："筹儿，你还是不够狠。"

明明手中有剑，为什么要用掌？

宗政无筹望着她，没说话。虽然这些年她所赋予他的一切都是假的，可他这二十多年来他寄托在她这个"母亲"身上的感情却是实实在在的。二十多年，八千多个日夜，多么漫长的岁月。而那二十多年里，他有多尊敬这个女人，他现在就有多恨她。

宗政无忧斜睨着她，冷冷道："碎尸万段，凌迟三千刀，或五马分尸，你自己选。"

傅鸳垂下目光，眉都不皱一下，淡淡道："随你们高兴吧，怎么解恨就怎么做。要不……筹儿，你帮母后选吧。"她说得极为轻松平淡，就好像在京城皇宫里的时候，别人问她："太后，您午膳想用点儿什么？"她笑着说："筹儿，你帮母后决定吧。"

宗政无筹的心微微一抽，看着她的目光越发愤怒，手中的剑慢慢抵上她的心口，咬牙道："别再对朕用'母后'这两个字！好，你让朕帮你选，那就先凌迟三千刀，留一口气五马分尸，最后碎尸万段，挫骨扬灰。"

傅鸳笑着听他说，没有丝毫情绪起伏，目光如一潭死水，仿佛此刻他们研究怎么个死法跟她全无关系。等他说完，她笑道："好。"

"主子！"秦申急急叫道。

傅鸳回眸望着他，叹息道："早说了，让你别跟着我，你就是不听。放着好好的日子不过，非要跑到宫里当太监，你何苦呢？明知道跟着我不会有好结果，怎么说你就是不肯听。”

“我愿意！”秦申嘴角抿着几分执拗，一向凌厉的眼睛此时透出的尽是痴慕。

宗政无忧眉梢一挑，勾唇嘲弄道：“主仆情深，真是令人感动。朕就做一回好人，成全你们主仆一起上路。冷炎，”他对着坍塌的轩辕殿叫了一声，冷炎出现，宗政无忧道：“让人准备凌迟之刑，告诉行刑手，留下一刀，还有三千三百五十六刀，一刀也不能少。给她留口气，如果在五马分尸之前人死了，朕就把他凌迟了！”

冷炎领命离去，漫夭有些心惊。她皱起眉头，看了看宗政无忧那狠绝的神色，叹了口气，虽然她也恨极了傅鸳，但这种死法，实在是太过残忍。

“公主，”小旬子突然叫她，从怀中掏出一封信，“这是皇上临走前留给您的。”

漫夭眼神一怔，微微疑惑，容齐给她留信了？怎么小旬子不早点拿出来，等到现在才说？她皱了皱眉，忙过去接了，拿在手中，感觉宗政无忧朝她看过来，她回望过去，宗政无忧便转过头，嘴角紧紧抿着，眼睫垂下掩去了一丝异色。她咬了咬唇，顿了片刻才打开，偌大的一张白纸，上面只有简简单单的一行字：“容儿，请给她一个痛快，这是我最后的请求。”

漫夭愣了一愣，掉头看宗政无忧阴狠的表情，心里沉下去，握紧那封信，指尖发白。看来容齐早就料到了这个结果，他还是爱着他的母后，不管他母后怎样对他。想到这个男子，她心头窒痛，缓缓抬头：“无忧，能不能……”

“你想为她求情？”宗政无忧截口，一眼看穿了她的意图，或者说，在小旬子拿出那封信的时候，他就已经料到了。他面色一沉，声音冰冷，死死地盯着她的眼睛，眼底像是燃着一簇带有缺口的火苗。

漫夭喉咙哽住，她就知道他会是这种反应，她也知道为容齐替傅鸳求情，对他来说本身就是一种伤害。可是，她可以拒绝容齐吗？那个为她付出一切乃至鲜血和性命的男子，一生为她，却从未对她要求过什么，这是他唯一的也是最后的请求，她能拒绝吗？

她不想伤害无忧，可她能怎么办？强忍心头苦涩，她努力措辞，不敢看宗政无忧的眼睛，垂眸道：“她的确是不可饶恕，死已经是最大的惩罚……”

宗政无忧目光一凝，声如冰锥：“你似乎忘记了，两年前的红帐之辱，一年前的挫骨扬灰。如果，死是对一个人最大的惩罚，那这些……又算是什么？”

漫夭身躯一震，张口道：“我……”

一个我字刚出口，剩下的话都哽在喉间说不出来。那永生之痛，她怎么可能忘记！红帐中生死徘徊痛至白头，回瞳关三日三夜跪在冰天雪地里挖坑埋雪……那一刻的悲痛和绝望，永生难忘。她转头又看容齐，那张被放干了血的惨白容颜，那曾经溢满宠溺深情、后来只剩死灰一片的绝望双眼，那个就连死了也要利用自己的尸体保她平安的容齐！而站在她对面的，是她深爱不悔、与她历尽沧桑同生共死的无忧，她不能祈求他理解她。他是那么骄傲的一个人，一直一心一意地爱着她。

宗政无忧看到她望向容齐的目光盈满悲伤和挣扎，他又想起之前她握着容齐的手哭到肝肠寸断的模样，心不自觉地拧了起来，像是有人拿着沾了盐水的鞭子在他心上狠狠

抽了几鞭子，痛至抽搐。他眼底的火光散尽，强装的平静被剥开，眼底深处的悲哀层层透了出来。他可以不在乎她是不是秦家后人，也可以不在乎她是仇人用来控制他的棋子，但他无法不在意她心里是否还爱着另一个男人。他的眼睛里揉不进一粒沙子，无法接受他用尽一切去守护的爱情到最后却不能完整。

眉心锁住，凤眸沉沉，薄唇紧抿，他似是下了极大的决心，在剧烈的挣扎过后，他的声音没有一丝温度："我再问你一遍，你，坚持替她求情？"

漫夭转头对上他毫无感情的双眼，心头一紧，又是这样冷酷的眼神，看着直叫人心底发颤。她呼吸一滞，努力找回自己的声音："无忧，我……"

宗政无忧打断道："想清楚了再回答。"

他如此郑重，就好像是在让她选择，是要他，还是要容齐？

她手中的信飘落到地上，想说："我不是求你放了她，我只是请你给她一个痛快的死法。"可她终究没有这么说。垂目望着脚下凝结的鲜红，漫夭再抬头望向他，缓缓道："无忧，我和你一样恨她，她害死了我爹娘和痕儿，让我在这冷宫里与死人为伍整整十年，过着不见天日的生活。我承认，我是爱过容齐，我没办法抹杀自己的过去，这一点，是我对不起你！但我从不后悔爱上你。凌迟之刑……真的太残忍，这二十多年，我想她一定也活得很痛苦，不会比我们好过多少。就给她一个痛快吧！这是容齐的最后一个心愿，我想让他死得瞑目。无忧……可以吗？"最后一句，她问得小心翼翼。

宗政无忧身躯僵硬，没有回应。在他的脑子里，只有一句话：她承认她爱容齐。

漫夭静静地等着他的回答，也不再说话，两人就这么僵持着。

天空云雾散开，现出茫茫白日，日光毫无温度，冷冽一片。而飞雪，仍在飘扬坠落，堆积成伤。

三米之外的宗政殒赫忽然开了口，语带叹息道："无忧，算了，给她个痛快吧。"

宗政无忧提起剑猛地往地上一掷，那剑刺入地砖，没至剑柄，整个地面都跟着震颤。他转过身，不再看她。

漫夭愣愣地看着那剑柄，对着他冷硬萧索的背影轻轻地说："谢谢！"然后看向面无表情的宗政无筹："阿筹，我知道你憎恨她的欺骗，可她毕竟曾给过你温暖。而容齐他……他连那种伪装的温暖都不曾感受过。"

傅鸳听着最后一句，心口不由自主地颤了颤，她的确没有给过她的儿子半点温暖，在她心里，容齐是她曾经所遭受的痛苦和耻辱的证明。她看着容齐，就好像在看着她曾经的灾难。

宗政无筹目光变了变，双眉拢紧，没说话。

傅鸳突然抬手握住抵在她胸口的剑，锋利的剑刃割破她的手掌，鲜血汩汩而出，滴在了她华丽衣袍上的一只凤凰眼睛里，像是血泪晕开，无声的悲哀四处蔓延。

宗政无筹微怔，傅鸳回头看了眼椅子上的宗政殒赫，凄凉惨笑。她的一生被耀眼的光环围绕，被称之为京城二美之一，文武双全，又有倾城倾国的容貌，曾是王公贵族们梦寐以求的妻子。人们都说她好命，如此姿色若是入了宫，将来必定统领后宫，母仪天下，但没人知道，她一生所求，不过是那句“愿得一心人，白首不相离”，可命运不由人。她从炙手可热的大将军之女，到成为太子妃，继而当上了皇后，如今又是两国太后，那些一步步高升的令人羡慕的头衔，就是她一生悲哀的升华。她曾经也是一个善良的女子，一个人独坐窗台幻想着未来的美好生活，最终沦为冰冷皇权和他人爱情的牺牲品。

她曾想过：如果她不爱这个男人，她也不会那样恨他。

宗政殒赫看着她的眼睛和笑容，心中微涩，却无话可说。

傅鸳又转头看了眼她的儿子容齐，那么平静的睡容，她突然很羡慕。她有二十多年没有睡得那么安详了，不论日夜，闭上眼睛便是驱之不散的噩梦。这一辈子，别人欠了她许多，她又欠了别人许多，到底谁欠谁更多，早已经算不清楚。

罢了，此生是苦是悲是痛，就这样吧。她也累了，纵然是复仇，看着别人挣扎痛苦，她也一样觉得很累。在这复仇的过程当中，她从未真正感觉到快乐，她只是需要一个活下去的理由。可今日，儿子的死，令她猛然警醒，她真的想活下去吗？这些年的报复，她到底是在报复别人……还是在报复她自己？她的心里，除了恨宗政殒赫的狠心绝情、恨容毅的疯狂凌辱之外，她最恨的，还是她自己当初的天真和愚蠢！怪只怪，她爱错了人！不听父亲的话，执意地选择了这样一个男人。

眼眸垂下，她面上褪去了所有表情，只剩下平静。她握住剑，猛地刺进胸口，一大口血喷溅而出，一点儿都不觉得痛。其实，怎么个死法，对她来说已经不重要了，凌迟也好，五马分尸也罢，那些身体上的痛永远比不上心里的创伤。

“如果，挫骨扬灰……能灭掉人的灵魂，让人再无来生……我希望，你们能把我挫骨扬灰，让我……永绝人世……”

无比悲凉的声音胜却了世间的一切哀乐。震颤了漫夭的心，到底多深的痛，才会让一个人希望被挫骨扬灰，永绝来生？

“鸳儿！”秦申痛心地呼唤，第一次叫傅鸳的名字，眼中哀伤一片。

傅鸳气息已弱，转目望向苍穹，那飞翔在广阔天际之中的苍鹰，是那么的自由自在，令人向往。她缓缓绽开笑颜，喃喃道：“终于，可以……结束了……”

她等这一刻，原来已经等了这样久！手指滑落到地上，万物归于平静。

宗政无筹怔怔地立在那里，望着没入傅鸳胸口的他的剑，在那人身上绽开血花，他一动不动，没有悲伤，也没觉得解恨，只是麻木，什么感觉都没有了。松开剑，他无意识地后退。

漫夭担忧地唤道：“阿筹？”

宗政无筹仿佛听不见，静静地转过身，走下高台，突然悲笑几声，策马飞奔而去。宫殿的上方飞过几只鸟儿，扑腾着翅膀，在寒冷的空气中发出一阵哀鸣。

深青色的大氅，金甲银盔，被远远地遗留在他身后的雪地上。从此，这个世界，再没有了北皇宗政无筹。

坐在气势华贵的凤辇中的宗政殒赫也在那一刻永久地闭上了眼睛。也是在当时，秦

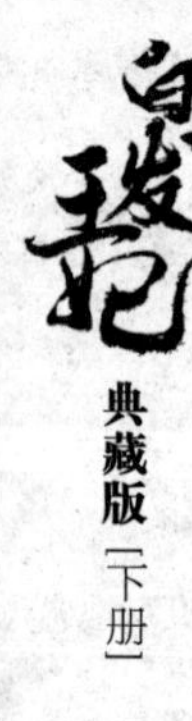

申抱着傅鸳的尸体，跳进了熊熊烈火，尸骨无存。

万和大陆苍显一七七年，十一月，启云帝崩，死因不详。

同日，启云国太后薨，有传闻她与临天国太后傅鸳为同一人，未知真假。自杀而死，死因不明。

同日，临天国太上皇病重不治，崩。

同日，临天国北朝皇帝宗政无筹失踪，下落不明。

至此，打破临天国南、北朝分裂局面，启云国被纳入临天国疆土。同时，南朝边关沙城传来捷报，罗植将军率领的罗家军大败土鲜、易石、域水三国，三国呈上降表，从此归属临天国。

万和大陆苍显一七八年，二月，南帝宗政无忧于临天国京城登基为帝，号承天帝。六宫之内唯白发皇妃。

同年四月，万和大陆其余各国连成一气，合百万大军从四面八方进犯。临天国面临有史以来最大一次危机。

卷五

情深不寿与君长辞　两心常在比金坚

第二十四章　绝望的缠绵

云思殿是原先云贵妃所居宫殿，经过修整后，漫夭住了进来。这座宫殿并不奢华，但足够精致。寝宫窗外有两排高大的梧桐树，如今又是三月，梧桐树才冒新芽。

这天晚上，漫夭坐在窗前，正用心给孩子缝制衣裳。两个孩子都乖乖地躺在床上睡着了，粉嫩的小脸十分可爱，让人看上一眼心就会软成一团。

漫夭时不时扭头去看，带着慈母的温柔和疼爱。

“见过郡主。”门外传来宫女的声音，被漫夭认作义妹封为郡主的萧可大步走了进来，叫了声姐姐。漫夭连忙嘘了一声，示意她小声点儿别吵醒孩子。萧可连忙收声，进屋后压低声音道：“这些事情让她们做就好了，姐姐何必亲自动手。”

漫夭招呼她坐了，笑道：“我想趁有空的时候，多为孩子做点儿事。”

萧可道：“姐姐眼里现在只有孩子，您也得多抽出点儿时间陪陪皇上啊！我听说皇上和姐姐都不说话了，还每天晚上睡御书房，你们吵架了吗？”

如果只是吵架就好了。漫夭苦笑，从启云国回来以后，宗政无忧没有跟她说过一句话，她同他说话，他也不理，仿佛听不见。他每天中午来看一眼孩子，坐一小会儿，然后一言不发地离开。她知道他介意什么，但她没办法解释，她不能因为现在爱的是他就去否认自己曾经的感情。

萧可又道：“我最近进宫，经常听到宫女、太监聚在一起议论皇上为什么不封姐姐做皇后的事。我也很好奇，皇上那么喜欢姐姐，为什么不册封姐姐为后呢？”

漫夭淡淡道：“册不册封有什么关系，不过是个虚名。”

“可是，不册封，他们会乱讲。”萧可噘着嘴，气呼呼地道。

不用想，漫夭也知道那些人会议论些什么，无非就是说她失宠了，皇帝很快会有新

欢云云。这些事她早已听腻了，不奇怪。她淡淡地笑了笑："管别人怎么说呢，日子是自己过的，好不好，只有自己知道。倒是你，和老九怎么样了？如果想好了，就早点定下来，也了却我一桩心事，省得我走的时候惦记。"

萧可一听这话，柳眉一皱道："姐姐又说这丧气话，什么走不走的，只要姐姐好好休养，别生气，也别太悲伤，凡事都想开一些，慢慢就会好的。"

会好吗？漫夭垂目，目光黯然道："你不用安慰我，我自己的身体我知道。"

天命之毒霸道无比，虽毒素已除，但她心脉早已受损，加上那日悲伤过度，落下病根。如今要想好起来，只怕不大可能。她忍不住叹气，天命天命，也许命中注定，不论哪一世，她都无法长寿。最近经常觉得胸闷，上不来气，有时候，她连孩子也不敢抱，生怕自己突然有事，会伤着孩子。所以很多时候，孩子都是交给奶娘照顾，她在旁边看着。而朝中政事，她也不再参与。

萧可闻言难过地低下头去，幽幽地问道："姐姐，为什么你不让我告诉皇上呢？如果皇上知道了，一定不会再跟你斗气。"

漫夭叹道："我不想增加他的心理负担。以前只是南朝，都有处理不完的政事，现在刚接手北朝和启云国，他忙得几乎连吃饭睡觉都顾不上。最近又传来消息，周边各国已经结盟，集结百万兵力进犯边关，欲趁此机会分一杯羹，不给我们休养生息的机会。这些事情已经够他烦心的，我们就别再给他多添烦恼，平白地让他多操心。"

"哦。"萧可闷闷地应着，心里越发不好受，尤其想到刚才在外面听到的消息。她犹豫了一下，道："姐姐，今天罗将军班师回朝，听说他从附属国带回了很多奇珍异宝，还有属国特地为皇上准备的礼物，姐姐要不要去看一看？"

漫夭想了想，出去走走也好，反正两个孩子都睡着了，她和无忧之间总这么下去也不是个事。这几个月，她想了很多，先后爱上两个人并非她所愿，但已成为无法改变的事实，再执着于此也无济于事。她已经对不起容齐，在剩下的日子里，不能再对不起无忧。这样想着，她就去了。

宽敞气派的宜庆殿，灯火通明，亮如白昼，宗政无忧独坐首位，习惯性地将座位腾出半边位置。下首坐着罗植将军和三位属国使臣，另有九皇子和几位大臣。推杯换盏，众人相谈甚欢，庆贺罗将军得胜归来，唯宗政无忧始终面无表情，在使者向他敬酒时，他举杯便饮，一句多余的话都没有。

一名使者起身行礼，语气恭敬道："启奏皇上，微臣此次入京朝见皇上，除了方才那些贡品之外，我王还特地为皇上准备了七名舞姬，她们身姿曼妙，舞艺超凡，希望皇上喜欢。"他说着抬眼偷瞧上位坐着的年轻帝王。听说最近帝妃不和，这应该是一个好时机。

宗政无忧扫了使臣一眼，神色淡淡道："替朕谢谢土鲜王。"说着自顾自地饮酒。

宜庆殿外，漫夭还未入殿，便听见里面传来悠扬悦耳的丝竹声。快到门口时，她顿了一顿，想着就这么进去，会不会冷场？如果无忧仍然不理她，在大臣们和使者的面前闹别扭就不大好看了。

她有些犹豫，萧可催促道："姐姐，快进去吧，皇上看到你来，心里一定会很高兴的。"

他会高兴吗？也罢，不管他理不理她，只要他心里高兴就好。想到此，她便和萧可一起朝大殿走去，还未进殿，已然看到殿内情景，两个人一时都愣住了。

只见大殿中央，七名舞姬正妖娆起舞，她们个个身材火辣，全身上下仅有的遮蔽物便是两条半透明的绛紫色薄纱。一条松松地围在胸口，用金丝带系住，露出深深的乳沟和半边雪白的胸脯，随着腰肢的扭动，微微颤动，诱惑不已。另一条紫纱斜斜地系在胯上，半边粉白修长的美腿展现在众人的眼前，看得人血脉偾张，恨不能变成她们身上的紫纱才好。而遮盖着重要部位的紫纱位置，绣有一朵黑色的罂粟，增添了几分神秘之感，仿佛有一种天然的魔力，引人一探究竟。

她们的妆容妖娆瑰丽，带着一种异域风情，目光流转魅惑勾人，配合着那撩人的舞姿，有一种致命的引诱，是个男人怕都移不开眼。

人有七情六欲，自然的反应谁也无法抗拒。殿内的男人们皆看得目光呆滞，就连宗政无忧也眯起了凤眸，目光中透出几分迷离的醉意，眼底燃起一丝不易觉察的异样光芒。

漫夭心间一沉，见一名舞姬大胆地上前，在宗政无忧的桌案前半跪下身子，低头再仰头，乌黑柔顺的长发甩开，挺起胸脯，一手拈上系在胸前的金丝带，欲解不解，看得人心痒难耐。

宗政无忧眸色微微一变，拿起一支筷子点住舞姬的下巴，勾起一边唇角，似笑非笑道："跳得不错。"

舞姬得到年轻帝王的称赞，心中自是大喜，更是要使出浑身解数。她媚眼一勾，低头就含住那支筷子的一头，舌尖慢慢舔弄着伸出来，眼神痴媚，姿态极尽挑逗，看得一旁的男人们都忍不住吞咽口水。

漫夭忽然不想在这里待下去，转身就要走，萧可急忙扯住她，低声道："姐姐不能走，你要是走了，皇上也许就成别人的了。"

漫夭心头一窒，胸口又闷得发疼，仅仅是看到这些她就已经如此难过，那么，得知她心里还爱了另一个人的他又该有多痛苦？她按住胸口，仰天叹息，声音幽幽道："如果他连这种诱惑都抵抗不了，那他就不是宗政无忧。"

萧可愣了愣，就在这时，大殿里传来一声惨叫，她们连忙回头去看，只见先前以媚态挑逗帝王的那名舞姬倒在地上，喉咙被筷子刺穿，娇娆的面容因临死前的恐惧而变得狰狞。

沉浸在撩人舞姿中的众人被这突然的惊变震得猛然回神，看着帝王深沉的面容，手心沁出了冷汗。那位献上舞姬的使臣更是吓得不轻，这七名舞姬，是土鲜王特地请人精心调教出来的，至今为止，还没有哪个男人能拒绝她们的诱惑，而这位年轻的帝王刚才明明也被那舞姬所惑，怎么转眼间就变了脸？

其他六名舞姬柔软的身躯立刻僵硬，再也不能扭动半分，她们看着前一刻还好好跳

着舞的同伴突然就这么死了，不由惊恐地望着上座那位面无表情的年轻帝王，吓得浑身发抖。

“皇上息怒！”丞相首先反应过来，忙垂首下跪，众人忙随之。

宗政无忧看也不看地上的女人，只沉声道：“一个小小的舞姬，也胆敢在朕面前玩花样！哼！真是吃了熊心豹子胆！”

他犀利的目光一扫跪地的三名使臣，进献舞姬的土鲜国使臣立刻身子一抖，低下头去，另两名使臣也吓出一身冷汗，暗自庆幸他们的人还没献上来。而帝妃不和的传言，在他们看来，根本子虚乌有。

小祥子忙叫了人来，把地上的那名舞姬拖走。

土鲜国使臣叩头道：“小臣有罪，未能调教好她们，使得她们触怒龙颜，请皇上恕罪！”

宗政无忧端起面前的杯子，淡淡道：“起来吧。其余六个，你们谁看着喜欢，就挑了带回去。”

大臣们哪里敢说喜欢，只齐声道：“臣等不敢。”

宗政无忧挑眉道：“既然都不喜欢，那就打发了去窑子。这么美的舞姿，埋在深宫里可惜了，应该让更多人看到。”

一顿庆功宴就这么结束了，宗政无忧在众人的跪拜声中离席。走出大殿看到远远立在殿外的女子，他微微一愣，冷冽的凤眸中掠过一丝欣喜的光亮，却又立即隐了下去，垂下眼帘，面色淡漠地从她身旁走过。

漫夭闻到他身上飘来的一丝酒气，眉头一皱，他从来不饮酒的，今日竟饮了酒！

“无忧。”她快步朝他追过去。宗政无忧脚步不自觉顿了顿，又继续往前走，没有回头。

漫夭跟在他身后，一直跟到御书房。看着他走到御案前坐下，她就站在他旁边。

宗政无忧忍住不看她，不跟她说话。一想到她心里还有一个人，想到那个人的位置也许更甚于他，便如尖锥刺心，痛不可当。按捺住心中澎湃的复杂情绪，他翻开一本奏章，看了半晌，一个字也没看进去。头有些沉，从七岁以后，他视酒如仇，这是第一次想喝酒。酒果然不是好东西，一个舞姬竟也能撩拨起他的欲望。

漫夭见他目光变了几变，太阳穴的位置突突直跳，她便伸手拿过他手中的奏章放回原处，轻声道：“累了就休息吧。明天再批阅。”

宗政无忧仍然没抬头看她一眼，径直起身自顾自进了里屋。

漫夭叹气，命人打来水，然后遣退下人，将宗政无忧按坐在床边，拧了毛巾就要帮他擦脸，宗政无忧一怔，斜眸睨着她。

漫夭轻笑道：“怎么？不习惯我伺候你吗？还是你喜欢那些宫女伺候？”

她仿若无事般的笑容，似是回到了过去那些幸福美好的日子。宗政无忧心头一动，袖中的手握得很紧。漫夭拢住他的银发，擦拭着他隐现疲倦的脸庞，动作十分轻柔。

宗政无忧不动，就任她摆弄，心中渐渐升起的温柔和甜蜜夹杂着苦涩和窒痛，挣扎着，仿佛找不到出路。忽然觉得自己很没用，在她面前，他所有的骄傲和自信，脆弱得不堪一击。以前是傅筹，如今是容齐。她对傅筹没有爱，可她对容齐却是实实在在的爱过。他和傅筹都利用过她，伤害过她，只有容齐的爱完美无缺，似是永远也无法超越。尽管，他可以为她生为她死，为她放弃江山承受别人所不能承受的痛苦，甚至，为她放过将母妃挫骨扬灰的仇人……

他一直以为，这个世上只有他才是最爱她的，可如今，多了一个容齐，一个同样深爱她又为她付出性命的男人！

容齐年轻的生命于她，就好比黑夜里绽放的烟火，停留在最绚烂的时刻，永远定格。他不知道该怎样去超越那个男人，他怕自己终此一生也比不过容齐。

漫夭帮他擦完脸，蹲下身子，为他脱鞋。宗政无忧一把拽起她："你做什么？"

漫夭微微笑道："伺候你洗脚啊。"

宗政无忧眼中划过异色："这种事情不用你。"

漫夭抬头，笑道："为什么不用？伺候夫君洗脚不是这个世界里的女人该做的吗？我又不常做，就这一次，以后你想让我帮你洗，只怕也没机会。"说着又要蹲下身子，但腰还没弯下去，就被他一把拎了起来按在床上。

铺了锦被的大床虽不特别坚硬，但她仍是一阵头晕目眩，还没弄清楚怎么回事，他高大的身躯已经倾轧过来。

手臂撑在她颈侧两旁，他紧紧地盯着她的眼睛，目光复杂，似是在沉痛和思念中挣扎不休。

"你还记得我是你夫君就好。"他记得找到启云国皇城边的村子时，那些人称她为夫人，容齐的夫人，似是与他们很熟稔的样子。一想起来，他心头便像是扎了一根刺。

漫夭抬手去摸他的脸，那么俊美绝伦的一张面庞，没了纯净，只有疲惫和挣扎。她心疼地叹道："我当然记得。你是我的夫君，这辈子的良人，以前是，现在是，以后还是，永远都是……"

"那……容齐呢？"他问，小心翼翼。

漫夭目光一变，眼中划过一抹痛色。容齐，每每想到那个名字，她都不由自主地心痛。垂下眼帘，她忍不住侧过头去。

宗政无忧目光一沉，扳过她的脸，不让她逃避："为何不说？你不敢看我？"

她张了张口，叹道："无忧，我们……不提他好吗？"

"为何不提？因为他让你心痛了？"他犀利的目光直追向她眼底，让她所有的一切无所遁形。

漫夭艰难地开口："他已经不在了……"

"谁说他不在？"宗政无忧目光沉痛，用手戳了戳她的心口，声音悲凉道，"他，在你这里。"

这才是他最在乎的！不是过去，而是现在，那个人用鲜血和生命将自己深深地刻进了她的心底，谁也抹不去，甚至连触碰都不可以。

"无忧……"漫夭无力唤他，心痛如绞。她知道他的眼睛里揉不进沙子，也知道他倾尽一切，想要的只是一份完整无缺的爱情，可是，事已至此，她能怎么办？难道要将容齐从她的记忆里抹去吗？

挣脱他的手，她再次侧过头，看着窗外风吹竹影摇曳，透过窗子，在床前被乌金挂钩拢住的黄色床幔上印下几道阴影，时深时浅，却总也在那儿。

宗政无忧忽然软了身子，趴在她身上，修长的手指抚上她瘦削的肩头。他也不想逼她，可他心里真的害怕。

他将脸埋在她颈窝，两具身躯紧紧相贴，她身上淡淡的馨香散开，若有若无地缭绕在他的鼻尖。他身子微微一僵，刚才被挑起又被压制住的欲望顿时按捺不住，体内的酒精更在此刻推波助澜。

他眸子一暗，幽深如潭，抬头看她。

漫夭感觉到他身体的变化，一回眸，便望见了他眼中骤然涌现的强烈渴望，以及他浑身散发出的让人心跳加速的欲望气息。

她忽然有些害怕。他们已经一年多没有行房了，不知道这身子还能不能承受得了那般激烈的动作。

宗政无忧见她蹙眉，似隐有惧意，不禁心底一沉，不自觉就想，她如今竟连和他在一起也会有所顾忌了？想到此，心中百味齐集，说不出究竟是痛还是怒。

漫夭没注意到他此刻的表情变化，只觉得被他这样压得久了，有些喘不过气来。

"无忧……"

她想叫他起来，但话才出口，就被他低头吻住。

双唇灼热，紧紧相贴，他的吻炽烈而急切，似是想念了很久很久。触电般的感觉，令她身躯一颤，体内久违的激情瞬间被点燃。

喘息急促，她心跳加速，如鼓在擂。她抬手勾住他的脖子，正欲回应，他的唇却突然离开了。

她微愣，抬眼看到他眼中来不及收起的迷醉挣扎，以及他的努力克制，胸口急剧起伏，喷薄在她面庞的呼吸灼热而滚烫。

"无忧，你……"还来不及说什么，他大掌疾挥，狠狠撕裂她的衣裳，露出雪白的酥胸。他呼吸粗重，进而飞快地除去她身上所有衣物。

黄幔落下，将帐内的二人与外面隔绝开来，掩住一床春色。

屋子四角垂悬的宫灯散发着柔和的光芒，透过绸缎般柔滑的明黄床幔，在二人的身上照出隐约而蒙昽的光线，多了些梦幻之感。

"阿漫……说……你爱我。"男子喘息着，声音带着急切的颤抖，急于索取一个答案。

"嗯，我……我爱你！无忧……我爱你！"女子同样颤抖的声音带着令人无法忽视的哀伤。

男子听了忽然如困兽般地低声嘶吼道："不，不够！还不够！我要你只爱我一个人！阿漫……告诉我，你只爱……只爱我一个人！”带着诱哄般的语气，男子目光炽烈，带着无限的企盼。

女子却流下眼泪，泣不成声：“我……我……”

绝望，令人窒息的绝望肆意流淌在这间寂静的屋子里，打散了空气中先前弥漫的浓郁的暧昧气息。

如果没有放尽鲜血地延续性命，如果没有利用尸体争取时间，也许，她还可以坦然地说，她和容齐之间已经过去……

“无忧，你在我心里的位置……从来没有改变过。如果有来世，我一定，一定先找到你，只爱你一个人！”

“可我不想要来世，我……只要今生……”

那是一个疯狂的夜晚，他们在极致的快乐中感受着彼此心底最沉痛的悲哀，直到天亮，宗政无忧也没能得到他想要的答案。他还不肯罢手，她却已筋疲力尽，在浑浑噩噩中昏昏欲睡。临睡前，听到他无限悲凉的语气喃喃问道：“若容齐活着，你……还会跟我走吗？”

她想说，会。但那个会字卡在喉咙口，没来得及说出，她就已经昏昏睡去。

她想，明天再说也是一样的。可是，她没想到，这个明天，一过几乎就成了永远。

第二天醒来已是晚上，身边无人。她撑着身子坐起来，浑身酸软疼痛，穿好衣裳，连路都走不稳。守在外面的宫人听到屋里有动静，忙进来伺候她梳洗。

漫夭问道：“皇上呢？”

宫人道：“回娘娘的话，皇上御驾亲征了。”

漫夭双手一抖，不小心打翻了桌上的脸盆，盆中热水哗的一声全倒在她身上。

御驾亲征？他就这么一声不吭地走了？边关战事真的已经紧急到需要他亲自出征的地步？

“几时走的？”她慌忙问。

宫女回道：“今天一早……”

漫夭失力，那应该走远了，她想追也追不上。

离开御书房，她木然走在回云思殿的路上，天空月光皎洁，星子遍空，一路宫灯旖旎，点缀着寂静安详的夜晚。可这样的夜晚，她身边没有她的爱人。在这寂寂深宫，只有她孤独地行走在无限凄凉的月色之中，身边的草木在她单薄的身躯上印下一道又一道晦暗不明的斑驳影子。

她忽然想：这样也好。就让他怨着她，永远都不要原谅。这样，等她走了，他也许就不会那么难过。

她静静地笑了起来，无声的哀伤蔓延在她的眉梢眼角，浓郁不化。

这一次的战争，是临天国与整个万和大陆之战，比以往的任何一次都要艰险。

九个国家的联合进攻，共集结了一百三十万兵马。而临天国多年来战争不断，国库已然空虚，装备粮草供应不足，边关频频告急。漫夭想方设法筹集钱粮，然而，在战争

面前，仍是杯水车薪。她急得焦头烂额，寝食不安，便发了国书给沧中王宁千易，希望能与之合作，宁千易十分爽快，倾举国之力相助，帮着临天国渡过这一难关。

十月金秋，云思殿寝宫窗前的梧桐叶早早地就落了，枯黄的叶子铺了一地，被秋日的冷风吹得到处都是，下人们怎么扫也扫不尽。

漫夭遣退了宫里的奴才，就喜欢这样一个人待着。站在梧桐树下，看着满院的萧索秋意，感受时光流逝。

两个春秋已过，边关战事仍未结束。这一仗，前所未有地长。

她的身子越发不好了，稍微走上一段路就会累得直喘气。她不知道这样的身子，还能不能等到他回来？

找了个凳子坐下，忽有一片落叶从眼前飘落，她伸手接住，那是一片还未完全枯萎却已经凋零的叶子，青黄各半。她抬头，看繁茂的枝头上还有很多这样的叶子，它们在秋日的冷风中摇曳着不肯落下，就像是在命运里挣扎的囚奴，即便再怎么不甘心，最终也还是逃不过凋零的命运。

她站在这梧桐树下，想念着她心爱的男子，不知道他在边关过得好不好？有没有好好吃饭？睡没睡过安稳觉？

两年多了，他们相隔千里，她守着这深宫，守着他的江山，守着她对他日复一日的思念，只盼望着他安全归来。

“母妃。”她正想得出神，门口传来孩子稚气的唤声。

两个粉雕玉琢的孩子被奶娘牵着从外面走进来，远远的就叫她。那两个孩子一男一女，女孩四岁，长着一双灵动的大眼。男孩三岁，凤眸，薄唇，一张脸庞像极了他的父亲，他一进园子，便挣脱了奶娘的手，快步朝漫夭跑了过来。

漫夭一看到这孩子，眼中忧伤尽褪，神色变得十分温柔。她张开双臂，接住飞奔而来的男孩，万般宠溺地笑道：“母妃在这里，你跑这么急做什么？”

她将孩子小小的身子抱了起来，让他坐在她腿上，慈爱地拨开他额前的碎发。然后她对奶娘牵着的稳步走过来的女孩伸出手来，目中柔光潋滟，慈爱地招呼道：“念儿，你也到母妃这里来。”

女孩过来，甜甜地叫了一声：“母妃。”

漫夭慈爱地将女孩揽在怀里，这个孩子名叫念香，是痕香与宗政无筹的孩子。当年痕香死了，宗政无筹一走杳无音信，漫夭把她带在身边，当成自己的孩子疼爱。而这个孩子从小就比别的孩子懂事，也实在是讨人喜欢。

至于那个男孩，自然是漫夭和宗政无忧的儿子，临天国太子宗政赢。宗政无忧为他起的这个字，是希望他一生顺畅，无论做什么事，都能成为最后的赢家。

“这个时间，怎么没在学堂？”漫夭抚摸着儿子稚嫩的面颊，柔声问道。

宗政赢用手勾着母妃的脖子，调皮地玩着她的头发，语气甜腻，凤眸之中闪烁着狡黠，道：“赢儿想母妃了。”

漫夭立刻推开他小小的身子，警戒地问道：“你是不是又闯祸了？”

每当这孩子露出这种神情，十有八九是犯了错。

“没……没有。”宗政赢眨巴着凤眼，摇头否认。

漫夭望着儿子做出的一脸无辜的表情，沉了脸，轻斥道：“赢儿，不许说谎。”

宗政赢眼珠转了一转，见她面色严厉，忙垂下头不吭声。

漫夭见他这般神色，更确定有事，脸色越发沉了几分。

念儿看她动了气，抬起小手，在她胸前顺了顺，懂事地劝慰道：“母妃息怒。弟弟他只是……嫌明太傅啰唆，命人把太傅绑起来了。”

漫夭一怔，脸上立刻浮现出了愠怒，皱眉对儿子严词训斥：“赢儿你又胡闹！太傅每日公务繁忙，抽空进宫教你念书，你不好好学，还这般不知轻重？”她都能想象得出来，明清正此刻那万般无奈的表情。

宗政赢缩了缩脖子，大睁着凤眼可怜兮兮地叫了一声：“母妃……”

漫夭不为所动，这个孩子真是太调皮了，也不知道像谁。

宗政赢见母妃真的动了气，连忙抱着她的脖子，道：“孩儿有好好学，是太傅他教得太慢了，那些东西……我三个月前就已经会背了，他还讲个不停，我叫他讲后面的，他不肯……”他一边说着一边偷看母妃的脸色，见母妃一直盯着他，面色沉郁，不说话，他的声音便慢慢低了下去。

漫夭蹙起眉头，沉声道：“所以你就命人绑了太傅？”

宗政赢噘起小嘴，不吭声。

漫夭无奈地摇头，叹道：“赢儿，你什么时候才能像你姐姐一样懂事？母妃不能一直陪着你，你这般顽劣，你父皇会不喜欢的。”说着这话，心口又开始发紧，一口气上不来，脸色立刻煞白。

宗政赢见母妃弯下身子，用手捂着胸口，双眉紧皱，脸色发白，嘴唇颤抖却说不出话，好像很痛苦的样子。他愣了愣，心里顿时慌了。连忙跳下母妃的膝盖，在她面前跪下，拉着她的手，慌乱道：“母妃，您怎么了？孩儿知错了……”

念儿扭头叫道：“奶娘，你快去请萧姨娘，快去啊！”

萧可来得很快，一看她这模样脸色一变，先喂她服了一粒药丸，再将她扶到屋里躺下，帮她把过脉之后，脸色凝重道：“姐姐，不是说让你别那么操劳吗？也不要生气，不能伤心，你怎么不听啊？”

漫夭终于缓过来一些，便摇头叹道：“人只要活着一天，就会有喜怒哀乐……况且现在战局未定，国家大事样样都得操心，哪能做到那么平静。”还有这两个孩子，她真怕她走了以后，孩子得不到无忧的喜欢，留不住无忧的性命……

萧可无奈地叹气，转过头，瞪着宗政赢，气道：“你又惹你母妃生气了是不是？姨娘可告诉你啊，你要是把你母妃气没了，以后就没人疼你了！”

宗政赢白了一张小脸，他其实还不知道“没了”代表着什么意思，只知道惹母妃生气是他不对，便垂下头，委屈道：“母妃，孩儿知错了。”

漫夭看着他这副神情，心间一疼，想一想，这孩子才刚满三岁，能懂什么呢？她叹

息着朝他伸手："嬴儿，过来。"

宗政嬴缓缓走到床前，漫夭抬手捧着他那张与无忧像极了的小脸，语重心长道："嬴儿，你别怪母妃对你严厉，你生来就和别人不一样。你是太子，是未来的皇帝，以后，你的一言一行，关系着整个国家的命运，你不可以任性妄为，你要像你父皇一样，将来做一个出色的皇帝，把国家治理好，让天下人都能过上太平的好日子……你，明白母妃的意思吗？"

宗政嬴一张小脸垮下，蹙了眉头，似是很认真地在思考她说的话，对于一个三岁的孩子，国家命运这些东西对他来说还不能理解，实在太过于沉重。他想了一会儿，才抬眼，不像平时那么调皮，而是很认真地问他的母妃："母妃刚刚说的话，太傅也说过。可是母妃……嬴儿不明白，为什么太子就不能玩？难道太子就不是小孩子了吗？那……太子应该是什么样子呢？跟太傅一样整天板着脸，有话不能说，想笑不能笑，走路不能跳……那还有什么意思啊？母妃……我不做太子行不行？您总跟我说父皇……可我连父皇是什么样子都不知道……他们都说，我长得像父皇，我照镜子的时候，为什么想象不出来父皇的样子呢？"

漫夭心底一震，愣愣地望着这个孩子，僵在那里，说不出话来。如果她不是他的母亲，她可以告诉他，因为那是他与生俱来的责任，可她是他的母亲，这些责任是她和他的父亲强加给他的，他们没有问他想不想要，没有给他选择的机会。

作为一个母亲，她突然觉得自己很失败，一个孩子，需要依靠照镜子去寻找父亲的影子，那是多么让人心酸的事情。

她心疼地抚着他的额角，一阵悲意袭来，眼泪差一点儿就忍不住流出来。她连忙垂下眼睫，微微哽咽道："你们出去玩吧，母妃累了。"

宗政嬴也垂下眼睑，小小的瞳眸中闪过一丝黯然，却笑着告退。

两个孩子离开了，漫夭让人去放了明清正。而后，她忍不住哭了出来。

萧可见她这样伤心，眉间亦拢着哀伤，站在一旁，陪着默默垂泪。

漫夭越哭越伤心，身子不住地颤抖。她的儿子还这样小，她的丈夫又领军在外，她真的不想就这样离开。可是命运，为何对她如此残酷？

天命无解，原来竟是这个意思吗？

萧可抹了把眼泪，坐到床边，劝道："姐姐快别这样，你再这么哭下去，我，我……我也不知道该怎么办了……"

萧可拉着她的手，急得不知道说什么好，忽然想起一件事，连忙道："哦对了，姐姐，传说这世上有一种叫作'奇迹'的冰川雪莲，服下之后能让人起死回生。我们再找找，也许真的有呢？"

奇迹？这世界哪里有那么多奇迹！漫夭渐渐止住眼泪，胸口因抽泣而震动起伏。过了好一会儿，她才慢慢平静了些："不过是传说罢了，你也信！"

萧可道："传说也不一定不可靠啊，万一有呢，姐姐就可以活下去了。"

漫夭微微撑着身子坐起来，萧可在她身后垫了个枕头，她轻轻地靠着，目光迷茫而悲伤："就算是有，只怕我也等不到了。也不知道这场仗……什么时候才能结束？我只希望……在临走前，能见他一面。"

萧可道："我现在就让人给皇上传信。"

"别！"漫夭忙拉住萧可，摇头道，"这场仗已经打了两年多了，现在是最后关头，绝对不能让他分心。万一……万一出了什么岔子，我就是见了他……也走得不安心。"

萧可心疼又无奈地叹气："姐姐，你为什么总有这么多顾忌啊？你就不能多想想你自己吗？管那么多干什么呢？"

漫夭叹道："这不是小事情，它关系着整个国家的存亡，天下百姓的未来命运……若是赢了，天下太平，若是输了，经过这场战争，以后怕是永无宁日，还不知道要死多少人。"她顿了顿，喘了两声，语气越发伤感，"我其实就想对他说一句话，他在我心里……无可替代，是我这一生……最重要的人。"

两年的时间，让她分清楚了自己的感情。以前她是爱过容齐，但时过境迁，记忆恢复后，虽然感情依旧在，但愧疚远远多过爱。而对无忧，却是爱多过一切，那是一种融入灵魂和骨血中的感情，无人可以替代。

第二十五章　绝世的婚礼

万和大陆苍显一八〇年，十月，承天帝宗政无忧终于大破九国联军“天玄阵”。

那一日，血箭冲天，伏尸百万，整座悭城血流成河，映红半边天。九国国王被一一俘虏，联军死伤过半，剩余一半弃械投降。万和大陆持续了数百年的战争至此方歇。

捷报传入京城，百姓沸腾，万民欢呼。

大军班师回朝，百官于城门外跪迎，一声声“皇上万岁”的高呼声震彻九霄万里，然而，当他们抬头时，却只见风姿俊朗的九皇子，不见了年轻的帝王。

宗政无忧先大军一步入城，急急纵马狂奔在回宫的路上。道路两旁的树木、房屋飞速后退，他只望着皇宫方向，脑子里全是他心心念念的那个女子。她的音容笑貌、喜怒哀伤，占满了他整颗心房。

他想早一点儿见到她。

一别两年多，走的时候他以为几个月就能回来，却不料敌军中有布阵高手，拖慢了他的脚步，直至今日才得以回宫。两年的时间，他想清楚了，他不在乎她心里是否还爱着别人，他只在乎，她爱他！只要她还爱着他就好。过去的一切，就让它成为过去，他何必跟一个死人斤斤计较！毕竟，能活着相守，是那么的不易。

他们已经错失了太多的岁月，往后的日子，他要好好珍惜。江山一统，君临天下，有他宗政无忧的地方，就会有一个叫作阿漫的女子，携手并肩，笑看天下。

他满足地笑起来，幸福其实很简单，只要肯迈出那一步，尽管很艰难。

驾——急切而愉悦的声音回荡在僻静的小道，他猛地一挥鞭子，一路纵马狂奔。他在脑子里反反复复想象着见到她的情景会是什么样子？第一句话，又该说些什么？

如果她坐在窗台下看书，他进屋笑着对她说：“阿漫，我回来了。”

她是否会惊喜地回头，奔向他的怀抱？对他说一句："无忧，你怎么才回来？我等你好久了。"那他便紧紧地拥抱她，再也不放开。

如果她站在窗外的梧桐树下思念他，他就悄悄地走过去，从身后抱住她的腰，下巴搁在她肩上，在她耳边轻轻说一句："阿漫，我好想你。"她会不会喜极而泣，埋怨他当日一声不响地离开？

他在心里千万遍地设想着和她见面的每一种可能，每一句想说的话，想着想着，嘴角扬起，甜蜜和幸福的充实感在心中蔓延。然而，有一种可能，是他做梦都想不到的！

皇宫终于到了。

这里没有外面的欢呼雀跃，气氛与宫外比起来，低沉而压抑，仿佛这片天空被阴霾所笼罩，隔绝了阳光，甚至还能感觉到一种彻骨的悲伤情绪。

宗政无忧也没多想，直奔云思殿而去。

"皇……皇上？！啊！是皇上！皇上回宫了，皇上回宫了——"

一路上的宫女、太监们见到飞奔而行的年轻皇帝皆是一愣，然后激动地叫开了，连跪拜都忘记了。

宗政无忧也不在意，只一心想着快点去云思殿，快点见到她。

云思殿里奇异地安静，他走过两个院子，都没见到一个人影。他疑惑地蹙眉，直奔寝宫方向。

远远地，突然有哭声传来，令他急切前行的脚步微微一滞，心头顿时升起一种不祥的预感。然后，哭声大震。

"母妃！母妃——"

"姐姐！"

"娘娘——"

一股浓烈的悲绝气息瞬间笼罩了整个云思殿，宗政无忧不知道他是怎么走进去的，寝宫内跪满了人，每个人都在哭。只有一个人面色安详，静静地躺在床上，床顶的横木架上雕刻着栩栩如生的凤凰，仿佛随时都要飞上天去。

窗外的梧桐树叶子枯黄，在阵阵秋风中簌簌而落，划过窗前，在黄昏的夕阳中留下一道又一道看不见的伤。

女子很安静，双眼紧闭，面容苍白瘦削，嘴唇毫无血色，微微张着，似是想说什么却没说出来。她微微侧着头，脸庞朝外，那是她丈夫归来的方向。白发散满了枕头，几缕滑下床沿，在透窗而来的萧瑟秋风中轻轻摆动，像是书画着它的主人坎坷的一生。

"母妃，孩儿真的知错了……我以后再也不胡闹了，再也不惹您生气了……您快醒过来，好不好？好不好啊母妃……"稚气的嗓音充满了对未来的恐惧和失去至亲的悲痛，撕心裂肺的哭声回荡在这座被主人遗弃的宫殿。

念儿用力拽紧了萧可的手臂，仰着小脸，目光祈求地望着她："姨娘，求求您让母妃活过来吧！念儿以后会很懂事……念儿一定会看好弟弟，不让他再做错事惹母妃生气……姨娘，求求您了……姨娘？"

萧可被这么一求也大声痛哭起来，悲痛不能自抑。

撕心裂肺的哭声狠狠撕裂开他的胸膛，将他的心一点儿一点儿掏空。

“都给朕闭嘴！”宗政无忧突然大喝，震得整间屋子都在颤动。

哭声顿失，屋里所有的人都被震住，纷纷回头，一见是他，慌忙磕头。宗政无忧谁也不看，脚步缓缓往床边挪去。他刚才觉得从城门口到皇宫的路那么远，怎么跑都觉得不够快。可是此时，他却觉得那段路比起这一段，走起来是那样容易。从寝宫门口到床边数十步的距离，他仿佛用尽了一生的力气。

“阿漫……我，回来了。”他如自己在路上设想的那般跟她说话，他期望她能起来迎接他，不起来也没关系，只要睁开眼睛看上一眼，哪怕只看一眼，让他知道，她还在，他就心满意足了。

身后跪着的人低着头，他们从来没见过这个高高在上无所畏惧的帝王像此刻这般小心翼翼，他的声音那么轻，带着无法控制的颤抖，好像一触碰就会碎掉。他的语气中透出心底的希冀和恐惧，原来那么冷酷的皇帝，也有会害怕到颤抖的时候。

萧可抱着两个孩子，没有抬头就能感受到宗政无忧身上散发出来的极致悲痛的气息，仿佛面对世界末日来临的绝望。

两个孩子在萧可的怀里，一动也不敢动，他们的眼眶中盈满了泪珠，却不敢落下来，似是生怕惊动了那站在床前如木偶一般的父皇。对他们来说，父皇是陌生的，尽管母妃常常跟他们提起父皇。

宗政无忧怔怔地立在那里，看着面前躺着的朝思暮想的女子，他多想抱抱她，摸摸她的脸，可是他不敢。他害怕自己触到的是一片冰冷的温度。他设想了无数个久别重逢的情景，唯独没有这一个！

窗外黄昏中的最后一缕阳光也一分分黯淡了下去，消失不见。明亮的天空，一点儿一点儿被黑暗吞噬，他还立在那里，没有动过一下。屋里的人也维持着原先的姿势，连呼吸都不敢用力。宫女没有点灯，屋子里黑漆漆一片。

“七哥，七哥……你在哪里啊？”院子里，九皇子欢快的声音传了进来，然后“咦”了一声，“怎么黑漆漆的不点灯？七哥、七嫂？人呢？”

萧可看一眼宗政无忧，抑制住心中的悲痛，放开孩子，站起来，点了灯。九皇子探进头，先是看到跪了一屋子的人，疑惑道：“怎么跪着这么多人啊？犯了什么错？”

“你吵什么吵！”萧可捂着他的嘴，指了指床边。

九皇子一看宗政无忧那木然的神色，愣了愣，连忙噤了口，小声问道：“这是怎么了？”

萧可垂下头，眼泪又涌出来。

九皇子见她只顾着哭，一句话也不说，着急了，甩下她大步走到床前，一看之下，怔住。他扭头看了看宗政无忧那往日光华耀目如今空洞得映不出一物的双眼，心头一跳，试探着伸手去探床上女子的鼻息，心间大震，瞪大了眼睛惊骇道：“这这这……这是怎么回事？七嫂体内的毒不是解了吗？怎么好好的就死了呢？”

“你说谁死了？”宗政无忧猛地转头，盯着九皇子的目光无比凶狠，仿佛他说了什么天大的不该说的话，那表情，似是想一掌拍死他。

九皇子身子一抖，不自觉地退后，身后的两个孩子本就因为母妃的死亡而充满了恐惧和悲伤，如今听到父皇再一次大喝，小小的心灵承受不住巨大的压抑感，宗政赢“哇”的一声大哭出来。

“母妃……”

“闭嘴！不许吵你母妃。”宗政无忧又一声怒喝，浑身散发的冷厉硬是将宗政赢的哭声给噎了回去。宗政赢害怕极了，曾幻想过无数次父皇的模样，从没有一次想过会是此时这个样子。小小的身子因不敢哭出声而一抽一抽的，竟是要背过气去。宗政无忧紧皱着眉头，九皇子连忙抱起宗政赢带到门外，在他后背拍了两下，宗政赢这才又哇地哭了出来，哭声一阵比一阵响亮。

门口，九皇子又问萧可：“怎么回事？毒不是解了吗？”

萧可低头无奈道：“天命在姐姐身体里停留得太久，虽然解了毒，但心脉已经严重受损……刚解完毒的那一天，姐姐情绪上受了太大的刺激，悲伤过度，一下子就严重了。这两年……又为粮饷的事情操心，她每天吃不下饭，睡不好觉，还没日没夜地思念皇上，担心边关战情，整天郁郁寡欢，有时候，还为孩子着急生气，所以，所以……”

萧可说不下去，拿着帕子直抹泪。

宗政无忧身子几不可见地颤了颤，漆黑的眼瞳光芒散尽。

九皇子叹气，担忧地望着宗政无忧，想了想，又问萧可：“七嫂走时……可留下什么话？”

萧可愣了一下，从怀里掏出一封信，道：“留了这个。”

“快给我。”九皇子急切地从萧可手中接过来，进屋递给宗政无忧。

“七哥，给你。”他相信璃月不会不声不响地离开，不管七哥的死活。他想，那封信，对他的七哥，一定至关重要。

宗政无忧没接，九皇子直接塞到他手里，向下面跪着的一众宫人吩咐：“你们都下去。”

萧可哄着宗政赢离开，怕他的哭声待会儿又惹到宗政无忧，念儿也跟着出去了，屋里只剩九皇子安静地站在一旁陪着，他不敢走，怕宗政无忧会做出什么傻事来。

一夜伫立，星光黯淡，月色凄冷，整个云思殿笼罩在一片哀绝的气息当中。

宗政无忧在床前站了一整晚，不说话，也不动。他定定地望着她，仿佛望尽了他们过往的沧桑岁月，又似看尽了他未来的孤独和凄凉。

晨光破晓，阳光一如往常透过灰白的云层照耀着这座只剩下冰冷和寂寞的宫殿，他手上还握着那封信。垂眸，他终是忍不住打开来看。

上面娟秀的字迹在他眼前呈现——

无忧，请相信我没有离开你！我的心，一直和你在一起，你是我这一生

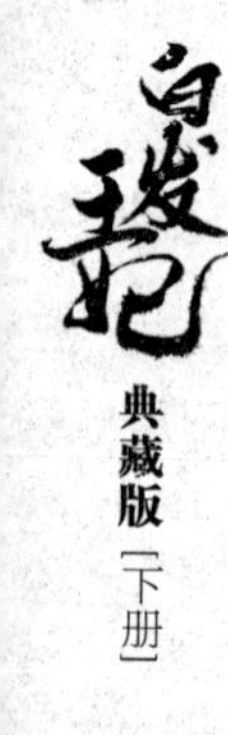

中，最重要的人。也许我来到这个世界，就是为了遇见你、爱上你……如果你爱我，请你为我活下去！好好照顾两个孩子，给他们爱，连带我的那一份一起给他们。我会用我灵魂深处对你的爱和执着，与这残酷不公的命运做抗争。请你相信……也许会有奇迹。终有一日，我会带着我对你的爱，回到你身边。那时，再实现我的诺言，只爱你一人。从此与你并肩执手，笑看如画江山。所以，你一定要好好活着，不要让我回来以后，又只能孤独地离开。

阿漫 留

宗政无忧手指发颤，一股沉沉的剧痛猛地撞击着他的心口，他闭上眼睛，仰起头用力呼吸，硬是将那股直冲喉头的甜腥之气咽了下去。他一夜都不敢看这张字条，就是因为他知道，她一定会给他留下他不得不活下去的理由。而这个理由，该死地有用。

宫人们送来了早膳，宗政无忧手动了一动，瞥见宫女面带悲戚，他目光一痛，沉声斥道："做什么哭丧着脸，朕还没死！你们，都给朕高高兴兴的。"说罢顿了顿，又道："老九，吩咐礼部，准备朕大婚事宜。记住，这个婚礼，一定要办得隆重，朕要给阿漫一个天底下最盛大的婚礼。你立刻去办，给你十日时间，不得有误。"

九皇子愣住："七哥，这……可是七嫂她……"

不等他说完，宗政无忧一记利光杀来，他忙将剩下的话都吞了回去。叹着气，九皇子无奈地摇头走了。至少可以放心，七哥暂时不会有事。

萧可领着两个孩子过来，见桌上的饭菜没动，正想上前劝一劝，念儿先一步端起一碗粥慢慢走到宗政无忧身边，跪下去，举起粥碗，仰着脸庞，用稚嫩的声音道："母妃说，不吃早饭对身体不好。父皇……吃饭。"

宗政无忧微微一怔，转眸看她，竟从她那张小小的脸庞上看出了几分阿漫的影子，他不自觉地伸手接过碗，又看了她两眼，然后坐到床边。他温柔地对床上沉睡的女子说道："阿漫，该用膳了。我喂你。"说着就去扶漫夭起来。

漫夭的身子没有僵硬，萧可为了保存她的遗体，用了一种药，那种药不仅可以保存人的遗体，还能让死去的人的身体跟活着的时候一样柔软。

宗政无忧扶起她，让她靠在他怀里，舀了一勺粥送到她微张的口中，但是那粥又从嘴角流了出来。他的手一颤，慌忙低下头去用唇堵住她的嘴，以为这样，她就能喝下去。

萧可在一旁看得心酸，扭过头去擦眼泪。

宗政赢见父皇看母妃的目光十分温柔，心底对父皇的害怕便减去几分，慢慢走到床边，去拉父皇的衣袖："父皇，母妃喜欢早晨的太阳，她说早晨的太阳象征着希望，父皇抱着母妃去院子里晒晒太阳，母妃就会喝粥了。"他稚气的声音透着认真。

宗政无忧愣了愣，当真听了他的话，放下碗，抱起女子往外走。

窗外梧桐树密密的两排，有些已经光秃。他抱着怀中全无气息的女子静静地走着，脚步极为缓慢。

橙黄的光线透过青黄交错的树叶在他们身上打下斑驳的光影，像是被分裂开已经发旧的时光碎片，每一道，都是伤口。他望着女子苍白而静柔的面庞，那支离破碎的目光艰难地拼凑到一起。地上被风干的枯叶游弋在他的脚下，发出沙沙的声响，细碎的裂帛声从他心底里透出来，窒痛而幽远。

这重重宫殿，飞檐碧瓦，如画般精美绝伦。但若没有她，再美的风景，于他而言，也不过是寂寥的死物。

秋日的凉风吹落枯黄的树叶落在他肩头，映着他的满头白发和那孤寂的身影，在这晨光下的满园秋色中显得格外地凄凉。

既然她说早晨的阳光象征着希望，他便朝着太阳升起的方向走，期待在路的那头能找到他的希望。可为什么，他每多走一步，不但没有感受到希望，反而越来越绝望？

是她的身子太冷，还是他的心已经太凉？

“阿漫，我知道你累了……累了就睡吧。这条路……不管有多远，我都会抱着你走，这样你就不会累……才能陪我走得更远。”那时候的江都皇宫里，他抱着她在宫人们震惊的目光中，无所顾忌地走过一条又一条深深宫巷，她也是这般安静地待在他怀里，闭着眼睛放心地睡。如今，她还在他怀里，可他却再也感受不到过去的幸福和满足。

十日后的皇帝大婚，娶的是一具尸体，这个消息，震惊了天下人。但没有一个人站出来反对，因为那个年纪轻轻便香消玉殒的女子，用她的智慧和努力，得到了万民的尊敬。

那是一场极致奢华的婚礼，全城张灯结彩，每一条街道都铺上了鲜亮的红地毯。

年轻的帝王一身喜庆的龙袍，眼中没有了平日的冷酷，而是荡漾着如水般的温柔，嘴角扬着幸福的笑，笑里藏着满满的哀伤。他的双臂紧紧地抱住怀中的绝色女子，女子身上的大红嫁衣长长的衣摆旖旎拖在地上。

他们身后是装饰华丽的御辇，金光璀璨，珠光夺目。十万大军随行护卫，京城的百姓采鲜花为他们铺路，跪在道路的两旁默默地祝福，尽管谁都知道，这场绝世的婚礼仅仅是一个痴情的帝王对他早逝的爱情的绝望书写。

邻近城镇里的百姓们纷纷赶来参加这场婚礼，那些来不及赶来的江南百姓在那一日全部都放下了生计，跪满了街道，为那过早陨落的红颜而悲伤，为帝王无边的痴情而深深感动。

宗政无忧抱着她走上大殿，在丹陛之上，与心爱的女子一起接受天下臣民的恭贺。没有封号，她依旧是一个皇妃。因为在他眼里，封号代表着后宫妃子与妃子之间的区别，就像他的母妃和当年的傅皇后，而她，是他唯一的妻子。

大婚之后，他依她所愿，励精图治，勤于政务，广纳谏言，用人唯才，用了五年的时间创造一个清平盛世。从此，他的政绩载满青史，他的爱情千古传颂。

五年后的京城，天水湖，拢月茶园。

“快点，快点！皇上和皇妃就要来了！”拢月茶园里，沉鱼催促着手脚不够利索的

丫头。

那丫头应着，抬头好奇地问道："沉鱼姐姐，为什么皇上突然要来我们这里啊？"

"你别多问，快干活。"沉鱼沉着脸训斥，等丫头走后，她望着园子最中央的那个琉璃桌怔怔出神。一晃就是十年，除了她，还有多少人记得这个茶园是那个女子传奇一生的起点？那个女子改变了太多人的命运，其中包括她。

"沉鱼姐姐，有人送来了这个。"一个丫头从外面进来打断了她的思绪，"您看，这是什么啊？花不像花，草不像草。"

沉鱼转头去看，只见那丫头手中捧着一盆花草样的东西，透明的根茎，乌黑色的叶子像是喇叭合上的形状，有巴掌那么大。

这是……血乌？！

她身躯一震，连忙问道："这是谁给你的？"

那丫头指了指园外，还没说话，沉鱼已经快步跑了出去。

春日的阳光明媚灿烂，照耀着湖中碧水，在微风中荡起粼粼波光。

湖中，一叶轻舟载着一袭灰色僧袍的男子正在远去，男子双手背在身后，微微仰头望天，英俊的面容褪去了往日的棱角，眉目温和，目光通透，是勘破世间一切的淡泊。他抬头看了看蓝色的天空，忽然回头，看到岸边的沉鱼，目光不变，男子扬唇微微一笑，那笑容仿佛能容纳天地万物般广阔无边。

沉鱼愣在那里，直觉地想叫住他，但是声音却被堵在了喉咙里。她依稀记得，那一年，那一段岁月，璃月与现在的皇上去了江南，另一名男子每天晚上都会来茶园独坐。那名男子面容英俊，目光深沉，好像谁也看不透他在想什么，但她却清楚地知道，他来此是为了寻找璃月过去的足迹，为了感受心头女子曾经的气息。有很长一段时间，她每天都会不由自主地注意他，直到有一天，她看着他的眼睛，便能感觉到他藏在心里的巨大悲痛，她自己都震惊了。原来像那样静静地看着一个人，也可以在无声中了解、无声中爱上。

"沉鱼姐姐，皇上到了！"跟着她出来的丫头扯了下她的衣袖。

沉鱼转头便看到了抱着一名白衣女子的年轻帝王，三十出头的年纪，依旧是风姿卓然，俊美如仙，只是较从前更多了几分成熟和沧桑。他眉心习惯性地轻轻锁住，在别人看不见的地方隐藏着深不见底的哀伤。他没有穿龙袍，只着了一件金丝线镶边的白色云纹锦衣，就好像很多年前见到的那样，只是头发不再乌黑。而这位帝王，此刻和她一样，站在岸边，目光望向远去的轻舟，眼底荡过一丝安心的神色。

沉鱼忙着行礼，宗政无忧摆了摆手，看到了丫头手上捧着的那盆血乌，神色微微一怔，转头又去看湖中的灰色身影，但碧湖之中，已经空荡无人。他目光有些复杂，继而释然，像那消失了踪影的灰色僧袍男子那般微微一笑。

沉鱼接过血乌，递给宗政无忧身后的侍卫。

宗政无忧收回目光，径直走进了茶园。

樱花盛放，柳树含烟，琉璃照水，银波满园。这里依旧如仙境一般，美轮美奂。

还是那棵樱花树下，宗政无忧将女子安置在特意为她准备的软椅上。周围的人看着他极致温柔细心的动作，忍不住唏嘘。沉鱼不禁想，到底是怎样的深情，才能令一个帝王在一具冰冷的躯体的陪伴中，度过漫长的五年？这个世上，也许并不乏痴情人，但如此痴情，她闻所未闻。

“这里不用你们，都退下吧。”宗政无忧淡淡摆手。

沉鱼带着所有人退出园外，将这一方空间全部留给他们二人。

宗政无忧走到女子对面坐了，那是背对着茶园门口的方向，这两个位置，正好是十年前他们第一次下棋的位置。

琉璃桌上，沉鱼已让人为他们备好了茶水，极品西湖龙井，清香四溢。圆形的天窗透下来的阳光照在他们中间的位置，那里摆放着一盘棋，楚河汉界，早已经模糊不清。

宗政无忧为女子斟了一杯茶，白底青花瓷杯里泛着淡淡的碧色，水面漂浮着几片茶叶。他细心地将茶叶挑出来，才放到她面前，温柔地笑道：“阿漫，你还记不记得我们第一次下棋？”

女子静静地靠着椅背，两眼紧闭，双唇微张，却不答话。

他摆好棋子，看着女子的脸庞，似是无奈，又似是叹息：“我们相互试探，谁也不肯先说真话。你啊，就是太谨慎！”回忆的思绪和着宠溺的口吻，他唇边荡漾着淡淡的浅笑，眼底幽深的空洞怎么也望不到边。

拈起棋子回忆着当初他们所走的每一步，就好像是重复他们曾经的路。原来从那个时候起，她就已经在他心里留下了痕迹，可惜那时候，他不知道。

他常常在想，如果走过的路可以回头，他们是不是可以少走一些弯路，多一些相守的时光？如果可以回头，他愿意抛下一切，至少陪她度过最后的两年时光，不让她在思念中徘徊，在孤独中走到人生的终点。可是，人生没有如果，走过的路，谁也回不了头。

“阿漫，这里是我们开始的地方，你说这里寄托着你前世的梦想，你不想……睁开眼睛再看一眼吗？以后，可就看不见了。”

他温柔地与她说着，看了一眼周围，再看看面前桌上的和局，眼中透出浓浓的疲惫。眉心一点儿哀伤缓缓晕开，弥漫了整颗心房。他抬眸望着女子安详的睡脸，声音似是穿透了时光的苍凉，缓缓道：“阿漫，我已经等了五年，你说会有奇迹，可我却为何看不到？”

两千个日夜，他就是这样和她说着话，明知永远不会有回应，他却一直在说，不敢停下来。其实他心里无比清楚那个奇迹不过是她留给他一个活下去的希望，这世上，真的有奇迹吗？如果有，那他的阿漫为何至今不归？

“阿漫，我累了，我不想再等！”

“我以为……只要抱着你，我就有勇气一直这样走下去……可是，我不知道，如果一直得不到你的回应……我也会累，会有走不下去的时候……阿漫，你……知道吗？”

他深情的目光充斥着疲惫和哀伤，隔着一张桌子，隔着一局和棋，隔着两杯清茶，

她近在咫尺，却又遥不可及。

“我知道！”身后突然有人哽咽着回答，每一个字都带着颤抖，仿佛用尽了一世的感情。

宗政无忧双手一颤，面前的茶杯骤然被打翻，已经凉透的茶水顺着他的袖管流淌在他毫无温度的手臂上，一滴溅下，碎开。

他缓缓地回眸去看。

站在水渠边的杨柳树下的女子，一身白衣，眉如远黛，双眸明澈却满含泪光，她望着他的方向，目光带着浓浓的思念和刻骨的忧伤，双唇微微张合，颤抖着，似是在叫一个人的名字。

“无忧……我来履行约定，这一世……只爱你一个人！”

宗政无忧身躯巨震，目光倏然颤抖，那些藏在心底压抑了五年的剧痛猛地袭上心头，顷刻间夺去了他的呼吸，忍了整整五年的泪水，终于遏制不住地落下来。

时间仿佛在这一刻停住，周围的一切似是都远去。没有樱花树，没有垂杨柳，没有琉璃宫灯，没有西湖龙井……只有两双隔绝了千年时光的泪眼，痴痴凝望……

万和大陆苍显一八六年，三月，已故五年的皇妃得帝恩准，下葬皇陵。同月，承天帝册封一女为妃，唤其阿漫。此后，帝妃二人恩爱和谐，传为佳话。

番外一　父子过招——姜还是老的辣

天气晴好，春末盛阳笼罩下的巍峨宫廷散发着神圣的光辉。

云思殿，寝殿内。

一面精致的铜镜中映出一张俊美绝伦的男子面孔，男子年约三十，身着黑色龙袍，眉眼间有掩饰不住的沧桑。他微微笑望着镜子里正仔细为他梳发的女子，平常冷冽威严的目光此刻温柔得如同御花园里的一池春水。

女子一身素雅白衣，面容清丽脱俗，气质娴雅高贵，一双素手纤细而白净，而比她手指更白上几分的，是男子的头发，如雪一般的颜色在女子的指间静静流淌，仿佛倾诉着男子从不言说的刻骨深情。

女子望着指间的白发，再望向镜子里原本年轻却刻满沧桑的眉眼，就像望尽了他们曾经聚少离多的十年岁月。眼前的男子，已然是这天下之主，可第一次见他的情景依旧历历在目，乌发如墨，面容俊美如神，行事嚣张狂妄。那时的他无论如何也想不到，有朝一日他会愿意为她生、为她死，甚至为她生不如死。她忍不住长长叹息，一双明澈的眼眸布满了心疼。

男子将女子的神情看在眼里，微微笑道："阿漫为何叹气？是否觉得我老了？"

漫夭微愣，"老"这个字，似乎与他根本不沾边，他才三十，虽有这一头白发，却也不过是为他增添了几分冷冽和威严，岁月的沧桑在他生命里刻下的印记赋予了他更深层的成熟与魅力。她看了看他略带笑意的眼睛，顽心顿起，故意道："是啊，尊贵的皇帝陛下，您老今年贵庚了？"

宗政无忧闻言两眼一眯，伸手捉住她，往身前猛地一拽，漫夭惊呼一声，顺势倒在宗政无忧的怀里。他方才被拢起的长发顷刻间又散了下来，垂落到她的脸上，有些痒，

她想拂开，手却被宗政无忧抓住。宗政无忧眯着眼睛看她："你敢嫌朕老？！"

漫夭仰着下巴笑起来，宗政无忧却渐渐垂下目光，望着她美丽的面庞在窗口透进来的暖融融的光线中越发显得年轻而光彩照人，她换了个身体回到他身边，依然是二十岁，而他经历了那五年漫长而绝望的等待，感觉自己的心真的已经老了。

漫夭似乎察觉到宗政无忧内心的波动，立刻收敛起玩闹的心态，从他怀里挣扎着坐起来，双臂环上他的颈项，并用女子特有的温柔目光认真地看着他，缓缓说道："无忧，你知道我不在意这些！这些年来，我们一起经历了那么多的波折以及生死离别，外表形貌，于我们而言，早已经不重要了。"

"我知道！"宗政无忧将她圈在怀里，外表形貌对他们固然不再重要，但那一夜折去的十年寿命，以及过去五年里的绝望悲伤、不分日夜为国家大事而操劳，令他的身体早已大不如前。这一次她回来，他还能陪她走多远，他并不知道。

"阿漫，也许我……不能陪你走到最后，你……会怕吗？"

漫夭内心苦涩，却笑着摇头："你我相识十年，聚少离多，从来都是苦楚远远多过甜蜜。这一次，能够重新回到你身边，与你这样相伴相守，我已经很满足了。这一个月，是我有生以来最幸福的日子，不管将来还能相守多久，只要我们能够珍惜在一起的时光，我想，即便只有一日，我也不会再有任何遗憾。"

宗政无忧将她紧紧地抱在怀中，是啊，未来永远是未知的，那就尽情享受这一刻的静谧时光吧。

过了一阵，漫夭将头靠在他宽实的肩上，又缓缓说道："这次我醒来，能顺利从边城回到京城，多亏了阿筹。那株血乌，是他走遍大江南北寻了整整五年才寻到的，不管他是为了赎罪还是为了心安，我们都不要辜负他的一番心意。当年的事，最难过的，我想其实是阿筹，最无法原谅他的，也是他自己！在这场因上一代权欲爱恨而产生的阴谋里，他和我们一样无辜，我们比他还幸运了一点，至少我们还有彼此，他却什么都没有！遁入空门，也许是他最好的归宿，无忧……"她用指尖抚摸着男子如雪的白发，动作是那么轻柔而小心翼翼，带着无尽的心疼，叹息道："我们，就成全了他，好吗？"

宗政无忧目光微动，抿了抿唇，却没作声。目光望向浮云缭绕的天际，那里仿佛有无尽往事在记忆中悄然掠过，过往中，所有与那人之间的恩怨仿佛已随着身旁女子温柔的嗓音，在浮云散开之际飘然远去，最后停留在脑海中的，竟然是天一湖中乘轻舟远去的那一抹灰色的背影。

漫夭见他久久没回应，叹气道："阿筹他……"

"阿筹阿筹，不准叫得如此亲热！"宗政无忧忽然低头瞪她，一脸不悦。

漫夭一向知道他的脾气，看他这样便知自己也不必再多说，偎在他怀里微笑道："你还是这么霸道！"

"你不喜欢？"宗政无忧挑眉问她，微微俯身，深邃的目光中隐有火光跳跃，传递着危险的信息。

漫夭忙道："喜欢……"一句话还未说完，已被男子低头狠狠吻住，激烈而又缠绵的吻，仿佛要把错过的几年时光都通过这一个吻给找回来。

“无忧……”她无力招架，只得攀着他的脖子，瘫软在他怀里，等她能喘口气的时候，发觉身上的衣物几乎被褪去了一半，她惊得连忙推他，他总是这样，不分时间，不分地点，也不怕被人看见。

“无忧，别……”她朝四周望去，宗政无忧笑道：“怕什么？没人敢看……”

“七哥！”

宗政无忧的话尚未落音，一声不合时宜的叫声从门口传了过来，九皇子闪身进屋，看到满脸黑线的帝王，以及飞快低头拢紧衣衫的女子，一张脸羞得通红，立刻警觉自己来得似乎不是时候，当即慌了神，结巴道：“七、七哥……”

“你不在府里协助太子处理政务，跑进宫里来做什么？”宗政无忧黑着脸，口气不善。

九皇子一听到“太子”二字，立时垮了脸，撇着嘴，哀求道：“七哥，你快让太子回宫吧！”

漫夭连忙问道：“怎么了？赢儿给你惹祸了？”

九皇子一脸郁闷，若只是惹祸就好了！自从十多天前，宗政赢那小子惹恼了七哥，被七哥打发到他的王府里小住，他的悲惨日子就开始了！这十几天，每天晚上，只要他想跟萧可亲热亲热，就发现那该死的臭小子竟然站在他的床前，瞪大眼睛看着他和萧可，吓得他魂不附体，险些从床上滚下去。每每这时，他都恨不能提着那小子的脖子把他扔出去，偏偏那小子总是装作一副无辜又可怜的小模样，不是说这儿疼就是说那儿不舒服。萧可一向疼那小子，心肠又软，明知那小鬼没事，还总是扔下他跑去哄那小子睡觉，害他天天独守空房，真是凄惨无比！

“七嫂，您行行好，就让太子回宫吧！求求你们了，七哥！”九皇子就差跪地哭求了。

漫夭笑道：“也好，已经十几天了，可儿应该已经帮他把身体调理得差不多了。无忧，我们一起去接他吧。”

宗政无忧看着她，没说话。九皇子小声嘀咕道：“哪里是为了给他调理身体，分明是七哥嫌他碍事，才找了借口把那小子打发到我那里去。”

“老九，你说什么？”漫夭睁大眼睛，看了看九皇子，又看向宗政无忧。宗政无忧目光一沉，扫向九皇子，九皇子慌忙摆手干笑道：“没、没什么！我是说太子……太子天天念叨着想念七嫂你，所以，你还是让他回宫吧。”

漫夭点头：“正好我也想赢儿了。无忧，我们走吧。”她笑着去拉宗政无忧的手。宗政无忧淡淡地扫了一眼九皇子，九皇子慌忙垂头，闪躲的目光似是在说：我也是迫不得已啊，七哥你可别怪我！

宗政无忧冷哼一声，皱眉道：“他那么大个人了，还用我们去接？叫他自己回来。”

“谢谢七哥！谢谢七嫂！”九皇子如蒙大赦，顿时眉开眼笑，回头向门外招手叫

道：“快进来，快进来！”

梧桐苑门口，缓缓探出一个粉雕玉琢的小脑袋，然后才慢慢走了出来，七八岁的模样，步伐倒是沉稳得很，只一双凤眸闪耀着狡黠的光芒，五官轮廓完全是寝殿内帝王的翻版。

宗政无忧面色一沉，漫夭则喜道：“赢儿你已经回来了，快过来。”她朝儿子伸出手，宗政无忧手上一空，皱了皱眉头。

宗政赢立刻开心地朝她跑过去，目光亮亮的，高兴地叫道：“母妃，赢儿好想你啊！”

“母妃也想你！”漫夭抱住儿子，这个孩子在外面看起来挺稳重的，但一到她面前，就好像回到了两三岁。她疼爱地抚摸着儿子小小的脸蛋，笑着问道：“在九叔叔的府里过得开心吗？”

宗政赢先点了点头，还没来得及摇头，就听宗政无忧接道：“既然开心，就再去多住几月。”

宗政赢转头去瞧九皇子，狡黠地笑道：“好啊……”

“别别别……”九皇子慌忙摆手，吓得不轻，只这十几日他都快要疯了，再住几月，还让不让他活了！九皇子连忙道：“七哥七嫂，我府里还有很多事情要处理，我先走了。”说完便脚底抹油，溜之大吉。宗政赢在背后叫道：“九叔叔，你别急着走啊！”九皇子一听，跑得比兔子还要快上几分。

宗政赢眼中闪过一抹得意的笑容，却没有逃过宗政无忧的眼睛，他皱眉道：“来人，送太子回宫休息。”

宗政赢扯着漫夭的手，睁大凤眸，可怜兮兮道：“母妃陪我。”

漫夭正要答应，就听宗政无忧沉声斥道：“你已经是监国太子了，休息还要母妃陪着，也不怕被人笑话。冷炎，送太子回去。”

宗政赢垮了脸，满眼委屈地望着他的母妃。漫夭看了眼面色不善的宗政无忧，无奈地安抚道：“赢儿听话，午膳时间，母妃会让人去叫你。”

宗政赢这才听话地走了。宗政无忧望着儿子的背影，微微眯起了眼睛，这孩子以前见他像是老鼠见了猫，自从与阿漫相认以后，似乎找准了他的软肋，整天和他对着干。他找了个理由把他扔出宫去，才不过十几日，居然整得老九敢跑到他面前来抗议，这小子……也算是有点能耐！

“无忧，”漫夭望着儿子小小的背影，心疼道，“你是不是对赢儿太严厉了？他还那么小，你就让他监国、处理国家大事，也不怕他给你捅出娄子来？”

宗政无忧道：“有老九和明清正在，出不了大乱子。阿漫，别看他在你面前像个孩子，其实他已经可以独当一面。如果……你实在心疼他，那不如，再帮我生个儿子！”他忽然捧起她的脸，邪笑起来。

漫夭嗔怪地看他一眼，再生个儿子就不是她的儿子了吗？还是一样会心疼的。她推开他，叹道：“无忧，我记得你以前说过，只要我在，你就会很疼我们的孩子！你可以对他严厉，但不要总是冷眼相对，偶尔对他好一些，让他知道，他的父皇是爱他的！”

宗政无忧叹息道：“他是我们的孩子，我又怎会不爱他。可你也知道，这几年我的确没有分出更多的精力去关注他。”他叹了一口气，见她黯然垂眼目光带着愧疚，忙改口道：“好，我答应你便是。”

父子间相处的模式想要一朝改变并非易事，但再难改变他也要为她努力去做，于是，就出现了下面的一幕——

“赢儿，过来。”午膳时分，宗政无忧向刚进屋的宗政赢招手，第一次叫他赢儿，声音比平常柔和了几分。

原本准备走向母妃身边的宗政赢愣了愣，瞪大一双凤眼，奇怪而又警惕地望向五年来从不喜他靠近却在他回宫第一日突然改变态度的父皇，他记得赢儿这个名字一直都只有母妃在叫，父皇向来只叫他太子。他顿住脚步，表情很是诧异。

宗政无忧见他愣着不动，微微沉了脸：“愣着做什么，叫你过来。”

宗政赢磨蹭着过去，宗政无忧看了眼身边的位置：“坐。”

宗政赢下意识地看了母妃一眼，见漫夭微笑着朝他点头，他才缓缓坐了。在这个曾经最渴望的位置上，八岁的孩子坐得端端正正，神色拘谨。漫夭对随后进屋的小女孩招手道：“念儿，你来母妃这边坐。”

“是，母妃。”九岁的小女孩乖巧而懂礼，很讨人喜欢。这几年，宗政无忧将她保护得很好，关于这孩子的身世，没人敢妄自议论。

一家四口围坐在方桌旁，没有帝王进膳应有的排场，只是如平常百姓家，六菜一汤，菜式极为简单，营养却很丰富。漫夭屏退宫人，亲自为两个孩子盛了饭。宗政赢站起来用双手接碗，高兴道：“谢谢母妃。”

漫夭慈爱地笑道：“多吃些，下午还有课。念儿，你也是，多吃点。”她夹了菜，放到身边女孩的碗里，女孩仰起漂亮的小脸，甜甜地谢道：“谢谢母妃。”漫夭心中绵软，每次看着这孩子，她就仿佛看到了小时候的痕儿，虽然这孩子的眉眼长得更像以前的她，但她总能从这孩子的身上看到痕儿的影子。她忍不住摸了摸女孩的头，柔和笑道：“快吃吧。”

宗政无忧看着这温馨的一幕，心中一动，也夹了块红烧肉放到儿子的碗中，却不料，那块肉刚刚放了进去，宗政赢手里的碗便掉到了地上，摔了个粉碎！

漫夭不禁一怔，见两个孩子一脸惊愕地望着他们的父皇，仿佛面前发生的事情是多么的不可思议。漫夭心中有些发苦，倘若那五年里她没有离开过，也许他们父子间的关系就不会是这个样子。她不禁叹息。可随后而来的，宗政赢的反应更是令她哭笑不得。

只见宗政赢跳下椅子，如离弦之箭一般朝门口跑去，一边跑一边大声叫道：“来人哪！快来人哪！父皇生病了！快传御医啊！祥公公，你去九叔叔府里叫萧姨娘过来，快快快……就说父皇病得很重，叫萧姨娘马上进宫来为父皇诊治！还有你、你、你……快去查查哪里有治中邪的方子……”

中邪……

漫夭顿时哭笑不得，不禁扶额。

宗政无忧一听“中邪”二字，立刻脸沉得像锅底一样黑，唇角直抽，老子给儿子夹个菜就成了中邪？他方才夹菜的筷子还顿在半空，心中已有薄怒翻涌。此时，外面传来急急的脚步声，十几名御医背着药箱匆匆而来，等不及通报，就要进屋为皇帝请脉，但刚踏进屋子，就感觉气氛不对。传说中重病的皇帝此刻好端端地坐在饭桌前，双眼直直地盯着门口的太子，脸色黑沉，神情怪异。善于察言观色的御医们连忙顿住脚步，跪下行礼。

宗政无忧面无表情地看着这一切，未置一词，中邪？他身体再不济也尚算健康，真亏这小子想得出来！

宗政赢急声道：“免礼，快替父皇诊脉！”

御医们面面相觑，无人敢上前一步，其中一人试探着叫道：“皇上……”

宗政无忧猛地将筷子重重地掷在桌上，漫夭一惊，连忙对跪在地上吓得身子直颤的御医吩咐道：“皇上龙体并无大碍，是太子弄错了，你们都退下吧。”

御医们简直不敢相信自己的耳朵，众人纷纷抹着冷汗鱼贯而退，一如来时那般匆匆。宗政赢茫然地看着父皇脸上风雨欲来的神情，慌忙躲到母妃身后，十分无辜地叫道：“母妃，不是我说的！是九叔叔说，如果有一天父皇会为我夹菜，那一定是父皇中邪了！”

漫夭失笑，这话果然是老九一贯的风格，这下，老九怕是要倒霉了。

此时，姜王府后花园。

九皇子枕着手臂，跷着二郎腿，哼着小曲，无比惬意地仰躺在水榭楼台围绕中的亭廊里，对正在研制新药的萧可叫道：“终于把那臭小子打发走了！今天晚上，看谁还敢坏我好事！丫头，过来。”成亲五年了，他还是喜欢叫萧可“丫头”，觉得亲昵又好玩。

萧可撇了撇嘴，无限鄙视地看了他一眼，啐道：“没正经！”

九皇子显然十分受用，见人家不答理他，便乐呵呵地爬起来，过去一把抱住萧可的腰，嘿嘿笑道：“这可是我跟你之间最正经的事了！你看，连你哥和昭云都有了孩子，就咱俩还没孩子，我得加把劲，要不别人还以为我不行呢！哎哎哎……你别弄这破玩意儿了，走，回房回房！”

萧可瞪着眼睛，被他气得说不出话来，磨蹭着往屋里走。九皇子嫌她走得慢，干脆将她拦腰抱起，飞快地进了屋，关门锁窗，迫不及待地抱着萧可就要亲热。恰在这时，门外响起急乱的脚步声，紧接着房门被拍得啪啪作响，有人叫道：“王爷，王爷！您在里面吗？”

是小祥子的声音！九皇子顿时泄气，果然，常坏别人好事是要遭报应的！如果是旁的人，他还可以假装不在，但这人可是七哥的贴身太监！而且，听语气，似是有万分紧急之事。

“快开门。”萧可推他，九皇子无奈地放开怀中佳人，垮着一张脸打开了门。门口小祥子神色焦急，一看萧可也在，连忙道："郡主也在就太好了！皇上病了，太子命奴才来请郡主入宫，郡主快跟奴才走吧！"

"七哥病了？"九皇子惊讶道，"我上午从宫里走的时候，他还好好的，怎么突然就病了？是什么病？"

小祥子摇头道："奴才也不知道啊！午膳前还好好的，但不知为什么，太子午膳用到一半，突然跑出来说皇上生病了，要传御医，又叫奴才来请郡主，还叫人出宫寻什么医治'中邪'的方子……"

"什么？中邪？！"九皇子瞪大眼睛，忽然想起昨天吃饭时跟宗政嬴说的话，立刻有乌云罩顶的感觉，忙扯着小祥子问道，"本王问你，吃饭的时候，七哥是不是给太子夹菜了？"

"奴才不知，奴才没在屋里伺候。不过……奴才在外面似乎听到有瓷器落地的声音……"

"啊！"九皇子抱头哀嚎一声，跺脚道，"完蛋了完蛋了！宗政嬴这臭小子，真是害死我了！丫头，快收拾东西，我们赶紧走，再不走来不及了！"

萧可一头雾水道："这是怎么了？你要去哪儿？"

"随便去哪儿，反正得赶紧出去躲一阵子，等七哥忘了这茬儿再回来……来人，备车，快！"九皇子动作麻利地开始收拾行李，不到一刻钟，两个大大的包袱被搬上马车，他正要拉着萧可上车，王府大门外就有人大声喊道："圣旨到——姜王接旨！"

九皇子一听这话，像是被抽干了气的气球，顿时蔫了，望着手托明黄色圣旨大踏步朝他走来的冷面木头人冷炎哀声叫道："你个冷木头，怎么来得这么快！你走慢一点儿会死啊？"

冷炎淡淡地看了一眼气急败坏的九皇子，面无表情道："皇上有旨，北方窟部城近来有盗匪出没，肆虐乡里，命姜王前往剿匪，三月为限。太子同往。"

"什么？北方窟部城……那个鸟不拉屎鸡不下蛋的地方！哪有什么盗匪，就是些小毛贼，还用得着我亲自去啊？去就去吧……还要带着那个臭小子……"九皇子几乎快要崩溃了。

冷炎望着被九皇子扔进马车里的两个大包袱，淡淡道："既然王爷连行李都已备好，就请即刻起程。"

九皇子极力反抗，愤愤道："本王……本王中午没吃饭，我要吃完饭再走。"

冷炎面不改色道："外面马车里有干粮。"

"……"九皇子被噎得直瞪眼，忽听王府大门外又有人叫道："九叔叔，我已经准备好了，快走啦走啦。"

小鬼头从一辆宽敞的马车内探出头来，与九皇子的苦恼和愤怒相比，宗政嬴显然是因为离开了皇宫而雀跃无比。九皇子一看到那小子，气更是不打一处来，怒气冲冲地冲到门外，想一把掐死这害人的小子。但还不等他有所动作，宗政嬴已经仰起笑脸，无比灿烂道："九叔叔，我带了很多好吃的好玩的东西哦！"说着扭头拍了拍身后堆着的几

个大箱子，一副得意的样子。

九皇子冷哼了一声，表示十分不屑，回屋跟萧可道别，腻腻歪歪了半天，最终还是恋恋不舍地出了门。临上车时，他掐住宗政赢的小脸，警告道：“我可什么都没带，你要是敢骗你九叔叔我，我一定不会放过你！”

宗政赢眨了眨眼，没作声。九皇子上车后，找了个舒服的位置躺了下，看着对面那小子亮晶晶的眼睛里掩饰不住的兴奋，他突然怀疑道：“哎！臭小子，折腾了这么久，你的目的不会就是为了让你爹把你打发出宫去吧？”

宗政赢眼珠骨碌一转，不敢再看九皇子，分明是被说中了心事。九皇子气结，猛地坐起来，大怒道：“真的是啊？你故意惹你爹生气，跑到我府里天天晚上坏我好事，就是为了出宫去玩？！你想出宫玩也没关系，可你为什么非要拉上我啊？！”九皇子抓狂大叫。

宗政赢十分淡定地回道：“父皇不会让我一人出宫。”

九皇子听到这答案气得两眼直翻，差点晕过去。想他堂堂一王爷，征战沙场多年，如今竟然被一个八岁的小鬼算计！他越想越气，气到最后，忽然想到一件事，似乎被算计的不止他，还有他七哥！就连七哥都会被算计，那他被算计也属正常，这么一想，心里也就平衡了。

一行人出了京城，走了不到三十里路，九皇子觉得有些饿，便盯着宗政赢带着的几个大箱子，没好气地叫道：“臭小子，你九叔叔我饿了，快拿吃的来。”

宗政赢仰起小脸，奇怪地看了他两眼，小大人般地正正经经地说道：“我没准备九叔叔的那一份！”

九皇子听完脸都绿了，大叫道：“没准备我的那份你干吗跑到我面前邀功，说你带了很多好吃的好玩的？你个小兔崽子！”九皇子粗鲁地将宗政赢一把拎开，就要去开箱子，宗政赢小鸡护食般地拦在箱子前头，但那小小的身子哪里挡得住九皇子。

锁头轻易地被九皇子拧断，箱子应声而开，里面的东西便毫无遗漏地呈现在这活宝般的叔侄二人眼前，这一看之下，一大一小，俩人都傻眼了！

只见箱子里堆得满满的都是书，哪里见得着半点食物！

九皇子脸色大变，立刻打开第二个箱子，还是满满的书。

第三个，第四个……皆是如此！

宗政赢瞪圆了眼睛，小手在箱子里来来回回地扒拉，似乎不相信看到的事实。他走之前，明明准备的都是吃的和玩的东西，怎么到了这里全部变成了沉闷的书！

九皇子愣了半晌，看了看面容惊愕的宗政赢，再看向那满满当当的几箱子书，突然恍然大悟，哈哈大笑道：“姜还是老的辣！我就说嘛，七哥怎么可能上你的当！哈哈，哈哈哈……”

番外二　释怀

天色蒙蒙亮，悦来客栈二楼一间客房里发出一声小女孩细微的叫声，守在客房门口的侍卫闻声紧张地问道："主子，发生什么事？"

里面没有回应，两个侍卫面色凝重地对望了一眼，抽出宝剑推门就进。一进屋，房门两侧便扑来一阵淡白色的烟雾，二人心中暗暗叫了声不妙，随即扑通倒地。

内室一扇木制雕花屏风后探出一张女孩的脸孔，十三四岁的年纪，虽是身形尚幼，容貌却已清丽无双。她踮着脚仔细地看了看地上的两个侍卫，随后朝着门后招了招手，轻声道："出来吧。"

两侧房门缓缓地合上，只见一高一矮两个男孩分立左右，满脸诡笑。四五岁的小男孩拍着手跳上前去，口中嘻嘻笑道："我们成功啦！"一旁高个子男孩嘴角挂了淡笑，一双凤目中写满狡黠，十分淡定地抱胸而立，傲然道："你不看是谁出的主意。我这太子出马，又岂能有失。"

小男孩连忙讨好笑道："知道啦，知道啦，赢哥哥是最棒的！"

这马屁显然拍得十分受用，高个男孩仰起下巴，满脸得意之色。原来这三个小孩正是当朝太子宗政赢、公主念香及姜王世子宗政霄。临天国在承天帝宗政无忧多年来精心治理下，已是风调雨顺，国泰民安。近两年一到开春时分，他便抽空带着漫夭和两个孩子微服出游，一为暗访各地民情，二为趁自己身体撑得住，带漫夭四处多走走。这一次，他们尚未动身，老九早早地带了萧可和宗政霄进宫软磨硬泡非要跟着不可，漫夭心肠软，经不住磨，只得同意带上这一家三口。

说是微服出游，身边仍少不了侍卫跟随，两个男孩子顽心颇重，总觉得带着侍卫缚手缚脚，玩得不够尽兴，所以发誓要甩掉跟屁虫，于是便有了开篇的那一幕。

宗政霄见已经得手，再也按捺不住，迫不及待地叫道："嬴哥哥、念姐姐，快点走吧，一会儿他们两个醒了，咱们可就走不掉了。"

念香总觉得有些不妥，不禁忧心道："我们这样偷偷跑出去，父皇知道了一定会生气的，母亲也会担心……"

宗政嬴瞪眼道："你不是这会儿要打退堂鼓吧？做都已经做了！"

"就是就是，父王肯定会打我屁股的，好不容易出来一趟，还没玩成就要挨打，我也太亏了啊！"宗政霄嘟着嘴抱怨，生怕她会反悔。

宗政嬴眯了眯眼，提醒道："侍卫已经被迷倒了，早晚会被发现的。霄儿说得对，玩都没玩，就被父皇责罚，未免太不划算。而且，你别忘了，我们这次偷溜出去所为何事？……天就要亮了，还不走，等着挨罚吗？"

听宗政嬴提到那件事，念香又犹豫了一下，最后把心一横，对二人点头道："好吧。出发。"

"好耶！"宗政霄大喜过望，举起两只小胳膊跳脚欢呼，却被宗政嬴捂住了嘴，只能发出呜呜的声音。宗政嬴一脸愤恨，斥道："你个笨蛋，生怕别人听不到啊！"

三个人蹑手蹑脚地出了房门，来到马厩，牵了早已备好的马匹，从客栈后门偷偷溜了出去。

宗政嬴与念香各骑一匹，宗政霄年纪太小，费了九牛二虎之力也够不到马镫，急得直跺脚，宗政嬴怕他吵醒院子里的人，忙一把拎起宗政霄的后领将他安置在自己的身前坐稳。迎着漫天晨曦，两匹骏马迈着轻快的步伐向城外驰去。

法严寺是临天国最负盛名的寺庙，位于城外三十里外的仓离山，传说这里菩萨十分灵验，因此香火极旺。三人赶到山脚下时，天色已然大亮，山道上随处可见三三两两的香客结伴上山进香。三个孩子下了马，沿着山道一路朝山上走去。

仓离山山势险峻，峰峦雄伟，法严寺依山起势，坐落在半山腰中，气度恢宏，与遍山苍翠相互掩映，远远望去，风景如画。临近山门，人渐渐多了起来，宗政霄一路东张西望，兴奋不已，念香急忙牵了他的小手，紧紧拉住，生怕他一个不注意走丢了。

大殿正中供奉释迦牟尼，宝相庄严，让人顿生敬畏之心，念香上前虔诚跪拜，心中默默祷念："愿菩萨保佑父皇身体安康，一生无事忧心；愿母亲常伴父皇左右，永世幸福恩爱。"原来宗政嬴之前提到的那件事，便是念香想来寺庙为宗政无忧和漫夭祈福，否则以她的性情，是不会做出违逆长辈心意之事的。

进香完毕，三人出了殿门，念香提醒道："时候已经不早了，我们还是早点回去吧。"

宗政霄一听这就要回去了，立时噘嘴抗议道："我不要！这么久才出来一次，我还没玩够呢！嬴哥哥，你说对不对？"

宗政嬴四下打量着，未置可否。宗政霄急了，扯住他的衣袖，使劲摇晃，不住地叫道："我不回去，我不回去！嬴哥哥你带我去玩！"

念香望着这个比他们小了八九岁的弟弟，十分无奈，只得询问宗政嬴道："我们现在怎么办？"

宗政赢忽地眼光一亮，伸出手指向后山，朗声道："去那里!"

仓离后山飞来峰。

飞来峰为仓离山最高一脉山峰，眺目远望，孤峰独立，仿佛天外飞石，故名飞来峰，其山势陡峭，常人难以攀登。宗政赢站在峰底，凤目闪动炽热的光芒，几乎能感受到体内急速奔腾的血液，拼命在鼓动他征服眼前这座孤峰！

念香一路都在竭力劝阻，虽然他们三个自幼习武、身手敏捷，但今日本是偷跑出来的，万一出点意外，三人中又以她年纪最长，实在难向几位长辈交代。宗政霄在一旁大呼小叫，宗政赢热血沸腾，二人均已迫不及待地想要去登顶，对念香的话根本一点都没听进去。

宗政赢低头看着身边的小不点，郑重道："爬这山峰可不是闹着玩的，你到底行不行？别逞强，不行的话就老实跟念香姐在这里待着。"

宗政霄一听不乐意了，连忙把头一仰，傲气十足道："我的功夫可是冷面木头人教的！你瞧不起我就是瞧不起我师父！"

宗政赢飞快地弹了他脑门一下，直接向前走去："废话真多。"完全无视宗政霄的嗷嗷惨叫。

念香蹲下身子对宗政霄柔声哄道："霄儿，这山很危险，你年纪小，咱们就在这里看着他上去好不好？"岂料这小子对着她扮了个鬼脸就一溜烟儿地跑了。念香只得连忙起身追了上去。宗政赢一马当先开始攀岩，宗政霄紧跟其后，而念香负责断后跟在宗政霄身畔，生怕他出什么闪失。

三个人不再多话，只是努力向顶峰攀爬，念香见宗政霄虽年纪小小却爬得有模有样，不见半点慌乱，这才稍稍放了心。

日渐偏西，耳边风势渐大，发出呜呜的声响，宗政赢停下来深吸一口气，低头对两人叫道："坚持一下，马上就到了！"接近顶峰处，崖壁缝隙中斜生出一棵古松，枝杈上有两只小松鼠欢跳着在采松果，黑眼睛圆碌碌的看上去十分可爱。

宗政霄一见大喜，毫不犹豫地向古松的方向爬了过去，口中热切地念道："小松鼠，你等着我。"而此刻宗政赢双手扒住峰顶，用力一蹬，翻身爬了上去，念香见宗政霄改变方向去抓松鼠，急道："霄儿小心！"

那松鼠一见有人过来，蹦跳几下顺着枝杈一路直奔山顶而去。宗政霄心中大急，顿时手脚加快了速度，不料脚下突然一滑，整个人挂在半空！

宗政赢面色骤变，探出半个身子伸手去拉。念香惊呼一声，三两下上前单手将宗政霄的小脚托住，小心翼翼地扶他踩到坚固石壁上。宗政赢用力上提，小家伙脚丫一踹，被拉了上去。念香心里松了一大口气，这才发觉惊出一身冷汗，伸手拂去额头上的汗珠，紧抓住石壁的手只觉骤然一松，石块瞬间脱落，整个人后仰向山底倒去！

宗政赢与宗政霄根本来不及反应，只能眼睁睁看着念香直坠而下，心中惊骇无比。

从未想过会是这样的分离！念香视线里那两个熟悉的身影越来越小，她无法思考，头脑一片空白，身形急速下坠，冷风打在脸上生痛，她用力闭上双眼，只等那一刻的到来。但迎来的并非死亡，而是仿如冬日里第一缕暖阳，她只觉身子忽地一轻，有个温暖

典藏版［下册］

无比的怀抱突然将她拥住，向峰顶腾空纵去！

宗政嬴二人只见一道灰影闪电般在半空中将念香接住，随即腾身而起，不觉惊叹得双双张大了嘴巴，这人好厉害的轻功！

二人刚一落地，宗政嬴与宗政霄便奔了上来，小家伙抹着眼泪又哭又笑道："念姐姐，念姐姐。"看来是把他吓得不轻。念香连忙睁开眼，一颗心才归了位，只见宗政霄一张小脸吓得煞白，宗政嬴难掩满面惊惶，紧张得说不出话，显然也是后怕不已。

灰衣人将念香轻轻放下，低头看到她的容貌，微微一怔，遥远记忆里，一个难以忘记的绝色容颜又浮现脑海中，他不禁闭了下眼，让心绪沉淀。

宗政嬴心中懊悔，低声道："都是我不好，要不是我……"话音未落，宗政霄抽噎道："不关嬴哥哥的事，是我不听念姐姐的话。念姐姐，你打霄儿屁股吧！以后霄儿的屁股不准别人打，只准念姐姐打。"小不点说着真转过身去撅起屁股，一副等着挨打的委屈样。

念香一看他这表情，刚才的惊惶害怕顿时消失无踪，哭笑不得地望着宗政霄，摇头安慰道："我没事。"说完转身对着灰衣人盈盈一拜，恳切道："多谢师父出手相救，念香不胜感激。"

原来这人是个出家人，他听到宗政嬴叫她念香的时候，就已经呆住，看向念香的目光有着说不出的复杂情绪。三个孩子见他只是盯着念香看，久久不发一言，均是面面相觑，不明所以。

灰衣僧人沉默良久，才艰涩开口道："你叫……念香？"他心中蓦地泛起苦涩的涟漪，衣袖间垂着的手不知不觉紧握成拳。那些被埋藏在记忆深处的细碎的往事瞬间翻涌上心头。

念香点点头，一双秋水明眸注视着他，面前这个灰衣僧人身形高大，五官俊朗分明，脸上带着温和的笑意，令她不由自主地生出亲近之感。只是他落寞的神情及话中的语气让她有些微讶，似乎她的名字带给他很大的震撼，莫非，他认识她？她好奇地问道："师父以前……见过念香？"

灰衣僧人收回心神，转了眼光，快速道："不曾。只是似乎在哪里听到过这个名字，有些熟悉。"

宗政嬴凤目一凝，他在一旁看得清清楚楚，灰衣僧人面上的落寞神情虽是转瞬即逝，却分明在掩藏心事。他心下一动，学着大人模样，一本正经地抱拳恭敬有礼道："师父慈悲为怀，救家姐于危急之中，令在下十分敬佩。敢问师父法号如何尊称？来日定当报答！"

灰衣僧人淡淡地扫过宗政嬴的脸庞，眼底掠过一丝笑意，想探他的底？这小子跟他爹长得一个模样，心思却比他爹更活络，表面一副无害的样子，肚子里早不知道打你什么主意了。他微微一笑道："济世救人本就是我出家人分内之事，小施主不必介怀。天色已经不早，几位还请尽早回去吧。"

宗政霄一听要下山，将念香死死拖住，不肯松手，显然是小鬼头对刚才的事仍心有余悸。灰衣僧人见状，微笑道："我送你下山可好？"

宗政霄立刻喜出望外，猛地跳到灰衣僧人的怀里，搂住他的脖子，一个劲儿地说要感受感受腾云驾雾，倒是丝毫也不认生。灰衣僧人看着这孩子，慈爱地笑了笑，带着宗政霄率先跃下顶峰，宗政赢与念香紧跟其后。众人一路前行，直奔山下。

刚过山门，灰衣僧人的脚步忽地顿了一下，有片刻的迟疑，随后又微笑着快步前行，有些人有些事，始终都要坦然面对。

远远地，山脚下茶寮有两男两女端坐正中，四人的长相、气质皆是不俗，尤其那对白衣夫妇，男的俊逸不凡，女的清丽无双，看他们面上的神情，显然是已等候多时。宗政赢一见，心中暗叫不妙，居然被父皇追杀到这里来了，脚下不禁开始磨磨蹭蹭，脑子里却飞快地想着对策！宗政霄将脸埋在灰衣僧人的怀里，抵死不肯抬头，以为这样就能不被人发现。念香则低下头不安地跟在宗政赢身边，一时间不知如何是好。

茶寮中，宗政无忧与漫夭原本深沉、平静的脸色因与三个孩子一同出现的灰衣僧人而微微一愣，二人同时起身，对视一眼，难掩惊诧之色——多年未曾谋面的宗政无筹竟是这样出现在他们面前，温和依旧，灰袍僧鞋， 头上发丝全无，俨然已正式皈依佛门。

宗政霄刺溜爬下宗政无筹的怀抱，先发制人地扑向萧可，一头扎进她怀里，满面都是讨好的笑容，撒娇道：“娘，我想你啦！”一旁的九皇子恨恨地敲了下他的额头，瞪着眼睛斥道：“臭小子你长本事啦，居然敢偷跑？”萧可立刻拿眼瞪他，连忙护住儿子的小脑袋，不许他再打。

宗政赢与念香乖乖站到一旁，不敢造次，准备听候父皇发落，只是出乎意料，宗政无忧并未发火，而是无声地看着灰衣僧人，那种无以言喻的神情，是他们从未见过的。

漫夭不禁轻声唤道：“阿筹，你……怎会在这里？”

宗政无筹淡笑一揖，说道：“阿弥陀佛，贫僧慧觉皈依佛祖，受戒法严寺，不问俗事已有多年。多年不见，女施主别来无恙？”

念香闻言心底一动，他果然是母亲的旧识，一定见过她的，却不知为何要向她隐瞒？

漫夭轻声答道：“我们都很好。”她转头看向宗政无忧，只见他面色无波，眼底却似有暗潮翻涌，一时之间莫测难辨。漫夭思绪一转，朝念香招手，柔声道：“念儿，那边的花儿很美，随母亲去看看。”念香应声上前挽住漫夭的手，母女二人朝河边慢慢走去。宗政赢眼光一亮，随即跟上，他可不想在这儿傻站着，随时有被父皇教训的危险！

老九这会儿也突然变得聪明起来，拉起萧可和宗政霄，大声对宗政无忧道：“七哥啊，既然都来了，那我们也去那边逛逛啊！你们慢慢坐啊！”

无人答话，有那么一刻，茶寮寂静无声，曾经视彼此为死敌的兄弟二人如今站在简陋的茶寮里，隔着一张方桌，相互望着，耳畔传来渭水河阵阵湍急的水声，令彼此心潮难以抑制地再次澎湃。

启云国一别十二载，这是他们第二次重逢，没有了从前的针锋相对，竟不知如何开口。

过了半晌，慧觉才轻声道：“谢谢你！把她教得这样好。”

宗政无忧仍是面无表情，只淡淡道：“她是我的女儿，自然是很好的。不用你来道谢。”没有用那个高高在上的“朕”，而是“我”。

慧觉不禁失笑，不愧是宗政无忧，一点没变，口气依旧冷硬，从不肯对人示弱半分，这世间能令他心软的，怕也只有那个人。他不自觉地转目望了眼走向远处岸边的纤细女子的背影，她依旧淡定而优雅，尽管容貌有变，他却知道是她，因为在这个世上，只有她，才能得宗政无忧倾心以待。

回眸再望向宗政无忧，江畔春风微送，夕阳洒下的数点金芒映照着对面男子一头墨发在风中轻舞飞扬，着实令他百感交集，过往之事对也罢错也罢，都不及这一刻看到他恢复原貌来得心安。

宗政无忧凤眼微睨，硬声道：“你为何发笑？我并未说错！我是你哥哥，父母不在长兄为父，她是你的女儿，当然也是我的女儿！”他眯了眯眼，又警告道：“你如今已出了家，也不用惦记把她带走。念儿一直都当我是她的亲生父亲！”

慧觉听完终于忍不住放声大笑，这辈子都没笑得如此痛快过，他边笑边喘气，眼角忽然浮出泪光，笑声却一刻也不曾停下来。

宗政无忧起初一张脸绷得死紧，强忍了片刻，最后也终于笑出声来。

兄弟二人的笑声响彻茶寮上方，正在远处岸边玩耍的宗政赢闻声吃惊地问道：“母妃，父皇这是怎么了？”

念香接道：“父皇好像很开心啊，他似乎很少这样。”

漫夭驻足回眸，目光悠然静远，望向茶寮内相对而笑的两人，这一对在他人刻意捏造的虚拟仇恨中相互憎恶了二十多年的同胞兄弟，到如今，终于得到了真正的释怀。

她无比欣慰地笑起来，目光自在神往，恍若未闻两个孩子的问话，有一首记忆深处的老歌，在心底遥遥传来：

拈朵微笑的花
想一番人世变换
到头来输赢又何妨
日与夜互消长
富与贵难久长
今早的容颜老于昨晚
眉间放一字宽
看一段人世风光
谁不是把悲喜在尝
海连天走不完
恩怨难计算
昨日非今日该忘……

番外三　容齐，永无出路的爱

命中注定，会有那样一个女子，让我年轻而短暂的生命找到存在的意义。然而，命运何其残酷，给我机会遇见她，爱上她，却永远无法相守。

当我登上帝位，我以为我终于具备保护她的能力，可以给她幸福，可她却从冷宫步出，一声“皇兄”，让我的梦支离破碎。

那一刻，我的世界一片灰白！

我无法接受，我心心念念所爱之人，竟然是我的妹妹！

直到有一日，从母后与胡总管的对话中得知她并非真正的容乐时，我本该欣喜若狂，可是，下一刻，我又变成了她的仇人之子。

当她为了我，决然饮下“天命”，忘记一切仇恨，我本可与她重新开始，却又迫于无奈，不得不亲手将她送入别人的怀抱……

这便是我——容齐的命运！

自尚未出生之时，便已注定我的生命不过二十四年。无论世事如何轮转，我的爱——永无出路！

容齐，容棋！

请容我一局棋，以爱为筹码，命做盘，下到肝肠寸断，亦、不、悔！

——容齐

自他心爱的女子服下天命，失去记忆，他就只能刻意压制自己的感情，每次见她，都装作若无其事，将满腔的相思意化作单纯的兄妹情。即便如此，她仍有所察觉，总有意无意地避着他。在她眼里，他成了心理变态之人，罔顾伦理道德，竟喜欢自己的妹

妹。而他却有口难言。

二月的天气乍暖还寒，虽有阳光照眼，他却感受不到丝毫的温暖。

那一日，一片荒芜的边界之地，浩浩荡荡的送亲队伍停在黄土坡上的临界石碑前，他心爱的女子着一身大红嫁衣，站在并不温暖的阳光中，身上鲜亮的颜色发出刺眼的光芒，灼痛了他的眼睛。她朝他行礼，表情疏离淡漠道："容乐就此拜别。皇兄珍重！"

那一刻，他多想拉住她的手，让她别走，留在他身边。可他不能那么做，他和她的命，都捏在母后的手里。所以，他只能咽下一腔苦涩，笑着对她说："朕此生最大的心愿，是皇妹你能好好地活着，幸福地活着。"

眼前风沙弥漫，他看着她一步一步缓缓走出他的视线，亦走出他的生命。从此以后，他的容儿，是别人的妻子！

内心难以承受的痛楚令他控制不住地咳嗽起来。他狠狠地掩着唇，不想让咳嗽声传出去，却徒劳无功。这具残破的躯体，真真令他痛恨至极。送亲的队伍越来越远，逐渐消失不见，他却始终站在那块巨大的石碑前，定定地望着她离去的方向，天黑又天明，他的眼前，再不会出现她的身影。

"皇上，回宫吧。"小荀子忧心忡忡地看着他，他知道，他此刻的脸色，定然如同他的手指，苍白似鬼。

回宫后的日子，心情郁结，身子一日不如一日，但为了她每月定期的解药，他别无选择，只能听从母后的命令，一步一步谋算着。

"皇上，那边来信了。"小旬子递给他一封信。

他接过，展开，那信上的每一个字都如烙铁般印入他冰灰色的眼眸。他尚未看完，一股浓烈的血腥气在胸腔内汹涌地翻滚着，他又止不住地咳嗽起来，那剧烈的咳嗽，仿佛要将五脏六腑都震得粉碎。

这封信的内容，是说他的爱人，终于成了别人的妻子，大婚之日，宗政无忧劫走新娘，这证明宗政无忧果真对她动了情。

一切都在谋算之中，他本该高兴，可溢出嘴角的笑容怎么那般悲绝而苦涩？只因一点，那一点出乎他意料之外，他的容儿，也爱上了宗政无忧！

他握着信的手无意识地握紧，并不尖利的指甲刺破了纸张，透出他指尖的青白颜色。

他以为做出了决定，就能承受一切。他可以不在意她的身子是否属于别人，可是，他却忘了，没有了关于他的记忆，连她的心，也不再是他的。容儿会爱上别人，会为别的男子伤心断肠；而那个人同他一样，有着至高无上的皇族血统，站在皇权下，遭受皇权诅咒的出色男子。爱上那个人，注定她的一生无法圆满。

爱一个人被其所伤，再迫不得已地嫁给另一人，那种日子，定然不可能幸福。而促成这种局面，有一半是他的"功劳"。可是他所要做的，还不仅仅是这些。

有朝一日，她会恨他吧？会有多恨呢？他不知道。

十指紧扣，他对着一处怔怔出神。夏日的阳光格外浓烈，透窗洒进来的光线斑斑落在他身上，越发衬得他面无人色，脸色极尽苍白。

小旬子不安地唤了一声：“皇上。”

他没动，也不想开口说话。忽然想，这样也好，不论她爱上谁，都比爱他这个短命之人要好。只是，他想念她，真的很想很想……

就在这种蚀骨的想念里，过了整整一年。这一年里，他想尽办法，也没能查出他们所用药方的配量。他觉得只要他还活着一天，就得这么过下去。直到有一日，他探听到那个计划里，母后不仅要利用她，而是想用她的死来逼宗政无忧与宗政无筹兄弟二人搏命厮杀。可他怎能让他们得逞？按下心头震惊，他不动声色地暗中让人向临天皇转达了他想参加临天国秋猎活动的意愿，不久，临天国发来邀请，他的母亲试探着问他是否想去？他便对母亲说：“这几年，我的身子越来越不好，不知道哪天就去了，所以，我想再见见她。”

母亲盯着他看了许久，最后终于同意了。

到了临天国，见到久违的人儿，他心绪翻滚，五味俱全，复杂难言。看着她清瘦的身影，他心疼不止，胸腔内有万千思绪澎湃，通通被他压下，只化作清和一笑，叫一声“皇妹”，在她冷淡疏离的声声“皇兄”的称呼中，心间泣血。

那一日晚宴，他表面应付着临天国君臣，心思却全在她身上。不论有人没人，他毫不掩饰对她的宠溺和关怀，他就是要让天下人都知道，她是启云国皇帝最宠爱的公主，这样，那些人才不敢小瞧了她，包括临天皇帝和她的夫君。可是她不懂，因为萧煞，她心里已经对他生了怨，她以为是他一心置萧煞于死地，却不知他这么做是为了将雪孤圣女唯一的弟子送到她身边，希望那个女子能记着她对他们兄妹二人的相救之恩，从此死心塌地地跟随她。

她不懂，没关系，他不需要她懂，只要她好。

晚宴过后，他想说送她，但忍住了，因为知道她会拒绝，所以只温和地笑，从容定下第二日之约。

从天没亮时起，他就不停地问小旬子，皇妹可到了？

一遍又一遍。

他是那么想念她，她不容易才来这一趟，总想多与她相处哪怕是片刻，哪怕是她在怨着他。

她来的时候，他等在园子里，等了很久。见她行礼，他想扶一扶她，她却躲开了。她对他，表面恭顺，眼神却分外冷漠，看得他心如刀割，只能咽下一腔苦楚，无奈叹息：“是朕太贪心了吗？”既想保住她的性命，又希望得到她的理解，他真的太贪心了！

她却说道：“世事无两全，皇兄知道自己想要的是什么就好！”

他自然知道，他要的，只是她好好地活着！

有她陪伴的时间过得飞快，每当她离去，他就盼着下一次的见面。同时，也在琢磨怎样才能既保住她的性命，又不破坏母后的计划。

时间一天天过去，等到那一天到来时，他心痛到几乎起不了床。看到她望过来时眼中隐有担忧，他心中稍慰，至少她还会担心他。这就够了！

招呼她坐到他身边，听着她关怀的问候，心中微暖。可她坐了没一会儿就要走，他不知道怎样才能留住她，只得略带埋怨道："朕过几日就要回国了，你就不能抽空多陪朕一会儿？下一次见面，也不知是什么时候？"

她沉默了片刻，犹豫着，终究还是留下了。

那一天正好是她毒发的日子，他事先命人准备了药，可她对他极其防备，竟趁关窗之际将那碗药偷偷倒掉，但她没想到，那碗药喝与不喝没有差别。而他，明知她早已不信他，却只能心如刀绞。

对她来说，他这样一个看起来对她关怀备至的亲人，却多番算计她，是个很可怕的人吧？

他撑着身子从床上爬起来，悄无声息地来到她身后，看着她的动作，没有阻止，也没有说话。

当她关好窗子，一回头看见他，她竟吓得脸色发白，手足无措。

她是那样害怕他，在她眼里，他就是一个魔鬼。

估摸着药香与熏香合成的迷香起了作用，他将她放到床上，心疼地忍不住抚上她的脸庞，见她神色惊恐而疑惑，他叹息着说以后会补偿她，至于如何补偿，他也不知。给她他的国家吗？就怕她不稀罕。她从来都不是喜爱权力之人。

她睁大眼睛，一双美目中全是震惊和恐惧，明明意识已经模糊，还要强撑着告诉他，她是他妹妹！

心头剧痛，他多想告诉她，不是的！可他不能说，所以他用手指按住她的唇，让她别再说。他害怕听。每次听到，心都会抽着痛，像是要死去一般的痛。

他俯下身，将脸埋在她颈窝，闻着久违的馨香，心口窒闷。

他好想抱抱她，想了很久很久。他不知道以后还有没有机会？

就在这时，泠儿突然闯了进来，他当着她的面，亲手杀死了泠儿。不光是因为泠儿撞破了他的秘密，也因为泠儿已经背叛了他，他不能容忍别人的欺骗和背叛，只有她是个例外。

她依然不懂，所以她恨他！

望着她直射过来的憎恨眼神，他心尖发颤，从此以后，她不仅怕他，而且还恨他。

他抬手捂住她的眼睛，试图掩去她眼中迸发的浓烈恨意，俯下身子，在她耳边温柔说道："皇妹，你累了，睡吧。"

睡吧，容儿。

一切都会过去。等她失去意识，他用内力催她服下护心丹，然后，又抱了她许久，在常坚带走她之前，他割破自己的手腕，喂给她他的血。

他终究还是自私的，这一次，他违背了母亲，不知道以后是否还能拿到定期的续命之药？他不甘心就这样带着她对他的恨离开人世，所以，他期望他的血能唤醒她的记忆，不论多少。他希望他离开人世之前，至少还能听见她唤他一声“齐哥哥”。

而这个愿望，他后来也确实达成了，尽管那只是恍惚中的脱口而出，但总归是从她口中说出来的。

临天国的那一场政变，结局显然令他母亲失望了。而宗政无忧果真如他想的那般痴情，为她放弃江山，宗政无筹的雷霆手段让他刮目相看。

回国之后，母亲停了他六个月的药，起先还能勉强忍受，到了最后一个月，七窍流血，如蚁噬心的折磨，日夜不停，生不如死。多少次，他总以为他就要死了，可总还有一口气在。他不知道他的母亲有多恨他的父亲，以至于可以对他残忍到这等地步。他想恨他的母亲，可此时此刻，他已然连怨恨的力气都没有了。

他趴伏在寝宫内冰冷坚硬的地面上，时而翻滚，时而嘶叫，哪里还有一个帝王的尊严。

一个月的非人折磨，他的嗓音嘶哑得没了声音，一张脸抽搐得变了形，整个人瘦骨嶙峋，双手十指指尖被磨破，鲜血淋漓，一如他被伤透的心。

当他母亲终于露面，他毫无力气地瘫在地上，死寂的双眼望着母亲那张美丽的容颜，声如虫蚁般低低呢喃：“如果……有来世，我宁可投胎做畜生……也不愿再做你的儿子。你念了这么多年的佛，可否慈悲一回？……杀了我！”

那一刻，他本是一心求死，不想却求来了续命之药。

服过药后，他被抬到床上，休养数月才略微恢复些元气。自那以后，他母亲没再来看过他，也没再为难他，反倒一次给了他许多药。

身体刚刚恢复，就得到消息，她被宗政无忧逐出南朝，伤心之余她自刺一剑，负伤离开。他知道这一切又是他母亲的“杰作”。当即吩咐小旬子派人四处打探，得知她落脚之处立刻快马加鞭地赶去。他如此心焦，却哪里知道，这其实是她的一个计谋。她为了宗政无忧，不惜毁己声誉、自残身体，她爱那个男人，已经爱得不顾一切！

再次见到她，她满头白发如三千银针芒刺，刺得他恨不能剜了自己的眼睛。若是看不见，是不是就不用这么难过了？

面对她，他竟然不知道该说些什么，在她面前，所有的语言都显得苍白无力。他没有道歉，因为任何道歉都不能弥补她所受到的伤害。她变得更加冷漠，偶然投来的愤恨的眼神，似是说即使将他千刀万剐，也不能泄她心头怨愤。

他默默承受着她的恨、她的怒，有时候会想，她为什么不像刺宗政无筹那样，也刺他一剑？那样，她心里的恨，会不会减少一点呢？

即使是恨着相对，他们也没有单独相处的机会，那一晚，不只宗政无筹到了，宁千易也到了。这个大陆最有影响力的四个皇帝，都对她一往情深，而她，确实值得天下间最好的男子倾心相待。只是，他是他们之中，最没有希望的那一个。

原本尘风国的选马大会他不准备参加，但如今，既然有她在，他自然得去。到了尘风国，她被太医诊出怀有身孕，却不知能否保得住。她很害怕失去那个孩子，目光绝望而悲伤，他只能远远看着，无能为力。直到萧可出现，她眉头渐展，他心头略宽。

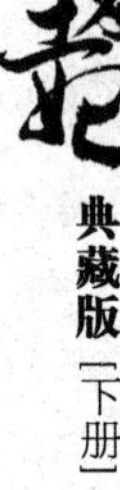

他那时候想，如果她也能像他的母亲那样自私，那该多好。可她不会，就算他告诉她这一切，她定然宁可自己死，宁可亲手杀死腹中的孩子，也不会给孩子一个未出生就注定残缺的命运。后来的事实证明，他的猜测是对的。

她的身边，从来不乏他的眼线。

多年来聚散分离，他病病恹恹地活到了二十三岁，至多也就剩下不到一年的时间。他得知她和宗政无忧因为孩子吵架，她离开军营回到南朝皇宫，而母亲的计划再次启动，想秘密抓住她带去京城，在宗政无忧攻破京城防守之后，作为控制胜利一方的筹码，而牵扯到他的容儿的性命，他又岂能坐视不理？

他索性趁母亲不在，带了三十万大军压境，逼她去乌城，在大军出发之前，他下了死令，所有将士可以杀她身边的任何一个人，但绝不能伤她性命，若有违者，诛九族。

那一日，血流成河，死的都是忠于他的将士。为了一个女子，罔顾数十万人的性命，他不知道这么做对不对，他只知道，他想在自己死去之前，尽一切能力保护她，并带她去一个地方，完成他最后的心愿。

他易了容混进城内，在城墙上看着她手挽长弓，一箭射向高台上他的替身，她神情决绝，动作干脆利落，没有半分犹豫。

他紧紧按着心口，装作看不见，悄悄潜进她屋里等她。

经过这一战的她精疲力竭，一进屋便挨着门滑倒在地，那疲惫的神情令他心疼至极。

在这种情形下，他要带走她，毫不费力。

在去启云国的路上，他找了块黑布蒙住了她的眼睛，他害怕看到她憎恨的目光。尽管这种做法，只是自欺欺人。而她醒过来之后，却没有揭开黑布，她也不想看到他吧？

明明心里知道，他却还是愚蠢地问了一句：“容儿，你就这样讨厌我吗？”

她说：“是，很讨厌。”那么肯定，不留余地。

一路颠簸，他不停地咳嗽，没有足够的药物支撑，连呼吸都觉得困难。不过，身体的病痛他都能忍受，她的冷漠仇视，他也能勉强承受，只是每每听她说到宗政无忧时，她语气中的维护与浓浓的关心和担忧，让他犹如钢针刺心，痛不可当。

他问她：“宗政无忧在你心里，竟已经如此重要了吗？你宁愿自己死也不愿他受到伤害？为什么？”

她说：“因为他是我的丈夫，是我腹中孩子的父亲，也是我这一生中唯一爱的男人……”

唯一爱，她说唯一爱！她只记得她爱宗政无忧，却不记得她也曾爱过他！

容儿啊，你的爱和恨，如此绝对而彻底！爱一个人，可以为其生、为其死；恨一个人，便狠心绝情，不留余地。也罢，既然他无法给她幸福，那就索性成全了她的幸福。于是，他用解天命之毒的条件，换了半年时间。

带她来到从前承载着他梦想和希望的村子，那里有一个院子，院子的四周，银杏树枝叶繁茂，绿意盎然，院子中央，大片大片的白色蜀葵已经长得很高，在夏日的微风中摇曳着盛开，一片洁白而瑰丽的景色。

他看到她眼光一亮，自己就跟着开怀。不管她是否失去记忆，这里都是她所喜爱的风景！

之后的四个月，是他这些年来最快乐的日子，尽管这快乐里藏着巨大的悲痛。

那些日子，他对她极尽宠溺，倾尽一生感情，毫无保留。渐渐地，她不再那么排斥他，有时竟也会主动和他说一两句话，但始终没再叫过他一声“齐哥哥”。只有他一遍一遍地叫她容儿，可无论怎么叫，那些她笑着唤他齐哥哥的日子，永远不会再回来。

十月，银杏树的叶子落了满地金黄，院子里一片秋的气息。

她和宗政无忧的孩子在她的期盼中降临，那一日，他坐在床前，紧紧握住她的手，看着她痛苦到变形的面容，听着她撕心裂肺的叫声，他慌乱无措。为了给她力量，他告诉她，宗政无忧很快就会来了。她原本筋疲力尽，几乎就要睡过去，但一提到宗政无忧，她眼中的光华又亮了起来。这大概就是爱情的力量！

孩子顺利产下，还没来得及庆贺，母亲派来的人突然闯入，抢走了孩子。她以为这一切又是他的阴谋，疯了般揪住他的衣襟，怨恨的眼神像是要将他千刀万剐！

回宫后，他千方百计探听孩子的下落，却一无所获。再三思量，凭着对母亲和容儿的了解，他命人在他的寝宫密室里挖了条密道，一直延伸到母亲所居住的宫殿地下监牢。宗政无忧来得比他想象的还要快，才短短一月，已攻入皇城。正好此时，密道建成，他从地下监牢里将她救了出来，在光线昏黄的密室里，用这些年收集来的珍贵药材为她泡了浴汤，以解她体内的天命之毒。

等她在药物的作用下沉睡，他以内力助她将药性引入经脉，又将毕生功力尽数传给了她。然后，他扶着木桶跪坐在地上，全身都没了力气。

“小荀子，朕死后，你扶朕的尸体坐上龙辇，去轩辕殿外候着。记住，在容儿醒来之前，一定不能让母后察觉有异。这是朕此生下的最后一道旨意，你一定要办到。”他声音虚弱至极，口气却坚定无比。

“皇上……”小荀子忽然悲痛大哭，哭到不能自抑。他却欣慰地笑起来，这短暂的一生里，也只有自小跟在他身边的小荀子对他始终如一，忠心不贰。他轻轻叹了一口气，又看向低着头静立一旁的萧可吩咐道：“别让容儿知晓此事。一会儿记得吹灭灯烛，等容儿醒了，你拿着令牌带她去大殿。好了，都去门外候着吧。”

生命里的最后一点时间，他想与容儿单独相处。

小荀子忙擦干眼泪，抽噎着领旨出门，萧可紧跟其后。

封闭的密室内就剩下他和她两个人。他扶着木桶艰难转身，抓起她纤细的手，用尽全力紧紧握住。

“容儿，”他轻轻唤她，内心充满了深沉的苦涩以及浓烈的悲哀，“不要原谅我！就这样，一直恨着吧！只有恨着的人离你而去，你才不会悲伤……容儿，我走了！你要好好活着……”

他留恋不舍的目光最后朝她熟睡的容颜深深地望了一眼，想要将这个曾爱过他又恨

过他、给他快乐和幸福又带给他绝望和痛苦的女子，记住永生永世，记着他们曾经的感情，记着她身体的温度，如此，到了黄泉路上，他便不会寂寞。

他拿起早已准备好的锋利的匕首，对准自己苍白的手腕，毫不留情地狠狠切了下去。

鲜血从他体内狂飙而出，尖锐的痛楚刺透灵魂，他却连眉头也不曾皱一下。就那样静静地看着自己的鲜血将木桶内的药汤一点一点地染红，听着自己年轻的生命在无情的命运面前奏响了悲歌，他轻轻地笑了起来，那笑容无比安详，甚至带着一丝满足。

这一生注定如此短暂，可是，在这短暂的生命里，能够遇见她、爱上她，他心满意足。若一定要说遗憾，那么，他最大的遗憾，就是不能在临死之前，再听她真心地唤他一声“齐哥哥”。

从今往后，她的笑容，他看不见了；她的声音，他也听不到了；她的一切一切，都与他没了关系……

他甚至不敢祈求来世，因为不确定来世是否还同今生这般不幸！

他缓缓抬头，将目光定格在她沉睡的容颜，喃喃自语：“容儿，这是我能为你做的最后一件事。但愿今生……你能幸福！来世，也要幸福。至于我……还是忘了吧，永远不要记起来，就算记起，也请你忘记……”

番外四　命里昙花（读者写的）

作者：凤小九

我的名字叫作荣乐，今年十六岁，今儿是进宫的头一日，跟随在侍女官身后长长的队伍里，缓缓走进了这座雄伟的宫墙之中，红墙碧瓦在落日余晖的映衬下显得越发庄严肃穆。我抬起头，细细凝望着这个将会是我一生终老的地方，默然。在走进大门的那一刻，从来没有想到，就在这里，遇见了一个这辈子也永远无法忘记的人，因为他，改变了我一生的命运。

那是一个阳光灿烂的午后，白色的云朵飘在碧蓝碧蓝的天空中，随着风的吹动变幻出各种形状，真是好看极了，和家乡的天一样的美。皇城很大，可是却没有一个能让我说出心底话的地方，似乎每个人都是小心翼翼，低眉顺眼，谨慎万分地过着每一天的日子，我只觉得已经憋闷到极点，只有在做事的闲暇时分看到这碧蓝天空，才觉得稍稍释放了一些。就像现在，我蹲在屋檐下，静静地看天。

“紫幽！紫幽？”一阵急切的声音从屋内传来，那是浣衣局负责管理我们的女官静莲。我连忙站起身，进了屋，笑道：“姐姐有事吩咐？紫幽姐姐去了张公公那里，说是有急事找她。”

静莲蹙了眉，有些不耐地自语道：“这么久还没回来？”

我笑：“许是有紧要的事耽搁了。姐姐若有事要办，我去就是了。”

她这才抬眼上下打量着我，有些犹疑道：“你才来不久……这事你去也不是不行，只是这宫里地方大，就怕你迷了路。”

“不碍事，若真迷了路我就问一问，鼻子底下有张嘴嘛，怎么也能找回来的。”我自信满满。

静莲低下头思量了一会儿，道："那好吧，我现在实在是走不开，你就去跑一趟吧，以后迟早也得要去的。"她说罢转身从衣柜中拿出一套衣服递给我。

我发誓，那是我这辈子见过最美的衣裳，火红的底衬，金丝绣凤，栩栩如生，仿佛随时可以跳出来飞上天一样，我立时看得呆住了，不禁赞叹道："哇，真是太美了，这衣服得配个怎样的美人儿来穿啊！"

静莲脸色一沉，呵斥道："不是教过你了，少说话，多做事，问这么多，不想要脑袋了！"

我心一慌，连声道："姐姐别生气，荣乐知道错了，下次不敢了。"拿了衣服转身就要走。

静莲叫道："傻丫头往哪里走，还没告诉你送去哪里。"我慌乱地回身眨巴着眼睛望着她，只见她一脸无奈，摇头叹道："用这个盒子装好，送去朝晖殿。"我小心地装好了衣服，提起盒子出发。静莲在身后又沉声嘱咐道："一定要仔细些，这衣服若有个闪失，咱几个脑袋都不够掉的！"我连连称是，飞也似的出了门。

按照静莲告诉我的路线，我感觉走了好久好久，才来到了朝晖殿，探了头往里看。殿门口的侍卫举起剑指向我，呵斥道："小丫头，探头探脑的做什么，快些走开。"

我壮了壮胆子，回道："我是浣衣局的荣乐，静莲姐姐让我来送衣服的。这位大哥行行好，能否给通报一声？"

一时间，大殿门口的几名侍卫似乎全都呆住了，竟然没人答话，偌大的宫殿内外皆寂静无声，只有院中大树上的几只鸟儿在叽叽喳喳地叫个不停。

倏地，有个低沉的声音在不远处急切地响起："你叫什么？再说一遍！"一道明黄色的身影飞步从大殿侧方走来，那步伐竟带着几分慌乱。我还未来得及反应过来，那人已经站在我面前。

这个男人剑眉星目，俊朗风姿，头戴金冠，冠上十几道冕旒在急乱碰撞中发出清脆的响声。我不禁张大嘴，呆呆地看着面前的这个人，他长得可真好看哪。大殿两侧的侍卫似乎此刻才醒悟过来，急忙齐齐下跪，高呼道："参见陛下，吾皇万岁万岁万万岁!"

我的心仿佛瞬间停止了跳动，皇上？我居然见到了皇上！而他好像什么都没听到，只是神情迫切地追问我："方才你说你叫什么？"眼光里有着几分按捺不住的激动。

我直直瞪了他片刻后，深吸了口气，砰的一声跪在地上，伏身道："奴婢荣乐，叩见陛下！"

就这样，我莫名其妙地成了皇帝的贴身侍女，被调进了朝晖殿。具体因为什么，我不能确定，只隐约觉得跟我的名字脱不了关系。

与我从传言中听到的那个帝王并不太一样，皇帝每天都非常忙碌，天没亮就要起身上朝，经常忙到午后才能回来，有的时候还要更晚些。匆匆用过午膳，他就会开始批阅奏折，我看了不禁咋舌，那些折子像小山一样高！可是他好像有用不完的精力，眼底熬出了血丝，也只是叫我打来盆凉水擦一擦脸。

他的神情总是温和的，唇边带着淡淡的笑，只是那眼眸深处，却似乎有着永远褪不去的……冷漠疏离。

他需要我做什么事的时候，每句话的前面总是要喊上我的名字。

“容乐，来给朕研墨。”

“容乐，给朕沏杯茶来。”

“容乐，今天御膳房准备了什么菜？”

诸如此类，等等，等等。

我很喜欢听他叫我的名字，因为那声音极低极温柔，叫得我有些醉醺醺的，像是饮了酒一般，似乎与平时他的声音很不一样。

时间很快便过去，朝晖殿的侍女是按月轮流值守，这月初开始轮到我值夜。

朝晖殿的夜晚很静，静得只怕掉了一根针都能听得清清楚楚。我站在皇帝寝室门外，听到他辗转反侧，好像睡不着。心里嘀咕，这人白天做了那么多的事，怎么不累呢？要换了是我，估计倒下就睡熟了。

四下无声，只有烛火偶尔爆出噼啪声，刚开始值夜，我好像有点不太适应，瞌睡虫悄悄爬了上来。头一点一点的，眼皮开始打架，就在半睡半醒间，我似乎听到有个很低的声音在叫：“容乐。”

我立刻清醒过来，吓得半死，谁在叫我？四下看看，啥都没有啊！

“容乐，容乐。”那声音又响了起来，我汗毛马上竖了起来，没听说这里闹鬼啊！仔细听听，好像从内室传出来的。我站在门口，定了定神，执了灯向着屋内恭敬道：“奴婢在，陛下有何吩咐？”

“容乐！”那叫声越来越大，似乎十分痛苦，我一着急，也不知道哪里来的胆子，就那么进了皇帝的寝室。寝室很大，绕过屏风，宽大的床榻上躺着一个人。

借着半明半暗的烛火，我看到他似乎紧紧地抱着什么东西，闭着眼皱紧了眉，神情痛楚，口中还在低低叫着：“容乐……对不起。”

我心中一惊，只当他是生病了，急忙走到榻前，想去看看究竟，却愣住了。

他怀里是那件火红的嫁衣，金丝绣凤，栩栩如生，鲜活得仿佛一跃便可飞上九天。他一个男人，睡觉抱着套女人衣服做什么？

我看他仿佛仍是睡着，犹豫了一下，转过身刚想出去，身后却传来一声大叫：“容乐！”腾的一下，皇帝竟然直坐了起来！

我被吓了一大跳，下意识地转回身答道：“奴婢在！”

皇帝直愣愣地看着我，额上滴下汗来，急促地喘息着，有些许茫然，似乎不明白我怎么会在这里？半晌后，他眼神逐渐回复清明，脸上的表情复杂难辨，眼光沉了几分，冷冷道：“你为何在此?”

我讷讷道：“奴婢听到陛下在叫……在叫奴婢的名字，以为有什么事情，就进来看看。”

他看着我，我看着他，一时无语。片刻，他挥手示意我下去。我赶忙应了，往外面

走。没走几步，就听他的声音低低响起：“荣乐，能不能……陪朕说说话？朕不想一个人待着。”

啊？我诧异地回身，皇帝直望着我，平时总温和带笑的脸庞上此刻却有着说不出的孤寂。

也许是我在这宫里太过寂寞，一直没有找到可以倾诉心声的人，憋了太久，我急需一个发泄的出口；也或许是此时此刻皇帝落寞的神情让我心疼，以致暂时遗忘了那大得可以压死人的尊卑礼仪。我在他的脚榻旁坐了，抱着膝，开始滔滔不绝地给他讲述我家乡的事、我小时候调皮捣蛋的劣迹、我的爹娘兄弟。

他只是沉默地听着，偶尔微微一笑，眼光转动着，像是在回忆什么。

我正叽里呱啦地说着八岁去树上掏鸟蛋的伟大事迹，他突然开口问道：“你有没有心上人？”

我愣了愣，随即红了脸，没作声。

他盯着我，我垂了眼睛，小声道：“有。”

“那他现在在哪里?”

“在家乡。”

“你进宫来，不是就见不到他了？”

“嗯，估计这辈子也见不到了。”我说完这句话，与小虎哥分别的情景控制不住地又涌上了脑海，蓦地悲从中来，捂着脸大哭起来。

皇帝似乎叹了口气，又说道：“那你为什么要进宫来？”

我抹着眼泪，抽噎道：“我爹，我爹被人陷害欠了一大笔，笔债，我们把房子都卖了，也没能还清。县城正好贴出皇榜，说是皇宫里在招宫女，家里只有我一个女孩子，我就，就来了。”

他又叹了口气，喃喃自语道：“原来这世间避无可避的事还真是不少。”

我抹着眼泪，皇帝又道：“如果有机会，你是不是很想见到他们？”

我抬眼怔怔地望着他道：“还能有机会吗？”

他没说话，只是笑了笑，低头思量着什么。昏黄的烛光打在他年轻俊朗的脸庞上，却没有半分暖意。

过了几日，便有旨意下来，令我准备妥当后择日出宫。我既惊又喜，心里却说不出是什么滋味，想到朝晖殿里那个孤独的身影，夜不能眠，即便睡着了也在思念那个和我有着同样名字的主人，我鼻子里就忍不住阵阵发酸。

今夜是我最后一晚值夜，明日等轮值的侍女来替换后，我便可以出宫返乡了，我打起十二分精神站在朝晖殿内。皇帝一直在很专注地料理一盆花，那花听说是进贡来的，稀世罕见，还有个很好听的名字，叫月下美人。他每天很仔细很仔细地为它施肥浇水，松一松沙土。最近这段日子，皇帝每晚都会在花旁边坐上很久，凝视着待放的花苞，我想，他照料它这么久，一定是在等待花开吧？

我为他沏上一壶茶，安静地打着扇子，最近天气逐渐热了，他夜里越发睡得不安稳，眼下的淡青也又重了几分，应该去弄些安神的香来点上……我正在胡思乱想，门外有人来报："老奴参见陛下，吾皇万岁万岁万万岁！"我悄悄别过眼一瞧，是傅太后身边的公公。

皇帝将花盆里一片细小的落叶拾了出来，淡淡道："平身吧，公公有何事？"

"太后今日有些不舒服，好不容易吃了药睡下了，这会儿又醒了，只说是十分想念陛下，想要见陛下一面，特差了老奴来请。"公公尖细的嗓音在大殿里回荡着，让人听着很不舒服。

皇帝沉默地站起身，向外走去，临出门时回头望了一眼月下美人，公公随后也跟着出去。

我走近了几步，瞪大眼仔细地端详着那盆花，莹润花苞中，似有暗香浮动幽幽传来，我不禁想，这月下美人，又该是怎样的绝代风姿啊？

不知道过了多久，那花苞外的淡紫苞衣轻轻地翘了开来，极缓慢地"噗"一声，一瓣、两瓣、三瓣……清幽的冷光柔柔地洒了进来，晕染得美丽的叶瓣四周散发出幽白月华，随着那花瓣全数绽开，沁人心脾的清香四下溢散，我情不自禁地闭上了眼，贪婪地吸气，竟有些痴了。

在这一刻，我似乎透过月下美人看到藏在他心底那个真正的美人，遗世独立，傲然风姿。

时间在不知不觉中渐已流逝，直到门外传来脚步声，我才恍然睁开了眼，蓦地惊觉面前的花朵竟已开始凋谢。我急忙看向立在门边的皇帝，他只呆呆地看着花，似乎失去了反应的能力。

半晌，他缓缓走过来，站在花的面前，慢慢伸出手去，指尖轻轻触碰了一下那正逐渐走向凋零的花瓣，一枚花瓣晃了一晃，无力承受，终于从冠蕊中掉了下来，飘落在他的手里。他面无表情地看着，眼底死气沉沉，唇边浮起自嘲的笑容。

原来无论他怎样努力、如何挣扎，命运始终残酷地玩弄他于股掌之间，那些一生中最美丽的东西，终于还是错过了啊……

命里昙花，刹那芳华。

歌词 葬青丝

曲：夜之妃　词：寄傲

水墨丹青勾勒谁的容颜
袂衣霓裳拨动谁的心弦
刹那华发刺痛谁的双眼
青锋寒剑斩断谁的痴恋

琉璃目依旧含烟
月华人转身独立
葬青丝　埋谁一世眼泪
葬青丝　绝谁半生依偎

红帐暖屋摇曳谁的幸福
寒室冷茶咽下谁的辛苦
一世一人的诺言被谁辜负
刻意的温柔注定要谁孤独

漫漫桃夭展风华
脉脉梧忧守相思
葬青丝　埋谁一世眼泪
葬青丝　绝谁半生依偎

千里单骑荒原孤冢
如画江山抵不过如花笑靥
此生只愿执伞走在你的身边

逐鹿中原英雄业
铜漏芭蕉美人心
葬青丝　换谁多年前的沉醉
葬青丝　许谁下一世的相随

白发红颜 歌词

曲：纵横天下　词：青丝未雪

宗政无忧：如果你肯回头，我必以真心相待，宁负天下也绝不负你！

漫夭：你以为，我还会信你？我已蠢过一次，不想再犯同样的错误！

傅筹：我不知是你……

漫夭：恨……这个字，我从未说过，现在，我把它送给你！

一念之间
伊人远心沦陷
骤起一生痴缠
一念之乱
蹉跎了韶华年
经年转
重相见空执念
繁华三千
心为谁动了弦
心不宣
咫尺天涯难相恋
冷眼看世间
帝王权
芳魂怨
缘孽有尽终要还
君何见
九重宫阙寒
江山乱
凤凰浴火涅槃

成败一瞬间
只手风雨翻
谁白发三千
羽化成梦魇
一夜逆雪寒
此生梦已远
世事变幻
碧血尽情深难断
山河拱手
只为红颜
许一段倾国之恋